나쓰메 소세키론 집성

ZOUHO SOUSEKIRON SYUUSEI
by Kojin Karatani

나쓰메 소세키론 집성

가라타니 고진 | 윤인로 옮김

도서출판 b

| 일러두기 |

1. 이 책은 柄谷行人, 『增補 漱石論集成』(平凡社, 2001)를 옮긴 것이다.
2. 고딕체로 표시된 것은 저자 및 인용문의 원저자가 윗점으로 강조해 놓은 것이다.
3. 저자가 붙인 그리 많지 않은 주석은 '원주'로 표시한다. 나머지 각주는 모두 옮긴이의 것이다.
4. 소세키의 국역본들을 포함하여, 인용된 글의 국역본이 있을 경우에는 참조하였으되 일본어 원문에 비추어 손질한 부분이 있다.
6. 옮긴이가 본문에 삽입한 것들은 "[ ]" 속에 넣었다.
7. 본문 내용에 직결된다고 판단된 일본인들은 역자주에서 소개했으나, 다른 일본인명은 책 끝의 「인명 소개」에 따로 모았다.

| 차례 |

강연 및 기타

단 편

소세키 시론 I

의식과 자연

1

소세키의 장편소설, 특히 『문』[1911], 『춘분 지나고까지』[1912], 『행인』[1912], 『마음』[1914] 등을 읽으면, 어딘지 소설의 주제가 이중으로 분열되어 있고, 심한 경우에는 서로 아무런 관계없이 별개로 전개되고 있다는 느낌을 금할 수가 없다. 예컨대 『문』에 등장하는 소스케의 참선은 그의 죄책감과는 아무 관계가 없으며, 『행인』은 결말 부분인 「H로부터의 편지」와는 명확히 단절되고 있다. 또 『마음』에 나오는 선생님의 자살 역시도 죄에 관한 의식과 결부시키기에는 불충분하고도 뜻밖으로 급작스런 무언가가 있다. 이를 우리는 어떻게 이해해야만 할까. 우선 여기서부터 시작하자.

물론 그것을 구성의 파탄으로 단순히 읽어버린다면 불모의 비평으로 끝날 수밖에 없을 것이다. 그것에는 소세키가 아무리

기교적으로 능숙하고 숙달된 작법을 가졌을지라도 피할 수 없었음에 틀림없는 내재적인 조건이 있다고 봐야 할 것이다. 이와 관련하여 내가 떠올렸던 것은 T. S. 엘리엇이 『햄릿』[1601]을 두고 '객관적 상관물'이 결여되어 있기 때문에 실패한 극이라고 지적했던 점이다. 엘리엇은 이렇게 말한다.

> 햄릿을 지배하고 있는 감정은 표현할 수가 없는 것인데, 왜냐하면 햄릿의 감정은 이 작품에 부여되고 있는 외적인 조건을 넘어서고 있는 것이기 때문이다. 흔히 햄릿을 두고 셰익스피어 자신이라고들 말하는데, 이는 다음과 같은 점에서 옳은 것인바, 자신의 감정에 해당하는 대상이 없기에 생겨나는 햄릿의 곤혹은 그를 등장시켜 작품을 쓴다는 예술상의 문제를 마주한 셰익스피어의 곤혹을 연장시킨 것과 다르지 않기 때문이다. 햄릿의 문제는 그의 혐오가 자신의 어머니로 인해 환기된 것이면서도 그 어머니를 그런 혐오의 완전한 대상으로 매치시킬 수는 없다는 점, 그렇기에 햄릿의 그 혐오란 어머니에게 향해지는 것만으로는 어떻게도 되지 않는다는 점에 있다. 그런 까닭에 그 혐오의 감정은 햄릿 자신에겐 이해 불가능한 것으로서 그는 그 감정을 객관화할 수 없고, 따라서 그것이 그의 존재에 독이 되며 그의 행동에 방해가 되는 것이다. 어떤 행동도 그 감정을 만족시키기에는 부족하며, 셰익스피어 역시 그 어떤 줄거리를 궁리해 짜낼지라도 그런 햄릿을 표현할 수는 없는 것이다. (……) 단지 우리는 셰익스피어가 자신에겐 힘겨운 문제를 다루고자 했다고 결론 내릴 수밖에 없다. 그가 왜 그렇게 하고자 했는지는 풀 수

> 없는 수수께끼이며, 그가 어떤 종류의 경험을 했기에 표현할 수 없는 두려운 것을 표현하고자 했는지 우리로서는 알 길이 없다. (T. S. 엘리엇, 『햄릿』[1919], 강조는 인용자.)

소세키를 두고 완전히 동일하게 말할 수 있을 것이다. 예컨대 『문』에 나오는 소스케의 참선은, 그의 내부적 고민이 삼각관계로 인해 환기된 것이면서도 그 삼각관계를 그런 고민의 완전한 대상으로 매치시킬 수는 없다는 점, 그렇기에 그의 고민이 다른 방향으로 향할 수밖에 없다는 점에서 기인한다. 따라서 '그 어떤 줄거리를 궁리해 짜낼지라도 그런 소스케를 표현할 수는 없는 것'이므로, 소세키 역시도 '자신에겐 힘겨운 문제를 다루고자 했다고 결론내릴' 수 있을 것이다. 소세키는 '어떤 종류의 경험을 했기에' 그런 문제를 떠맡았던가, 그리고 그것에는 어떤 본질적 의미가 있는 것일까. 지금부터 내가 논하려는 것은 모두 그런 수수께끼와 관련된 것이라고 해도 좋겠다.

『그 후』의 다이스케는 일찍이 친구(히라오카)를 위해 양보했던 여자(미치요)를 다시 빼앗을 때에 다음과 같이 말한다.

> 모순일지도 모르지. 그러나 그것은 세상의 법도로서 정해진 부부 관계와 자연의 사실로서 이뤄진 부부 관계가 일치하지 않기에 일어나는 모순이니 어쩔 수가 없어. 나는 미치요 씨의 남편인 자네에게 세상의 법도를 따라 사과하네. 하지만 나의 행위 그 자체에 관해서는 아무 모순이 없으며 아무런 잘못도 범하지 않았다는 생각이야. (『그 후』[1910])

히라오카, 자네보다 내가 먼저 미치요 씨를 사랑하고 있었어. (……) 자네로부터 이야기를 들었을 때엔 나의 미래를 희생시켜서라도 자네의 바람이 이뤄지게 하는 것이 친구의 본분이라고 생각했어. 그것이 나빴지. 지금 정도로 머리가 난숙해 있었더라면 생각이라는 것을 했을 터인데, 애석하게도 젊었기에 너무도 지나치게 자연을 경멸했었지. 그때 일을 생각하면 내겐 심대한 후회가 덮쳐오네. (……) 내가 자네에게 진정으로 미안한 것은 이번 사건이라기보다는 오히려 그때의 내가 어설프게 밀고 나갔던 의협심이야. 자네, 아무쪼록 잘 봐주게. 자네가 보고 있는 대로 나는 자연에 의해 복수를 당하고서는, 이렇게 자네 앞에서 땅에 손을 짚고 부탁하고 있으니. (『그 후』)

바로 여기에서 『우미인초』[1907] 이후 소세키가 장편소설의 골격에 자리 잡도록 했던 '철학'이 단적으로 드러난다. 인간의 '자연'이란 사회의 법도(규범)에 등지고 서는 것, 인간은 그런 '자연'을 억압하고 무시하면서 살고 있지만 그것에 의해 스스로를 황폐화시킬 수밖에 없다는 것, 다이스케가 말하고 있는 것이 그와 같다. 주의해야 할 것은 소세키가 '자연'이라는 말을 극히 다의적으로 사용하고 있다는 점인데, 거꾸로 말하자면 오늘날의 우리라면 여러 다양한 말로 표현할 것을 '자연'이라는 단 하나의 말에 가둬놓고 있는 것이다. 그것 자체는 아마도 소세키가 지닌 고유한 시대적 교양의 산물이라고 해도 좋겠다.

예컨대 사상사가 러브조이는 17~8세기의 사상·문학 속에서

nature라는 말은 종잡을 수 없이 자유자재한 변화를 보이고 지독할 정도로 다의적이기에 모든 것을 지시할 수 있는 비장의 카드였다고 쓰고 있다. 소세키는 18세기의 작가가 아니다. 본인이 말하고 있는 것처럼 '20세기의 인간'이다. 그러나 그가 영국에서도 18세기의 문학에 깊이 친근감을 느끼고 있었던 건 왜일까. 19세기에 '자연'은 사상 원리로서의 힘을 잃고 자연과학이나 자연주의와 같은 빈약한 지위로 전락하고 말았다. 소세키가 일본의 동시대 '자연주의'에 둘러싸인 채로 '자연'이라는 개념을 다의적으로 사용했던 것은 18세기의 사상·문학에 연결된 것일 뿐만 아니라, 현대 곧 19세기의 사상적 원리에 맞선 근본적인 대결을 위해서는 저 프레그넌트한[(의미의 특질과 느낌 등으로) 그득한] '자연' 개념으로 되돌아갈 필요가 있었기 때문이다. '자유'가 아니라 어디까지나 '자연'이라는 말이 필요했었던 것이다.

다이스케가 말하고 있는 '자연'이란 루소적인 것처럼 보인다. 곧 '자연'에 일종의 규범성을 부여하고 있는 것처럼 보이는 것이다. 그러나 소세키는 다이스케의 변론 속에서 사악한 '자연'을 훔쳐보고 있었다.

> 갑과 을, 둘 모두가 same space를 occupy[점유]할 수는 없다. 갑이 을을 내쫓아버리거나 을이 갑을 삭제하는 두 가지 방법만 있을 뿐. 갑이든 을이든 무조건 강한 쪽이 이길 따름이지. 도리에 들어맞든 아니든 문제될 게 없다. 잘난 쪽이 이길 따름. 상급품이든 하급품이든 관계없이 뻔뻔한 쪽이 이길 따름이지. 현명하든 불초하든 상관없다. 사람을 바보로 만드는 쪽이 이길

> 따름. 예의도 무례도 상관없다. 철면피한 쪽이 이길 따름. 인정에도 냉혹함에도 아랑곳없는 쪽이 이길 따름. 문명의 도구란 전부 자기를 절제하는 기계이지. 스스로를 억제하는 도구이며, 나를 단축시키는 궁리이지. 사람에게 상처를 입히지 않기 위해 자기 몸에다 기름을 바르는 일이지. 그 모든 게 소극적일 뿐. 이 문명적인 소극적 방도로는 타인을 이길 턱이 없지. — 평범한 사람이기에 착한 선인은 이기지 못하고 반드시 진다. 군자는 반드시 진다. 도덕의 마음을 가진 자는 반드시 진다. 청렴하게 관직을 수행하는 자는 반드시 진다. 추함을 꺼려하고 악함을 피하는 자는 반드시 진다. 예의범절과 인륜오상人倫五常을 중시하는 이는 반드시 진다. 이기는 것과 이기지 못하는 것은 선악, 옳고 그름, 정당함과 부당함의 문제가 아니다. — power이다 — will[의지]이다. (메이지 38~39년[1905~6] 「단편」)

이는 홉스의 '자연' 개념에 가깝다. 우리는 소세키가 쓴 한 문장, '둘 모두가 same space를 occupy할 수는 없다'에 주의해야 할 것이다. 이때 그는 인간과 인간의 관계를 어떤 추상(관념)적 매개를 통하여 보고 있지 않다. 육체적인 공간space에서 벌거벗겨진 나체 형태의 관계로 보고 있는 것이다. 「몽십야夢十夜, 열흘 밤의 꿈」[1908] 제3야에는, 맹인 아이를 업고 걷는 도중에 백 년 전에 네가 나를 죽였지라는 말을 불현듯 듣고는, 그렇지 그랬던 적이 있었지 하고 생각하자마자 업혀 있던 아이가 무겁게 느껴지는 이야기가 나온다. 혹시 그것이 '원죄'적인 것을 암시하고 있다면, 소세키가 '원죄'를 그리스도교적인 의식 속의 원죄와는 완전히 다른 것으로 파악하고 있음에 주목해야 한다. 즉 소세키는 인간의 '원죄'라는 것을, 예전에 아이를 죽였고 이제는 그 죽은 아이가 지장보살의 석상처럼 무거워져 그를 압박한다는 극히 육감적인 이미지로 포착하고 있는 것이다.

소세키의 소설에서 '자기 본위'(에고이즘)라거나 자의식의 상극을 보는 것은 이제까지의 일반적인 견해였다. 하지만 소세키는 인간의 관계를 의식과 의식의 관계로 보기보다는, 서로 동일한 공간을 점유하고자 하되 점유할 수 없다는 식의 생생한 육감으로서, 바꿔 말하자면 존재론적인 측면에서 먼저 감각하고 있었던 것이다. '문명의 도구'는 '스스로를 억제하는 도구'이며, '스스로를 단축시키는 궁리'라고 소세키는 말한다. 소세키의 생을 끊임없이 위기로 몰아넣고 있던 것은 자기 존재의 축소감이다. 이는 아마도 자의식의 문제라기보다는 그의 의식이 존재의 그런 축소감 아래에서 어찌할 도리가 없었음에 이어져 있을 것이다. 그리고 소세키는 장편소설 속에서 그러한 감각에 반응하는 표현을 부여할 수가 없었다. 그 감각은 오히려 「몽십야」나 「런던탑」[1905] 같은 초기 단편에서 농밀하게 표현되고 있다. 또 『한눈팔기』[1915]나 『명암』[1916]에서도 우리는 도식을 벗겨낸 소세키의 존재 감각이 다시 한 번 농밀하게 노출되고 있음을 발견할 수 있다.

'그가 어떤 종류의 경험을 했기에 표현할 수 없는 두려운 것을 표현하고자 했던가'라는, 소세키에 관한 물음에 내가 제대로 답할 수 있다고는 생각하지 않는다. 그러나 앞서 거론한 소세키의 장편소설 속 인물들은 소세키 자신이 빠져들어 있는 존재적 위기의 완전한 대상으로 매치될 수 없다는 것만은 의심의 여지가 없다.

소세키가 장편소설을 본격적으로 쓰고자 했던 것은 <아사히신문>에 입사하고 첫 번째 작품 『우미인초』[1907]를 썼던 때였다. 그것은 이제까지 소세키가 내적인 목소리의 자유로운 발로에 따라 쓰고 있던 것과는 다르지 않을 수 없다. "최후에 이르러 철학을 붙인다네. 이 철학이란 하나의 씨어리[theory, 이론]야. 나는 이 씨어리를 설명하기 위해 작품 전편을 쓰고 있는 것이라네"(메이지 40년[1907] 고미야 도요타카에게 보낸 편지)와 같은 문장은 이제까지의 소세키와는 아무 관계가 없을 터였다. "혹시 자연의 법칙을 등지게 되면 우미인초는 성립될 수 없다. 따라서 누가 뭐라 하든, 졸라가 자연파라거나 플로베르가 무슨 파라거나 그런 것과는 관계없이, 다른 이들이 무슨 모기 같은 것이라고 하든 말든, 자연의 명령에 따라 『우미인초』를 끝까지 써내지 않으면 안 되지."(메이지 40년 스즈키 미에키치에게 보낸 편지['~파(派)'와 '모기(蚊)'의 유사한 발음('하'와 '카')을 이용했음])

이 씨어리, 곧 '자연의 법칙'이란 다음 문장들 속에 있다. "도의道義의 관념이 극도로 쇠약해짐으로써 생生을 원하는 만인의 사회를 만족스레 유지하기 어렵게 된 때에 비극은 돌연히 일어난다. 이에 만인의 눈은 모조리 자신의 출발점을 향한다. 비로소 생의 바로 곁에 죽음이 거주하고 있음을 알게 되는 것이다."(『우미인초』) 하지만 거기서 말해지고 있는 '자연'은 어떤 뜻에선 '하늘天'에 가깝다. 후지오의 죽음은 거의 '천벌'이라고 해도 좋을 것이다. 즉, 소세키는 '자연' 개념을 유학적 전통 속에서 답습하고 있는바, 이는 집착으로 응고된 『우미인초』의 문장을 쓰기 위하여 거듭 『문선文選』[주(周)에서 양(梁)에 이르는 131명 문인의 시·부·론 800여 편을 편찬한

문집]을 읽었던 사실과도 대응하고 있다.

마루야마 마사오에 따르면, “주자학의 리理는 물리物理인 동시에 도리道理이고, 자연自然인 동시에 당연當然이다. 그 속에서 자연법칙은 도덕규범과 연속되고 있다.”(『일본정치사상사연구』[1952]) 자연에서 일탈한 것은 당연히 자연에 의해 복수를 당한다는 『우미인초』의 씨어리는 그러한 것이었다. 하지만 거기서는 ‘자연’이라는 것이 지닌 사악한, 나아가 선악의 저편에 있는 듯한 충동은 존재할 여지가 없다. 거기에는 우리 생의 감촉에 직접[맨살로] 결부된, 찐득거리는 감각이 들어갈 여지가 없는 것이다.

오히려 그것은 고전비극을 초과했던 『햄릿』을 생각해보면 명백해질 것이다. 예컨대 햄릿이 초기 셰익스피어가 쓴 일군의 사극 주인공처럼 주저 없이 행동하고 죽는다면, 『햄릿』에는 엘리엇이 지적한 허무라는 것이 없었을 터이다. 이 극을 관통하고 있는 ‘씨어리’를 집어내자면, 그것은 죽은 왕과 그 왕자 햄릿이 대표하는 중세적인 ‘규범’에 대립하는, 왕위를 찬탈한 숙부와 그 아내가 된 어머니 왕비를 옳게 여기는 근세적인 ‘자연’일 것이며, 그런 대립은 셰익스피어의 비극 어디에나 존재한다. 즉 그것은 당대 세계상의 전환 그 자체에 근거를 두고 있는바, 있어야만 될 것으로서의 규범(당연)이 인간의 행동윤리만이 아니라 사회질서에서 우주 체계에 이르기까지 정비되어 있던 시대사조 속으로 ‘자연’의 충동을 옳게 여기는 아나키적인 경향성이 삼투해 들어갔음을 뜻하고 있다. 예컨대 『리어왕』[1608]에서 사생아私生兒(이를 영어로는 natural son이라고 하는 점에 주의할 것) 에드먼드는,

"나는 자연의 여신, 자연의 법칙에 따른다"고 말하면서, "우리는 사람들 눈에 띄지 않는 야성의 즐거움 속에서 생긴 아이"이며 "맹렬한 정력"을 이어받고 있으므로 "당장의 임시적 모면에 질려 버린 침대 위에서" 생겨난 적자보다 훨씬 뛰어나다고 주장한다.

이는 『그 후』의 다이스케가 '세상의 법도로서 정해진 부부 관계'가 아니라 '자연의 사실로서 이뤄진 부부 관계' 쪽이 정당하다고 말하는 것과 동일하다. 그러나 햄릿이 서 있던 곳은 규범·질서가 의심스럽게 되면 자연(숙부나 왕비의 행위는 자연적이며 정당하다) 역시도 의심받게 되리라는 자의식의 세계이다. 햄릿의 자의식은 어떤 때는 규범으로 기울고 어떤 때는 자연으로 기우는데, 더욱이 그 과정에서는 아무런 필연성도 발견할 수가 없다. 엘리엇이 말하듯 셰익스피어는 '규범'과 '자연'의 간극에서 분비되는 허무에 눈이 가려진 채 복수극을 밀어붙여 완료시키는 것이다.

그럴 때 셰익스피어가 보았던 것은 '규범'의 질서와 그 역방향인 '자연'의 질서 간의 크레바스[균열]에서 펴져가는 추악하고도 그로테스크한 존재 그 자체이다. 그것은 자의식을 향한 회의라기보다는 좀 더 깊은 곳에서 그의 생을 위협하고 있던 위기감이다. '표현할 수 없는 두려운 것'이란 바로 그런 생 자체를 위협하는 위기와 다르지 않았다.

『우미인초』의 도식은 소세키가 생의 내측[안쪽]에서 떠안고 있던 위기감과는 전적으로 동떨어진 곳에 존재하고 있다. 그렇다고 해서 소세키에게 그 도식이 단지 관념적인 것을 뜻하는 것은 아닌데, 그것은 이 세계에 있어야만 될 질서를 회복시키고자 하는 욕구에서 출발하고 있는 것이기 때문이다. 있어야만 될 질서란 무엇인가. 그것은 자연=당연이라는 세계이다. 그것은 주자학이나 양명학 같은 게 아니라 유신 이전에 태어난 소세키가 서구의 사상·문학에 접촉하기 전에 막연히 품고 있던 질서의 감각이었다. 오히려 소세키는 그런 남자였기에, 다이쇼 휴머니즘이 주자학을 대신해 쌓아 올린 합리적 체계에 대해서도, 또 자연주의적인 체계에 대해서도 그것들이 단지 근저에서 퍼져가는 그로테스크한 존재를 일시적으로 미봉한 것과 다르지 않다고 느꼈던 것이다. 무슨 일이 일어날지 알 수 없다고 소세키는 집요하게 말했었다. 사실 다이쇼 휴머니즘이나 모더니즘은 지하 수맥처럼 흐르고 있는 비합리적인 '자연'의 분출에 의해 붕괴될 수밖에 없었던 것이다. 우리 역시도 '전후 민주주의'라는 일종의 합리적 체계 아래에서 소세키가 엿보았던 비합리적이고 추악한 '자연'의 충동을 억압하고 있는 것이라고 하겠는데, 그런 사정이 단지 우리에겐 보이지 않을 뿐이다. 그것이 소세키에게 보였던 이유는 그가 자연=당연이라는 세계를 확실히 경험하고 있었고, 그렇기에 그[휴머니즘·모더니즘 등의] 붕괴가 무엇을 초래하게 될지를 보지 않을 수 없었기 때문이다.

물론 그런 질서는 실제로 있었던 것이 아니며 소세키가 막연하게 만들어낸 신화에 불과하다. 하지만 그 신화는 얼마간의 실질적 체험과 결부되어 있다. 예컨대 『도련님』[1906] 속에는 정의가 세계의 질서를 회복시킨다는 감각이 있으며, 이는 극히 소박한 것이다. 『태풍野分』[1907]의 경우, 시라이 도야는 의인이지만 '의' 그 자체에 대해서는 한 조각의 회의조차 없다. "남편을 어찌해서든 자기 생각대로의 남편으로 만들지 않고서는 사는 보람이 없다"고 말하는 아내와 형들에 의해 상대화되면서 "의인의 불행"을 견디고 있는 남자가 있을 뿐이다. 말할 것도 없이 『태풍』은 『한눈팔기』를 쓴 소세키의 상대적인 눈을 갖고 있지 못하다. '의'가 직접적으로 믿음의 대상이 되고 있으며, 그것이 시라이 도야를 자기 절대적인 인간으로 만들고 있는데, 이는 우리에게 아무런 공감을 주지 못할 뿐만 아니라 자기 혼자 우쭐거리는 자라는 야유마저 보내도록 만든다.

이에 비하면 '도련님'은 시라이 도야 같은 심각한 지식인이 아니다. 우리는 먼저 도련님 안에 생생히 살아 있는 소박한 정의감 속으로 그 어떤 자의식도 배제된 채 들어가게 된다. 도련님은 돈키호테이다. 즉, 늙은 하녀 기요와의 사이에서만 존재할 수 있는 '정의'나 '질서'를 현대사회 속에서 아무런 의심 없이 살려나가려는 돈키호테이다. 본래 도련님 속에 있는 것이 아닌 신화에 불과함을 이미 소세키가 깊이 알고 있다는 점은 명확한바, 『도련님』이 지금도 우리에게 매력적인 것은 소세키의 그런 통절한 자기인식에 따른 것이다.

도련님의 행동으로 놀라게 되는 인물들에는 빨강셔츠나 알랑쇠만이 아니라 유일한 동지라고 할 수 있을 거센 바람도 포함된다. 도련님에게 거센 바람이 가진 지혜와 꾀는 없지만, 도련님의 의식과 존재 사이에는 조금의 괴리도 없다. 천벌天誅이라는 말을 아무런 삿된 생각 없이 살아 있는 것으로 여기는 이는 도련님뿐인데, 이와는 달리 『태풍』의 시라이에게는 자기를 절대화하려는 추악한 자의식이 '의'에 들러붙어 있는 것이다. 나아가 그런 상태를 알아차리지 못하고 있다는 점이 우리를 불쾌하게 만든다.

도련님을 둘러싼 무리는 현실 속에서 모종의 분열을 부득이하게 경험하게 되면서 살 수밖에 없다. 소세키를 포함해 일본의 지식인은 많든 적든 빨강셔츠나 알랑쇠, 끝물 호박이나 거센 바람으로서 살아가고 있는 것이다. 요컨대 우리에게 존재와 의식 사이의 괴리는 어찌할 수 없는 것이다. 그리고 그것은 『우미인초』에 나오는 '자연법칙'처럼 단순하고 명쾌한 것일 수 없다. 우리가 존재(자연)에서 유리되고 있을지라도 그 유리의 방식은 복잡하게 얽혀 짜인 것이므로 기계적으로 생각할 일이 아니다. 뒤에서 서술할 것처럼, 소세키는 『마음』에서 성실히 살려는 남자가 그런 생각으로 인해 기만에 빠지지 않을 수 없게 되는 프로세스를 면밀하게 포착했었다. 그것은 『그 후』의 다이스케처럼 급작스레 자기의 '자연'을 발견하는 기계적 도식 같은 게 아니다. 어쨌든 소설가로서의 소세키의 성숙함은 『우미인초』에서 말해지는 씨어리를 자기 스스로 찢고 부서뜨려 가는 곳에만 있을 수 있었다. 그리고 그 첫걸음은 『갱부』[1908]에서 시작되었다고 해도 좋을 것이다.

2

인간에게서 한 덩어리로 뭉쳐진 것은 신체뿐이다. 그렇게 신체가 한 덩어리로 합쳐져 있는 것이니까 마음도 하나로 정리된 것으로 생각하고는, 어제와 오늘 완전히 정반대되는 일을 하면서도 역시 예전 그대로의 자신이라며 아무런 거리낌 없이 변명해버리는 자가 상당히 많다. 그 뿐만 아니라 일단 책임 문제가 떠올라 자신의 변심을 힐난 받게 될 때조차, 내 마음이란 단지 기억에 있을 뿐 실제로는 갈가리 찢어져 있는 것입니다, 라고 답하는 이가 없는 것은 왜일까. 이러한 모순을 종종 경험했던 나 자신조차도 그렇게 답하는 것은 무리라고 여기면서, 얼마간의 책임을 느끼게 되는 것 같다. 그렇게 보면 인간이란 상당히 편리하게 사회의 희생이 되게끔 만들어져 있는 것이라고 하겠다. (『갱부』)

여기서 소세키는 '무성격론'을 전개하고 있는 게 아니다. 내가 '지금 여기에' 있는 것과 이후 이 다음에 내가 '지금 여기에' 있는 것, 이 둘 사이에 아무런 동일성도 연속성도 감지할 수 없는 심적 상황을 얘기하고 있는 것이다. 『갱부』의 자기는 자기 자신에 대해서도 외부세계에 대해서도 확실한 현실감을 가질 수 없다.

아직도 마음이 들떠 있다. 조금도 진정되지 않고 있다. 그렇기에 이 세상 속에 있어도, 이 기차에서 내려도, 이 정거장을 나가도, 이 역참 한복판에 서 있어도, 말하자면 [영]혼이 마지못해 의리로 움직여준 것이지, 결코 본래적인 사태로서 자신의 전문 직책으로는 받아들이지 못할 정도의 둔감한 의식의 소유자였다. 그래서 휘청거리고 있고 정신이 가물거리는 가운데 모든 것에 흥미를 잃은 옴팡눈을 떠보니 ……. (『갱부』)

그런 자기를 덮치고 있는 비현실감의 정체, 즉 '이 정체를 알 수 없는 것'이란 무엇일까. 예컨대 우리는 사물을 감각하고 개념으로 인식하지만, 그것을 근원적으로 통각統覺하고 있는 것은 '(내)가 지금 여기에 (있다)'라는 시간성과 공간성이다. '지금'이라는 것도, '여기'라는 것도 대상으로서 포착될 수 있는 것이 아니다. 그러한 대상적 인식 그 자체가 성립하는 것은 이미 '지금 여기에' 있다는 시간성과 공간성 안에서이다. 그러므로 소세키가 여기서 서술하고 있는 자기의 동일성과 연속성의 문제란 대상으로서의 자기(예컨대 용모나 이름 같은 것)의 동일성·연속성의 문제가 아니라, 대상적 지각을 통각하는 '나'의 동일성·연속성의 문제인 것이다. 즉, 소세키는 대상으로서의 '나'가 아니라 대상화할 수 없는 '나'의 동일성·연속성을 문제 삼고 있는 것이다.

『갱부』의 그런 자기가 말하고 있는 것은 자기가 자기 자신이 아니라고 느낀다는 것, 외부세계가 현실처럼 감각되지 않는다는 것이다. 이는 별달리 그의 반성이나 지각을 손상시키는 것은 아니다. [사]물을 지각하고 있으되 어찌해도 그것이 현실처럼 감지되지 않을 뿐이며, 분명 자기 역시도 자기 자신이되 자기 자신처럼 감지되지 않을 따름이다. 그렇기에 직업 알선업자 조조가 권유하는 대로 둥실둥실 광산까지 따라가고 마는 것이다. 자의식은 활발하게 시기와 의심으로까지 이어지고 있지만 오히려 자기 자신과 외부세계로부터 박리剝離되고 마는 것이다. 그는 자기가 만난 여러 사람이나 사물에 관해 비평하거나 반성하지만, 그것은 자신이 둥실둥실 떠 있는 상태 속에서의 일이지 땅바닥으로 내려가는 현실의 행동과 결부된 것은 아니다.

따라서 그런 자기에게서, 혹은 소세키에게서 발생하고 있는 자기 자신과 외부세계로부터의 박리 감각은 반성적 의식에 의해서는 포착될 수 없는 것이다. 반성적으로 대상화할 수 없는 '나'의 차원에서 발생한 것이기 때문이다. 경우에 따라서 그것은 대상적 지각 그 자체를 변용시키고 망상을 낳게 한다. 소세키의 박해망상은 대상화할 수 없는 '나'의 차원에서의 축소감이 외부세계의 타자를 박해자인 양 변용시켰던 것에 불과하다. 의지로는 어찌할 수가 없는 이런 종류의 변용을 소세키는 다양한 형태로 서술하고 있다.

> 우리 마음속에 바닥없는 삼각형이 있고 그 삼각형의 두 변이 평행한 것이라면 어쩔 건인가. (……) 예측할 수 없는 외부세계에서 일어나는 뜻밖의 마음은 아닌 마음 저 깊은 곳에서 가차 없이 또 난폭하게 기인하는 것인바, 해일과 지진은 산리쿠三陸나 노비濃尾에서만 일어나는 게 아니라 자기 세 치 배꼽 아래에서도 일어난다. 어찌 위태롭지 않겠는가. (메이지 29년[1896] 「인생」)

> 이 정체를 알 수 없는 것이 조금이라도 자기 마음을 침범하기 전에 극약이라도 주사해 깡그리 죽여 없앨 수 있다면 인간의 그 많은 모순들이나 세상의 그 많은 불행들은 일어나지 않았을 것이다. (『갱부』)

> 네가 두렵다고 하는 것은 두렵다는 말을 사용해도 지장이 없다는 뜻일 것이다. 실제로는 두렵지 않은 거야. 즉 머릿속에서의 두려움에 불과할 터이지. 나는 달라. 나의 두려움은 심장에서의 두려움이거든. 맥박이 고동치는 살아 있는 두려움이거든. (『행인』)

하지만 소세키는 그런 것을 잘 표현할 수가 없었다. '표현할 수 없는 두려운 것'이었기 때문이다. 따라서 소설에서는 '20세기의 자의식' 문제인 것처럼 쓰고 있다. 하지만 그것은 결국 '머릿속에서의 두려움'에 지나지 않기에 '심장에서의 두려움'을 건드릴 때 소세키의 소설은 어떤 돌발적이고도 불가해한 장면으로 전환되고 만다. 이를 구성적 파탄으로 불러서는 안 될 것임은 명료하다. 오히려 우리는 자의식이나 타자와의 윤리적 갈등을 주제로 삼은(그렇게 간주되고 있는) 장편소설들을 뒷면으로부터, 즉 존재론적인 측면에서 다시 읽어볼 필요가 있다.

『갱부』의 자기는 미로와 같은 지점을 헤매며 걷는데, 어찌해도 출구가 발견되지 않는다.

> 앞쪽은 어두워졌다. 칸델라는 하나가 됐다. 점점 더 초조해져 애태우게 되었다. 그런데도 좀처럼 나가지 못했다. 다만 길은 어디로든 나 있었다. 오른쪽에도 왼쪽에도 있었다. 자신은 오른쪽으로도 들어갔고 왼쪽으로도 들어갔으며, 정면으로 곧바로 걸어보기도 했다. 그러나 나갈 수는 없었다. 마침내 나갈 수 없게 된 것인가, 라고 어찌할 바를 모르게 되었을 그때, 깡깡

소리가 울려 나왔다. 대여섯 걸음 앞의 막다른 곳을 꺾어 들어가니 작은 작업장이 있었고, 갱부 한 사람이 연달아 망치를 치켜들고는 정을 때리고 있었다. 때릴 때마다 광석들이 벽에서 떨어져 나왔다. 그 옆에 가마니가 있었다. 이것은 조금 전에 스노코スノコ[목재 발판 따위]에 던져 넣어진 가마니와 동일한 크기로, 다시 한가득 채워져 있었다. 호리코掘子[광석 운반 및 배수 담당자]가 와서 그걸 짊어지고 갈 따름이었다. 자신은 이번에야말로 그 녀석에게 물어보자고 마음먹었다. 하지만 정작 중요한 본인이 목숨 걸고 깡깡 소리를 내고 있었다. 게다가 그 얼굴도 잘 보이지가 않았다. (『갱부』)

이는 거의 「몽십야」를 생각나게 하는 세계이다. 그는 어디를 향해 나가려고 하는 것일까. 단순히 땅 위의 밝은 곳이 아니다. 그것은 박리됐던 외부세계를, 혹은 자기 자신을 현실적으로 되돌린다는 것을 뜻하고 있다. 그가 그렇게 결사적으로 출구를 찾아내려는 것에 타자는 무관심하고도 소원한 채로 서 있을 따름이다. 이는 황량해진 심적 풍경이라고 해야 할 것이다.

예컨대 『행인』의 이치로가 아내를 의심하는 것은 아내가 땅 밑의 그 갱부처럼 무관심해져 있음을 느꼈기 때문이다. 하지만 아내만이 아니라 누가 이치로의 세계에 들어갈 수 있겠는가. 이치로 자신은 타자와의 관계에서 피가 통하는 루트가 끊어져 있는 상태 속에 있었기 때문이다. 이를 두고 나는 근원적인 관계성 relatedness이라고 부른다. 이치로는 자기에 대해서도 타자에 대해서도 근원적인 관계성이 끊어져버린 상태에 있다. 그는 타자를 의식할 수는 있다. 아니 타자를 격렬하게 시기하고 의심하는 마음으로 괴로워하고 있다. 그러나 타자를 느낄 수는 없다. 그리고 그 고통은 '심장에서의 두려움' 이외에 달리 말할 수가 없는 것이다. 이치로가 아내와 동생 지로를 함께 여행 가도록 하고는 정조를 시험하는 행위는 이상하지 않을 수 없다. 그러나 그런 이상함은 이치로가 아내(그녀를 통한 세계)와의 관계성을 회복하려는 강렬한 충동과 절실함에 근거해 있는 것이다.

예컨대 에드먼드 올비의 [극작품] 『동물원 이야기』[1958]에는 다음과 같은 대화가 있다. "인간은 무언가와 관계하지 않으면 안 되는 겁니다. 인간이 아니라면 …… 인간이 아니라면 …… 다른 무언가와. 침대와, 바퀴벌레와, 거울과. 아니, 거울은 너무 딱딱하다. 그건 최후의 수단이다."

이 남자는 공원의 벤치에 앉아 있던 무관심한 타자를 끝내 분개시키고 살해하도록 만드는 일에 성공한다. 이후 상대방에게 나이프로 찔려 죽게 됐을 때 그 남자는 비로소 관계성을 회복할 수 있었던 것이다. 이치로의 이상한 행위는 그 남자의 이상한 행위와 유사하다. 왜냐하면 이치로가 하는 일이 아닌 자살적 행위이기 때문이다. 그러나 이치로는 그렇게 해서라도 타자(현실)를 회복하고 싶다는 기갈에 독촉을 받고 있는 것이다.

『행인』의 전반부를 읽는 우리는 금방이라도 삼각관계가 막다른 데까지 갈 것 같은 스릴을 느끼게 된다. 그러나 아무 일도 일어나지 않을 뿐 아니라, 동생 지로 쪽도 "자기와 주변으로부터 완전히 차단된 사람의 쓸쓸함을 홀로 느끼는" 남자가 된다. 소설은 급작스레 이치로의 내적인 세계로 이행해버리고 삼각관계를 이루던 형수 문제는 잊혀버리고 마는 것이다. 이는 『문』의 소스케가 아내를 내버리고 참선을 하게 되는 것과 마찬가지이다. 이를 두고 『나쓰메 소세키』[1956]의 에토 준은 타자로부터의 도주이며 자기말살=자기절대화의 윤리라고 비판하고 있다. 하지만 사실은 그렇지 않다. 이들 소설의 주인공은 원래 윤리적이고 상대적인 장소에 서 있었지만, 어떤 시점에 이르면 소세키 고유의 문제를 껴안고서 전적으로 이질적인 세계로 이행하고 마는 것이다. 그들은 윤리적으로 타자를 향하는 일을 포기했지만, 사람이 윤리적이기 위해서는 먼저 자기의 동일성·연속성을 갖지 않으면 안 된다. 예컨대 고마츠가와 사건의 범인 이진우는 서간집 속에서 다음과 같이 쓰고 있다. "내 머릿속에 항상 남아 있던 문제는 체험이 '꿈'처럼 느껴지는 것이었다. 만약 우리가 무슨 일인가를 하고 그것이 과거가 되는 동시에 '꿈처럼' 느껴진다면, 그것에 대해 뭔가 현실적인 감정을 가지라는 말을 들을지라도 곤란하지 않을 수 없게 될 것이다."(이진우, 『죄와 죽음과 사랑』)[1]

이진우는 그가 재일조선인이라는 사실성을 부정해버렸다. 반성적 레벨에서 부정한 게 아니다. 물론 그는 재일조선인이라는

• •

1. 1958년 8월 도쿄 고마츠가와 고등학교에서 여학생을 살해한 범인이 18세 자이니치(在日) 조선인 이진우로 공표됨으로써 논란이 된 사건. 1961년 8월 최고재판소에서 사형 확정 판결. 이진우의 글은 당시 일본에서 기자로 있던 박수남과의 왕복 서간, 곧 박수남 자신이 편집하여 출간한 『죄와 죽음과 사랑: 감옥 창문에서 진실의 눈동자를 응시하며』(1963)로 출간되었고, 이후 일본의 사회파 영화감독 오시마 나기사의 <교사형(絞死刑)>(1968)에 의해 다르게 재현되었다.

것을 잘 알고 있었지만, 그것은 '나' 자신으로부터는 멀리 떨어진 타자로서의 나로서만 감각할 수 있었던 것이다. 그가 거부했던 것은 현실이 아니라 현실을 현실로서 성립시키는 그 자신의 동일성·연속성이다. 그에게 타자는 분명 있지만, 그 타자를 감각할 수는 없다. 따라서 살해한 상대방을 알고는 있어도 감각할 수는 없는 것이며, 그러한 인간에게 죄악감을 요구할지라도 그는 '곤란하지 않을 수 없'는 것이다.

『갱부』의 자기는 땅 밑에서 야스라는 갱부와 만난다. 그 자기가 '현실감'을 회복하는 것은 땅 밑에서 경험한 단 하루의 고통이나 공포에 의한 일이 아니라(그것들은 결국 '꿈처럼' 감각될 수밖에는 없다), 야스라는 남자와의 관계를 통해서인데, 곧 "야스 씨가 살아 있는 이상 자신 역시도 죽어서는 안 된다"고 생각했을 그때의 일이었다. 한 사람과의 관계를 현실적으로 맺을 수 있게 됨으로써 현실 전체를 회복할 수 있게 되는 것은, 예컨대 이진우가 편지를 주고받던 이와의 사랑이라는 관계를 통해 비로소 피해자를 현실적으로 감각할 수 있게 됐다고 말하는 편지에서도 보인다. 그때 이진우는 일거에 '세계'를 회복하는 동시에 민족적 아이덴티티도 회복하며, 더불어 현실적인 죄의식을 갖게 되는바, 이진우는 그렇게 다시금 윤리적인 문제에 직면하게 되는 것이다.

소세키의 소설 속 인물들은 대체로 그런 프로세스와는 반대 방향을 말하고 있다. 『문』의 소스케는 예전에 친구의 여자를 빼앗았다는 죄악감에 괴로워하고 있지만, 그것은 어떤 일반적인 (소세키에게 고유한) '불안'으로 변환되어 가며, 그 불안을 해결하기 위해 소스케는 참선을 하게 된다. "그의 머리를 스쳐가려던 비구름은 다행히도 머리를 건드리지 않고 지나간 듯했다. 그래도 이와 유사한 불안은 이후에도 어딘지 모르게 몇 번씩이나 정도의 차이를 갖고서 줄곧 반복되리라는 예감이 있었다."

이 소설이 도중에 아내를 무시하게 되는 것은 그 '불안'이 죄악감에서 기인하는 명료한 것이 아니라 '정체를 알 수 없는 것'이었기 때문이다. 또 타자와 맺는 관계에서의 소격이나 아집이 타자에게 그 원인이 있는 게 아니라 자기 자신에게 원인이 있기 때문임을 확인하지 않으면 안 됐기 때문이다. 이를 『갱부』의 주인공은 다음과 같이 말하고 있다. "이제야 겨우 알아차렸다. 아닌 자신이 괴로워하고 있으므로 자신만이 그 괴로움을 멈추게 할 수 있을 터이다. 이제까지는 자기 스스로 괴로워하면서 자신 이외의 다른 사람을 움직여 어떻게든 자기에게 알맞은 해결을 얻고자 한결같이 바깥쪽만을 향해 있었던 것이다."

'스스로 그 괴로움을 멈추게' 하려면 어찌해야 하는가. "죽거나 미치거나, 그게 아니면 종교에 들어가거나. 내 앞에는 그 세 가지 말고는 없다"라는 『행인』의 이치로에 기대자면, 소세키는 종교를 『문』에서, 광기를 『행인』에서, 자살을 『마음』에서 찾았다고 해도 좋겠다. 뒤에서 서술할 터이지만, 『마음』의 숨겨진 주제는 자살인 바, 친구에 대한 배반이나 노기 장군의 순절 같은 구실은 어쨌든 자살이 전제가 된 상태에서 도입되고 있는 것이다. 그럼에도 『마음』에는 『그 후』, 『문』, 『행인』 속에서의 급작스럽고 노골적인 구조적 균열은 엿보이지 않는다. 그런 뜻에서 『마음』은 가지런히 균형 잡히고 협잡물이 적은 가작이라고 할 수 있겠지만, 『마음』의 선생님이 왜 죽지 않으면 안 되는지는 아마도 작품 자체를 통해서는 이해될 수 없을 터이다. 선생님의 심리는 이제까지의 작품의 도식성에 비하면 무리 없이 공을 들여 표현된 것이지만 자살만은 약간 불가해한 충동적·직접적 반응이라고 하지 않을 수 없다. 『문』의 소스케[宗助]와 마찬가지로, 아내를 방기한 채 자살하는 것은 결코 윤리적 행위가 아니다. 에토 준의 말을 빌리자면, 마찬가지로 그것은 오히려 자기말살=자기절대화라고 할 수 있겠다.

그런데 『문』의 소스케는 그 이름이 시사하는 것처럼 종교를 추구했다. "자신은 문을 열어달라며 왔었던 것이다. 그런데 아무리 문을 두드려도 문 너머의 문지기는 끝내 얼굴마저 내밀지 않았다." 이 '문지기'는 카프카의 단편 속 문지기와도 같은 것으로, 타자가 아니라 자기 자신에게 관계하는 자기이다. 이 '문지기'는 문을 열어달라는 요구 그 자체를 통해 문을 닫아버리는 방식으로 존재한다. 키르케고어가 '절망적으로 자기 자신이고자 하는 일 — 반항'이라고 말하는 상황이 그런 것이다.

> 자기 자신의 힘으로, 그것도 오직 자기 자신만의 힘으로 절망을 제거하려고 한다면, 그는 변함없이 절망 속에 있는 것이며, 자신으로서는 얼마간 분투했다고 여길지라도 그렇게 분투하면 할수록 점점 더 절망의 늪에 빠질 따름이다. 절망이라는 차질은 단순한 차질이 아니라 자기 자신에게 관계하는 차질, 또 타자와의 관계 속에 놓여 있는 상태에서의 차질이므로, 자기 혼자를 상대로 삼은 관계 속에서의 차질은 동시에 자기라는 관계를 만든 힘과의 관계 속에서 무한히 반영되는 것이다.

(키르케고어, 『죽음에 이르는 병』[1849])

그러하되 여기서 키르케고어가 '타자'라고 말하는 것은 신이다. 그런 까닭에 그의 윤리는 자기 자신이고자 하는 것으로부터 신앙을 향해 질적으로 비약하는 것이며, 또 그의 모든 저서는 그런 비약에 관해 이야기하고 있다. 하지만 소스케나 이치로가 추구하고 있는 것은 말하자면 살아 있는 몸뚱이로서의 타자이다. 그들을 위협하고 있는 생의 위기는 분명 '자기 자신과 맺는 관계에서의 차질'에 뿌리박고 있지만, 단지 자의식의 문제는 아니다. 신체 그 자체에서 기인하는 형언하기 어려운 '불안'인 것이다. 키르케고어의 불안은 말하자면 '머릿속에서의 두려움'이지만 그들 인물들의 불안은 '심장에서의 두려움'이다. 그런 까닭에 그들에게 종교(신앙)에 의한 구제 따위는 있을 수 없었던 것이다.

『갱부』의 주인공은 땅 밑에서 야스 씨라는 남자와 만나는데, 그는 "스물셋에 어떤 여자와 친해졌고 — 자세히 얘기하지는 않겠지만 그것으로 인해 용서할 수 없는 죄를 범했다. 죄를 범한 뒤에 정신이 들어보니 더 이상 사회에 의해 받아들여질 수 없는 몸이 되어 있었"던 남자이다. 곧 야스 씨는 『그 후』의 다이스케, 『문』의 소스케, 『마음』의 선생님과 같은 남자인 것이다. 『갱부』의 자기는 이렇게 생각한다.

> 야스 씨를 호의적으로 여긴 탓인지, 야스 씨가 도망치지 않을 수 없는 죄를 범했다고는 아무래도 생각되지 않았다. 사회가 야스 씨를 죽였다고 여기지 않으면 기분이 풀리지가 않았다.

그러함에도 지금 말하는 사회라는 것이 어떤 것인지는 요령부득이었다. 사회란 다만 인간이라고 생각하고 있었다. 그 인간이 왜 야스 씨와 같은 좋은 사람을 죽였는지는 더더욱 알 수가 없었다. 따라서 사회가 나쁘다고 단정하긴 했지만, 그런 사회를 완전히 증오하게 되지는 않았다. 단지 야스 씨가 가련할 뿐이었다. 가능하다면 자기가 그를 대신하고 싶었다. 자신은 자기 멋대로 자신을 죽이고자 여기까지 왔다. 싫증이 나면 돌아가도 별다른 지장이 없었다. 야스 씨는 인간에 의해 죽임을 당하고서는 어쩔 수 없어 여기서 살고 있는 것이다. 돌아가려고 해도 돌아갈 곳이 없었다. 어찌해도 야스 씨가 딱했다. (『갱부』, 강조는 인용자)

이렇게 보면 야스 씨는 사회에서 추방된 남자이고, 『갱부』의 자기는 사회를 추방한 — 사회를 사회로서 현실적으로 감각할 수 없다는 방식으로 사회를 추방한 — 남자이다. 야스 씨에겐 통절한 윤리감이 있지만, 『갱부』의 자기에게 외부세계라는 것은 애초부터 그저 멀리 떨어진 것으로만 느껴졌다. 즉 『갱부』의 그 두 인물은 『문』, 『마음』 속의 주인공이 가진 분열의 의미를 보여주고 있다고 하겠다. 『그 후』의 다이스케가 처음에는 『갱부』의 자기로서 드러난 이후 야스 씨로 바뀐다고 한다면, 『문』의 소스케는 처음에는 야스 씨로서 드러나지만 이윽고 『갱부』의 자기로 바뀌는 것이다.

요컨대 소세키의 소설은 윤리적인 위상과 존재론적인 위상이라는 이중 구조를 지니고 있다. 그것은 바꿔 말해 타자(대상)로서의 '나'와 대상화할 수 없는 '나'의 이중 구조이다. 타자로서의 나, 즉 반성적 레벨에서의 나를 완전히 버렸다고 한다면, 그리고 순수하게 내측[내면]에서 '나'를 이해하고자 한다면 어떻게 될까. 이를 보여주고 있는 것이 「몽십야」이다. 그 '꿈'이란 소세키의 존재 감각만을 순수하게 암시하는 것이지만, 우리는 소세키의 어느 작품에서도 그러한 꿈의 부분을, 즉 소세키의 존재감각 그 자체의 노출을 발견할 수 있다. 『갱부』의 출구 없는 땅 밑 미로도 그러하고, 『그 후』의 처음과 마지막에 나타나는 '붉은' 환각 역시도 그러하다.

「런던탑」에서는 '꿈'의 부분과 '현실'의 부분이 함께 존재한다. 그러하되 분명히 '꿈' 쪽이 더 우세하다. 현실에서의 탑은 허무적인 것이 되며 상징적인 '탑'이 소세키 고유의 존재감을 비춰내는 거울이 되는 것이다. 그런 까닭에 소세키는 다음과 같이 쓰고 있다.

> 나는 어떤 길을 통해 '탑'에 도착했는지, 또 어떤 마을을 가로질러 집에 돌아왔는지 아직까지 확연하지가 않다. 아무리 생각해도 떠오르질 않는다. 다만 '탑'을 구경했던 것만은 확실하다. '탑' 그 자체의 광경은 지금까지도 선연히 눈에 떠올릴 수 있다. 그렇게 탑을 구경하기 이전엔 어땠는지를 질문받으면 곤란하고 그 이후는 어땠는지를 심문받으면 대답하기 어렵다. 이전의 일과 이후의 일을 잊어버리고는 다만 거리낄 것 없이 그 중간만이 명확할 따름이다. 흡사 어둠을 찢는 번개가 눈썹에 떨어지는 듯 눈에 보이고서는 사라져버린 느낌이다. 런던탑은

전생의 꿈이 모여들어 불타는 지점과도 같다. (「런던탑」)

이는 '탑'의 세계가 현실의 세계와는 이질적이고 다른 차원의 것임을 보여준다. 소세키에게 윤리적인 위상과 존재론적인 위상은 순접하는 것이 아니라 역접하는 것이다. 『양허집漾虛集』[1906, 단편집]에서는 안쪽에서 본 '나'와 바깥쪽에서 본 '나'가 밸런스를 유지하지만, 장편소설에서 그런 밸런스는 완전히 붕괴된다. 주인공들은 본래 윤리적인 문제를 존재론적으로 풀고자 하고 본래 존재론적인 문제를 윤리적으로 풀고자 하는바, 그 결과로 소설이 구성적 차원에서 파탄되고 마는 것이다.

3

앞에서 나는 『마음』의 숨겨진 주제가 자살이라고 썼다. 그것은 선생님의 자살이 작품의 구성적 필연으로서가 아니라 작자의 소망이 드러난 것으로서 배치되어 있다는 말이다. 친구를 배신했다는 죄의 감정 혹은 메이지는 끝났다는 종말의 감각이라는 것이 이 작품을 뒤덮고 있는 어둠이나 선생님의 자살 결행에 완전한 대상으로 매치될 수 없다는 점은 명료하기 때문이다. 선생님은 '윤리적 인간'이다. 하지만 동시에 그는 '내부의 인간'(아키야마 슌)인 것이다. 그러함에도 『마음』에는 『문』이나 『행인』에서와 같이 표면에 드러난 균열들은 없으며, 그것들이 겹쳐져 암유暗喩적인 형상을 이루고 있다.

> 노기 씨가 죽은 이유를 내가 잘 이해할 수 없는 것처럼 자네 역시도 내가 자살하는 까닭이 분명히 납득할 수 없을지 모르겠는데, 혹시 그렇다고 한다면 그것은 시대의 형편과 추이에서 기인하는 인간의 차이이니 어쩔 수 없는 일이겠지. 어쩌면 개인의 타고난 성격 차이라고 말하는 쪽이 확실할지도 모르겠네. 나는 할 수 있는 한, 이 불가사의한 '나'라는 것을 자네가 이해할 수 있도록 지금까지의 서술 속에 스스로를 모두 쏟아부었다고 생각하네. (『마음』)

'불가사의한 나'란 무엇인가. 그것은 타자로서의 나(바깥쪽에서 본 나)와 타자로 대상화할 수 없는 '나'(안쪽에서 본 나)를 동시에 뜻하고 있다. 혹시 인간이 타자로서의 나에 불과하다면, 그는 예컨대 빨강셔츠이고 알랑쇠와 같은 것인바, 요컨대 단순명쾌할 것이다. '자연주의'란 그러한 인식과 다름없는 것이다.

예컨대 선생님은 "돈이지, 돈을 보면 그 어떤 군자라도 즉시 악인이 되지"라고 말한다. 그러나 『마음』은 그런 자연주의적 인식을 서술하고 있는 게 아니다. 선생님 자신은 돈에 의해 움직이지는 않았지만 여자에 의해서는 움직였다. 그렇다면 '여자이지, 여자를 보면 그 어떤 군자라도 즉시 악인이 되지'라고 쓰고 있는 것일까. 물론 그럴 리가 없다.

선생님은 성실했는데, 그는 고된 경험 속에서도 그런 성실함을 거의 결의하듯 관철시키고자 했던 남자이다. 이를 잊어서는 안 된다. 그러함에도 그의 성실하고자 하는 바로 그 점이 그 성실함을 배반한다. 거기엔 무엇이 있는가. 우리는 자기(에고)를 관철시키는 것이 다른 누군가를 희생시킬 수밖에 없는 인간관계를 봐야만 하는 것일까. 그렇지 않다. 소세키가 보고 있던 것은 그런 자명한 이치가 아니다. 그것으로는 그가 왜 '마음'이라는 제목을 붙였는지를 알 수 없다. 또한 그런 이해는 소세키를 흔해빠진 윤리학자로 밀어 떨어트리는 것 이외에 다른 게 아니다. 예컨대 실제로 선생님이 친구 K에게 어떤 시기에 고백을 했었다면 별다른 문제가 일어나지 않았을 것이다. 물론 그 경우에도 선생님이 친구 K에게 상처를 준 것임이 틀림없다. 그런데 선생님은 K의 자살이 연애 문제에 따른 것인지 어떤지를 이후에 의심하게 된다. 마찬가지로 선생님의 자살도 친구 K를 죽게 만든 죄악감 때문이 아니었다고 할 수 있다. 따라서 『마음』은 인간의 에고이즘과 에고이즘의 아집 같은 테마와는 아무런 관계가 없다. 소세키가 응시하고 있었던 것은 여전히 '정체를 알 수 없는 것'이었으며, 그렇지 않다면 선생님이 부인에 대해 냉담했던 일, 부인을 두고 자살했던 일은 거듭 에고이즘이라고 비난받지 않으면 안 될 것이다.

> K에 대한 나의 양심이 부활한 것은 내가 집의 격자문을 열고 현관에서 방으로 들어가려고 했을 때, 곧 그의 방을 지나가려던 그 순간이었네. 그는 내게 "병은 이제 다 나았는가, 의사에게 가보기라도 했는가"라고 물었지. 나는 그 찰나, 그의 앞에서 손을 짚고 사과하고 싶어졌던 거야. 게다가 내가 느낀 그때의 충동은 결코 약한 게 아니었어. 혹시 K와 내가 단 둘이 광야의 한복판에 서 있기라도 했었다면 나는 분명 양심의 명령에 따라

> 그 자리에서 그에게 사죄했으리라고 보네. 그러나 방 안쪽에는 다른 사람이 있었지. 나의 자연은 곧바로 거기서 멈춰지고 말았던 거야. 그러고는 나의 양심은 슬프게도 영원히 부활하지 않았네. (『마음』)

이는 후회이다. 그리고 『마음』의 유서 부분은 왜 그때 진실을 말하지 않았는지를 둘러싼 후회로 가득하다. 하지만 우리는 오히려 이렇게 말해야만 하는 게 아닐까. 진실이라는 것은 언제나 즉시 말해야만 할 때보다 뒤늦게 후회의 형태로서만 찾아온다는 것을. 그리고 그런 어긋남에는 무언가 본질적인 의미가 있다는 것을.

진실을 이야기하는 것은 고백한다는 것이다. 누구라도 입에 담을 수 있는 진실 따위란 진실이 아니다. 고백한다는 것은 몸을 찢는 듯한, 그리고 그것을 쓴다면 종이가 불타오르는 것(E. A. 포)과도 같은 행위이다. 선생님은 고백할 수가 없었다. 왜냐하면 고백이 순간순간 끊임없이 늦어졌기 때문이다. 아니 그렇다기보다는, 언제나 고백이란 순간순간 늦어질 수밖에 없는 것이라고 하지 않을 수 없다. 우리가 아무리 진실되고자 할지라도 거기에는 약간의 어긋남이 생겨난다. 이 어긋남이라는 것이 우리의 자기기만의 산물이 아니라면 대체 무엇 때문이겠는가.

선생님의 고백은 질질 끌리며 계속 늦어져 간다. 하지만 단순히 늦는 게 아니다. 오히려 고백해야 할 것이 생겨났기 때문에 하숙집 따님을 향한 사랑 역시도 깊어졌다는 사정이 있었기 때문이다. 이는 더 이상 어쩔 수가 없는 프로세스이다. 예컨대 『그 후』의 다이스케도 고백이라는 것을 하지만, 그 고백은 급작스럽고 기계적인 것이었다. 그는 그때까지 자기기만 속에서 자각하지 못하고 있던 '자연'(진실)을 깨닫고, 예전에 친구에게 양보했던 여자를 다시 빼앗는다. 그러나 거기에 있는 것은 단순한 도식에 지나지 않는다. 즉 자신의 본심(자연)과 자기기만(인공)이라는 이원적 도식이 있을 따름인 것이다.

그런데 『마음』에는 『그 후』에서처럼 나무에 대나무를 접붙이는 급작스러움이나 도식성이 없다. 이렇게 하고자 하면서도 다른 식으로 해버리고 마는 인간의 어쩔 도리 없는 마음의 움직임이 무리 없이 포착되고 있기 때문이다. 거기서는 본심과 기만이라는 도식이 성립하지 않는다. 무의식과 의식이라는 도식이 성립하지 않는다. 만년의 프로이트가 언어의 문제로 관심을 옮겼던 사정을 생각해보면 되겠다. 그는 의식과 무의식에 관한 기계적인 도식으로는 풀 수 없을 순간순간의 어긋남을 해명하고자 했다. '초자아'라는 것이 우리의 '자연'을 억압하고 있다는 말은 농담조차도 될 수 없다. 고백의 불가능성을 탐색해간다면, 우리는 기만이나 자존심 대신에 이 세계에서 인간이 존재하는 방식 자체로 눈을 돌리지 않을 수 없는 것이다. 바꿔 말하자면, 우리가 이 세계에서 존재하고 있는 상태 그 자체가 우리를 진실(자연)로부터 소격(어긋남)시키고 있는 게 아닐까. '불가사의한 나'라는 것은 그렇게 존재할 수밖에 없는 인간의 불가사의함일 것이다.

소세키는 고백을 조금도 믿고 있지 않았다. 하지만 예컨대 시마자키 도손은 『파계』[1906]에서는 고백을 단순히 믿고 있다. 세가와 우시마쓰『파계』의 주인공가 고백할 수 없었던 것은 자존심이나 허영심 때문이며, 그것을 버린다면 고백이란 그저 사실을 말하는 것에 지나지 않았던 것이다. 『죄와 벌』[1867]을 본보기로 삼았다고들 하는 이 작품에 도스토옙스키적 문제는 전혀 존재하지 않는다. 도손 이후 일본의 소설은 자연주의적인 '진실'을 얼마만큼이나 자존심을 버리고서 리얼하게 '고백'하는가라는 단 하나의 지점에 관심이 쏠렸다. 그들의 관점에서 보자면, 소세키 등은 '여유파余裕派'[2]에 불과하며 거짓말 이외에는 쓰지 않는 것이 된다. 하지만 고백할 수 있는 진실 따위란 하찮을 것일 따름이다. 소세키가 고백하지 않으면 안 되기에 고백할 수가 없는 무언가를 소유하고 있었다는 것은 분명하다. 그것이 무언인지 나는 알 수 없으며 알고 싶지도 않다. 이야깃거리가 드러날지라도 기껏해야 자연주의적인 '진실'에 불과할 것이다. 하지만 소세키가, 혹은 우리가 떠안고 있는 진실이라는 게 그렇게 단순한 것일 턱이 없다. 『마음』을 읽은 이들에겐 이미 명료한 것이다. 소세키의 눈이 인간의 심리를 파헤치면서 득의양양해지는 종류가 아니라는 것, 우리의 생존을 불가피하게 강제하고 있는 무언가로 소세키의 눈이 향해져 있다는 것이. 그리고 그럴 때 소세키는 인간의 고독이라는 것을 응시하지 않을 수가 없었다.

• •

2. 소세키가 다카하마 교시의 소설 『맨드라미(鶏頭)』에 붙인 「서문」 속에서 '여유로운 소설'이라고 썼던 것에서 유래함. 그런 소설을 비꼬고 비판하는 이름이었으며, '리얼한' 현실과는 동떨어진 문학 일파를 가리켰다. '저회파(低徊派; 사색에 잠겨 천천히 거니는 무리)'라고도 불림.

나는 아내로부터 무엇 때문에 공부하느냐는 질문을 종종 받았네. 나는 다만 쓴웃음을 지었지. 그러나 본심에서는 세상에서 누구보다도 믿고 사랑하는 오직 한 사람조차도 나를 이해하지 못한다는 생각에 슬펐다네. 이해시킬 수단이 있음에도 이해시킬 용기가 나지 않는 거라고 생각하니 점점 더 슬퍼졌지. 나는 적막했어. 모든 곳으로부터 분절되어 세상 속에 오직 한 사람만 살고 있다는 느낌도 자주 들었다네.

동시에 나는 K가 죽은 원인을 거듭 반복하여 생각했다네. 그 당장에는 내 머리를 오직 사랑이라는 두 글자가 지배하고 있었던 탓이라고 생각해서 그랬겠지만, 나의 관찰은 차라리 간단하며 게다가 직선적이었지. K는 다름 아닌 실연 때문에 죽은 것이라고 곧바로 결정하고 말았던 거야. 그러나 점점 더 차분해진 기분 속에서 동일한 현상을 다시 살피게 되면서부터는, 그 일이 그리 손쉽게 해결될 수 있는 게 아니라는 생각이 들었어. 현실과 이상의 충돌, — 그런 것만으로는 아직 충분치 못했어. 나는 결국에 K가 나처럼 홀로 쓸쓸해져 어쩔 수 없게 된 결과, 갑자기 그렇게 결정했던 게 아닐까 의심하기 시작했지. 그랬더니 다시금 전율이 느껴졌다네. 나 역시도 K가 걸었던 길을 K처럼 더듬어가고 있다는 예감이 이따금 바람처럼 내 가슴을 가로질러 가기 시작했기 때문이야. (『마음』)

선생님은 '메이지의 인간'으로서 죽은 것이 아니라 '전율'하는 황량한 풍경 속에서 죽은 것이다. 물론 그가 그런 풍경을 보고 말았던 것은 '메이지의 인간'이었기 때문이다. 그러나 소세키는 자신이 '낡은 인간'이라고는 조금도 말하지 않고 있는바, 소세키는 단지 '새로운 인간'들에게 그가 보고 있지 않으면 안 되었던 것을, 그리고 시라카바파白樺派[3] 청년들이 보고 있지 않은 것을 전하고자 했다. 소세키의 윤리감은 역사적인 것인데, 그의 인간 존재에 대한 통찰은 우리에게 절실한 것이다. 그가 보았던 것은 인간의 '원죄'인가. 내가 아는 범위 안에서는 공관복음서에 '원죄'라는 개념은 없다. 즉 '원죄'라는 관념은 신학자가 날조한 관념에 불과하다. 아라 마사히토는 『마음』을 '수치심의 문화'(루스 베네딕트) 속에 있는 일본인의 심성과 결부시키려고 한다. 거꾸로 다키자와 가츠미는 『마음』을 복음서에 비견하면서 선생님을 예수에 견주고 있다. 하지만 그것들은 『마음』의 본질에 관해서는 아무것도 말하지 않은 것이다. 서구인에게는 원죄의 관념이 있으나 일본인에게는 없다. 참으로 단순하고 명쾌한 관점이다. 그러나 인간과 인간이 관계를 맺으면서 존재할 때에 우리에게는 어찌할 수 없는 허위나 위화감이 생겨난다는 것은 관념이나 심리의 문제 따위가 아니다. 우리의 생존 조건의 문제와 다름없는 것이다. 선생님을 예수라고 말해도 별달리 나쁘지는 않다. 하지만 그리스도 따위란 결코 있지도 않은 것이다. 하물며 그리스도교와는 아무런 관계도 없으며, 또 관계 맺어야 할 까닭 역시도 없다.

3. 1910년 잡지 『시라카바(白樺; 자작나무)』에서 유래한 문학 일파. 다이쇼 데모크라시로 대표되는 자유주의적 분위기 속에서 개인주의·인도주의·이상주의를 긍정하는 문학을 했음. 본문에 나오는 자연주의를 대신하여 1910년대 문학의 중심 경향이 되었다.

『마음』은 인간의 '마음'을 묘사했지만 심리소설이 아니다. 그것은 도스토옙스키의 소설이 무한히 인간의 심리를 도려내 척결하면서도 심리소설이 아닌 것과 마찬가지이다. 인간의 심리, 자의식의 기괴한 움직임은 심층심리학과 그 이외의 것들에 의해 이제는 빤히 보이는 것이 되었다. 하지만 『마음』의 선생님이 지닌 '마음'이 그렇게 빤히 보이는 것일까. 빤히 보이는 것이 오늘날의 우리를 끌어당길 턱이 없다. 아마 소세키는 인간의 심리가 너무 훤히 보여서 곤란해하는 자의식의 소유자였을 터인데, 오히려 그런 까닭에 보이지 않는 무언가에 대해 두려움을 느끼는 인간이기도 했다. 무슨 일이 일어날지 알 수 없다, 소세키는 자주 그렇게 쓰고 있다. 소세키가 보고 있는 것은 심리나 의식을 넘어선 현실이다. 이는 과학적으로 대상화할 수 있는 '현실'이 아니다. 그는 대상화하여 알 수 있는 인간의 '심리'가 아니라 인간이 관계 맺어져 상호성 안에서 존재할 때 발견되는 '심리를 넘어선 것'을 보고 있는 것이다.

인간은 죽음과 태양을 응시할 수 없다고 라 로슈푸코는 썼다. 혹은 인간은 허영심 때문이라면 무엇이든 한다고 썼다. 모든 심리(소설)가가 의거하고 있는 것은 그런 종류의 소박한 전제에 불과하다. 하지만 인간은 어떤 현실적인 계기에 강제됐을 때는 태양을 응시하는 일도 있을 수 있다. 그런 있을 수 있음의 공포를 소세키는 '전율'할 것 같은 고독 속에서 통감했었다. "정신계도 완전히 동일한 것이다. 언제 어떻게 바뀔지 알 수 없다. 그렇게 변하는 것을 나는 봤던 것이다."(『명암』) 소세키가 보고 말았던 것은 무엇인가. 파고들 필요는 없을 것이다. 하지만 그가 생애에 걸쳐 그런 놀라움에 사로잡혀 있었던 것만은 기억할 만한 가치가 있을 것이다.

4

> 겐조가 먼 곳에서 돌아와 고마고메 안쪽 깊숙한 곳에 살림을 차렸던 것은 도쿄를 떠난 지 몇 년만의 일이었을까. (『한눈팔기』)

『한눈팔기』의 이런 첫머리는 상징적이다. 런던이라고 쓰지 않고 '먼 곳'이라고 씀으로써 겐조는 단지 장소적으로 먼 곳일 뿐만 아니라 관념적으로도 먼 곳에서 돌아온 것이 되기 때문이다. 하지만 그런 첫머리가 전체 속에서 갖는 의미는 거기서 멈추지 않는다. 예컨대 "지금의 나는 어떻게 만들어졌던 것일까"(『한눈팔기』)라는 물음이 끊임없이 생겨나고 있는 것이다. 즉 '먼 곳'이라는 말은 공간적이라기보다는 시간적으로 먼 곳을 뜻하고 있는데, 이는 바꿔 말해 '나는 어디서 왔는가, 나는 무엇이며 어디로 가는가'라는 물음을 암시하고 있는 것이다.

서두의 첫 장에서 상징적인 것은 겐조가 산보 도중에 '모자를 쓰지 않은 남자'와 만나고, 이로 인해 어떤 불안의 감정을 품게 되는 대목이다.

> 그때 겐조는 상대방이 자기에게 가까이 오고 있음을 의식하

면서 여느 때와 마찬가지로 기계처럼 또 의무처럼 걸어가고자 했다. 그런데 상대방의 태도는 정반대였다. 누구든 간에 불안감을 갖지 않을 수 없을 정도의 주의를 두 눈에 모아 그를 응시했다. 약간의 틈새만 있다면 겐조에게 가까이 오려는 그 사람의 마음이 흐린 눈동자 속에서 선연히 읽혔다. 할 수 있는 한 가차 없이 그 옆을 지나쳐버린 겐조의 마음에는 이상한 예감이 일었다.

"아무래도 이렇게 마무리될 것 같지 않다."

그러나 그날 집에 돌아왔을 때도 그는 모자를 쓰지 않은 그 남자의 일을 끝내 아내에게 이야기하지 못했다. (『한눈팔기』)

그 남자는 예전에 겐조의 양부였던 사람으로, 이제는 그에게 돈을 타내려고 오는 시마다이다. 하지만 겐조의 '이상한 예감'이란 심상치 않은 것이다. 겐조가 만났던 것은 시마다가 아니라 '모자를 쓰지 않은 남자'라는 점에 주의해야 한다. 겐조의 아내가 말하듯이 양부모 문제는 돈으로 '정리'될 수 있는 사무적인 문제에 불과하지만, 마지막 장에서 겐조가 "세상에 정리될 수 있는 일 따위란 있을 리가 거의 없지"라고 중얼거리듯이 '모자를 쓰지 않은 남자'가 주는 불안은 생활상의 골칫거리와는 이질적인 무엇이다. 그것은 "모자를 쓰지 않은 남자가 혹시라도 겐조의 갈 길을 갑자기 막지 않았더라면, 겐조는 여느 때와 마찬가지로 센다기의 길거리를 매일 두 번 정해진 규칙대로 왕래하면서 당분간 다른 방향으로는 발길을 향하지 않았을 것이다"라고 말할 정도의 것이었다.

여기서 겐조를 붙들고 있는 불안은 지식인으로서의 불안이 아니라 나체의 인간으로서의 불안이다. '모자를 쓰지 않은 남자'는 겐조에게 '너는 어디서 왔느냐'는 질문으로 불시에 다그치기 시작하는 것이다. 이를 두고 내가 떠올리지 않을 수 없었던 것은 소포클레스의 비극 『오이디푸스 왕』[BC 429]에서 오이디푸스 앞에 나타나 그를 불안하게 만든 예언자이다. 오이디푸스는 그 예언자를 묵살하고 또 출생의 비밀에 관련된 증인들을 묵살할 수 있었을 것이다. 혹은 오이디푸스에게 '나의 내력을 밑바닥 끝까지 파고 들어가리라'는 공포스런 의지가 없었다면, 그것이 밝혀지는 일 또한 없었을 것이다. 겐조 역시도 마찬가지이다.

서두 첫 장에서 우리는 겐조가 '모자를 쓰지 않은 남자'의 출현으로 불가피하게 생겨나는 질문에 닦달되고 있음을 보았으되, 『한눈팔기』라는 소설의 표층에서는 시마다라는 남자가 나타남으로써 사소한 일상적 다툼이 생기고 있을 따름이다. 하지만 소설의 심층에서는 '모자를 쓰지 않은 남자'가 나타나 겐조를 '너는 무엇이며 어디서 왔고 어디로 가는가'라는 불안한 질문 속에 끌어다 넣고 있다. 따라서 『한눈팔기』는 자연주의적인 표층과 「몽십야」에 연결되는 심층이라는 이중의 구조로 성립하고 있다.

> "세상에 정리될 수 있는 일 따위란 있을 리가 거의 없지. 한번 일어난 일은 언제까지나 계속돼. 단지 여러 형태로 변하니까 타인도 자기도 모를 뿐이지."

겐조의 어조는 토해내는 듯 괴로웠다. 아내는 말없이 아기를 안아 올렸다.

"오오, 착하다, 착해. 아버지 말씀은 무엇 하나 조금도 알아들을 수가 없지."

아내는 그렇게 말하면서 몇 번인가 아기의 빨간 볼에 입을 맞췄다. (『한눈팔기』)

『한눈팔기』의 마지막 대목을 두고, "그것은 일상생활 쪽의 완전한 승리를 용인한 것"이라고 에토 준은 쓰고 있다. 곧 지식(관념)이라는 '먼 곳'에서 돌아와 아내=생활자의 논리를 수용하는 지식인의 자세라고 봐도 좋겠다. 하지만 겐조의 '괴로움'은 아내의 논리에 굴복하는 데에서만 기인하는 게 아니다. 겐조에게 시마다의 문제는 정리됐을지라도 모자를 쓰지 않은 남자의 문제는 정리된 것이 아니었기 때문이다.

『한눈팔기』의 표층에서 겐조라는 지식인은 '지식'이라는 것이 아무 힘도 발휘할 수 없는 장소, 즉 가족 안에서 철저하게 상대화되면서 일개 남편이자 아버지이고 아들이라는 존재로 환원된다. 사회적으로 존재한다는 것은 스스로를 타자로 삼아 살아가는 것이다. 그 속에서 겐조는 겐조라는 이름으로 겐조라는 이름이 떠안고 있는 여러 인간관계를 부득이하게 살아갈 수밖에는 없다. 그러하되 다른 한쪽으로 겐조는 무명의 존재로서 '정리되지 않는' 문제를 앞에 두고는 떨고 화내고 두려워한다.

그것을 소세키는 이제껏 '꿈' 혹은 '환영'의 세계로서 포착해왔다. 그리고 그것이 리얼리즘을 기조로 한 장편소설에서는 주인공의 급작스런 현실 이탈로 표출되면서 작품을 분열시켰음은 이미 서술한 것과 같다. 『한눈팔기』에는 그러한 분열이 없다. 그럼에도 우리는 『한눈팔기』의 리얼리즘을 침범하고 있는 컴컴한 어둠을 감각하지 않을 수 없게 된다. 『한눈팔기』는 말하자면 「런던탑」의 세계가 거꾸로 서 있는 것과도 같다. 겐조의 일상적인 사회생활의 배후에 입구도 출구도 알 수 없는 내부의 세계가 있다. 즉 '탑'의 세계가 있다. 겐조는 탑=시마다와 현실에서 마주하면서도 동시에 '탑'='모자를 쓰지 않은 남자'를 마주하고 있는 것이다. 그런 까닭에 시마다 부부의 문제는 사무적으로는 정리됐을지라도, 결코 말끔하게는 '정리될 수 없는' 문제로부터 겐조는 도망칠 수가 없는 것이었다.

겐조(소세키)는 어디서 왔는가. 이는 예컨대 소세키가 게이오 3년[1867] 음력 1월 5일 에도 우시고메바바시타牛込馬場下의 나누시名主[다이묘(大名) 영지의 관리책임자] 집안에서 태어났다는 객관적 사실과는 아무 관계도 없는 물음이다. 그런 종류의 사실들은 타자로부터 알려지게 되는 것이며 '타자로서의 나' 이외에 다른 게 아니다. 그 증인들이 거짓말을 하고 있다면 — 소세키가 실제로 자신의 친부모가 누구인지를 알게 됐던 것은 양부모의 집에서 돌아온 이후 하녀가 털어놓았을 때였다 — 그 자신의 아이덴티티를 보증하는 것은 아무것도 없게 된다.

> 사건이 없는 날들이 조금 더 이어졌다. 사건이 없는 날이란 겐조에겐 침묵의 날에 불과했다.
>
> 그는 그사이에 때때로 불가피하게 자신의 추억을 더듬게

되었다. 자신의 형을 딱하게 여기면서도 그는 어느 때부터인가 그 형과 마찬가지로 과거의 인간이 되었다.

그는 자신의 생명을 양분하고자 시도했다. 그러면 말끔하게 잘려져버릴 터인 과거가 도리어 자신을 뒤좇아 왔다. 그의 눈은 앞길을 바라다보았다. 그러나 그의 발은 뒤쪽을 향해 걸어가기 일쑤였다.

그렇게 길이 막힌 막다른 곳에는 커다란 사각형의 집이 서 있었다. 집에는 폭이 넓은 계단을 통하는 이층이 있었다. 겐조의 눈에는 그 이 층의 위에도 아래도 모두 똑같이 보였다. 복도로 둘러싸인 안쪽 정원 역시도 정사각형이었다.

희한하게도 그 넓은 집에는 아무도 살지 않았다. 그것을 쓸쓸하다고 느끼지 못할 정도로 어렸던 그에겐 아직도 집이라는 것의 경험과 이해가 결여되어 있었다. (『한눈팔기』)

휑하게 비어 있는 쓸쓸한 광경이 있다. 그리고 그 건너 쪽에는 아무것도 없다. 이 '쓸쓸함'이란 『마음』의 선생님을 덮쳤던 '쓸쓸함'과 거의 동질적이다. 그것은 사람이 없는 쓸쓸함이 아니라 인간이 생존하고 있는 이유를 찾을 수 없는 고독이다. '어렸던 그'는 그것을 '쓸쓸하다고 생각하지 않'고 있었다. 아니, 그렇다기보다는 '어렸던 그'는 이유도 없이 그 '넓은 집' 안에 내던져져 있었던 것이다. 겐조의 기억에 플래시가 터지듯 떠오른 그 풍경은 소세키가 자기의 생에 관해 갖고 있던 고유한 이미지임이 분명하다. 겐조(소세키)가 그러한 유년 시절의 기억을 지니고 있었던 것은 거기에 모종의 의미를 부여했기 때문인데, 그 '의미'란 이유도 없이 생존하고 있다는 존재 감각이었다.

> 어느 날 그는 집에 아무도 없을 때를 골라 서툴게 만든 대나무布袋竹 끝에 실을 걸어 미끼와 함께 연못에 던져 넣었다. 곧바로 실을 당기는 왠지 기분 나쁜 것에 겁이 덜컥 났다. 그를 물속으로 끌어당기는 강력한 힘이 두 팔까지 전해져 왔을 때, 그는 두려워졌고 이내 작대기를 던져버렸다. 그리고 다음날 수면에 조용히 떠 있던 한 자尺 남짓한 잉어를 발견했다. 그는 홀로 무서웠다……. (『한눈팔기』)

이것은 단지 존재하고 있음을 대자적對自的[관계 안에서, 자기에 맞서 대립하는 상황]으로 포착한 순간의 공포와 다름없다. 아마 그것은 원시인에게서의 종교의 발생을 암시한다고 말할 수 있을 것이다. 자연이 위협적인 것으로 느껴졌기 때문에 종교가 발생했던 게 아니다. 동물에게도 공포는 있기 때문이다. 잉어에 대해 그가 느꼈던 공포는 그가 그 자신의 존재(자연)와는 괴리되고 이질화된 존재라는 이해를 투사한 것이다. 대상으로서의 잉어는 아무것도 아니지만, 그때 그가 느꼈던 불안은 대상성을 갖지 않는다. 내가 소세키의 '꿈'의 세계라고 부른 것은 그렇게 대상성을 갖지 않는 '나' 자신의 세계이며, 소세키의 작품이 지닌 이중구조는 예컨대 잉어와 그것에 완전히 대응(필적)할 수 없는 공포로 이뤄진 이중성에 근거해 있는 것이다.

"겐조는 자신의 배후에서 그런 세계가 자신을 잡아끌고 있음을 끝내 망각할 수 없게 되었다." 그러나 배후만 그런 것이 아니다.

'어디로 갈 것인가'라는 물음이 생겨났을 때, 그는 역시 어둠 속을 들여다볼 수밖에 없었다.

부모가 원할지라도 셋째 아이만이 예쁘게 자랄 것이라고는 생각할 수 없었다.

"저런 것이 계속 태어난다면 필경 어찌 되고 말까."

그는 부모답지 않은 감상을 시작했다. 그 속에는 아이들만이 아니라 그런 자신과 아내 역시 필경 어찌 되고 말 것인가라는 뜻이 어슴푸레하게 섞여들어 있었다. (『한눈팔기』)

"그러나 남의 일이 아니야. 실은 나도 청춘시대를 완전히 감옥 안에서 보냈으니까."

청년은 놀란 얼굴이었다.

"감옥이란 무엇이죠?"

"학교지. 또 도서관이고. 생각해보면 양쪽 모두 감옥 같은 곳이라고 할 수 있겠지."

청년은 답하지 않았다.

"그러나 혹시 내가 오랜 시간 감옥에서 생활하지 않았더라면 오늘의 나는 결코 세상에 존재하지 않았을 테니 어쩔 수가 없지."

겐조의 말투는 절반은 변명하는 식이었다. 나머지 절반은 자조적이었다. 과거의 감옥 생활 위에 현재의 자기를 쌓아올렸던 그는 현재의 그 자기 위에 반드시 미래의 자기를 쌓아올리지 않으면 안 되었다. 그것이 그의 방침이었다. 그리고 그것은

> 그가 보기에 올바른 방침임이 틀림없었다. 그러하되 지금의 그에게는 그 방침에 따라 앞으로 나아가는 일이 헛되이 늙게 되는 결과 말고는 아무것도 가져오지 않을 것처럼 보였다.
> "학문만 하다가 죽을지라도 인간이란 시시할 뿐이네."
> "그렇지 않습니다."
> 그의 뜻은 끝내 청년에게 통하지 않았다. 그는 아내의 눈에 지금의 자신이 결혼 당시의 자신과 얼마나 달리 변한 것으로 비칠지 생각하면서 걸었다. 아내는 다시 아이를 낳을 때마다 늙어갔다. 머리카락도 기가 죽을 정도로 빠지는 일이 있었다. 그렇게 지금은 셋째아이를 임신하고 있었다. (『한눈팔기』)

겐조의 아내, 누나, 양부모는 완전히 무의미하게 생을 탕진하고 있을 뿐이다. 하지만 "살아 있는 동안 무언가 해낼 수 있고 또 해내지 않으면 안 된다고 생각하는 남자" 겐조라고 해서 결코 예외는 아니었다. 아이를 낳고 노년이 되어 가는 자연 과정에는 의미도 없으며 목적도 없다. 인간은 동물과 마찬가지로 단지 '자연의 일부'로서 존재하고 있을 따름인바, 그렇다면 생에 의미를 부여한다는 것은 무엇을 뜻하는 것인가.

예컨대 겐조는 아기가 태어났을 때 어딘가에서 한 사람이 태어나면 어딘가에서 노인 한 명이 죽는다고 하는 '통계상'의 논리에 관해 생각한다. "'즉 누군가가 대신 죽지 않으면 안 되는 것이다' (……) 무엇을 위해 사는가라는 물음에 따르자면 거의 아무런 의의도 인정될 수 없는 이 노인(시마다)은 태어날 아기를 대신할 사람으로서 누구보다 적당한 인간임이 틀림없었다." 이 '상상의 잔혹함'은 어떤 인간의 생[명]이 다른 인간의 죽음과 바꿔진다는 일반적 사실에서가 아니라 특정한 인간이 죽어야만 한다고 생각하는 데에서 발원한다. 겐조가 죽는 대신에 시마다가 죽어야만 한다고 생각하는 데에서 발원하는 것이다. 그러나 그 근거나 그런 특권은 누구에게도 주어져 있지 않다.

그럴 때 소세키는 무상관無常觀과는 멀리 떨어진 곳에 있다. 그는 무엇을 할지라도 공허하다고 말하고 있는 게 아니다. 그는 '무엇을 위해 사는지' 모르는 타자들과 대등한 존재로서 그 자신에 관해 생각할 수밖에 없었다. 그리고 '자연'의 그러한 비정한 평등성을 발견했을 때, 그는 비로소 주위의 타자를 대등한 존재로서 인정했던 것이다. 그것은 '인간의 평등'이라는 공상적인 관념에서 발원한 게 아니다. 『한눈팔기』를 가능케 했던 것, 바꿔 말하자면 지식인 소세키의 철저한 상대화를 가능케 했던 것은 소세키가 그러한 '자연'의 비정한 눈을 소유할 수 있었기 때문이었다.

어떤 인간이 산다는 것은 다른 인간의 죽음과 바꾸는 것이라는 혹독하고도 박정한 인식에서 출발한 소세키가 대등한 타자를 발견하고, 반대로 '인간의 평등'이라는 휴머니스틱한 관념에서 출발한 문학자가 대중에게 희생을 요구하는 걸 당연하게 생각하는 것은 얄궂은 일이 아닐 수 없다. 『한눈팔기』 속에서 '대중 존재'에게는 그 어떤 이상화도 이념화도 베풀어지고 있지 않다. 일방적으로 왜소화되고 있는 것도 아니다. 요컨대 그들은 단지 확고하게 살아 있으며, 겐조만이 말할 수 없는 불안에 들볶이는 과정에서 그 불안을 외부세계에 투사하고 있을 따름인 것이다.

따라서 그의 불안에는 『그 후』의 다이스케처럼 특권적인 성격이 전혀 없다. 단지 개인으로서의 불안에 지나지 않은 것이다. 또 그것은 현실로부터 이탈한 상태에서의 격렬한 불안과도 다르다. 예컨대 히스테리 발작 이후에 잠들어버린 아내 앞의 겐조에게 다음과 같은 불안이 덮쳐든다.

> 그러나 잠을 너무 오랫동안 잘 때면 이번에는 자신의 시선에서 벗어난 그녀의 눈이 오히려 불안의 씨앗이 되었다. 속눈썹에 덮여 있는 깊은 곳을 보기 위하여 결국 그는 정신없이 잠들어 있는 아내를 일부러 흔들어 깨우는 일까지 종종 있었다. 아내가 좀 더 자도록 가만 놔두면 좋겠다고 호소하며 피곤한 얼굴빛으로 무거운 눈꺼풀을 들어 올릴 때면, 그는 그제서야 비로소 후회했다. 그러나 그의 신경은 그런 딱한 짓을 할지라도 그녀의 실재를 확인하지 않고서는 가만있질(견디지를) 못했던 것이다. (『한눈팔기』, 강조는 인용자)

딱한 일이라고 여기는 것은 그의 이성이지만, 아내의 '실재'를 확인하지 않고선 견딜 수 없는 것은 그의 '신경'이다. 이 '신경'은 타자가 멀리 떨어져 나가는 것에 관한 불안 신경과 다르지 않은데, 앞서 『행인』의 이치로에게서 보였던 이상한 격렬함을 띠고 있지는 않다. 그러나 오히려 우리가 주목해야 하는 것은 자연주의적 리얼리즘이라고 지목되고 있는 이 작품에 이치로와 같은 '불안'이 눈에 띄지 않는 형태로 침투하고 있다는 점이다. 겐조에게 '실재'는 어떻게 드러나는가. 예컨대 겐조가 아내의 출산에 산파가 늦게 온 것 때문에 자신이 직접 아기를 꺼내는 대목이 있다.

그때 예의 남폿불은 가늘고 긴 등피 속에서 죽음과도 같은 고요한 빛을 어둑하게 실내에 던지고 있었다. 겐조가 눈으로 내려다보고 있는 주변은 침구들의 무늬조차 판명되지 않는 어렴풋한 그림자로 온통 둘러싸여 있었다.

그는 낭패스러웠다. 그런데도 남폿불을 움직여 그곳을 비추는 것은 남자가 보아서는 안 될 것을 강제로 보게 되는 마음이 들어 꺼려졌다. 그는 부득이하게 어둠 속에서 모색하였다. 그의 오른손은 금세 일종의 이질적인 촉감을 가진, 이제껏 만져본 경험이 없는 어떤 것에 닿았다. 그것은 우무처럼 탱탱했다. 그렇게 윤곽이나 그 모습이 명확하지 않은 모종의 덩어리에 불과했다. 그는 어쩐지 기분 나쁜 느낌을 온몸에 전하는 이 덩어리를 가볍게 손으로 만져보았다. 덩어리는 움직이지도 않았거니와 울지도 않았다. 단지 만질 때마다 탱탱한 우무 같은 것이 벗겨져 떨어지는 듯했다. 혹시라도 힘을 주어 누르거나 쥐거나 하면 분명히 전체가 뭉개질 것이 틀림없다고 그는 생각했다. 그는 두려워져 급히 손을 거두었다. (『한눈팔기』, 강조는 인용자)

겐조가 이때 느낀 공포는 유년 시절 잉어에 빨려들었던 경험과도 같은, 소세키 고유의 존재 감각이라고 해도 좋겠다. 그것은 사르트르가 '구토감'이라고 부른 것과 그다지 다르지 않다. 겐조의 공포는 그의 의식이 [사]물에 끌려 들어가고 [사]물에 동화되고 말 것 같은 그런 곳에 있다. 그 [사]물은 어쩐지 섬뜩하고 추악하며

'우무처럼 탱탱'한 것이다. 물론 그것은 아기도 아니며 잉어도 아니다. 그것은 그렇게 피지컬한 것이 아니라 오히려 비존재이다. 『한눈팔기』의 구석구석에 존재하고 있는 것은 그런 비존재인 것이다.

그것에서 '손을 거두었'던 데에서 겐조의 생활은 성립한다. "신앙심이 없는 그는 무엇을 하든 '신이 능히 알고 있다'고 말할 수 없었다. 혹시 그렇게 말할 수 있다면 얼마나 행복할 것인가라는 마음조차 생기지 않았다. 그의 도덕은 언제나 자기에게서 시작했고 자기에게서 끝날 따름이었다."(강조는 인용자) 그러나 '신'이라는 개념은 『한눈팔기』 속에서는 불필요하다. 또 『한눈팔기』 속에서는 이미 하늘이나 자연 같은 말은 결코 초월적인 개념으로 사용되고 있지 않다. 『한눈팔기』의 어디에도 초월성은 없다. 전적으로 피지컬한 세계로 시작하고 끝나기 때문이다. 그러함에도 피지컬한 것은 '모자를 쓰지 않은 남자'처럼 그 자체로 메타-피지컬한 것으로 변용되고 있다.

'자기에게서 시작하고 자기에게서 끝나는' 겐조의 의식을 부정하는 것은 아내나 누나, 시마다 같은 타자만이 아니다. 그것만이라면 『한눈팔기』의 세계는 자연주의적으로 피지컬한 것일 뿐이다. 겐조의 자기완결적인 의식을 깨부수고 그를 애매모호한 존재로 만드는 것은 '자연'이다. 애초부터 이 '자연'은 개념적으로 쓰여 있는 게 아니었다. 그것은 피지컬한 것[物]을 통해서만 드러난다.

의식에 있어 자연이란 무엇인가, 이런 질문을 소세키는 더 이상 추상적인 개념에 의거해 던지지 않는다. '자연'은 자기에게서 시작하고 자기에게서 끝나는 '의식'의 바깥으로 넓혀져 가는 비존재의 어둠인바, 소세키는 그것을 신이라고도 하늘이라고도 부르지 않았다. 그것은 어디까지나 '자연'이었다. 왜냐하면 소세키는 초월성을 [사]물의 감촉, 바꿔 말하자면 생의 감촉을 통해서만 발견하고자 했었기 때문이다.

겐조와 아내의 싸움은 서로가 '자기에게서 시작하고 자기에게서 끝나는' 논리를 관철함으로써 끝없이 지속된다. 그럼에도 일정한 화해와 사랑이 요행처럼 찾아오는데, 이는 무엇에 의한 것일까.

> 이렇게 유쾌하지 못한 장면 뒤에는 대저 중재자로서의 자연이 두 사람 사이를 파고 들어왔다. 두 사람은 모르는 사이에 보통의 부부처럼 서로에게 말을 건네기 시작했다. (『한눈팔기』)

> 다행히 자연은 아내에게 완화제로서의 히스테리를 주었다. 알맞게도 발작은 두 사람의 관계가 긴장되기 직전에 일어났다. (……) 그럴 때에 한하여 그녀의 의식은 언제나 몽롱해져 꿈보다도 분별될 수 없는 것이었다. 동공이 크게 열려 있었다. 외부세계는 단지 환영처럼 비춰지는 듯했다. 머리맡에 앉아 그녀의 얼굴을 응시하고 있는 겐조의 눈에는 언제나 불안이 나타났다. 때로는 측은하다는 마음이 모든 것을 이겨내게 했다. 그는 안쓰러운 아내의 산발한 머리카락을 빗으로 빗겨주었다. (『한눈팔기』)

> 그럴지라도 고무줄처럼 탄력성이 있는 두 사람 사이에는

때에 따라 또 그날그날의 형편에 따라 얼마간의 신축이 일어났다. 대단히 긴장되어 언제 끊어질지 알 수 없을 정도로 막다른 곳에 이르렀다고 여겨질 때면 또다시 자연의 힘에 의해 천천히 원래대로 되돌아왔던 것이다. (『한눈팔기』)

그들의 관계는 '자연'이 부여하는 히스테리에 의해 완화된다. 생각해보면, 아내의 히스테리는 그들의 불화로부터 생겨나고 있는 것에 불과하지만, 그 발작에 의지하지 않고서는 화친을 회복할 수 없는 것이었다. 그들의 의지로는 어찌할 수 없는 불화를 앞에 두고 겐조는 거의 기도하듯 무언가에 의지할 수밖에 없었다. 그는 히스테리가 무엇인지를 과학적으로 생각하는 장소에 서 있는 게 아니다. 가령 그가 프로이트를 읽고 있었을지라도 그런 것은 아무 의미도 없다. 히스테리든 뭐든 겐조에게 부부는 '고무줄'과도 같은 관계에 있으며, 이미 서로의 의지만으로는 어찌할 수 없는 상호규정성을 갖는 것이기에, 그런 신축 상태를 지배하는 것에 대해 두려움을 가지면서도 그것에 의지하지 않을 수 없었던 것이다. 이를 소세키는 '자연'이라고 부르는데, 이는 말할 것도 없이 『우미인초』에 쓰여 있는 자연과는 아무 관계가 없는 것이다.

『한눈팔기』에서 겐조는 더 이상 '자기에게서 시작하고 자기에게서 끝나는' 개인으로 있을 수 없다. 그의 의지로는 어찌할 수 없는 곳에 타자가 서 있기 때문이며, 나아가 그와 타자가 맺는 관계조차도 그들 자신의 의지로는 어찌할 수 없는 것에 의해 지배되고 있기 때문이다. 곧 『한눈팔기』의 피지컬한 세계는 메타-피지컬한 것[物]의 감촉에 둘러싸여 있고, 그 '시작'과 '끝'은 거대한 어둠 속에 녹아들어가버리고 있는 것이다. 『명암』에 침투하고 있는 것은 그러한 어둠이다. 반복해 말하자면 『한눈팔기』는 이중의 구조를 갖고 있으되, 이전까지의 작품들에서 보이는 선명한 분열을 갖고 있지 않다. 다음 절에서 말할 것처럼, 『명암』이라는 작품은 모든 의미에서 『한눈팔기』를 통과하지 않고서는 성립될 수 없었던 것이라고 하겠다.

5

의사는 기구를 넣어 살핀 후 수술대에서 쓰다를 내려오게 했다.

"역시 구멍이 장까지 이어져 있었습니다. 저번에 살폈을 때는 도중에 흉터의 융기가 있어 무심코 거기가 막혀 있는 끝부분이라고만 생각하여 그렇게 말했습니다만, 오늘 잘 통하도록 하려고 그 녀석을 득득 긁어내니 더 깊은 곳이 있는 겁니다."(『명암』)

막다른 곳 앞에 다시 더 깊은 곳이 있다는 서두 속에서 『명암』의 모티프가 전부 말해지고 있다. 덧붙여 말하자면 전반적으로 소세키 소설의 서두는 심볼릭[상징적]하여 『그 후』, 『한눈팔기』에 관해서는 이미 서술했지만, 예컨대 『갱부』에서도 "아까부터 계속 솔밭을 가로질러 가고 있는데, 솔밭이라는 것은 그림으로 봤을 때보다 너무도 길었다. 쉼 없이 걸었음에도 소나무만 있어 도무지

요령부득이다. 내가 아무리 결을지라도 소나무가 어떻게 해주지 않으면 틀려먹은 일이다"라는 식으로, 외부세계가 멀어져버려 전혀 근접할 수 없는 인물의 심상을 보여주며, 『문』에서도 "언제 붕괴될지 알 수 없는" 언덕 밑의 집에 부부가 살고 있는 정경을 통해 그 앞에 놓인 파국을 암시하고 있는 것이다.

쓰다라는 남자는 "바로 최근까지 자신의 행동에 관해 타인의 견제를 받았던 기억이 없었다. 할 일이 있으면 전부 자기 힘으로 하고, 할 말이 있으면 모조리 자기 힘으로 말했음에 틀림이 없었"던 사람이다. 그러나 쓰다만이 그런 것은 아닌데, 정체가 불분명한(『명암』이 미완의 작품이므로) 기요코라는 여자를 빼면 모든 등장인물들은 말하자면 '자기에게서 시작하고 자기에게서 끝나는' 인간인 것이다. 그것은 『한눈팔기』에 나오는 겐조의 형제자매나 양부모가 보여준 서민적 에고이즘이 아니라 모종의 관념성을 띠고 있다. 그 관념성은 『한눈팔기』 이전의 인물이 소세키와 동일한 크기等身大의 지식인이자 철학자였던 것에 비하면 조금도 눈에 띄는 게 아니다. 『한눈팔기』를 통해 처음으로 아무런 철학도 모르지만 '자기에게서 시작하고 자기에게서 끝나는' 완고한 타자(아내)에 의해 지식인 겐조를 상대화시켜 보였던 소세키는 『명암』에 이르러서는 그런 지식인과 대중이라는 단층을 걷어치우고 있다.

쓰다 자신도 그러한데, 그의 아내(오노부), 여동생(오히데), 요시카와 부인, 고바야시와 같은 이들은 특별히 인텔리가 아님에도 지극히 논리적으로 이야기한다. 그들은 구체적인 생활에서 떨어진 곳에서 공소한 이야기를 하는 것은 아니지만, 그럼에도 명석하게 자기를 주장하면서 한 발짝도 양보하지 않는다. 이런 인간들이 과연 실재했던 것일까. 소세키가 살고 있던 현실의 사회는 기껏해야 『한눈팔기』에서의 사회였으므로 『명암』에서의 사회는 어디에도 있을 수 없었다. 그럼에도 다이쇼·쇼와 시기의 모던한 소설들이 대단히 인공적인 것으로 보이는 데에 비하여, 『명암』에서는 이상하게도 실질감이 느껴지는 것은 왜일까. 『명암』의 세계는 『한눈팔기』를 통과한 소세키가 현실의 미숙한 시민사회를 가상적으로 구축된 성숙한 시민사회로 끌어올림으로써 생겨났다. 『명암』의 의의는 무엇보다 거기에 있다. 그것은 근대인다운 인간을 가상적으로 구축했던 게 아니다. 그런 종류의 인간이라면 『나는 고양이로소이다』[1905] 이래로 많이 썼는데, 『명암』의 인물은 더 이상 '20세기의 자의식' 같은 공소한 것과는 아무런 관계도 없다.

"이상하게도 학문을 했던 겐조 쪽은 그런 점에서 오히려 구식이었다. 자기는 자기를 위해 살아가지 않으면 안 된다는 주의를 실현하고자 하면서도, 오직 남편을 위해서만 존재하는 아내를 처음부터 가정하는 데에 거리낌이 없었다."(『한눈팔기』) 이런 종류의 모순은 현재의 지식인과도 크게 다를 게 없다. 예컨대 전후의 소설들 중 어느 것을 펼쳐보아도 좋다. 거기서는 특수한 지식인에게만 통하는 고급한(조금도 고급하지 않지만) 대화나 고백이 발견되는 데에 비해, 평범한 인간이 『명암』의 인물처럼 논리적으로 자기를 주장하는 일은 거의 없다. 그러나 그것을 시민사회의 미숙함 탓으로 돌릴 수는 없다. 그리고 소세키의 시대는 더더욱 곤란하지 않았던가. 실은 거기에 『한눈팔기』라는 작품의 중요성이 있다. '제1차 전후파'를 중심으로 하는 전후문학은 말하자면 『한눈팔기』를 통과하지 않았다. 즉 자기내부에서 『한눈팔기』적인 상대화를 거치지 않은 문학이었던 것이다.

『명암』은 『한눈팔기』를 통과할 때에만 가능한 세계이다. 작가는 표현 속에서만 성숙한다는 말은 그러한 것을 가리킨다. 『명암』의 그 세계는 당시의 생활의식의 상태에서 보면 분명히 추상물이지만, 모더니스트가 긴자나 가루이자와를 무대로 하여 만들어 낸 인공적인 공상물이 아니다. 그것은 말의 본래적인 뜻에서 '추상적'인 것이다. 예컨대 『그 후』의 다이스케는 근대라는 관념에 취해 있다. 그것은 오늘날의 작가가 현대라는 관념에 취해 있는 것과 큰 차이가 없다. 단지 후자가 공들인 수법을 사용하고 있다는 차이가 있을 뿐이다. 하지만 『명암』의 인물은 근대라는 실질에 괴로워하고 있다. 본디 거기에는 '근대인'이 따로 있는 게 아니라 그저 인간이 있을 뿐이며, 그 인간들은 '근대'라고 하든 '현대'라고 하든 어쨌든 관념과는 관계없이 열심히 살고자 할 따름이다. 그리고 그것이 현대적인 의장意匠으로 온통 꾸며놓은 실존문학 따위보다는 현대의 실질을 구현하고 있는 것이다.

오노부나 쓰다의 세계, 그리고 그들의 세계 자체를 근원적으로 전복하는 고바야시의 세계, 이것들은 '다이쇼 5년'의 현실 및 사회를 가능한 한 추상해내고 있다. 거기서 포착되고 있던 '사회'는 이후 '사회과학'에 기댄 빈곤한 정신이 만들어낸 모조물의 사회가 아니다. 또 『명암』의 '사회'는 더 '깊숙한 곳'에 거대한 어둠을 껴안고 있다. 쇼와의 문학자로서 그것을 보았던 이는 오직 고바야시 히데오뿐이었다고 해도 과언이 아닐 것이다. 홀로 우쭐대는 자의식이 벌써 소세키가 앞질러 괴로워하고 거기서 벗어나고자 했던 과정을 경박하게 더듬어 심각하게 보이도록 만들어내는 광경은 지금이나 예전이나 변함이 없다. 나는 소세키의 소설이 가진 사정거리의 넓이와 깊이에 새삼스레 놀라지 않을 수 없다.

『명암』의 대화가 매력적인 것은 각자의 성격이나 사상이 드러나고 있기 때문이 아니라, 그것들이 교착하면서 생각지 못하게 각자의 본질이 드러나고 있기 때문이다. 예컨대 사랑에 관하여 기독교풍의 논리를 설파했던 오히데가 오노부와 논쟁하던 중에 '갑자기' 다음과 같은 말을 꺼내는 대목이 있다.

> "아니, 외간 여자는 있어도 없는 것처럼 여기는 순진한 남편이 세상에 있을 리가 없지 않겠어요?"
>
> 잡지나 책에서만 지식을 공급받고 있던 오히데는, 그때 갑자기 비근한 실제가實際家가 되어 오노부 앞에 나타났다. 오노부는 그 모순을 알아차릴 여유조차 없었다.
>
> "왜 없어요, 아가씨. 있어서는 안 될 리가 없잖아요. 적어도 남편이라는 이름이 붙은 이상에는."
>
> "자, 그럼 어디에 그런 좋은 사람이 있죠?"
>
> 오히데는 냉소의 눈빛을 오노부에게 던졌다. 오노부는 뭘 해도 쓰다라는 이름을 큰 소리로 외칠 용기가 없었다. 어쩔 수 없어 건성으로 답했다.
>
> "그게 나의 이상이죠. 거기까지 이르지 않고서는 납득할 수 없어요."
>
> 오히데가 실제가가 되었던 것처럼 오노부도 어느새 이론가

로 변화해 있었다. 지금까지의 두 사람의 위치가 전도되었다. 그렇게 두 사람 모두 그런 사실을 전혀 알아차리지 못한 채 흐름의 힘에 따라 앞으로 떠밀려갔다. (『명암』)

다이어렉티컬한[dialectical, 변증법적인] 대화란 이런 것이다. 거기에는 이론가로서 고매한 것을 말하고 있던 오히데가 비속한 현실가의 일면을 드러내고 실제가였던 오노부가 열렬한 이론가가 되는 '전도'가 있다. 오노부는 이상가理想家이지만 진정한 이상가란 그녀와 같은 사람을 가리켜 하는 말이다. 도스토옙스키는 인류를 사랑하는 일은 손쉽지만 한 사람의 인간을 사랑하는 일은 곤란하다고 얘기했었는데, 그런 뜻에서 오히데는 이상을 현실과 접촉시키는 지평으로부터 격리되어버린 여자이다. 요컨대 그녀는 일본의 이상주의적인 지식인의 전형이라고 해도 좋은데, 이런 그녀가 오노부 같은 이상가를 '냉소'하는 것이다. 오노부에게 맡겨두어야만 하는 이상은 없으며 실제를 벗어난 관념은 존재하지 않는다.

오히데는 독서가이고 지식을 가진 여자지만 노숙한 측면을 갖고 있다. 그러나 그 이상가다운 면모가 오노부에게는 경멸의 대상이며, 다른 한편에서 그 노숙한 면모는 혐오의 대상이 된다. 오노부에게는 이른바 이상가도 현실주의자도 가장 중요한 것을 회피하는 것처럼 여겨질 뿐이었다. 의심할 여지 없이 소세키는 거기에서 인간의 윤리가 갖는 의미를 발견하고자 한다. 오노부는 절대주의자도 아니려니와 그것을 뒤집은 상대주의자도 아니다. 다만 상대하고 있는 장소 이외에는 그 어떤 윤리학도 인정하지 않는 여자이다. 실제가가 이상가로 바뀌는 것은 그런 지점에서다. 그리고 그런 오노부에 비하면 쓰다나 오히데는 훨씬 더 눈에 띄지 않고 희미해지는 것이다.

그러나 소세키는 자신의 분신이라고 해도 좋을 이 여자를 잊지 않고 상대화한다. 오노부는 자기 남편의 마음이 떠나고 있다는 사실에 자존심이 상해 견딜 수 없어 한다. 그녀의 자존심과 사랑에 굶주린 마음은 분리하기 어려운 것이었다. 그리고 그 자존심은 그녀를 외양을 꾸미는 허영에 찬 여자로 만들고, 사랑을 갈구하는 그 마음은 그녀를 열렬한 이상가로 만든다.

오노부에 대항할 수 있는 인물은 아마도 고바야시 혼자라고 해도 좋을 것이다.

> "부인, 저는 남들에게 미움을 받기 위해 살고 있습니다. 그래서 일부러 남들이 싫어할 말을 하고는 합니다. 그렇게라도 하지 않으면 괴로워서 견딜 수가 없습니다. 살아갈 수가 없는 겁니다. 내 존재를 남들에게 인정하도록 만들 수가 없는 겁니다. 저는 무능합니다. 아무리 남들에게 경멸을 당할지라도 마음먹은 대로 복수할 수가 없습니다. 어쩔 수가 없어서 적어도 남들에게 미움이라도 받고자 하는 겁니다. 그것이 제가 바라는 겁니다."
>
> 오노부 앞에 마치 딴 세상에서 태어난 것 같은 사람의 심리상태가 펼쳐졌다. 누구에게라도 사랑받고 싶고, 또 누구에게라도 사랑받을 수 있도록 만들고 싶으며, 각별히 남편에게는 반드시 그리 되어야 한다는 것이 그녀의 속내였다. 그리고 그것은

예외 없이 세계 속의 누구에게나 딱 들어맞는 것이며 털끝만큼도 어긋나지 않는 것이라고 그녀는 처음부터 확실히 믿고 있었던 것이다. (『명암』)

실제로는 고바야시가 '남들의 미움을 받으려'고 하는 것은 '존재를 남들에게 인정하도록 만드는' 것이고, 따라서 일종의 구애와 다름없다. 그것은 과대한 자존심에 의해 굳이 선택된 심리적 도착에 불과하다. 그러나 오노부가 자부심 강한 여자이면서도 동시에 실천적인 이상가인 것처럼, 고바야시 역시도 격렬한 이상가이다. 처음에 미움받고 경멸당하며 버려졌던 이 남자는 쓰다를 앞에 두고 자기모순에 빠진 채로 나온 '이상'을 이야기한다. 그 자기모순이란 쓰다나 오노부의 고뇌를 두고 '먹고 사는 일에 대한 걱정이 없는 무리'의 '여유'가 낳은 '사치'스런 유희라고 말하면서도 다름 아닌 그들의 그 '여유' 덕분에 돈을 받을 수 있는 상황을 말한다. 그는 모순의 의식 없이는 '이상'을 이야기할 수 없다. 그는 경찰로부터 사회주의자로 마크되고 있는 남자인데, 아마 그 '사회주의'란 이후에 제국대학의 수재들이 과학적 진리로서, 혹은 '여유' 있는 자의 죄책감으로 입에 담게 되는 것과는 다를 터이다. 오노부가 오히데를 바보 취급했듯이 고바야시도 그들 수재들을 바보 취급할 수 있었을 것이다. 오히려 고바야시는 메이지의 사회주의자 이시카와 다쿠보쿠를 방불케 하는 데가 있다. 내가 추측하기에 소세키는 고바야시의 이미지를 도스토옙스키의 작품에서 얻었던 듯하다. 예컨대 『죄와 벌』에서 딸 소냐를 매춘부로 만든 일을 자학적으로 득의양양하게 이야기하는 술꾼 마르멜라도프 등이 그러하다.

“이젠 올 것 같네.”

그의 모습을 주시했던 쓰다는 조금 놀랐다.

“누가 오는데?”

“아무도 아니야, 나보다 더 여유가 없는 사람이 올 거네.”

고바야시는 무일푼 맨몸으로 지폐를 받아 넣은 자신의 안주머니를 일부러 보란 듯이 가볍게 두드렸다.

“자네가 내게 이 돈을 전해준 그 여유는, 이 돈을 다시 자네에게 돌려주라고는 말하지 않지. 대신에 나보다도 여유가 없는 쪽으로 차례대로 보내라고 명령하는 걸세. 여유는 물과 같은 거야. 높은 쪽에서 낮은 쪽으로 흐르지 밑에서 위로 거스르지는 않지.”

쓰다는 고바야시가 하는 말의 뜻은 대체로 알아들을 수 있었다. 그러나 그 말에 담긴 구체적인 일들을 알 수는 없었다. 따라서 비몽사몽 같은 진정될 수 없는 상태에 빠졌다. 거기에 고바야시의 다음과 같은 인사가 우르르 침입해 들어왔다.

“나는 여유 앞에 머리를 숙이네, 그리고 나의 모순을 승인하네. 자네의 궤변을 수긍하네, 뭐든 상관없네. 감사의 말을 전하네, 고마우이.”

그는 갑자기 뚝뚝 눈물을 흘리기 시작했다. 이 급격한 변화가 조금 놀라 있던 쓰다를 더욱 불안하게 만들었다. (『명암』)

고바야시의 말이 언제나 자학적인 아이러니로 넘치는 이유는

'진실'을 오히데처럼 이론가로서 이야기하는 일이 불가능하기 때문이다. 진퇴가 불가능해진 부끄러운 지점에서만 '진실'을 이야기할 수 있을 뿐이며, 그렇지 않은 진실 따위란 사치스런 무리의 머릿속에 쌓인 지식에 불과한 것이었다. 오노부를 가장 잘 이해하고 있던 이는 아마도 고바야시일 것이며, 오노부 역시도 자존심을 내팽개치고는 "머리 숙여 연민을 구걸하는 볼썽사나운 짓"을 굳이 하기에 이르렀던 것이다.

> "저도 기대고 싶습니다. 안심하고 싶은 거예요. 얼마나 기대고 싶은지 당신은 상상하지도 못할 정도입니다." (『명암』)

이와 같은 오노부의 말은 '여유'가 없는 인간이 하는 것이다. 하지만 쓰다는 그 말을 "필경 여자는 달래기 쉬운 것이다"라고 이해하고는 안심했을 따름이다. 따라서 고바야시가 쓰다에게 다음과 같이 말하는 것은 쓰다 자신이 고바야시나 오노부처럼 아슬아슬한 곳까지 내몰릴 것임을 암시하고 있는 것이다.

> "이제 자네가 막다른 곳으로 내몰려 어쩔 수 없게 되었을 때 내 말을 떠올릴 게야. 떠올리더라도 조금도 말 그대로는 실행할 수 없을 터이지. 그렇다면 섣불리 그런 말을 듣지 않았던 쪽이 더 좋았으리라는 생각이 들 걸세." (……)
>
> "기가 막히는군. 그렇게 되면 어디가 어때서?"
>
> "어디가 어떻게 되진 않아. 즉 자네의 경멸에 대한 나의 복수가 그때 비로소 실현될 따름이지." (『명암』)

그것이 어떤 '복수'인지 우리는 알 수 없다. 왜냐하면 『명암』은 결말에 이르기 직전에 소세키의 죽음으로 중단되고 말았기 때문이다. 쓰다를 이유 없이 버리고 결혼한 기요코라는 여자가 아마 쓰다를 내몰아칠 것이라고 말할 수는 있을 것이다. 그는 '막다른 곳'이라고 생각했던 곳에서 분명 거기보다 더욱 '깊숙한 곳'이 있음을 알게 될 터이다. 그것은 기요코를 만나려고 온천 여관으로 떠난 쓰다가 "빛이 가닿지 못하는 곳에 걸쳐 있는 거대한 어둠"을 앞에 두고 품었던 감상 속에서 예고되고 있다.

> 나는 이제 이 꿈꾸는 것같이 이어지고 있는 길을 더듬어 가고자 한다. 도쿄를 떠나기 전부터, 더 자세히 말하자면 요시카와 부인이 이 온천행을 권하기 이전부터, 아니 좀 더 깊이 파고들어 말하자면 오노부와 결혼하기 이전부터 — 아니 아직도 말이 부족한데, 실은 갑자기 기요코가 등을 돌렸던 그 찰나부터 자신은 이미 이 꿈 같은 것에 사로잡히게 되었다. 그리고 지금은 그 꿈을 뒤쫓고 있는 중인 것이다. 돌아보면 과거로부터 넘어온 이 한 가닥 꿈은 앞으로 목적지에 도착하는 동시에 번쩍 깨게 될 것인가. (……) 눈에 들어오는 나지막한 처마, 요 근래 자갈을 깐 듯한 좁은 도로, 빈약한 전등 불빛의 그림자, 기울기 시작한 초가지붕, 말 한 마리가 끄는 황색 덮개를 내린 마차, — 새롭다고도 오래됐다고도 확언할 수 없는 이 한 덩어리의 배합을 더더욱 꿈과도 같이 분장하고 있는 추위와 차가운 밤공기와 어둠, — 이 몽롱한 모든 사실에서 받게 되는 나의

> 이 느낌은 내가 여기까지 쥚어지고 온 숙명의 상징이 아니겠는가. 이전도 꿈, 지금도 꿈, 앞으로도 꿈, 그 꿈을 품고는 또다시 도쿄로 돌아간다. 그것이 사건의 결말이 되지 않는다고도 할 수 없다. 아니, 아마 그렇게 될 것 같다. 자, 그렇다면 무엇 때문에 빗속에서 도쿄를 떠나 이런 데까지 왔던 것인가. 필경 바보이기 때문에? 확실히 바보라는 것이 정해지기만 한다면 여기서라도 되돌아갈 수 있을 터인데. (『명암』)

『명암』이 소세키의 내부를 힐끗 비춰주는 것은 이런 부분이다. 쓰다가 온천 여관의 복도를 미로처럼 헤매는 것을 보더라도 우리는 여기서 『갱부』의 모티프를 확인할 수 있을 것이다. 쓰다가 기요코를 만나는 것은 거의 '꿈'의 세계, 다른 차원의 세계이다. 숙박하는 사람을 단 하나도 만날 수 없을 것 같은, 광대한 여관을 헤매는 대목은 이 리얼리스틱한 소설을 암유적인 것으로 바꾸고 만다. 바로 그때 우리는 소세키가 지닌 날것의 존재 감각이 노출되고 있음을 분명히 느끼게 된다. "차가운 산골짜기의 공기와, 그 산을 신비하게 검게 물들이는 밤의 색과, 그 밤의 색 가운데로 자신의 존재가 모조리 삼켜진 쓰다가 그렇게 일시에 포개졌을 때, 그는 생각지도 못하게 두려워졌다. 소름이 돋았다."(『명암』)

이 '두려움'은 오노부나 고바야시와의 관계에서 생긴 윤리적 갈등과는 이질적인바, 그것은 존재론적인 것이기 때문이다. 말할 것도 없지만, 『명암』 역시도 결말에서(미완성이긴 하지만) 소세키의 이중적 모티프를 드러내기 시작한다. 그러나 소세키가 『문』이나 『행인』이나 『마음』처럼 이 소설을 끝냈다고는 생각하지 않는다.

『명암』을 쓰기 조금 전인 다이쇼 5년 설날에 소세키가 쓴 「점두록点頭錄」[1916]이라는 에세이가 있다. 거기서 소세키는 "되돌아보면 과거가 마치 꿈처럼 보이고", "일생은 종국엔 꿈보다도 불확실한 것으로" 여겨진다고 썼다. 동시에 이렇게도 썼다.

> 놀라운 일은 이와 동시에 현재의 내가 천지를 다 가리고서 이렇게 엄존하고 있다는 확실한 사실이다. 일거수일투족의 말단에 이르기까지 이 '나'라는 것이 인식해가면서 끊임없이 과거로 이월되고 있다는, 이 움직일 수 없는 진경眞境이 놀라운 것이다. 따라서 거기에 눈길을 주면서 자신의 뒤쪽을 되돌아보면, 과거는 결코 꿈이랄 수 없다. 분명한 빛으로 현재의 나를 밝게 비추는 탐조등과도 같은 것이다. 따라서 정월이 올 때마다 나 역시도 남들처럼 나이를 먹고 시들어가지 않을 수 없게 된다.
>
> 생활에 대한 두 가지 관점이 동시에 또 모순 없이 병존하면서 흔히들 말하는 논리를 초월하고 있는 이상한 현상에 관하여 나 자신은 지금 아무것도 설명을 가할 생각은 없다. 해부할 수완도 갖고 있지 못하다. 다만 새해를 맞아 나 자신은 그 일체이양一體二樣[두 양태를 가진 한 몸]이라는 관점을 갖고서 나의 생활 전체를 다이쇼 5년의 조류에 맡기겠다고 각오할 따름이었다.

나는 이를 깨달음을 얻어 깨친 인간의 말로 읽고 싶은 마음이

들지 않는다. 너무도 애처로운 '각오'가 느껴지기 때문이다. 『명암』이 과연 '일체이양의 관점'을 실현할 수 있었을까. 그것은 누구도 알 수 없다. 하지만 소세키가 『명암』에서 '나의 생활 전체'를 '다이쇼 5년의 조류' 속으로 쏟아 넣은 것만은 분명하다. 그리고 소세키에게 조금 더 수명이 남아 있었더라면 우리는 『명암』 속에 있는 포괄적인 세계상을 갖게 되었을지도 모른다. 그 포괄적인 지점에서 볼 때, 소세키 이후의 문학과 인간의 분열 및 상실의 형태가 좀 더 명료하게 부각되었으리라는 것은 의심의 여지가 없을 터이다.

내측에서 본 생

Were we born, we must die—whence we come, whither we tend? Answer! (소세키, 「단편」)

'나'는 어디서 와서 어디로 가는가, 이런 물음에 '답'하는 것은 불가능하다. 우리가 아는 것은 타인이 태어나고 죽는 것일 뿐, 자기 자신의 탄생이나 죽음에 관해서는 아무것도 알지 못하며 알 수도 없다. 이는 회의懷疑를 위한 회의가 아니라 본질적인 불가지성不可知性이다. '나'는 무엇인가, 이런 물음에도 우리는 '답'할 수 없다. 어떤 답도 결국 외측[外側]에서 자기를 타자로서 보는 일에 불과한 것으로, 우리는 '나' 자신으로부터 영원히 소외되고 격리되어 있을 수밖엔 없다. 이른바 자기 인식이 타자가 보는 자기를 받아들이는 일이라고 한다면, '나' 자신의 인식은 그것과는 전혀 다르다. 그러하되 자기를 타자로서 보는 게 아니라, 말하자면 자기의 내측[內側]에서 보려고 한다면 어떻게 될까.

내가 소세키의 「몽십야」[1908]를 여기서 거론하는 것은 꿈속에서 외부세계는 차단되어 있기에 자기를 내측에서 볼 수밖에 없기 때문이다. 꿈속에서는 자기와 타자를 구별하는 반성적 의식이 없으며, 그렇기에 내측에서 본 자기만이 노출된다. 소세키라는 작가를 바깥쪽에서가 아니라 순수하게 내측에서 보기에 무엇보다 적합한 텍스트는 「몽십야」를 빼고 달리 없을 것이다. 왜냐하면 거기에는 소세키 자신의 '내측에서 본 생life as seen from inside' 이외에 다른 아무것도 없기 때문이다.

시대 속에서 살면서 그 시대와 관계하고 있던 소세키. 이런 관점은 중요하다. 그러나 지금 내 관심은 『나는 고양이로소이다』의 고양이처럼 신랄하게 리얼리스틱한 눈을 갖고 있던 소세키가 동시에 외부세계로부터 완전히 닫혀 있던 '꿈' 속을 살고 있었다는 점이다. 이러한 분열은 어떻게 통합되고 있었던 것일까. 그의 장편소설이 보여주는 구조적 분열 혹은 그의 실제 생활이 보여주는 분열은 그런 통합이 그리 손쉬운 것이 아니었음을 가리키고 있다.

그가 시대와 관계하면서 쓰거나 말하거나 했던 '사상'이라는 것을 모두 버렸을 때, 곧 그의 '꿈' 내부에서 그의 존재(생)는 어떻게 이해되고 있었던가, 또 그것은 그의 장편소설의 '내'적인 부분과 어떻게 이어지고 있었던가, 그리고 그것은 어떤 보편적 의미를 갖고 있는가. 「몽십야」는 그러한 질문들에 답하기에 충분하다. 「몽십야」는 다름 아닌 그의 생에 관한 암유暗喩인데, 그렇게 암유인 한에서 우리는 거기에 일대일로 대응하는 사실성을 발견할 수는 없다. 단지 그 본질적인 의미를 탐색할 수 있을 따름이다.

1

「몽십야」의 '제1야'는 죽음에 이르게 된 여자가 "백 년, 저의 묘지 곁에 앉아 기다려주세요. 꼭 다시 올 테니까요"라는 말을 듣고는 잠자코 기다리다 보니 "새하얀 백합"이 폈고, 그 꽃잎에 입을 맞추며 "백 년이 벌써 와 있었다네" 하고 깨닫는다는 이야기이다. 이 백합꽃과 그 향기를 에토 준은 소세키의 형수(도세)에 얽힌 체험과 결부시키려고 하지만, 내가 생각해보고 싶은 것은 예컨대 '백 년'이라는 시간에 관해서이다. '제3야'에서도 자신이 등에 업은 맹인 아이가 삼나무 있는 곳에서 "네가 나를 죽인 게 지금으로부터 정확히 백 년 전이었지"라는 이야기가 있고, 『긴 봄날의 소품永日小品』[1909]에 들어 있는 「마음」에도 이후 「문조文鳥」의 소재가 되는 다음과 같은 이야기가 있다.

> 새는 유연한 날개와 화사하게 가녀린 발, 잔물결 치는 가슴, 그 모든 것을 들어 운명을 내게 맡기는 듯 나의 손 안으로 평안히 날아들었다. 자는 그 새의 둥근 머리를 내려다보면서, 이 새는…… 하고 생각했다. 그러나 이 새는…… 하고 생각한 이후는 어땠는지 도무지 생각나지 않았다. 단지 마음 깊은 곳에서 가라앉은 무언가가 전체를 엷게 물들이는 것 같았다. (……) 문득 건너편을 보니 대여섯 칸 앞의 작은 길 입구에 한 여자가 서 있었다. (……) 백 년이나 된 오랜 옛날부터 거기

그렇게 서 있었던, 눈도 코도 입도 오로지 나를 기다리고 있던 얼굴이다. (……) 말없이 사정物[물정]을 말하는 얼굴이다. (……) 잠자코 있다. 하지만 내게 뒤따라오라고 말한다. (……) 나는 여자가 말없이 생각하는 대로 그 좁고도 엷은 어둠이 깔린, 게다가 끝없이 이어지고 있는 골목길을 새처럼 따라갔다. (『긴 봄날의 소품』, 강조는 인용자)

이 소품은 뒤에 다시 서술하게 될 것처럼 「몽십야」의 거의 절반이나 되는 꿈과 공통되므로 소세키의 기본적인 '꿈'이라고 해도 문제될 게 없다.

그 꿈들에 나오는 '백 년'이라는 시간은 내 생각에 단지 긴 시간을 뜻하는 게 아니라 통상의 시간성과는 질적으로 다른 것, 즉 의식의 시간성에 모종의 역전이 일어나지 않으면 극복할 수 없는 경계를 상징하고 있다. 말할 것도 없이 그것은 '제1야'에서는 죽음을, '제3야'에서는 탄생을 의미하고 있는 것이다.

'제1야'의 경우 '백 년이 벌써 와 있었다네' 하고 깨닫는 것은 자신이 그때 죽어 있다는 것이다. 여자가 백 년이 지나 만나러 오겠다고 말한 것은 오직 '내'가 죽음으로써만 아무 방해 없이 여자를 만날 수 있음을 뜻하는 것과 다름없다. 따라서 '백 년'이란 자신이 죽는다는 하나의 비약을 뜻하며, 그 비약이 자기(의식) 속에서는 체험할 수 없는 것이기에 '백 년'이라는 상징으로 표현되고 있을 따름이다. 거기서 중요한 것은 백 년(죽음)이 지나 그녀와 만날 수 있다는 점이라기보다는 삶 안에서는, 즉 사회적 삶 안에서는 그녀와 맺어질 수 없다는 점이다. 여기서 나는 에토 준의 매력적인 설명(소세키와 형수 간의 연애 관계)을 떠올리지 않을 수 없지만, '꿈'이라는 암유 속에 사실을 끌어넣고 싶지는 않다. 소세키가 삶에 있어 금지되어 있는, 피안(죽음)에서만 허용될 수 있을 연애 관계를 가졌음은 의심의 여지가 없지만, 내가 지금 중시하는 것은 오히려 성취할 수 없는 것을 향해 빨려 들어갔던 그의 경향성, 즉 사회적 삶 속에서는 도저히 충족될 수 없는 자기실현을 '죽음'의 피안 쪽으로 향하게 했던 그의 뿌리 깊은 경향성이다.

> 죽음은 나의 승리다. (……) 어쨌든 죽음은 내게 있어 가장 축하할 일. 살아 있을 때 일어난 모든 행복한 사건보다도 축하할 일. (메이지 40년, '목요회'에서의 발언)

> 내가 삶보다 죽음을 택한다는 말을 두 번씩이나 연이어 들려줄 생각은 없었음에도, 그때의 박수소리를 따라서 무심코 그런 말을 하게 됐던 것이지. 그러하되 그 말은 거짓도 우스운 얘기도 아니야. 내가 죽으면 모두가 관 앞에서 만세를 불러주길 나는 진심으로 바라고 있네. 나는 의식이 생의 전부라고 생각하지만, 그 의식이 나의 전부라고 생각하지는 않아. 죽어도 나는 있으며, 게다가 죽고 나서야 비로소 진정한 나 자신으로 돌아갈 수 있다고 생각해. (……) 나는 생의 고통을 싫어하지만, 생으로부터 무리하게 죽음으로 옮겨가는 극심한 고통을 가장 싫어하지. 따라서 자살은 하고 싶지 않아. 내가 죽음을 택하는 것은 비관이 아니라 염세관厭世觀인 거야. (다이쇼 3년[1914] 11월 14

일, 오카다 고조에게 보낸 편지)

이는 죽음을 향한 단순한 동경이 아니라 생을 향한 철저한 혐오이다. 그것은 소세키에게 있어 사회적으로 존재한다는 것이 그 어떤 타협이나 개선의 여지도 없을 만큼 자신의 본질을 박탈하는 것임을 가리키고 있다. 개체는 자기를 희생시킴으로써만 이 '사회'에서 생존할 수가 있는 것이다. '사회'와 개체가 서로 등을 지고 서 있음을 명료하게 보여주는 것은 금기인데, 소세키의 '꿈'이 언제나 그 금기를 둘러싸고 있는 것이었음은 말할 것도 없다.

그러나 그 금기는 우리의 의식 바깥쪽에 있는 것이 아니다. 예컨대 '제1야'에서도 여자는 백 년 뒤에 백합의 모습을 하고서만 나타날 수 있었다. 이는 소세키의 '꿈'이 여전히 사회적 억압에 의해 질질 끌리고 있는 것이기 때문일까, 곧 프로이트가 말하는 이른바 가공 및 변형이 행해지고 있기 때문일까. 물론 그렇지 않다. 죽음이란 (자기)의식의 죽음이며, 하이데거가 말하듯 누구도 그 일을 체험할 수 없기에, 꿈을 꾸는 의식 속에서조차도 죽음을 향한 비약은 상징적인 형태를 취할 수밖에 없는 것이다. 따라서 금기는 우리 의식의 바깥쪽에 있는 게 아니라 '의식' 그 자체에, 즉 '의식'의 한계성에 근거해 있는 것이라고 말하지 않으면 안 된다. 외부세계에 대한 고려를 배제한 뒤에도 '꿈'에서 아슬아슬하게 나타나는 금기는 언제나 의식의 죽음과 관계 맺고 있다.

'제4야', '제5야', '제10야' 등에 공통된 주제는 절벽이든 강기슭이든 건너갈 수 없어 남겨진다거나 건너가는 일 자체를 거부당한다는 것이다. 물론 그런 심연이 상징하고 있는 것은 '죽음'임에 분명하다.

예컨대 '제5야'는 다음과 같은 이야기이다. 포로가 되어 죽게 된 이가, 죽기 전에 한번 '그리운 여자'와 만나보고 싶다고 생각한다. 적의 대장은 날이 밝아 닭이 울 때까지 기다리겠다고 말했고, 그래서 기다리고 있으니 그녀가 안장 없는 말을 타고 오는데, 바로 그때 닭이 울고 말과 함께 그녀는 바위 아래 깊은 연못으로 추락하고 만다. 이는 물론 어느 민담에서나 나오는 이야기라고 해도 좋다.

여자가 그렇게 만나러 오는 것은 '제1야'의 경우와 마찬가지로 기다리고 있는 이가 실제로는 이미 죽었음을 뜻하고, 또 그가 '죽음'을 상징하는 심연을 넘어설 수 없다는 것을 말한다. '제1야'에서는 '백 년'이라는 시간에 의하여 '죽음'을 넘어서게 된다고 한다면, '제4야', '제5야', '제10야'에서 '죽음'은 공간적인 표상으로 나타나기에 그는 그렇게 넘어서지 못하고 되돌아갈 수밖에 없는 것이다.

> 여자와 함께 풀밭 위를 걸어가니 갑자기 절벽 꼭대기가 나왔고, 그때 여자는 쇼타로에게 말했다. 여기서 뛰어내려 보세요. 아래쪽을 훔쳐보니 벼랑은 보이지만 밑바닥은 보이지 않았다. 쇼타로는 파나마모자를 벗고 두 번 세 번 사양했다. 그러니 여자가 물었다. 혹시 마음먹고 뛰어내리지 않으면 돼지가 당신을 핥아버릴 것인데 그래도 좋겠어요?

이 돼지 떼는 악령에 빙의된 돼지(마태복음)의 이미지를 상기시키는 것인데, 그 꿈에서는 남자가 여자의 유혹을 죽음으로 이끄는 유혹과 동질적인 것으로 느끼고 있다는 점에 주의해야 한다. 거기서 그녀의 대담한 구애에 두려워하는 남자와 죽음을 두려워하는 남자는 동일한 인물이다. '제1야'에서는 죽음의 벼랑에서 지복至福을 슬쩍 엿볼 수 있었음에 비해, '제10야'에서는 여자의 유혹 앞에서 꽁무니를 내리는 남자의 생을 향한 고집이 여자를 악귀처럼 변모시키고 있다. 그러나 어느 쪽이든 동일한 것의 상이한 표현이라고 할 수 있겠다. 왜냐하면 거기에 나타나는 '사랑'은 남녀의 단순한 연애가 아니라 사회적 존재 그 자체에 등을 지고 선 무엇이기 때문이다. 그 꿈들에서 소세키는 개체의 자기실현의 불가능성을 보여주고 있고, 그런 뜻에서 우리가 종종 꾸는 꿈과 그다지 다른 것이 아니다. 그것은 개체가 이 세계 속에서 존재하는 방식의 불완전함에 뿌리박고 있는 것으로, 어떤 부분은 소세키의 개인적 체험에, 어떤 것은 예로부터의 민담에 접속되어 있는 것일지라도 여전히 변함없는 보편적 의미를 갖고 있다. 소세키가 생활했던 사회권圈이 오늘날의 눈에 낡게 보일지라도, 혹은 그의 소설이 허름한 모럴의 한계에 갇힌 것으로 보일지라도, 우리가 소세키로부터 느끼고 얻는 것은 인간의 생존 조건에 관한 그의 본질적인 통찰, 곧 '내측에서 본 생'의 보편적 형상인 것이다.

「몽십야」에서 무엇보다 유명한 것은 '아버지 살해'를 암시하는 '제3야'이다. 이는 자신의 등에 업은 맹인 아이가 "네가 나를 죽인 게 지금으로부터 정확히 백 년 전이었지"라고 말하고 그 말을 듣고는 분명 그런 일이 있었다고 떠올리는 순간, 업힌 아이가 갑자기 지장보살의 석상처럼 무거워졌다는 이야기인데, 그런 상황에 관해서는 정신분석자들은 다음과 같이 해석하고 있다.

> 정신분석학에서는 눈이 멀게 되는 것은 거세의 표식으로 해석되고 있다. 그러면 눈이 먼 아이란 대체 무엇인가. 그것은 실제의 아이가 아니라 노년이 된 아버지가 아닐까. 소세키는 54세의 아버지에게서 태어난 아이이다. 기억에 남아 있는 아버지의 모습은 60에 가까운 노옹이었다. 꿈속에서는 그 아버지를 백 년 전에 살해했던 일이 문책되고 있다. 아이는 갑자기 무거워진다. 그것이 뜻하는 것은 그 아이가 가짜 어른의 모습을 하고 있다는 점이다. (아라 마사히토, 「소세키의 어두운 부분」[1953])

분명 '제3야'가 아버지와 맺는 관계에서의 장해를 투영하고 있는 것처럼 보이는 것은 사실이지만, 나는 '백 년 전에 죽였다'는 점에 관해 다른 해석이 가능하리라고 본다. 앞에서도 말했듯, '백 년 전'은 단지 먼 옛날이라거나 구체적인 날짜를 뜻하는 게 아니라 태어나기 이전이라는 뜻이기 때문이다.

소세키는 메이지 36년에 "Silence"라는 제목을 붙인 시를 쓰고 있다.

> I look back and I look forward,
> I stand on tiptoe on this planet

Forever pendent, and tremble

A sign for Silence that is gone

A tear for Silence that is to come. Oh my life! (August 1903[『소세키 전집』(23권, 이와나미, 1957)])

이 시는 탄생과 죽음이라는 두 '정적靜寂' 어느 쪽으로부터도 멀리 떨어져 허공에 매달린 채로 떨고 있는 생의 이미지를 보여주고 있다. 따라서 '제3야'는 탄생 이전의 '정적'으로 회귀하려는 것의 좌절을, 바꿔 말하자면 이 세상에서 방출이라는 징벌적 의미를 암시하고 있는 듯하다. 죽음과 탄생은 그 '꿈'속에서는 거의 구별되고 있지 않다. 그뿐만 아니라 '내측'에서 보았을 때는 죽음과 탄생은 일반적으로 구별될 수 없는 것이다.

앞서 말한 『긴 봄날의 소품』 속 「마음」에 나오는 이는 여자를 따라 "좁고도 엷은 어둠이 깔린, 게다가 끝없이 이어지고 있는 골목길"을 걸어가는데, 그 대목에서 '골목길'이란 죽음에 이르는 동굴이자 [탄생의] 산도産道라고 해도 좋겠다. 예컨대 아쿠타가와 류노스케의 「갓파河童[아이 모습을 취한 물의 정령]」[1927]에는 다음과 같은 부분이 있다.

"나는 다른 갓파와 마찬가지로 이 나라에 태어날지 말지, 일단 아버지의 질문을 받은 다음에 어머니의 태내胎內로부터 떨어져 나왔어."

"그런데 저는 어쩌다가 그만 이 나라로 굴러떨어지고 말았던 겁니다. 부디 제게 이 나라를 벗어날 수 있는 길을 가르쳐 주십시오."

"나갈 수 있는 길은 하나밖에 없지."

"그렇다는 것은?"

"그 길은 네가 여기로 왔던 바로 그 길이지."

나는 그 답을 듣는 순간 왠지 모골이 송연해졌습니다.

"그 길을 도저히 찾을 수가 없는 겁니다." (아쿠타가와 류노스케, 「갓파」)

'나'의 "모골이 송연"해졌던 것은 태내로 회귀하는 것과 죽는 것이 동일한 의미를 갖기 때문이다. 아쿠타가와의 심성에 소세키와 유사한 것이 있었던 것은 둘 모두 친어머니에게서 버림받았다는 공통성 때문이었다고 해도 좋을지 모르겠다.

그런데 '제3야'를 오이디푸스 콤플렉스로 보는 관점에는 문제가 있다. 오이디푸스 콤플렉스 같은 허술한 개념보다는 애초부터 소포클레스의 『오이디푸스 왕』 쪽을 고려해야만 할 것이다. 오이디푸스는 자신이 알고 있는 아버지를 살해하지 않기 위해 나라를 떠나는데 우연하게 친아버지를 살해하고 만다. 이 신화는 우리가 어떤 부모로부터 태어났음과 동시에 다른 또 하나의 '부모'로부터도 태어났음을 뜻하고 있다. 그리고 후자는 '어디서 와서 어디로 가는가'라는 물음에 관련된 것이고, 또한 '내측에서 본 생'에 관련된 것이다. 오이디푸스 왕의 신화는 자신이 알고 있는 아버지를 살해하는 일은 피했어도 자신의 친아버지를 살해하는 일은 피할 수 없다는 것, 나아가 친아버지를 우연하게 또 불가피하게 살해하게 된다는 것을 보여주고 있다.

내 생각에 오이디푸스의 아버지 살해는 의식의 우연적인 발생을, 그것과 동시에 그 '의식'이 불가피하게 껴안고 있는 부담스런 하중, 달리 말하자면 '사회'와의 의견 충돌을 드러내고 있는 것이다. 물론 오이디푸스의 해석 따위는 어찌 되어도 좋지만, 뒤에서 서술하게 될 것처럼, 「몽십야」 '제3야'가 소세키의 의식의 발생에 뒤따르는 부담스런 하중을 뜻하고 있음은 의심의 여지가 없다. '백 년 전'이란 (자기)의식이 비약적으로 출현하기 이전이라는 뜻이며, 따라서 그런 지점에 양아버지나 친아버지와의 알력을 가져다 놓을 필요는 전혀 없는 것이다. 처음에 서술했듯이, 「몽십야」는 소세키가 '내측에서 본 생'의 암유이므로, 일대일의 대응물을 찾으려는 것은 무의미할 뿐이다. '제3야' 속에서 개체가 사회와 등을 지고 서 있는 생의 이미지를 읽어내지 못한다면 다른 꿈과의 연관은 모두 끊어지지 않을 수 없을 것이다.

죽음을 향해서도 탄생 이전을 향해서도 결코 탈출할 수 없는 밀실에 갇힌 생을 암시하고 있는 것은 '제2야'이다. 이는 좌선을 하고 있는 자신에게 스님이 했던 말, 네가 사무라이라면 깨닫지 못할 리가 없다, 깨닫지 못하는 걸 보니 너는 인간쓰레기다, 라는 말을 듣고는 반드시 깨달음을 얻고 말겠다고, 그런 다음에 스님을 죽여 버리겠다고, 깨달음을 얻지 못한다면 자결하겠다고 생각한다는, 조금은 골계적인 이야기인데, 내가 주의를 기울이게 되는 것은 다음과 같은 감각이다.

> 그런데도 참으면서 가만히 앉아 있었다. 견딜 수 없을 정도의 애달픔을 품에 안고 견뎌내고 있었다. 그 애달픔이 몸속의 근육

> 을 밑에서부터 쳐들어 올리며 모공을 통해 바깥으로 빠져나가려고 계속 버둥거릴지라도 어디든 모두 막혀 있었는데, 이는 마치 출구가 없는 지극히 잔혹한 상태와 같았다. (「몽십야」, 강조는 인용자)

이 '견딜 수 없을 정도의 애달픔'이 형수를 향한 사랑이든 성적인 행동이든, 우리는 다만 소세키가 자신의 실존을 '출구가 없는 지극히 잔혹한 상태'로서 감지하고 있었음을 확인한다면 그것으로 된 거라고 본다. 내부의 '애달픔'이 어찌해도 발현될 수 없는, 심각한 고통으로 침체된 기분, 이것이 소세키의 우울鬱病이라고 사람들이 부르는 것이다. 죽음을 향해서도 탄생 이전을 향해서도 '출구'가 닫혀 있을 때, 소세키가 기댈 수 있는 것은 단지 환영일 뿐이다.

초기의 로마네스크[기이함이 기록된 것, 전기(傳奇)적인 것]에서 소세키는 '꿈'에서도 불가능한 것을 실현시키고 있다. 예컨대 「환영의 방패」[1905]에서도 역시 '백 년'이라는 말이 사용되고 있다.

> 백 년의 세월이란 축하할 일이며 고마운 것이다. 그러나 약간은 지루한 것이기도 하다. 즐거움도 많겠지만 근심도 길 것이다. 싱거운 맥주를 매일 마시는 것보다는 혀를 태우는 에탄올酒精 반 방울을 맛보는 쪽이 간단할 것이다. 백 년을 십으로 나누고 십 년을 백으로 나누고는 남겨진 짧은 시간에 백 년의 고락을 곱하면 역시 백 년의 생을 향수한 것과 같을 것이다. 태산도 카메라에 담기고 수소도 차가워지면 액체가 된다. 평생의 인정

> 을 분分으로 압축하고 열정의 감미로움을 점点으로 응축할 수 있었던 — 그러나 그것이 보통 사람들에게 가능한 일일까? — 그 맹렬한 경험을 맛볼 수 있었던 이는 옛날부터 지금까지 윌리엄 단 한 사람뿐이었다. (「환영의 방패」)

'보통 사람들에게 가능'하지 않을 그 '맹렬한 경험'이란 물론 '죽음'을 뜻하며, '환영의 방패'란 생에서 죽음으로 비약하는 경계를 의미하고 있다. 윌리엄은 연인 클라라가 사는 성을 공격하지 않으면 안 되는바, 자신이 패하여 죽으면 클라라와 만날 수 없고 자신이 승리하면 클라라가 죽을 수밖에 없는 [이율]배반적인 입장에 있다. 어느 쪽이든 그들의 사랑은 생에 있어서는 성취 불가능한 것이다. 싸움은 윌리엄의 승리로 끝나고 클라라는 화염에 휩싸여 죽는다.

이 로망스의 전반부에서 윌리엄이 했던 말, "방패가 있다, 아직 방패가 있다"라는 절규의 말을 우리는 하나의 복선으로 이해할 수 있을 것이다. 그것은 '환영이 있다, 아직 환영이 있다'라는 의미로 읽을 수도 있고 '죽음이 있다, 아직 죽음이 있다'라는 의미로도 읽을 수 있는데, 물론 그 둘은 동일한 것이다. 그 환영은 다음과 같은 의식의 가사假死 상태를 통해서만 살짝 엿볼 수 있을 뿐이기 때문이다.

> 그의 눈은 여전히 방패를 응시하고 있다. 그의 마음속에는 몸도 세상도 아무것도 없다. 단지 방패가 있다. 머리카락 끝에서 발톱 끝에 이르기까지, 오장육부와 눈, 코, 귀, 입 모두가

모조리 환영의 방패이다. 그의 온몸은 완전히 방패가 되어 있다. 방패는 윌리엄이고 윌리엄은 방패이다. 그 둘이 잡된 것 없이 순연하게 하나인 청정계清淨界에서 정확히 합해졌을 때—이탈리아의 하늘은 저절로 밝아지고 이탈리아의 해는 절로 떠오른다. (「환영의 방패」)

그 뒤로는 이미 환영뿐인 세계로 이어지고 작자는 윌리엄의 생사를 분명히 하지 않는다. 그러나 그 환영이 순간 속에서 백 년을 사는 것인 이상, 단순한 공상일 수 없으며, '보통 사람들에게 가능'하지 않을 경험이란 윌리엄의 죽음을 시사하고 있다. 적어도 그것은, "넘어갈 수 없는 세상이 살기 힘들다면, 살기 힘든 그곳을 얼마간이라도 안락하도록, 짧은 목숨을 짧은 순간이라도 살기 좋게 하지 않으면 안 된다. 거기서 시인이라는 천직이 나오며, 거기서 화가라는 사명이 내려온다. 예술을 하는 모든 이들은 사람을 조용하고 한가롭게 만들기에 존귀하다"(『풀베개』[1906]) 라는 한시=남종화南畵[문인 산수화]적인 세계는 아니다. 마찬가지의 '짧은 순간' 속에서 윌리엄이 체험했던 것은 '제1야'에서 '자신'이 체험했던 일과 비슷한 것으로, 말하자면 '죽음'의 건너편을 공간적으로 체험하는 일이었다.

소세키에게 꿈꾸는 황홀한 지복의 세계란 극채색의 남국 세계이다.

이곳은 남쪽 나라로, 하늘에는 짙은 쪽빛이 흐르고 바다에도 짙은 쪽빛이 흐르는데, 그 가운데 가로놓인 먼 산 역시도 짙은 쪽빛을 머금고 있다. 다만 해변을 씻어내는 봄날 파도가 한없이 기다란 한 폭의 하얀 천처럼 보인다. 언덕에는 감람나무가 진녹색 잎을 온화한 햇빛에 씻어내고 그 잎 뒤로는 지저귀는 봄 새들을 감추고 있다. 정원에는 노란 꽃, 빨간 꽃, 자색 꽃, 다홍 꽃— 모든 봄꽃들이 제 모든 색들을 전부 쏟아내면서 피었다가는 흩어지고 흩어졌다가는 다시 피면서, 겨울을 모르는 하늘을 누군가에게 자랑한다.

따뜻한 풀밭 위에 두 사람이 앉아 청색 비단을 깔고 앉은 듯한 먼바다 쪽을 내려다보고 있다. 두 사람은 얼룩무늬가 들어간 대리석 난간에 함께 몸을 기대고서는 다리를 앞으로 내밀고 있다. 두 사람의 머리 위에서 사과나무 가지가 난간을 비스듬히 스쳐 꽃 덮개를 걸치고 있다. 그 꽃들이 흩날리면 어떤 때는 클라라의 머리카락에, 어떤 때는 윌리엄의 머리카락에 떨어진다. 또 어떤 때는 두 사람 머리와 옷소매에 화르르 떨어지기도 한다. 가지에 매달아 놓은 새장 안에서 앵무새가 때때로 소란스런 소리를 낸다.

"남쪽 햇빛이 이슬에 가라앉지 않는 동안에"라며 윌리엄은 뜨거운 입술을 클라라의 입술에 포개었다. 두 사람의 입술 사이에 사과꽃 한 조각이 끼어 젖은 채로 붙어 있다.

"이 나라의 봄은 영원해", 클라라는 핀잔하듯 말한다. 윌리엄은 기쁜 목소리로 외친다. Druerie![사랑(연인)!] 새장 속의 앵무새도 Druerie!라며 예리한 소리를 낸다. 멀리 저 아래 봄의 바다도 드루에리라며 답한다. 바다 건너편 먼 산 역시도 드루에리라며 답했다. 언덕을 뒤덮은 모든 감람나무와 정원에 핀 노란꽃,

빨간꽃, 자색꽃, 다홍꽃 — 모든 봄꽃들과 모든 봄의 사물들이 함께 일제히 드루에리라며 답했다. — 이는 방패 속의 세계다. 윌리엄은 방패다. (「환영의 방패」)

『긴 봄날의 소품』 속의 「따뜻한 꿈」이라는 대목에 위와 거의 비슷한 꿈이 쓰여 있는데, 거기서 우리는 소세키의 지복의 이미지를 살필 수 있다.

「환영의 방패」에서 두 남녀의 사랑에 장해가 되는 것은 로미오와 줄리엣과 같은 극히 단순한 것이지만, 「해로행薤露行[=북망행]」[1905]에서는 처음으로, 그리고 가장 선명하게 삼각관계의 모티프가 나타난다. 이는 땅 위에서의 장해가 삼각관계로 나타났던 것에 머물지 않고, 말하자면 관계 의식에 있어서의 장해가 거기에 더 부가되어 있는 것이다.

랜슬롯과 내가 무엇을 맹세할 수 있을까. 앨런의 눈에는 눈물이 일렁였다.

그 눈물 속에서 지난 일을 다시 생각했다. 랜슬롯이야말로 맹세하지 않았었다. 홀로 맹세했던 내가 변할 일은 없다. 두 사람 사이에서 성립한 것만을 맹세라고 하는 것은 아니다. 내가 내 마음에 서약한 것도 맹세에서 누락되지 않는다. 이 맹세만이라도 깨지지 않았으면 하고 골똘히 생각했다. 앨런의 얼굴이 눈물로 얼룩졌다. (「해로행」)

'두 사람 사이에서 성립한 것만을 맹세라고 하는 것은 아니다.

내가 내 마음에 서약한 것도 맹세에서 누락되지 않는다'고 생각한 앨런은 삼각관계 속에서 괴로워하는 상대 감정을 자살로써 극복하고자 한다. 그러나 그녀가 품은 '환영'은 「환영의 방패」에서 가능했던 지복을 가져오지 못하며, 그녀가 바라는 '죽음'도 더 이상 구제일 수 없다. 피안에서도 그녀는 랜슬롯과 결합될 전망이 없는 것이다. 「해로행」이 왕비 기네비어와 랜슬롯 간의 삼각관계만이 아니라 짝사랑하는 앨런이 더해지고 있는 것은 소세키의 분열 의식을 가리키는 것이라고 해도 좋다. 로망스로는 표현할 수 없을 요소가 거기에 드러나 있다. 물론 그것은 「몽십야」 전체가 보여주고 있는 것처럼 기댈 곳 없는 적적함과 고요함이며, 어쩌면 자기 자신을 향한 위화감일 것이다.

2

「몽십야」의 '제6야'는 운케이運慶[13세기 초기의 조각가·승려]에 관한 이야기이다. 운케이의 인왕상 조각을 감탄하며 보고 있으니 구경꾼이 "뭐냐, 저것은 눈썹이나 코를 끌로 만든 게 아냐. 그대로의 눈썹과 코가 나무속에 파묻혀 있던 것을 끌과 망치로 파냈을 뿐이야. 마치 흙 속에서 돌을 파내는 일과 같은 것이니 결코 실패할 리가 없지"라고 말하는 것을 듣고는 자신도 해보지만 어찌해도 인왕을 발견할 수 없었다. 그는 "끝내 메이지의 나무에는 인왕이 파묻혀 있지 않다는 것을 깨달았다. 그래서 운케이가 오늘날까지 살아 있는 이유도 어느 정도 알 수가 있었다."

이 꿈은 메이지 정신의 텅 비어 있음을 가리키고 있지만, 나아가 내게는 소세키의 자기 존재의 무근거성을 상징하고 있는 것처럼 여겨진다. 타인은 모두 무언가 착실한 근거가 있는 것처럼 보이는 데에 비해 자기 속에는 아무것도 없다는 것. 바로 거기서 자기의 생과 메이지 시대의 정신이 놓인 지반의 공허함이 탐지되고 있다고 해도 좋겠다.

이러한 목표 없는 삶의 영위와 헛수고의 느낌이 좀 더 명료하게 드러나는 것은 '제7야'에서일 것이다. 거기에 나오는 '나'는 목적지를 알 수 없는 커다란 배에 올라타고 있다.

> 나는 몹시 불안했다. 언제 땅에 닿을지 알 수 없었다. 그리고 어디로 가는지도 모른다. 다만 검은 연기를 토해내고 파도를 가르며 가는 것만은 분명했다. 그 파도는 몹시도 넓고 큰 것이었다. 끝도 없이 푸르게 보였다. 때때로 그것은 자주색이 되었다. 다만 배가 움직이는 주위만은 언제나 새하얗게 거품이 일고 있었다. 나는 몹시 불안했다. 이런 배 안에 있기보다는 차라리 몸을 던져버릴까라는 생각이 들었다. (「몽십야」)

소세키의 심적인 기조가 되고 있는 것은 향해갈 곳도 돌아갈 곳도 없는 그런 표류감이다. 거기에서 우리는 '어디서 와서 어디로 가는가'라는, 저 고독한 외침소리를 듣는다. 거기에는 문명비판가로서의 소세키는 존재하지 않으며, 다만 허공에 매달려 떨고 있는 한 사람의 남자가 있을 따름이다.

이 꿈의 소재는 유학 시절에 경험한 배 여행일 것이지만, 왠지 기분 나쁜 그 유령선의 이미지가 상징하고 있는 것은 물론 소세키의 생 그 자체이며, 동시에 메이지 일본의 표류감이기도 하다. 왜냐하면 그 배의 승객은 거의 모두 기이한 사람으로, "배에 타고 있는 것마저도 잊은 듯" 태평하게 보이기 때문이다. 그중 한 사람이 다가와서는, 별이나 바다도 모두 신이 만든 것이다, 너는 신을 믿느냐, 라고 물었을 때 '나'는 허공을 보며 침묵한다. 이 기이한 사람에게 '생'은 어떤 확실한 것에 의해 지탱되고 있는 것임에 비해, '나'에게는 적요와 허무밖에는 없는 것이다. '죽음' 말고는 생에서 벗어날 수 있는 길은 없는 것이다. 그리하여 자신은 결심하고 배에서 바다로 몸을 던지지만, 발이 갑판에서 떨어지자마자 갑자기 목숨이 아까워진다.

> 다만 대단히 높게 만들어져 있던 배였던지라 몸이 배를 떠났음에도 발은 쉽게 물에 닿지 않았다. 그러나 붙잡을 것이 없기에 물은 점점 더 가까워졌다. 아무리 발을 오므릴지라도 물은 더 가까워 왔다. 물의 색깔은 검었다.
> 그사이에 배는 아무 일 없었다는 듯 연기를 토해내며 지나가고 말았다. 어디로 가는지 알 수 없는 배일지라도 역시 올라타고 있는 쪽이 더 나은 것임을 나는 비로소 깨닫지만, 그런 깨달음도 소용없이 끝없는 후회와 공포를 껴안고는 검은 물결 쪽으로 조용히 떨어져갔다. (「몽십야」)

이는 '낙하하는 꿈'의 전형이지만, 그 속에 『갱부』의 모티프가 숨겨져 있다. 『갱부』 역시도 자멸을 가늠하며 땅 밑으로 내려가는 이야기이기 때문이다.

배는 나를 내버려 두고는 멀리 가버리고, 나는 검디검은 파도가 치는 바다로 무한히 낙하해간다. 이런 상황은, '배'가 소세키의 '어머니 같은 것'을 상징한다면 양자로 보내진 소세키 내면의 어둡고도 비참한 풍경을 나타내는 것이며, '배'가 시대의 상징이라고 한다면 그런 상황이란 예컨대 다음과 같은 감각을 나타내는 것이라고 하겠다.

> 오늘까지의 생활은 현실 세계에 털끝만큼도 접촉하지 않은 것이 된다. (……) 세계는 이렇게 동요한다. 나 자신은 그런 동요를 보고 있다. 그것에 가담하는 일은 불가능하다. 나 자신의 세계와 현실의 세계는 하나의 평면에 나란히 있으면서도 어디 하나 접촉하지 않고 있다. (『산시로三四郎』[1908])

그러나 이 배를 둘러싼 광경에는 이미 죄악감을 암유하는 이미지가 있다. 파도 속에서 솟아 나와서는 배를 쫓아가는 "달궈진 부젓가락과도 같은 태양"이 그것이다. "마지막에는 달궈진 부젓가락과도 같이 푸지직 하면서 다시 물결 아래로 잠겨간다. 그때마다 푸른 물결이 멀리 저편에서 다목나무 삶은 검붉은 물감 색으로 세차게 비등한다. 그러면 배는 굉장한 소리를 내며 그 흔적을 뒤따라간다. 하지만 결코 완전히 따라잡지는 못한다."(「몽십야」, 제7야)

소세키의 심상 속에서 붉은 태양과 죄악감이 결부되어 있는 것은, 『그 후』의 결말에서 새빨갛게 된 세계가 화염을 내뿜는 환각이 다이스케를 덮치듯이, '제1야'나 「환영의 방패」 등에서도 현저하게 드러나고 있다. 배의 뒤쪽에서 하늘하늘 떠올랐다가 배의 앞쪽으로 가라앉아 가는 커다란 붉은 태양은, 예컨대 "죄는 나를 쫓고 나는 죄를 쫓는다"는 랜슬롯의 외침과 호응하는 것이다. 요컨대 표류와 처벌은 동일한 뜻을 갖고 소세키의 심상에 둥지를 트는 것이다. 무언가에 의해 처벌을 받은 결과, 그는 행선지를 알 수 없는 배에 타게 되고 그 무언가를 뒤따라 잡으려고 해도 그럴 수가 없게 되는데, 그렇다면 그 '무언가'란 무엇인가. 그것은 『한눈팔기』의 겐조가 유년기에 경험한 다음과 같은 감각에 이어져 있다.

어느 날 그는 집에 아무도 없을 때를 골라 서툴게 만든 대나무 끝에 실을 걸어 미끼와 함께 연못에 던져 넣었다. 곧바로 실을 당기는 왠지 기분 나쁜 것에 겁이 덜컥 났다. 그를 물속으로 끌어당기지 않으면 안 되리라(삭제)는 강력한 힘이 두 팔까지 전해져 왔을 때, 그는 두려워졌고 이내 작대기를 던져버렸다. 그리고 다음 날 수면에 조용히 떠 있던 한 자 남짓한 잉어를 발견했다. 그는 홀로 무서웠다…….

"나는 그때 누구와 함께 살고 있었던 걸까?"

그에게는 아무런 기억도 없었다. 그의 머리는 마치 백지와도 같았다. 그런데 이해력의 색인에 호소하여 생각한다면 아무래도 시마다 부부와 함께 살고 있었다고 할 수밖에는 없었다. (『한눈팔기』)

장 피아제(『철학의 지혜와 환상』[1965])에 따르면 유년기의 기억이란 의심스러운 것으로서, 나중에 듣게 된 이야기를 상상적으로 구성한 것과 구별하기가 어려운 것이다. 『한눈팔기』의 겐조가 가진 기억을 거의 소세키 자신의 그것과 동일시해도 좋다고 한다면, 소세키의 유년기 기억의 대부분은 나중에 타인에게서 들었던 것이라고 해도 좋다. 그러나 '기분 나쁜 것'에 끌려들었던 경험은 그것이 특별히 기억되고 있다는 점에서 볼 때에도, 특정 시일에 생긴 사건이라기보다는 몇 번씩이나 반추된 기본적 경험임을 가리키고 있다. 겐조(소세키)가 그런 사소한 사건을 기억하고 있는 것은 그때 느꼈던 공포에 고착된 의미를 부여했던 것, 바꿔 말하자면 그것이 '내측에서 본 생'에 있어 고유한 경험과 다름없음을 가리키는 것이다.

예컨대 '제9야'는 젊은 어머니와 세 살짜리 아이가 아버지의 귀가를 기다리며 걱정하고 있었는데, 실은 그 아버지는 이미 아주 오래전에 살해되었다는 이야기이다. 이것이 상징하고 있는 것은 분명히 유년기에 경험했던 가족 해체일 것이다. 『한눈팔기』에서 집어내자면, 양부 시마다가 다른 여자를 만들어 집을 나가고 말았던 것이 그런 가족 해체에 해당될지도 모른다. 가족의 그런 해체 속에서 오직 한 사람으로서만 존재한다는 것의 불안이 소세키에게 짙은 그늘을 드리웠던 일은 부정할 수 없지만, 그러한 사실성에 관계없이 존재하는 근본적 기분으로서 그런 사정을 생각해보는 일 역시도 가능할 것이다.

예컨대 『유리문 안에서』[1915]에는 타인의 거금을 써버리고는 괴로워하는 악몽에 소세키가 가위눌려 크게 소리치는데, 이를 듣고 이 층으로 올라온 어머니의 "걱정하지 않아도 돼. 돈은 어미가 얼마든지 내줄 테니까"라는 말에 안심하고 다시 잤다는 이야기가 있다.

> 나는 그 사건이 전부 꿈인지 또는 절반만 진짜인지 지금도 의문스럽다. 그러나 아무래도 나는 실제로 큰 소리를 내어 어머니에게 도움을 구했고, 또한 어머니 역시도 실제로 모습을 드러내어 나에게 위안의 말을 해줬다고 생각하지 않을 수 없겠다. 그리고 그때 어머니의 옷차림은 언제나 내 눈에 비쳤던 그대로 역시 무늬가 없는 감색 홑옷에 폭이 좁은 흑색 비단 띠를 하고 있었다. (『유리문 안에서』)

그런 까닭에 정체를 알 수 없는 것에 끌려들어 갔다는 『한눈팔기』의 에피소드는 '꿈'이라고 해도 좋은 것이며 소세키의 생의 암유라고 해도 좋은 것이다. 그렇다고 한다면 그 '꿈'이란 '제3야'에 연결되는 본질을 가진 것이라고 생각된다. 즉, 겐조가 느꼈던 '공포'란 (자기) 의식의 발생 그 자체에 들러붙어 있는 무엇인 것이다. 그것은 하니야 유타카가 '기운氣配[낌새·기색·배려]'이라고 불렀던 것과 다름없다.

> 그리고 그는 차츰 깨달았다, 그의 어두운 내면에 촉수를 내세우고 기어 다니기 시작하는 자기 자신의 두려움 없이는 그 어떤 기운의 증대도 없다는 것을. 나아가 그는 예감했다. 그의 두려움과 어긋나고 있는, 그의 의식을 몰아세우고 있는 이

> 우주적인 기운은 어딘가의 끄트머리에서 그 자신과 합치하지 않으면 안 된다는 것을. (하니야 유타카, 『사령死靈』[1948~1995])

마찬가지로 '자기 자신의 두려움 없이는 그 어떤 기운의 증대도 없다'는 것, 즉 겐조(소세키)의 두려움(자기축소) 없이는 그를 끌어들이는 힘의 증대 역시도 없다고 할 수 있을 것이다. '두려움'과 '기운'은 한쪽이 축소한다면 다른 쪽은 확대하는 것으로서, 서로 등을 지고 서 있는 관계이다. 그러한 경험에서는 꿈과 마찬가지로 구체적인 외부세계나 타자는 배제된다. 따라서 소세키가 느끼고 있는 것은 현실적인 타자에 대한 위화감異和이 아니라 내측에서 본 그 자신의 존재에 대한 위화감이다. 즉, 이 세계에 개체로서 존재하는 것이 이미 위화감과 다름없으며 그것은 개체가 개체인 한에서 소멸될 리가 없다는 말이 된다.

사람들이 소세키의 박해·추적망상이라고 말하는 것은 실제로는 그런 두려움(자기축소)에서 기인하는 것이다. 그것은 소세키의 일방적인 망상이므로, 우리는 박해를 가하는(그렇다고 소세키가 생각하는) 타자와 그가 맺는 구체적 관계를 조금도 인정할 수 없다. 달리 말하자면 '내측에서 본 생'에 있어 소세키에게 생겨나고 있는 위기 국면이란 객관적인 상관물을 가질 수 없는 것이다. 나는 예전에 소세키의 [장편]소설에서 일어난 구조적 균열을 두고, 대체로 주인공들에게 까닭 모를 불안이 덮침으로써 그들이 내폐적內閉的인 번민 속으로 도망쳐 들어가고 말았던 점에 그 이유가 있다고 지적했던 일이 있는데, 『문』의 주인공 소스케의 급작스런 참선 따위가 그런 사례 중 하나일 것이다.

그러한 분열이 통제된 효과를 발생시키고 있는 것은 「런던탑」이라는 탁월한 단편이다. 거기서 떠다니고 있는 공포는 유폐된 생에 관하여 소세키가 환기시켰던 이미지로서, 그것은 분명 소세키 자신의 '내측에서 본 생'을 건드리는 것일 터이지만, 또한 동시에 그런 생을 바깥쪽에서 보는 눈 역시도 동반하고 있다. 즉, 여관 주인의 쌀쌀맞은 폭로가 '나'의 망상을 부정한다는 구조가 그것이다. 이는 겐조가 다음날 연못에 떠 있는 잉어를 보았다는 결말과 비슷하다. 물론 그러한 폭로에도 불구하고, 아니 어쩌면 그런 폭로 때문에 오히려 「런던탑」의 공포감이 우리를 둘러싸고 떠나지 않는 것일지도 모르겠다.

그러나 소세키가 느끼고 있는 위화감이란 결코 단순한 심적 이상으로 귀속시켜서는 안 되는 것이다. 소세키의 '두려움'(자기 축소)은 그가 이 세계에서 하찮은 부분성으로밖에는 존재할 수 없다는 감각이고, 그 점을 그는 단지 이상할 정도로 고통으로 느꼈을 따름이다. 부자라거나 박사 따위에 대한 그의 극단적인 혐오는 그것들이 단지 하찮은 부분적 존재에 충족감을 느끼고 있기 때문이었다. 그러나 소세키는 그런 혐오가 사회적 정의 따위와는 아무 관계 없는, 그 자신의 충족되지 않는 생의 깊숙한 곳에서 발생하고 있음을 알고 있었다.

> 겐조의 마음은 휴지를 구겨 뭉친 것처럼 엉망진창이 되었다. 때로는 짜증의 전류를 모종의 기회를 보아 흘려보내지 않으면 괴로워서 견딜 수가 없었다. 그는 아이가 어머니에게 졸라서 샀던 화분 따위를 아무 의미 없이 툇마루에서 바닥으로 발로

차 날려버리기도 했다. 붉은빛으로 구워진 화분이 그의 생각대로 와장창 깨지는 것마저 그에게는 얼마간의 만족을 주었다. 그런데 잔혹하게 꺾여버린 그 꽃과 줄기의 가련한 모습을 보자마자 그는 곧바로 일종의 덧없음에 사로잡혔다. 아무것도 모르는 아이들이 기뻐하는 아름다운 위안을 무자비하게 파괴했던 것은 그들의 아버지라는 자각이 그를 더욱 슬프게 만들었다. 그는 거지반 자신의 행위를 후회했다. 그러나 그 아이들 앞에서 자신의 잘못을 자백하는 일은 감히 할 수 없었다.

"나의 책임이 아니야. 결국 내게 이런 미친 짓을 시키고 있는 게 누구냐. 그 녀석이 나쁜 것이다."

그의 마음속 깊은 곳에는 언제나 그런 변명이 숨겨져 있었다. (『한눈팔기』)

그 '누구'란 구체적인 타인이 아닐 터이다. 소세키의 존재를 축소시키고 있는 것은 타자도 아니며 숨 막히는 가족관계도 아니고 메이지라는 시대도 아니다. 오히려 그것은 그의 '의식' 그 자체이다. 두말할 것도 없는데, 내가 그것을 심리학자처럼 생각하고 있는 것은 아니다. 소세키의 광기, 그것은 우리가 이 사회에서 부분적(비본질적)으로밖에는 생존할 수 없는 현실의 조건이 지양되지 않는 동안에는, 심리학자의 자화자찬하는 해석을 넘어서 현존하는 것이다.

소세키는 내측으로부터 그러한 인간의 조건을 절대적으로 파고 들어가 '의식' 그 자체의 배립성背立性에 육박했던 것이다. 물론 하니야 유타카와도 같이 논리적으로가 아니라 끊임없는 분노의 고함怒號이라고 할 수밖에 없을 자기 가책을 통해서, 나아가 철저한 염세감을 통해서 말이다. 소세키는 거기서 나타나는 '의식'의 허무라는 것이 논리적인 문제가 아니라 윤리적인 문제임을 어쩔 수 없이 알지 않으면 안 되었기 때문이다.

소세키는 『문학평론』[1909] 속의 「스위프트와 염세문학」에서 루소에 관해 이렇게 쓰고 있다.

> 옛날에 루소는 자연으로 돌아가라고 외쳤다. 모든 인공적 제도를 타파하자고 외쳤다. 그것을 타파하고 자연으로 돌아가면 황금시대를 낳을 수 있다는 충분한 확신을 갖고 있었기 때문이다. 그런 확신이 있는 동안에는, 현재가 불만족스러울지라도 그것은 다만 현재의 상태일 뿐이므로 절망이라고 부를 까닭이 없었다. 그러하되 현재에도 만족할 수 없고 과거에도 동정을 보낼 수 없는 소위 문명이라는 것은 과거, 현재, 미래에 걸쳐 도저히 인간이 탈각할 수 없는 것임을 아는 동시에, 문명의 가치란 지극히 낮은 것이므로 도저히 이 사회를 구제하기에는 역부족임을 간파한 이상, 팔짱을 끼고 깊이 생각하지 않으면 안 된다. 하늘을 우러러보며 긴 한숨을 내뱉지 않으면 안 된다. 염세의 철학은 바로 그때 일어나는 것이다.

루소에게 사회란 개체의 바깥에 있다. 하지만 소세키에게 '사회'란 '의식'이며 자기 스스로에게 쓸데없는 질곡桎梏을 부과하는 의식 그 자체와 다르지 않은 것이다. '인공적 제도'를 산출하고 있는 것이 그러한 의식의 누적이라고 한다면, '자연으로 돌아가는' 일은 불가능하다. 아마도 소세키의 '불만족'이란 인간이 의식(=사회)적으로 존재하고 있음 그 자체로 향해져 있었을 것이다. 예컨대 하니야 유타카의 경우는 그런 '불만족'이 논리적으로 둔감해진 형태의 루소적인 것이 되어갔지만, 소세키에게서는 다음과 같은 분노의 고함이 되지 않을 수 없었다.

> 저 예술작품은 더군다나 한순간의 황홀로 자기를 유실시키고 자타의 구별을 잊어버리게 만들기 때문이다. 이것이 토닉tonic이 된다. 이 토닉 없이 20세기에 존재하려고 한다면 인간은 반드시 탐정探偵的처럼 되거나 도둑泥棒的처럼 된다. 두려워할 일이다.
>
> 그런 폐해로부터 사람들을 구하기 위해서는 설령 천 명의 예수가 있고 만 명의 공자가 있고 억조 명의 석가가 있을지라도 어쩔 도리가 없다. 단지 전 세계를 24시간 동안 바다 밑바닥에 가라앉히고서는 종래의 자각심을 제거하고 소멸시킨 다음 햇볕을 쬐어 말리는 것 말고는 달리 좋은 방법이 없다. (메이지 38~39년[1905~6] 「단편」)

따라서 「몽십야」 전편에 넘쳐나는 소세키의 '어두움'이란, 한마디로 말하건대, 이 세계 속에서 개체에게는 본질적인 생존이 허용되고 있지 않다는 것을 뜻한다. 바깥쪽에서 볼 때 아무리 진보나 개화가 있었을지라도 '내측에서 본 생'에 있어 우리는 여전히 「몽십야」의 세계 속에 서식하고 있는 것이다. 소세키의 어두운 통찰은 종교나 과학(정신과학을 포함한 과학)에 의해 손쉽게 피해갈 수 없는 문제에 가닿고 있으며, 그 자신 역시도 결코 과학에 무거운 짐을 떠맡기고자 하지 않았던 것이다.

계급에 대하여

1

10년쯤 전에 소세키론을 썼을 때, 나의 논고에 열쇠가 됐던 것은 『갱부』라는 작품이었다. 거기서는 외부세계를 상실하고 또 인격적인 통일성을 잃게 된 인물이 땅 밑으로 내려가서는 어둠 속을 방황한다. 당시의 나에게 그 "땅 밑"이란 오히려 심볼릭한 것으로, 따라서 그 작품은 이후 장편소설의 내적인 구조를 직접 시사하는 것으로 여겨졌었다. 그러나 『갱부』에 관하여 나는 지금 약간 다른 관점을 가지고 있다. 그런 차이는 아마도 소세키론 전체에 영향을 미치지 않을 수 없는 성질의 것이겠다. 물론 지금 내게 다시 소세키론을 쓰려는 의욕은 없다. 여기서 쓰려고 하는 것은 과거의 나 자신이 가졌던 사고에 대한 위화감인 동시에 하나의 예감과도 같은 것에 지나지 않는다.

지금 내게는 소세키론을 쓰고 있던 1960년대가 어떤 거리를 두고 드러나 보이는 느낌이다. 달리 말하자면 내가 외부세계를 잃어버리도록 만들었던 그 시대의 성질을 "바깥쪽으로부터" 볼 수 있을 것 같은 느낌이 드는 것이다. 내가 상기하고 있는 것은 1960년대 초의 안보투쟁[미일안전보장 조약 개정에 반대한 '시민운동']과 나란히, 그것보다 좀 더 중요한 의미를 띠고 있을지도 모를 사건, 즉 그 결과로 "갱부" 혹은 "땅 밑"을 일본에서 거의 소멸시켰던 미이케 투쟁[1]이다. 그것은 석탄에서 석유로의 전환을 상징하는 사건이었다. 그 일은 풍경·사물·생산관계를 격렬하게 변화시켰던 것이고, 그렇게 우리는 반응 없는 불확실하고도 애매한 현실을 갖게 되었다. 하지만 나는 지금 어떤 괴로움을 느끼면서 하나의 역설, 즉 의식이 존재를 규정하는 것이 아니라 존재가 의식을 규정한다는 역설에 동감을 표하지 않을 수 없다. 문제를 어렵게 생각할 필요는 어디에도 없다. 우리가 정신적으로 겪게 됐던 갖가지 변화란 '석탄에서 석유로'라는 생산양식의 변화에 집약되어 있는 것이기 때문이다.

그러나 그러한 변화란, 좀 더 완만했을지라도 석탄 곧 증기기관이 확대됐을 때에 정신에 부과된 심대한 영향과 비교한다면 하잘것 없다고 해도 될지 모르겠다. 소세키는 메이지 40년[1907]의 저물녘에 『갱부』를 쓰기 시작했다. 이 작품은 소세키의 여러 작품들 가운데에서는 예외적인 것으로서 듣고 쓴 것에 근거해 있다. 소세키가 타인의 이야기를 소재로 삼았던 것은 갱부 혹은

• •

1. 미츠이·미이케(三井·三池) 탄광투쟁. 1953년 후쿠오카현에서 벌어진, 당대 이른바 '총자본과 총노동의 대결'로 불렸던 노동자 대투쟁.

탄광이라는 것 자체에 매혹되었기 때문일 것이다. 적어도 나카츠카 다카시의 『흙』[1912]에 관심을 품었던 것과 비슷한 의미에서, 소세키는 풍경과 심상풍경을 급격하게 변형시키는 것들의 기저에 이끌렸던 듯하다. 『그 후』의 다이스케가 보았던 환각, 즉 세계 속이 새빨갛게 되어 화염으로 내뿜고 있는 이미지조차, 그런 변형의 기저와 결부되어 있는 것이라고 해도 좋겠다. 소세키가 경험했던 사상적 분열과 혼란은 이제까지 많이 주목받아왔지만, 아마도 그 무렵 소세키가 어렴풋하게나마 감지하고 있었던 것은 서양이나 일본과 같은 관념적 문제라기보다는 그것들을 토대로부터 변화시켜버리는 모종의 사물과, 그런 사정의 의미였던 것이다.

예컨대 레비스트로스는 그가 '차가운 사회'와 '뜨거운 사회'라고 부른 것을 시계와 증기기관이라는 비유로 이야기한다.

> 민족학자가 연구하는 여러 사회는…… 동물학자가 '엔트로피'라고 부르는 어떤 혼란을 극히 약하게 일으키는 사회이며, 어디까지나 초기 상태 안에서 자신을 보존하려는 경향을 갖는 것입니다. 따라서 우리는 그런 사회를 역사도 진보도 이루지 못한 것처럼 여기는 겁니다. 한편, 우리의 사회는 단지 증기기관을 대폭적으로 이용하는 사회일 뿐만 아니라 그 사회구조라는 관점에서 아예 증기기관과 닮아 있습니다. 즉, 사회란 작동하기 위하여 포텐셜 에너지[잠재력]의 차이를 이용하는 것으로서, 그 차이는 사회 계급의 다양한 형태에 의해 실현되고 있는 것입니다. 노예제나 농노제라고 불리는 것이든, 계급 분립이라

고 불리는 것이든, 그런 구별의 사태란 넓은 파노라마적 관점에서 먼 거리를 두고 조망할 때는 크게 중요하지 않습니다. 그런 사회는 내부에 불균형을 만들어내기에 이르는데, 우리는 그런 불균형을 이용하여 더 많은 질서를 — 우리는 그렇게 공학적 사회를 가진 겁니다 — 동시에 더 많은 혼란을, 더 많은 엔트로피를 사람들 사이의 관계라는 평면 위에 산출하고 있는 것입니다. (『레비 스트로스와의 대화』[클로드 레비 스트로스, 조르주 샤르보니에], 타타 치마코 옮김[원작은 1961년 출간])

레비 스트로스의 관점은 분명 자극적이지만, 주목해야 할 것은 그런 관점 자체가 역사적 생산양식으로서의 증기기관에서 생겨났다는 사실이다. "증기기관이 과학에 빚을 졌다기보다는 과학이 증기기관에 빚을 졌던 것이 더 많다"는 조지프 헨더슨의 유명한 말이 있다. 실제로 증기기관은 이론에 앞서 존재했던 것이다.

열역학에 관한 최초의 고찰이 프랑스의 기술자 사디 카르노에 의해 행해졌던 것은 1824년이다. 찰스 길리스피의 『과학사상의 역사』에 따르면, 카르노는 증기기관이 풍경, 경제, 정치, 세계관 등 모든 영역에서 얼마나 무시무시한 추세로 영국을 변형시켰던가에 주목했다. 그 한 대목을 인용해보자.

이미 증기기관은 광산을 움직이고, 배를 앞으로 나가게 하고, 항구나 하천을 준설하고, 철을 단련시키고, 목재를 만들고, 곡물을 빻고, 실을 뽑고, 천을 짜고, 아무리 무거운 짐일지라도 옮긴다. 그것은 머지않아 만능의 모터가 되어 동물의 힘이나 낙수나 기류를 대신할 것임에 틀림없다.

> 영국으로부터 그 증기기관을 빼앗아버린다면 석탄과 철까지도 동시에 빼앗는 것이 되리라. 그런 박탈은 영국의 모든 부의 원천을 메마르게 하고, 그 번영에 관계된 모든 것들을 멸망케 함으로써, 저 거대한 힘을 근절시키게 될 것이다. 영국이 무엇보다 강력한 방어력이라고 여기는 그 해군을 파괴하는 일마저도 증기기관의 박탈에 비하면 그리 치명적이지 않을 것이다. (길리스피, 「열熱의 동력에 관한 고찰」, 『과학사상의 역사』[이는 부제다. 표제는 '객관성의 칼날', 원작 출간: 1960년])

이러한 변화의 무시무시함을 상상하기에는 석탄에서 석유로의 대체라는 1960년대의 세계적인 변화를 떠올리는 것만으로는 불충분할 것이다. 분명 1960년대의 산업혁명이 우리의 "풍경"을 일변시킨 것은 맞지만 그것이 우리가 처음으로 겪은 체험은 아니기 때문이다. 그리고 레비 스트로스의 인식은 처음으로 그것을 경험한 사상가들의 인식이 가진 넓이와 깊이에 미치지 못한다.

카르노의 논문은 1840년대에 이르러서야 겨우 인정받는다. "열이 동력으로 되자마자 고전역학은 아무 도움도 되지 못했다"고 길리스피는 말한다. 즉, 레비 스트로스의 비유를 사용하자면 오히려 고전역학 혹은 18세기의 사회야말로 '시계'와 닮은 것이고 그 이후가 '증기기관'과 닮은 것이라고 하지 않으면 안 된다. 게다가 '증기기관'에 의해 생겨난 엔트로피나 에네르기의 개념이 '시계'와 결부된 갖가지 철학 — 그 대표적인 것은 데카르트이다

— 을 뒤집어엎었던 것이고, 레비 스트로스 역시도 그런 철학의 후예들 중 하나인 것이다.

마르크스, 니체, 프로이트 같은 19세기의 사상가는 의식을 했든 아니든 간에 증기기관이 핵심에 있는 지적 패러다임 위에서 생각하고 있었다. 『자본론』에서 마르크스는 기계에 관한 독자적인 고찰을 하고 있다. 그것에 따르면, 기계란 본질적으로 다른 세 부분으로 성립되어 있다. 원동장치, 그것을 변환시키는 전달 장치, 좁은 뜻의 기계 곧 기구가 그것이다. 증기기관이 모터가 될 때, 그것은 생산이라는 것을 인간의 체력 및 개인적 차이로부터 해방시키며 수력이나 풍력에 필요한 지역적 자연조건의 차이로부터도 해방시킨다. 매뉴팩처 시기에는 오히려 지방에 확산되어 있던 공장들이 그런 해방과 함께 도시로 집중되면서 "풍경"을 일변시킨다. 증기기관에 의해 비로소 실질적으로 자본제 생산이 가능해지고 그것이 화폐경제를 통해 모든 생산을 포섭하는 것이다.

마르크스의 '기계'론에서 흥미로운 점은 일반적으로 기계라고 불리는 것이란 마르크스의 기계 가운데 일부분에 불과하다는 점, 노동자는 그런 기계의 일부를 조작할 수 있을 뿐인 '주체'에 불과하다는 점이다. 그의 '기계'론은 연장延長=도구(기계)와 그것을 조작하는 의식주체(코기토)라는 데카르트의 생각을 부정한다. 의식은 더 이상 데카르트적 주체일 수 없다. 이는 의식이 '마음'의 일부분에 지나지 않으며 무의식은 언어적인 상징기구를 통해 의식에 도달한다는 프로이트의 메타-사이콜로지[초심리학]에도 그대로 적용된다. 프로이트의 사고를 기계론적이라고 부르는 것은 잘못인바, 거꾸로 데카르트적인 사고가 기계론적인 것이다.

또한 니체가 불이나 물, 바람 — 그것들은 열역학에 의해 비로소 설명된다 — 을 근거로 생각했던 초기 그리스 철학자들의 사고를 회복시키고자 했을 때, 그것은 넓은 뜻에서의 '기계'에 관한 생각이었다고 할 수 있다. 니체가 '기계장치의 신데우스 엑스 마키나'을 도입했던 에우리피데스의 비극을 부정하고 디오니소스적인 것을 주장했을 때, 그것은 증기기관이 초래한 인식상의 전도와 관계가 없지 않았다. 아니 그렇기는커녕 『힘에의 의지』[1901] 마지막 절에 나오는 것처럼 '영겁회귀'를 거의 엔트로피 개념에 가까운 방식으로 설명하고 있다. 니체는 이미 거기에서 '뜨거운'이나 '차가운' 같은 표현까지 함께 사용하고 있다.

나는 증기기관이 그들에게 직접 영향을 주었다고 말하는 것이 아니다. 다만 그들만이 '뜨거운 사회' 속에서 인식상의 비약적인 전회를 이뤘던바 — 구조주의는 그 충격력의 여파이자 주석에 지나지 않는다 —, 그것은 증기기관을 물질적인 핵심으로 삼은 총체적 현상을 통찰한 것과 다름없다. 그리고 그것은 그때까지의 앎에 있어서의 고전적인 위계제하이어라키를 전도시키게 된다.

그러나 소세키의 『갱부』에는 그러한 전도가 없다. 야스 씨라는 인물은 이렇게 말한다. "여기는 인간쓰레기가 처넣어지는 곳이다. 완전히 인간 무덤이지. 산 채로 장사지내는 곳이야. 한번 발을 들이면 그것으로 끝, 아무리 훌륭한 인간일지라도 절대 빠져나갈 수 없는 함정이지." 야스 씨는 땅 위에서 죄를 범하고 학업을 포기한 남자이고, '나'는 자살하는 대신에 자멸하고자 하강한 남자이다. 소세키에 의해 발견된 "땅 밑"은 극히 고전적인데, 거기는 말하자면 연옥이다. '나'는 겨우 하루를 갱내에서 헤맨 것으로 심신을 다치고선 이후에는 사무원이 된다. "다음날부터 나는 부엌 구석에 진을 치고는 관례대로 장부 기록을 시작했다. 그러자 이제껏 그만큼이나 사람을 경멸하던 갱부들의 태도가 모조리 바뀌어 오히려 그쪽에서 내 시중을 들려고 했다. 나도 그런 상황을 금방 몸에 익히기 시작했다. 안남미南京米도 먹었다. 빈대南京虫에도 물렸다. (……) 나 자신은 그 장부 기록을 5개월 동안 무사히 처리했다. 그러고는 도쿄로 돌아왔다."

"땅 밑"에서조차 주인공은 사무직으로서 우위에 있고, 또 대학 중퇴의 갱부에게만 '인간'으로서 공감하고 있다. 소세키가 계급적이었다고 말하려는 게 아니다. 결국 그가 고전적인 앎 속에 여전히 귀속되어 있었음을 말하려는 것이다.

나는 미이케 투쟁의 패배 이후, 다니가와 간이 지도하고 있던 다이쇼 탄광 노동조합에 대해 요시모토 다카아키가 다음과 같은 의미로 썼던 것을 인상 깊게 기억하고 있다. 투쟁의 전망 따위에 관해서는 아무런 말 없이 그저, 당신들이 있는 곳에는 아직 '쾌락'이 남아 있으니 그것이 남아 있는 동안에 핥듯이 맛보아두는 게 좋을 것이다, 라는 요시모토의 말이 그것이다. 나는 당시에 그 뜻을 잘 알 수 없었다. 1960년대의 고도성장 이후, 나는 그 '쾌락'이라는 게 무엇인지를 겨우 이해할 수 있었다.

소세키에게 "땅 밑"은 시민사회로부터 배제된 자가 향해가는 곳이며, 따라서 그저 '고통'의 장소일 따름이다. 하지만 관점을 바꾸면, 거기는 다름 아닌 '쾌락원칙'의 세계이다. 소세키는 어쩌면 그것을 알아차리고 있었을지도 모른다. 하지만 그는 "땅 밑"으로부터 거꾸로 시민사회를 보려고 하지는 않았다. 내가 그런 관점을 발견한 것은 아리시마 다케오의 작품에서이다.

2

아리시마의 『어떤 여자』[1911~1919] 전반부는 거의 기선汽船, 즉 증기선이 중심 무대이다. 그 배에는 미국에 있는 약혼자에게 가려고 하는 요코, 그녀를 도덕적으로 감시하고 있는 다가와 법학박사 부부, 배의 사무장 구라치가 주된 인물로 등장한다. 그러하되 놓쳐선 안 되는 것은 "배 밑"이며, 하급선원水夫들이다. 스토리의 시간적 전개와 함께 차츰 보이기 시작하는 것은 기선이라는 '세계'의 공간적인 구조이며, 그것은 이 작품 전체의 구조이기도 하다. 요코는 미국에 상륙하지 않고 그대로 일본으로 되돌아가며, 사무장을 그만두게 된 구라치와 함께 살게 되는바, 그것은 시민부르주아사회로부터 배제된 것과 다르지 않다. 『어떤 여자』가 훌륭한 점은 배를 무대로 하면서도 "배 밑"을 중요한 요소로 함으로써 배에서의 '사건'에 구조적인 의미를 부여하고 있는 데에 있다.

요코는 일등여객과 상급선원 간의 이야기에서 표적이 되고 있을 뿐만 아니라 다른 하급선원들 사이에서도 주목의 대상이 된다. 이는 늙은 하급선원이 상처를 입었을 때 요코가 그들의 방으로까지 내려가 그를 간호했기 때문이지만, 말할 것도 없이 요코에 대한 하급선원들의 관심은 성적인 것이었다. 그들의 방은 다음과 같이 그려져 있다.

매듭처럼 둥글게 웅크리고는 고통 때문에 몸부림치며 괴로워하는 그 노인의 뒤부터 선원실의 입구까지는 숱한 선원들과 여객들이 진귀한 볼거리인 양 따라왔는데, 그 선원실 앞에까지 가니 선원들조차도 안으로 들어가기를 주저했다. 무슨 비밀이 숨겨져 있는지 누구도 알지 못하는 그 방의 내부는 기관실보다 더 위험한 구역으로 간주되고 있었던 만큼, 그 입구마저도 사람들을 위협하는 것 같은 왠지 모를 섬뜩함을 품고 있었다. 그러나 요코는 고통으로 몸부림치는 노인의 모습을 보면서는 그런 것은 거들떠보지도 않게 됐다. (……) 요코는 노인에게 이끌려 들어가듯 점점 더 깊이 선원실 내부로 내려갔다. 컴컴하고 부패한 공기는 화끈 달아오를 듯 사람을 덮치고, 어둠 속에서 득시글득시글하는 무리들은 굵고도 녹슨 쇳소리를 던졌다. 어둠에 익숙한 선원들의 눈은 순식간에 요코의 모습을 포착했다. 일종의 앙분昂奮이 순식간에 방 구석구석에까지 가득 넘쳐나고 그것이 기괴한 욕지거리가 되어 요코를 향해 지독하게 육박해갔다. 헐렁헐렁한 바지 하나만 입고서는 털가슴에 실오라기 하나 걸치지 않은 근육질의 장대한 남자 하나가 그들 속에서 일어나 요코 곁을 거칠게 스치듯이 지나가면서 요코의 얼굴을 뚫어지게 쏘아보았고, 그러면서 동시에 듣기 거북한 잡소리로 목청 높인 욕지거리로 자기 무리들을 웃겼다. (아리시마 다케오, 『어떤 여자』)

이 "배 밑"은 소세키의 "땅 밑"에 비하면 훨씬 더 까닭 모를 무서움을 품고 있고 아나키적이며 아모럴[amoral]하고 에로틱하다. 하급선원들은 개인으로서는 등장하지 않는다. 그것은 하나의 심층으로서 작중인물들의 밑바닥에 있다. 거기로 요코만이 아무렇지 않게 내려가는 것은 그녀가 시민부르주아사회의 모럴리티를 파괴할 것임을 암시하고 있는 것이다.

요코를 보자마자 "가슴 아래서 불가사의한 육체적 충동을 희미하게 느낀" 구라치라는 남자는 "맹수처럼", "호색의 야수", "난폭", "insolent[오만불손한]"와 같은 식으로 그려지고 있다. 그녀가 구라치에게 매력을 느낀 것은 처음으로 자신보다 '우월'한 것을 감지했기 때문이다. "세상의 좋은 때를 만났더라면 구라치는 작은 기선의 사무장 따위를 하고 있을 남자는 아니었다. 자기와 마찬가지로 잘못된 처지로 태어난 인간이었던 것이다. 요코는 자신에 빗대어 그를 동정하고 가련하게 여기면서도 경외감을 갖기도 했다. 지금까지 누구 앞에서도 아무렇지 않게 자신의 뜻대로 거동했던 요코는 이 남자 앞에서는 생각지도 못하게 마음에도 없는 가식을 자신의 성격에 부가했다. 사무장 앞에서 요코는 불가사의하게도 자신이 생각하고 있는 것과는 반대의 동작을 하고 있었다. 무조건적인 복종이라는 것도 오직 사무장에 대해서만큼은 바람직할 따름이라고 여겼다. 이 사람에게 마음껏 두들겨 맞을 때에 비로소 자신의 생명이 진정으로 타오를 것이다. 이런 불가사의한, 요코에겐 결코 있을 수 없는 욕망조차도 전혀 불가사의하지 않게 받아들여졌던 것이다."

구라치는 어떤 뜻에서 이 증기선의 '세계'를 초월한 남자이다. 그는 말하자면 부르주아 사회 속에서 '잘못' 태어난 "귀족"인

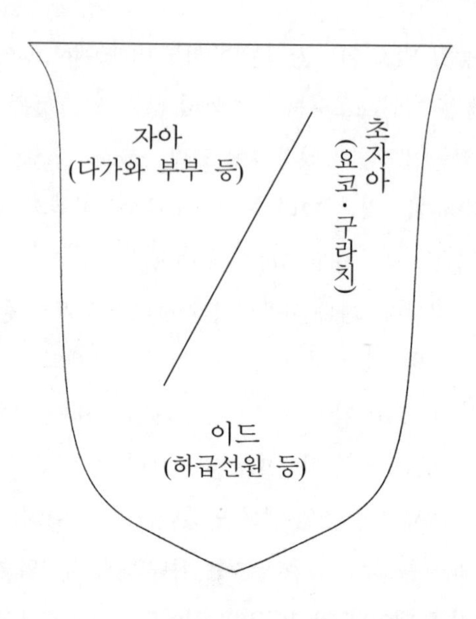

것이다. 주목해야 할 것은 그의 광폭함, 성적인 헌결참이 "배 밑"의 계급과 서로 통하고 있다는 점이다. 요코를 둘러싼 인텔리들은 모두 그녀를 열정적으로 사랑한다. 하지만 언제나 자기기만적인 방식으로 그러는 것이므로 그녀에게 경멸당할 뿐이었다. 그들은 요코에게 성적으로 끌림에도 그것을 "정신적인플라토닉 것"으로 생각하고, 나아가 요코를 도덕적으로 구속하거나 다시 세우려고 한다. 그런데 구라치나 선원실의 인간은 요코를 단지 여자로서, 성적인 대상으로서만 본다. 그들은 말하자면 '쾌락원칙'(프로이트) 혹은 '선악의 피안'(니체)에 있다.

그리 되면 이 배의 '세계'란 세 종류의 계급으로 분리되어 있을 뿐만 아니라, 미국의 아리시마 다케오 연구자 폴 앤더러가 시사했던 것처럼 배의 공간 자체가 프로이트가 구상했던 심적 세계와 유사하게 될 것이다[가라타니의 도식(정식)은 그 증기선의 절단면으로 볼 수 있다]. 물론 그러한 아날로지[유추]가 가능한 것은 애초에 프로이트가 심적 세계를 '세대'(아버지와 아들) 간의 계급투쟁으로 파악했기 때문이다. 따라서 자아 혹은 의식이란 중간계급(이를 중산中産계급이라고 말하지 않은 이유는 중간성을 강조했기 때문이다)의 의식이며, 그 중간계급은 지배계급에 의한 금지를 거꾸로 적극적으로 내면화한다. 일본에서는 에도 시대의 유교가 그것에 해당될 터이다. 실제적인 무력적 지배자는 유학자가 말하는 것 따위를 모멸하고 있었으되 통치를 위해 필요한 이데올로기로서 유교를 도입했던 것인바, 다른 한편의 하층계급과 유교는 아무런 관계가 없었다. 유교는 오히려 메이지 이후에 학교 교육을 통해 일반화됐던 것이다.

아리시마의 경우, 할머니의 엄격한 유교 교육과 퓨리터니컬한[청교도적인] 그리스도교가 결합해 있었지만, 끝내 그것들이 마찬가지로 "계급투쟁"의 문제라는 것을 꿰뚫어 보았다. 그에게 쓰는 것이란 '중간에 있는' 의식을 전도시키는 일이었고, 일상 속의 자신과는 전혀 닮지 않은 흉폭하고 관능적인 세계를 실현하는 일이었다. 그 시기 소세키를 중심으로 한 중산계급의 작가들 속에서 오직 아리시마만이 소세키를 싫어했다. 이는 아리시마가 소세키와 많은 것을 공유하고 있었기에 소세키의 존재방식을 다른 누구보다 명료하게 볼 수 있었기 때문이라고 할 수 있을 것이다. 아마도 시가 나오야만이 그들처럼 '의식'으로부터 자유로웠던바, 말하자면 '무의식'의 작가였다고 할 수 있겠다. 하지만 시가 역시도 우치무라 간조의 문하에 속했던 시기가 있었다.

따라서 아리시마와 시가, 종교를 버린棄教者 그 둘이 시라카바파 속에서 아웃사이더였던 것은 우연이 아니다.

『어떤 여자』에서 다가와 부인은 스스로의 욕망을 억압하지 않으면 안 되었기에 요코를 적대시한다. 다가와 부인을 비롯한 여럿은 배 위에서의 사건을 내버려두지 않고 신문에 실어 구라치가 여객선 회사를 그만두게 한다. 게다가 그들은 요코에게 갱생의 기회를 부여한다는 "선의"에 따라 그렇게 하는 것이다.

미셸 푸코는 서구에서의 스캔들이 18세기 이후 부르주아의 무기로서 나타났다고 말한다. 그때까지 귀족 혹은 국왕은 직접적인 억압을 행했지만, 부르주아 계급은 그들의 모럴리티에 반하는 것을 스캔들을 통해 배제했다는 것이다. 흥미로운 것은 근대소설이 영국의 18세기 신문의 발생과 함께 생겨났다는 사실이다. 신문의 '3면 기사'와 소설은 쌍생아인 것이다. 그것들은 새로운 독자 곧 시민부르주아의 욕구와 이데올로기를 충족시키는 것으로서 생겨났다. 그렇게 보면, 소세키가 한결같이 신문소설을 썼던 것, 또 다음과 같은 서문을 쓰고 있는 것은 주목할 만하다.

> 도쿄·오사카를 통틀어 계산하면 우리 <아사히신문>의 구독자는 실로 수십만이라는 다수에 이른다. 그 가운데 내 작품을 읽어주는 사람이 몇 사람일지 알 수 없지만, 그 몇 사람의 대부분은 아마도 문단의 뒷골목이나 그 맨땅조차도 들여다본 경험이 없을 터이다. 전적으로 보통의 인간으로서 대자연의 공기를 진솔하게 호흡하면서 평온하게 살아갈 뿐이라고 여겨진다. 그들처럼 교육받고 평범한 인사들에게 내 작품을 공적으

로 발표할 수 있는 나는 행복한 사람이라고 믿고 있다. (「『춘분 지나고까지』에 관하여」)

여기서 '예술가'라는 특수성이나 특권성의 의식에 대한 비판을 발견하는 것은 자유다. 그런데 '예술가'라는 19세기 후반 서구에서 생겨난 의식은 더 이상 작가가 시민부르주아의 의식으로부터 이반하지 않을 수 없는 사태에 근거해 있다. 소세키도, 다른 작가들도 더 이상 18세기 영국에서 생겨나고 있는 게 아니다. 아리시마에게 '그들처럼 교육받고 평범한 인사들'이란 다가와 부부와 같은 존재와 다름없다. 어쩌면 그에겐 소세키조차도 그러한 존재였을지 모른다. 예컨대 요코와 같은 여자 가운데 한 사람인 히라츠카 라이초는 모리타 소헤이와의 사건 이후에, 소세키가 모리타에게 사정이 그렇다면 결혼할 수밖에 없다고 충고했다는 말을 듣고는 소세키를 경멸하지 않을 수 없었다고 말한다.[2]

물론 소세키는 작품에서 '중간계급'으로서의 인간의 갈등(자연과 규범이 찢겨졌음)을 최대한 묘사하고 있다. 그는 한쪽에서 '자연'의 충동을 긍정하지 않으면 안 되었고, 다른 한쪽에서 그

• •

2. 사상가·평론가·작가 히라츠카 라이초(平塚らいてう[らいちょう], 1886~1971)는 페미니스트로서 여성문예잡지 『세이토(青鞜)』(18세기 런던에서 발기한 여성 참정권 운동의 일파 'bluestockings'에서 따온 이름)를 창간하고 전후 여성해방운동에 참여했었다. 작가·번역가 모리타 소헤이(森田草平, 1881~1949)는 그녀와의 성관계에 실패한 사정을 『매연』으로 소설화했었던바, 본문에서 말하는 '사건'이란 그것을 가리킨다. 모리타는 소세키의 제자였다.

결과로서의 '죄'를 모면할 수도 없다는 [이율]배반을 거듭 썼던 것이다. 하지만 그것이 '인간 존재'의 보편적인 존재방식이라고 할 수 있을까. 오히려 그것은 소세키 자신의 '존재' 혹은 '생활'에 근거해 있는 것일 따름이다. 그것이 '교육받고 평범한 인사들'에 의해 공유되었던 것이다.

3

사카구치 안고는 소세키가 성적인 것을 은폐했음을 비판한다. 안고는 그런 뜻에서 아리시마와 마찬가지로 영혼과 육체의 분열로 괴로워했던 퓨리턴이며, 그것을 넘어섰을 때에 비로소 "타락함"이라는 것을 적극적으로 주장할 수 있었다. 그가 공격했던 것은 '중간계급'의 모럴리티이며, 따라서 한쪽에서 오다 노부나가 같은 amoral한 지배자, 가츠 가이슈 같은 정치가를 비로소 [소설화하여] 거론할 수 있었던 것이다. 그렇기에 그의 소세키 비판은 단지 성적인 표현이라는 것에 한정되는 게 아니었다.

예컨대 소세키는 『한눈팔기』에서 아내의 히스테리를 두고 다음과 같이 쓴다.

> 다행히 자연은 아내에게 완화제緩和劑로서의 히스테리를 주었다. 발작은 맞춤하게도 두 사람의 관계가 긴장된 상태의 틈새에서 일어났다. (……) 그럴 때 그녀의 의식은 언제나 몽롱하여 꿈속에서보다도 분별력이 없었다. 동공이 크게 열려 있었

다. 외부세계는 단지 환영처럼 비춰지는 듯했다. 머리맡에 앉아 그녀의 얼굴을 응시하고 있는 겐조의 눈에는 언제나 불안이 나타났다. 때로는 측은하다는 마음이 모든 것을 이겨내게 했다. 그는 딱한 아내의 산발한 머리카락을 빗으로 빗겨주었다. (『한눈팔기』)

히스테리 발작이란 그것이 표출되는 것인 이상, 분명 그 자체가 하나의 카타르시스, 즉 '완화제'일지도 모른다. 그렇게 히스테리가 그들 사이의 긴장을 해소한다고 할 때, 소세키는 정반대로 사태를 포착하고 있는 듯하다. 소세키가 쓰고 있는 것처럼, 겐조가 그런 긴장에 책임이 있다고는 할 수 없다. 책임이 있는 것은 겐조가 소속되어 있는 생활권의 의식이기 때문이다. 거기서는 '자연'의 상형문자적인 메시지인 히스테리가 그들의 갈등을 해소하는 유일한 길이라는 전도가 생겨나고 있다.

소세키의 표현이 억제됐던 것임은 말할 것도 없다. 하지만 문제는 예컨대 소세키가 성욕에 관해 쓰지 않았다는 점에 있는 게 아니다. 실제로는 거꾸로 『한눈팔기』 속에는 예컨대 아내의 히스테리를 통해 겐조 부부의 생활을 하나의 전도된 형태로 보는 각도가 내장되어 있다. 말하자면 "땅 밑"이 그들 사이의 밑바닥에 깊이 퍼져 있어 그것을 결코 "정리해버릴 수 없는"(『한눈팔기』) 것이다. 그런 뜻에서 성욕의 자의식을 노출했었던 작가들과는 달리, 소세키는 억압된 욕망의 상징화 기구를 역설적으로 취했던 것이라고 할 수 있다. 『한눈팔기』라는 작품의 깊이는 거기에 있다. 그러하되 '자연'이나 '불안'이라는 보편적 표현은 그런 전도를 고스란히 형이상학적으로 덮어 가려버린다.

아리시마에게 '자연'은 더 이상 그런 것이 아니었다. "요코의 성격 깊은 곳에서 솟아나오는 놀랄만한 자연스러움이 한 덩어리가 된 모습으로 드러나기 시작했다." 하지만 그것은 좀 더 구체적인 것이다. "거칠게 토해내는 남자의 한숨은 싸락눈처럼 요코의 얼굴을 때렸다. 불길로 타오를 뿐인 남자의 육체로부터는 desire의 화염이 요코의 혈맥으로까지 쭉쭉 퍼져갔다. 요코는 까닭모를 앙분에 몸을 덜덜 떨기 시작했다."(『어떤 여자』)

물론 거기서도 히스테리와 닮은 폭력적인 것이 있다. 그것은 아리시마에게 desire가 단순한 의식이 아니라 오히려 자기 억제적인 '중간계급'의 의식을 파괴하는 것으로서 존재하기 때문이다. 그런 폭력성은 『캉캉 벌레』[1880]나 『카인의 후예』[1917]에서 좀 더 노출되어 드러날 터이다. 후자는 폭력적인 한 사람의 소작인을 묘사하고 있는데, 그는 『어떤 여자』의 구라치와 닮은 인물로서, 강건하고 desire로 충만하며 insolent[오만불손]하다. 그가 소작인 동료의 아내와 잘 때의 묘사는 놀랄 만한 것이다.

> 외침소리와 함께 그는 덤불 속으로 뛰어 들어갔다. 가시 돋친 것에 찔리는 듯한 감촉이 잠잘 때 빼고는 벗은 적 없는 짚신 밑에서 두 걸음 세 걸음 째 느껴졌다고 생각했을 때, 곧이어 네 걸음 째는 연하고도 단단한 육체가 밟힌 것을 느꼈다. 그는 자신도 알지 못하는 사이 발에서 힘을 빼려고 했지만, 또한 동시에 광폭한 충동에 닦달되었고 그래서 온몸의 무게를 발에 실었다.

"아파."

그는 그 말이 듣고 싶었던 것이다. 그의 육체에는 단번에 기름이 끼얹어져 끓어오르는 듯한 핏기에 눈이 휘둥그레졌다. 그는 갑자기 발아래 여자에게 날아들어서는 마구잡이로 때리고 또 발길질했다. 여자는 아프다고 말하면서도 그에게 매달렸다. 그러고는 이빨로 깨물었다. 그는 이윽고 그녀를 움직일 수 없이 부둥켜안고는 도로로 나갔다. 그녀는 그의 얼굴을 예리하게 자란 손톱으로 할퀴고는 도망치고자 했다. (……) 두 사람은 서로 격정을 이기지 못해 다시 때리고 할퀴었다. 그는 여자의 머리채를 휘어잡고 길 위로 질질 끌고 나갔다. 집회소에 도착했을 때는 이미 둘 모두 상처투성이가 되어 있었다. 기고만장해진 여자는 한 덩어리 불의 살코기가 되어 부들부들 떨면서 마루에 나동그라졌다. 그는 어둠 속에 우두커니 서서는 불타는 흥분으로 쓰러질 듯 비틀거렸다. (아리시마 다케오, 『카인의 후예』)

흉포해져 가는 소작인을 묘사한 이 작품은 어떤 뜻에서 다야마 가타이의 『주우에몽重右衛門의 최후』[1902]와 비슷하다. 주우에몽은 마을에서 방약무인하게 거동하는 이의 집에 방화를 저지르며 돌아다니는 남자이다. 가타이는 그것을 유전에 의해 설명하고 있다. 에밀 졸라 식의 자연주의 이론이 묘한 곳에 도입되었다고 하지 않을 수 없다. 마을 안에서 발광하거나 폭력적으로 변한 인간이 출현하는 것은 경제적인 계급 분해가 진행되어 생기는 현실적인 이해관계의 대립이 밑바닥에 깔려 있음에도 거꾸로 그것 때문에 마을 공동의 규범의식이 강화됨으로써 희생자는 심적 이상자로 드러날 수밖에 없게 된다. 그것은 유전의 이론으로는 설명될 수 없다. 『주우에몽의 최후』를 꽤 높이 평가하고서는 『이불』[1907] 이후를 인정하지 않았던 야나기타 구니오는 말할 것도 없이 바로 그 점을 보고 있었다고 하겠다. 그가 농정학農政學에서 관념(환상)의 레벨을 취급하는 민속학으로 옮겨갔던 까닭이 거기에 있다.

나카무라 미쓰오처럼 일본의 '자연주의' 작가가 졸라의 이론을 이해하지 못했으리라는 것은 틀린 짐작이다. 오히려 그들은 '과학적 이론'에 눈이 멀어 그들 자신이 존재하는 현실을 잘못 보았다고 하지 않을 수 없다. 도시 부르주아의 '자의식'을 환원하고자 했던 졸라의 방법이 해체 중인 어떤 농촌의 현실을 보는 일에 통할 리가 없다. 하지만 이론이야 어찌 됐든 "자연주의적 현실"은 존재했던 것이다. 소세키가 <아사히신문>의 소설에 나가츠카 다카시와 도쿠다 슈세이[3]를 기용했을 때, 그는 의심의 여지 없이 그들의 소설을 "땅 밑"의 목소리로 받아들였던 것이다. 『흙』이나 『아라쿠레[우락부락함, 사나움]』에 대한 소세키의 비평은 어딘가 공통된다. 그 작품들을 평가하면서도 거기에 숨 막힐 듯 출구가 없음을 비판하는 것이다.

• •

3. 도쿠다 슈세이(徳田秋声, 1871~1943)는 '자연주의 문학의 대가'라는 말을 듣는 소설가. 『출산』(1908), 『아라쿠레』(1915), 『분류(奔流)』(1915) 등 다작. 나가츠카 다카시(長塚節, 1879–1915)는 가인(歌人)이며, 『흙』(1912)을 쓴 소설가.

예컨대 『흙』에 대해 소세키는 말한다. “그들은 저열하고 천박하고 미신이 강하며, 악의 없이 천진하면서도 교활하고, 욕심이 없으면서도 강한 욕심을 가진 자들인바, 우리(지금의 문단 작가들을 모조리 포함한 우리)가 거의 상상하기조차 어려운 바를 눈에 비칠 듯이 생생히 묘사했던 것이 『흙』이다. 그렇게 『흙』은 나가츠카 군 말고는 누구도 손을 댈 수 없는 백성들의 괴로운 생활, 곧 짐승에 근접한 삶의 부분들을 정교하게 직서直敍한 것이기에, 누구도 거기에는 미치지 못한다고 말할 수 있는 것이다.”(「『흙』에 관하여」) 이는 『갱부』의 시점과 그다지 다르지 않다. 소세키는 『흙』에 관심을 표하면서 그것을 ‘짐승에 근접한 삶의 부분’으로 간주했다.

아에바 다카오는 「소설의 장소와 ‘나’ — 나가츠카 다카시의 『흙』」(『문학계』 쇼와 52년[1977] 7월호)에서 그러한 견해를 뒤집으려고 한다. ‘짐승’과는 정반대로 『흙』의 세계는 근친상간의 금기를 보이지 않는 핵심으로 가진 전적으로 “인간적”인 세계이고, 나가츠카는 ‘문화’를 총체적으로 보는 시점과 문체를 가지고 있다는 것이다.

가타이의 『주우에몽의 최후』에 나오는 주인공도 ‘짐승’에 가까운 게 아니라, 그가 생존하는 공동체 그 자체의 기형화로 인한 “히스테리”적 발현으로 간주해야 할 것이다. 그런데 가타이는 오히려 인간이 ‘짐승’에 가까운 것임을 폭로하는 방향으로 향했다. 한편 소세키는 자신이 생존하는 계층에 관해서는 그것을 해독하는 눈을 가졌음에도, ‘짐승에 접근하고 있던’ 생활세계의 문화적 위상에 관해서는 맹목이었다고 할 수밖에 없다.

그런데 『카인의 후예』에 나오는 흉포한 소작인이 주우에몽과 결정적으로 다른 것은 주우에몽이 마을의 공동환상에 의해 배제되어갔던 것임에 비해, 그 소작인에게 '마을'이란 아예 없는 것으로, 오직 농장주와 소작인이라는 계급관계가 있을 뿐이라는 점이다. 소작인은 타지에서 왔고 타지로 떠나갈 사람이다. 물론 그런 차이는 신슈와 홋카이도의 차이라고 할 수도 있다. 그러나 『카인의 후예』는 농장주와 소작인의 계급적 대립이라는 사실로 해소될 수 있는 게 아니다. 프롤레타리아 문학자는 — 젊은 시절의 다자이 오사무도 포함한 — 그런 계급적 대립과 유사한 현실에 관해 썼지만, 그들과 『카인의 후예』는 결정적인 차이가 있다. 중요한 것은 『캉캉 벌레』나 『카인의 후예』에서 반항적인 프롤레타리아를 묘사한 아리시마의 '계급' 인식이 독특하다는 점, 즉 그런 인식이 현실로부터도 사회주의 이론으로부터도 온 게 아니라는 점이다. 말할 것도 없이 아리시마는 다음과 같은 선언으로 알려져 있다.

> 혹시 계급투쟁이라는 것이 현대 생활의 핵심을 이루는 것이고, 그것이 그 알파이자 오메가라고 한다면, 나의 여기까지의 언설은 정당하게 행해진 것이라고 믿는다. 아무리 잘난 학자, 사상가, 운동가, 두령일지라도 제4계급적인 노동자가 아니면서 제4계급에게 뭔가를 기여한다고 생각한다면 그것은 명백히 분수에 넘치는 호언장담의 사태僭上沙汰이다. 제4계급은 그런 사람들의 헛된 노력으로 인한 혼란을 겪을 수밖에 없을 터이다. (아리시마 다케오, 「선언 하나」, 1922년)

여기서의 '계급' 개념이란 프랑스 혁명에서 온 것이며, 따라서 아나키스트적이다. 아리시마는 '지식계급' 혹은 '유산계급'이라는 것과 '제4계급'을 실체적으로 분리하고는 후자에 대해 아무런 힘을 갖지 못한 무력한 자로서의 지식인의 형상을 생각했다. 이에 비해 마르크스주의자는 자기부정적인 '계급이행'을 통해 '지식계급'이 혁명을 주도할 수 있으리라고 생각했다. 하지만 그 두 관점에 공통되는 것은 '계급'을 실체적으로 보는 사고이다.

예컨대 마르크스가 「루이 보나파르트의 브뤼메르 18일」[1851~1852]에서 계급투쟁에 관해 얼마나 주의 깊게 고찰하고 있는지를 보면 된다. 1848년 혁명에서 보나파르트의 쿠데타에 이르는 기괴한 2년에 관한 미세한 분석은 지배계급-피지배계급이라는 도식으로는 이해될 수 없는 '꿈'의 해석과 다름없다. 우선 마르크스는 금융 부르주아지, 미숙한 산업 부르주아지, 대지주, 소부르주아지, 분할지 농민, 산업 프롤레타리아트, 룸펜 프롤레타리아트 등이 서로 대립하면서도 공존하는 것으로서 사회적 계급을 분절화하고 있다. 그런데 그것들이 어떤 결합 방식을 취하는지는 정당 곧 정치적인 언설의 레벨에서 살피지 않으면 안 된다. 마르크스는 생산관계에 근거한 계급적 분절화와 정치적 언설에서의 분절화를 분리하고, 그것을 '대표하는 것-대표되는 것'이라는 기호론적 장소로 보려고 한다. '대표하는 것'과 '대표되는 것'은 본래 자의적인 결합에 지나지 않기에 대립하거나 이동한다. 따라서 부르주아지는 본래부터 그들을 대표하고 있던 정당을 버리고 보나파르트를 '대표하는 것'으로 선택하기에 이른다. 또 정치적 언설 그 자체는 독립되어 형성되는 것이며, 따라서 과거의 모든 것들을 끌어온다. 나폴레옹이라는 망령이 부활하는 것은 그런 까닭에서다.

요컨대 마르크스는 생산관계에 근거한 계급관계 — 이는 생산력의 발전과 더불어 끊임없이 변화해간다 — 가 '의식'에 나타나기 위해서는 정치적 언설이라는 상징화 기구(프로이트)를 거치지 않으면 안 된다는 점을 강조하고 있었던 것이다. 아리시마나 마르크스주의자들이 가진 소박한 생각이 과거의 망령이라고 할 '천황제'라는 기호에 의해 분쇄되었던 사실은 그것을 실증하고 있다. 즉 '계급'은 사실로서 존재하는 게 아니라 해독되어야 할 것으로 있는 것이다.

그러나 우리는 아리시마의 작품을, 「선언 하나」에서 보이는 인식과 구별해서 살피지 않으면 안 된다. 작품에서 그는 프롤레타리아를 동정이나 이념으로 보고 있지 않았으며 실재적인 것으로서도 보고 있지 않았다. 아리시마에게 문제였던 것은 계급이라기보다는 '계급투쟁'이었으며, 그것은 그의 실제적인 경험에서 온 게 아니었다. 그것은 그의 그리스도교에서 왔던 것이다.

4

아리시마의 퓨리터니즘 — 이는 유교적 리거리즘[엄격(엄숙)주의]과 결부되어 있다 — 은 처음부터 성적인 문제와 관련되어 있었다. '영혼과 육체'의 극단적인 갈등이 그의 종교적 의식이었던 것이다. 따라서 아리시마의 경우, 단지 그리스도교를 버리는 것만으로는 해결되지 않았다. 그것을 전복시키지 않으면 안 되었던 것이다. 중요한 것은 니체와 마찬가지로 아리시마도 그리스도교의 부정을 단순히 종교를 버리는 것을 통해 정리할 수는 없었다는 점, 그 내적 갈등의 밑바닥에서 '계급투쟁'을 발견했다는 점이며, 다름 아닌 거기에서 실제의 경제적 계급투쟁을 발견하고 있었다는 점이다. 따라서 『카인의 후예』에 나오는 소작인이 암유하는 것은 실제의 농업 프롤레타리아의 투쟁이 아니라 아리시마의 내부의식을 전도시킨 폭력적인 것이며, 『어떤 여자』에 나오는 요코가 암유하는 것은 억압적인 중산계급의 '의식'에 맞선 스캔달러스한[스캔들을 품은] '자연'의 반역이다.

반복하여 말하자면 아리시마에게 프롤레타리아트라는 관념은 사회주의로부터 왔던 게 아니라 그 자신에 의한 그리스도교의 전복으로부터 왔던 것이다. 이에 비하자면 마르크스주의자에게 프롤레타리아트란 오히려 그리스도교적인 도식 속에 자리매김된 것에 불과하다. 프롤레타리아트의 해방이 인류 전체의 해방이라고 말하는 초기 마르크스의 소외론 자체가 그리스도교적인(헤겔적인) 틀 속에 있는 것이었다. 하지만 얄궂게도 일본의 사상사에서는 오직 마르크스주의만이 엄격한 일신교로서 기능했으며, 그런 까닭에 전향이나 종교를 버리는 일이 비로소 내적 윤리의 문제를 낳았다. 히라노 겐과 같은 문학자가 마르크스를 고쳐 읽는 대신에 인간의 약함, 실존, 이율배반 같은 것들만 생각하는 모럴리스트가 되어버린 것도 그 지점에 까닭이 있다고 하겠다. 일본에서 그리스도교 그 자체는 결코 그러한 질문을 재촉할 수 없었으며 지금도 그럴 수 없다. 그런 뜻에서 아마도 아리시마는 누구보다 심각하게 그리스도교에 의해 내부가 물려 찢겨버린 인간이었고, 그런 상태를 전복시키는 일이 '쓴다'는 것으로 결실 맺었던 유일한 작가였다고 해도 잘못될 게 없을 것이다.

물론 영국에서 돌아왔던 소세키 역시도 그리스도교든 유교든 중산계급의 '의식'을 점하고 있는 모럴리티의 저주를 은밀히 누설하고 있다.

> 갑과 을, 둘 모두가 same space를 occupy[점유]할 수는 없다. 갑이 을을 내쫓아버리거나 을이 갑을 삭제하는 두 가지 방법만 있을 뿐. 갑이든 을이든 무조건 강한 쪽이 이길 따름이지. (……) 문명의 도구란 전부 자기를 절제하는 기계이지. 스스로를 억제하는 도구이며, 나를 단축시키는 궁리이지. 사람에게 상처를 입히지 않기 위해 자기 몸에다 기름을 바르는 일이지. 그 모든 게 소극적일 뿐. 이 문명적인 소극적 방도로는 타인을 이길 턱이 없지.—평범한 사람이기에 착한 선인은 이기지 않고 반드시 진다. 군자는 반드시 진다. 도덕의 마음을 가진 자는 반드시 진다. 청렴하게 관직을 수행하는 자는 반드시 진다. 추함을 꺼려하고 악함을 피하는 자는 반드시 진다. 예의범절과 인륜오상人倫五常[(삼강)오륜]을 중시하는 이는 반드시 진다. 이기는 것과 이기지 못하는 것은 선악, 옳고 그름, 정당함과 부당함의 문제가 아니다. — power이다 — will[의지]이다. (메이지 38~39년[1905~6] 「단편」)

'둘 모두가 same space를 occupy할 수는 없다'는 말은 예컨대 '사랑은 아낌없이 뺏는 것'이라는 아리시마의 인식과 대응하고 있다. 아마 아리시마는 소세키로부터 아무런 영향도 받지 않았겠지만, 소세키에 대한 아리시마의 혐오는 어떤 인식을 공유하고 있기에 생겨났던 것이다. 그런 관계는 얼마간 쇼펜하우어와 니체의 관계를 닮았다. 쇼펜하우어는 will을 세계 및 자기의 근저에서 인정했던 남자이고, 동시에 그 will을 두려워하여 목 졸라 죽이고자 했던 남자이다. 소세키 역시도 필사적으로 그 will을 죽이고자 했었다. 그리고 그가 실제의 육체적 쇠약을 will의 극복으로 잘못 이해했었을 때, '칙천거사則天去私[하늘을 따르고 나를 버림(소세키 말년의 지향점)]'라는 신화가 완성되었던 것이다.

이 신화는 1950년대에 에토 준에 의해 파괴되었다. 하지만 머지않아 압도적으로 늘어난 중산계급에 의해 새로운 신화가 형성됐던 것이다. 그것은 "땅 속"이 소멸한 결과임이 분명하다. 그 새로운 신화는 더 이상 '칙천거사' 따위를 믿지 않는다. 그것은 소세키의 고민, 갈등, 불안, 공포를 추상적으로 승화시킨 다음에 그것을 인간 존재의 보편적인 모습으로 발견한 것이다. 이런 비역사적인 사고는 동시에 그 자신의 역사성에 관해 질문하지 않는 역사주의적 실증주의에 의해 보완되고 있다. 내가 신화라고 부르는 것은 여러 소세키론의 기저에 깔린 그런 상보적 이데올로기이다. 소세키론의 재고찰은 우리가 서 있는 지적 지반 그 자체의 해체를 독촉하는 것이다.

문학에 대하여

1

『문학론』[1906]의 서문에서 소세키는 다음과 같이 말하고 있다.

> 나는 여기서 근본적으로 문학이란 어떤 것인지에 관해 말하는 문제를 해석하고자 결심했다. 동시에 남아 있는 1년을 들여 이 문제에 관한 연구의 제1기로 이용하려는 마음을 먹었다.
>
> 나는 하숙집에 틀어박혔다. 일체의 문학책들을 거둬 고리짝에다가 넣어버렸다. 문학책들을 읽고 문학이란 무엇인지를 알고자 하는 것은 피로 피를 씻는 것과 다르지 않은 수단이라고 믿었기 때문이다. 나는 심리적으로 문학은 어떤 필요에 따라 이 세상에 출생하고 발달하고 퇴폐하는지를 규명하고자 다짐했다. 나는 사회적으로 문학은 어떤 필요에 따라 존재하고 융흥하고 쇠멸하는지를 연구하고자 다짐했던 것이다. (『문학론』)

이 한 대목은 나를 깊게 생각하게 만든다. 우선 소세키는 왜 '문학이란 무엇인가라고 하는 문제'를 문제로 삼았던 것인가. 그것은 왜 '문학'이지 않으면 안 되었던가. 분명 소세키는 이렇게 답하고 있다.

"어렸을 때에 즐겨 한적漢籍을 배웠다. 그것을 배운 일이 짧았음에도, 좌국사한左國史漢[중국 고전역사서 『춘추좌씨전』, 『국어(國語)』, 『사기(史記)』, 『한서(漢書)』]으로부터 문학이란 이런 것이라는 정의를 모르는 사이에 막연히 얻었다. 은밀히 생각해보면 영문학 역시도 다르지 않은 것이었고, 그런 것이라면 평생을 바쳐 배울지라도 반드시 후회하지 않을 것이었다." 그런데 소세키의 뇌리에는 점차 "어쩐지 모르게 영문학에 기만당한 것 같은 불안한 생각"이 새겨졌고, 그 불안은 대학 졸업 이후에도 줄곧 계속되었다. 런던 유학 이후 반년 정도 소세키는 여러 해 쌓여온 그 '불안'을 해소하기 위해 '10년 계획'의 문학론을 구상했다. 그런 사정에 관한 그의 자기 설명이 대략 위와 같은 인용문 속에 들어 있는 것이다.

그럼에도 여전히 의문이 남는다. 대체 '문학'에 대해 그런 태도를 취한다는 것은 어떤 뜻일까. 또는 소세키의 문제란 왜 '문학'의 문제로서 드러나지 않으면 안 되는 것일까. 그 경우에 '문학이란 무엇인가'라고 질문하게 하는 그 '문학'이란 무엇일까. 소세키는 두 가지 '문학'을 거론하고 있는 것처럼 보인다. 하나는 한문학 혹은 하이쿠인데, 이는 그에게 자연스럽고 친화적인 것이다. 다른 하나는 영문학인데, 이는 그에게 거북한 느낌을 주는 무엇으로서 그를 '어쩐지 모르게 기만'하는 것이다. 하지만 그 두 가지는 소세키에게 '동양문학과 서양문학'이라는 식으로 병치되고 있는 것은 아니다. 동양문학이란 실제로는 어디에도 존재하지 않는다. 혹시 그것이 확고한 실체로서 있는 것이라면 소세키의 '불안'은 없었을 것이다. 동양문학이란, 소세키의 말로 하자면 "부모가 있기 이전의 본래적 면모父母未生以前本来の面目"[『문』]를 건드리는 무엇이고, 서양문학은 말하자면 부모(가족)라는 제도와 닮은 무엇이다.

『한눈팔기』가 보여주듯이 소세키는 그런 제도에 농락당하고 있다. 그러나 그것은 가족이라는 제도가 억압적이었다는 뜻이 아니라 그가 보통의 아이들처럼 가족을 "자연"으로서 받아들이지 못했음을 말한다. 그는 어떤 자의성에 노출되어 있었다. 즉 양부모를 친부모로 여기고 자랐던 것, 그리고 그 일이 친부모와 양부모의 단순한 동기나 변덕에 의해 지배되었던 것, 이 모든 것이 그에게 '어쩐지 모르게 기만당한' 느낌을 주고 있는 것이다.

> 겐조는 바다에서도 살 수 없었다. 산에서도 거주할 수 없었다. 양쪽 모두에서 되밀려 나와 그 사이에서 우물쭈물하고 있었다. 동시에 바다에서 나는 것을 먹었고 때로는 산에서 나는 것에도 손을 대었다.
>
> 친아버지의 관점에서도 양아버지의 관점에서도 그는 인간이 아니었다. 오히려 물품이었다. 다만 친아버지가 그를 잡동사니 취급했던 것에 비해 양아버지에겐 이제라도 뭔가 유용하게 써먹으려는 속셈이 있다는 차이가 있을 뿐이었다.
>
> "이제 이쪽에서 받아와서는 심부름꾼이라도 시킬 테니 그리

알아두어라."

겐조가 어느 날 양가[養家]에 방문했을 때 시마다는 무슨 말인가 끝에 그런 말을 했었다. 겐조는 놀라서는 도망쳐 돌아왔다. 혹독하고 박정하다는 느낌이 아이 마음에 옅은 두려움을 주었다. 그때의 그가 몇 살이었는지는 잘 기억나지 않지만, 어쨌든 긴 시간의 수업 이후에 훌륭한 인간이 되어 세상에 나서지 않으면 안 된다는 욕망이 이미 충분히 싹트고 있던 무렵이었다. (『한눈팔기』)

그러나 그런 부모들이 특별히 혹독하고 박정했다고 할 수는 없다. 아무리 깊은 애정에 둘러싸여 있을 경우라고 해도 아이는 '물품'인 것이다. 소세키를 농락했던 이 '맞바꿈とりかえ[이하 문맥에 따라 '대체' 및 '교환'으로 옮김]'이라는 잔혹한 장난은 애초부터 제도라는 것의 근원에 존재하는 것이다.

"자연"스러운 부모자식 관계라는 게 없다는 것은 동물을 보면 명확한 일일 것이다. 거기에는 '관계' 그 자체가 없다. 부모자식 관계는 그런 뜻에서 '관계' 그 자체의 시원始原과 겹쳐져 있다. 그것은 자연도 아니려니와 자연에서 배태된 것도 아니다. 알려져 있듯이 소쉬르는 언어라는 것을 "의미하는 것signifiant, 시니피앙"의 차이의 체계로서 포착했었다. 이를 지극히 간단하게 말하자면 개[イヌ(이누)]나 의자[イス(이수)]라는 개념이나 대상물은 처음부터 있는 게 아니라는 것이며 그런 의미 및 사물은 이누와 이수의 차이화 속에서 파생된 것이라는 말이 된다. 따라서 개는 의자였을지도 모르며 의자는 개였을지도 모르는 것이다. 이러한 '대체'는

일단 성립된 체계 속에서는 금지된다. 개와 이누는 절대적으로 결부되며 그렇게 '개는 개다'라는 아이덴티티(동일성)가 자명해진다. 개라는 이데아가 초월론적으로 따로 있는 것처럼 보는 형이상학 — 물론 우리의 일상의식이란 그것과 마찬가지이다 — 은 그런 까닭에 언어라는 제도와 겹쳐져 있다.

개는 イス[이수]가 아니며 イス여서도 안 되는 것이 '제도'이기 때문이다. 그러나 제도는 한편으로는 그러한 자의성에 근거해 있는 것이며, 따라서 언어의 변화 역시도 있을 수 있는 것이다. 레비 스트로스는 그런 소쉬르적 인식을 미개사회의 친족이나 신화의 구조 분석에 적용했었다. 친족이나 신화가 당사자나 관찰자에 대해 지니고 있는 의미를 분석하는 대신에 그것들을 구조적인 형태가 임의적으로 허용되는 기호론적인 세계로 보았던 것이다. 부모자식의 "자연스러움"은 시원적인 게 아니라 파생적인 이데올로기이다. 그것은 근원적으로 교환 가능한 것이고, 그렇기에 미개사회로 가면 갈수록 더 엄격한 친족 '제도'가 존재하는 것이다. 동물세계에서의 교환은 그런 교환으로서는 있을 수 없다.

소세키의 평생에 걸친 '불안'은 그러한 '교환'의 근원성을 성찰하지 않을 수 없었던 데에서 비롯하는 것이라고 해도 좋겠다. 그에겐 아이덴티티라는 게 있을 수 없었다. 왜냐하면 아이덴티티란 제도의 파생물을 "자연"으로서 받아들이는 것과 다름없기 때문이다. 개는 개이며, 나는 나이고, 나는 누구누구의 자식이다 등등에서처럼 아이덴티티에는 공통되는 것이 있다. 그것은 교환의 금지로서 존재하는 제도에 의해 강제되는 것이고, 나아가 제도의 결과에 "자연"스레 적합해지는 것이다.

소세키의 '불안'은 말할 것도 없이 그런 "자연"의 결여 속에 있다. 그러나 그의 본령은 그런 "자연"을 동경했던 데에 있는 게 아니라, 그런 "자연"이 애초부터 존재하지 않는 게 아닐까라는 의문 속에 있다. 탄생에 얽혀 있는 잔혹한 장난을 소세키는 용인할 수 없었다. 하지만 일정한 사실로서 그것이 근원적으로 있었던 건 아닐까. 『한눈팔기』의 소세키는 확고히 안정된 부모자식 관계를 갖지 못했던 '불행'을 한탄하고 있는 게 아니다. 예외적이지 않고 정상적인 가정이야말로 그러한 기원을 은폐하고 있는 게 아닐까라는 그의 시점이 『한눈팔기』를 까닭 모를 무서움을 품은 것으로 만들고 있다.

'나는 어디서 왔는가'라는 소세키의 물음은 결코 제도적인 출신의 문제도 아니며, 또 종교적인 귀속의 문제도 아니다. 『한눈팔기』의 '나'는 양부모의 아이로 자랐더라면 완전히 다르게 컸을 것이다. '나'라는 주체나 의식은 시원에 있지 않다. 시원에는 '나'에게 각인되어 있는 하나의 시니피앙이 있을 따름이며, 게다가 그것 자체는 대체 가능하다. '의식'이란 대체 가능한 것을 금지하는 데에서 성립하는 것일 따름이며, 게다가 그 금지 자체를 은폐하는 것이다.

소세키는 '나는 어디서 왔는가'라는 물음에 답하고 있지 않다. 왜냐하면 해답은 제도가 주는 것이고, 그는 다름 아닌 그것을 거부하는 데에서 그런 질문을 하고 있기 때문이다. イヌ[이누]는 개이기에 イヌ이다. 너는 일본인이기에 일본인이다. 이러한 해답은 신에게서 이유를 찾는 사고와 마찬가지로 거꾸로 서있다.

소세키가 시사하는 것은 저 잔혹한 장난이다. 그는 거기로부터 왔던 것이고, 거기는 그의 '의식'과는 이미 끊어져 있다.

예컨대 삼각관계에 놓인 두 사람은 그 가운데 한 인간 — 소세키에게는 여자이다 — 의 자의에 종속된다. 그녀가 잔혹하거나 악의를 갖고 있기 때문이 아니다. 관계 혹은 장소가 그녀를 그렇게 만드는 것이다. 소세키에게 '두려워하는 남자'와 '두려워하지 않는 여자'라는 패턴이 드러나는 것은 그런 까닭에서다. 사람이 두려움을 품을지 말지는 관계 또는 장소에 의존한다. 그런데 삼각관계에서 승리한 자는 잠재적으로 여자 — 물론 남자일 경우도 있다 — 를 증오하지 않을 수 없게 되고 패배한 남자에게서 또 하나의 자기를 본다. 예컨대 아쿠타가와 류노스케의 「덤불 속」에서 도적 다조마루는 자기에게 부인을 빼앗긴 남자를 칭찬하면서도 그녀를 미워하고 있다. 그것은 첫째로 그의 입장이 바뀔 수 있는 것이었기 때문이고, 그들의 싸움 자체가 여자의 자의에 종속되어 있는 것처럼 보이기 때문이다. 『문』이나 『마음』 속에서 승리했던 남자는 여자에 대해 아무 말도 하지 않는 것처럼 보인다. 『문』의 소스케는 자기 마음대로 참선을 하러 떠나며 『마음』의 선생님은 침묵 속에서 자살하고 만다. 그것은 그들이 사랑하고 있지 않기 때문이 아니라 그 남자들과 여자가 경험한 내용이 다르기 때문이다.

나아가 좀 더 말하자면, 남자의 '사랑'은 다른 또 하나의 남자가 있기 때문에 불탔던 것이다. 삼각관계는 결코 특수한 게 아니며, 모든 '사랑' 혹은 모든 '욕망'은 삼각관계 속에 있다. 오히려 '관계' 그 자체가 삼각관계로서 발생하는 것이라고 해도 좋겠다. 따라서 소세키가 삼각관계의 문제를 고집했던 것에다가 특별히 실제의 경험을 상정할 필요는 없다. 중요한 것은 소세키가 삼각관계를 그런 식으로 포착하고 있다는 점이다. 그런 삼각'관계'에서는 누구에게 책임이 있는가. 아무에게도 없다. '인간'에게는 없다. 프로이트가 말했듯이 '인간'이야말로 그러한 관계 속에서 형성된 것이기 때문이다. 소세키의 소설 속 주인공들은 미리 예상조차 못 했던 자신을 돌연히 발견하고 있다. 관계가 그들을 형성하고 그들을 강제하는 것이다. 하지만 그 관계를 관계로 만들고 있는 것은 결합의 자의성과 더불어 그 배타성이다. 한 사람의 남자가 승리하면 다른 남자는 사라지지 않으면 안 된다. 언어의 체계에서 그러한 배타성이란 철저한 것이다. 그러나 그런 선별과 배제의 원칙이야말로 제도(체계)에 고유한 것이다. 바꿔 말하자면, 제도 그 자체가 언제나 삼각관계를 형성한다.

이는 인간의 에고이즘 같은 게 아니다. 신이 있든 없든 우리는 그러한 제도 속에서 비로소 '인간'인 것이다. 소세키의 질문은 '인간'이라고 불리는 것을 그 '장소'로 되돌려 보내는 까닭에 래디컬한[급진적/근본적인] 것이다. 그 어떤 해답도 쓸데없는 것이며 우리를 형이상학으로 이끈다. 문제는 오히려 그것을 '문제'화하는 것이며 '문제'를 명백하게 제시하는 일이다. 소세키의 소설은 그런 '문제'로서 줄곧 존속한다. 이제까지의 소세키 연구는 그 '문제' 자체로서의 소세키가 아니라 소세키라는 실체를 좇아왔던 것에 불과하다.

2

여기서 왜 소세키에게 '문학'이 문제였던 것인가라는 물음으로, 혹은 '문제'가 왜 문학으로서 나타났던 것인가라는 물음으로 돌아가자. 이미 말했던 것처럼 언어에 아이덴티티를 강제하는 것은 체계이다. 소쉬르는 그것을 음성언어에서 도출하고 있다. 물론 소쉬르가 그렇게 할 수 있고, 또 그렇게 하지 않을 수 없었던 것은 자크 데리다가 말하듯 표음적 문자(알파벳) 속에서 생각하고 있었기 때문이다.

그러나 일본어의 문자 표현은 그들이 생각했던 자명성을 근본적으로 뒤집어엎는다. 예컨대 일본어로는 '大河'라고 쓰고서 '오카와'라고도 '다이가'라고도 읽을 수 있다. 물론 음성으로서 집어내자면 다이가와 오카와는 다른 것이며 의미(가치)가 달라진다. 시키는 부손을 논하면서 이렇게 말하고 있다.[4] "5월 장마가 지네, 대하 앞의 집 두 채五月雨や大河を前に家に軒"라는 구절에서 대하는 다이가이지 오카와여서는 안 되는바, "'오카와'라면 물살의 기세가 완만하게 느껴지고 '다이가'라면 물살의 기세가 급속하게 느껴지기 때문"이라는 것이다. 그러나 좀 더 중요한 것은 '대하'라는 문자표기가 언제나 다이가와 오카와 간의 교환을 허용한다는

• •

4. 마사오카 시키(正岡子規, 1867~1902)는 하이쿠(俳句) 중흥의 장본인, 가인, 국어학 연구자. 요사 부손(与謝蕪村, 1716~1784)은 에도 중기의 하이쿠 작자, 화가. 하이쿠는 5·7·5, 3구 17음의 정형·단형시. 또는 정형·장시 렌쿠(連句)의 첫 구절이 따로 독립하여 완결된 것. 이후 본문에도 나올 '하이카이(俳諧)'는 그런 하이쿠와 렌쿠의 총칭.

점이다. 혹은 '사미다레さみだれ['매년 음력 5월 무렵에 되풀이되는 장마'의 음차(音借) 표기]'가 '五月雨'라고 교환되어 쓰여 있다는 사실이다.

'대하'는 분명 한자어지만 중국어에서는 하나의 음성과만 연결되어 있다. 즉 문제는 한자 그 자체의 성질에 있는 게 아니다. 한자가 표의문자라는 것은 알파벳이 표음문자라는 것과 마찬가지로 속설에 지나지 않는다. 오히려 한자가 중국에서 사용되어 왔던 것은 그것이 중국어의 음성에서 볼 때 표음적 문자일 수 있었기 때문이다. 기괴한 것은 일본어에서의 한자이다. 그것은 중국어에서의 한자가 아니다. 마찬가지로 소세키가 말하는 '한문학'은 중국인에게서의 그것이 아니다. 설령 중국어로서 탁월한 한시를 지었다고 할지라도 소세키는 그것을 일본어로 지은 것이다. 말하자면 소세키는 한시를 읊었던 게 아니라 썼던 것이다.

소세키가 '영문학'에 '한문학'을 대치시켰을 때, 우리가 주의해서 봐야할 것은 첫째로 그의 경우에 '한문학'은 중국문학이 아니었다는 점이다. 둘째로 그가 '영문학'에 와카和歌[일본 고유의 단카(短歌) 형식]로 대표되는 고전문학을 대치시킨 게 아니라는 점이다. 이 두 가지는 결국 동일한 것이 된다. '한문학'에서 그가 구하고 있었던 것은 영문학·한문학·국문학 그 어느 쪽에도 속하지 않는 것, 즉 음성적이지 않은 것이었다. 바꿔 말하자면 '한문학'이라는 것으로 소세키는 저 배타적 체계의 바깥에 있는 것, 교환 가능한 세계를 의미하고 있었던 것이다.

말할 것도 없이 그것은 실제의 한문학 그 자체에 있는 게 아니었다. 따라서 '영문학과 한문학'을 비교할지라도 무의미할 뿐이다. 그렇게 해서는 소세키가 왜 존재 전체를 걸고 '문학'을 문제로 삼지 않을 수 없었는지를 이해할 수 없다. 또한 소세키가 결코 일본적인 취향으로 회귀하는 일 없이 언제나 '삼각관계'가 불가피한 것으로 설정된 체계성을 추구하면서도 한시나 산수화의 세계를 꿈꿨던 사정 역시도 이해할 수 없다. 나아가 좀 더 말하자면, 소세키가 자유분방하게 아테지宛字[한자의 본뜻과는 상관없는 음차·차자(借字), 혹은 그런 용법]를 남용했던 것도 그런 지점에서 살펴야 할 것이다.

예컨대 산수화는 서양의 풍경화와는 이질적인 것이다. 풍경화는 우리에게 지극히 당연한 것처럼 보인다. 그러나 서구에서도 근대에 이르기까지는 풍경이 그 자체를 목적으로 그려졌던 일 따위는 없었다. 즉 풍경화를 자연스런 것으로 보는 우리의 감성은 아프리오리[a priori(선험적 / 선천적)]한 것이 아닌바, 거기에는 그때까지 배경에 불과했던 풍경이 역사적이고 종교적인 주제들을 밀어젖히고 거꾸로 모든 것을 풍경으로 만들어버리는 역사적인 전도가 숨겨져 있다. 물론 그런 전도는 바깥의 풍경이 변했음에 근거하는 게 아니라 어떤 내적인 전도에 근거해 있는 것이다.

그럴 때의 서구에 관해서는 여기서 질문하지 않고자 한다. 중요한 것은 일본에서 '풍경'이 발견됐던 것이 메이지 20년대[1887~1896]였다는 점이다. 예컨대 구니키다 돗포의 「잊을 수 없는 사람들」(메이지 31년[1898])을 보면 좋겠다. '잊을 수 없는 사람들'이란 역설적인 타이틀이다. 주인공은 평범할 때라면 결코 잊어서는 안 될 사람들을 잊어버리고서는, 그 주변에 있던 어찌 되어도 좋을 사람들을 잊지 못한다고 말한다. "마구 솟아오르듯 내 마음속에 떠올랐던 이들은 바로 그 사람들이었어. 아니, 그들을 보았을 때의 주위 풍광, 그 뒤편에 서 있던 바로 그 사람들이었지." 이것이야말로 내가 '풍경'이라고 부르는 것이다. 풍경이 발견될 때는 그때까지 의미 있던 것을 배척하고는 무의미하게 보이던 것을 의미 있는 것으로 만드는 가치의 전도가 일어난다. 풍경은 바깥에 있는 것이 아니다. 그렇기는커녕 풍경은 외부세계에 아무런 관심도 갖지 않는 내적인 인간에 의해 발견됐던 것이다. 따라서 풍경은 '내부' 혹은 '자기self'와 더불어 출현하는 것이다.

발레리는 말하고 있다. "내가 회화에 관해 썼던 것은 참으로 놀랄 만큼의 적확함을 갖고 문학에도 들어맞는다. 곧 문학에서의 묘사라는 것에 의한 침략은 그림에서의 풍경화에 의한 침략과 거의 동시에 행해지고 동일한 방향을 취하며 동일한 결과를 초래했다."(『드가, 춤, 데상』, 요시다 켄이치 옮김[원작: 1937년]) 이는 메이지 20년대에 마사오카 시키가 제창했던 '사생문寫生文'을 보면 알 수 있다. 물론 시키에게는 돗포가 지닌 내면화는 없었지만, 시키가 말하는 '묘사'에는 다름 아닌 '내면'을 초래하는 계기가 이미 있었다고 할 수 있겠다.

그러나 왜 메이지 20년대일까. 그것은 메이지 20년 전후에 메이지 국가가 제도적으로 확립되고 유신 이래 있을 수 있었을지도 모를 가능성이 폐쇄됐기 때문이다. 기타무라 도코쿠, 후타바테이 시메이, 마사오카 시키, 구니키다 돗포 등은 제각기 모종의 정치적 좌절을 경험했다. 그런 사정과 그들이 '풍경'을 발견했던 것은 관계가 없지 않다. 그럼에도 그들의 정치적 좌절을 정치적 운동의 좌절로서 받아들여서는 안 된다. 그들이 '풍경'을 발견했던 것은 확립된 제도로부터 배제되었기 때문만이 아니라, 그

제도 자체에 업혀 있었기 때문이다. 메이지 20년 전후의 근대적 제도들이 확립된 것을 문학·언어의 영역에서 말하자면 '언문일치'로 상징된다. '언문일치'란 결코 '구어言'을 '문어文'로 만드는 것이 아니라 새로운 '문어'를 창출하는 일과 다름없다. 이것이 얼마나 곤란했던 것인지는 후타바테이 시메이 등의 회상을 봐도 명확하다. 그러나 좀 더 중요한 것은 '언문일치'가 '구어' 그 자체의 창출이기도 했었다는 점이다.

이는 '표준어'와 '방언'의 구별에서 단적으로 드러난다. 말할 것도 없이 '표준어'란 메이지 제도가 중앙집권적으로 확립됐음을 언어적인 레벨에서 보여준다. 표준어는 음성언어에 관한 것이다. 그때까지는 오늘날 사람들이 말하는 방언이라는 것이 없었다. 어느 지역의 인간도 뭔가를 쓸 때는 공통의 쓰기방식을 따랐으며 음성언어에서의 '표준' 따위란 없었던 것이다. 하지만 '언문일치'를 통해 '구어' 그 자체의 표준화가 강제되었다. 지방에 사는 인간에게 '언문일치'란 '구어'의 습득 이외에 다른 걸 뜻하지 않았다. 야나기타 구니오는 그러한 '표준어'의 폭력성을 다양한 레벨에서 지적하고 있다. 그에게 민속학은 '방언'으로서 배제되고 억압되어가던 정신적 활동을 복권시키는 기획이었다고 해도 좋다.

바꿔 말하자면 '언문일치'는 '구어'='문어'라는 일치를 창출하는 것이다. 이 경우, '구어'라는 것은 자기 자신에게 무엇보다 가까운 소리로서의 의식=내면이기도 하다. 이를 모사했던 것이 '문어'이다. 내부를 표백表白[드러내어 밝힘(문서·말로 표명)]하는 것은 문학에 있어 결코 보편적인 것이 아니었으며, 그러한 '구어'='문어'를 통해서만이 성립될 수 있는 것이었다. 따라서 그 시기 작가들의 '근대적 자아'라는 것은 돌연하게 생겨났던 게 아니며, 또 정치적 좌절에 의해 생겨났던 것도 아니다. 그것은 '구어'와 '문어'의 일치라는 근대적 제도의 확립 위에서만 생겨날 수 있는 것이었다.

따라서 '풍경'이 어째서 '내'='외'적인 것으로서 생겨났는지는 명백하다. 그때까지의 작가에게 — 쓰보우치 쇼요조차도 — 풍경을 '묘사'하는 일 따위란 있을 수 없었다. 풍경이란 말과 다름없는 것이었기 때문이다. 마쓰오 바쇼의 [기행문] 『오쿠奥로 가는 작은 길』[1702]은 그 전형으로, 바쇼는 과거의 문학언어를 통해서만 풍경을 보고 있다. 그것은 돗포의 「무사시노」[1898]와 결정적으로 다르다. 바꿔 말하자면, 그때까지 풍경이란 '문어'였으며 '구어'와는 관계가 없었다. '구어'='문어'라는 일치의 레벨에서 지금 말하는 풍경이 출현했던 것이다. 이미 그런 풍경에 익숙해져버린 우리는 이제 그것 이전을 상상하기조차 어렵다. 그뿐만 아니라 우리는 '내부' — 근대문학자가 제도에 맞세웠던 근거지로서의 '내부' — 가 제도와 더불어 생겨났던 사실 또한 놓치고 있는 것이다.

소세키에게 산수화는 정확히 한문학과 동일한 의미를 가진 것이라고 해도 좋겠다. 그것은 풍경화와 근대문학에 의해 묻혀버린 어떤 다의적인 세계였다. 물론 산수화와 풍경화를 나란히 비교할지라도 헛일이다. 소세키에게 산수화는 한문학과 마찬가지로 실제로는 존재하지 않는 것을 의미하고 있었기 때문이다. 근대문학의 세계에 발을 들여놓고서는 '삼각관계'의 가혹함을 대상화하면 할수록, 소세키에게 한시나 산수화는 그러한 체계 이전에 있는 장난의 세계로서만 의미를 갖게 됐던 것이다.

3

메이지 10년대에 소세키가 '한문학'에 일생을 걸어도 좋다고 생각했던 것이 단순한 취미 문제가 아니었음은 이미 명확할 것이다. 그렇게 말할 때 소세키는 '한문학'이라는 말로 당시 그의 존재를 상징하고 있었다고 할 수 있다. 그렇기에 그것을 대신해 그가 택한 '영문학' 역시도 단순한 영문학일 수 없었다. 런던에서 '문학'을 근본적으로 다시 질문하고자 했을 때, 소세키는 아마도 자신의 선택이 의미하는 문제를 궁리하고 있었을 것이다. 물론 그가 『문학론』 같은 작업을 하는 대신, 이후에 그랬듯 소설을 썼으면 좋을 터이지만, 그것을 무엇보다 '문학'의 문제로서 질문하지 않을 수 없었던 곳에 그의 작업이 갖는 특이성이 드러나고 있다. 그의 작업을 세상 물정에 어둡다고 비웃는 자는 '문학'의 자명성 안에서 나태에 곯아떨어져 버린 자에 지나지 않는다.

소세키가 영문학에 뜻을 두고 걸출한 존재가 되어가고 있을 때, 예컨대 마사오카 시키는 거기서 탈락하고 있었다. 하지만 소세키는 '서양학문洋學 부대의 대장隊長'으로서의 길을 걸으면서도 언제나 거기로부터 탈락되고 싶다는 충동을 품고 있었다. 그러나 그것과는 관계없이 소세키와 같은 우수한 학자는 메이지의 체제 속에서 계속 상승해간다. 그 모순은 런던 유학에서 정점에 이른다. 그는 이후 몇 번씩이나 자신의 의지로 런던에 갔던 게 아니라는 것, 문부성의 명령에 따랐던 것임을 강조한다. 하지만 그렇게 말할 때 소세키는 어떤 것을 숨기고 있다. 즉 그것은 그 자신이 선택했던 것의 결과라는 사실을 말이다.

소세키의 '기만당한 느낌'은 오히려 그 자신이 스스로를 기만했던 것이 아닐까라는 생각과 더불어 있었을 터였다. 그런 관점에서 말하자면 메이지 10년대에 그가 일생을 걸어도 좋다고 생각했던 '한문학'이라는 것은 메이지 국가가 '앎知'의 차원에서 확립되기 직전에 갖고 있었던 모든 가능성을 품고 있는 것이었다. 이는 역시 메이지 10년대의 학제 개혁에 항의하여 자퇴했던 니시다 기타로가 이후 '제국대학' 제도의 비주류로 살아가면서 이윽고 메이지 말기가 되어 이른바 '자기본위自己本位'의 사상가로서 나타났던 사례에도 들어맞는다.

소세키는 자신의 선택에 대한 의심과 후회를 줄곧 지속하고 있었을 터이다. 거기에 근거해 있는 것이 친구를 배반한다는 주제라고 해도 좋겠다. 어느 쪽이든 '한문학'은 한문학 그 자체가 아니었으며 소세키가 갈아탔던 '영문학'은 영문학 그 자체가 아니었다. '문학'에 대한 소세키의 위화감에는 그런 사정이 숨겨져 있다.

런던에서 소세키는 다음과 같이 쓴다.

> Crozier *Civ.* 340 내가 말하는 봉건을 쓰러뜨리고 입헌정치로 만드는 일은 병력을 쓰러뜨리고 금력金力을 이식시키는 것에 지나지 않는다. 칼과 창을 폐지하고 자본에 의거하는 것에

지나지 않고, 다이묘의 권력이 다름 아닌 자본가에게로 옮겨가는 것에 지나지 않으며, 무사도가 폐절되어 배금도拝金道가 되는 것에 지나지 않는다. 이 무슨 개화인가. 보라, 저 신상紳商[상류계급에 속하는 상인] 따위가 점점 발호하여 날뛰고 있는 모습을. 후작侯, 백작伯, 자작子 따위를 얻고 부를 얻으려 하지 않는 자는 그런 신상 아래에 굴복하지 않을 수 없을 것이다. 아니 실제로는 굴복하고 있으면서도 그 사실을 숨기고 있다. 그들 신상의 손에 토지와 자본이 집중됨으로써 머리는 무거워지고 equilibrium[균형(평형)]을 잃게 되며 그렇게 세상은 와해되고 말 것이라. French Revolution은 역시 feudalism[봉건주의]을 쓰러뜨려 capitalism[자본주의]으로 바꾼 것에 지나지 않는다. 제2의 French Revolution이 와야 할 것이리라. 저 신상 따위 selfish[이기적인]한 자들은 반드시 매운맛을 보게 될 것이다. 서양인들은 눈앞에 은감殷鑑['은'나라 주왕이 '하'나라 걸왕의 패망을 '귀감'으로 삼지 않아 패망한 일을 일컬음]의 사례가 있는 까닭에 자선사업을 하지만(이는 또한 종교의 결과이기도 하다), 일본의 신상들은 아무런 이치와 잘못도 분변할 줄 모르고 종교심 따위도 없으며 단지 제멋대로 방자할 따름이다. 보라, 또 보라, 그들의 머리 위에 번개의 홀연한 섬광이 내리치는 때가 있으리라. (『소세키 자료 — 문학론 노트』[5])

5. 영국 유학 시기 『문학론』 집필을 위해 작성했던 소세키의 독서노트 모음집. 영문학자 무라오카 이사무가 편집했음(이와나미, 1976).

여기서는 메이지 20년 전후의 제도적 확립이 유신(혁명)의 지속을 끊어버린 것이라는 관점이 전형적으로 드러나고 있다. 소세키가 메이지 유신의 원훈元勳으로 불렸던 자들을 끊임없이 매도했던 것은 말할 것도 없다. 그러나 그가 제국대학의 직책을 포기하고 창작에 몰두하기 시작했을 때, 그는 "유신의 지사志士와도 같이"라는 말을 사용하고 있다. 거기서도 메이지 20년 전후 시기 사회의 변질이 소세키에게 주었던 굴절이 투영되고 있다고 할 수 있을 것이다.

그러나 소세키의 자각은 예컨대 도코쿠에 비하면 훨씬 늦게 찾아왔다. 이 때늦음은 물론 소세키 문학의 풍요로움을 가능하게 했지만, 오히려 그 '때늦음' 자체가 그의 소설의 주제가 되기도 했다. 『그 후』에서 다이스케는 예전에 친구와 결연한 미치요라는 여자를 뒤늦게 되찾고자 한다. 삼각관계는 소세키에게 언제나 치명적인 '때늦음'으로 드러나는 것이었다.

4

런던에서 소세키는 그의 선택에 어떤 결론을 매듭짓지 않으면 안 되었다. 그리고 그런 결론은 '영문학'에 맞서, '영문학' 안에서 행해지지 않으면 안 되었다. 하지만 '기만당한 느낌'을 그에게 안기던 '영문학' 혹은 서구의 '문학'은 그 내부에 입각하여 봤을 때, 이미 '기만하고' 있던 것이 아니었는가. 물론 소세키처럼 직관이라는 것을 동시대의 서양인이 가질 수는 없었다. 그들에게 문학은 자명한 것이며 자연이었다. 정확히 소세키보다 젊은 세대에게 문학이 그랬던 것처럼 말이다. 그러나 미셸 푸코가 말하듯이 '문학'이라는 것은 19세기에 서구에서 확립된 지배적 관념이자 제도에 불과하다. 그리고 소세키가 부정했던 '문학사', 바꿔 말하자면 역사주의적 방법 역시도 그 시기에 성립된 것이다. 소세키가 참을 수 없었던 것은 그 역사주의가 스스로의 역사성(기원)에 무지했다는 점이었다. 그들은 분명 과거에 관해 질문한다. 하지만 그 질문은 현재에 이르는 태생=아이덴티티를 확증하기 위한 것에 불과했다.

소세키의 과제는 동양문학과 서양문학을 비교하는 것도 아니려니와 그 차이를 정의하는 것도 아니었다. 영문학은 영문학이다, 라는 아이덴티티에 그는 견딜 수가 없었다. 그런 것은 단지 지방성地方性에 불과하다고 소세키는 말한다. 대체 셰익스피어가 지카마츠 몬자에몬보다 더 보편적인 것이라고 할 수 있을까.

> 나의 경험에 호소하자면, 셰익스피어沙翁가 건립했다고 하는 시의 나라詩國는 유럽의 평론가들이 서로 일치되게 말하고 있는 것처럼 보편적 성질을 띠고 있는 게 아니다. 우리가 그의 작품에 상응하여 음미할 수 있게 됐던 것은 몇 해 전부터의 수양의 결과로, 작품에 대한 순응의 경지를 의식적으로 파악한 가운데 의미를 얻게 됐던 감상인 것이다. (「쓰보우치 박사와 햄릿」[1911])

나아가 셰익스피어는 동시대에 보편적이라고 여겨졌던 라틴적 교양을 지닌 시인들로부터 경멸받았고 이후에도 묵살되었던

바, 겨우 19세기 초반에 와서야 독일 낭만파를 통해, 즉 '문학'과 함께 발견되었다는 사실을 잊어서는 안 된다. 셰익스피어를 보편적인 것으로 간주할 때, 실제로는 셰익스피어의 문학이 지카마츠와 마찬가지로서, 말하자면 '에크리튀르의 문학'이라는 점이 간과되고 있다. 소세키는 쓰보우치 쇼요의 『햄릿』 번역[와세다대학 출판부, 1909]을 비평하면서 그 점을 지적하고 있는 것이다. 셰익스피어는 리얼리즘도 아니거니와 '인간'에 관해 쓰고자 했던 것도 아니라는 것이다. '보편적인 것'은 19세기 서유럽에서야 겨우 확립된 것인 동시에 그 자체가 역사성을 은폐하는 지방성이자 이데올로기에 불과한 것이다.

소세키의 과제는 우선 서구문학을 '지방성'으로서 규정할 수 있는 시점을 확립하는 것이었다. 이를 위해서는 '보편적인 것'으로서 자타가 함께 믿고 있는 것의 역사성을 밝히지 않으면 안 되었다. 그러나 그것은 역사주의적 방법과 다른 것일 뿐만 아니라 역사주의 그 자체의 역사성을 문제로 삼는 것이었다. 말할 것도 없이 역사주의는 '문학'과 마찬가지로 19세기의 서유럽에서 나타났던 것이며, 그들이 역사적으로 사물을 보는 것이야말로 이미 역사적인 전도의 산물에 불과한 것이었다.

소세키는 '문학사'에 반발한다. 하지만 그것은 일본인에겐 독자적인 독법이 허용된다는 식의 관점과 구별되어야 한다. 그는 서구인에 의한 '문학사'를 의심했을 뿐만 아니라 그 역사주의 자체를 의심했었기 때문이다.

풍속으로도 관습으로도 정조로도 서양의 역사에서 드러나

는 것만을 풍속으로 관습으로 정조로 보고는 그것들 이외에는 풍속도 관습도 정조도 아니라고 말씀드릴 수는 없는 것이죠. 또 서양인이 자기의 역사로서 숱한 변천을 거쳐 오늘에 이르렀던 최후의 도착점이 반드시 표준이 되는 것도 아니죠(그들에겐 표준이겠지만). 특히 문학에서는 손쉽게 그리 될 수 없습니다. 많은 사람은 일본의 문학이 유치하다고들 합니다. 한심하게도 저 역시 그렇게 생각하고 있습니다. 그런데 자국의 문학이 유치하다고 자백하는 것은 오늘날 서양문학이 표준이라고 말하는 것과는 다릅니다. 오늘날의 유치한 일본문학이 발달하게 되면 반드시 그것은 현대 러시아문학이지 않으면 안 된다고 단언할 수는 없는 일이라고 믿습니다. 혹은 반드시 위고에서 발자크로, 발자크에서 졸라로 순서를 거쳐 오늘날의 프랑스문학과 동일한 성질을 띤 것으로 발전하지 않으면 안 된다고 말하는 이유에 대해서도 저는 인정할 수가 없습니다. 유치한 문학이 발달하는 길은 반드시 외길이고 그런 발전 끝에 도착하는 곳이 반드시 어떤 한 점이라는 것을 이론적으로 증명하지 않는 이상, 유치한 일본문학의 경향이 도달해야 할 곳이 현대 서양문학의 경향에 속한다고 말하는 것은 성급한 판단입니다. 또 그런 경향이 절대적으로 올바른 것이라고 결론짓는 일 역시도 불가능하다고 생각합니다. 외길을 걸어온 과학에서는 새로운, 즉 올바른 것이 어느 정도까지는 말해질 수 있을지 몰라도, 발전의 길이 얽혀 있어 여러 갈래로 나눠진 이상, 또 그렇게 나눠질 수 있는 것인 이상 서양인의 새로움이 반드시 일본인에게도 올바른 것이라고 말씀드릴 수는 없는 일입니다. 그리고 문학이 외길로 발달하지 않는다는 점은, 그 논리는 제쳐놓더라도, 당대 각국의 문학 — 무엇보다 진보하고 있는 문학 — 을 실제로 비교해보면 잘 알 수 있는 것이라고 봅니다. (……)

그렇게 보면 서양의 회화사가 오늘날의 모습으로 되고 있는 것은 진정으로 위험한, 줄타기와도 같은 대담한 곡예를 해왔던 결과라고 하지 않으면 안 되겠죠. 조금이라도 금합金合[배합/균형]의 상태가 이상하면 곧바로 다른 역사가 되고 맙니다. 논의로서는 아직 불충분할지 모르겠습니다만, 실제적으로는 앞서 말했던 것의 의미로부터 귀납하여 회화의 역사는 무수하고도 무한하게 있다고, 서양의 회화사는 그 한 줄기라고, 일본 풍속화의 역사 역시도 단지 그 한 줄기에 불과하다고 말할 수 있을 겁니다. 이는 단지 회화만을 예로 들어 얘기했던 것이지만, 반드시 회화에 한정되는 것만은 아닙니다. 문학에서도 마찬가지인 것이죠. 그렇다고 한다면, 주어진 서양의 문학사만을 유일한 참眞으로 인정하고 그것에 만사를 호소하여 결정하는 것은 좀 협소한 게 아닐까 합니다. 역사이기 때문에 사실인 것에는 틀림이 없을 겁니다. 그러나 저는 주어지지 않은 여러 역사들도 머릿속에서 편성해낼 수 있으며 조건만 구비된다면 언제든 그런 편성을 실현할 수 있다고까지 주장할지라도 잘못될 게 없으리라고 믿습니다. (……)

지금까지 말한 세 가지 조항들 모두는 문학사에서 연속된 발전이 있음을 인정하는 것으로서, 저는 옛것을 버리고는 제멋대로 새로움을 쫓는 폐해, 우연히 생겨난 인간의 작품에 대하여 어떤 주의[-ism]의 이름을 덧씌우고 그 작품을 그런 주의를 대표하는 것으로 취급한 결과, 타당성이 결여하게 됐음에도 그것을 결코 붕괴하지 않을 whole[전체]로 간주하는 폐해, 점차로 옮겨가는 추세에 딸린 그런 주의가 변화를 수용함으로써 혼잡함을 초래하는 폐해에 관하여 말했습니다. 여기서 말씀드리는 것은 역사에 관계되어 있지만 역사의 발전과는 그다지 교섭되는 게 없는 것이라고 하겠습니다. 곧 작품을 구별하는 일에 있어, 어떤 시대 어떤 개인의 특성을 뿌리로 하여 성립된 모종의 주의에 의거하는 대신, 동서고금에 걸쳐 알맞게 들어맞을 수 있는 것에, 작가나 시대를 떠나 작품에 드러나는 특성에 의거할 필요가 있는 것입니다.

이미 시대를 떠나고 작가를 떠나 작품에 드러나는 특성에 의거한다고 말한 이상, 작품의 형식과 주제에 따라 구분하는 것 말고는 다른 방법이 없을 것입니다. (「창작가의 태도」[1908, 도쿄청년회관에서의 강연])

여기까지의 인용으로도 명확한 것처럼, 소세키는 역사주의 속에서의 서구중심주의와 역사의 연속성·필연성에 대한 근본적인 이의를 주창하고 있다. 또한 그는 작품에 ……워진 '시대정신'이나 '작자'를 거절하고 '작품에 드러나는 특성'을 지향한다.

소세키가 거절하는 것은 서구의 자기동일성(아이덴티티)이다. 그의 생각에 그런 자기동일성에는 '교환'이 가능한, 재편성이 가능한 구조가 있다. 하지만 우연히 택해진 하나의 구조가 '보편적인 것'으로 간주되었을 때, 역사는 필연적으로 직선적인[liner] 것이 되지 않을 수 없다. 소세키는 서양문학에 맞서 일본의 문학을 세우고 그 차이와 상대성을 주장하고 있는 게 아니다. 그에겐 일본문학의 아이덴티티 역시도 의심스러운 것이다. 그에겐 서유럽이든 일본이든 마치 확실한 혈통 속에 있는 것처럼 보이는 것은 결코 인정할 수가 없는 것이었다. 바꿔 말하자면 자연스럽고 객관적으로 보이는 그러한 '역사주의'적 사고에서 그는 '제도'의 낌새를 알아챘던 것이다. 따라서 그는 문학사를 직선적인 것으로 보는 일을 거부한다. 그것은 재편성 가능한 것으로서 간주되지 않으면 안 되었다.

예컨대 낭만주의와 자연주의는 역사적인 개념으로서, 역사적인 순서 속에서 드러나고 있다. 하지만 소세키는 그것을 두 가지 요소로 본다.

> 두 종류의 문학이 지닌 특성은 위와 같습니다. 그러하기 때문에 쌍방 모두가 중요한 것입니다. 한쪽만 있다면 다른 한쪽은 문단에서 내쫓아도 된다는 식의 근저가 박약한 것이 결코 아니라는 말입니다. 그 두 종류의 문학은 서로 다른 두 이름을 쓰고 있기에 자연파와 낭만파로 대립되면서 서로 바닥을 견고히 하고 참호를 파서 노려보는 중이라고 생각됩니다만, 실제로 적대하는 것은 그저 이름일 따름이며 그 내용은 쌍방이 서로 왕래하기도 하는 상당히 뒤섞여 있는 것이라고 할 수 있습니다. 그뿐만 아니라 관점이나 독법에서는 어느 쪽으로도 편입될 수 있는 것이 생겨날 수 있습니다. 따라서 세밀한 구별의 관점에서 말하자면 순純객관적인 태도와 순주관적인 태도 사이에 무수한 변화가 생겨날 수 있으며, 나아가 그렇게 변화된 각각이

서로 다른 것과 결부되어 잡종을 만들어내고 무수한 제2의 변화들을 성립시킬 수 있으므로, 누구의 작품은 자연파고 누구의 작품은 낭만파라고 하는 일률적인 방식은 성립이 불가능한 것이라고 할 수 있겠죠. 그것보다는 누구의 작품에 들어 있는 몇몇 부분은 이러저러한 뜻에서의 낭만파적인 의미를 갖고, 다른 몇몇 부분은 이러저러한 뜻에서의 자연파적인 취향을 갖는다는 식으로 작품을 해부하여 하나하나 지적할 수 있게 된다면, 나아가 그렇게 지적한 지점의 취향마저도 단순히 낭만 및 자연이라는 두 글자로 간단히 처리할 게 아니라 어느 정도로 다른 분자分子[구성요소]들을 갖는지, 얼마만큼의 배합비율로 뒤섞인 것인지를 설명할 수 있게 된다면 오늘날 발생하는 여러 폐해로부터 구제될 수 있을지도 모르겠습니다. (「창작가의 태도」)

이것이 포멀리스트[형식주의자]적인 견해임은 말할 것도 없다. 소세키는 언어 표현의 근저에서 메타포(은유)와 시멀리(직유)를 발견하고 있는데, 그 두 요소가 낭만주의와 자연주의로 드러나고 있다. 로만 야콥슨은 메타포와 메토니미[metonymy, 환유]를 대비적인 두 요소로 삼아, 그 둘의 배합에 의해 문학작품의 경향성을 바라보는 시점을 제기했었던 적이 있는데(『일반언어학』[1963]), 소세키는 그것보다 훨씬 빨랐다고 하겠다. 물론 일본의 '뒤늦게 온 구조주의자'는 논외로 하고 말이다.

『문학론』에 나오는 "F+f"라는 유명한 공식에 관해서도 동일하게 말할 수 있다.

> 무릇 문학적 내용의 형식은 (F+f)가 될 필요가 있다. F는 초점적焦點的 인상 또는 관념을 의미하며, 그것들에 부착된 정서를 의미하는 것이 f이다. 그렇다면 (F+f)라는 공식은 인상 또는 관념이라는 두 방면, 즉 인식적 요소(F)와 정서적 요소(f)의 결합을 보여주는 것이라고 할 수 있을 것이다. (『문학론』)

이런 생각 자체는 영국의 관념연합심리학에 의거해 있고, 그런 한에서는 시시한 것이다. 그러나 문학작품을 F와 f가 결합된 정도에 따라 보고자 했던 점은 오늘날 그러한 심리학을 걷어치우고 살피지 않으면 안 되는 것이다. 소세키에게 F+f라는 공식은 서양문학과 일본문학, 혹은 문학과 과학이라는 질적인 구별을, 양적인 차이로서 혹은 정도로서 살피는 일을 뜻했던 것이다.

왜 그것이 양적인 차이로서 파악되지 않으면 안 되었던가는 명확하다. 소세키에겐 '영문학은 영문이다'라는 자기동일성을 허용하고 있는 가치의식이 전복되지 않으면 안 되었기 때문이다. 거기서 일본문학이나 한문학의 우위성을 주창하는 것은 그저 태도를 바꾸는 일에 지나지 않을 뿐 결코 그들의 자기중심성을 뒤흔드는 것일 수 없다. 소세키에게 '과학'이 요청됐던 것은 바로 그때였다. 물론 그것은 자연과학자의 과학이 아니라, 예컨대 니체가 말한 뜻에서의 '과학'이다.

> 우리의 인식은 수와 양을 이용할 수 있기에 과학적인 것이 되었다. 힘의 수량적인 계기를 통해 가치들의 과학적 질서를

> 수립할 수 있는 게 아닐지를 살펴보아야만 한다. 그 이외의 모든 가치들은 편견이며 소박함이고 오해이다. 그런 것들은 언제든 수량적 계기로 환원될 수가 있는 것이다. (니체, 『힘에의 의지』)

하지만 니체와 마찬가지로 소세키에게서도 '과학'은 가치전도를 위해 필요했을 뿐이다. 런던에서 귀국한 소세키가 수년 뒤에 저 '10년 계획'의 문학론을 포기하면서 혐오감을 품었던 까닭이 거기에 있다. "모든 양이 질의 징후일 수는 없는 일일까……. 모든 질을 양으로 환원하려는 일 따위란 광기의 사태다."(『힘에의 의지』)

그러나 소세키가 '한문학'과 '영문학'의 질적 차이를 파악했던 것은 그것들을 일단 동일성 위에서 붙잡은 이후이다. 그것은 '일본으로의 회귀'라는 퇴행적인 태도 돌변이 아니다. 소세키에게 일본에 독자적인 것 따위란 있을 수 없었다. 그가 말하는 '자기 본위'란 자신을 어디에도 귀속시키지 않는, 바꿔 말해 그 어떤 아이덴티티도 거절하는 아이덴티티였던 것이다. 따라서 그런 질적 차이는 오히려 창작을 통해서만 파악될 수 있는 무엇이다. 왜냐하면 그 차이는 어떤 시간적인 전도 속에서 은폐되는 것으로서, 소세키는 그것을 '때늦음'으로서 드러나는 스토리의 전개를 통해서만 포착할 수 있었기 때문이다.

앞에서 나는 '풍경'이 실제로는 외부세계를 거절하는 '내적인 인간'(마르틴 루터)에 의해 발견됐던 것이라고 말했다. 주관-객관이라는 근대 인식론의 짜임새 그 자체가 '풍경' 속에서 성립했던 것이다. '풍경' 그 자체가 그렇게 하나의 전도물顚倒物이지만, 일단 그것이 성립되자마자 그 전도는 숨겨진다. 이런 일이 결정적인 형태로 일어났던 것이 서구의 낭만파에서이며, 리얼리즘 역시도 거기서 확립됐던 것이다.

이는 역설적으로 들린다. 리얼리즘에 의해 '묘사'된 것은 풍경 또는 풍경으로서의 인간이지만 그러한 풍경은 낭만파적인 전도에 의해서만 존재할 수 있는 것이었기 때문이다. 예컨대 쉬클로프스키는 리얼리즘의 본질이란 낯설게 하기非親和化에 있다고 말한다. 즉 그에게 리얼리즘이란 익숙하고 낯익게 되어버렸기에 사실상 보고 있지 않은 것을 보도록 만드는 것이다. 따라서 리얼리즘에 일정한 방법이 따로 있는 게 아니다. 그것은 낯익은 것을 항상 낯설게 하는 끊임없는 과정이다. 그런 뜻에서는 이른바 반리얼리즘, 예컨대 카프카의 작품도 리얼리즘에 속한다. 리얼리즘이란 그저 풍경을 묘사하는 게 아니라 항시 풍경을 창출하지 않으면 안 된다. 리얼리즘은 그때까지 누구도 보고 있지 않았던 풍경을 존재하도록 만드는 것이며, 따라서 리얼리스트는 언제나 '내적인 인간'인 것이다.

바꿔 말하자면 낭만주의와 리얼리즘을 단순히 대립적으로만 볼 수는 없다. 또 그것들은 과거의 '문학사'에 속하는 사실에 머물지도 않는다. 어떤 뜻에서 우리는 낭만주의를 벗어날 수 없으며, 또 다른 뜻에서는 리얼리즘을 벗어날 수도 없는 것이다.

그런데 서양의 '문학사' 속에서는 낭만파 이후에 자연주의가 온다. 또 그다음에 반리얼리즘이 온다. 그러나 그러한 역사적 사실의 규범화는 그런 사정의 본질을 간과하게 만든다. 소세키가 포멀리스트에 앞서 그것을 공시적으로 보고자 했던 것은 말할 것도 없다. 하지만 낭만파와 자연주의파를 '비유'로서 바라보는 관점 역시도 근본적으로 낭만파적인 것 위에 있다. 그것은 낭만파와 자연주의라는 이원적인 양상의 더 깊은 근원에 있는 사태를 살피지 않는다. 말할 것도 없이 '풍경의 발견'이라는 사태 속에 낭만파와 자연주의라는 대립구조 그 자체를 파생시키는 것이 있었다. 하지만 그것을 보기 위해서는 단지 과거의 문학을 이질적인 것으로 집어내는 게 아니라 '풍경'에 의해 생겨나고 '풍경'에 의해 은폐되는 사태를 거슬러 올라감遡行으로써 밝히지 않으면 안 될 터이다.

"우리나라의 자연주의문학은 낭만적인 성격을 가졌으며, 외국문학에서 낭만파의 역할은 자연주의자에 의해 성취되었다"(『메이지 문학사』[1963])고 나카무라 미쓰오는 말한다. 물론 그것은 유럽에서의 '문학'을 규범으로 하는 견해에 불과하다. 예컨대 구니키다 돗포가 낭만파인가 자연주의인가를 논의하는 것은 어리석은 짓이다. 돗포가 그 어느 쪽에도 있다는 것은 결코 모순 따위가 아니며 낭만파와 리얼리즘의 내적 연관을 단적으로 가리키는 것이다. 서양의 '문학사'를 규범으로 삼는 한, 그것은 짧은 기간에 서양문학을 받아들였던 메이지 일본을 혼란 상태로만 보게 된다. 그러나 오히려 그런 혼란 속에는 장기간에 걸친 것이기에 서양 문학사의 직선적인 순서 안에 은폐되고 말았던 전도의 성질을, 서양에 고유한 전도의 성질을 밝게 비추는 열쇠가 있다고 해야 할 것이다.

소세키가 '문학'을 의심했을 때, 분명히 그는 그 자신이 입각하게 됐던 인식론적 배치를 의심한 것이다. 그리고 그가 그렇게 할 수 있었던 것은 '문학' 이전의 감촉을 간직하고 있었기 때문이며, '풍경' 이전의 풍경을 기억하고 있었기 때문이다. 물론 그의 의심은 뒤늦게 찾아왔던 것이다. 그리고 그런 비틀어진 시간성 속에서 그의 소설은 은폐됐던 것을 비춰내고자 했다. 그러하되 다이쇼 시기 이후에 일본의 문학자는 '문학' 혹은 '풍경' 속에 매몰되고 말았던 것이고, 스스로가 서 있는 발판 그 자체의 역사성에 관해 질문할 수 없었던 것이다. 단, '풍경' 혹은 '자의식의 구체球體'(고바야시 히데오[「인생 작단가(斫断家) 아르튀르 랭보」, 1926])로부터 벗어나고자 했던 비평적 의식이 있었을 따름이다.

풍경의 발견

1

나쓰메 소세키가 강연노트를 『문학론』으로 간행했던 것은 그가 런던에서 귀국한 지 겨우 4년이 지났을 때(메이지 40년[1907])였다. 게다가 그때 그는 이미 소설가로서 주목받고 있었으며 자신 역시도 소설에 몰두하고 있었다. 혹시 『문학론』의 구상이 '10년 계획'이라고 한다면, 그는 그 시점에서 이미 그것을 포기하고 있었다고 할 수 있겠다. 즉 『문학론』은 그가 구상했던 장대한 플랜에서 보자면 그저 일부분에 불과한 것이라고 해도 좋다. 『문학론』에 소세키가 붙인 서문에는 이미 창작활동에 몰두하기 시작한 그에게 그 계획이란, '쓸데없이 학리적學理的인 글' 이외에 다른 게 아니라는 거리감과 더불어 속마음으로는 결코 그것을 포기할 수 없다는 생각이 교착되어 있다. 그런 생각들은 어느 것이나 의심의 여지가 없는 것으로서, 소세키의 창작활동은 바로 그런 생각들 위에 존재하고 있다.

거꾸로 말하자면, 소세키의 서문은 『문학론』이 당시의 독자들에게 분명 당돌하고도 기묘한 것으로 비칠 것임을 의식하고 있다. 물론 당시의 독자들뿐만 아니라 현재의 독자들에게도 그럴지 모른다. 사실 소세키에겐 개인적인 필연성이 있었을지라도, 이러한 저작이 쓰여야만 할 필연성이란 일본에는(서양에도) 없었다고 하지 않을 수 없다. 그것은 급작스레 피어난 꽃이며, 따라서 씨앗을 남기지도 못한 것인바, 아마 소세키 자신이 그런 점을 강하게 의식하고 있었던 듯하다. 그는 본래의 '문학론' 구상이 일본에서든 서양에서든 고립되고도 당돌한 것이라는 점에 어떤 주저와 당혹감을 느끼고 있었을 터였다. 그의 서문은 정확히 『마음』의 선생님이 남긴 유서와도 같이, 왜 이런 기묘한 책이 ……어져야만 했었는지를 설명하고 있다. 서문이 본문과는 정반대로 극히 사적으로 작성되고 있는 것은 그런 까닭에서일 것이다. 그는 자신의 정열이 어떤 것이며 무엇에 의거한 것인지를 해설하지 않으면 안 되었던 것이다.

> 나는 여기서 근본적으로 문학이란 어떤 것인지에 관해 말하는 문제를 해석하고자 결심했다. 동시에 남아 있는 1년을 들여 이 문제에 관한 연구의 제1기로 이용하려는 마음을 먹었다.
>
> 나는 하숙집에 틀어박혔다. 일체의 문학책들을 거둬 고리짝에다가 넣어버렸다. 문학책들을 읽고 문학이란 무엇인지를 알고자 하는 것은 피로 피를 씻는 것과 다르지 않은 수단이라고 믿었기 때문이다. 나는 심리적으로 문학은 어떤 필요에 따라

> 이 세상에 출생하고 발달하고 퇴폐하는지를 규명하고자 다짐했다. 나는 사회적으로 문학은 어떤 필요에 따라 존재하고 융흥하고 쇠멸하는지를 연구하고자 다짐했던 것이다. (『문학론』)

소세키는 '문학이란 어떤 것인지에 관해 말하는 문제'를 문제로 삼았다. 실은 그것이야말로 그의 기획과 정열을 사적인 것으로, 즉 타자가 공유하기 어려운 것으로 만든 이유이다. 그 '문제' 자체가 너무도 새로운 것이었다. 동시대의 영국인에게 문학은 문학이었으며, '문학' 속에 있는 한에서 그러한 의문은 생겨나지 않았다. 그러나 미셸 푸코가 말하듯 '문학'이란 기껏해야 19세기에 확립된 관념이었다. 소세키는 바로 그런 문학 속에 있으면서도 그런 의문을 피할 수 없었던 것이다. '문학'이 이미 정착되어버린 메이지 40년도의 일본에서는 그런 의문은 더더욱 기이하게 보였다. 반反시대적이라기보다는 그렇게 기이하게 보였던 것이다. 이는 소세키의 이론적 의욕을 위축시켰음에 틀림없다.

『문학론』은 언뜻 '문학이론'으로 보인다. 즉 '문학'의 내부에서 작성되고 있는 것처럼 보인다. 그러나 본래의 '문학론' 구상은 『문학평론』이나 그 이외의 에세이들로 상정된 좀 더 근본적인 것이었을 터였다.

소세키가 우선적으로 의심했던 것은 영문학이 보편적인 것이라는 생각이었다. 물론 소세키는 한문학을 그런 영문학에 대치하고 상대화시키는 것을 염두에 뒀던 게 아니다. 그는 무엇보다 먼저 그 보편성이라는 것이 아프리오리한[선험적인] 것이 아니라 역사적인 것임을, 나아가 그 역사성(기원) 자체를 덮어 숨기는 곳에서 성립되는 것임을 지적한다.

> 나의 경험에 호소하자면, 셰익스피어가 건립했다고 하는 시의 나라는 유럽의 평론가들이 서로 일치되게 말하고 있는 것처럼 보편적 성질을 띠고 있는 게 아니다. 우리가 그의 작품에 상응하여 음미할 수 있게 됐던 것은 몇 해 전부터의 수양의 결과로, 작품에 대한 순응의 경지를 의식적으로 파악한 가운데 의미를 얻게 됐던 감상인 것이다. (「쓰보우치 박사와 햄릿」)

소세키의 말에 덧붙이자면, 셰익스피어는 동시대에 "보편적"이었던 라틴적 교양을 지닌 극시인劇詩人들로부터 경멸받았고 이후에도 묵살되었던바, 겨우 19세기 초반에 와서야 독일 낭만파를 통해, 즉 '문학'과 함께 발견되었던 것이다. 거기서는 천재적인 개인으로서의 셰익스피어, 자기 표현하는 시인, 낭만적인 혹은 리얼리스틱한 시인 셰익스피어가 드러난다. 그러나 셰익스피어의 극은 그것과는 이질적이며, 어떤 뜻에서는 지카마쓰 몬자에몬과 유사하다고 해도 좋겠다. 소세키는 쓰보우치 쇼요의 『햄릿』 번역을 비평하면서 그 점을 지적하고 있는 것이다. 셰익스피어는 리얼리즘도 아니거니와 '인간'에 관해 쓰고자 했던 것도 아니라는 것이다. '보편적인 것'은 19세기 서유럽에서야 겨우 확립된 것인 동시에 그 자체가 역사성을 은폐하는 지방성이자 이데올로기에 불과한 것이다.

소세키가 '문학사' 또는 문학의 역사주의적 연구를 부정하지 않을 수 없었던 것은 우선 '문학' 그 자체의 역사성을 추궁했기 때문이다. 역사주의는 '문학'과 마찬가지로 19세기에 확립된 지배적 관념이고, 역사주의적으로 과거를 바라본다는 것은 '보편적인 것'을 자명한 전제로 삼은 것이다.

소세키는 '문학사'에 반발한다. 하지만 그것은 일본인에겐 독자적인 독법이 허용된다는 사고방식이 아니다. 그가 말하는 '자기 본위'란 당시에 억압적으로 보였던 '문학'이라는 것과 '역사'라는 것을 근본적으로 의심하는 곳에 비로소 존재할 수 있었던 것이다.

> 풍속에서도 관습에서도 정조에서도 서양의 역사에서 드러나는 것만을 풍속이라고, 관습이라고, 정조라고 간주하고는 그것 외에는 풍속도 관습도 정조도 아니라고 말씀드릴 수는 없는 것이죠. 또 서양인이 자기의 역사로서 숱한 변천을 거쳐 오늘에 이르렀던 최후의 도착점이 반드시 표준이 되는 것도 아니죠(그들에겐 표준이겠지만). 특히 문학에서는 손쉽게 그리 될 수 없습니다. 많은 사람은 일본의 문학이 유치하다고들 합니다. 한심하게도 저 역시 그렇게 생각하고 있습니다. 그러하되 자국의 문학이 유치하다고 자백하는 것은 오늘날 서양문학이 표준이라고 말하는 것과는 다릅니다. 오늘날의 유치한 일본문학이 발달하게 되면 반드시 그것은 현대 러시아문학처럼 되지 않으면 안 된다고 단언할 수는 없는 일이라고 믿습니다. 혹은 반드시 위고에서 발자크로, 발자크에서 졸라로 순서를 거쳐 오늘날의 프랑스문학과 동일한 성질을 띤 것으로 발전하지 않으면 안 된다고 말하는 이유에 대해서도 저는 인정할

수가 없습니다. 유치한 문학이 발달하는 길은 반드시 외길이고 그런 발전 끝에 도착하는 곳이 반드시 어떤 한 점이라는 것을 이론적으로 증명하지 않는 이상, 유치한 일본문학의 경향이 도달해야 할 곳이 현대 서양문학의 경향에 속한다고 말하는 것은 성급한 판단입니다. 또 그런 경향이 절대적으로 올바른 것이라고 결론짓는 일 역시도 불가능하다고 생각합니다. 외길을 걸어온 과학에서는 새로운, 즉 올바른 것이 어느 정도까지는 말해질 수 있을지 몰라도, 발전의 길이 얽혀 있어 여러 갈래로 나눠진 이상, 또 그렇게 나눠질 수 있는 것인 이상 서양인의 새로움이 반드시 일본인에게도 올바른 것이라고 말씀드릴 수는 없는 일입니다. 그리고 문학이 외길로 발달하지 않는다는 점은, 그 논리는 제쳐놓더라도, 당대 각국의 문학 — 무엇보다 진보하고 있는 문학 — 을 실제로 비교해보면 잘 알 수 있는 것이라고 봅니다. (……)

그렇게 보면 서양의 회화사가 오늘날의 모습으로 되고 있는 것은 진정으로 위험한, 줄타기와도 같은 대담한 곡예를 해왔던 결과라고 하지 않으면 안 되겠죠. 조금이라도 금합金合[배합/균형]의 상태가 이상하면 곧바로 다른 역사가 되고 맙니다. 논의로서는 아직 불충분할지 모르겠습니다만, 실제적으로는 앞서 말했던 것의 의미로부터 귀납하여 회화의 역사는 무수하고도 무한하게 있다고, 서양의 회화사는 그 한 줄기라고, 일본 풍속화의 역사 역시도 단지 그 한 줄기에 불과하다고 말할 수 있을 겁니다. 이는 단지 회화만을 예로 들어 얘기했던 것이지만, 반드시 회화에 한정되는 것만은 아닙니다. 문학에서도 마찬가지인 것이죠. 그렇다고 한다면, 주어진 서양의 문학사만을 유일한 참[眞]으로 인정하고 그것에 만사를 호소하여 결정하는 것은 좀 협소한 게 아닐까 합니다. 역사이기 때문에 사실인 것에는 틀림이 없을 겁니다. 그러나 저는 주어지지 않은 여러 역사들도 머릿속에서 편성해낼 수 있으며 조건만 구비된다면 언제든 그런 편성을 실현할 수 있다고까지 주장할지라도 잘못될 게 없으리라고 믿습니다. (……)

지금까지 말한 세 가지 조항들 모두는 문학사에서 연속된 발전이 있음을 인정하는 것으로서, 저는 옛것을 버리고는 제멋대로 새로움을 좇는 폐해, 우연히 생겨난 인간의 작품을 위하여 어떤 주의[-ism]의 이름을 덧씌워 그 작품을 그런 주의를 대표하는 것으로 취급한 결과 타당성을 결여하게 됐음에도 그것을 결코 붕괴하지 않을 whole[전체]로 간주하는 폐해, 점차로 옮겨가는 추세에 딸린 그런 주의가 변화를 수용함으로써 혼잡함을 초래하는 폐해에 관하여 말했습니다. 여기서 말씀드리는 것은 역사에 관계되어 있지만 역사의 발전과는 그다지 교섭되는 게 없는 것이라고 하겠습니다. 곧 작품을 구별하는 일에 있어, 어떤 시대 어떤 개인의 특성을 뿌리로 성립된 모종의 주의에 의거하는 대신, 동서고금에 걸쳐 알맞게 들어맞을 수 있는 것에, 작가도 시대도 떠나 작품에 드러난 특성에 의거할 필요가 있는 것입니다.

이미 시대를 떠나고 작가를 떠나 작품 위에서만 드러나는 특성에 의거한다고 말한 이상, 작품의 형식과 주제항목에 따라 구분하는 것 말고는 다른 방법이 없을 것입니다. (「창작가의 태도」)

여기까지의 인용으로도 명확한 것처럼, 소세키는 역사주의 속에 숨겨진 서구중심주의, 혹은 역사를 연속적·필연적으로 보는 관념에 이의를 주창하고 있다. 또한 그는 작품을 '시대정신'이나 '작가'와 같은 whole[전체]로 환원하는 것을 거부하고는 '작품에 드러난 특성'을 지향했다. 『문학론』에 나오는 "F+f"라는 정식 역시도 그의 그러한 기본적 자세 속에서 드러났던 것이다.

예컨대 낭만주의와 자연주의는 역사적인 개념으로서, 역사적인 순서로서 출현했던 것이지만 소세키는 그것을 두 가지 "요소"로서 보고자 한다.

> 두 종류의 문학이 지닌 특성은 위와 같습니다. 그러하기 때문에 쌍방 모두가 중요한 것입니다. 한쪽만 있다면 다른 한쪽은 문단에서 내쫓아도 된다는 식의 근저가 박약한 것이 결코 아니라는 말입니다. 그 두 종류의 문학은 서로 다른 두 이름을 쓰고 있기에 자연파와 낭만파로 대립되면서 서로 바닥을 견고히 하고 참호를 파서 노려보는 중이라고 생각됩니다만, 실제로 적대하는 것은 그저 이름일 따름이며 그 내용은 쌍방이 서로 왕래하기도 하는 상당히 뒤섞여 있는 것이라고 할 수 있습니다. 그뿐만 아니라 관점이나 독법에서는 어느 쪽으로도 편입될 수 있는 것이 생겨날 수 있습니다. 따라서 세밀한 구별의 관점에서 말하자면 순純객관적인 태도와 순주관적인 태도 사이에 무수한 변화가 생겨날 수 있으며, 나아가 그렇게 변화된 각각이

서로 다른 것과 결부되어 잡종을 만들어내고 무수한 제2의 변화들을 성립시킬 수 있으므로, 누구의 작품은 자연파고 누구의 작품은 낭만파라고 하는 일률적인 방식은 성립이 불가능한 것이라고 할 수 있겠죠. 그것보다는 누구의 작품에 들어 있는 몇몇 부분은 이러저러한 뜻에서의 낭만파적인 의미를 갖고, 다른 몇몇 부분은 이러저러한 뜻에서의 자연파적인 취향을 갖는다는 식으로 작품을 해부하여 하나하나 지적할 수 있게 된다면, 나아가 그렇게 지적한 지점의 취향마저도 단순히 낭만 및 자연이라는 두 글자로 간단히 처리할 게 아니라 어느 정도로 다른 분자分子[구성요소]들을 갖는지, 얼마만큼의 배합비율로 뒤섞인 것인지를 설명할 수 있게 된다면 오늘날 발생하는 여러 폐해로부터 구제될 수 있을지도 모르겠습니다. (「창작가의 태도」)

이것이 포멀리스트적인 견해임은 말할 것도 없다. 소세키는 언어표현의 근저에서 메타포와 시멀리[simile, 직유]를 발견하고 있는데, 그 두 요소가 낭만주의와 자연주의로 드러나고 있다. 로만 야콥슨은 메타포와 메토니미[metonymy, 환유]를 대비적인 두 요소로 삼아, 그 둘의 결합 정도에 따라 문학작품의 경향성을 바라보는 시점을 제기했었는데, 소세키는 그것보다 훨씬 빨랐다고 하겠다.

그러나 그들이 공통점을 갖는 것은 어느 쪽이든 서구 사회에서의 이방인으로서 서양의 '문학'을 보고자 했기 때문이다. 러시아 포멀리즘이 평가받기 위해서는 서유럽 그 자체 속에서 '서구중심주의'에 관한 의혹이 생겨나지 않으면 안 되었다. 그렇다고 한다면 소세키의 시도가 얼마나 고립된 것이었는지는 말할 필요도 없을 것이다. 그러나 소세키가 결국 '문학론'을 포기하고 말았던 것은 그러한 고립감 때문이 아니다.

소세키가 거절하는 것은 서구의 자기동일성(아이덴티티)이다. 그의 생각에 그런 자기동일성에는 '교환'이 가능한, 재편성이 가능한 구조가 있다. 우연히 택해진 하나의 구조가 '보편적인 것'으로 간주되었을 때, 역사는 필연적으로 선형적인 것이 되지 않을 수 없다. 소세키는 서양문학에 맞서 일본의 문학을 세우고 그 차이와 상대성을 주장하고 있는 게 아니다. 그에겐 일본문학의 아이덴티티 역시도 의심스러운 것이다. 그러나 그런 재편성이 가능한 구조를 발견하는 것은 즉각, 왜 역사는 저러하지 않고 이러한가, 왜 나는 저기에 있지 않고 여기에 있는가(파스칼)라는 의문을 불러일으킨다. 말할 것도 없이 포멀리즘(형식주의)·구조주의에는 그런 물음이 빠져있다.

예컨대 소세키는 유년기에 양자가 되어 어느 연령까지 양부모를 친부모로 알고 자랐다. 그는 '교환'되었던 것이다. 소세키에게 부모자식 관계는 결코 자연스러운 것이 아니며 교환 가능한 것과 다름없다. 혹시 자신의 혈통(아이덴티티)에 충족감을 느끼는 사람이 있다면, 그는 거기에 있는 잔혹한 장난을 간과하게 될 것이다. 그러나 설령 그러할지라도 소세키의 의문은 왜 자신은 저기에 없고 여기에 있는가라는 점이었다. 이 의문은 자신이 이미 교환이 불가능한 것으로서 존재하고 있음을 가리킨다. 아마도 그러한 의문 위에 그의 창작활동이 이루어졌을 터이다. 이론에 질렸기 때문에 창작으로 이행한 것이 아니라 창작 그 자체가 그의 이론에서 파생된 것이다. 그것은 소세키가 진정으로 이론적이었기 때문이고, 바꿔 말하면 '문학이론' 따위를 목표로 삼고 있던 게 아니었기 때문이다. 그는 이론적으로써만, 즉 '문학'에 거리를 두는 것으로써만 존립할 수 있었고 그것 말고 다른 방도는 없었다.

2

『문학론』의 서문이 사적인 것이라는 점은 그에게 이론적이라는 것이 오히려 자기의 본뜻과는 달리 강제되었던 것임을 알려준다. 왜 그는 '문학이란 어떤 것인지에 관해 말하는 문제'를 품게 됐던 걸까. 그는 다음과 같이 말한다.

> 어렸을 때에 즐겨 한적漢籍을 배웠다. 한학을 배운 일이 짧았음에도, 좌국사한左國史漢으로부터 문학이란 이런 것이라는 정의를 모르는 사이에 막연히 얻었다. 가만히 생각해보면 영문학 역시도 다르지 않은 것이었고, 그런 것이라면 평생을 바쳐 배울지라도 반드시 후회하지 않을 것이었다. (……)
>
> 봄가을 1년이 열 번 이어져 내 앞을 지나갔다. 배우는 일에 한가로운 시간이 없다고는 말할 수 없다. 배움에 철저하지 못함을 한스러워할 따름. 졸업한 나의 뇌리에는 왠지 모르게 영문학에 기만당한 것 같은 불안한 생각이 있었다. (『문학론』 서문)

소세키가 말하는 '영문학에 기만당한 것 같은 불안한 생각'에는 근거가 있다. 그저 '문학'에 익숙해져 버린 눈에는 '기만'이 기만으로 보이지 않을 뿐인 것이다. 우리는 그것을 다른 문화를 접했던 사람이 경험한 아이덴티티의 위기라는 식으로 일반화해야 할 게 아니다. 왜냐하면 그렇게 말할 때 우리는 이미 '문학'을 자명한 것으로 보고 있기 때문이며, '문학'이라는 이데올로기를 볼 수 없게 되기 때문이다. 소세키에게 그것이 어렴풋하게나마 보였던 이유는 그가 한문학에 익숙해져 있었기 때문이다. 그러나 그가 말하는 '한문학'이 중국문학과 같은 게 아님은 물론이며, 나아가 그것이 서구문학과 대치되고 있었던 것도 아니다. 그는 한문학과 서구문학을 비교해보려는 느긋한 장소에 있지 않았다. 그에게 '한문학'은 실체가 아니라 이미 '문학'의 피안에 상정되고 있는, 이미 회귀 불가능하고 불확실한 무엇이었다.

예컨대 소세키가 말하는 '한문학'에 대응하는 것은 산수화인데, 그 산수화라는 것이 풍경화에 의해 비로소 존재하게 되었음에 주의해야 할 것이다.

> 여기에 전시되고 있는 회화가 실제로 그려졌던 시대에 산수화라는 명칭은 없었고, 그 이름은 시키에四季繪라거나 쓰키나미月並[1]로 불리고 있었다. 산수화는 메이지·일본의 근대화를 지도했던 페놀로사에 의해 명명되었고, 회화 표현의 카테고리 속에

1. '시키에'는 사계절의 풍물을 병풍 등에 그린 그림들의 총칭. '쓰키나미'는 12개월 각각의 행사나 풍물 등을 그린 그림.

자리매김되었다. 그렇다고 한다면 산수화라는 규정 자체가 서양의 근대적 의식과 일본문화의 어긋남에 의해서 출현했던 게 된다. (우사미 케이지, 「『산수화』에서 절망을 보다」, 『현대사상』, 1977년 5월호)

동일한 것을 '한문학'에 관련하여 말할 수도 있다. 그것은 이미 '문학'이라는 의식 속에 존재하며 거기서만 존재할 수 있다. 한문학을 대상화하는 일은 이미 '문학' 위에서 행해지는 것이다. 그렇다고 한다면 한문학과 영문학을 비교하는 것은 '문학'='풍경' 그 자체의 역사성을 살피지 않는 게 된다. 즉, '문학'이나 '풍경'의 출현 속에서 우리 인식의 배치 그 자체가 변해버렸음을 간과하게 되는 것이다.

내 생각에 '풍경'이 일본에서 발견됐던 것은 메이지 20년대[1887~1896]이다. 물론 그렇게 발견될 것까지도 없이 풍경은 이미 있었던 것이라고 해야 할지도 모른다. 그러나 풍경으로서의 풍경은 그것 이전에는 존재하지 않았으며, 그렇게 생각할 때에만 '풍경의 발견'이 얼마나 중층적인 의미를 품고 있는지를 볼 수 있다.

소세키는 정확히 그런 과도기에 살았다고 해도 좋겠다. 물론 그것을 과도기라고 부르는 것은 역사주의적인 관점에 불과하다. 실제로는 영문학을 선택한 이후, 그는 자기 인식의 배치가 근본적으로 변했음을 알아차렸던 것이다. 영문학과 한문학은 소세키 자신 속에서 결코 정적인 삼각관계를 형성했던 게 아니다. 『그 후』의 다이스케와 마찬가지로 소세키는 어떤 때에 돌연 그가 이미 선택하고 말았음을 알아차린 것이다. 즉 '풍경의 발견'은 과거로부터 오늘날에 이르는 선형적인 역사 속에 있는 게 아니라 어떤 비틀리고 전도된 시간성 속에 있다. 이미 풍경에 익숙해져버린 사람은 그런 비틀림을 볼 수가 없다. 소세키의 의심은 거기서 시작했던 것이고, '영문학에 기만당한 것 같은 불안한 생각'은 말하자면 그 '풍경' 속에 있는 것에서 기인하는 불안이다.

소세키가 일본의 문학이라고 말하는 대신에 '한문학'이라고 말하고 있는 점은 흥미롭다. 물론 한문학은 국학國學자의 프로테스트[항의(이의)]가 있었음에도 일본의 문학에서는 정통이었다. 요시모토 다카아키가 강조하고 있듯이, 『만요슈万葉集』조차 한문학 혹은 한자가 초래한 충격 속에서 성립됐던 것이다(요시모토 다카아키, 『초기가요론』[1977]). 화조풍월花鳥風月은 말할 것도 없고, 국학자가 상정하고 있는 순수 토착적인 것도 한문학에 따른 '의식' 속에서 존재할 수 있었던 것이다. 고대의 일본인이 '서경敍景'을 시작했었을 때, 곧 풍경을 발견했던 때는 이미 한문학의 의식이 존재하고 있었던 것이다. 문학의 원천으로 거슬러 올라갔을 때, 우리는 거기서 문학·문자에크리튀르를 발견할 뿐이다.

문제가 복잡해지는 것은 메이지 20년대에 이뤄진 '풍경'의 발견이 그런 사정과 비슷했기 때문이다. 바꿔 말하자면 그런 전도가 누적되고 있었기 때문인 것이다. 이 문제는 별개로 논하고 싶은데, 지금 내가 말하고 싶은 것은 국학자가 한문학 이전의 모습을 상정하고자 했을 때 다름 아닌 한문학의 의식 속에서 그렇게 할 수 있었듯이, '서경' 이전의 풍경에 관하여 이야기하고자 할 때는 '풍경'을 통해 그렇게 볼 수 있었다는 배리背理이다. 예컨대 산수화란 무엇인가라고 질문할 때, 그 물음이 이미 전도된 상태 속에 있는 것임을 자각하지 않으면 안 된다.

이어 인용할 우사미 게이지의 '비교'는 그런 곤란함에 대한 충분한 앎 위에 있는 것이다.

> 산수화의 공간에 관해 이야기하기 위해 산수화의 장場과 시간을 검토해보자. 산수화에서 "장"의 이미지는 서유럽 원근법에서의 위치로 환원될 수 있는 게 아니다.
>
> 원근법에서의 위치란 고정적인 시점을 가진 한 사람에게서 통일적으로 파악된다. 어떤 순간에 그 시점에 대응하는 모든 것은 좌표의 그물눈에 얹혀 그 상호관계가 객관적으로 결정된다. 우리 현재의 시각 역시도 그런 원근법적 대상 파악을 말없이 행하고 있다.
>
> 이에 반해 산수화의 장은 개인이 [사]물에 대해 갖는 관계가 아니라, 선험적이고 형이상적인 모델로서 존재하고 있는 것이다.
>
> 그렇게 선험적이라는 점에서 중세 유럽에서의 장이 존재하는 방식과 산수화의 그것은 공통점을 갖는다. 선험적인 것이란 산수화의 장에서는 중국의 철인哲人이 깨달음을 얻게 되는 이상향이었고 유럽 중세에서는 성서와 신이었다. (앞의 논문)

즉 '산수화'에서 화가는 '[사]물(대상)'을 보는 게 아니라 어떤 선험적인 개념을 보는 것이다. 마찬가지로 사네토모도 바쇼[2]도 '풍경'을 봤던 게 아니다. 그들에게 풍경은 말이었고 과거의 문학과 다름없다. 야나기타 구니오가 말했듯 『오쿠로 가는 작은 길』에는 '묘사' 한 줄이 없다. '묘사'로 보이는 것도 '묘사'가 아니다. 이 미묘한, 그러나 결정적인 차이가 보이지 않는다면, '풍경의 발견'이라는 사태가 보이지 않게 될 뿐만 아니라 '풍경'의 눈으로 본 '문학사'가 형성되고 마는 것이다.

예컨대 사이카쿠의 리얼리즘이라는 것은 교쿠테이 바킨[3]에 대한 부정과 '사실주의' 속에서 발견되었다. 하지만 사이카쿠가 과연 우리가 말하는 뜻에서의 리얼리스트였는지는 의문이다. 그는 셰익스피어가 선험적인 '도덕극'의 짜임새 속에서 쓰고 또 고전을 밑바탕에 깔고 있었던 것처럼, '[사]물'을 보고 있지는 않았기 때문이다. 마사오카 시키가 요사 부손의 하이쿠가 지닌 회화성을 대대적으로 평가했을 때에도 동일한 사정이었다고 할 수 있다. 부손의 하이쿠는 그의 산수화와 동일한 위상을 갖는 것이었던바, '사생寫生'을 주창하고 있던 시키의 감수성과는 이질적인 것이었다. 물론 부손과 바쇼는 다르다. 그러나 그들의 차이는 오늘날 우리가 거기서 보는 차이와는 다른 곳에 존재했을 터였다. 실제로 시키 자신이 그렇게 말하고 있다. 예컨대 부손의 회화성은

• •

2. 미나모토노 사네토모(源実朝, 1192~1219)는 가인(歌人)으로 유명한 가마쿠라 막부 3대 쇼군. 마쓰오 바쇼(松尾芭蕉, 1644~1694)는 에도 전기의 하이쿠·렌쿠 작자(俳諧師).

3. 이하라 사이카쿠(井原西鶴, 1642~1693)는 에도 전기 오사카의 우키요조시(浮世草子)·인형조루리(浄瑠璃)·하이쿠 작자. 우키요조시는 에도 시대 화류계에서 읽힌 세태·인정 관련 이야기. 조루리는 일본 전통악극의 반주에 맞춰 낭창(朗唱)되는 이야기. 교쿠테이 바킨(曲亭馬琴, 1767~1848)은 에도 후기의 요미혼(読本) 작자. 요미혼은 전기적(傳奇的)·교훈적 이야기.

그가 바쇼와는 달리 한자어를 대담하게 도입했던 지점에 있다. “5월 장마가 지네, 대하 앞의 집 두 채五月雨や大河を前に家に軒”라는 구절에서, ‘대하오오카와’가 아니라 ‘대하타이가’인 까닭에 격렬한 움직임이 생생히 ‘묘사’되고 있다고 시키는 생각했다. 그런데 그 사례야말로 풍경이 아닌 문자에 부손이 매혹되어 이끌리고 있음을 보여준다.

메이지 20년대에 확립된 ‘국문학’은 말할 것도 없이 ‘문학’ 위에서 규정되고 해석된 것이다. 물론 나는 여기서 ‘국문학사’에 관해 논할 생각이 없다. 단, 우리에게 자명하게 보이는 ‘국문학사’ 그 자체가 ‘풍경의 발견’ 속에서 형성됐다는 것을 말하고 싶을 따름이다. 그 점을 의심하고 있었던 것은 아마 소세키뿐이었을 것이다. ‘풍경의 발견’이 그러한 것이라고 한다면, 우리는 그것을 이른바 ‘문학사’적인 순서 속에서 이야기할 수 없을 것이다. ‘메이지 문학사’는 분명 시간적으로 진행되고 있는 것처럼 보인다. 그러나 ‘풍경의 발견’이라는 망각된 전도를 보기 위해서는 그런 시간적 순서를 비틀지 않으면 안 되는 것이다.

3

풍경이란 하나의 인식적 배치이고, 그런 배치의 형성이 일단 완료됨과 동시에 그 기원도 은폐되고 만다. 메이지 20년대의 ‘사실주의’에는 풍경 발견의 싹이 있지만, 거기서는 아직 결정적인 전도가 일어나지는 않았다. 그것은 기본적으로는 에도 문학의 연장선 위에 있는 문체로 쓰였다. 그로부터의 절연을 전형적으로 보여주는 것은 구니키다 돗포의 「무사시노」나 「잊을 수 없는 사람들」(메이지 31년[1898])이다. 특히 「잊을 수 없는 사람들」은 풍경이 사생이기 이전에 하나의 가치전도라는 것을 여실히 보여주고 있다.

이 작품에서는 무명의 문학자 오쓰라는 인물이 다마가와 강변의 여관에서 우연히 알게 된 아키야마라는 인물에게 '잊을 수 없는 사람들'에 관해 이야기한다는 방식으로 고안되어 있다. 오쓰는 "잊을 수 없는 사람이란 결코 잊어서는 안 되는 사람이 아니다"라고 써놓은 자작 원고를 보여주고는 설명한다. "잊어서는 안 되는 사람"이란 "붕우·지기 및 그 외에 자신이 신세졌던 교사·선배와 같은" 사람들이며, "잊을 수 없는 사람"이란 보통이라면 잊어버려도 상관없음에도 잊히지 않는 사람이라는 것이다.

그는 그런 사례로 오사카에서 증기선을 타고 세토나이카이[혼슈·시코쿠·규슈 사이의 좁은 바다]를 건널 때의 사건을 든다.

> 다만 그때는 건강이 좋지 않았기에 그다지 들뜨지 않았고 이것저것 깊은 생각에 빠져 있었음에 틀림없어. 쉼 없이 갑판 위로 나가서는 장래의 꿈을 그려보거나 세상 사람들의 사정에 관해 생각하고 있었던 기억이 있어. 이는 물론 젊은이의 버릇이니까 이상할 게 없겠지. 봄날의 한가로운 빛이 해수면으로 기름처럼 녹아들어 잔물결 하나 없는 수면 위로 뱃머리가 기분 좋은 소리로 나아갈 때, 나는 자욱하게 안개 낀 섬들을 맞이했다가 떠나보내며 우현과 좌현의 경치를 바라보고 있었

지. 마치 유채꽃과 싱싱한 보리 신록으로 비단을 깔아놓은 듯 섬들은 안개 깊숙한 곳에 떠 있는 것처럼 보였어. 그사이에 배가 작은 섬 하나를 우현 쪽으로 보여주는데, 그 섬은 마을 몇 개 정도의 거리밖에는 떨어지지 않은 지척이었고, 나는 난간에 기대어 무심히 그 섬을 바라보았던 거야. 산 아래쪽 이곳저곳에는 키가 작은 소나무들이 자그마한 숲을 이루고 있었는데, 겉보기에는 밭도 없고 집다운 것도 보이지 않았어. 적적하고 쓸쓸한 썰물의 흔적이 빛에 반짝였고 작은 파도가 해변을 희롱하고 있는 듯 긴 줄이 새하얀 칼날처럼 반짝였다가는 사라지곤 했었지. 그곳이 무인도가 아니라는 것은 그 산보다도 높은 허공에서 종달새의 희미한 울음소리가 들리는 것으로 알 수 있었지. '논밭 있는 섬인 줄 알아주는 종달새', 이는 내 늙은 아버지가 지은 한 구절인데, 산 저편에는 사람 사는 집이 있음에 틀림없다고 나는 생각했어. 그렇게 그쪽을 보고 있는데 썰물의 흔적이 햇빛에 반짝이는 곳에 있는 사람 하나가 눈에 띄었어. 분명 아이 아닌 남자였지. 뭔가를 주어서는 대바구니인지 통인지에 거듭 넣고 있는 것 같았어. 두세 걸음 걷고는 쭈그려 앉아 또 뭔가를 주워 담았지. 나는 그 쓸쓸한 섬 그늘에서 작은 바닷가를 뒤지고 있는 그 사람을 물끄러미 바라보았어. 그런데 배가 앞으로 나아가면서 그 사람은 검은 점처럼 보이게 되었고, 그 사이 바닷가도 산도 섬 전체가 안개 저편으로 사라져버리고 말았지. 그 후 지금까지 거의 10년 동안, 나는 몇 번씩이나 그 바다 섬 그늘에 있던 얼굴도 모르는 그 사람을 떠올렸는지 몰라. 그는 내가 '잊을 수 없는 사람들' 중 하나이지. (구니키다 돗포, 「잊을 수 없는 사람들」)

길게 인용한 까닭은 섬 그늘에 있던 남자가 '사람'이라기보다는 '풍경'으로 보이고 있음을 제시하고 싶었기 때문이다. "마구 솟아 오르듯 내 마음속에 떠올랐던 이들은 바로 그 사람들이었어. 아니, 그들을 보았을 때의 주위 풍광, 그 뒤편에 서 있던 바로 그 사람들이었지." 이야기하는 쪽인 오쓰는 이외에도 '잊을 수 없는 사람들'을 많이 예시하지만, 그것들은 모두 위와 같은 풍경으로서의 인간이다. 물론 그것 자체는 크게 기이하지 않게 보인다. 그러나 돗포는 풍경으로서의 인간을 잊을 수 없다는 주인공의 기괴함을 최후의 마지막 몇 줄에서 뚜렷하게 제시하고 있다.

결말은 오쓰가 아키야마와 여관에서 이야기를 나눴던 때로부터 2년이 지났을 때의 상황이다.

그때로부터 2년이 지났다.

오쓰는 까닭이 있어 도호쿠東北의 어느 지방에 살고 있었다. 미조구치 여관에서 처음 만났던 아키야마와의 교제는 완전히 끊어졌다.

때마침 오쓰가 미조구치 여관에 숙박했던 때와 같은 계절이었고, 비가 내리는 밤이었다. 오쓰는 홀로 책상에 앉아 명상에 잠겨 있었다. 책상 위에는 2년 전에 아키야마에게 보여줬던 원고와 동일한 「잊을 수 없는 사람들」이 놓여 있었는데, 그 마지막에 덧붙여 쓰여 있는 것은 '카메야의 주인'이었다.

'아키야마'가 아니었다. (구니키다 돗포, 「잊을 수 없는 사람들」)

즉, 「잊을 수 없는 사람들」이라는 작품에서 느껴지는 것은 단순한 풍경이 아니라 무언가 근본적인 도착인 것이다. 나아가 좀 더 말하자면 '풍경'이야말로 그러한 도착 속에서 발견되고 있는 것이라고 하겠다. 이미 말했듯이 풍경은 단지 바깥에 있는 게 아니다. 풍경이 출현하기 위해서는 말하자면 지각의 양태가 변하지 않으면 안 되는 것이고, 그러기 위해서는 모종의 역전이 필요한 것이다.

「잊을 수 없는 사람들」의 주인공은 다음과 같이 이야기하고 있다.

요컨대 나는 끊임없이 인생의 문제로 시달리고 있으며 장래의 대망에 억눌려 자진하여 괴로워하고 있는 불행한 남자야.

그렇기에 오늘 밤처럼 홀로 등불을 향하고 있으면 삶의 고독으로 견디기 어려울 정도의 구슬픈 마음이 밀려오지. 그때 나는 이기심의 뿔이 꺾이고서는 왠지 사람을 그리워하게 돼. 여러 옛일들이나 친구들을 떠올리게 되지. 그렇게 마구 솟아오르듯 내 마음속에 떠올랐던 이들은 바로 그 사람들이었어. 아니, 그들을 보았을 때의 주위 풍광, 그 뒤편에 서 있던 바로 그 사람들이었지. 나와 타인 사이에 무슨 차이가 있을지, 실은 모두가 하늘의 한쪽 땅 일부로부터 이번 생을 받고서는 유유히 행로를 더듬어가는, 그 와중에 서로 손을 맞잡고 무궁한 하늘로 되돌아가는 자들이 아닐까, 하는 느낌이 마음 깊은 곳에서 일어났고, 그렇게 알지 못하는 사이에 눈물이 뺨을 타고 흘러내렸던 일이 있었지. 그럴 때의 나는 실로 나 자신도 아니려니와 타인도 아닌, 그저 누구든 그 모두가 그리워져 참을 수가 없게 되지. (구니키다 돗포, 「잊을 수 없는 사람들」)

여기서는 '풍경'이 고독하고 내면적인 상태와 긴밀하게 결부되어 있다는 것이 잘 드러나고 있다. 이 인물은 어찌 되어도 좋은 타인에 대해 '나 자신도 아니려니와 타인도 아닌' 일체성을 느끼는데, 이는 거꾸로 말해 눈앞에 있는 타자에 대해서는 냉담한 태도 그 자체라고 할 수 있겠다. 달리 말하자면, 풍경은 주위의 외적인 것에 무관심한 '내적 인간inner man'에 의해 비로소 발견된다. 풍경은 오히려 '바깥'을 보고 있지 않은 인간에 의해 발견됐던 것이다.

4

폴 발레리는 서양의 회화사를 풍경화가 침투하여 지배하는 과정으로서 포착한다.

풍경이 화가에게 제공하는 흥미는 그렇게 점점 변천해왔던 것이다. 처음에는 그림이 지닌 주제의 보조물로서 주제에 종속되어 있던 풍경은 이후 요정이라도 살고 있는 듯 환상적인

> 신천지를 표현하는 게 되며 — 최후에는 인상의 승리 속에서 소재 혹은 빛이 모든 것을 지배하게 된다.
>
> 이후 수년 안에 회화는 인간이 없는 세계의 여러 상들로 범람하기에 이른다. 그것은 바다나 숲이나 벌판 등이 단지 그것만으로 대다수 사람들의 눈을 만족시킬 수 있게 되는 경향을 뜻한다. 그리고 그것은 다양하고도 중요한 변화의 원인이 되었다. 첫째로 우리의 눈은 생물을 볼 때만큼의 민감함을 가지고 나무나 벌판을 보지 않기 때문에 화가는 오로지 그것들을 그림으로써 얼마간 제멋대로 흉내 내는 일이 가능해졌고, 그 결과로 회화에서의 그런 분별없는 독단이 당연한 것이 되었다. 예컨대 화가가 나뭇가지 하나를 그리는 것과 마찬가지의 난폭함으로 인간의 손이나 발을 그렸다면 우리는 분명 놀라게 될 것이다. 그런 독단이 당연하게 됐던 이유는 우리의 눈이 식물계나 광물계에 속하는 사물의 실제 형태를 손쉽게 구별할 수 있는 게 아니기 때문이다. 그런 뜻에서 풍경 묘사에는 많은 편의가 주어져 있다. 그렇기에 누구나 그림을 그릴 수 있게 됐던 것이다. (『드가, 춤, 데상』, 요시다 켄이치 옮김)

물론 발레리는 풍경화에 대해 부정적이며, 풍경화에 지배됐던 결과 "예술이 가진 이지적理智的 내용의 소멸"이 초래되고 예술이 "인간적으로 완전한 자의 행위"임을 잃어버리고 말았다고 말한다. 동시에 그는 이렇게 말하고 있다. "내가 회화에 관해 썼던 것은 참으로 놀랄 만큼의 적확함을 갖고 문학에도 들어맞는다. 곧 문학에서의 묘사라는 것에 의한 침략은 그림에서의 풍경화에 의한 침략과 거의 동시에 행해지고 동일한 방향을 취하며 동일한 결과를 초래했다."(『드가, 춤, 데상』)

그런 사정이 메이지 20년대의 마사오카 시키가 말한 '사생'이라는 것에 문자 그대로 드러나고 있다. 그는 노트를 들고 야외로 나가 하이쿠라는 형식으로 '사생'할 것을 제창했고 실행했다. 그때 그는 하이쿠에서의 전통적 주제들을 버렸다. '사생'이란 그때까지는 시의 주제가 될 수 없었던 것을 주제로 삼는 일이었다. 물론 그것은 「잊을 수 없는 사람들」에서 엿보이는 일종의 비틀린 악의를 지니고 있지 않으며, 오히려 단조로운 리얼리즘으로 보인다. 그러나 실제로는 '사생' 그 자체에 돗포와 동질적인 전도가 잠재되어 있음을 놓쳐서는 안 된다. 그것은 오히려 다카하마 교시에게서 드러났을지라도 사생문寫生文이 가질 수 있었던 영향력의 비밀은 거기에 있었다. '묘사'란 단지 외부세계를 그리는 것과는 이질적인 무엇이었다. '외부세계' 그 자체가 발견되지 않으면 안 되었기 때문이다.

하지만 그것은 시각의 문제가 아니다. 지각의 양태를 바꾸는 그런 전도는 '바깥'이나 '안'이 아니라 기호론적인 배치의 전도 속에 있는 것이었다.

우사미 케이지가 시사하고 있듯이, 서구 중세의 회화와 '산수화'는 '풍경화'에 맞서 공통되는 점이 있다. 그것은 서구 중세의 회화와 산수화 모두 초월론적인 '장場'이라는 점이다. 산수화가가 소나무 숲을 그릴 때는 바로 그 소나무 숲이라는 개념(의미된 것)을 그리는 것이지 실재의 소나무 숲을 그리는 게 아니다. 실재의 소나무 숲이 대상으로서 보이기 위해서는 그런 초월론적인

'장'이 전도되지 않으면 안 된다. 원근법이 거기서 나타난다. 엄밀히 말하자면 원근법이란 이미 원근법적 전도로서 출현했던 것이다.

하지만 거기서 주의해야 할 것은 '풍경화'의 관점에서는 유사하게 보일지라도 서구 중세의 회화와 '산수화'는 분명히 이질적이라는 점, 곧 서구 중세의 회화에는 '풍경화'를 초래한 요소가 있지만 산수화에는 그런 요소가 없다는 점이다. 이에 관해서는, 말하자면 산수화적인 '장'을 '가라고코로漢意'에 의해 침범당한 것으로 비판했던 모토오리 노리나가를 예로 들어도 좋겠다.[4] 노리나가는 일본인이 [사]물을 볼 때는 이미 한문학에 의한 개념 속에서만 보고 있다고 주장했고, 이와는 반대로 『겐지 이야기』[11세기 초엽]에는 있는 그대로 [사]물을 보는 시점이 들어 있다고 주장했다. 물론 노리나가가 이미 근대의 서구를 어느 정도 의식하고 있었음을 고려하지 않으면 안 되겠지만, 그러한 비판은 어떤 뜻에서 서구 근대에서 나온 비판과 유사하다고 하겠다. 그러나 그것은 어찌하더라도 '풍경의 발견'이 되지는 않는 것이다. 쓰보우치 쇼요의 『소설신수小說神髓』(메이지 18년[1885])는 서구의 '사실주의'와 노리나가의 '겐지'론을 결합시키고 있다. 하지만 쇼요의 문체나

• •

4. 모토오리 노리나가(本居宣長, 1730~1801), 에도 중기의 국학자, 문헌학자, 의사. 본문의 문맥과 관련된 것으로서, 그는 『겐지 이야기』로 대표되는 헤이안 시대 왕조문학의 미의식에 이어진 '모노노아와레(物の哀れ; 사물이 촉발시키는 비감·비애·애수·슬픔·적막)'의 자연적 정서를 중시하고, 그것을 기초로 하여, '가라고코로'라는 중국 유교의 외래적 가르침을 자연적인 것으로 사고했던 오규 소라이 등을 비판했다.

노리나가의 문체로부터는 어찌하더라도 '풍경'은 나오지 않는다. 그렇다면 '풍경화'란 중세 회화를 전도시킨 것일지라도 그 원천은 중세 회화에 있는 것으로서, 서구에 고유한 무언가에 의해 발생했던 것이라고 하지 않을 수 없을 것이다. 이에 관해서는 따로 논하게 될 것이다.

지금 당장 말해두지 않으면 안 되는 것은 조금 전에 인용했던 발레리의 생각에 한 가지 맹점이 있다는 점이다. 그는 그 자신이 서양의 회화사 안에 속해 있음을 놓치고 있다. 예컨대 그가 '인간적으로 완전한 자'로서 이상화했던 레오나르도 다 빈치의 작품마저도 아마 마사오카 시키에겐 풍경화 이외의 다른 무엇이 아니었을 것이다. 풍경화를 문제로 삼는다면 이미 다 빈치를 문제로 삼지 않으면 안 되었던 것이며, 그렇지 않으면 '풍경화의 침략'이 세계적인 규모로 발생하게 됐던 필연성을 이해할 수 없을 것이다.

네덜란드의 정신병리학자 판 덴 베르크는 서구에서 처음으로 풍경이 풍경으로서 그려졌던 것은 <모나리자>[1503~1506]에서였다고 말한다. 이에 관해 서술하기 전에 말해둘 것은 그가 루터가 쓴 『그리스도인의 자유』(1520)를 예로 들면서 그 속에 모든 외적인 것을 향한 거절과 오직 신의 말에 의해서만 살아가는 '내적 인간'이 있음을 인정하고 있다는 점이다. 흥미로운 것은 다 빈치가 루터의 그 저작이 나오기 1년 전에 죽었다는 점이다. 릴케가 시사했듯이 모나리자의 수수께끼 같은 미소는 내적인 자기self를 가둬넣은 것이지만, 그런 사정은 이른바 프로테스탄티즘에서 기인하는 게 아니라 역으로 프로테스탄티즘이야말로 그런 사정의 명료화인 것이다. 판 덴 베르크는 루터의 초고와 모나리자가 본질적으로 동일한 것이라고 말하고는 더 나아가 이렇게 말한다.

> 피할 수 없는 것이겠지만, 동시에 모나리자는 풍경으로부터 소외된 최초의 인물(회화에서의)이다. 그녀의 배경에 있는 풍경이 유명한 것은 당연하다. 그것은 다름 아닌 풍경이기에 풍경으로서 그려진 최초의 풍경인 것이다. 그것은 순수한 풍경이었으며 인간 행위의 단순한 배경이 아니었다. 그것은 중세의 인간들이 알지 못했던 자연, 그 자신 속에 자족하고 있는 외적인 자연이며, 거기서 인간적인 요소는 원칙적으로 제거되고 만다. 그것은 인간의 눈을 통해 보였던 무엇보다 기묘한 풍경이다. (영역본 "The Changing Nature of Man"[부제는 '역사심리학 입문', 1961])

이는 물론 풍경의 싹에 불과하며 모든 뜻에서 풍경화가 지배적인 것이 되기 위해서는 19세기를 기다려야만 한다. 하지만 적어도 풍경이 그때까지의 외부세계에 대한 소외화疎遠化와 그것과 동일한 것으로서 극도의 내면화에 의해 발견되는 과정은 정확히 포착되고 있다. 그것이 전면적인 규모로 일어나는 것은 낭만파 속에서이다. 『고백록』[1764~1770]에서 루소는 1728년의 알프스에서의 자연과의 합일 체험에 관해 쓰고 있다. 그때까지 알프스는 단지 사악한 장해물이기만 했었는데, 사람들은 루소가 보았던 것을 보기 위해 스위스로 쇄도하기 시작했다. 알피니스트(등산가)는 문자 그대로 '문학'에서 생겨났던 것이다. 물론 일본의 "알프스" 역시도 외국인에 의해 발견됐던 것이며, 등산이라는 것도 거기서 시작됐다. 야나기타 구니오가 말하듯이, 등산이란 그때까지 금기나 가치에 의해 구분되고 있던 질적 공간을 변형시키고 균질화하지 않고서는 있을 수 없는 것이었다.

풍경이 일단 눈에 보이기 시작하자마자 그것은 처음부터 바깥에 있는 것처럼 보이게 된다. 사람들은 그러한 풍경을 모사하기 시작한다. 그것을 리얼리즘이라고 부른다면, 이는 실제로는 낭만파적 전도 속에서 일어났던 일이라고 할 수 있을 것이다.

근대문학의 리얼리즘은 분명히 풍경 속에서 확립되었다. 왜냐하면 리얼리즘에 의해 묘사되는 것은 풍경 또는 풍경으로서의 인간 — 평범한 인간 — 이지만, 그러한 풍경은 처음부터 바깥에 있는 것이 아니라 '인간에게서 소외화된 풍경'으로 발견되지 않으면 안 되는 것이었기 때문이다.

예컨대 쉬클로프스키는 리얼리즘의 본질이란 낯설게 하기非親和化에 있다고 말한다. 즉 익숙해져 있기 때문에 실제로는 보고 있지 않은 것을 보도록 만드는 것이다. 따라서 리얼리즘에 일정한 방법이 따로 있는 게 아니다. 그것은 낯익은 것을 항상 낯설게 하는 끊임없는 과정이다. 그런 뜻에서는 이른바 반리얼리즘, 예컨대 카프카의 작품도 리얼리즘에 속한다. 리얼리즘이란 그저 풍경을 묘사하는 게 아니라 항시 풍경을 창출하지 않으면 안 된다. 리얼리즘은 그때까지 누구도 보고 있지 않았던 풍경을 존재하도록 만드는 것이며, 따라서 리얼리스트는 언제나 '내적인 인간'인 것이다.

메이지 26년[1893]에 기타무라 도코쿠는 다음과 같이 쓰고 있다.

> 사실(리얼리즘)은 도저히 시인하지 않을 수 없다. 단, 사실이

사실이려면, 각자가 주목하는 것에 다름과 같음이 있는바, 어떤 이는 특히 인간의 추악한 부분만을 묘사하는 데에서 머물며, 다른 어떤 이는 광분한 상태의 심리 해부에 의지가 갇혀버리기도 하는데, 이들은 사실에 편중된 폐해가 점점 더 무거워 진 것으로, 인생을 이롭게 하지도 못하거니와 우주의 진보에 이익이 되지도 못한다. 나는 사실을 싫어하는 게 아니다. 그럼에도 야비한 목적에서 비롯하여 일어나는 사실은 좋은 것이나 아름다운 것이라고 할 수 없다. 사실도 깊은 정열을 근저에 두지 않는다면 사실을 위한 사실을 만드는 폐해를 피하기 어렵다. (기타무라 도코쿠, 「정열」)

도코쿠가 사실의 근저에서 보는 '정열'이 무엇을 의미하는지는 이미 명료하다. 그것은 그가 말하는 '상세계想世界', 즉 내적인 셀프[self]의 우위 속에서 비로소 사실이 사실로서 가능해진다는 것이다. 이것이야말로 쇼요가 결여하고 있던 것임에 분명하다.

그렇다고 한다면 낭만파와 리얼리즘을 기능적으로 대립시키는 일은 무의미하다. 그 대립에 의해 포착되는 이상, 우리는 그 대립 자체를 파생시켰던 사태를 볼 수 없게 된다. 소세키는 그것들을 두 가지 요소 간의 배합비율 속에서 보려고 했다. 물론 그러한 포멀리스트적 시점에서는 낭만파와 리얼리즘이라는 대립 그 자체가 역사적인 것임을 살피지 못한다. 그러하되 적어도 소세키는 그것들을 통시적인 문학사에 의해 생각하려고 하지는 않았다.

나카무라 미쓰오는 "우리나라의 자연주의문학은 낭만적인 성격을 가졌으며, 외국문학에서 낭만파의 역할은 자연주의자에 의해 성취되었다"(『메이지 문학사』)고 말한다. 하지만 예컨대 구니키다 돗포 같은 작가가 낭만주의인가 자연주의인가를 논의하는 것은 어리석은 짓이다. 그 어느 쪽에도 있다는 돗포의 양의성은 낭만파와 리얼리즘의 내적인 연관을 단적으로 가리키는 것이다. 서양의 '문학사'를 규범으로 삼는 한, 그것은 짧은 기간에 서양문학을 받아들였던 메이지 일본을 혼란 상태로만 보게 된다. 그러나 오히려 그런 혼란 속에는 장기간에 걸친 것이기에 서양 문학사의 선형적인 순서 안에 은폐되고 말았던 전도의 성질을, 서양에 고유한 전도의 성질을 밝게 비추는 열쇠가 있다고 해야 할 것이다.

메이지 20년대에 일어났던 그런 사태를 이해하기 위해서는 리얼리즘이나 낭만파와 같은 개념을 포기하지 않으면 안 된다. 실제로 메이지 문학은 소세키가 부정하고자 했던 '문학사적 분류'에 의해 논해지고 있다. 그 가운데 예외적인 것으로서는 마사오카 시키와 다카하마 교시의 '사생문'을 통해 이 사건에 육박하고자 했던 에토 준의 「리얼리즘의 원류」(『리얼리즘의 원류』[1989]에 수록)를 들 수 있을 것이다. 이 글은 '묘사'가 모노もの[(인식의 의지·지향·배치에 영향 받지 않는) '물(物) 그 자체']를 그리는 게 아니라 '모노' 그 자체의 출현에 있는 것, 그렇기에 '모노'와 '말'이 맺는 새로운 관계의 출현이 포착된다고 말한다.

> 그것은 인식의 노력이며, 붕괴 뒤에 출현했던 이름붙일 수 없는 새로운 모노(대상)에 굳이 이름을 부여하려는 시도이다. 바꿔 말하자면 인간의 감수성 혹은 말과 모노(대상) 사이에서 새롭게 생겨난 관계를 성립시키려는 '갈망'의 표현이기도 하

다. 리얼리즘이라는 새로운 이론이 서양에서 수입되었으니 리얼리즘으로 해나가자는 말이 아니다. "모르겠는가, 두 사람이 새로운 기축을 내놓았던 것은 꺼져가는 등불에 한 방울 기름을 떨어트린 일과 같음을." 그들은 모노(대상)에 직면하지 않을 수 없는 장소에 있기에 '새로운 기축'을 세웠다고 시키는 주장하는 것이다.

따라서 다카하마 교시도 가와히가시 헤키고토도 '예전부터 흔해빠진 하이쿠'를 떠나 '사생'을 향해 갈 수밖에 없었다. 바쇼가 확립하고 부손이 개화시킨 하이카이俳諧의 세계가 에도 시기의 세계상과 더불어 '바야흐로 끝'나려고 할 때, 그것 이외의 다른 하이쿠를, 아니 문학을 소생시킬 수단이 어떤 것일지를 시키는 필사적으로 반문하고 있는 듯하다. (에토 준, 「리얼리즘의 원류」)

물론 에토 준이 말하고 있듯이 시키와 교시 사이에는 미묘한 엇갈림이 있었다. 시키에게 '사생'의 객관성은 자연과학적인 것에 가까운 것이었고, 거기에서 "말은 말로서의 자율성을 박탈당하고서는 일종의 투명한 기호에 무한히 가까워진다." 그러나 시키와 교시의 '대립'은 '풍경' — 에토 준이 말하는 모노(대상) — 의 출현에서만 드러나는 것이며 또한 동시적인 것이다.

구니키다 돗포는 말할 것도 없이 '사생문'의 영향을 받았다. 하지만 '문학사'에서 말하는 '영향'이라는 개념을 제거하고 보면, 메이지 20년대에 그들 각각이 만나고 있던 것이 '풍경'이라는 점은 의심할 필요가 없다. 에토 준이 말하는 '리얼리즘의 원류'란 동시에 '낭만주의의 원류'이기도 하며, 내가 그것을 '풍경의 발견'으로 규정하고 이야기하는 것은 문학사=문단사적인 당파성을 배제하기 위해서만이 아니라 이미 '풍경'에 의해 생겨난 인식적 배치에 의해 관통되고 있는 우리의 기원을 질문하기 위해서이다.

5

이미 말했듯이 리얼리즘과 낭만주의는 모두 어떤 사태로부터 파생된 것이며, 그런 한에서 '문학사'적인 개념일 수는 없다. 예컨대 헤롤드 블룸은 우리가 낭만파 속에 있으며, 그것을 부정하는 것 자체가 낭만파적인 것이라고 말한다. T. S. 엘리엇도 사르트르도 레비 스트로스도 역시 낭만파에 속하는 것이다. 반낭만파적인 것이 낭만파의 일부와 다름없다고 보는 것에 관해서는 워즈워스의 『프렐류드』['서곡, 혹은 시심(詩心)의 성장', 1805]나 철학에서 그것에 상응하는 헤겔의 『정신현상학』[1807]을 보면 될 것이다. 거기에는 이미 낭만파적인 주관적 정신에서 객관적 정신으로 향하는 '의식의 경험' 혹은 '성숙'에 관해 쓰여 있다. 즉, 우리는 반낭만파적이라는 것 자체가 낭만파적인 것이라는 '낭만파의 딜레마'에 여전히 속해 있다. 그러나 그것을 '리얼리즘의 딜레마'라고 바꿔 불러도 잘못될 게 없다. 리얼리즘이란 끊임없는 낯설게 하기의 운동이고 반리얼리즘이야말로 리얼리즘의 일환과 다름없기 때문이다. 이런 곤란함이 어떤 것인지를 보기 위해서는 물론 좁은 뜻에서의 낭만주의·리얼리즘이라는 개념에서 벗어나지 않으면 안 된다.

예컨대 「잊을 수 없는 사람들」에서는 그때까지 중요하게 보였던 사람들이 잊혀지고, 어찌 되어도 좋은 사람들이 "잊을 수 없는" 것이 되어 있다. 이는 풍경화에서 배경이 종교적·역사적 주제 속에서 바뀌는 것과 같다. 주목해야 할 것은 바로 그럴 때 평범하고 무의미하게 보이던 사람들이 의미심장한 것으로 보이기 시작했다는 점이다. 야나기타 구니오가 쇼와 시기에 들어서부터 상민常民이라고 이름 붙인 것은 결코 common people이 아니라, 위와 같은 가치 전도에 의해 보이기 시작한 풍경이었다. 또 그렇기 때문에 야나기타는 기존에 사용하던 평민이나 농민과 같이 구체적인 것을 지시하는 말들을 거절하지 않을 수 없었던 것이다.

그런 사정을 나카무라 미쓰오는 정확하게 지적하고 있다. "그(야나기타)가 민속학에 뜻을 두게 된 동기에는 '평범한 사람의 이야기傳'에서 시를 느끼고는 '이 강변에 서 있는 초가집 일가족의 역사는 어떠할까, 그 늙은 남편의 전기는 어떠할까, 저 돌멩이 하나, 그것이 인정人情의 기념이 아니겠는가 …… 여기, 자연과 인정과 신에 의해 남겨진 기록이 있다'라고 외친 돗포와 공통점이 있었다고 생각됩니다."(『메이지 문학사』)

민속학이 탄생하기 위해서는 그 대상이 존재하지 않으면 안 된다. 그리하여 그 대상으로서의 상민은 발견됐던 것이다. 야나기타에게서 풍경론과 민속학이 언제나 결부되고 있다는 것은 그런 까닭에서다. 그리고 그의 민속학이 대부분 '말'의 문제라고 해도 좋은 것은, 다카하마 교시가 감지하고 있었듯이, 야나기타에게 풍경이란 말의 문제임에 분명한 것이었기 때문이다.

야나기타의 풍경론은 따로 논하기로 하고, 여기서 주의해야 한다고 말하고 싶은 것은 그에게 '민民'은 '풍경'으로서의 '민'이기 이전에 유교적인 '경세제민經世濟民'의 '민'이었다는 점이다. 그런 이중성이 야나기타의 사상을 양의적인 것으로 만든다. 이 양의성은 "야나기타주의" 속에서 간과되고 마는 것이지만, 야나기타는 충분히 '메이지의 인간'(소세키), 바꿔 말해 '풍경' 이전의 세계에 속해 있었던 것이다.

오히려 대중 및 평범한 생활자가 순수한 풍경으로서 발견됐던 것은 고바야시 히데오에 의해서이다. 마르크스주의에서의 프롤레타리아트는 말할 것도 없이 낭만적인 풍경이다. 하지만 그것에 맞서 관념이나 이데올로기에 흔들리지 않는 당찬 생활자라는 이미지는 반낭만적일지라도 역시 낭만파적인 것이다. 프롤레타리아트가 실재하지 않는다면, 그러한 대중 역시도 실재하지 않는 것이다. 이 점에서는 요시모토 다카아키가 말하는 '대중의 원상原像'도 마찬가지로, 그것은 '상'으로서 존재하는 것일 따름이다.

고바야시 히데오의 비평은 '낭만파의 딜레마'를 전면적으로 보여준다. 그에게서 "시대의식은 자의식보다 더 크지도 않거니와 더 작지도 않은 것"(「각양각색의 의장意匠」[1929])이었다. 바꿔 말하자면 우리가 '현실'이라고 부르는 것은 이미 내적인 풍경과 다름없는 것이며 결국에는 '자의식'인 것이다. 고바야시 히데오가 끊임없이 반복해왔던 것은 '객관적인 것'이 아니라 '객관'에 이르고자 하는 것, '자의식의 구체球體를 파쇄하는' 것이었다고 할 수 있다. 하지만 그것의 불가능성을 고바야시 히데오만큼 잘 알고 있었던 사람도 없다. 예컨대 『근대회화』[1954~1958]는 풍경화론이고, 나아가 '원근법'에서 벗어나고자 하는 끝없는 인식적

격투의 서술이다. 하지만 고바야시 히데오뿐만이 아니라 『근대회화』의 화가들 역시도 '풍경'으로부터 나오지 못했으며, 일본의 우키요에[浮世絵, 에도 시대 풍속화]나 아프리카의 프리미티브한[원시적인] 예술에 그들이 주목했던 일조차 '풍경' 속에서의 사건이라고 할 수 있다. 누구도 풍경으로부터 나올 수 있었다고 말할 수 없다. 그러하되 내가 여기서 하고자 하는 것은 풍경이라는 구체球體로부터 나오는 일이 아니다. 그런 '구체' 그 자체의 기원을 밝히는 일이다.

6

풍경이 일단 성립되면, 그 기원은 잊히고 만다. 그렇게 풍경은 처음부터 외적으로 존재하는 객관물처럼 보이게 된다. 그런데 객관물object이라는 것은 오히려 풍경 속에서 성립된 것이다. 주관 혹은 자기self라는 것 역시도 마찬가지이다. 주관(주체)·객관(객체)이라는 인식론적인 장은 '풍경' 속에서 성립됐던 것이다. 곧 처음부터 있는 게 아니라 '풍경' 속에서 파생되어 나왔던 것이다.

에도 시대의 회화에 원근법 혹은 거리감의 의식이 결여되어 있는 것은 그 회화가 풍경을 갖고 있지 않았기 때문이지만, 이는 서구 중세 회화에 관해서도 들어맞는 말이다. 이미 시사했듯이, 그 둘 간의 차이가 중요한 것이었을지라도 말이다. 따라서 회화에서 일어났던 일은 완전히 동일하게 철학에서도 일어나고 있다. 데카르트의 코기토는 말하자면 원근법의 산물인 것이다. '나는 생각한다'의 주체는 원근법에 의해 불가피하게 밀어 올려져 왔던 것이다. 정확히 그때, 사유되는 대상이라는 것이 균질하며 물리학적인 것으로서, 곧 연장延長[extension]으로서 드러났다. 이는 <모나리자>의 배경이 비인간화된 풍경으로서의 풍경이었던 것과 마찬가지이다.

S. K. 랭거는 '근대철학'이 말하자면 그런 풍경 위에서 진전 없이 공회전하면서 거기로부터 벗어날 수 없는 막다른 골목에 봉착한 상태를 다음과 같이 요약하고 있다.

> 수 세기에 걸쳐 전통은 결실을 맺지 못하고 억지 논리로 둘러대며 철학 상의 당파 근성을 이어왔지만, 이윽고 르네상스로부터 태어났던 숱한 이름 없는 이단적 견해들, 종종 수미일관되지 않는 견해들이 일반적이고도 궁극적인 문제로서 결정화되었다. 하나의 새로운 인생관이 인간 정신을 향하여, 혼미해진 세계에 조리[사리(절차)]를 부여할 것을 재촉했다. 이리하여 '자연철학 및 정신철학'이라는 데카르트의 시대가 철학 영역을 계승했던 것이다.
>
> 이 새로운 시대란 모든 실재를 각각 내적 경험과 외적 경험, 주관과 객관, 개인적 실재와 공공적 진리로 양분하는 강력하고도 혁명적인 창조적 관념을 손에 넣었다. 오늘날에는 이미 전통적인 것이 되고 있는 인식론의 용어 그 자체가 그런 근본적 개념의 비밀을 밝혀주고 있다. 우리가 '감각소여'라거나 '주어진'이라거나 '현상'이라거나 '타아他我'라고 말할 경우, 당연히 우리는 내적 경험의 직접성과 외적 세계의 연속성을 예상하고

있다. 다음과 같은 기본적인 물음들은 그러한 용어들로 조립되어 있다. '인간의 정신에 현실적으로 주어지고 있는 것은 무엇인가', '감각 소여가 참이라는 것을 보증하는 것은 무엇인가', '현상에 관해 관찰할 수 있는 질서의 배후에 숨겨져 있는 것은 무엇인가', '정신과 두뇌의 관계는 어떠한가', '우리는 어떻게 타아를 알 수 있는가'—이 모든 것은 오늘날 낯익은 문제이다. 이 문제들에 대한 해답이 정교하게 마감질되어 제각기 정돈된 몇몇 사상체계가 되었다. 곧 경험론, 관념론, 실재론, 현상학, 실존철학, 논리실증주의 등이 그것이다. 이 학설들 속에서 무엇보다 완전하고도 특징적인 것은 가장 초기의 것인 경험론과 관념론이다. 그것들은 경험experience이라는 새로운 창조적 관념에 대한 최대한으로 강력하고도 한결같은 정식화이다. 그것들의 제창자들은 데카르트적인 방법에서 영감을 얻었던 열광자들이고, 그들의 학설은 그러한 출발점에서 그 원리를 사용하여 거기에 분명히 포함되어 있던 것들을 도출해냈다. 각 학파들은 계속해서 지식계급을 매료시켰다. 단지 대학만이 아니라 여러 문인 그룹들 역시도, 빛바래고 숨 막히는 개념들로부터의 해방을, 사람들의 의지와 기운을 저하시키고 상실케 하는 탐구의 한계로부터의 해방을 감지했고, 생활과 예술과 행동에 대해 한층 더 진실한 자리매김이 가능하다는 희망을 품으면서 새로운 세계상을 환영했다.

하지만 얼마 지나지 않아 그 새로운 세계상에 내재하는 혼란과 그림자가 분명해졌다. 그리고 그 이후의 학설은 주관-객관의 이분법에서 생겨나는 딜레마의 양쪽 모서리—이를 화이트

> 헤드 교수는 '자연의 두 갈래 분기二分岐[bifurcation]'라고 부른다 — 사이에서 다양한 방식으로 도주하고자 했다. 이후 모든 학설은 점점 더 세련되고 조심성 많으며 또한 정교해졌다. 누구 한 사람이라도 아무 거리낌 없이 관념론자가 될 수는 없게 되며, 경험론과도 전면적으로 짝이 될 수는 없다. 초기의 실재론은 오늘날 '소박'실재론으로 알려지고 '비판적' 또는 '신新'실재론이 그것을 대체하고 있다. 많은 철학자들은 모든 체계적 세계관을 격렬하게 부정하며 형이상학을 원칙적으로 부인한다. (『상징의 철학』, 야노 마사토 외 옮김[1960])

오늘날의 철학이 '풍경' 속에서 그 바깥으로 나오려고 하는 이상, 결코 거기로부터 나올 수는 없을 것이다. 근대회화가 원시적 예술을 거둬들인 것처럼 철학이 '야생의 사고'(레비 스트로스)를 거둬들일지라도 결국엔 마찬가지일 것이다. 레비 스트로스에게서는 최첨단의 테크놀로지와 루소적인 낭만주의가 역설적으로 결부되어 있다. 하지만 그것들 모두는 '풍경'의 산물인 것이다. 필요한 일은 그런 '풍경' 그 자체의 기원(역사성)을 밝혀내는 것이다.

제각기 다른 뜻을 지니고 있지만 서구에서 그런 기원(역사성)을 '문제화'했던 것은 마르크스, 니체, 프로이트라고 해도 좋겠다. 예컨대 니체는 인식론적인 구도 그 자체를 '원근법적 도착'이라고 부른다. 그가 생각하기에는 원근법 자체가 원근법적 도착이며 '내면화'의 산물인 것이다. 그것은 자기·코기토·내부가 내향적인 전도 속에서 성립됐음을 뜻한다.

물론 서구적인 것의 역사성을 밝히기 위해서 초기 그리스로까지 거슬러 올라가야만 했던 니체와는 달리, 소세키는 '근대문학' 혹은 '풍경' 이전의 존재 감각을 보존하고 있었다. 그 자신이 '풍경의 발견'에 맞섰던 것이다. 또한 거기서 우리는, 몇 세기나 흘러 서구에서는 망각되고 말았던 것들이 특정 시기에 일거에 생겨나고 있는 모습을 목격할 수 있다.

메이지 20년대는 흠정헌법의 발포를 위시하여 근대국가로서의 여러 제도들이 일단 확립됐던 시기이다. 나카무라 미쓰오는 "메이지 10년대가 일종의 질풍노도의 시대라고 한다면 20년대는 통제와 안정의 시기라고 할 수 있다"고 말한다. 메이지 이후에 자라난 이들에게 그런 질서란 이미 견고한 것으로 비쳤을 것이다. 혹은 메이지 유신 이후가 그랬듯이 자신들의 뜻대로 조형할 수 있는 가능성이 이미 닫혀버린 것으로 비쳤을 터이다.

나카무라 미쓰오는 메이지 10년대 자유민권운동에 관해 다음과 같이 말하고 있다.

> 어쨌든 이 운동은 메이지 유신이라는 거대한 개혁의 논리적인 발전이었고, 거기에는 사회 혁명으로 일깨워진 민중의 거대한 희망이 맡겨져 있었습니다. 이 운동을 통해 그때까지 사족士族의 전유물이었던 유신의 정신이 드디어 민중 사이에 침투하기 시작했으며, 그 운동의 좌절이란 모든 혁명들을 일으킨 요소로서 거기에 포함되어 있는 이상주의, 혁명의 진행 중에 변질된 그 이상주의의 파멸이었습니다. 사족의 곤궁이 거대한 사회문제가 됐던 때는 메이지 첫해입니다만, 그것은 그들 사족

가운데 득의양양한 소수와 실의에 빠진 다수가 생겨난 데에서 비롯한 것으로 정치나 문화의 지배권은 아무런 문제 없이 사족의 손 안에 있었습니다. 그것이 세이난 전쟁[1877년, '반(反)-메이지 정부'를 내건 무장 사족 반란]을 거치고 메이지 17~8년 무렵이 되면 사족 그 자체가 계급으로서 해소되어 가는 경향이 선명해지는 바, 이윽고 학생들 가운데서도 평민 자제들의 숫자가 증대되고 메이지 사회는 사무라이 출신들이 만들어낸 초닌町人[도시 상인계급 사람] 국가로서의 면목을 선명히 하게 됩니다.

그렇게 출현한 실리와 출세주의에 의해 지배되는 군국주의에 맞선 자유와 민권의 환상이란 유신의 기풍을 계승한 청년들이 생명을 걸기에 충분하다고 믿었던 최후의 이상이었으므로, 그것이 소실된 이후, 지우기 어려운 형태로 남겨진 정신적 공백은 이윽고 정치소설과는 완전히 다른 형태로 표현의 길을 발견하게 됩니다. (『메이지 문학사』)

이런 사정은 어떤 뜻에선 소세키에게도 들어맞을 듯하다. 소세키는 마사오카 시키, 후타바테이 시메이, 기타무라 도코쿠, 구니키다 돗포와 같은 동시대인이 실천적으로 고투하고 있던 때, '서양학문洋學 부대의 대장隊長'으로서의 길을 걸으면서도 언제나 거기로부터 탈락되고 싶다는 충동에 내몰리고 있었다. 그가 할 수 있었던 것은 이미 그가 선택한 '영문학'에 맞서 그 속에서 하나의 결착을 짓는 것이었고, 그 일은 "이론적"일 수밖에 없었다. 하지만 소설가로서의 소세키는 이 시기의 '선택'과 '때늦음'이라는 문제를 고집하고 있었던 것처럼 보인다. 그런 관점에서 보면 '한문학'에 의해 소세키가 상징하고 있던 것이란 오히려 근대적인 제도들이 확립되기 이전의 분위기였다고 해도 좋을지 모른다. 그것은 '정치소설'이 유행했던 시기에 해당된다. 그리고 소세키가 말하는 '영문학에 기만당한 것 같은' 느낌이란, 그렇게 성립됐던 메이지의 제도가 다름 아닌 기만일 수밖에 없다는 점에 대응되는 것이다.

그러나 '풍경의 발견'이라는 문제에 관하여 '정치적 좌절'이나 그리스도교의 영향과 같은 것들을 들고 들어올 수는 없다. 그것들은 심리적인 이유에서 기인하지만, 실제로는 '심리적 인간'이야말로 이 시기에 처음 나타났다. '심리'라는 것을 독립된 어떤 차원으로 보는 것이야말로, 즉 심리학이야말로 역사적인 것이다. 메이지 20년대에서 중요한 일은 근대적인 제도가 확립됐던 점, '풍경'이 단지 반反제도적인 것으로서가 아니라 바로 그 자체가 제도로서 출현했다는 점이다.

근대문학을 다루는 문학사가는 '근대적 자기'라는 것이 단지 머릿속에서 성립된 것처럼 보는 사고방식을 갖고 있다. 그러나 이미 말했듯이, 자기self가 자기로서 존재하기 위해서는 좀 더 다른 조건이 필요하다. 예컨대 프로이트는 니체와 마찬가지로 '의식'을 처음부터 있는 것이 아니라 '내면화'에 의한 파생물로 보는 시점을 견지했다. 프로이트의 생각에는 그때까지 내부도 아니며 외부세계도 아닌 상태, 단지 외부세계가 내부로 투사됐던 상태에서 외상트라우마을 입고 리비도가 내면화됐을 때, 내면이 내면으로서 또 외부세계가 외부세계로서 존재하기 시작한다. 단, 프로이트는 이렇게 덧붙이고 있다.

> 추상적 사고 언어가 만들어지고 나서야 비로소 언어 표상의 감각적 잔재는 내적인 사실·현상과 결부되며, 그럼으로써 내적 사실·현상 그 자체가 점차로 지각될 수 있게 되는 것이다.
> (S. 프로이트, 『토템과 터부』[1913])

프로이트식으로 말하자면 정치소설 또는 자유민권운동 쪽으로 돌려진 리비도가 그 대상을 잃고 내부로 향했던 그때 '내면'이나 '풍경'이 출현했다고 해도 좋다. 그러나 반복해서 말하자면 프로이트는 심리학이 역사적인 것이라는 점, 달리 말해 그 자체가 '풍경'과 마찬가지로 어떤 제도 속에서 출현했던 점을 보고 있지 않다. 예컨대 모리 오가이가 '역사소설'로서 썼던 것은 비非'심리적 인간'이다. 만년의 오가이는 할 수 있는 한 '풍경'이나 '심리' 이전으로 거슬러 올라가고자 했다. 우리가 심리학적이라고 볼 수 있는 것은 메이지 20년대 이후의 문학자들뿐이지만, 심리학적 관점을 통해서는 '심리적 인간' 그 자체를 발생시켰던 이런 사태를 볼 수가 없다.

그러나 프로이트의 학설에서 무엇보다 중요한 것은 '내부'(따라서 외부세계로서의 외부세계)가 존재하기 시작한 것이 '추상적 사고 언어가 만들어지고 나서야 비로소' 가능했다고 말하는 지점이다. 우리의 문맥에서 '추상적 사고 언어'란 무엇인가. 아마도 '언문일치'가 그것이라고 해도 좋겠다. 언문일치는 메이지 20년 전후의 근대적 제도들의 확립이 언어의 레벨에서 드러났던 것이다. 말할 것도 없이 언문일치란 구어言를 문어文에 일치시키는 것도 아니거니와 문어를 구어에 일치시키는 것도 아니다. 그것은 새로운 '구어=문어言=文'를 창출하는 일이다.

물론 언문일치가 헌법제도와 마찬가지로 '근대화'의 노력인 이상, 그것은 결코 '내부'의 언어일 수 없다. 오히려 오가이나 도코쿠처럼 당대의 "내향적" 작가들은 문어체로 향했으며, '언문일치' 운동 그 자체의 불길도 금방 잦아들었다. 그것이 다시 타오르기 시작했던 때는 이미 교시나 돗포의 시기, 곧 20년대 말엽이었다.

물론 후타바테이 시메이의 『뜬구름浮雲』(메이지 20~22년[1887~1889])을 예외적인 것으로서 거론할 수 있다. 그러나 그는 러시아어로 썼을 때는 '내부'나 '풍경'을 갖지만 막상 일본어로 쓰려고 하면 갑자기 인정본人情本[에도 시대 서민들의 연애 및 풍속 이야기]이나 바킨의 문체에 둘러싸인 채 떠내려가 버렸다. 그의 고통은 이미 '풍경'을 발견했으면서도 그것을 일본어로는 발견할 수 없었던 데에 있다. 돗포의 시기가 되면 그런 고뇌는 이미 사라지고 없다. 실제로 돗포가 영향을 받았던 것은 『뜬구름』이 아니라 투르게네프를 후타바테이가 번역한 『밀회』[1888] 등의 문체였다.

돗포에게 내면이란 말(목소리)이고 표현이란 그 목소리를 외부화시키는 것이었다. 그럴 때 '표현'이라는 생각이 비로소 존재할 수 있었던 것이다. 이런 사정 이전의 문학에서 '표현'이라는 생각을 논하는 일은 불가능하다. '표현'은 언=문이라는 일치에 의해 존재할 수 있었다. 하지만 돗포가 후타바테이처럼 고통을 느끼지 않았다는 것은 그에게 '언문일치'가 다름 아닌 근대적 제도라는 점이 망각되고 있었다는 뜻이다. 거기서는 이미 '내면' 그 자체의 제도성·역사성이 잊혀지고 있는 것이다. 말할 것도 없이 우리 역시도 그러한 지층 위에 있다. 우리를 가둬 넣고 있는 것이 무엇인지를 명확히 밝히기 위해서는 그 기원을 질문하지 않을 수 없지만, 그 열쇠는 '말'에 의해 노출됐던 동시에 은폐됐던 이 무렵의 시기를 좀 더 검토하는 일에 있다.

소세키 시론 II

소세키와 장르

1

나쓰메 소세키는 초기의 『나는 고양이로소이다』, 『도련님』을 비롯하여 『양허집』에서 『명암』에 이르는 소설만이 아니라 하이쿠나 한시도 썼다. 곧 다종다양한 "장르"에 이르고 있는 것이다. 이런 작가는 일본만이 아니라 아마 외국에도 없지 않을까 한다. 그러나 그것은 단지 소세키의 글재주나 요령이 좋음을 뜻하는 게 아니다. 오히려 근대소설이라는 관점에서 보면, 근대소설에 적응하지 못했던, 혹은 적응하려고 하지 않았던 소세키의 요령 없음을 뜻하고 있는 것이다.

오오카 쇼헤이는 소세키가 초기의 작품을 쓰기 시작한 시기(1905년)에는 '소설'도 '시'도 아닌 '문文'이라고 해야 할 장르가 있었음을 강조하고 있다(『소설가 나쓰메 소세키』[1988]). 예컨대 구니키다 돗포의 『무사시노』(1898년)나 도쿠토미 로카의 『자연

과 인생』(1900년) 등이 '문'이라고 할 수 있다. 소세키는 「런던탑」을 소설로서가 아니라 '문'으로서 썼다. 그것이 실렸던 『제국문학』은 시도 소설도 아닌 '문'의 잡지였다. 이런 사정은 『나는 고양이로소이다』에도 들어맞는다. 그것은 사생문을 주장했던 다카하마 교시가 주관한 잡지 『호토토기스[ほとゝぎす]』[1]에 사생문으로서 실렸던 것이다. 그러나 마사오카 시키 등이 제창했던 사생문寫生文 자체가 다름 아닌 '문'이라는 영역을 전제로 하고 있었음에 주목해야 할 것이다.

이는 몇 가지 의미를 갖는다. 첫째로 '문'은 소설과 구별되기 어려운 것이지만 그럼에도 소설과는 다른 것이었다는 점이다. 소세키가 『나는 고양이로소이다』를 쓰기 시작했던 러일전쟁 무렵에 '문'은 아직 모호하게나마 소설과 구별되고 있었다. 물론 다야마 가타이와 시마자키 도손은 분명하게 '소설'을 쓰기 시작했고, 그것이 문단의 주류가 되고 있었지만, 그것보다 '문'은 넓은 독자층을 갖고 있었다. 소세키가 신문소설을 쓴 시점에서는 이미 '소설'의 우위가 명료해졌다. 그러나 근본적으로 소세키는 '소설'보다는 '문'을 계속 썼다고 해야 하며, 자연주의자들이 반발했던 소세키의 대중적 인기의 이유가 바로 거기에 있었다.

소세키의 출발점이 '문'이라는 점은 중요하다. 이는 단지 마사

• •

1. 1897년 마사오카 시키가 자신의 호 '시키(子規; 자규·두견새·호토토기스)'를 따서 고향 마쓰야마에서 창간했던 잡지. 시키 사후(1902)에 교시가 맡았다. 메이지 시기에는 종합문예지로서, 다이쇼·쇼와 시기에는 보수 하이쿠 문단의 유력 잡지로서 융성했다. 현재는 교시의 증손자가 맡고 있다.

오카 시키나 다카하마 교시 등과의 관계에 따른 것이 아니다. 왜냐하면 그는 이미 '소설'='문학'이 첨단이자 지배적인 것이라는 사실을 일본만이 아니라 서양의 동향을 통해서도 숙지하고 있었기 때문이며, 그런 가운데 '문'을 쓰는 일은 오히려 반시대적인 자각 없이는 불가능한 것이었기 때문이다.

당장에 말해둘 것은, '문'이란 말을 고집하는 의식에 의해 쓰였던 것이라는 점이다. 오오카 쇼헤이는 소세키가 사람들에게 미문가美文家로 읽혔다고 말한다. 그러나 소세키의 문은 이른바 미문인 것만은 아니다. 사실 『나는 고양이로소이다』나 『도련님』은 미문이라고 하기 어렵다. 하지만 넓은 의미에서는 그것들 역시도 '미문'에 속할 터이다. '미문'이라는 것을 문의 한 가지 형태라거나 말이 대상을 노리는 게 아닌, 말 자체를 지향하고 있는 의식 속에 있는 것이라고 이해한다면 말이다. 그런 뜻에서라면 소세키는 언제나 '문'의 의식을 지니고 있었다고 하겠다.

자연주의파들에게는 그러한 '문'의 의식이 사라지고 있었다. 거기서 언어는 투명한 매체처럼 간주된다. 사생이라는 것과 관련해서는 시마자키 도손이 『파계』[1906]를 쓰기 전에 고향에서 스케치를 하면서 문장을 단련했다는 이야기가 알려져 있다(『지쿠마가와千曲川의 스케치』[1911]). 그러나 말할 것도 없이 그것은 '사생문'이 아니다. '사생'은 있을지라도 '문'의 의식이 없기 때문이다.

예컨대 『풀베개』는 다음과 같은 '문'이다.

> 게다가 이 모습은 보통의 나체처럼 노골적으로 내 눈앞에 들이밀어진 것이 아니다. 모든 것을 웅숭깊은 유현幽玄[깊이를

헤아리기 어려운 상태]으로 변화시키는 일종의 영적인 기운을 방불케 하면서, 충분한 아름다움을 깊고도 은근히 비추고 있을 따름이었다. 발묵임리潑墨淋漓[먹물을 많이 묻혀서 튀겨 흩뜨림으로써 약동감을 내는 산수화 기법]하는 가운데 편린을 그리면서 교룡蛟龍의 기괴함을 닥나무 종이와 붓털 밖에서 창조해내는 것과 같이, 예술적으로 볼 때 그것은 공기와 따뜻함과 현묘한 표현을 더할 나위 없이 갖추고 있다. (……)

윤곽은 점차 하얗게 떠오른다. 지금 한 걸음 내디디면 모처럼 만의 상아嫦娥[달에 사는 선녀]가 애달프게도 속계로 추락하고 말 것이라고 생각한 찰나, 녹색 머리카락은 파도를 가르는 운룡雲龍의 꼬리처럼 바람을 일으키고 분주히 나부꼈다. 소용돌이치는 연기를 뚫고 그 하얀 자태는 계단을 뛰어오른다. 호호호호 날카롭게 웃는 여인의 목소리가 낭하에 울려 퍼지면서 고요한 목욕탕 너머로 점차 멀어져간다. (『풀베개』)

이는 화공畵工이 있던 목욕탕에 나미라는 여인이 나타났다가 사라지는 정경이다. 거기서는 명확한 시각적 이미지를 지시하지 않는 단어(한자어)가 분방하게 구사되고 있다. 소세키는 조금도 '묘사'하고 있지 않다. 그는 『풀베개』를 쓰기 전에 『초사楚辞』를 다시 읽었다고들 하는데, 그것은 『풀베개』가 철두철미하게 "말"로 직조됐던 것임을 뜻하고 있다.

소세키가 당시의 '소설'을 싫어했던 것은 한문학이나 하이쿠를 향한 취미를 갖고 있었기 때문이라기보다는 과잉된 "말"을 가지고 있었기 때문이라고 할 수 있다. 근대'소설'에서의 말은 대단히 빈약하다. 그것은 근대문학이 말, 곧 '문'의 차원을 배척했기 때문이다. 하지만 소세키가 이른바 말의 유희만을 추구했던 것은 아니다. 그의 '문'은 어떤 부재의 리얼리티를 목표로 노리고 있기 때문이다.

> 보통의 그림은 느낌이 없어도 사물만 있으면 된다. 제2의 그림은 사물과 느낌이 양립하면 된다. 제3의 그림에 이르러서 존재하는 것은 단지 마음가짐일 뿐이므로, 그림으로 드러내기 위해서는 반드시 그 마음가짐에 적절한 대상을 택하지 않으면 안 된다. 그런데 그 대상이란 손쉽게 나오지 않는다. 나오더라도 손쉽게 하나로 정돈되지 않는다. 정돈되더라도 자연계에 존재하는 것과는 오모무키趣[정취·취지·느낌·의도]가 전적으로 다를 경우가 있다. 따라서 보통 사람들이 볼 때 그것은 그림이라고 받아들여질 수가 없다. 그림을 그린 당사자 역시도 그것을 자연계의 제한적 부분이 재현되었다고는 인정하지 않는바, 다만 감흥에 차 있던 당시의 마음가짐을 얼마간이라도 전달함으로써, 다소간의 생명을 황망하지 않은 무드[분위기] 속에서 부여할 수 있다면 대성공이라고 생각한다. (『풀베개』)

이러한 회화론은 그 자체로 소세키의 문학론이다. 즉 '보통 사람들이 볼 때' 『풀베개』는 소설'이라고 받아들여질 수가 없'을 것이다. 사실 소세키는 그것을 '천지개벽 이래 유례가 없는' 소설이라고 자칭한다[이는 개벽 이래의 '걸작'을 뜻하는 게 아니므로 '오해'하지 말라고 소세키는 덧붙여 놓았음]. 하지만 이런 『풀베개』만이 '문'인 것은 아니다. 예컨대 『나는 고양이로소이다』는 그것과는 전혀 다른 '문'이다. 소세키의 '문'이란, 뒤에서 말하게 될 것처럼 다양한 장르를 포함하고 있다. 아니 그렇다기보다는 장르를 향한 집착과 '문'을 향한 집착은 소세키에게 구별될 수 없는 것이라고 하겠다. 그것은 근대적 '소설'에 대한 총체적인 이의제기였다고 할 수 있다.

예컨대 「런던탑」은 단편소설로 읽힐 수 있으며 실제로도 그렇게 읽히고 있다. 분명 넓은 뜻에서 그것은 소설이다. 그러나 그것이 근대적인 '소설' 개념에 반대하여 쓰였다는 점, 그 미묘한 차이를 간과해서는 안 된다. 소세키의 작품은 근대소설로서의 『명암』을 정점으로 하는 발전과정 속에서 읽히고 있다. 그렇기에 그의 초기 작품은 그런 정점에 이르기까지의 과도적인 것으로만 간주된다. 그러나 『문학론』을 쓴 뒤로 40세 무렵에 쓰기 시작해서 10년 정도 활동하다가 죽은 소세키와 관련해 '초기 작품'이라는 말은 적절치 않다. 그의 문학관이 기본적으로 변했을 리는 없는 것이다. 『명암』 역시도 '문'으로서 존재한다.

2

소세키가 일련의 작품들을 '사생문'이라고 부르면서 썼던 점은 사실이다. 그러나 교시가 말하는 사생문과 소세키가 말하는 그것은 구별되지 않으면 안 된다. 예컨대 에토 준은 외래의 관념에 불과한 자연주의적 리얼리즘에 맞서 본래적 '리얼리즘의 원류'는 마사오카 시키를 위시한 사생문에 있다고, 특히 다카하마 교시에게 있다고 말한다. 에토 준에 따르면 마사오카 시키는 사생에 있어 말이 환기하는 역사적인 연상이나 함의를 극력 배제하고자 했다. "거기서[그런 연상이나 함의 속에서] 말은 말로서의 자율성을 박탈당하고서는 일종의 투명한 기호에 무한히 가까워진다." 그런 상태에 반대하여 교시는 말이 말로서 계속되는 이상, 그것은 인공언어와 같은 기호일 수 없다는 점, 그럼에도 그것이 반드시 과거로부터의 연상을 배제할 수 있는 것은 아니라는 점을 주장했다. 나아가 교시는 사생이라는 것이 타자에 관계된다는 점, 쓰는 쪽이 자기의 감수성을 절대화하는 일은 허용되지 않는다는 점에 관해 생각했다고 에토 준은 말한다. "즉 '사생'은 '살풍경'적인, 노골적인 것이어서는 안 된다. 그것은 그려지는 대상에 대한 위로를 포함해야 하며, 보면서도 굳이 그리지 않는 단념 역시도 때로는 포함하는 것이지 않으면 안 된다."(「리얼리즘의 원류」)

혹시 말이 투명한 기호일 수 없으며 '사생'이 단지 모노もの[(인식의 의지·지향·배치에 영향받지 않는) '물(物) 그 자체']에 대한 인상의 집합일 수 없다면, 그것은 결코 시인 혹은 작가가 지닌 감수성의 절대적인 우위를 증명하는 것이 될 수 없다. 왜냐하면 이미 분명한 것처럼, 말이라는 것은 시인이나 작가의 자의에 맡겨져 그 특이한 감수성에만 봉사하는 도구일 수 없는 것이기 때문이다. 즉 '사생'이란 에고이즘의 표현이 아니다. 과거로부터도 타자로부터도 분절되어 단지 모노와만 마주 앉은 시인이나

> 작가의 '살풍경'한 에고의 정당성을 증명하는 것, 사생은 그런 것일 수 없다. 말을 사용하여 행해지는 이상, 사생은 필연적으로 과거로부터 지속되며 타자와 사회에 열려 있는 것이 되지 않을 수 없는 것이다.
>
> 여기에 '객관'이 '시간' 및 '인간사'와 융합하고 하이쿠에서 '사생'이 사생문으로 발전해가는 열쇠가 숨겨져 있다는 점은 분명하다. 나아가 거기로부터 타자를 잘라버리는 것이 아니라 타자를 허용하는 리얼리즘의 문체가 태어나게 된다. 즉, 리얼리즘 소설을 쓰는 데에 무엇보다 어울리는 '살아 있는' 문체가 전개되는 것이다. (에토 준, 「리얼리즘의 원류」)

에토 준에 따르면 소세키는 '교시의 원류'로부터 출현했던 게 된다. 에토 준의 이 논문은 '리얼리즘'을 대상의 재현으로서가 아니라 말(문文) 그 자체의 차원에서, 나아가 일본의 문맥에서 살피고자 했다는 점에서 획기적이지만, 몇 가지 점에서 수정되지 않으면 안 된다. 그는 시키와 같은 이들이 "리얼리즘이라는 새로운 이론이 서양에서 수입되었으니 리얼리즘으로 해나가자"라는 식이었던 게 아니라 '모노'에 직면했기 때문에 "새로운 기축"을 세웠던 것이라고 말한다. 그러나 자연주의자라고 할지라도 '새로운 이론'만으로 『파계』나 『이불』을 쓸 수 있었던 건 아니다. 그들은 이미 모종의 '문'을 획득하고 있었으며, 그 속에서 발견됐던 '모노'(풍경)를 '재현'하고자 했기 때문이다.

거기에 이르기까지는 '언문일치'라는 시행착오의 긴 과정이 있다(졸저 『일본근대문학의 기원』 참조). '언문일치'란 새로운

'문'의 창출이며, 그것이야말로 '재현'해야 할 것으로서의 '모노'를 발견하게 만든 것이었다. 물론 시키의 사생문 역시도 거기에 속한다. 단, 자연주의파와 시키가 다르다고 한다면, 그 차이는 자연주의파가 새로운 문의 창출 속에서 '문'을 향한 의식을 잃어버리고 말았던 데 반해 시키가 '문'(말)에 계속 집착했다는 데에 있을 것이다. '말은 말로서의 자율성을 박탈당하고서는 일종의 투명한 기호에 무한히 가까워진다'는 것은 자연주의자에게 해당되는 것이지 시키에게 해당되는 게 아니다.

그것에 관해서는 와타나베 나오미의 비판이 있다. 그는 시키가 '하이쿠 분류'라는 작업을 통해 하이쿠에 들어섰다는 사실을 중시한다. 사실 『시키 전집』[전 22권, 1979(시바 료타로, 오오카 쇼헤이 등 감수)] 가운데 태반은 『분류 하이쿠 전집』인 것이다.

> '붙들리지 않은 눈[선입견 등에 사로잡히지 않은 눈]으로 인식하는 일의 필요성'을 시키가 통감하고 있던 것을 두고, 에토 준은 시키가 '모노에 직면'해 있었기 때문이라고 말한다. 하지만 시키는 무엇보다 먼저 말 그 자체에 너무도 붙들려 있는 자기 자신의 그 과잉에 '직면'해 있었다고 해야 할 것이다. (와타나베 나오미, 『리얼리즘의 구조』[부제는 '비평의 풍경', 1988])

와타나베 나오미가 강조한 것은 시키의 '사생'이 모노를 투명한 말로 모사하는 게 아니라 '모노' 그 자체가 '평범'한 말과의 차이 속에서 출현하는 것이었다는 점이다. 분명 시키는 '평범함'을 부정한다.

이것들을 단지 '평범함'에 대한 전면 부정으로만 수용해서는 안 된다. 분명 결과적으로는 그렇게 보이겠지만, 시키에게 중요했던 것은 말하자면 낡음 한복판에서 새로움을 정립하는 것이었고, '평범함'을 별개의 것으로 전면 부정하기보다는 오히려 '평범함'에 정통하는 것이 그 자체로 하이쿠의 신생으로 통하는 적대의 방식에 관련되어 있었던 것이다. '평범함'과의 비교에서(극언하자면, 그런 비교에서만) 자기 파벌이 성립한다는 점을 잘 알고 있었던 시키에게 혁신의 노력이란, 정확히 그의 '하이쿠 개안開眼'이 바쇼 이전에 퇴적된 태만한 구절들 및 '사루미노猿蓑[하이쿠 선집, 1691]'와의 낙차에서 촉발됐던 것처럼, '평범함'과의 차이를 두드러지게 하는 일련의 조작과 다름없다. (와타나베 나오미, 『리얼리즘의 구조』)

에토 준은 시키가 아니라 '교시의 원류'로부터 소세키가 출현했다고 말하지만, 『우미인초』에 이르기까지의 소세키의 문장에는 교시에겐 없는 요소가 있다. 그것은 말하자면 '평범함에 정통'하고 있다는 점일 것이다. 예컨대 『우미인초』를 쓰기 전에 소세키는 『문선文選』을 다시 읽었다고들 하는데, 후지오라는 여인을 그리는 다음과 같은 대목은 '평범함' 그 자체이며, 그런 까닭에 '미문'으로 읽혔다.

음력 3월의 주홍빛 대낮임에도, 봄을 뽑아낸 보랏빛 농밀한 점 하나가 잠든 천지 속에 선명하게 떨어뜨려 놓은 것 같은

> 여인이다. 꿈의 세계를 꿈보다도 아리땁게 바라보게 만드는 검은 머리카락이 흐트러지지 않게 접쳐놓은 귀밑머리에는 비단벌레 날개를 산뜻하게 새겨 박은 금비녀가 꽂혀있다. 고요한 한낮이 먼 세상으로 마음을 빼어가려는 것을 검은 눈동자로 본 사람은 깜짝 놀라 제정신이 든다. 반쪽 방울이 펴져감에 일순간의 짧음을 훔쳐서는 질풍의 위세를 이루는 것은 봄 안에 있으면서 봄을 제압하는 깊은 눈이다. 그 눈동자를 거슬러 올라가 마력의 경지 끝에 이르게 되면 도원桃園에서 뼈가 하얘져 다시는 풍진 세속塵寰으로 되돌아올 수 없다. 단순한 꿈이 아니다. 모호한 꿈이 부풀어 커질 때의 찬란한 한 점 요성妖星이 죽을 때까지 자기를 바라보라고, 보랏빛을 띠며 눈썹 가까이로 육박해오는 것이다. 여인은 보랏빛 기모노를 입고 있다. (『우미인초』)

여기서는 '모노'를 그린다기보다는 그의 언어적 페티시즘이 종횡으로 발휘되고 있다. 그러나 위와 같은 '미문'은 소세키가 『태풍』이나 『이백십일』[1906]을 쓴 이후 직업적 작가로서, 교시와 같은 사생문을 부정하고는 '유신 지사志士'의 뜻을 갖고 썼던 것인바, 이는 주의할 만한 점이다. 이를 두고 소세키가 사생문을 부정했지만 여전히 그것에 끌려가고 있었다고 봐야 할까. 그 모순을 피하기 위해서는 단지 소세키에게 '사생문'이란 교시와는 다른 것을 뜻하고 있었다고 생각하면 되겠다.

3

소세키는 '사생문'에 관해 이렇게 말하고 있다.

사생문과 보통 문장의 차이점·상위함差違을 세어보면 여러 가지가 있을 것이다. 그 가운데 내가 무엇보다 중요하다고 생각하는 것임에도 누구도 온전히 설명한 적이 없는 것은 작자(가)의 심적 상태이다. 다른 차이점들은 바로 그 하나의 원천에서 유출되는 것이기 때문에, 그 원천·첫머리源頭 쪽을 향해 궁리해 보면 다른 모든 것들에 해결의 칼날이 가닿게 될 터이다. (「사생문」, 메이지 40년[1907] 1월 22일)

인생에 대한 사생문 작가寫生文家의 태도는 귀인이 천한 사람을 보는 태도가 아니다. 현자가 어리석은 자를 보는 태도도 아니다. (……) 남자가 여자를 보고 여자가 남자는 보는 태도도 아니다. 곧, 어른이 아이를 보는 태도이다. 부모가 자식을 대하는 태도이다. 세상 사람들은 그렇게 생각하지 않는다. 사생문 작가 역시도 그렇게 생각하지 않는다. 그러나 해부해보면 결국 거기로 귀착하고 말 것이다. (「사생문」)

이런 까닭에 사생문 작가는 자기의 심적 행동을 서술할 때에도 역시 동일한 필법을 쓴다. 그들도 싸움을 할 것이다. 번민할 것이다. 울 것이다. (……) 그러나 한 번 붓을 잡고서는, 그렇게 싸우는 나, 번민하는 나, 우는 나를 그릴 때라면 역시 어른이 어린이를 보는 입장에서 쓰는 것이다. (「사생문」)

소세키는 사생문의 본질을 세계에 대한 모종의 '심적 태도'에서 찾는다. 그것은 부모가 자식을 대할 때의 태도이다. 그것은 자기 자신을 포함한 '인간사'에 대해 거리를 두지만, 몰인정한 것도 냉혹한 것도 아니다. 『풀베개』에서는 '비인정非人情'이라는 말이 사용되고 있는바, '인정'(낭만파)도 '몰인정'(자연주의파)도 아닌 것으로서 '비인정'이 있다고 하겠다. 주목해야 할 것은 소세키가 타자 및 자기에 대한 공감(감정이입)이나 냉혹한 객관화가 아닌 제3항으로서, 그런 '비인정'이라는 위상을 발견하고 있다는 점이다. 이에 관해서는 뒤에서 서술한다.

나아가 소세키의 생각에 사생문이라는 것에는 '줄거리' 같은 게 없다. "줄거리란 무엇이냐. 세상은 줄거리 없는 것이다. 줄거리 없는 것 안에다가 줄거리를 세운다고 해서 새로 시작될 것은 없다." "사생문 작가도 그러한 극단에 이르면 소설가의 주장과는 서로를 완전히 용인할 수 없게 된다. 소설에서 줄거리는 제1요소다."(「사생문」) 이와 마찬가지의 소설론이 『풀베개』에도 있다. 소설을 두고 "줄거리를 읽지 않으면 무얼 읽는 건가요"라고 말하는 나미에 대해 화공畵工은 "소설 역시도 비인정으로 읽는 거니까 줄거리 따위란 어찌 되어도 좋습니다"라고 말한다.

요컨대 소세키는 사생문을 '소설'로 향해가야 할 싹이 아니라 적극적으로 '소설'에 반대되는 것으로 자각하고 있었다. 이는 교시에겐 없던 인식이다. 교시에게 사생문은 하이쿠의 발전이었지만, 소세키는 서양문학을 포함한 시야 속에서 그것을 생각했다.

그가 교시와 다른 것은, 말할 필요도 없이 그가 영문학자로서 18세기 영문학에 정통해 있었다는 점이다. 예컨대 『나는 고양이로소이다』와 같은 세타이어[풍자]가 교시의 사생문에서 나올 리는 없다. 그 작품은 스위프트 없이는 있을 수 없는 것이다. 또 『풀베개』는 로렌스 스턴 없이는 있을 수 없었다.

그렇다고 해서 소세키가 '수입된 관념'에 기초해 있다는 것은 아니다. 소세키 역시도 사생문을 하이쿠의 전통에서 발견하고 있다. "이러한 태도는 전적으로 하이쿠에서 탈바꿈脫化되어 나왔던 것이다. 태서의 조류에 떠밀려 요코하마에 도착한 수입품이 아니다. 천박한 내가 아는 한에서 서양의 걸작으로 세상에서 노래 불리는 것들 가운데 그런 태도로 문文을 행했던 것은 찾을 수 없다."(「사생문」)

그러나 꼭 그것이 사생문의 세계적 유니크함을 주장하는 것은 아니며, 서양의 문학에 맞서 '동양문학'을 대치시키거나 했던 것도 아니다. 예컨대 그것에 덧붙여 소세키는 찰스 디킨스의 『피크위크 페이퍼스』[1837], 헨리 필딩의 『톰 존스 이야기』[1749], 세르반테스의 『돈키호테』[1605~1615] 등을 두고 "얼마간 그런 태도를 취하고 있는 작품"이라고 말한다. 그것들은 19세기 후반 프랑스에서 확립된 '소설'(문학)과는 이질적이었을 뿐만 아니라 당시에는 '문학'으로 평가되지 않았던 것이다.

러일전쟁 이후의 문단을 지배했던 것은 프랑스에서 온 '문학' 관념이었다. 나아가 그런 경향은 일본만이 아니라 영국에서도 마찬가지였다. 소세키가 연구한 18세기 영국의 소설은 그 시대에는 아직 문학(예술)이라고 간주되지 않고 있던 것이다. '소설'(novel)은 문학(poetics)에 속하지 않는 물건代物[상품]이었다. 그러나 실제로 그것은 산문 장르의 모든 가능성을 품고 있었다. 로렌스 스턴의 경우에는 이미 소설 형식 자체의 파괴에 이르는 자기언급적인 의식이 있었다. 그러나 그러한 것은 소설을 문학예술로 보는 19세기 후반의 시점에서는 단지 소설의 미숙하고도 맹아적인 단계로 간주됐다.

이런 와중에 런던에서 유학한 소세키는 단지 '동양문학'의 감수성 때문에 고립감을 느꼈던 게 아니며, 당시에 지배적이었던 '문학'의 자명성에 대해 의심을 품게 됐던 것이다. 예컨대 소세키는 영시英詩를 전혀 몰랐다고 종종 강조되고는 하는데, 요시다 겐이치처럼 "한 줄의 시를 발견하게 된 기쁨과도 같은 것을 소세키는 알지 못한 채로 있었다"고 조소하는 자까지 있다(『동서문학론』[1955]). 그러나 소세키가 의심했던 것은 '안다'거나 '기쁨'이라는 것이 무엇에 의거해 있는지에 관한 것이었다.

> 예컨대 일본어로 '추풍秋風·슈후'과 '가을바람[아키카제]'은 형식은 달라도 사상은 같다. '죽다'와 '뒈지다', '아아 나의 아내'와 '당신'도 마찬가지이다. 이와 관련하여 무엇을 표준으로 선택할 것인가. 모든 것이 동등하되, 다만 관습상에 있어 이 각각의 짝에 부착된 감정적 요소가 다를 것인바, 그것이 표준이 되는 요소이다. '추풍'은 고상하고 '가을바람'은 비천하다고 할 아무런 근거가 없음에도, 갑을 취하고 을을 버리는 것은 관습에 엉겨 붙어 있는 감정을 표준으로 삼기 때문이다. 그리고 그런 종류의 선택을 하지 않을 경우에는 부적절한 결과가 발생하게

된다. 입장을 바꿔보면 서양인이라고 할지라도 사정은 같다고 하지 않을 수 없을 것이다. (소세키, 「영문학 형식론」[1903])

소쉬르의 표현방식으로 말하자면, 요컨대 소세키는 단어가 '가치'로서 존재한다는 점, 혹은 문文 속에서의 단어란 그것과 유사한 여러 단어들의 계열(패러다임)에서 취사선택됨으로써 의미를 구성한다는 점을 지적하고 있다. 이를 하이쿠에 관련시켜 보자면, '평범함에 정통'해 있지 않을 때 새로운 표현의 '가치' 또한 생겨나지 않는다는 것과 마찬가지이다. 그러나 그것은 역사적인 관습이므로 그런 관습을 공유하지 않는 자가 완전히 '아는' 일은 있을 수 없다. 소세키는 '아는' 척을 할 수 없을 정도로는 영시를 '알고' 있었던 것이다. 문제는 그다음에 있다. 소세키는 자명하게 '알고' 있는 자들이란 거꾸로 관습에 속박되어 있는 것이라고 말한다.

이에 반해 그들처럼 과거를 갖지 않고 과거의 인연에 속박되지 않는 우리는 영국인처럼, 부자유不自由하지 않다. 그들은 영문의 표준점을 정함에 있어 현재의 영문에 흥미를 가질 수도 있고 17세기의 문체를 좋아할 수도 있다. 18세기의 문체를 사숙하는 것 역시 자유이다. 어찌 됐든 속박 없는 우리는 각 시대를 관통하면서 자유의 선택권을 갖는다. (「영문학 형식론」)

여기에 소세키가 말하는 '자기 본위'의 입장이 있다. 그러나

'자기 본위'란 주관적으로 행하는 것이 아니라 자명한 의식을 관습(제도)으로 보고 역사성의 관점에 보는 입장과 다름없다. 그리고 소세키는 그것을 '소설'로 실행하고 있다.

18세기 영문학에 관한『문학평론』에서 주목해야 할 것은 소세키가 대니얼 디포를 통렬하게 부정하고 있는 점이다. 뒤에서 말하게 될 것처럼, 19세기 후반에 '소설'의 주류는 많든 적든 소세키가 다음과 같이 말한 디포의 계열이었다. "디포의 소설은 기운氣韻[고상한 기품과 운치가 담긴] 소설도 아니려니와 공상소설도 아니며, 발정撥情[정념을 다스리는] 소설도 아니려니와 골계소설도 아니다. 다만 노동소설이다. 어느 페이지를 열어도 땀 냄새가 난다." 소세키는 디포와 셰익스피어를 비교하면서 이렇게 말하고 있다.

> 여기 두 개의 구절이 있다. 첫 번째는 셰익스피어의 것이고, 두 번째는 디포의 것이다. 이를 비교하는 것은 단지 두 구절의 상태를 살피기 위해서이지 디포의 모든 것을 다루려는 게 아니다.
>
> a. Uneasy lies the head that wears a crown.
>
> b. Kings have frequently lamented the miserable consequences of being born to great things, and wished they had been placed in the middle of the two extremes, between the mean and the great.

두 구절의 내용은 비슷하다. 그런데 한쪽은 시고 다른 한쪽은 산문이다. 한쪽은 공들인 표현방식으로 되어 있고 다른 한쪽은 평범한 이야기로 되어 있다. 한쪽은 사람을 멈추게 하고 다른 한쪽은 사람을 달리게 한다. 한쪽은 생각하게 하고 다른 한쪽은 한 글자 한 글자 시원시원 정리되어 나간다. 좋고 싫음은 사람에 따라, 또 경우에 따라 다른 것임은 물론이지만, 왜 그러한 상이함이 생기는지를 확인하려면 그 결과를 해부하지 않으면 안 된다.

셰익스피어 쪽은 제왕이 1년 동안(10년이어도 20년이어도 괜찮다. 그가 왕위에 있는 동안이라면 언제까지라도 괜찮다)의 상태를 아주 짧은 시간으로 응축하여 드러내고 있다. uneasy를 일본어로 번역하면 불안이 되는데, 이 낱말은 잘 기능하는 것으로서, 예컨대 다리가 부러진 의자에 앉았을 때의 불안이라거나 바지가 걸려 벗겨질 듯한 불안과도 같이 긴 시간의 경과를 필요로 하지 않고 즉각 눈에 비치는 상태의 불안을 가리키고 있다. 그 낱말 다음에 오는 lies라는 낱말도 시각에 호소하고 있다. 세 번째인 head 곧 머리도 마찬가지이며 crown 역시도 그러하다. 그리되면 왕관을 쓴 머리는 편안할 수 없다는 구절이 무엇보다 명료하고도 생생히 눈에 떠오르게 된다. 그렇게 그 구절의 상태는 제왕의 불안을 무기한으로 드러내고 있는바, 혹시라도 그 상태가 계속되는 이상 그 구절로써 제왕의 불안은 언제든 눈앞에 떠올려질 수 있기에 전부를 대표하는 단면적인 것이라고 할 수 있다. 그것을 바깥의 관점에서 설명하면, 10년 혹은 20년의 상태를 일순간으로 달여 응축한 구절이라고도 할 수 있을 것이다. 그리고 그 구절은 시간만을 응축한 게 아니다. 제왕이라는 거대한 존재를 왕관이라는 낱말로 대표하고 있는 것이기도 하다. 그 낱말이 적절했기 때문에 도수가 맞지 않던 쌍안경의 도수가 맞게 된 것처럼 제왕이 명확하게 보이기 시작하는 것이다.

디포는 그런 기교를 부리지 않았다. 긴 것은 길게 짧은 것은 짧게 써나갔다. 멀리 떨어져 아무리 어렴풋한 경관이라도 육안으로 보고 있다. 도수를 맞추지 않을 뿐만 아니라 애초에 쌍안경을 사용하고자 하지도 않았다. 참으로 착실한[똑바른(정면의)] 것이라고도 하겠지만, 나쁘게 말하면 지혜가 없는 서술방식이라고도 하겠다. 빈정댐이나 같잖음 같은 느낌은 전혀 들지 않지만 손끝이 야무지다고는 할 수 없다. 배려함 없이 독자의 편의를 계산하지 않는 서술방식이라고도 할 수 있을 것이다. 또는 신축법을 이해하지 못한, 탄력성 없는 문장이라고 평해도 무방할 것이다. 기차나 증기선은 물론이고 인력거조차 궁리해볼 수단을 알지 못하기에 어디까지나 부모에게 물려받은 두 다리로만 어슬렁어슬렁 걸어가는 문장이라고 하겠다. 거기에 산문이 있다. (「대니얼 디포와 소설의 조직」, 『문학평론』)

여기서 소세키는 디포와 셰익스피어의 차이를 시와 산문의 차이로서가 아니라 '문'의 차이로서 이야기하고 있다. 아니 그렇다기보다, 디포에겐 '문'의 의식이 없다고 말하고 있는 것이다. 소세키 자신이 사생문이라고 부르고 있는 것은 말할 필요도 없이 b가 아니라 a이다.

『문학론』이나 『문학평론』은 어떤 뜻에서 '사생문'에 근거를 부여하는 것이었다고 해도 좋겠다. 소세키에게 사생문이 시키나 교시 일파가 의미했던 것과 달랐던 이유는, 사생문에 일본의 전통에서 유래했다는 주장 이상의 '보편성'을 부여하고 있었기 때문이다. 따라서 소세키는 '사생문' 일파에 기대면서도 실제로는 사생문에 다른 의미를 넣어 사용했다고 하겠다. 이는 당시의 일본에서든 영국에서든 지배적이던 '소설'에 반하는 것이었다.

4

소세키가 영문학자였다는 것은 러일전쟁 이후의 일본에서 특수한 의미를 갖는다. 일본에서의 서양문학 가운데 영문학의 지위 그 자체가 후퇴하고 있었던 것이다. 예컨대 메이지 10년대부터 20년대에 걸쳐 주도적인 지위에 있던 이는 영문학자 쓰보우치 쇼요였지만, 이후 독일·프랑스문학에 의거한 모리 오가이가 그를 대신한다. 그러나 영문학에서 프랑스문학으로의 패권 교체는 점차 변해간 유행을 단순히 따르기만 했던 현상이 아니라, 일본의 사회가 러일전쟁으로 상징되는 것처럼, 서양과 동시대적인 상태 속으로, 말하자면 '현대'로 접어들었다는 질적인 변용을 뜻하고 있다.

예컨대 메이지 20년대에는 사이토 료쿠의 세타이어나 히구치 이치요의 로망스를 위시해 다양한 장르가 공존하고 있었다. 러일전쟁 이후에 일어난 일이란 말하자면 장르의 소멸이었다. 장르의 소멸과 근대'문학'의 성립은 거의 같은 뜻이라고 할 수 있다. 그런데 그 속에서 소세키라는 예외적인 남자 하나가 여러 장르를 넘나들며 썼던 것이다. 혹시 그에게 서양문학의 압도적인 교양이 없었더라면 그저 무시되고 말았을 터이다. '사생문'은 단지 문학사의 한구석에 남았을 따름일 것이다. 그러하되 한편으로 그가 지닌 서양문학의 교양이라는 것도 그 시대의 첨단적 문학자에겐 경이로울지라도 낡은 것으로 보였을 것이다. 런던 유학에서 귀국한 소세키의 『문학론』 강의의 평판이 좋지 않았던 것은 놀랄 일이 아니다. 그것은 동시대의 '문학' 청년에게는 단지 형식적인 분석에 불과한 것이었으며 기본적으로 무엇을 의도하고 있는지 알 수 없었던 것이기 때문이다. 하지만 그 당시 소세키는 '사생문'을 자진하여 쓰기 시작했다. 이론이 그의 창작에 근거를 부여한다기보다는 오히려 그의 창작이 이론을 보증하는 관계였다고 하겠다.

여기서 장르라는 문제에 관해 생각하지 않을 수 없다. 예컨대 미하일 바흐친은 장르를 중시했지만, 그것은 형식적인 차원이 아니라 말하자면 '기억'으로서의 장르였다.

> 문학 장르는 그 성질상, 문학 발전의 무엇보다 '유구'하고도 불변하는 운동을 반영하고 있다. 장르에는 언제나 죽지 않는 아르카익한[archaïque, 고풍스런] 요소가 보존되어 있다. 참으로 그런 고풍이란 그 끊어지지 않는 재생, 말하자면 현대화에 의해서만 살아갈 수 있다. 장르는 언제나 낡았고 또 새롭다. (……)
>
> 장르란 문학의 발전 과정에 있어 창조적인 기억의 대표자이

다. (……)

장르를 올바르게 이해하기 위해서는 그 원천으로까지 거슬러 올라갈 필요가 있는 것도 그런 까닭에서다. (바흐친, 『도스토옙스키론』, 아라야 게이자부로 옮김[일어본 부제는 '창작 방법의 여러 문제', 원저 출간: 1963])

바흐친은 도스토옙스키가 썼던 작품의 '원천'에서 메니포스의 풍자[Satura Menippea. 고대 그리스 견유학파 중 하나인 메니포스가 고안한 문체]와 같은 장르를 발견하고, 나아가 그런 장르의 '원천'에서 카니발적인 세계 감각을 발견한다. "결론 — 그러므로 이렇게 잡다한 요소를 장르의 유기적 전일성으로 통합하는 점착력의 기초가 카니발이며 그 세계 감각이었다고 할 수 있다." 그러나 거기서 중요한 것은 바흐친이 도스토옙스키의 작품이 지닌 카니발적 요소를 지적하면서도 그것을 현존하는 카니발에서는 찾지 않고 있다는 점이다. "카니발이란 오늘날 그것 자체로는 '장르 형성력'을 결여하고 있는 것"이기 때문이며, "말하자면 모습을 바꿔 문학이 된" 카니발성이야말로 주요한 것이기 때문이다. "따라서 도스토옙스키는 카니발적인 것을 문학 장르의 전통적 작용으로서 받아들였던 것이다."

종종 오해되고 있는 것과는 달리, 바흐친이 말하는 것은 실제의 카니발이나 축제와는 아무 관계가 없다. 바흐친은 프로이트에 관해 부정적이었음에도 바흐친의 장르론은 정신분석적이다. 즉, 그에게 장르가 중요했던 것은 실제로 의식된 것으로서가 아니라 오히려 의식에 의해 억압되어 흔적으로서만 남아 있는 한에서였다. 그가 말하는 '카니발'은 프로이트가 말하는 '에스[Es]'(무의식)에 해당한다고 해도 좋을 것이다.

예컨대 그것은 소세키가 말하는 사생문에 관해서도 들어맞을는지 모른다. 소세키는 사생문이 하이쿠에서 비롯됐다고 말한다. 그러나 그것은 실제로 있는 하이쿠와는 다른 것이라고 해야만 한다. 하이쿠의 원천에는 렌카連歌[두 사람 이상이 5·7·5의 위 구절과 7·7의 아래 구절을 번갈아 제창(齊唱)하는 시가 형식]가 있다. 이 점에서 시키가 렌카를 부정한 것과는 달리 교시와 소세키가 그것을 긍정하여 두 사람이 번갈아 구절을 짓기도 했던 사실은 주목할 만하다. 즉, 사생문의 '세계 감각'은 하이쿠보다도 렌카에 있다. 그러나 '장르의 기억'이라는 관점에서 보게 되면, 렌카에 존재하는 '하이카이俳諧[풍자적·시민계급적 렌카]'적인 것은 좀 더 아르카익한[고풍스런] 형태로 거슬러 올라갈 수 있다. 카니발적인 제식이 바로 그것이다.

미즈카와 다카오는 사생문, 특히 소세키의 『나는 고양이로소이다』와 같은 글이 어떻게 라쿠고落語[에도 시대에 생겨난 화술(話術) 기반의 만담·재담]의 영향을 받고 있었는지를 꼼꼼히 지적하고 있다(『소세키와 라쿠고』[2000]). 그러나 말할 것도 없이 라쿠고의 '원천' 역시도 하이카이와 동일하다. 그럴 때, 소세키가 하이쿠나 라쿠고 속에서 발견하고 있던 것은 그것들 자체가 아니라 거기에 기억으로서 존재하는 '카니발적인 세계 감각'이었다고 거의 단언하고 싶어지기까지 한다.

그러나 그런 주장이란 틀린 것은 아닐지라도 범용한 견해에 불과하다. 그것으로는 소세키의 텍스트가 지닌 특이성에 접근할 수 없다. 바흐친이 도스토옙스키에 관해 '장르의 기억'을 강조했던 것은 특히 소련에서 사회주의적 리얼리즘 같은 이론이 지배적이었기 때문이다. 그뿐만 아니라 이미 도스토옙스키의 시대에도 고골 같은 이들을 제외하면 소설이 지배적이었고, 장르는 이미 문학 텍스트에서의 '기억'으로서 독해되던 상태였다. 그렇기에 바흐친의 장르론은 정신분석과 비슷해지는 것이다. 그런 유사성은 바흐친이 기본적으로 '신경증 모델'로 사고하고 있음을 뜻한다. 곧 억압된 에스, 혹은 일상적인 질서에 의해 규제된 다수적이고(폴리포닉[Polyphonic]하고[다성적(多聲的)이고]) 무방향적인 욕망이 카니발에 의해 해방된다는 도식이 그것이다.

프로이트가 기지機知에 관해 서술했던 사정을 앞에 두고 바흐친은 카니발에서의 웃음이 근대 시민사회의 왜소화된 기지 따위와는 비교될 수 없는 것이라고 말할 터이다. 그러나 이론적으로 그것들은 동형적이다. 한편에서 프로이트는 기지와는 완전히 이질적인 것으로서의 유머를 거론한다.

> 누군가가 타인에 대해 유머러스한 정신적 태도를 보일 경우를 거론하자면, 지극히 자연스레 다음과 같은 해석이 뒤따라 나온다. 즉, 그 사람은 타인에 대해 부모가 자식을 대할 때의 태도를 취하고 있는 것이다. (S. 프로이트, 「유머」[1927], 다카하시 요시타카 옮김, 『프로이트 저작집』 3권)

이는 사생문에 관한 소세키의 설명과 완전히 동일하다. 즉 소세키가 말하는 '사생문'의 본질은 유머라고 해도 좋다. 하지만 유머로서의 '세계 감각'은 카니발적인 세계 감각과는 이질적인 것이다. 프로이트는 '기지란 무의식에 의해 야기된 골계[익살]'임 에 반해 '유머는 초자아의 매개에 의해 생겨난 골계'라고 규정한다. 그런데 그때 프로이트는 어떤 난문에 부딪힌다. 억압적인 '초자아'가 자진하여 쾌락을 주는 일이 어떻게 가능한가라는 문제가 그것이다.

> 사실, 유머로부터 얻을 수 있는 쾌락이란 결코 골계나 기지로부터 얻을 수 있는 쾌락만큼의 높은 강도에 이를 수 없으며, 배꼽 잡는 웃음이 되어 폭발하는 일도 결코 없다. 또한 유머러스한 정신 태도를 취할 때의 초자아가 현실을 거부하고 착각에 봉사하는 일 역시도 사실이다. 그렇지만 원인을 잘 알 수 없는 가운데 우리는 그리 강하지 않은 쾌감을 극히 높은 가치를 지닌 것으로 간주하며, 그 쾌감이 특히 우리를 해방시키고 앙양시키는 것이라고 느낀다. 물론 유머에 의해 야기되는 농담이 진지한 것이 아니라는 점, 단순히 속마음을 떠보는 일의 가치밖에는 갖지 않는다는 것 역시도 명확하다. 그럼에도 중대한 것은 자기 자신에게로 향해진 것이든 타인에게로 향해진 것이든 그 유머가 갖고 있는 의도라고 할 수 있다. 말하자면 유머란, '있잖아 여길 좀 봐, 이게 세상이야, 충분히 위험해 보일 테지, 그런데 이걸 농담으로 치부하고는 웃어넘겨버리는 일이란 식은 죽 먹기와 다름없어',라고 말하는 것이기도 하다.
>
> 겁을 내며 꽁무니를 빼고 있는 자아에게 유머를 통해 훌륭하게 위로의 말을 거는 것이 초자아인 것은 사실일지라도, 우리로서는 초자아의 본질에 관해 배워야 할 게 아직도 엄청나게

> 많다는 것을 잊지 않도록 하자. 말하는 김에 덧붙이자면 인간 누구나 유머러스한 정신 태도를 취할 수 있을 턱이 없다. 그것은 보기 드물게만 발견되는 귀중한 천품으로서, 많은 사람들은 자기와 관계없이 주어진 유머적 쾌감을 맛볼 능력조차 결여하고 있다. 그리고 끝으로 말해둘 것은 초자아가 유머를 통해 자아를 위로하고 자아를 고뇌로부터 지키고자 한다는 점과 부모가 아이들에 대해 갖는 검문소로서의 의미를 초자아가 수용하고 있는 것은 서로 모순되지 않는다는 점이다. (S. 프로이트, 「유머」)

여기서 프로이트는 '신경증 모델'로는 사고할 수 없는 사례를 그 모델로부터 해방시키고자 한다. 그러나 동시에 그는 '유머'의 특이성을 겸허히 인정하고 있기도 하다. 내가 생각하기엔, 뒤에서 서술할 것처럼, 소세키의 사생문이란 다른 이들의 사생문과는 달리 기지라거나 비극적 카타르시스를 통해서는 치유되기 어려운 '고뇌'와 결부되어 있다.

5

소세키에게서의 장르 문제를 바흐친적으로 이야기할 수 없는 것은 우선 다음과 같은 이유 때문이다. 소세키가 『나는 고양이로소이다』를 쓰기 시작한 것은 러일전쟁 이후인 1905년(38세)인데, 그 이전에는 다양한 장르가 공시적으로 병존하고 있었기 때문이다. 그에게 장르란 그때까지 여전히 살아 있었던 것이다. 이는 거꾸로 말하자면, '소설'이라는 것이 아직 확립되어 있지 않았다는 말이다.

그 점은 쓰보우치 쇼요의 『소설신수』에서도 잘 드러난다. 거기서 쇼요는 '허구 이야기仮作物語'를 형식적인 모든 면에서 고찰하고 있다. 예컨대 그가 만든 '소설의 종류를 드러내는 약도'와 같은 것은 주목할 만한 독자적인 장르론이라고 해도 좋겠다.

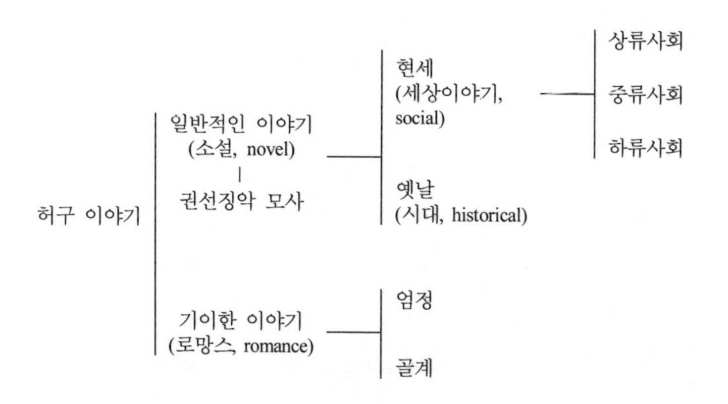

또 쇼요는 「소설삼파小說三派」[1890~1891]에서 소설을 세 가지로 분류한다. 주로 인물을 뒤에 놓는 '사건중심파主事派(이야기파)', 인물의 성격이 필연적으로 사건을 발생시킨다고 보는 '인간파', 그 둘의 중간인 '절충파(인정人情파)'가 그것이다. 그는 그것들에 대한 가치판단을 하지 않는다. 이른바 '몰이상沒理想 논쟁'에서 오가이가 비난했던 것은 그 '몰이상적인' 형식주의였다. 오가이가 주장했던 것을 평이하게 말하자면, 소설이란 역사적으로 발전해 온 것이며 이제는 '인간파'가 우위에 있다는 것이다. 낭만주의에서 리얼리즘으로, 라는 19세기 서양 소설의 변천이 오가이의 자명한 전제였다. 그에게 쇼요가 말하는 병렬적인 장르(종류)는 있을 수 없는 것이었으며 니콜라이 하르트만이 말하는 '미美의 계급'만이 있었다.

오가이는 말하자면 장르의 소멸을 이야기하고 있는 것인바, 이 연장선 위에서 자연주의파는 자신의 우위성을 확인하고 있다. 하지만 소세키는 그런 역사주의적 관점을 부정했던 것이다. 예컨대 그는 낭만주의와 자연주의에 관해 이렇게 쓰고 있다.

> 그 두 종류의 문학이 지닌 특성은 위와 같습니다. 그러하기 때문에 쌍방 모두가 중요한 것입니다. 한쪽만 있다면 다른 한쪽은 문단에서 내쫓아도 될 정도로 근저가 박약한 것이 결코 아니라는 말입니다. 그 두 종류의 문학은 서로 다른 두 이름을 쓰고 있기에 자연파와 낭만파로 대립되면서 서로 바닥을 견고히 하고 참호를 파서 노려보는 중이라고 생각됩니다만, 실제로 적대하는 것은 그저 이름일 따름이며 그 내용은 쌍방이 서로 왕래하기도 하는, 상당히 뒤섞여 있는 것이라고 할 수 있습니다. 그뿐만 아니라 관점이나 독법에서는 어느 쪽으로도 편입될 수 있는 작품도 생겨날 수 있습니다. 따라서 세밀한 구별의 관점에서 말하자면 순純객관적인 태도와 순주관적인 태도 사이에 무수한 변화가 생겨날 수 있으며, 나아가 그렇게 변화된 각각이 서로 다른 것과 결부되어 잡종을 만들어내고 무수한

제2의 변화들을 성립시킬 수 있으므로, 누구의 작품은 자연파고 누구의 작품은 낭만파라고 하는 일률적인 방식은 성립이 불가능한 것이라고 할 수 있겠죠. 그것보다는 누구의 작품에 들어 있는 몇몇 부분은 이러저러한 뜻에서의 낭만파적인 의미를 갖고, 다른 몇몇 부분은 이러저러한 뜻에서의 자연파적인 취향을 갖는다는 식으로 작물을 해부하여 하나하나 지적할 수 있게 된다면, 나아가 그렇게 지적한 지점의 취향마저도 단순히 낭만 및 자연이라는 두 글자로 간단히 처리할 게 아니라 어느 정도로 다른 분자分子[구성요소]들을 갖는지, 얼마만큼의 배합비율로 뒤섞인 것인지를 설명할 수 있게 된다면 오늘날 발생하는 여러 폐해로부터 구제될 수 있을지도 모르겠습니다. (「창작가의 태도」)

쇼요의 형식주의에는 에도 시대 이래 일본의 소설에 서양문학과 대등한 의미를 부여하고자 했던 의도가 있었다. 소세키의 형식주의formalism는 좀 더 철저한 것이었다. 서양에서는 이랬었다는 식의 역사적 과정에 대한 필연화를 소세키는 거부했다. 그러나 그것은 역사적 관점의 부정이 아니다. 예컨대 위의 인용문에서와 같이 말할 때, 그는 낭만주의와 자연주의가 이미 '소설' 속에서의 대립에 불과하다는 역사적(계보학적) 인식을 가지고 있었다. '비인정非人情'이란 '소설'에 의해 소멸된 장르 총체를 뜻하는 것일 뿐만 아니라 역사(이야기)에 대한 계보학적 시점을 암시하는 것이라고 해도 좋겠다.

따라서 소세키의 장르 문제에 관해 참고가 되는 것은 바흐친이라기보다는 장르를 공간적으로 분류했던 노스럽 프라이일 것이다. 이 캐나다 영문학자의 자세는 모종의 뜻에서 소세키가 영문학에 대해 취했던 자세와 유사하다. 어쩌면 그런 유사함이란 그들이 영문학에 있어 '외국인'이었던 사정에서 기인한다고 해도 좋겠다. 프라이는 픽션을 네 종류로 나눈다. 단, 프라이가 픽션이라고 부르는 것은 쇼요가 말하는 '허구 이야기'라는 뜻이 아니라, 이른바 논픽션을 포함하여 산문으로 쓰인 모든 것을 뜻한다. 따라서 소설=픽션이 아니며, 소설은 픽션의 한 가지 형식에 지나지 않는다. 그것을 '문文'의 한 가지 형식이라고 바꿔 말해도 좋겠다.

1 소설
2 로망스
3 고백
4 아나토미[anatomy(해부)]

우선 '소설'에 관해 프라이는 디포, 필딩, 오스틴, 제임스 등과 같은 작가의 작품을 거론하고 있지만, '소설'이 무엇인지를 직접적으로 정의하고 있는 건 아니다. 그것은 오히려 나머지 세 가지와의 관계 속에서 제시된다. 예컨대 프라이는 소설과 로망스의 본질적인 차이는 성격을 조형하는 방식에 있다고 말한다(쇼요 역시도 동일하게 말하고 있다).

> 로망스 작가는 '진짜 인간'을 창조한다기보다는 오히려 양식화된 인간, 곧 인간 심리의 원형을 드러낼 수 있을 정도로까지

> 확대시킨 인물상을 만들어낸다. 우리는 융이 말하는 리비도, 아니마, 그림자가 로망스 속에서 각각 주인공, 여주인공, 악역으로 반영되어 있음을 본다. 실제로 종종 로망스가 소설에서 보이지 않는 주관의 강렬한 빛을 발하는 것, 로망스의 주변에 언제나 알레고리의 그림자가 은밀히 드리워져 있는 것은 그런 까닭에서다. 인간의 성격 속에 있는 모종의 요소가 로망스 안에서 해방되는 것인바, 로망스는 본래 소설보다도 혁명적인 형식이었다. 소설가는 인격을 다루며 등장인물은 페르소나, 곧 사회적인 가면을 쓰고 있다. 소설가는 안정된 사회의 틀을 필요로 하며, 탁월한 소설가의 대다수는 지나치게 소심하다고 해도 좋을 정도로 인습을 중시해왔다. 로망스 작자는 개성을 다룬다. 등장인물은 진공 속에 존재하며 몽상에 의해 이상화된다. 로망스 작자가 아무리 보수적인 인물일지라도 그의 펜에서는 종종 무언가 허무적이고 야성적인 것이 솟아 나오는 것이다.
> (N. 프라이, 『비평의 해부』[1957], 야마노우치 히사아키 외 옮김)

로망스에는 옛날부터의 신화나 이야기만이 아니라 낭만주의자의 소설, 더 나아가 역사소설, 그리고 오늘날의 관점에서 말하자면 SF까지도 포함된다. 물론 프라이는 그것들을 저급한 것으로 보고 있지 않다.

이어 그는 '고백'을 독립적인 산문 형식으로 본다. "우리가 가진 최상의 산문 작품 가운데 몇몇은, '사상'이기에 문학으로 단정될 수 없고 '산문체의 모범'이기에 종교나 철학이라고도 단언될 수 없는 것으로서 막연히 한구석에 내몰려 있지만, 고백 형식을

인정함으로써 그런 작품들은 픽션으로서 명확한 위치를 얻게 된다.” 프라이는 그런 고백 형식을 아우구스티누스의 전통에서 보고 있지만, 어떤 뜻에서 그것은 일본에도 있다. 예컨대 아라이 하쿠세키의 『오리타쿠시바노키折たく柴の記』[1716, 자서전, 제목은 가마쿠라 초엽의 와카에서 유래, ‘생각난 대로 쓴 기록’] 등이 그러하다.

프라이가 강조한 것은 “종교, 정치, 예술 등에 관한 지적이고 이론적인 관심이 거의 언제나 주도적인 역할을 맡는다”는 점이었다. “루소 이후, 아니 실제로는 루소에게서도 고백은 소설 속으로 흘러들며, 그런 혼합에서 허구적인 자서전, 예술가소설, 이외에 그것들과 유사한 형식들이 발생하게 된다.” 일본에서도 자연주의자가 고백을 시작했다. 그러나 그것은 장르로서의 ‘고백’과는 다르다. 거기에는 ‘지적이고 이론적인 관심’이 결락되어 있었기 때문이다.

끝으로 ‘아나토미’는 로버트 버튼의 『멜랑콜리의 해부*The Anatomy of Melancholy*』[1621]라는 책에서 취한 말로서, 아마 프라이의 『비평의 해부』 역시도 그 책에 근거해 있을 터이다. 아나토미는 바흐친이 말하는 메니포스적 풍자에 대응하는 것이다. “그것은 추상적 관념이나 이론을 취급할 수 있다는 점에서 고백과 유사하지만 성격 조형의 측면에서 소설과 다르다 — 즉 자연주의적이라고 할지라도 양식적인 성격 묘사를 행하며 인간을 관념의 대변자로 보는 것이다.” 이렇게 아나토미의 특징은 백과전서적이며 페던틱[이하 ‘현학적’으로 옮김]하다는 것이다. 이 계열에는 라블레, 스위프트, 볼테르 등이 포함된다.

우리가 소설이라고 부르고 있는 것은 실제로는 위와 같은 다른 형식들의 혼합으로서, 각기 하나의 형식에만 집중되어 있는 게 오히려 드물다고 할 수 있다. 위의 네 가지 형식들 속에서 '소설'은 대체로 근대적인 것이다. 실제로 소설은 로망스의 패러디로 쓰여졌다. 예컨대 세르반테스의 『돈키호테』나 플로베르의 『보바리 부인』[1857]이 그러하다. 그러나 『돈키호테』는 반드시 프라이가 말하는 '소설'에 속한다고 할 수 없다. 분명 '자연주의'의 작품들은 모두 '소설'이지만, 『폭풍의 언덕』[1847]이나 『주홍글씨』[1850]는 로망스에 가깝고 『백경』[1851]은 로망스인 동시에 아나토미에 가깝다. 실제로 『백경』에는 고래에 관한 백과전서적인 서술이 많은 페이지를 점하고 있다.

'소설'이라고 말할 경우에는 디포를 전형으로 생각하는 쪽이 좋다. 그럴 때 플로베르나 자연주의자의 작품이 명확하게 '소설'적이라는 점을 알 수 있기 때문이다. 단, 『보바리 부인』은 로망스의 패러디이고 그런 뜻에서 『돈키호테』와 동일한 종류이다. 곧 『보바리 부인』은 아나토미 계열에 속한다. 플로베르는 『부바르와 페퀴셰』[1881(사후 출간, 미완)]에서, 나아가 『통상 관념 사전』[1913(사후 출간)]이나 그 이외의 작품들에서 세타이어에 이르렀다. 그러나 자연주의자들은 플로베르가 지닌 어떤 디포적인 측면만을 거론하면서 그를 리얼리즘 소설의 원조로 치켜세웠던 것이다.

그렇게 리얼리즘 소설은 러일전쟁 이후 일본에서 '순문학'으로 여겨지게 된다. '순문학'이란 곧 '소설'이었다. 소설 이외의 장르는 불순하다고 여겨졌던 것이다. 그럴 때 역사론을 넉넉히 포함한 톨스토이의 『전쟁과 평화』[1869] 등은 순문학일 수 없게 된다. 그런 기준에서 보면 예전뿐만 아니라 19세기 소설의 거의 대부분이 '순문학'이지 않게 되고 마는 것이다.

소세키가 자연주의를 싫어했던 것은, 그 관념 혹은 다야마 가타이가 말하는 '노골적인 묘사' 때문만은 아니었다. 그는 애초에 디포의 '소설'과 같은 것을 혐오하고 있었기 때문이다. 소세키는 자연주의에 맞서 낭만주의적 작가로서 반발했던 게 아니다. 따라서 그가 사생문으로 써냈던 것은 '소설' 이외의 다양한 장르에 걸쳐 있다. 예컨대 『나는 고양이로소이다』는 아나토미이다. 거기에는 현학적인 대화가 있고 백과전서적인 지식이 피력되고 있다. 이는 교시가 쓴 사생문 계열로부터는 나올 수 없는 것이었다.

나아가 소세키의 사생문은 로망스를 포함한다. 「환영의 방패」나 「해로행」은 문자 그대로 서구의 연애 로망스에 근거해 있다. 타계와 신비를 다룬 「거문고 우는 소리」[1905]나 「하룻밤」[1905], 「취미의 유전」[1906], 더불어 「몽십야」, 요컨대 『양허집』은 로망스인 것이다. 그리고 언뜻 보면 그러하지 않지만 프라이의 정의에 따르면 『우미인초』 역시도 로망스이다. 왜냐하면 거기에 나오는 것은 일종의 전형적인 인물이며 알레고리에 가깝기 때문이다. 그 결과, 뒤에서 서술하게 될 것처럼, 『우미인초』는 자연주의자들에게 '현대의 교쿠테이 바킨'이 쓴 작품으로 간주됐던 것이다.

그러나 『우미인초』도 『산시로』도 어떤 뜻에서는 사생문이다. 그렇다고 한다면 '사생문'이 소세키에게 무엇을 의미했던 것인지는 명료하다. 말할 것도 없이 그것은 '소설' 이외의 장르를 뜻하며, 또한 '문文'을 뜻한다. 예컨대 『나는 고양이로소이다』의 성립을 둘러싸고, 스위프트의 『걸리버 여행기』[1726], 스턴의 『트리스트럼 섄디』[1760~1767, 원제는 '트리스트럼 섄디의 생애와 견해'], 호프만의 『수

코양이 무어의 인생관』[1821] 등의 영향이 언급되어 왔다. 최근에 미즈카와 다카오는 라쿠고에서 그 원천을 발견하고자 했고, 오오카 쇼헤이는 토머스 칼라일의 『의상衣裳 철학』[1836, 부제는 '토이펠스드뢰크 씨의 생애와 견해']에서 유래한다고 주장한다. 하지만 중요한 것은 소세키가 아나토미를 '문'으로 간주했다는 점이며, 그런 '문'을 쓰고자 했다는 점이다. 이는 로망스에 관해서도 들어맞는 말이다. 에토 준처럼, 소세키가 「환영의 방패」를 썼던 것은 실제의 체험이 있었기 때문이라고 말할 필요는 없다. 또한 소세키는 낭만주의자로서 그것들을 썼던 게 아니다. 장르로서 썼던 것이다.

소세키는 이후의 장편소설들보다도 위의 작품들에서 더욱 적절하게 '자기 표백[밝혀 드러냄]'을 행했다고 종종 언급된다. 그것은 틀렸다. 왜냐하면 소세키가 하고자 했던 것은 '문'을 쓰는 일이었기 때문이며, 그가 추구했던 것은 '문' 그 자체의 쾌락이었기 때문이다. 그러나 어떤 뜻에서 그런 언급은 옳다. 단, 소세키가 표백시켜야 할 '자기'는 '소설' 이외의 장르=문 말고는 달리 존재할 수 없는 것이었다. 다음 장(「소세키와 '문'」)에서 서술될 것처럼, 소세키는 한번도 '소설'을 쓰지 않았다. 겉보기에 '소설'에 가까웠을 따름이었다.

거듭 말하자면, 근대소설은 그 자체로 하나의 장르인 동시에 장르의 소멸과 더불어 시작했다. 바흐친이 장르를 '기억'으로 다뤘던 것은 그런 까닭에서다. 예컨대 프루스트는 고백이나 아나토미를 융합시키고 있다. 하지만 그것은 이미 '소설' 속에서 행해졌다. 아마 소세키가 세계에서 유래를 찾기 힘들 정도로 여러 장르들에 걸쳐 썼다는 점은 그때까지 일본에서 '소설'이 결정적으로 패권을 쥐지 못했기 때문이었지만, 소세키 자신에게 장르=문에 관한 이론적 인식이 있었기 때문이라고 해야 할 것이다. 예컨대 앙드레 지드는 '순수소설'이라는 것을 주창했다(일본에서도 요코미쓰 리이치가 그것에 상응하는 '순수소설'을 주창했다). 그러나 지드의 순수소설이 자기언급적인 소설, 말하자면 '소설의 자기의식'이라고 한다면, 그 정도의 것은 18세기의 스턴에 의해 철저하게 행해졌으며, 그 점에 대한 무지 자체가 '소설'의 패권을 상징하고 있다. 소세키는 오히려 스턴으로부터 시작했던 것이다.

소세키 이후로는 장르에 관한 의식이 사라져 없어진다. 물론 장르가 소멸한 것은 아니다. 그것은 '순문학'이 아닌 대중문학 속에서 살아남았다. 예컨대 오구리 무시타로나 유메노 규사큐 등은 로망스와 아나토미를 혼합했다.[2] 그러나 그것들은 '순문학'의 협소함에 맞선 대항적 의미를 지닐 뿐이다. 예컨대 요코미쓰 리이치가 '순수소설'을 주창했던 것은, 노골적으로 말하자면 순문학이 독자를 잃어버렸기 때문이다. '순수소설'이란 얄궂게도 '불순한' 소설, 즉 순문학이자 대중소설을 뜻했다. 하지만 실제로 '소설'은 그 자체만으로 순수하게 존재했던 적이 없었다. 분명히 '소설'은 기본적으로 자본주의 시대의 양식이다. 자본주의 사회에서의 모든 생산이 자본제 생산의 겉모양을 부여받게 되는 것처럼, 모든 장르는 '소설' 속으로 포섭된다. 그러나 자본제 생산이 모든

• •

2. 오구리 무시타로(小栗虫太郎, 1901~1946)는 추리소설가, 비밀모험 이야기 작가. 유메노 규사큐(夢野久作, 1889~1936)는 선승(禪僧), 육군 소위, 우편국장, 소설가.

생산을 대신하는 일은 없다. 자본제 생산은 그것 이외의 다른 생산양식을 전제로 하며 그렇게 함으로써만 존속할 수 있다. 마찬가지로 '소설'은 끊임없이 다른 장르를 흡수함으로써만 살아남을 수 있는 것이다.

요코미쓰 리이치에게는 장르에 관한 의식이 없었다. 오늘날에도 그런 의식은 없다. 예컨대 오늘날의 작가가 SF를 자신의 작품에 도입할 때 그것이 장르의 한 형태(로망스)임을 이해하지 못하기 때문에 거의 불모의 논의가 행해지고 있다. 이는 미래나 과학과는 아무런 관계도 없는 것이다. 오늘날 소설이 변용되었다고 말해지는 것은 '소설' 이외의 장르, 특히 아나토미가 흡수되고 있기 때문임에 지나지 않는다. 이러한 사정을 정보·소비사회 따위와 같은 역사적 관점이나 정세론만으로 바라봐서는 안 된다. 자본제 사회가 끊임없이 '차이'를 만들어내고 그것을 회수하여 살아남듯이, '소설'은 장르로서의 '차이'를 소비함으로써 살아남는다.

소세키가 대중적인 인기를 줄곧 얻을 수 있었던 것은 그가 다름 아닌 '소설' 이외의 장르를 썼기 때문이다. 하지만 소세키가 걸출한 작가인 것은 그가 '소설'의 불가피성에 맞서 줄곧 투쟁했음에도 그 결과가 소설로서 존재하고 말았다는 점에 있다.

그는 '소설'을 소생시키기 위해 다른 장르를 흡수했던 게 아니라 '소설'로부터 벗어나고자 소설을 쓰고 말았던 작가인 것이다. 소설로서 존재하고 말았다고 해서 그것을 소설의 관점에서 읽어서는 안 된다. 이미 말했듯이 소세키의 여러 작품들은 『명암』을 정점으로 하여 거기로 도달해가야 하는 과정으로 읽혀버리고 있다. 그러나 예컨대 『양허집』은 로망스로서, 『나는 고양이로소이다』는 세타이어로서, 『도련님』은 피카레스크[악한(惡漢)소설]로서, 『마음』은 고백으로서 써졌다고 봐야 한다. 그렇게 다양한 장르가 있었고 그 각각의 장르가 강제하는 문장이나 구조가 있었기에, 그것들을 한 가지 양태로 포착하려는 것은 우스운 일이다. 테마틱한[주제적] 차원의 분석에서도 마찬가지라고 하겠다.

또 소세키가 말하는 '사생문'의 자세란 이야기론(내러톨로지[narratology, 서사학])에서 말하는 서술방법으로 환원될 수 없는 것이다. 내러톨로지는 현재의 소설을 전제로 삼은 위에서 다양한 관용적 서술방법들을 분류하고 있다. 그러나 거기서는 장르의 문제가 사라지고 없다. 그것은 장르의 이질성을 삭제시키려고 한다기보다는 모든 장르를 흡수한 현대소설에 입각하고 있는 것이라고 하겠다. 하지만 장르가 소멸하기 직전에 쓰기 시작했던 소세키의 작품을 논하고자 할 때는 우선 장르를 분명히 하는 것이 중요하다. 장르(에 관한 의식)는 어떻게 소멸했던가. 왜 소세키는 장르를 고집했던 것인가. 그것이 다음 장(「소세키와 '문'」)의 문제이다.

소세키와 '문文'

1

소세키가 『나는 고양이로소이다』를 쓰기 시작했던 메이지 38년(1905년)에는 아직 '자연주의'는 등장하지 않고 있었으되 '근대소설'의 화법은 성립되어 있었다. 이는 메이지 20년대 초기에 쓰보우치 쇼요나 후타바테이 시메이, 나아가 모리 오가이 등이 악전고투했음을 생각한다면, 그것은 믿기 어려운 사태일 터이다. 그들이 고심참담한 상태로 여기고 또 그 이후로 오래도록 절필하지 않을 수 없게 만든 일이 십여 년 뒤에는 자명한 일이 되어 있었던 것이다. '언문일치' 운동은 말(구어)로 쓰는 게 아니라 말을 새로운 문어(문학언어)로 만드는 일이었다. 그런데 러일전쟁 이후에는 한문도 희문戱文도 쓰지 않고 '언문일치'라는 새로운 문어만 쓸 수 있는 작가가 흔하게 되었던 것이다.

그런 드래스틱한[격렬한] 변화를 상상하기는 어렵다. 예컨대 그것은 전후 가나仮名 표기의 개혁 과정 속에서, 새로운 가나 표기에 익숙해졌다기보다는 그것 말고는 읽고 쓸 줄 모르게 된 세대가 생겨났던 일과 견줄 수 있을지도 모른다. 어떤 종류의 문필가들은 지금도 옛 가나 표기를 고집하고 있다. 가나 표기에서의 그런 작은 변화조차도 우리의 의식에 커다란(그러나 선명히 드러나지는 않는) 효과 혹은 결과를 가져온다. 그런 관점에서 보면, 메이지 20년대부터 30년대에 걸쳐 생겨난 변화가 어느 정도였던 것인지는 추측하기 어렵지 않을 터이다.

게다가 그런 유추가 자의적인 게 아닌 것은 가나 표기의 개혁이 '언문일치'와 동일한 사상에서 행해졌기 때문이고, 좀 더 구어에 가까운 문어를 지향하는 것이었기 때문이다. 새로운 가나 표기에는 숱한 모순이 있다. 예컨대 조사 'わ[~은(는)]'나 'え[~으로]'는 'は'와 'へ'로 표기된다. 그뿐만 아니라 표준어 이외의 일본어로 이야기하는 자에겐 표음주의란 그리 큰 의미를 갖는 게 아니다. 그것은 새로운 음성의 관습과 다르지 않기 때문이다. 하지만 그렇다고 할지라도 그런 종류의 개혁은 의식=음성이 고스란히 문자로 표기되는 것 같은 착각을 준다. 그것은 문자의 외부성을 neutralize(중성화=소거)한다. 물론 그런 변화는 메이지 20년대에 일어난 변화에 비하면 문제될 게 없다. 예컨대 오늘날 옛 가나 표기를 고집하는 자도 메이지 30년대에 자명하게 된 것 위에서만 생각하는 것이며 그런 사정을 의심조차 하지 않는다. 그들은 묘하게 '문장'에 집착하고자 하는데, 그것은 내가 여기서 말하는 '문文'의 문제와는 아무 관계가 없으며, 단순한 페티시즘에 지나지 않는다.

'언문일치' 운동의 본질이 음성중심주의에 있다고 할지라도 우리는 그것이 메이지 20년대에 무엇보다도 소설을 통해 시도된 것임에 주의해야 한다. 나는 예전에 '언문일치'에 관해 논했을 때, 그런 사정을 놓치고 있었다. '언문일치'가 무엇보다도 소설 속에서 시도됐던 것은 모종의 화법narration의 창출과 분리될 수 없다. 한마디로 말해 그것은 화자의 중성화라고 해도 좋겠다. 예컨대 『파계』(메이지 39년[1906])에는 다음과 같은 한 대목이 있다.

> 우시마쓰는 급히 하숙집으로 돌아왔다. 월급을 받아 왔기에 묘하게 안심이 되고 든든해졌다. 어제는 욕탕에도 들어가지 않았고 담배도 사지 않았으며 어서 빨리 렌게지蓮華寺로 가자는 생각만으로 어두운 하루를 보냈다. 실제로 안주머니에 용돈 한 푼 없이 웃을 기분이 드는 자가 있겠는가. 말끔히 하숙비를 치르고 수레만 오면 즉시 나갈 수 있도록 준비하고서는 담배에 불을 붙였을 때, 말로 표현할 수 없는 유쾌함을 느꼈다. (시마자키 도손, 『파계』)

여기서는 화자가 주인공의 내부로 들어가 있다기보다는, 화자가 주인공을 통해 세계를 보고 있다. 그 결과, 독자는 그것이 누군가에 의해 이야기되고 있다는 점을, 즉 화자가 있다는 점을 잊어버리고 만다. 예컨대 '안주머니에 용돈 한 푼 없이 웃을 기분이 드는 자가 있겠는가'라는 말은 화자의 생각이다. 그러나 그것이 주인공의 기분과는 별개의 것임은 드러나지 않는다. 이로 인해 거기서는 화자가 분명히 존재하면서도 존재하지 않는 것처럼 보인다. 화자의 중성화란 그런 것을 뜻한다.

화자와 주인공의 그런 암묵적 공범 관계는 모종의 화법에 의해 실현되고 있다. 그것은 문장의 어미가 'た[~다]'로 끝나고 있는 점과도 연관되어 있다. 뒤에서 말하게 될 것처럼, 'た'에 의한 시제의 통합은 중성적인 화자의 존재(혹은 화자의 소거)와 분리 불가능하다. 그것들은 물론 화법상의 약속이다. 도손은 아무런 어려움 없이 그런 화법을 구사하고 있다. 그런데 메이지 20년대 초기에 그것은 극히 곤란한 일이었다. 작가들이 서양의 근대소설을 이미 충분히 읽고 있었음에도 곤란함을 벗어날 수는 없었다. 그런 화법 자체가 일본어의 문장 속에서 창출되지 않으면 안 되었기 때문이다.

후타바테이 시메이가 언문일치를 기획했던 시점에서는, 회화는 구어이고 지문은 문어인 '아속雅俗절충체'가 지배적이었다. 그가 목표로 삼았던 것은 지문을 구어화하는 일이다. 그때 후타바테이 시메이는 시키테이 산바 혹은 에도 문학으로서의 게사쿠戱作를 본받고자 했다.[1] 곧 시메이는 직접적으로 구어를 삽입한 게 아니라, 이미 그것을 '문文'으로서 실현하고 있는 문학 장르로서의 골계본을 따르고자 했던 것이다. 그럴 경우의 '문'이란 독특한 화자(작자)를 수반한다. 다음과 같은 '작자'의 노출이 종종 지적되

• •

1. 시키테이 산바(式亭三馬, 1776~1822), 에도 시대 후기의 우키요에시(浮世絵師), 곳케이본(滑稽本) 작자, 약제상. '게사쿠'는 에도 시대 통속적 이야기의 총칭. 본문에 뒤이어 나오는 '곳케이본'은 게사쿠의 하위 장르이고 '요미혼(讀本)'은 전기적·교훈적 이야기.

고 있다.

후후훗, 바보 같은 소리 말게.

키 큰 남자는 얼굴에 어울리지도 않게 미소를 머금고, 실례한다는 인사도 가볍게 하고서는 홀로 오가와마치 쪽으로 향해갔다. 얼굴의 미소가 어느새 옅어지면서 발걸음도 점차 느려지더니 결국 벌레가 기어가는 모습이 되었고, 쓸쓸히 고개를 숙이고 두세 구역 정도를 걷다가는 불현듯 멈춰서 뒤돌아 사방을 둘러보았다. 어질러진 모습으로 두 걸음, 세 걸음 되돌려 옆 마을 어떤 골목길로 꺾어 들어가서는 격자로 된 세 번째 이층집으로 들어갔다. 거기로 함께 들어가 보자. (후타바테이 시메이, 『뜬구름』[1887~1889])

“거기로 함께 들어가보자”라고 말하는 ‘작자’는 분명 ‘골계본’의 계보에 속한다. 이에 관해 노구치 다케히코는 이렇게 말한다.

흔히 곳케이본은 다음에 서술할 요미혼讀本과의 비교 속에서 ‘사실형寫實型’으로 언급되지만, 그것이 반드시 근대 사실주의를 선취한 것은 아니었다. 그런 일은 있을 수 없었다. 거기서 지배적이었던 것은 굴절된 렌즈에 비견될 수도 있을 과장된 주관성 및 그것을 통과한 대상의 현전이었다.

그런 주관성은 작중인물을 왜소화하고 골계화[우스꽝스럽게]하며 희화화하지 않을 수 없다. 인간들은 단지 웃음의 대상이 되기 위해서만 작품 속의 세계에 등장할 따름이다. 재현된 회화의 구어성과 '지문'의 구어문적인 성질口語文性이 주는 겉모습에도 불구하고, 거기서는 그런 주관성과 일체화된 일인칭 화법이 잠재적으로 편만해졌다. 혹시 원한다면 그것을 가리켜 양과 질 모두에서 극도로 깎아내 줄여 놓은 일인칭성이라고 불러도 좋겠다. 대강을 말하자면 근대 이전의 일본문학은 그렇게 자유자재로 줄이고 늘일 수 있는 일인칭성의 울타리를 벗어난 적이 없었다. 즉, 근대의 이른바 삼인칭 객관 묘사라는 것을 알지 못했다. 사정이 그렇다면 서구문학의 강렬한 임팩트를 받고 출발한 후타바테이는 어째서 에도 게사쿠 속의 곳케이본에 기댄 타입을 우선적인 견본으로 삼지 않으면 안 되었던가. 적어도 근대 사실주의를 지향하는 한에서는 문장의 구어성을 존중하지 않으면 안 되었던바, 후타바테이가 자기 주변 가까이에서 발견했던 것이 바로 그런 타입이었다. 그런 지향을 갖고 있는 이상, 에도 시대의 구어적 소설 어법과 분리될 수 없이 결부되어 있던 대상골계화 기능까지 싫더라도 짊어져야만 했고, 나아가 그것은 『뜬구름』 전반부에 나오는 사회 풍자의 동기 요소와 미묘하게 교착되어 있는 것이기도 했다. (노구치 다케히코, 『근대소설의 언설공간』[1985])

그러하되 『뜬구름』의 제2편 이후로는 그런 '작자'(화자)가 사라지고 없다. "제1편에서는 오로지 바깥쪽에서 주인공을 관찰할 뿐이었던 작자는 제2편 및 제3편에서는 점차 형태를 가진 화자로서의 모습이 없어지면서 대신에 주인공의 내면 깊숙이 들어가고 있는 것이다." 여기서 이윽고 '삼인칭 객관 묘사'에 가까운 것이 실현된다. 『뜬구름』이 일본 최초의 근대소설이라고 불리는 것은 그런 까닭에서다. 그러나 그 이후 후타바테이 시메이는 글쓰기를 포기했다.

『뜬구름』과 거의 동일한 시기에 모리 오가이는 『무희舞姬』[1890]를 썼다. 거기서는 화자가 주인공이다. 노구치 다케히코가 앞의 책에서 말하듯이, "일인칭 인물이 소설의 주인공이 될 수 있다는 발견"은 "메이지 20년 전후의 문학 상황의 문제이며, 또 넓게는 서양소설이 우리나라에 가져다준 신선한 자극 가운데 하나이다." 후타바테이 시메이에 의해 번역되고 영향을 미친 투르게네프의 작품도 모두 일인칭으로 쓰여 있다.

그러나 오가이의 경우 삼인칭에는 이르지 못했다. 이후 오가이는 소세키의 출현으로 "솜씨를 보여주려는 마음"(「비타 섹슈얼리스」[1909])에서 다시 쓰기 전까지 18년 정도 소설을 쓰지 않았다. 일인칭에서 삼인칭으로의 이행에는 어떤 결정적인 비약이 있다고 하지 않으면 안 된다. 그 점에 관해서는 다른 각도에서 생각해보기로 하자.

2

언문일치는 새로운 문어의 창출이었지만, 그것은 사실상 어미語尾의 문제로 귀착된다. 소세키도 말한다. "오늘날의 문장에서 가장 많이 행해지는 것은 언문일치로서, 구절 끝에 'である[~이다]'나 'のだ[~것이다]' 같은 말이 있기에 언문일치로 통용되고는 있을

지라도, 'である'나 'のだ'를 빼버리면 훌륭한 아문雅文[헤이안 시대(794~1185)의 고풍스런 문체]이 되는 것이 숱하게 많다."(「자연을 그리는 문장」, 메이지 39년[1906])

이는 후타바테이 시메이가 『뜬구름』을 썼던 시점에서 이미 명료한 것이었다. 시메이는 이렇게 회상하고 있다. "얼마 지나지 않아 야마다 비묘의 언문일치가 발표됐다. 살펴보니 '나는 — 입니다'라는 경어체 어조였는데 나와는 다른 유파였다. 곧 나는 '다[だ]'주의, 야마다는 '입니다[です]'주의였다. 이후에 들으니 야마다는 처음으로 경어 없이 '다'체를 시도해봤지만 도무지 잘 되지가 않아 다시 '입니다'체를 쓰기로 했다고 한다. 나는 처음으로 '입니다'체로 써볼까 했지만 결국엔 '다'체를 썼다. 즉, 이르는 경로[행하는 방식]에 있어 그와 나는 완전히 정반대였던 것이다."(후타바테이 시메이, 「나의 언문일치의 유래」[1906])

일본어의 어미는 상대방에 대한 발화자의 관계를 드러내고 만다. 관계를 초월한 뉴트럴한[중립적인] 표현은 일본어에 없다. '입니다'는 분명히 손윗사람을 향한 경어이지만, '다' 역시도 손아랫사람 또는 동격의 사람에 대한 관계를 드러내고 있다는 뜻에서는 넓은 뜻에서의 "경어"이다. 그러나 역시 '다' 쪽이 '경어 없이'라는 말에 좀 더 가까운 느낌이다. 즉, 어미의 중성화가 가능하다. 야마다 비묘의 '입니다'체보다 후타바테이 시메이의 '다'체가 더 지배적인 것이 됐던 이유는 그저 우연한 게 아니라 후타바테이가 언문일치란 새로운 '문'이라는 점을, 그것이 어미의 중성화에서 비롯하고 있다는 점을 자각하고 있었기 때문이라고 할 수 있다.

그러나 그런 변혁은 그때까지의 일본의 문文을 근본적으로 바꿔버리고 만다. 예컨대 인칭이 표시되지 않은 『겐지이야기源氏物語[겐지모노가타리]』[11세기 초엽, 무라사키 시키부] 같은 글에서도 주어가 누구인지를 알 수 있는 것은 어미가 관계를 뜻하기 때문이다. 이 점은 에도 문학에서도 크게 다르지 않다. 하지만 어미가 중성화된 결과, 주어로서의 인칭이 불가결하게 된다. 그렇기 때문에 '그彼', 특히 '그녀彼女' 같이 익숙하지 않은 인칭이 빈번하게 사용되기 시작하는 것이다. '나'와 관련해서도 마찬가지이다. '나'를 뜻하는 '私[와타시]'는 '余[요]'라거나 '吾輩[와가하이(예컨대 『나는 고양이로소이다』의 '나')]' 같은 표현과는 달리 어떤 중성적인 '자기'를 지시하기 시작하는 것이다.

언문일치의 작품에서 어미를 바꾸는 것만으로 '훌륭한 아문雅文'이 되는 것이 많다고 했던 소세키의 말을 거꾸로 다시 하자면, 오가이의 『무희』는 고스란히 어미를 바꾸는 것만으로 '훌륭한 언문일치'의 작품이 된다. 그러나 이런 변환에는 불가역적인 것이 있다. 『무희』는 분명 일인칭이긴 하지만, 그 어미와 대응하는 인칭 '余'는 중성적인 '私'와는 미묘하게 다른 것이다.

어미와 관련하여 더욱 중요한 것은 후타바테이 시메이가 'た[~대]'라는 종결어미를 정착시켰다는 점이다. 앞에서 나는 『파계』의 문장이 'た'로 끝나고 있음에 주목했었지만, 예컨대 『뜬구름』의 마지막 부분에 나오는 다음과 같은 'た'의 용법은 일찍이 없었던 것이라고 하지 않을 수 없다.

바깥으로 나가는 오세이의 뒷모습을 지켜보며 분조는 미소를 띠었다. 어째서 이렇게 상황이 변했던 것일까, 그렇게 의심할 겨를도 없이 다만 왠지 모르게 기쁜 마음이 되어 미소를 띠었다. 그때부터는 예의 그 망상이 급작스레 고개를 들어 억누르고자 해도 건잡을 수 없이 되고 종잡을 수 없는 여러 일들이 연이어 마음에 떠올랐지만, 끝내 최근에 일어난 모든 일들이란 전부 분조의 의심에서 나온 어둠의 귀신이므로 실제로는 그리 크게 걱정할 일이 아니었다고 생각하기에 이르렀다. 하지만 다시 마음을 다잡아 생각해보니, 어째서 무고하게 분조를 욕보였던 것인지, 어머니를 거역했는데 언제 이렇게 어머니 뜻대로 따르게 됐던 것인지, 그토록 친했던 노보루와는 어째서 갑자기 멀어지게 됐던 것인지, — 아무래도 모든 것이 평범한 일은 아닌 듯했다. 그렇게 생각하니, 기뻐해야 좋을지 슬퍼해야 좋을지가 나 자신에게도 수상쩍은 것이 됐고, 마치 멀리서 누군가가 놀리는 듯하여 마음먹고 웃지도 울지도 못하고 유쾌함과 불쾌함 사이에서 마음이 갈피를 잡지 못하여 얼마간 툇마루를 왔다 갔다 하였다. 하지만 어찌 됐든 사정을 말하면 듣고는 있는 듯했기에, 이제라도 오세이가 돌아오면 다시 한 번 운을 시험해 그가 듣는다면 지금 그대로, 듣지 않는다면 그때야말로 숙부의 집을 떠나기로 하자고, 이윽고 그렇게 결심하고는 일단 이 층으로 돌아갔다. (후타바테이 시메이, 『뜬구름』)

이렇게 'た'라는 종결어미로 문文이 끝나고 있는 것은 단순히 과거형을 뜻하고 있는 게 아니다. 그것은 회상이라는 형태로 주인공의 내부와 화자를 동일화한다. 이 'た'는 화자의 중성화에 불가결한 것이다. 언문일치 이전의 문어에는 과거를 표시하는 조동사가 많았다. 'た'는 'たり[과거에서 현재로 계속되고 있음을 나타냄(~고 있다)]'에서 파생된 것이라고들 한다. 오노 스스무에 따르면 그것은 'たり가 き와 けり를 소멸시키고는 그 역할을 전부 껴안는 현상'"에서 생겨난 결과이다. 'き'는 "과거의 일에 관해 자신에게 확실한 기억이 있을 때 사용하는" 조동사였음에 대해, 'けり'는 "잘 알려지지 않은 과거에 존재했던 것이 이제 자신이 아는 범위 속에 분명히 들어와 있음을 표시하는" 조동사였다(오노 스스무, 『일본어의 문법을 생각한다』[1978]).

노구치 다케히코는 그런 다양한 종결어미가 'た'로 통일되고 말았던 것의 이야기론적인[서사학적인] 의미에 주목한다(『소설의 일본어』[1980]). 예컨대 '昔男ありけり'는 '옛날에 한 남자가 있었다고 한다'라는 뜻이다. 'けり'라는 종결어미에 의해 그것이 허구(이야기)라는 사실이 제시되는 것이다. 그런 종결어미가 'た'로 통일되고 만다는 것은 무엇을 뜻하는 것일까. '이것은 이야기입니다'라고 말하는 화자가 사라졌음을 뜻한다.

'た'는 이야기의 메타 레벨에 있는 화자를 소거(중성화)한다. 그럴 때 '현실다움'이 부여된다. 또 'た'라는 과거형은 이야기의 진행을 어떤 한 점에서 회고하는 시간성을 가능하게 한다. 중성적인 화자와 주인공이 맺는 묵계는 그런 'た'를 통해 실현되는 것이다. 그리고 소세키가 쓰기 시작했던 시점에서는 그런 'た'와 그것에 대응하는 중성적인 화자가 이미 자명한 관습이 되어 있었다.

그런데 소세키의 문文에서는 'た'와 같은 과거 시제가 많지 않다. 말하자면 일본어에는 없는 형식인데 현재진행형으로 쓰여 있는 것이다.[2] 예컨대 「환영의 방패」나 「해로행」은 '이다[である]'를 빼내면 곧바로 '아문'이 되는데, 거기서는 과거형이 거의 사용되지 않는다. "멀리 떨어진 세상의 이야기이다. 바론이라는 이름을 내세운 자가 성을 쌓고 참호를 둘러친 다음 사람을 시해하고서도 하늘에 대해 거만했던 저 옛날로 돌아가라. [이는] 근대의 이야기가 아니다."(「환영의 방패」)

과거의 일을 쓰고 있지만 종결어미 'た'가 거의 사용되고 있지 않기 때문에, 그 어떤 통합된 회상도 이뤄지지 않으며 '현재'의 의식이 다양한 방향으로 확산되고 있다. 다음과 같이 쓰여 있는 『갱부』와 같은 작품에서는 그런 현재형이 자기를 자기로 확실히 감지하지 못하는 주인공의 병적인 상태에 대응하고 있다.

• •

2. (원주) 아마도 이 '다(た)'라는 종결어미는 프랑스어로 말하자면 근대소설을 지배했던 단순과거에 대응될 것이다. 이에 관해 롤랑 바르트는 다음과 같이 쓰고 있다. "단순과거는 아무리 어두운 리얼리즘이 문제가 될 경우에도 안도감을 주는데, 이는 단순과거 덕택으로, 그때 동사는 어떤 폐쇄되고 한정되며 실체화된 행위를 표명하게 되고 이야기는 이름을 통해 무제한적인 말의 공포로부터 도망칠 수 있게 되기 때문이다. 현실은 야위어지고 친숙한 것이 되며 문체 속으로 들어가게 되며 언어로부터는 발견되지 않게 된다."(『영도(零度)의 에크리튀르』, 와타나베 준 외 옮김[원저작: 1953]) 그런데 바르트는 반(半)과거형으로 쓰여진 카뮈의 『이방인』을 두고, 그것이 그런 단순과거의 기제를 넘어서 "중성적인(영도의) 에크리튀르"를 표현했다고 말한다. 내가 여기서 '중성적'이라고 부르는 것은 바르트가 말하는 것과는 역방향의 사례이다. 단, 사생문에 관해 '현재'라거나 '현재진행형'이라고 말하는 것은 프랑스어로는 반과거에 대응한다고 해도 좋을지 모른다.

아까부터 계속 솔밭을 가로질러 가고 있는데, 솔밭이라는 것은 그림으로 봤을 때보다 너무도 길었다. 쉼 없이 걸었음에도 소나무만 있어 완전히 요령부득이다. 이쪽이 아무리 걸을지라도 소나무 쪽이 어떤 식으로든 발전해주지 않으면 틀려먹은 일이다. 아예 처음부터 우두커니 서서 소나무하고 눈싸움이나 하고 있는 쪽이 더 나았을 것이다. (『갱부』)

'た'가 어떤 한 지점에서의 회상으로 존재하는 것이라고 한다면, 소세키는 'た'를 거부함으로써 전체를 집약하는 시점을 거절하고 있다. 그것은 또한 확실한 것으로 보이는 '자기'를 거절하는 것이기도 하다(위의 인용문에서는 '나'가 빠져 있다). 물론 그러한 '현재형'이 많이 사용된 것은 '사생문' 일반의 특징이라고 해도 좋으며 또 한문맥漢文脈의 잔재라고 해도 좋다. 그러하되 『나는 고양이로소이다』나 「런던탑」을 쓰기 시작한 소세키가 분명 근대소설의 화법에 대항하려는 의식을 가졌던 것임은 의심의 여지가 없다.

3

앞에서 나는 오가이가 『무희』에서 택한 일인칭이 삼인칭으로 되기에는 커다란 비약이 필요했다고 말하였다. 그러나 『무희』의 일인칭은 사소설私小說의 일인칭과는 다른 것이다. 『무희』에는 중성화되지 않은 화자(余)가 있다. 삼인칭이란 그런 화자를 중성화하는 것이며 사소설의 '나私'는 그런 다음에야 가능한 것이다. 실제로 문학사적으로 봐도 시마자키 도손은 『파계』를 쓴 뒤에 『신생』이라는 사소설을 썼다. 말할 것도 없지만, 사소설은 삼인칭으로 쓰여 있을지라도 사소설이다. 하지만 『무희』는 그런 단계 이전에 있다.

『무희』의 '余'가 중성적이지 않은 화자라는 점은 어미를 살펴볼지라도 명확하다. 거기서는 "석탄을 벌써 다 실었다積み果てつ"나 "집을 떠나 멀리 베를린이라는 도시에 왔다来ぬ"같이 'つ'와 'ぬ'가 극히 효과적으로 구분되어 사용된다. 노구치 다케히코가 지적했듯이, 'つ'나 'ぬ'와 같은 종결어미는 결코 'た'로 번역될 수 없는 가치(차이)를 갖는다. 그것은 근대소설 이전의 에크리튀르가 가진 다양성을 보존하고 있다. 오가이는 다름 아닌 어미의 그런 풍부함으로 인해 '삼인칭 객관 묘사'에 이르지 않을 수 있었던 것이라고 해도 좋겠다.

종종 『무희』는 오가이의 자기표현으로 간주되어 논평되었다. 그러나 그 점에 관해서는 대단히 의심스럽다. 그것을 이른바 사소설로 읽을 수는 없다. 이와 동일한 사정은, 오가이를 존경하고 있던 야나기타 구니오의 신체시新體詩를 두고도 말할 수 있다.

> 노래나 문학이 가진 두 가지 측면을 나는 몸소 경험하게 됐다고 생각한다. 즉, 하나는 이른바 낭만적인 픽션으로서 자기가 공상하여 그 어떤 연가라도 읊을 수 있는 부류이고, 다른 하나는 자기가 경험한 게 아니면 읊을 수 없는, 혹은 있는 그대로를 쓰는 진솔함이 문학이라고 말하는 최근의 부류이다.

이 둘의 대립을 나는 꽤 선명히 경험하게 되었다.

나를 비롯하여 몇몇이 지었던 신체시는 전자 쪽이었다. 겨우 스무 살이 된 젊은이들에게 그리 많은 경험이 있을 리가 없었다. 그러함에도 노래는 모두 통렬하게 아픈 연애를 읊고 있었으니 뒤에 자손들이 오해하거나 하면 꽤 곤란해질 터이다. 물론 그 당시의 신체시에도 두 가지 방향이 있었다. 하나는 서양 시의 영향을 받았던 것이고 다른 하나는 나와 같이 단카短歌[이하 '단가'로 표시]에서 비롯된 제영題詠[미리 제목을 정해 놓고 읊음]의 연습과 동일한 방법을 취한 것이었다.

시와 노래에 관한 그런 작법 위에서 픽션이 일종의 정조情操 교육이 됐던 게 아닌가라는 점에서 보자면, 분명 그랬다고 할 수 있겠다. 우리 같은 남자에게는 노골적으로 남녀의 정을 표현하는 일이란 실제 생활에서는 있을 수 없었던 것으로, 시문詩文을 통해 다정다감한 마음을 기르는 데에 도움이 되었을지도 모르겠다. (「고향 70년」[1958])

메이지 20년대에 실질적으로 낭만파 시인 운동을 주도했다고 해야 할 야나기타가 이렇게 말하는 것은 자기 재능과 위상을 절반은 숨기고 있는 것이다. 그러하되 나머지 절반은 사실이기도 하다. 당시에는 그런 '문학의 두 가지 측면'이 구별되고 있지 않았다. 자신이 쓴 예전의 연애서정시가 '자기 표백'으로 읽히는 것이 성가신 일이라고 야나기타가 말한다면, 오가이 역시도 『무희』에 관해 마찬가지로 말했을 터이다. 야나기타가 말하듯이 애초에 노래는 약속이었다. 언어=문자(에크리튀르)의 레벨은 '자기'보다 더 앞에 존재하고 있는 것이었으며, 시든 산문이든 그러한 에크리튀르를 습득하고 실천하는 일로부터 시작된다. 언어의 그러한 물질성 없이는 '자기표현'도 '자기'도 없다. 언문일치가 곤란했던 이유는 그들이 아무리 서양의 근대문학을 읽고 있었을지라도 일본어에서는 그런 물질적 조건이 없었기 때문이고 그것 자체를 만들어내지 않으면 안 되었기 때문이다.

그것은 어떤 새로운 에크리튀르 혹은 약속이라는 게 노래 이전에 있기라도 한 것처럼 '자기' 혹은 진정한 감정이라는 것을 산출해내는 일이었다. 그것이 소설에서는 화자의 중성화이다. 그때까지 '작자'란 '화자'였다. 하지만 화자가 중성화됨과 더불어 오늘날의 우리가 말하는 뜻에서의 작자가 가능해진다. 이리하여 마치 작자가 '자기표현'이라는 것을 하고 그렇게 하는 '자기(작자)'가 있다는 환영이 성립되는 것이다. 이는 문자의 중성화라는 것이 의식과 언어표현을 직결시키는 듯한 환상을 주는 것과 마찬가지이다.

『무희』가 아문으로 쓰여 있다는 것은 거기에 '문文'이 개재되어 있음을 가리키며, 그 점에 의해 위와 같은 '직접성'의 착각이 거부된다. 이후의 사소설적인 작가 혹은 비평가들에게 오가이는 '낭만적인 픽션'(야나기타), 즉 겉치레만 좋게 쓰고 있는 것처럼 보일 터이다. 하지만 반대로 오가이가 자기를 허구화시켜 표현하고 있다고 평가하는 것도 마찬가지로 아나크로니스틱한[시대착오적인] 착각일 것이다.

반복해서 말하지만, 소세키가 『나는 고양이로소이다』를 쓰기 시작했던 시점에서는 그런 장치가 완성되어 있었는데 오가이는 그것을 거부했던 것이다. 곧 근대소설이 화자를 중성화한 것이라고 한다면, 『나는 고양이로소이다』나 「런던탑」은 화자를 노출시키는 것이었다.

그 작품들에서 화자가 노출되고 있는 것은 그것들이 일인칭 화자에 의해 서술되고 있기 때문이 아니다. 예컨대 후기의 작품인 『춘분 지나고까지』처럼 일인칭으로 서술될 때에도 사정은 마찬가지이다.

게이타로의 그런 경향은 그가 아직 고등학교에 다니던 시절, 영어 교사가 교과서로 스티븐슨의 『신新 아라비안나이트』라는 책을 읽히던 무렵부터 점점 더 고개를 들기 시작했던 것 같다. 그때까지 그는 영어를 싫어했었는데, 그 책을 읽게 된 이후부터는 한 번도 예습에 태만하지 않았고 교사의 지명을 받기라도 하면 반드시 기립하여 해석을 해냈던 것만 봐도 그가 얼마나 그 책을 재미있어 했었던가를 알 수 있다. 그러던 어느 날 그는 흥분한 나머지 소설과 사실의 구별을 잊고서는, 19세기 런던에서 실제로 그런 일이 있었는지 교사를 향해 진지한 얼굴로 질문을 던졌다. 그 교사는 영국에서 귀국한 지 얼마 되지 않은 남자였는데, 검은색 멜턴 모닝코트 안쪽에서 마麻로 된 손수건을 꺼내서는 코밑을 닦으면서, 19세기뿐만 아니라 오늘날에도 그런 일이 있을 것이라고, 실제로 런던이라는 곳은 불가사의한 도시라고 답했다. 게이타로의 눈은 그때 경탄의 빛을 뿜었다. 그러자 교사는 의자에서 일어나 이런 말을 하였다.

"무엇보다 쓰는 사람은 쓰는 사람이기에 관찰도 기발하고 그러니까 저절로 사건의 해석 또한 보통 사람들과는 다를 터이므로 이런 것을 쓸 수 있었던 건지도 모릅니다. 실제로 스티븐슨이라는 사람은 교차로에서 마차를 기다리는 것만 보고서도 거기서 일종의 로맨스를 발견하는 사람이었으니까."

교차로의 마차와 로맨스의 연관에 이르러 게이타로는 쉽게 이해하기 어려웠지만, 교사의 그런 설명을 다잡아 모두 듣고는 비로소 과연 그렇구나 하고 깨달았다. 이후로 그는 극히 평범하기 이를 데 없는 이 도쿄 어디서든 굴러다니고 있는 교차로의 평범한 인력거를 볼 때마다, 이 인력거 역시도 어젯밤 살인을 하려는 손님을 식칼과 같이 태우고는 쏜살같이 내달렸을지 모른다고 생각하거나, 추적자의 기대와는 반대 방향으로 달릴 기차에 탑승할 시간에 맞추고자 아름다운 여인을 차양 덮개로 숨기고는 어느 정거장으로 내뺐을지도 모른다고 생각하면서, 자기 홀로 무서워하거나 재미있어하면서 자주 기뻐하고 있었다. (『춘분 지나고까지』)

위의 화자는 『나는 고양이로소이다』의 화자와 거의 흡사하다. 그러하되 『나는 고양이로소이다』의 '吾輩[와가하이(나)]'도 『도련님』의 'おれ[오레(나)]'도 근대소설의 일인칭이 아니다. 소세키의 작품들에서는 마지막 『한눈팔기』와 『명암』을 빼면 그런 화자가 언제나 노출되고 있다. 소세키는 일인칭으로 쓰지 않으면 안 될 때 '이야기'(『춘분 지나고까지』)나 '편지'(『행인』과 『마음』)로 썼다. 그러한 문文에서는 유머가 희박하다. 왜냐하면 유머는 화자

없이는, 그러니까 소세키가 말하는 '작자의 심적인 상태' 없이는 나오지 않는 것이기 때문이다. 그러나 『한눈팔기』와 『명암』에서조차 저 화자는 완전히 소거(중성화)되지 않고 있는 듯하다. 그것이 모종의 유머 감각을 부여하고 있다.

그런데 화자가 노출된다는 것은 '문'이 노출된다는 것이다. 소세키에게 사생문은 단지 새로운 산문이었던 게 아니다. 그것은 '문'의 해방이고 장르의 해방이었다. 『나는 고양이로소이다』에는 다양한 '문'이 쓰여 있다. 편지의 소로분候文, 물리학적 논문, 야마노테코토바山の手言葉, 에도 사투리 등등이 그것이다.[3] 「환영의 방패」나 『풀베개』에서 『도련님』에 이르는 다채로움은 말할 것도 없다.

에토 준은 후타바테이 시메이의 『뜬구름』에서의 문장이 "이후 일본의 근대문학 속에서 줄곧 살아갈 수 있는 문장을 가져다주지는 않았다"고 하면서, 반대로 다카하마 교시의 사생문은 그러한 문장을 충족시킬 수 있었다고 말한다(에토 준, 『리얼리즘의 원류』). 그 말 그대로이다. 그러나, 그렇다면 소세키의 사생문은 어떠했는가. 그만큼 다양한 '문'과 장르를 가능케 했던 '사생문'은 '이후 일본의 근대문학 속에서' 사멸했던 것이다. 우치다 핫켄 같은 이가 어느 한 측면을 계승한 것을 빼면 소세키의 사생문은 제자들에게도 전혀 계승되지 않았다. 그 이유는 소세키에게 사생

• •

3. 소로분: '소로(候)'라는 낱말(~입니다; ~습니다)을 문장 끝에 붙이는 편지 문어체. 야마노테코토바: 에도, 도쿄의 야마노테 지역 직속무사 등이 쓰던 말씨.

문이라는 것이 근대소설의 기저가 되고 있는 게 아니라 그런 기저에 의해 억압되던 '문'과 장르를 해방시키는 일을 뜻했기 때문이다.

4

여기서 소세키가 사생문에 관해 말한 두 가지의 특징을 상기하자. 첫째로 그것은 '작자의 심적인 상태'와 관련된다. 물론 '작자의 심적인 상태'란 소세키 자신이 아니라 화자가 '어른이 아이를 바라보는 것과 같은 입장'에 있을 때를 말한다. 중요한 점은 사생문에선 화자가 중성화(소거)되지 않는다는 것이다.

사생문의 화자는 어떤 뜻에서 '고양이' 같은 것이다. 계보적으로 말하자면 『나는 고양이로소이다』는 곳케이본의 서술 방식을 따르지만, '고양이'는 곳케이본의 작자(화자)와는 다르다. 그것은 높은 곳에서 단순히 아래를 내려다보고 있는 게 아니다. '吾輩[와가하이(나)]'라면서 거만하게 굴고 있는 화자는 역으로 높은 곳에서 내려다보여지고 있는 대상이다. 예컨대 '吾輩'는 메이테이의 무릎에서 위로 올려다보고 있다. "그러자 메이테이는 '이야, 꽤나 살쪘구나, 어디 보자'라면서 예의 없게도 나의 목덜미 털을 쥐고는 공중으로 치켜든)다." 이런 상태 그대로 회화가 진행된다. "메이테이는 아직 나를 내려주지 않는다."

'고양이'의 그런 무력함은 그가 야유하는 지식인들의 무력함과 다른 게 아니다. 그 무력함은 '吾輩'라고 말하는 것에 의해 역전된다. 그러나 그런 역전은 니체가 르상티망이라고 부르는 심리적 도착이나 아이러니가 아니다. 그것은 사형수가 사형집행 당일에 차를 마시다가 찻잎 줄기가 수직으로 떠 있는 것[일본에서는 길조(吉兆)로 여김]을 보고는 "오늘은 재수가 좋군"하고 큰소리치는 것과 유사하다. 곧 프로이트가 말했던 유머가 그것이다. 『나는 고양이로소이다』에서의 우스꽝스러운 골계란 개별적인 여러 이상함들이 아니라 '세계' 전체의 이상함에 관련된다. 그런 골계를 초래하고 있는 것은 화자의 '심적인 상태'(태도)이며 유머이다. 니체가 절찬했던 로렌스 스턴의 유머에 관해 콜리지는 이렇게 말하고 있다.

> 참된 유머 속에는 영위되고 있는 이 세상이라는 게 빤히 속 보이는 익살극일 따름이며 그것이 우리 안의 신적인 것과 얼마나 불균형을 이루는지에 관한 인식이 반드시 존재한다. (새뮤얼 테일러 콜리지, 「유머의 본질과 그 구성요소」[1822])

> 대체 유머라고 부를 수 있는 모든 것에 공통되는 어떤 하나의 원천이라는 게 존재할 수 있겠는가. (……) 그것은 무언가 일반적인 것 혹은 보편적인 것을 끌어내는바, 그럼으로써 이 세상의 유한하게 큰 것은 작고 비천한 것과, 작고 비천한 것은 유한하게 큰 것과 동렬에 놓이게 되며, 그 결과 어느 쪽도 무한에 비견하면 무無와 같게 되어버리고 마는 것이다. 작은 것은 크게 되고 큰 것은 작게 되는바, 그 결과 큰 것도 작은 것도 소멸한다. 무한과 견주어질 때 모든 것은 같기 때문이다. (……) 그런

까닭에 유머를 이해한 작가는, 특히 스턴이 그러한 것처럼 실컷 머리말만 늘어놓고서는 끝에서 용두사미로 마무리하거나, 혹은 정면에서 모순되는 결론으로 끝내는 것을 좋아한다. (같은 곳)

이리하여 유머는 어딘가로 완결되어가는 '줄거리'를 갖지 않는다. 소세키가 사생문의 또 한 가지 특징으로 거론했던 '줄거리가 없다'는 것은 그런 뜻이다. 이 지점에서 보면, 근대소설의 중성적인 화자와 주인공의 암묵적인 약속 안에서 드러나는 '자기'라는 것은 무력함을 우위로 역전시키고 마는 르상티망의 산물일 수밖에 없음을 확인하게 될 터이다.

그렇게 '줄거리가 없다'는 것은 '문'이 종결어미 'た'로 끝나지 않는 것과 관계되어 있다. 끝없이 '현재'가 이어진다고 한다면, 그것을 인과성으로 통합할 수가 없기 때문이다. 흄이 말했듯이 인과성이란 단지 관습 이외에 다른 게 아니다. 『갱부』의 '나'는 다음과 같이 이야기한다.

신체가 한 덩어리로 합쳐져 있는 것이니까 마음도 하나로 정리된 것으로 생각하고는, 어제와 오늘 완전히 정반대되는 일을 하면서도 역시 예전 그대로의 자신이라며 아무 거리낌 없이 변명해버리는 자가 상당히 많다. 그뿐만 아니라 일단 책임 문제가 떠올라 자신의 변심을 힐난받게 될 때조차, 내 마음이란 단지 기억에 있을 뿐 실제로는 갈가리 찢어져 있는 것입니다, 라고 답하는 이가 없는 것은 왜일까. 이러한 모순을 종종 경험했던 나 자신조차도 그렇게 답하는 것은 무리라고 여기면서, 얼마간의 책임을 느끼게 되는 것 같다. 그렇게 보면 인간이란 상당히 편리하게 사회의 희생이 되게끔 만들어져 있는 것이라고 하겠다.

동시에 자신의 갈가리 찢긴 혼이 흔들흔들 불규칙하게 활동하는 현상을 목격하고서는, 그런 자신을 타인인 것처럼 호의적인 눈 없이 관찰해서 나온 진상으로부터 끌어내어 생각해본다면, 인간만큼 믿을 수 없는 것도 없을 터이다. 약속이라거나 계약 같은 것은 자신의 혼을 자각한 사람에겐 도저히 불가능한 이야기다. 또한 그 약속을 방패삼아 상대를 빈틈없이 꾹꾹 밀어붙이는 만행은 물정 모르는 촌스럽기 짝이 없는 일일 것이다. (……)

어제는 어제, 오늘은 오늘, 한 시간 전은 한 시간 전, 30분 후는 30분 후, 단지 눈앞의 마음 이외에 다른 마음은 완전히 없어져 버림으로써, 그렇지 않아도 평소부터 연결고리를 갖지 못한 혼이 점점 더 돌출했던바, 실제로는 있는지 없는지 대단히 불명료한 상태에서의 과거 1년간의 커다란 기억은 비극의 꿈처럼 몽롱한 한 덩어리 불길한 구름이 되어 먼 허공에 한없이 펼쳐진 느낌이었다. (『갱부』)

5

물론 소세키가 줄거리가 없는 것만으로 시종일관했던 것은 아니다. 뒤에서 서술하게 될 것처럼, 그는 『우미인초』 이후 근대소설에서는 있을 수 없는 '줄거리', 거의 '권선징악'에 가까운 줄거리를 도입하고 있다. 그럼에도 소세키가 근본적으로 변했던 것은 아니다. 예컨대 『산시로』, 『그 후』, 『문』의 3부작을 쓰고 난 뒤의 1년 반 동안의 공백 이후 소세키는 『춘분 지나고까지』를 썼던바, 그 서문에서 "각각의 개별 단편들을 합친 끝에 그 단편들이 함께 합일되어 하나의 장편이 구성되도록 기획했다"(「『춘분 지나고까지』에 관하여」)고 말한다. 그러나 그것은 소세키의 달리 새로운 취향이 아니라 『나는 고양이로소이다』처럼 썼다는 것 외에 다른 게 아니었다.

사실 『춘분 지나고까지』의 게이타로는 '고양이'의 역할을 맡고 있다고 하겠다. 게이타로는 '탐정'을 동경하면서 탐정처럼 거동한다. 그것은 '고양이'가 "무릇 이 세상에서 어떤 것이 비천한 가업이라고 말해질지라도 탐정과 고리대금업자만큼 비천한 것은 없다"고 말하면서 가네다 씨의 집에 "숨어들어간 것"과 비슷하다. 게이타로는 스나가와 및 지요코가 형성한 세계의 주변을 돌아다닐 뿐 그 속으로 들어가는 일이 없다. "그(게이타로)의 역할은 끊임없이 수화기를 귀에 대고는 '세상'을 듣고 있는, 일종의 탐방에 불과했다." 그러나 주요한 인물들은 모두 그런 게이타로에 대한 '이야기' 속에서만 등장하고 있다.

나아가 그 서문에서 소세키는 자신이 자연주의자도 아니지만 네오 낭만파 작가도 아니며, "나는 단지 나"이며, "문단의 뒷골목이나 그 맨땅조차도 들여다본 경험"이 없는 "교육받고 평범한 인사들"을 향해 쓴 것이라고 말한다. 이런 표현방식에 소세키가 느낀 고립감의 깊이와 결의의 강도가 제시되어 있음을 알 수 있다. 그런 뜻에서 『춘분 지나고까지』는 『문』 이후 빈사 상태의 큰병을 앓았던 소세키의 재출발이라고 하겠다. 곧 그것은 다양한 의미에서의 '죽음'을 뚫고 나온 자의 새로운 출발이다. 하지만 그것은 동시에 『나는 고양이로소이다』를 쓴 출발점으로의 회귀이기도 하다.

소세키는 근대소설을 쓰려는 생각으로 출발하지는 않았다. 그러나 그는 어느새 소설가로 간주되었고 제자들도 그렇게 생각했었다. 그럴 때 그는 근대소설의 다양한 유파들 속에서 위치가 부여되고 비평된다. 소세키가 '나는 단지 나'라고 말했던 것은 그가 애초에 '근대소설'과는 이질적인 것을 추구하고 있었다는 점을, 자기 자신에게도 타인에 대해서도 선언하고자 했기 때문이다. 그것은 특히나 그의 제자들에 대한 선언이었다.

낭만주의라고 하든 자연주의라고 하든 그러한 논의 자체가 이미 확립됐던 '근대소설'의 기법 속에서 이야기된다. 그것들은 이미 동일한 하나의 양상을 띤다. 문체(스타일)는 그런 균질화 속에서만 의미를 갖는다. 그것은 균질적이고 중성적인 문장이 확립된 이후의 차이에 지나지 않는다. 소세키의 '차이'는 좀 더 근본적인 것이다. 소세키는 에도 문학 이래의 곳케이본, 요미혼, 하이카이, 한시 같은 장르 혹은 다양한 에크리튀르를 말하자면 육체적으로 소유하고 있었다. 그것은 오가이에게도 없었던 점이다. 하지만 그런 점을 소세키 자신도 말하고 있는 서양문학과 동양문학의 차이에서만 보는 것은 과녁을 벗어난 것이다. 왜냐하면 소세키를 소세키답게 했던 것은 단지 일본어가 지닌 에크리튀르의 풍부함이 아니라 그가 영문학에서의 낭만파 이전 '소설'에 통달해 있었기 때문이다. 특히 로렌스 스턴의 『트리스트럼 섄디』에 그러했다.

소설을 자기언급적으로 해체시켜버린 이 경이적인 소설이 근대소설의 확립 직후에 쓰였다는 점에 주목해야 한다. 소설이 새로운 장르로서 확립됐던 것은 리처드슨의 『파멜라』(1740년), 필딩의 『조지프 앤드루스』(1742년)에서인데, 1760년에는 이미 스턴의 『트리스트럼 섄디』의 첫 2권이 출판되었던 것이다. 20세기에 '의식의 흐름'으로 소설을 쓰기 시작한 전위적인 작가들은 스턴의 이 작품이 지닌 '전위성'에 놀랐다. 그러나 사실 그것은 놀랄 만한 일이 아니다. 왜냐하면 스턴에겐 '근대소설'이 확고한 것으로 보이지 않았기 때문이다. 그의 앞에는 세르반테스나 라블레가 있었다. 근대소설의 화법이 확립됐던 것은 낭만파 이후였던 것이다.

물론 스턴에겐 근대적인 의식이 있었다. 예컨대 그는 화자의 끝없는 탈선을 로크가 말하는 연상(관념연합)의 심리학(철학)을 언급함으로써 그럴싸하게 의미를 부여하고 있다(『트리스트럼 섄디』 1권 4장, 2권 2장). 그것 자체가 탈선이라고 해야겠지만 말이다. 그러나 스턴은 로크보다는 동시대에 활동했던 흄에게 더 가까울 것이다. 물질적 실체는 없다고 말하는 로크의 회의를 흄은 정신적 실체(자아)의 동일성을 향하도록 돌려놓았다. 흄에 따르면 자아는 연합(연상) 법칙에 의해 항상적으로 배열되어 있는 표상계열의 집합관념에 불과하다. 곧 자아는 표상의 다발a bundle of ideas에 지나지 않는다.

철학사적으로 말하자면, 그렇게 강렬하되 어딘가 유머러스한 여유로 넘치는 영국 철학자의 회의 앞에서 곤혹스러워했던 칸트는 『비판』 속에서 초월론적인 자아를 확보하고자 했고, 그 뒤로 낭만파(독일 관념론)는 '자기'라는 것을 실체적인 것으로서 확신하고 있었다. 철학은 오히려 흄-칸트의 수준에서 후퇴했다고 해야 할 터이며, 소설에서의 '의식의 흐름'파가 의거했던 베르그송은 무엇보다 흄으로 돌아가서 사고했던 것이다. 그렇다고 한다면 스턴의 '새로움'에 새삼 놀랄 일은 없다. 나아가 스턴의 작업은 '의식의 흐름' 따위로 환원될 수 없다. 스턴이 '연상' 심리학으로써 말하는 자기의 다양성이란 실질적으로는 '문文'의 다양성, 장르의 다양성과 연결되어 있기 때문이다.

주목해야만 하는 것은 근대소설이 확립된 그 시기에 이미 그것을 근본적으로 해체시켜버릴 것 같은 작품이 나오고 말았다는 점이다. 그러나 그런 것이 '소설'이다. '소설'의 발전 따위란 있을 수 없다. 소세키가 『나는 고양이로소이다』부터 쓰기 시작했던 것의 의의는 바로 거기에 있다.

소세키가 스턴의 영향을 받았다는 말은 적확하지 않다. 그는 스턴을 독자적으로 발견했던 것이다. 어떤 뜻에서 소세키는 전前낭만파적인 18세기 영문학에다가 일본의 낭만파(근대소설) 이전의 작품을 포갰다고 해도 좋겠다. 그러나 중요한 것은 영문학을 '자기 본위'로 읽고 있던 소세키의 바로 그 '자기'이다. 이론적인 에세이에서 엿보이는 소세키의 철학적 배경은 기본적으로 로크 계통의 심리학적인 것이다. 소세키도 주관(주체)을 그러한 연합관념의 다발로서의 자기, 다수적인 자기로 되돌려 놓았다. '줄거리가 없다'는 말은 '현실'만이 아니라 '자기'에 관해서도 할 수 있는 말이다. 『갱부』의 주인공이 말하는 것이 다름 아닌 그것이다.

그러나 그것은 단순한 이론적 회의가 아니다. 블랑켄부르크는 정신분열병을 '살아 있게 된 현상학적 환원'이라고 말했던바, 『갱부』 혹은 『행인』 속에 있는 것은 말하자면 '살아있게 된 흄적인 회의'이다. 자신이 다른 누구도 아닌 자기 자신이라는 자명성을 갖지 못할 때 '자기표현'이란 무엇을 뜻하는 것일까. 소세키의 작품은 결코 근대소설의 '자기표현' 형식을 취할 수 없는 '자기'에 관한 것이다. 우리는 소세키라는 작가 개인의 '내면'과 '생활'에 입각한 읽기를 배척한다. 하지만 동시에 그의 작품을 텍스트 일반의 다의적인 놀이로 귀착시키는 것도 배척한다. '자기'는 소세키 텍스트의 갈라져 터진 곳에만 있기 때문이다.

『나는 고양이로소이다』를 상찬했던 오오카 쇼헤이는 이렇게 말하고 있다.

> 『우미인초』 이래 그가 쓴 소설은 언제나 선명한 테마에 의해 편성되어 있다. 이 점은 그의 소설이 오늘날까지 살아남아 일종의 고전적 성격을 띠게 된 이유이지만, 원래 테마란 어떤 작품에서 독자나 비평가가 집어내어야만 하는 것이다. 그것을 작자가 의도하여 드러내는 것은 아마도 '시학'의 발달과 연관되어 있을 것이다. 그리고 테마를 선명하게 드러낸 작품으로서의 고전주의는 아첨의 형식이다. 17세기에는 귀족에게 아양을 떨었던 것처럼 현대에는 민중에게 아양을 떠는 것이다.
>
> 『고양이』, 『도련님』, 『풀베개』는 누구에게도 아양을 떨려고

하지 않았다. '저회취미低徊趣味[사색에 잠겨 천천히 거니는 취향]'는 그러한 자유의 발현이다. 신문소설을 씀으로써 그는 어떤 뜻에선 자신의 본의 아니게 인간의 심리에서 주제를 발견하지 않으면 안 되었다. 그 탐구를 어디까지나 성실히 행했던 것은 그의 윤리성이고 영광이기도 했지만, 그런 탐구에 뒤따르는 무리함은 '부자연스러움'이라는 형태로 작품에 드러났다.

그러나 소세키는 그 작품이나 '칙천거사則天去私, 소세키 말년의 지향점]'의 철학보다 한층 더 큰 존재이다. 그의 작품에는 수수께끼가 없지만 작가 자신에게는 수수께끼가 있다. 그 수수께끼는 『고양이』의 기지와 경구警句의 사이에, 스위프트론 안에, 혹은 『문학론』에 인용된 서구의 문학적 감동의 사례들 안에 있다. (오오카 쇼헤이, 『소설가 나쓰메 소세키』의 「서설」)

오오카는 소세키가 더 오래 살았더라면 다시금 『나는 고양이로소이다』로 귀착되었을 것이었던바, 『우미인초』 이후의 작품은 우회에 지나지 않는 것이라고 말한다. 이는 1955년 당시를 생각하면 예리한 고찰이다. 그 시기의 소세키론이란 말하자면 '칙천거사'의 신화가 지배적이었고, 얼마 지나지 않아 그 신화를 파괴하고자 했던 에토 준의 소세키론조차도 『명암』을 거론하면서 일본에 나타난 최고의 근대소설로 간주했었기 때문이다.

그러나 과연 『우미인초』가 그 정도로 폄훼되어도 될 것인가. 이 작품에서 노골적으로 드러나는 '테마' 혹은 '줄거리'는 그저 소세키가 독자에게 아첨했던 우회에 지나지 않는 것일까. 또 '테마'에 의해 써진 그의 작품들에 정말로 '수수께끼는 없는'

것일까. '그의 작품에는 수수께끼가 없지만 작가 자신에게는 수수께끼가 있다'고 오오카 쇼헤이는 말하지만, '작가 자신의 수수께끼'란 '그의 작품'이 가진 수수께끼 속에만 있을 수 있다.

소세키 시론 III

시와 죽음

— 시키에서 소세키로

1

근대 일본의 대표적인 소설가로 알려져 있음에도 나쓰메 소세키는 '소설'을 쓰고자 했던 적이 없었다. 그는 '문文', 즉 사생문을 썼던 것이다. 거기에는 『나는 고양이로소이다』로부터 『양허집』 『풀베개』, 『도련님』에 이르기까지 다양한 장르가 포함된다.[1] 이것들이 동시대 자연주의자들이 지배했던 문단에서 소설로 간주되지 않은 것은 오히려 정당한 일이었다. 소세키의 특이성은 근대소설이 확립되어 있던 시기에 '문'을 쓰려고 했던 점에 있다. 또 소세키는 그것 이전에 『문학론』으로 대표되는 이론적 작업을 했었다. 이것 역시 일본뿐 아니라 세계적으로 볼 때도 특이한

• •

1. (원주) 소세키에 장르론에 관해서는 앞서 이미 서술하였다. 「소세키와 장르」(이 책 속의 '소세키 시론 II')를 참조.

작업이었다. 그러나 이것들은 단순히 소세키의 '천재天才'에 의해 돌연 생겨난 것이 아니다. 그 원천에 소세키의 친구 마사오카 시키가 있다. 소세키의 특이성을 살피기 위해서는 시키의 특이성을 살피지 않으면 안 된다.

우리는 근대소설과 언문일치 문제를 생각할 때 쓰보우치 쇼요와 후타바테이 시메이가 일궈놓은 새로운 줄기를 중심으로 전제해버리기 쉽다. 곧 최초부터 소설을 쓰고자 했던 사람을 중심으로 삼는 것이다. 그런 편견에 대해 아쿠타가와 류노스케는 이의를 주창했다.

> 그러나 내가 말하고 싶은 것은 '말하기'보다는 '쓰기'이다. 우리의 산문도 로마처럼 하루아침에 이뤄진 것이 아니다. 우리의 산문은 예전 메이지부터 착착 이어서 성장해왔다. 그 초석을 놓았던 이는 메이지 초기의 작가들일 것이다. 그러나 그 점은 잠시 제쳐두고, 비교적 가까운 시대를 보더라도 나는 시인들이 산문에 부여했던 힘이 있었다고 보고, 이를 셈해보고 싶은 것이다.
>
> 나쓰메 선생의 산문이 반드시 다른 누군가를 기다렸다가 뒤따라 나온 것은 아니다. 그러나 선생의 산문이 사생문에 빚진 것임은 논쟁의 여지가 없다. 그렇다면 그 사생문이란 누구의 손으로 이뤄졌던 것일까? 하이쿠 작자俳人[하이진] 겸 비평가였던 마사오카 시키의 천재에 기댄 것이었다. (시키는 단지 사생문에 한정되지 않고 우리의 산문—구어문에도 적지 않은 공적을 남겼다.) 이러한 사실을 되돌아보면 다카하마 교시나

> 사카모토 시호다 같은 사람들 역시도 이 사생문의 건축사 안에 들어가지 않을 수 없을 것이다. (물론 「하이카이시俳諧師」를 쓴 작가 다카하마 씨가 소설에 남긴 족적은 따로 감정해야 할 터이다.) 그런데 우리의 산문이 시인들의 은혜를 입었던 일은 그보다 좀 더 가까운 시대에도 없지 않았다. 다름 아닌 기타하라 하쿠슈 씨의 산문이 그것이다. 우리의 산문에 근대적인 색채와 냄새를 부여했던 것은 그의 시집 『추억』의 서문이었다. 이러한 점에서 기타하라 씨 이외에는 기노시타 모쿠타로 씨의 산문을 꼽아도 좋겠다. (「문예적인, 너무도 문예적인」, 쇼와 2년[1927])

여기서 아쿠타가와는 서로 다른 두 가지 원천을 가진 산문을 아무렇게나 나열하고 있다. 하나는 사생문이고, 이는 마사오카 시키의 하이쿠나 단가의 혁신에서 유래한다. 그것은 『호토토기스』(하이쿠) 계열의 다카하마 교시나 『아라라기』(단가) 계열[『아라라기(阿羅々木)』는 단가 잡지(1908년 창간)]의 이토 사치오 및 나가즈카 다카시 등의 사생문이다. 이 계열들은 어느 쪽이나 시키에게서 시작되었다. 다른 하나는 시키와는 다른 시의 혁신이라고 할 수 있을 신체시에서 유래한 것으로, 실제로 그것은 와카和歌에서 시작된 것이다. 자연주의 작가 시마자키 도손이나 다야마 가타이 등은 애초에 게이엔파桂園派[19세기 초중반 와카(和歌)의 유파]의 가인이었고, 거기에서 신체시의 시인으로 바뀌었다가 나아가서는 소설을 쓰기 시작했던 것이다. 아쿠타가와가 말하는 기타하라 하쿠슈도 가인이었다. 요컨대 그 두 가지 산문이란 하이쿠와 와카라는 두 계열로 나뉘는 것이다.

그러나 그 두 가지 원천은 서로 관계없는 게 아니며 서로 대립 관계에 있다. 아쿠타가와는 그러한 대립을 무시하고 자신이 마치 그 두 원천을 종합하는 입장에 서 있는 것처럼 쓰고 있다. 실제로 다이쇼 시대에는 그 두 계열이 융합되고 만다. 아마도 시키가 말하는 '사생문'의 특질을 보존하고 있던 것은 소세키뿐이었을 것이다.

아쿠타가와는 근대 일본 산문의 원천이 시에 있음을 지적한다. 그의 말투는 압도적인 우위에 있는 소설가가 때때로 떠올리게 됐던 시를 칭송하는 것과 비슷하다. 문학의 원천은 시에 있다, 라는 식으로 말이다. 그러나 그런 '시적인 것'은 항상 시와는 관계가 없다. 그것은 애초에 '시'라는 말 자체의 '원천'을 망각하고 있기 때문이다.

구체적으로 말하자면, 오늘날 사람들은 시와 노래와 하이쿠를 나누어 시인, 가인, 하이진을 구별하고 있다. 마치 노래나 하이쿠가 시가 아닌 것처럼 말이다. 이런 구별은 어떤 특정 시기부터 시작된 것이다. 메이지 중기까지 시는 곧 한시였고 노래나 하이쿠와는 구별되었다. 거기에 poem의 번역으로서 '시詩'라는 개념이 도입됐던 것이다. 그때 한편으로는 서양적인 시를, 특히 낭만파의 시를 '시'라고 부르는 쪽과, 다른 한편으로는 노래·하이쿠·한시를 묶어 일반개념으로 '시'를 포착하는 쪽이 동시에 생겨났던 것이다. 동일한 사정을 novel의 번역으로서 '소설'에 관해서도 말할 수 있다.

시나 소설의 혁신은 애초에 '시'나 '소설'이라는 개념을 수용하면서부터 시작되고 있다. '시'나 '소설'을 보편적인 개념으로 받아들였을 때에 비로소 종래의 와카나 하이쿠, 혹은 이야기나 게사쿠戱作를 통일적으로 바라보는 관점이 생겨났던 것이다. 하지만 그 경우 동시에 서양(근대)의 시나 소설이 다름 아닌 보편적인 것으로 여겨지게 된다. 최초의 '혁신'이 시작됐던 것은 그때부터였다. 『신체시초新體詩抄』(메이지 15년)[1882년 출간된 창작 신체시와 번역시로 된 시집]의 「머리말」은 일본의 단시短詩를 부정했다. 이는 서양의 시를 보편적인 기준으로 삼아 일본의 와카와 하이쿠를 부정하는 것이었다. 이 신체시는 '로쿠메이칸鹿鳴館'[영국인 조시아 콘도르에 의해 1883년 건립된, 외교 및 상류층 사교를 위한 관영시설. 서양문화의 창구역]이나 연극의 개량으로 상징되는 것처럼 메이지 정부에 의해 선도됐던 '유럽화歐化주의'의 흐름에 따른 것이었다. 그런 사정은 쓰보우치 쇼요의 소설 개량에 관해서도 들어맞는다.

와카에서 신체시, 낭만파의 시, 나아가 자연주의 소설로 옮겨가는 발걸음은 부드러웠다. 그것은 그저 서양화 일색이었기 때문이다. 그러나 시키의 하이쿠 혁신운동은 그런 서양화가 아니라 역으로 그것에 대항하면서 시작됐던 것이다. 말할 것도 없이 시키는 서양의 시를 거부했던 게 아니다. 역으로 그는 일반개념으로서의 '시'를 근본적으로 수용했었다. 그러했기에 하이쿠나 와카를 서양화하는 대신에 그것을 '시'로 만들어내고자 했고, 그 시적 근거에 관해 질문했던 것이다. 아이러니한 것은 시라는 낱말은 근본적으로 시의 근저를 질문했던 시키 쪽이 아니라 와카로부터 신체시로 나아갔던 쪽에 부여되었다. 또한 시키 자신은 이후에 시와 구별된 하이쿠나 단가의 시조로 간주되고 말았던 것이다.

그러나 그런 사정의 발단에는 아마도 하이쿠와 와카의 차이가 있을 터이다. 시키의 개혁은 하이쿠에서 와카로, 산문으로 이르지만 그런 시간적 순서에 구애되는 것은 논의를 불모로 만든다. 시키의 개혁에 있어 핵심은 언제나 하이쿠였다. 그의 와카 혁신이란 말하자면 와카를 하이쿠로 만드는 것이었고, 사생문이란 산문을 하이쿠로 만드는 것이었다. 왜 하이쿠인가. '신체시'파가 일본의 단시 형태를 부정했던 것은 그것이 의미 내용을 충분히 갖고 있지 못했기 때문이었다. 그렇다면 '혁신'이란 단시의 길이를 늘이는 것이고, 좀 더 길게 늘이게 되면 소설이 되고 말 것이었다. 우선하여 말하자면 '신체시'파에 맞서 일본의 단시 형태를 옹호하기 위해서는 와카가 아니라 무엇보다 짧은 하이쿠를 '시'로 만들 필요가 있었던 것이다.

그렇다면 시키·소케키와 그들 '신체시'파의 차이는 시의 '개혁'을 어떤 형태로 통과했던가에 따른 것이라고 하지 않으면 안 될 것이다. 이 차이는 어떤 뜻에서는 하이쿠와 와카의 차이이다. 마사오카 시키의 문학 혁신운동은 하이쿠, 와카, 사생문에 이르지만, 앞서 말했든 그 핵심은 하이쿠에 있었다. 좀 더 정확히 말하자면, 그의 혁신운동이란 하이쿠가 가진 가능성을 근대적인 의미에서 끄집어내고자 했던 데에 있었다.

2

아쿠타가와는 사생문을 마사오카 시키의 '천재'로 귀속시키고 있다. 그것은 위와 같은 시의 개혁과 산문의 형식을 단지 문예적으로 본 것일 따름이다. 그것은 '문예적인, 너무도 문예적인' 견해에 불과하다. 위와 같은 두 가지 시적 원천에 있던 대립은 오히려 정치적인 것이라고 하지 않으면 안 된다.

시키의 하이쿠 및 단가 혁신은 구가 가쓰난이 주재했던 신문 <일본>을 무대로 행해지고 있었다. 구가 가쓰난의 '일본'주의는 황실을 중심축으로 삼아 국민의 권리와 행복을 평등하게 이루려는 생각이었다. 이는 정부의 천황절대관과 비슷해 보이지만 실제로는 다른 것이다. "국민의 관념 속에는 귀족도 평민도 있어선 안 되며 민권도 군권도 있어선 안 된다."(구가 가쓰난, 「국민적 관념」, <일본>, 메이지 22년[1882] 2월 12일자). 따라서 그의 일본주의는 좌막파佐幕派[막부의 전복을 주장한 도막파(倒幕派)에 반대하여 '막부를 보좌'하고자 했던 집단]의 옛 사족들에게 지지를 받았다. 시키도 그 가운데 한 사람이었다.

메이지 20년대에 <일본>파의 주장이 모종의 설득력을 지녔다고 한다면, 그 이유는 그런 주장이 어떤 뜻에서는 전형적인 내셔널리즘을 보여줬기 때문이다. 곧 내셔널리즘은 그 안에 '평등주의' 혹은 '평민주의'를 갖고 있지 않으면 안 된다. 이는 국가주의와도, 국학[고쿠가쿠] 계통의 국수주의와도 결정적으로 이질적인 것이었다. <일본>파의 내셔널리즘(국민주의)은 유럽화주의와 국수주의 양쪽 모두와 대립하는 것이었다. 스기우라 민페이는 <일본>에서 진행된 시키의 논의를 <일본>파의 문학 정책으로 간주한다. "그것은 실로 부국강병과 국권 확장을 위해 대담하게 서구문화를 채택하고 수용하고자 했던 메이지 20년대의 일본적 요구 그 자체였다."

> …… 그렇게 신구新舊 문학의 세례를 받은 뒤에 그들은 서민 문학인 하이쿠에 경도되어 갔던 것이다. 과연 하이쿠는 에도 시대의 서민에 의해 만들어지고 전래되었던 봉건문학이지만, 메이지의 백성이 결코 훌륭한 근대적 시민이 아니었다는 점을 새삼스레 논할 필요는 없을 터이다. 그렇다고 해서 그들이 봉건시대의 백성 그 자체였던 것도 아니다. 그들은 많든 적든 문명개화의 바람 속에서 촌마게[일종의 상투]까지 잘라 떨어트린 사람들이었다. 그래서 시키는 하이카이俳諧가 지닌 서민성을 가려내어 건강한 창조력을 품은 것들만을 취함으로써 하이쿠의 혁신운동을 급격히 전개시켜 나갔다. 곧 신체시도 아니고 소설도 아닌, 하이쿠(이어서 단가)라는 전통적 시 형태에 메이지 백성의 목소리를 불어넣고자 했던 점에서 <일본>파의 운동과 딱 들어 맞았던 것이다. 단가에서는 이미 후쿠모토 니치난이 만요조万葉調의[『만요슈』 풍의] 작품을 짓고 있었던바, 이것이 시키의 단가 개혁론(즉, 만요로의 회귀를 포함한 가론歌論)을 준비하고 있었다고도 하겠다.
>
> 아니, 시키 개인의 계급성이 <일본>파 사람들과 거의 일치하고 있었던 것이다. (스기우라 민페이, 「'얄팍한 성벽'을 둘러싸고」, 쇼와 29년[1954])

물론 스기우라가 말하는 것처럼, 그런 '일치'는 메이지 20년대에만 해당된다. 그리고 <일본>파가 그 시기에 넓은 영향력을 가질 수 있었던 것은 그들의 국민주의적인 측면에서 비롯된 것이다. 즉, 그 내셔널리즘이란 정치적인 언설의 차원에서가 아니라 '문학'의 차원에서 존재할 수 있었던 것이며, 그런 뜻에서는 시키의 정치적인 언급보다도 그의 문학 개혁 자체에서 내셔널리즘의 핵심을 봐야만 할 터이다. 따라서 그것은 좁은 뜻에서의 <일본>파의 범위를 넘어서 고찰되지 않으면 안 된다.

예컨대 시키처럼 정치적인 관여를 하지 않았던 소세키도 다음과 같이 말하고 있다. "유감스러운 것은 국민을 대표할 정도의 문학이 일본에는 없다는 점이지만, 다른 점에서는 오히려 서양문학보다도 인간을 고상우미高尚優美하게 만드는 것이 일본에 없지 않는데, 하이카이와 같은 것은 일본 유일의 문학이자 가장 평민적인 문학이라고 할 수 있을 터이다."(「중학中學 개량책」, 메이지 25년[1892]) 이러한 '평민적 문학'과 '국민을 대표할 정도의 문학'을 추구하면서 그것을 하이쿠에서 발견하는 소세키의 시점이 반드시 시키 혹은 <일본>파에 기댄 것은 아니었다. 사족士族 의식이 아직도 농후했었던 시키와는 달리 소세키의 '평민주의'는 철저한 것이었기 때문이다.[2]

2. (원주) 소세키의 '평민주의'는 그가 공감하고 있던 스위프트조차도 비판할 정도였다.

> 스위프트에 관한 비평도 상당히 길어졌기에 이제 그만 끝을 맺을 생각인데, 최후로 한 가지만 더 말해둔다. 그의 상상이 갖는 성질은 여기까지 서술한 것과 같다. 그것에는 좋은 점과 나쁜 점이 있는바, 그 득실에 관해서는 지금 논할 필요가 없겠지만, 스위프트가 이상하리만치 정치적이며 귀족적이라는 점, 물론 그 자신이 정치가이고 정치에 심대한 흥미를 갖고 있었기에 저절로 정치에 관한 풍자가

많아질 터이겠지만, 우리가 보기에는 너무 지나치게 그런 정치적 경향이 두드러진 게 아닌가 한다. 그는 [『걸리버 여행기』에서] 소인국으로 가든 대인국으로 건너가든 곧바로 국왕이 이렇고 황제가 저렇다고 말한다. 궁전이 이렇고 대신이 저렇다는 따위의 귀찮을 정도로 세밀한 것들에만 신경 쓰고 있다. 우리처럼 제왕에게도 또 귀족이나 부자에게도 그다지 관심이 없는 자가 보기에는, 좀 더 평민적이고 사회적인 방면에서 붓을 잡아줬으면 하는 생각이 든다. 대인국에서는, 도착하자마자 밭에서 일하던 백성에게 붙잡히기에 이건 재밌겠다고 생각했더니 곧바로 왕이 있는 곳으로 끌려갔다. 무언가 부족하다는 느낌이 든다. (『문학평론』 제4편)

또 소세키는 1906년 도쿄시 전차회사(市電)의 요금 인상에 반대하는 민중운동에 공명하면서 다음과 같은 편지를 보낸다. "일부러 도(都) 신문 기사를 오려내어 보내주기까지 해주니 고마우이. 전차 요금 인상에 맞선 반대행렬에는 나가지 않았지만 나도 찬성하니 지장될 것은 없네. 나 역시도 어떤 점에서는 사계(社界[사회])주의자인 까닭에 사카이 고센 씨와 동일한 행렬에 더해져 신문에 나올지라도 털끝 하나 놀랄 일은 없네. 특히나 근래에는 무슨 일이든 예상할 수가 있지. 신문 따위에는 뭐가 나올지라도 놀라지 않는다네. 여기 신문에 한번 소세키가 미쳤다는 말이 나온다면 나는 오히려 기쁘게 여길 생각이야."(후카다 야스카즈에게 보낸 편지. 1906년 8월 12일자). 이는 같은 해에 썼던 『태풍』에 반영되어 있다. 또한 더불어 소세키는 1915년 바바 고쵸의 선거운동을 적극적으로 지원했었다. 따라서 마쓰오 다카요시는 소세키를 다이쇼 데모크라시의 가담자 가운데 한 사람으로 거론하고 있다(『다이쇼 데모크라시의 군상』[1990]).

하지만 소세키의 그런 철저한 '평민주의'가 반드시 외국인에게까지 미치는 것은 아니다. 그는 러일전쟁 이전에 영국 신문을 읽고서는 조선에 관해 다음과 같은 글을 쓰고 있다. "오늘자 신문에는 일본에 관한 러시아 신문의 평론이 있다. 만약 전쟁을 하지 않을 수 없게 될 때라면, 일본으로 공격해 들어가는 일은 득책이 아니므로 조선에서 자웅을 결정해야 한다는

3

시키의 '커다란 야심'은 단지 그 시대의 내셔널리즘을 문학 영역으로 채우려는 데에서 멈추지 않는다. 그는 분명 하이쿠를 '국민'문학으로 택했다. 하지만 그것은 왜 와카가 아니라 하이쿠였던가. 이미 말했듯이, 그 질문은 단시 형태 일반의 문제로 해소되지 않으며, '평민적'이라는 점으로도 환원될 수 없는 것이다. 하이쿠라는 형식 자체에서 그 열쇠를 찾아야만 한다.

예컨대 시키가 쓴 『가인歌よみ[노래(특히 와카)를 잘 짓는 사람]에게 주는 글』[1898년 2월부터 3월 초까지 10회에 걸쳐 <일본>에 실었던 가론(歌論)]에는 국학파에 대한 비판이 있다. 자신을 향한 반론들, 곧 "황국皇國의 노래는 감정을 뿌리로 삼는다"거나 "일본문학의 성벽이라고도 해야 할 국가國歌"라는 주장에 대해 시키는 다음과 같이 답한다.

> 종래의 와카로 일본문학의 기초를 삼고 성벽을 이루고자

••

주장이었다. 조선이야말로 참으로 민폐가 아닐까 생각했다."(「런던 소식」). 그러함에도 『만한(滿韓) 여기저기』(1909년)에서 소세키는 일본의 제국주의적 지배를 당연하게 여기는 입장에 서 있다. 그러나 이렇게 내부를 향해서는 민주주의, 외부를 향해서는 제국주의를 말하는 자세는 이시바시 탄잔이나 사회주의자를 예외로 하면 다이쇼 휴머니스트의 기본적인 자세이다. 소세키의 경우에 그 원천은 <일본>파 내셔널리즘의 양의성에 있다고 할 수 있다.

하는 것은 활·화살·칼·창으로 전쟁을 하려는 것과 같은 일인 바, 이는 메이지 시대에 행해야 할 일은 아니다. 오늘 군함을 구입하고 대포를 구입하면서 거액의 돈을 외국에 지출하는 것도 결국엔 일본국을 굳건히 하는 일과 다름없으므로, 나는 약간의 금액으로 구입할 수 있을 외국의 문학사상 따위를 속속 수입하여 일본문학의 성벽을 굳건히 하고자 하는 것이다. 나는 와카에 관해서도 옛 사상을 파괴하고 새로운 사상을 주문하고자 하는바, 따라서 용어는 아어, 속어, 한자어, 서양어를 필요에 따라 사용할 생각이다. (「가인에게 주는 여섯 번째 편지」)

이러한 비유, 곧 '얄팍한 성벽'이라는 비유가, 예컨대 스기우라 민페이로 하여금 앞에 인용했던 평론을 쓰게 했던 것이다. 그러나 그런 비유는 비판자가 사용한 비유의 연장에 불과했다. 시키에게 중대했던 것은 '일본문학의 기초'에 관해 질문하는 일이었고, 이는 '문학의 기초'에 관한 보편적인 질문 없이는 불가능한 인식이었다. 그것은 '아어, 속어, 한자어, 서양어를 필요에 따라 사용할 생각'이라는 말로 표시되듯이, 다름 아닌 언어를 향한 주목이었다. 이런 사정은 이미 「하이카이 대요俳諧大要」[1895]에서 충분히 제시되고 있다.

예컨대 시가 길어야만 하는 것이라면, 사실이 그러했듯 시는 소설로 이행할 수밖에 없다. 에드거 앨런 포는 『시의 원리』에서 시는 짧지 않으면 안 된다고 말한다. 시 그 자체의 순수성은 바로 그 짧음을 통해 추구되어야 한다는 것이다. 그렇다고 한다면 시키에 의한 단시 형태의 옹호는 일본시의 옹호가 아니라 본질적으로 '시의 옹호'라고 해야 한다. 그것은 동시에 문학을 문학이게끔 하는 '기초'에 관한 물음이었다. 그는 '이론적'이지 않으면 안 되었다. 그것은 당시 수입된 '문학이론'이나 '미학' 같은 것과는 다르다.

세계적으로 가장 짧다고 생각되는 시 형식(하이쿠)을 거론했을 때, 그는 바로 그 짧음을 통해 보편적인 물음을 던지지 않으면 안 되었다. 혹은 바로 그런 이유에서 시키는 하이쿠를 선택했다고 해도 좋겠다. 하이쿠를 대상으로 삼는다는 것은 언어가 시일 수 있는 최저한도의 본질을 질문하는 일로부터 시작함을 뜻한다. 그것은 시키의 방법을 형식적인 것으로 만든다. 왜냐하면 하이쿠는 그 길이의 짧음으로 인해 의미 내용(시키의 말을 빌리자면 '이상' 혹은 '사상')에 따라서는 충분히 논해질 수 없음은 명백하기 때문이다. 그리고 실제로 동시대의 서양에서도 시키같이 이렇게까지 '언어'에 초점을 맞췄던 비평가는 없었다. 그렇기에 이 특수하고 일본적인 하이쿠야말로 보편적인 과제를 질문하는 출발점일 수 있었던 것이다.

예컨대 시키가 『하이카이 대요』(메이지 28년)에서 거론하는 것은 다음과 같은 원리이다.

> 하이쿠는 문학의 일부이다. 문학은 미술의 일부이다. 그런 까닭에 미의 표준은 문학의 표준이다. 문학의 표준은 하이쿠의 표준이다. 즉, 회화도 조각도 음악도 연극도 시가詩歌·소설도 모두 동일한 표준으로 논평할 수 있어야만 한다. (「하이카이 대요」 제1[편])

물론 "미의 표준은 각각의 감정에 있는" 까닭에 "선천적으로 존재하는 미의 표준"은 없으며, 있다고 하더라도 알 수 있을 방도가 없다. 그러나 "개괄적 미의 표준"은 있다고 시키는 말한다. 여기서 그가 말하는 것은 두 가지이다. 하이쿠는 예술(미)의 일부이며, 동양에서든 서양에서든 그것이 예술인 한에서 동일한 원리 안에 있다는 점과, 개개의 감정에 근거해 있다고 할지라도 하이쿠는 지적으로 분석 가능한 것이며, 따라서 비평될 수 있다는 점이다.

예컨대 사람들은 특히 하이쿠 같은 것에 관해서는 그것을 특수한 것으로서 방치해버리거나 그 내부에서 폐쇄적으로 특권화하고 만다. 물론 그것은 뒷날 시키가 좀 더 격렬하게 비판했던 '와카'에 관해서도 들어맞는다. 그들은 이론에 맞서 분석될 수 없을 미묘하고도 신비적인 무언가가 있다고 항변할 것이다. 그러나 하이쿠나 와카만이 아니라 좀 더 넓게 말하자면, 사람들이 일본문학을 서양문학과는 이질적인 것으로서, 곧 분석 불가능하거나 분석을 거부하는 것으로 표상해버릴 때에도 사정은 다르지 않은 것이다. 시키가 말하는 것은 우선 그런 차이를 폐기하는 지점에서 시작하지 않으면 안 된다는 점이다. "하이쿠의 표준은 알지만 소설의 표준은 모른다고 말하는 자는 하이쿠의 표준까지도 알 수 없는 자이다. 표준은 문학 전반을 관통하는 동일한 것으로서 요구된다는 점은 따로 논할 필요가 없다."(「하이카이 대요」 제7[편]) 그러나 이러한 동일성의 주장은 다양한 장르들 간의 차이를 무시해도 된다는 뜻이 아니다. 오히려 거꾸로 장르의 의미를 확보하기 위해서, 시키는 자율적으로 존재하는 것처럼 보이는 여러 장르로부터 그 예외성이나 특권성을 박탈하고자 했던 것이다. 그래야만 각 장르genre는 생성genesis에서의 '차이'로서 발견될 수 있기 때문이다.

> 하이쿠와 그것 이외의 다른 문학의 음조를 비교할지라도 그것들 간에 우열은 없다. 오직 읊조리는 사물에 따라 음조의 적합과 부적합이 있을 뿐. 예컨대 복잡한 사물은 소설 또는 장편의 운문에 적합하고, 단순한 대상은 하이쿠·와카 또는 단편의 운문에 적합하다. 간명·순박함簡樸은 한토漢土[중국]의 시가 가진 장점이고, 정치함精緻은 서구의 시가 가진 장점이며, 우아·유연함優柔은 와카의 장점이고 경쾌·절묘함輕妙함은 하이쿠의 장점이다. 그렇다고 해서 하이쿠가 간박함, 정치함, 우유함을 완전히 결여하고 있는 것은 아니며, 다른 문학 역시도 그렇다. (「하이카이 대요」 제2[편])

여기서 하이쿠는 비로소 하나의 고유한 장르로서 발견된다. 그러나 이러한 절차 속에는 그것과는 역방향의 프로세스, 그러니까 마르크스라면 하향에 대한 상향이라고 부를 만한 과정이 동시에 포함되어 있다. 곧 시키는 일반적인 시학과 미학에서 시작해 특수함을 설명한 것도 아니고 특수함을 일반화했던 것도 아니다. 하이쿠라는 역사적으로 특정하게 존재하는 형식을 정밀하게 고찰하지 않고서는 "동서고금의 문학의 표준"에 도달할 수 없다는 것이며, 이는 그런 정밀한 고찰을 염두에 두지 않고서는 불가능한 것이었다. 이것은 문자 그대로 '동서고금'의 문학을 형식적으로

고찰하고자 했던 『문학론』의 소세키, 그의 의지와 이어져 있다.[3]

시키나 소세키가 특이한 시 형식을 고집했던 것은 보편성을 향한 그들의 의지와 조금도 모순되지 않는다. 소세키의 『문학

• •

3. (원주) 『문학론』의 소세키는 내용에서도 시키와 비슷하다. 예컨대 마쓰이 도시히코는 『시키와 소세키』[1986]에서 소세키 『문학론』의 이론이 시키의 '사생(寫生)'과 동일한 것이라고 말한다.

> 소세키와 시키의 교류는 메이지 33년 소세키의 영국 유학으로 중단되지만, 소세키는 메이지 34년 7월부터 쓰기 시작했던 『문학론』 속에서 실제로 쓰면서 체험했던 '사생'을 활용한다. 세부적인 것은 귀국 이후 도쿄대에서의 강의에서 서술된다. 그것은 제1장 '문학적 내용의 형식'을 통해 제시했던, "무릇 문학적 내용의 형식은 (F+f)가 될 필요가 있다. F는 초점적(焦點的) 인상 또는 관념을 의미하며, 그것들에 부착된 정서를 의미하는 것이 f이다." "이러한 공식은 인상 또는 관념이라는 두 방면, 즉 인식적 요소(F)와 정서적 요소(f)의 결합을 보여주는 것이라고 할 수 있을 것이다"라는 기본 공식으로 시작된다. 이어 소세키는 그런 공식에 관련된 세 가지 경우를 제시한다.
>
> 1. F는 있고 f는 없는 경우, 곧 지적인 요소는 있지만 정서적인 요소는 결여된 것.
> 2. F가 있기에 f를 생겨나게 하는 경우.
> 3. f만 존재하고 그에 상응해야 할 F는 확인할 수 없는 경우.
>
> 이 가운데 2는 시키적인 사생의 발상이며, 3은 소세키가 자신의 한시 구절 속에서 이야기했던 실감을 서술한 것이라고 할 수 있 있다. 그리고 F+f는 앞에서 거론했던 시키의 생각, 곧 자신이 아름다움을 느끼는 사물과 자기가 느끼게 된 결과(「나의 하이쿠」)라는 시키의 생각이 소세키적인 방식으로 이론화된 것으로 본다면, 창작 방법의 중심 골자 속에서 살아 있는 시키를 확인할 수 있을 터이다. (『시키와 소세키』)

론』은 애초에 런던(1902년)에서 「취미의 차이」라는 제목으로 "자기의 입장을 정당화하기 위해" 구상됐던 것이다. 그가 생각하기에 취미의 보편성이란 전체에 이르는 게 아니다. 어떤 소재에 대한 우리의 반응은 문화적·역사적 차이에 따라 달라지는바, "취미라는 것은 일부분은 보편적일지라도 전체적으로 보면 지방적local인 것이다." 하지만 보편적인 것이 있다고 한다면 그것은 재료가 아니라 "재료와 재료가 맺는 관계를 안배하는 방식[그런 안배가 행해진 상태(형편)]"에 있다.

> …… 이 재료의 상호적 관계로부터 생겨나는 취미는 비교적 토지·인정·풍속의 속박을 받지 않는 그만큼 보편적인 것으로서, 사람에 따라서는 높고 낮음의 차별이 있겠으나 종류에 따른 차별은 거의 없을 것이라고 생각되는바, 아무리 외국에서 태어난 일본인일지라도 적당히 발달된 취미만 갖고 있다면 그 사람에겐 그것이 유일한 취미이므로 그것을 표준으로 삼아 외국인에게도 그것을 이해시켜 과연 그렇구나 하고 수긍을 끌어낼 수 있는 것이다. (『문학평론』 서언)

취미, 즉 지각 양식의 역사적 누적에 수반된 상대성에 대해 소세키는 관계, 즉 구조의 보편성을 갖고 나온다. 이런 자세는 예전에 내가 지적했듯이 러시아 포멀리스트보다도 앞서는 것이다(「풍경의 발견」 참조). 그런 자세는 서양=문학의 외부에 서 있지 않고서는 불가능하다. 따라서 나는, 예전에는 소세키의 『문학론』이 그 시대에서 세계적으로도 특이하고 고독한 시도라고 생각했다. 그러나 소세키가 말하는 '자기 본위'의 자세는 런던에서 돌연 확립된 것이 아니다. 그는 애초에 '자기 본위'에 근거하여 판단하려 했고, 그런 까닭에 그의 고통도 컸던 것이다. 말할 것도 없이 그 '자기 본위'란 공교롭게도 소세키가 런던 유학 중에 세상을 떠난 친구 마사오카 시키에 의해 공유되고 있던 것이다.

시키가 말하는 '커다란 야심'은 유럽화주의자와는 말할 것도 없고, <일본>파와도 이질적인 모종의 보편성에 대한 지향에 있었다. 하지만 그것은 지극히 특이한 것으로서의 하이쿠를 전제하지 않고서는 불가능했다.

4

에토 준은 1970년대 초에 일본 리얼리즘의 원류를 후타바테이 시메이의 언문일치 운동과는 다른 곳에서, 곧 시키가 시작한 사생문에서 찾았다. 이는 획기적인 논문이었다고 하겠다. 나는 『일본근대문학의 기원』에서 그의 고찰을 따르고 있다. 그러나 현재, 나는 특히 시키에 관한 견해를 대폭적으로 수정하지 않으면 안 되리라고 느낀다.

에토 준은 다카하마 교시가 시키의 사후에 썼던 「사생 취미와 공상 취미」(메이지 37년[1904])라는 에세이를 인용하여 교시와 시키의 차이를 강조하고 있다. 그것은 교시가 '공상 취미'를 둘러싸고 시키와 대립한 논쟁을 회상했던 것인데, 이를 근거로 에토 준은 시키에게 있어 사생의 객관성이란 자연과학의 객관성에 무한히 가까운 것이라고 말한다.

> …… 이에 맞서 교시에겐 '나팔꽃'은 아무리 '사생'적으로 혹은 객관적으로 쓰려고 할지라도, 말이라는 바로 그 점에서 벗어날 수 없는 것이었다. 그것은 대상을 지시하지만, 결코 투명한 기호가 될 수는 없다. (……) 따라서 만약에 하이쿠에서의 '사생'이 말에 의해 성립되는 것이라면, 이는 엄밀하게 말하자면 '옛사람이 모르는 새로운 취미' 따위일 수 없으며, 어딘가에서 '역사적 연상'이 부착됐던 것일 수밖에 없는 것이다. (『리얼리즘의 원류』)

그러나 시키의 사후에 쓰인 다카하마 교시의 회상에는 주의가 필요하다. 예컨대 『하이카이 대요』에서 시키는 교시가 주장하고 있는 바로 그 점을 좀 더 정확하게 쓰고 있기 때문이다. '정확하게'라는 말은 시키가 '공상'이나 '사생', '주장' 같은 낱말을 매번의 문맥에 따라 정의하고 있고 다른 문맥에서는 다른 뜻으로 사용하고 있음을 항시 명확히 하고 있다는 것을 가리키는바, 교시처럼 동료 하이진 사이에서만 통하는 직감적 자건jargon[특수어 · 전문어 · 은어]을 사용하지 않았다. 분명 시키와 소세키도 '과학'적이고자 했다. 하지만 그것은 문학을 '자연과학'적으로 보는 것이 아니라 보편적으로 다시 검토하는 일을 뜻할 뿐이었다. 그러나 그런 사정과 비슷한 '커다란 오해'는 예전부터 있었다.

> 내가 사실寫實이라고 말하는 것은 합리·비합리, 사실事實·비

> 사실을 가리키는 게 아니다. 유화 작가는 반드시 사생寫生에 의지할 터임에도 신이나 요괴 같은 당치 않은 것들을 재미나게 그린다. 그러나 그렇게 사생에 의지할 때에도 단지 있는 그대로를 사생했을 때는 각 부분들의 사생을 모아 놓은 것과는 서로 다른바, 내가 말하는 사실寫實 역시도 마찬가지이다. 이런 사정이 커다란 오해를 받고 있다. (「가인에게 주는 여섯 번째 편지」)

'시'라는 사실성事實性을 '합리'적으로 인식하려는 자세와 시는 합리적이지 않으면 안 된다며 공상을 배제해야 한다고 말하는 태도가 서로 다르다는 것은 자명하다. 그리고 언어가 '역사적 연상'을 수반한다는 것은 시키에게 있어서는 두말할 필요가 없는 것이었다. "스스로 하이쿠를 짓는 쪽에서는 고금의 하이쿠를 읽는 일이 무엇보다 필요한 것"이며, "옛 구절을 절반 훔쳐 쓰더라도 나머지 절반이 새롭다면 고민할 필요가 없다."(「하이카이 대요」 제5[편])

틀에 박힌 진부함을 배척하기 위해서는 진부함에서 배우고 그것에 숙달되지 않으면 안 된다고 시키는 말한다. 방대한 '하이쿠 분류' 작업을 했던 이는 시키 같은 사람이었다. '사생'이란 오히려 과거의 텍스트와의 '차이' 속에서만 가능한 것이라는 점, 그것은 공상이라거나 현실과 같은 언어 바깥의 대상 자체에 존재하는 것이 아니라는 점을 시키는 무엇보다 잘 이해하고 있었다. 오오카 마코토는 시키의 와카에 관련하여, 시키가 고금조古今調[『고킨와카슈(古今和歌集)』(905년 다이고 천황의 명을 받아 편찬된 와카집) 풍의 음조]를 수련했던 시기가 있었다는 점, 그뿐만 아니라 시키 만년의 단가에서는

마쿠라코토바枕詞[4음절의 수식어를 특정 낱말 앞에 붙이는 수법]가 애용됐던 점을 지적하고 있다(『일본어의 세계』 11권[1980]). 예컨대 유명한 「등꽃」 10수 가운데 다음과 같은 노래가 들어 있을 때, 과연 시키가 '역사적 연상'을 거부했다고 할 수 있겠는가. "출렁이는 등꽃藤なみの花을 보고 있자니, 나라奈良의 미카도[御門·帝·皇, 황제·궁중] 교토의 미카도, 그 옛적이 그리워지네."[나라와 교토를 맞물리는 연상 작용 속에서, "꽃(花)"이라는 낱말 앞에 "藤なみの[바람에 물결처럼 너울거리는 등꽃]"라는 마쿠라코토바가 사용되고 있음.]

시키가 말하는 사생문의 '사생'이란 하이쿠에 관계되어 논해지는 '사생'이다. 이와는 달리 리얼리즘이라는 뜻에서의 '사생' 관념은 서양에서는 흔했었고 이미 당시의 일본에서도 역시 그러했다. 시키의 독창성은 무엇보다도 '사생'을 하이쿠에서 발견하고자 했던 데에 있다. 시키 자신도 회화(유화)를 통해 사생을 배웠다고 말하고 있다. 그러나 실제로 그가 하이쿠에 관해 '사생적'이라거나 '회화적'이라고 말하는 것은 모두 말에 관계되어 있다.

예컨대 시키가 요사 부손의 구句와 미나모토노 사네모토源実朝[1192~1219, 가인·쇼군]의 노래에서 회화성을 보았던 것은 그들이 한자어를 사용하고 있는 부분, 혹은 명사가 많이 쓰이고 조사가 적게 쓰인 부분에서였다. 와카의 부패에 관하여 그는 말한다. "그런 부패라고 말하는 것의 원인은 취향이 변화하지 않는 것이며, 그런 취향이 변화하지 않는 원인은 용어의 부족이라고 할 수 있다."(「가인에게 주는 일곱 번째 편지」) 그런 까닭에 시키는 '용어는 아어, 속어, 한자어, 서양어를 필요에 따라 사용할 생각'이라고 말하는 것이다.

요컨대 '사생'이라는 관념보다도 중요한 것은 언어이며 언어의 다양성이고 그 차이화이다. 이런 뜻에서 하이쿠는 애초부터 사생적인 것이었다고 하겠다. 왜냐하면 하이쿠는 단순히 서민문학이었던 게 아니라 그 용어의 차원에서 '평민주의'적이었기 때문이다. 하이쿠에는 골계를 포함하여 고정된 문어에 대한 반항이 있었다. 따라서 '사생'이라는 말을 통해 이야기되고 있는 것은 언어의 다양성을 해방시키는 것이었고, '사생문'의 본질도 거기에 있었다. 물론, 뒤에서 서술하게 될 것처럼, 그런 본질을 자각하고 있었던 것은 소세키뿐이었다. 예컨대 『나는 고양이로소이다』에는 당시 도쿄에 존재했던 다양한 표현형식이 사용되고 있는바, 그것은 다카하마 교시나 나가즈카 다카시의 평범한 사생문과는 결정적으로 다른 것이었다.

5

아마도 시키 자신의 이상은 다음과 같은 '대大문학'에 있었다고 할 수 있을 터이다. "공상과 사실寫實을 합동시켜 일종의 비공상·비사실非空非實의 대문학을 제작해내야 한다. 공상에 치우치거나 사실에 구애받는 자는 그런 대문학에 도달할 수 없을 것이다."(「하이카이 대요」 제7[편]) 하지만 그것은 소세키가 셰익스피어에 관해 말했던 것과 내용이 동일하다. 즉, 특수-하이쿠에만 한정되는 게 아니다.

이렇게 보면 교시의 회상은 전략적인 과장·왜곡이었음을 알 수 있다. 그것은 시키의 한 측면을 계승했던 가와히가시 헤키고토와의 대립을, 거꾸로 과거에 투사하고 있는 것이다. 야마모토 겐키치는 이렇게 말하고 있다.

> 헤키고토가 품었던 근대 시인적 결의를 버리고 헤키고토가 떠나버렸던 특수문학으로서의 하이쿠 고유의 방법론을 추구하고 완성하고자 했다. 말하자면 하이쿠가 근대의 시가이고자 하는 긍지를 버리고 대중의 심층과 연결된 전통적인 실들을 다시 한 번 자아내어서는 자기 안에 확보하려고 했던 데에 교시의 성공 비결이 있었다. 덧붙이자면 헤키고토파의 장황한 이론 투쟁에 맞서 교시는 무이론으로 대항했다. 그리고 대중의 지지를 얻기 위해서는 그렇게 하는 쪽이 오히려 좋았던 것이다. (「다카하마 교시」, 『치쿠마판版 메이지문학 전집』 56권)

여기서 야마모토 겐키치는 교시를 "위대한 속물"로 묘사하고 있다. 물론 그 자신은 교시를 옹호하고 있었지만, 거기로부터 교시가 시키를 교묘하게 이용한 방식이 저절로 읽혀지는 것이다. 예컨대 교시는 「시키 거사居士와 나」 및 시키를 모델로 삼은 소설 「감 두 개」 등에서 시키에게 '후계자'가 되라는 말을 들었지만 거절했다는 이야기를 쓰고 있다. 시키가 후계자를 찾았다는 것은 기묘한 이야기이다. 그것은 그가 부정한 종장宗匠[스승]들의 관습이었기 때문이다. 시키가 하이쿠의 후계자를 찾으려 했던 일은 있을 수 없다. 혹시 그러했다면 와카에서도 후계자를 찾지 않으면 안 될 것이었기 때문이다. 실제로 이토 사치오나 나가즈카 다카시처럼 시키의 운동을 아라라기파로서 '후계'하여 행했던 이들도 있다. 하지만 그들에게는 하이쿠계界에서처럼 암묵적으로 '후계자' 자리를 두고 경합한다는 의식은 없었다.

교시의 회상이 가령 사실이라고 하더라도 시키가 원했던 '후계자'가 교시 같은 이는 아니었을 터이다. 죽음이 운명처럼 다가오고 있던 시키는 무엇을 교시가 '후계'해주기를 원했던 걸까. 그것은 다름 아닌 그의 '큰 야심'을 이어받는 일이었다. 즉, 그것을 위해서는 학업을 계속하지 않으면 안 되는, 그러니까 좀 더 기초적으로 문학에 대해 질문할 필요가 있었다. 그러니 학교를 때려치우고 소설가를 꿈꾸고 있던 교시에게 그런 기대를 할 수 없었음을 두말할 것도 없다. 오히려 헤키고토 쪽이 하이쿠를 '시'로 만들려고 했던 시키의 후계자였다.

그러나 교시는 시키의 '후계자' 자리를 거절했다는 이야기를 전설화함으로써 간접적으로 시키의 후계자임을 주장했던 것이다. 이는 일종의 귀종유리담貴種流離譚의 날조에 불과하다. 그뿐만 아니라 교시는 시키가 부정하고 있던 종장[스승]들의 관습을 정당화했다. 그는 '무이론'으로 '대중의 지지'를 획득했던 것이다. 야마모토 겐키치에 따르면 교시는 곧잘 "일본 인구 전체에서 백 분의 일이 하이쿠를 짓는다"는 말을 했던 듯한데, 물론 그 중심에서 '입 다물고' 군림하고 있는 것이 자기 자신이라고 말하고 싶었을 터이다.

에토 준은 헤키고토의 구절이 '공간적'인 것에 반해 교시의 구절은 '시간적'이며 이미 소설적이었다고 말한다. 그러나 그런 분석 자체가 시키에 의한 것임을 주의해야 한다. 교시에게는 그러한 분석력도 그 필요성에 대한 의식도 없었던 것이다. 에토 준은 또 말한다. 그런 까닭에 "교시는 이윽고 사생문으로 향하며 일본의 리얼리즘 소설에 '살아 있는' 문장을 부여할 수 있게 됐다"고 말이다(『리얼리즘의 원류』).

그러나 교시가 하이쿠로부터 사생문·소설로 바뀌어 갔다는 말은 옳지 않다. 오히려 시키와 교시가 대립한 원천은 교시가 애초부터 소설가를 목표로 삼았던 데에 있었다. 교시의 「시키 거사와 나」에 따르면, 교시 자신은 이하라 사이카쿠가 하이진이었다는 말을 듣고 하이쿠를 지으려는 마음을 먹었고, 이후에도 소설가를 지망해 고등학교를 중퇴했다. 즉, 교시는 이미 사이카쿠가 '리얼리즘'의 시조로서 평가받던 시대에 소설가를 지망했었던 것으로, 시키와 만나 '하이쿠'나 '사생'에 대한 설명을 듣기 이전에 리얼리즘을 생각하고 있었던 것이다. 그런 뜻에서 교시의 하이쿠가 '시간적'인 것임은 당연하다.

말하자면 교시는 특별한 의지 없이 소설에서 하이쿠에 이르렀던 것이다. 그렇다고 한다면 소설로 향해가는 것은 필연이다. 하지만 이후 소설에서 좌절하고 하이쿠로 돌아왔던 것도 당연한 일이다. 학생 시절에도 그랬었기 때문이다. 교시는 본질적으로 시키가 말하는 '사생'의 문제 및 '하이쿠'에서 비로소 시작되는 문제를 생각하지 않고 있었다. 시키가 말하는 뜻에서의 '사생'이라는 문제를 생각하면서 소설로 향했던 이는 오직 소세키뿐이다. 실제로도 교시가 소설을 쓰기 시작했던 것은 그가 주재한 잡지에 소세키가 쓰기 시작했던 이후이다. 그러므로 오히려 교시가 소세키의 영향을 받았다고 해야 할 터이다.

학생이던 시가 나오야 등이 교시에게 "팬레터 같은 편지"를 썼다고 지적하면서 에토 준은 다음과 같이 말하고 있다. "나오야가 교시에게 그 정도의 친근감을 느끼고 있던 것은 둘 사이에 지하수처럼 리얼리즘에 대한 지향을 공유하고 있었기 때문이리라고 추측된다. 잡지 『시라카바』가 창간됐던 것은 그 2년 뒤였다." 그러나 교시와 시가 나오야 간의 공통성은 이론의 거부, 분석의 거부에 있다. 소세키가 말했듯 사생문에는 줄거리가 없다고 한다면, 그것은 소세키가 말했던 것과는 다른 뜻으로 받아들여졌다고 할 수 있다. 즉, 그것은 얼마 지나지 않아 '심경소설'이 되었던 것이다.

이른바 사소설은 다야마 가타이의 『이불』에서 서양적 소설을 구축하는 일이 왜곡됐던 지점에서 시작되는 것으로 간주된다. 그러나 사소설의 본류는, 말하자면 '심경소설'이며, 그것은 다카하마 교시와 시가 나오야의 사생문에 있다고 해야 할 터이다. 그리고 사소설이 성립된 것은, 소세키가 말하는 '차이'에 관한 의식도 없이, 따라서 '보편성'에 대한 회의나 요구도 없이 마치 일본이 이미 서양과 견주어 동렬에 놓이는 근대사회라도 이룩한 것처럼 생각되기 시작한 다이쇼 시대(러일전쟁 이후)의 언설공간에서이다. 거기서 역으로 일본의 '특수성'을 주장하는 논의가 나왔던 것이다. 하이쿠나 와카가 시키에게서 그러했던 것처럼 '시'의 보편성이라는 관점에서 연구되지 않고 단지 '특수'한 것으로서 융성해갔던 것도 그 시기였다.

6

예컨대 시키는 아시아 대륙이 세계의 중심에 있다고 주장하면서 후지산을 특권화하고 있다. "즉각 알 수 있다. 후지산이 일본 국민을 대표할 뿐 아니라 일본국 그 자체도 대표한다는 것을. 그렇기에 후지산을 우러러보는 까닭은 우연이 아니다."(「동양 8경」, 메이지 31년[1898]) 언뜻 이는 시키의 편협한 내셔널리즘을 가리키고 있는 것처럼 보인다. 이에 반해 낭만파 시인은 구니기타 돗포가 그랬듯이 그러한 과거의 말로부터 단절된 '풍경'을 발견했었다. 시키가 아니라 오히려 낭만파 시인 쪽이 미국에서의 에머슨이 그랬듯 근대 내셔널리즘으로 이어진다.

예전에 나는 구니기타 돗포에 관해 '풍경'은 외부세계를 거부하는 '내적 인간'에 의해 발견된다고 썼던 적이 있었다(「풍경의 발견」). 그 '풍경'이란 칸트의 말로 하자면 아름다운 것美이 아니라 숭고(서브라임[sublime])한 것이고 돗포가 발견했던 것은 외적인 대상이 아니라 그것에 대한 초월론적인 자기의 우위였다.

칸트는 말한다. 아름다움이 감각에 근거하고 또 사물의 '합목적성'의 발견에 의거한 것임에 반해, 숭고는 인간을 압도하고 공포스럽게 만들어 무력감에 젖게 만드는 풍경에서 생겨나는 것인바, 이는 더 이상 외적인 사물이나 감각에 의한 것이 아니라 우리 안의 이성의 무한성에 의한 것이다.

> 그렇기에 우리가 우리 안에 있는 자연에 대해 우월하고, 또한 이로 인해 우리 바깥에 있는 자연(그것이 우리에게 영향을 끼치

> 는 한에서)에 대해서도 우월함을 자각할 수 있는 한에서, 숭고성은 자연의 사물 속에 있는 게 아니라 오직 우리의 마음의식心意識 속에만 깃드는 것이다. 거기서 우리의 마음에 관계된 감정을 불러일으키는 모든 것은(본래적 의미에서는 그런 게 아닐지라도) 숭고하다고 불린다. 우리의 심력心力에 도전하는 자연의 위력은 실로 그러한 것에 속해 있다. 우리 안에는 그러한 이념이 반드시 존재한다는 전제 아래에서만, 또한 오직 그런 이념에 관해서만 우리는 존재자 그 자체의 숭고성이라는 이념에 도달할 수 있다. 그리고 그 존재자야말로 그가 자연에서 증명해 보이는 그 자신의 위력에 의거할 뿐만 아니라 그것보다 더 많이 우리 속에 깃든 능력, 곧 공포감을 품지 않고 그 위력을 판정하는 능력 및 우리의 본분이 공포에 의해 조금도 번쇄해질 리 없다고 여기는 능력을 통해 우리 안에 깊숙한 존경을 불러일으키는 것이다. (칸트, 『판단력 비판』, 시노다 히데오 옮김[원저작: 1790])

이에 대해 시키가 고집했던 것은 과거의 노래나 하이쿠, 즉 '말'이었다. '후지富士' 또한 그에게는 말이었던 것이다. 그가 말하는 '사생'은 다름 아닌 그 말에 내포된 차이화와 다름없다. 예컨대 현대 하이쿠에는 "이 나라 말에 따른다면 하나구모리花ぐもり['벚꽃 필 무렵의 찌푸린 날씨'를 뜻함]"(아베 세아이)라는 구절이 있다. 거기서 '하나구모리'란 실재하는 것이 아니라 단지 이 나라의 시가에 의해 존재할 뿐이라는 비평을 읽는 것은 시시하다. 오히려 이 비평성은 '하나구모리'라는 말 자체를 대상과의 결속에서 절단하여 노출시키는 것에서 발원한다. 그렇다면 도저히 사생으로 보이

지 않는 그 구절은 시키적인 뜻에서 '사생적'인 것이라고 할 수 있다.

그 점과 관련하여 주목해야 할 것은 구니기타 돗포가 '풍경'이라는 것을 아이누어語 이외의 말 혹은 시가로 휩싸여 있지 않았던 홋카이도 벌판에서 발견했다는 점이다. 그것은 말을 떠난 대상, 혹은 말을 넘어선 '자기'를 발견했던 것이라고 하겠다. 이런 뜻에서는 시키가 '풍경'을 발견하지 않았다고, 혹은 그런 발견을 거부했다고 해도 좋겠다. 그는 차이로서의 말 이외에는, 혹은 말의 차이 이외에는 '자기'도 '대상'도 인정하지 않았다.

앞에서 나는 시키가 무엇보다 짧은 하이쿠를 택했다고 말했다. 그러나 하이쿠는 단지 짧은 게 아니다. 그것은 와카에서 아래 구절 7·7을 통해, 완료되고 내면화되고 만 것을 중도에 절단해버리는 것인바, 그렇기에 그 안에 단절=미완성이라는 특질을 포함하고 있다. 따라서 길이의 짧음이 단순한 짧음으로 끝나지 않는다.

하이쿠에서의 '사생'성이란 바로 그런 지점에 관계되어 있다. 곧 하이쿠는 모노物가 리얼하게 그려져 있기 때문이 아니라 내면화되기 직전의 중단을 품고 있는 까닭에 즉물적卽物的으로 보이는 것이다. 시키는 말한다. "홋쿠[發句(와카의 첫 구절)]는 와카보다 짧지만 일종의 특유한 성질을 띠고 있다. 말 바깥의 여정餘情을 함축하고 있는 것이다. 시나 노래에 비할 바가 아닌 것이다."(「홋쿠와 신체시」, 『하이카이 교풍신지矯風新誌』, 메이지 23년[1890] 11월」). 그러나 그 여정이란 내면적으로 회수되는 것을 거부하는 중단으로부터 생겨난다고 해야 한다.

구체적으로 말하자면, 가령 하이쿠로 된 연애시는 있을 수는 있겠지만 그것을 실제로 생각하기는 어려운 것이다. 이와 대조적으로 신체시 계열 시인은 대체로 게이엔파 가인들에서 나왔으며, 따라서 그들의 시는 연애서정시였다. 그런데 시키의 와카 개혁은 앞서 말했듯 와카를 하이쿠로 만드는 일이었다. 와카로부터 신체시 형태로 이행했던 낭만파 시인은 와카의 글자 수를 늘렸다는 뜻도 포함해서, 그들과 동일한 코스를 밟았던 야나기타 구니오가 말하듯 와카의 '연장'이었다. 바꿔 말해 '신체시에서 소설로'라는 '혁신'의 코스에는 본질적으로 시키가 말하는 '혁신'이 존재하지 않았던 것이다.

하이쿠가 그러한 서정적 자기 완결을 거부하는 것은 그것이 렌카連歌에서의 '홋쿠'가 자립한 것이라는 그 기원에서 보더라도 명확하다. 거기에는 와카의 자기 완결이 타자에 의해 찢어지지 않을 수 없다. 하지만 렌카・렌파이連俳[하이카이의 연속구절]에는 오오카 마코토가 말하는 '연회宴'가 전제되어 있다. 이 '연회'에는 애초부터 있던 '타자'가 결락되고 마는 경향이 있다. 그것은 동호인의 공동체로서 종장宗匠[스승/제자]제도의 근간이 된다. 시키가 렌파이를 거부했던 이유는 하이쿠를 '시'로 만들려 했기 때문이었다고 할 수 있다. 그것은 하이쿠를 개個[개인(개별적인 것)]로 폐쇄된 근대시로 만드는 것이 아니라, 결코 내면화될 수 없는 타자성을 하이쿠 속으로 불러들이는 일이었다. 한편, 교시가 렌파이를 적극적으로 회복시켰을 때 그것은 근대시에 대한 회의에 뿌리박은 게 아니었다. 따라서 그것은 종장제도로 귀결될 따름이었다.

렌파이를 배제했던 시키의 의도는 하이쿠의 절단성 혹은 반反완결성을 강화하는 것이었다고 해도 좋겠다. 그것은 하이쿠를 끊임없이 '현재'로 만든다. 사생문이 '현재형'으로 끝나고 있는 것은 그런 까닭에서다. 와카가 위 구절 아래 구절 간의 반사反照[되비춤] 관계에 의해 '시간'을 지니게 되고, 따라서 이야기를 내포하게 된다고 한다면, 하이쿠는 그런 과정을 절단한다. 소세키가 사생문의 특질 가운데 하나로 줄거리가 없는 것을 들었던 것은 그런 뜻에서이다. "줄거리란 무엇이냐. 세상은 줄거리 없는 것이다. 줄거리 없는 것 안에다가 줄거리를 세운다고 해서 새로 시작될 것은 없다. (……) 줄거리가 없으면 문장이 되지 않는다고 말하는 것은 세상을 너무 답답하게만 보고 하는 이야기이다."(「사생문」, 메이지 40년[1907])

물론 사생문은 '줄거리'를 갖는 것과 모순背反되지 않는다. 그러나 「런던탑」과 같은 회상조차도, 「해로행」과 같은 중세 로망스조차도 현재형으로 쓰여 있다는 것에 주의해야 한다. 그렇게 현재형이라는 것이 줄거리 혹은 전체적인 한 덩어리가 되는 것을 거부하고 있는 것이다.

애초에 일본어에는 인도·유럽어에서 말하는 시제(텐스[tense])가 없다. 그것은 종결어미에 의해 지시된다. 언문일치 운동에서 생겨났던 것은 과거나 완료 모두를 'た[~대]'로 통일해버리는 것이었다. 이는 일본의 '문文'에서 일어난 결정적인 변화였다고 하지 않으면 안 된다. 예컨대 프랑스어에서도 '언言'에서는 단순과거나 반半과거를 좀처럼 사용하지 않지만 그것들이 '문'으로서 남아 있는 이상 '언'에서도 사용된다. 그런데 일본의 언문일치는 다양한 시간 의식을 구별하고 있던 종결어미를 도쿄 지방의 구어인 'た'로 통일시키고 말았던 것이다.

그러나 이 'た'라는 것은 그저 과거를 지시하지 않으며 전체를 통합하여 회상하는 듯한 시점을 가능케 하는 것으로, 말하자면 프랑스어의 단순과거에 상응하는 것이라고 할 수 있다. 예컨대 소세키가 『나는 고양이로소이다』를 발표했던 때는 시마자키 도손의 『파계』가 그랬듯이 '삼인칭 객관 묘사'가 이미 손쉽게 행해지고 있었다. 삼인칭 객관 묘사란 내레이터와 삼인칭이 애매하게 융합한 스타일이다. 그런데 『한눈팔기』에 이르기까지의 소세키의 작품들에는 그것이 없다. 그의 작품들은 단지 과거를 지시하는 'た'를 별도로 하면, 언제나 '현재형'이며 내레이터 역시도 노출되어 있다. 『갱부』나 『도련님』처럼 일인칭이 아닌 삼인칭으로 쓰여 있는 작품의 경우에도 마찬가지다.

나아가 좀 더 엄밀하게 말하자면, 소세키의 작품에는 삼인칭도 일인칭도 없다고 해야만 한다. 소세키는 ['나'를 표시하는] 吾輩[와가하이], 俺[오레], 余[요], 自分[지분], 私[와타시] 같은 단어를 작품에 따라 구분하여 사용하고 있다. 또 소세키는 삼인칭 표현인 '彼[가레, 그]'를 쓰지 않고 있다. 예컨대 『마음』에서는 '선생님'을, 『행인』에서는 '형님'을 사용하고 있다. 그것들은 모두 상대방과의 관계를 내포하며 그 상대방과의 관계에 의해 부유한다. 하지만 이는 당시의 관습에서 말하면 오히려 평범한 것이며, 오히려 '私'나 '彼' 쪽이 신기했었던 것이다. 일인칭 '私'의 성립은 그런 여러 관계들을 넘어선 초월론적인 '私'가 의식되는 일과 분리될 수 없다. 거꾸로 말하자면, 말을 떠난 '자기'의 의식은 모종의 '문'(언문일치)에 의해 가능해졌던 것이다.

근대소설이 표현하는 '자기'도, '대상'도, 실은 모종의 에크리튀르에 의해 초래됐다. 말할 것도 없이 그것은 후타바테이 시메이 이래로 행해진 언문일치의 결과이다. 하지만 그런 사정을 가장 심하게 망각하고 만 것이 다름 아닌 근대소설이다. '자기'나 '대상'이 실재한다는 확신은 그것에 저항하는 말의 물질성이 중성화(소거)되었을 때에 흔들림 없는 것이 되었다. 이에 맞서 소세키가 '문'(사생문)을 계속해서 썼다는 점은, 바꿔 말하면 그런 '자기'를 거부했다는 것을 알려준다.

이후 낭만파 시인은 시마자키 도손과 다야마 가타이로 대표되듯 대개 '자연주의자'가 되었다. 곧, 그들의 서정적 주관성을 스스로 공격하기 시작했던 것이다. 뒤에 말하게 될 것처럼, 그들의 그런 주관에 대한 부정은 실제로는 '초월론적인 자기'를 확보하려는 몸짓과 다름없다. 따라서 바로 그 자연주의라는 것이 그들의 '자기표현'이 됐던 것이다.

소세키와 도손·가타이 간의 차이는, 하이쿠에서의 '사생'의 의미를 포착한 '사생문'에서 소설에 이르게 됐던 자와 게이엔파의 와카로부터 신체시로 향하고 나아가 자연주의 소설로 향했던 자들 간의 차이이다. 그런 뜻에서 가장 짧은 단시형이었던 하이쿠의 혁신이라는 문제는 모든 에크리튀르의 영역과 관계하지 않을 수 없는 것이었다고 하겠다.

7

시키가 '객관적'이라고 말할 때, 우리는 주의해야 한다. 그것은 주관을 뒤섞지 않는다는 뜻이 아니다. '객관적'이라는 말을 강조하는 것은 교시가 말한 것처럼 공상을 배척하는 것을 뜻하지 않는다. 그것은 다음과 같은 시키의 표현방식에서 볼 수 있다.

> 나처럼 오래된 병자는 때로 죽음이라는 것을 생각하는 기회를 만나게 되며, 또 그런 것을 생각하기에 적당한 한가로움이 있으므로, 죽음이란 것을 반복적으로 신중하게 연구하고 있는 중이다. 그러나 죽음을 감지하는 데에는 두 가지 양상이 있다. 하나는 주관적인 느낌이고 다른 하나는 객관적인 느낌이다. 이렇게 말해서는 잘 알 수 없을 터인데, 죽음을 주관적으로 느낀다는 것은 자신이 지금 곧 죽으리라고 느끼는 것이므로 대단히 두려운 일이다. 심장의 박동이 날뛰고 정신이 불안을 느껴 심하게 번민하는 것이다. 이는 병자가 병에 의해 고장을 일으킬 때마다 곧잘 일어나는 것으로, 이것만큼 불쾌한 일도 없다. 객관적으로 자기 죽음을 느낀다는 것은, 이상한 말이지만, 자기의 형체는 죽어도 자기의 생각은 살아남아서 그 생각이 자기의 형체의 죽음을 객관적으로 보는 것을 말한다. 주관적인 쪽은 보통 사람에게서 곧잘 일어나는 감정이지만, 객관적인 쪽은 그 뜻조차 이해할 수 없는 사람이 많을 터이다. 주관적인 쪽은 두렵고 괴롭고 슬프고 한순간도 견딜 수 없을 것처럼 싫은 느낌이지만, 이와 달리 객관적인 쪽은 어지간히 냉담하게 자기의 죽음이라는 상황을 보는 것이므로, 얼마간 슬픈 느낌이 없는 것은 아니지만 오히려 어떤 때는 우스꽝스런 골계에 빠져서는 혼자 미소 짓게 되는 일도 있다. (「사후死後」, 『호토토기스』

제4권 5호, 메이지 34년[1901])

그러나 이 「사후」라는 제목에서 독자들이 저세상이라거나 영혼 세계 같은 것을 기대한다면, 그것은 보기 좋게 배반당할 것이다. 시키는 거의 라쿠고 같은 것을 쓰고 있기 때문이다. "작년 여름 무렵이었는데, 언젠가 나는 객관적으로 나의 죽음이라는 것을 관찰했던 일이 있었다." 시키는 관이 답답한 것은 싫다거나, 매장土葬도 화장도 싫다는 식으로 말하고 있다. "매장도 화장도 안 된다고 했으니, 그렇다면 수장은 어떤가 하면, 이 물이라는 놈은 내가 결코 좋아하는 게 아니다. 무엇보다 나는 수영이란 걸 모르므로, 수장된 바로 그날 벌컥벌컥 물을 들이키게 되지 않을까 하는 걱정이 제일 먼저 든다." 이어 시키는 미라가 되는 것을 생각하지만, 그것도 마음에 들지 않아 한다.

하지만 시키는 그런 라쿠고 같은 고찰 이후, "작년 여름도 지나고 가을도 반을 넘겼을 무렵" 강렬한 "주관적인 느낌"의 번민에 습격을 받았고, 그 뒤의 환각적 체험에 대해 쓴다.

> 그런데 어쩐 일이었던지 그런 주관적인 느낌이 문득 객관적인 느낌으로 바뀌어 버렸다. 나는 이미 죽어 있었으므로 작고 변변찮은 관 속에 들어가 있다. 그 변변찮은 관은 두 사람의 인부가 메고 두 사람의 친구에 의해 보호되어 좁다란 들길을 종종걸음으로 북쪽을 향해가고 있다. 그 사람들 모두는 짚신에 각반을 차고는 애초에 짐이라곤 아무것도 들고 있지 않았다. 한쪽 밭의 벼 이삭은 약간 황색이었고 논두렁 개암나무에는

> 때까치가 신세 지며 울고 있었다. 변변찮은 관은 쉼 없이 도도히 밤새 걸어 다음날 점심 무렵에는 어떤 마을에 도착했다. 그 마을 바깥쪽에 서너 개의 작은 무덤이 나란히 이어져 있는 곳이 있어, 사람들은 그 곁의 한 평가량 되는 땅을 샀다. 인부들은 그 주변에 관을 놓아두고 이미 구덩이를 파고 있다. 그사이 함께 왔던 한 사람은 근처 가난한 절에 가서 스님을 데려왔다. 겨우 관을 묻었지만 비석 하나 없으므로, 스님은 손에 적당히 잡히는 돌 하나를 세우고는 잠시 회향해주었다. 주변에는 조그만 야생화들이 숱하게 피어 있고 건너편에는 만주사화曼珠沙華[피안화(彼岸花)]도 새빨갛게 피어 있는 것이 보인다. 사람이 그다지 오가지 않는 지극히 고요한 벽촌의 광경이다. 따라온 두 사람은 그날 밤을 절에서 묵고 이튿날도 스님과 함께 형식뿐인 회향을 했다. 스님에게도 잿밥을 권하고 사람들도 절밥精進料理을 먹고는 시골 절간 방안에 앉아 있는 모습을 상상하니, 그 자리에 나는 없을지라도 왠지 좋은 기분이 든다. 땅속에 묻힌 나 자신 역시도 이 변변찮은 관 속에서 그다지 답답한 느낌이 없다. 이런 식으로 생각하니 이제까지의 번민은 흔적도 없이 사라져 버리고 산뜻한 마음가짐이 되었다.
>
> 겨울이 되면서부터는 통증이 심해지거나 호흡이 힘들어져 때로는 죽음을 느끼게 되고, 그래서 불쾌한 시간을 보내기도 한다. 그러나 여름에 비하면 두뇌가 트이고 정신이 상쾌한 때가 많아 여름처럼은 번민하지 않게 되었다. (「사후」)

시키의 사생문에 관해 생각할 때, 그가 결핵으로 죽을 운명에 있었음을 항시 염두에 놓을 필요가 있다. 「사후」에서 말해지고 있는 '객관적인 느낌'이란 자신이 죽는다는 것을 단지 '객관적'으로 보는 게 아니다. 만약 그렇다고 한다면 「병상육척病床六尺」[1902] 같은 작품에 있는 '기이함'은 생겨나지 않았을 것이다. 시키에게 '사생문'은 그런 '객관적인 느낌'과 분리시킬 수 없는 것이다.

그것은 '세계 내 존재'인 자기를 메타 레벨에서 내려다보는 시점이다. 시키의 그런 자세를 반드시 전통적인 '하이카이'의 정신과 결부시킬 수 있는 것은 아니다. 왜냐하면 그는 하이쿠 그 자체에 관해서도 마찬가지 자세를 보여주고 있기 때문이다. 예컨대 그는 하이쿠를 글자 수의 순열조합으로 보면서 유한하다고 말할 뿐만 아니라 그 수명이 메이지 시기 동안에 다할 것이라고 말한다. 이는 그가 하이쿠의 혁신을 열렬하게 행했던 것과 모순되지 않는다. 이후 시키의 '하이쿠 수명론'에 끌려들었던 이들의 진지한 반론이 있었지만, 그것들은 '주관적인 느낌'과 '객관적인 느낌'을 혼동한 것에 지나지 않는다.

8

시키는 하이쿠를 혁신하여 그것을 영원한 예술로 만들고자 했던 게 아니다. 하이쿠는 시키 자신과 마찬가지로 머지않아 '끝'날 수밖에 없는 것이었다. 하지만 그 점은 시키를 니힐리즘으로 향하게 하지 않는다. '끝'에 대한 그런 인식과 하이쿠를 혁신하고자 했던 정열은 서로 모순적이지 않은 것이다. 나는 시키의 그런 정신적 자세를 프로이트 곁에서 유머라고 부른다.

> 누군가가 타인에 대해 유머러스한 정신적 태도를 보일 경우를 거론하자면, 지극히 자연스레 다음과 같은 해석이 뒤따라 나온다. 즉, 그 사람은 타인에 대해 부모가 자식을 대할 때의 태도를 취하고 있는 것이다. 그리고 그 사람은 아이에게는 중대한 것으로 보이는 이로움이나 해로움 및 고통이라는 것도 실제로는 시시한 것임을 알고서는 미소 짓고 있는 것이다. (「유머」[1927], 다카하시 요시타카 옮김, 『프로이트 저작집』 3권)

그런데 이것은 '사생문'에 관한 고찰에 보기 좋게 부합한다. 소세키는 사생문의 '원천'을 다음과 같은 '작자의 심적인 태도'에서 찾고 있다. "다른 관점들은 바로 그 하나의 원천에서 흘러나온다."

> 인생에 대한 사생문 작가寫生文家의 태도는 귀인이 천한 사람을 보는 태도가 아니다. 현자가 어리석은 자를 보는 태도도 아니다. 또한 군자가 소인을 바라보는 태도도 아니다. 남자가 여자를 보고 여자가 남자는 보는 태도도 아니다. 곧, 어른이 아이를 보는 태도이다. 부모가 자식을 대하는 태도이다. 세상 사람들은 그렇게 생각하지 않는다. 사생문 작가 역시도 그렇게 생각하지 않는다. 그러나 해부해보면 결국 거기로 귀착하고 말 것이다. (「사생문」)

프로이트의 메타 심리학적인 설명에 의하면, 그것은 초자아를 통하여, 자아가 직면한 고통을 상대화해버리는 일이다. 또 그것은 "쾌락원칙이 자신에게 불리한 현실의 상황에 대항하여 자기를 관철시키는" 일이다.

> 이렇게 팽창한 초자아에 있어서만이 자아는 하잘것없이 작은 것으로, 자아가 지닌 관심 따위는 불면 날아가버릴 듯한 것으로 비치게 된다. 유머리스트의 인격 내부에서의 자아와 초자아에 대한 에너지 배분이 그렇게 새로운 것이 됐다면, 초자아로서는 안심하고 외부세계의 현실에 대한 자아의 반응 가능성을 억지해버릴 수 있는 일 역시도 가능해질지 모른다.
>
> 말하자면 유머란, '있잖아 여길 좀 봐, 이게 세상이야, 충분히 위험해 보일 테지, 그런데 이걸 농담으로 치부하고는 웃어 넘겨버리는 일이란 식은 죽 먹기와 다름없어'라고 말하는 것이기도 하다.
>
> 겁을 내며 꽁무니를 빼고 있는 자아에게 유머를 통해 훌륭하게 위로의 말을 거는 것이 초자아인 것은 사실일지라도, 우리로서는 초자아의 본질에 관해 배워야 할 게 아직도 엄청나게 많다는 것을 잊지 않도록 하자. (「유머」)

이는 예컨대 소세키가 런던에서 써서 보냈던 다음과 같은 '문文'에도 들어맞을 것이다.

> 건너편으로 나와 보니 만나는 사람들 모두가 싫증이 날 만큼 키가 크다. 더불어 애교 없는 얼굴들뿐이다. 이런 나라에서는 인간의 키에다가 세금을 약간 물리면 조금은 검약하고 조그만 동물이 나올 거라는 생각을 하는데, 하지만 그런 생각은 이른바 지기 싫어하는 마음에서 나온 말일 뿐으로, 공평하게 보면 키가 큰 쪽이 어찌해도 더 훌륭하다. 왠지 모르게 자신의 체면이 깎이는 마음이 든다. 그때 반대편에서 보통 사람들보다 작은 녀석이 걸어 나왔다. 잘 됐다, 싶어서는 그의 옆을 살짝 스쳐 지나가면서 보니 나보다 두 치나 더 컸다. 이번에는 묘한 얼굴색을 한 난쟁이가 건너오는 것을 봤을 때, 즉시 그것은 다름 아닌 거울에 비친 나의 그림자였다. 부득이하게 쓴웃음을 지으니 건너편에서도 쓴웃음을 하는바, 이는 당연한 이치인 것이다. (「런던 소식」)

이는 서양인 속에서 열등감에 박살나버렸을 때, 그렇게 '겁을 내며 꽁무니를 빼고 있는 자아'에게 '훌륭한 위로의 말을 거는 것'이라고 해도 좋겠다. 그것은 모르는 사이에 우열 혹은 우열에 집착한 자의식을 없애버리고 있다. 사람들은 그 글을 읽고 미소 짓겠지만, 이때의 웃음이란 베르그송이 고찰했던 '웃음'과는 근본적으로 이질적인 것이다. 왜냐하면 이러한 유머에는 프로이트가 말하는 '일종의 위엄'이 있기 때문이다.

프로이트가 물었던 것은 첫째로 그런 유머가 어째서 타자에게까지 쾌락을 주는가, 라는 점이었다. 그는 다음과 같이 말하고 있다.

> 가장 손쉬운 예를 들자면, 월요일에 교수대로 끌려갈 한 죄수가 '이번 주도 운이 좋겠군'이라고 말했다고 치자. 이 경우에는 유머를 야기했던 당사자는 죄인 자신이고, 이 유머는 그 사람 안에서 완결됨으로써 그에게 모종의 만족을 줄 것임에 분명하다. 한편 그 유머와 아무 관계도 없는 방관자인 나는 그 죄인이 야기한 유머로부터 어느 정도 간접적인 영향을 받는다. 즉, 나는 아마도 그 죄인이 느낀 것과 동일한 유머의 쾌감을 느낄 것이다. (……) 유머러스한 정신 태도는 그 내용 여하를 불문하고 자기 자신을 향하기도 하며 또 타인을 향하기도 한다. 이런 태도를 취하는 사람에게 이 유머러스한 태도는 쾌감의 원천인 듯하다. 그 유머와 관계없이 그것을 듣는 쪽에게도 동일한 쾌감이 주어진다. (「유머」)

예컨대 칸트는 '숭고'론에서 경험적인 현실 혹은 자아에 대해, 그것을 초월하는 내적인 자아의 '우위'를 제시했다. 이는 독일 낭만파(슐레겔)에게서는 아이러니로서 이야기되었다. 아이러니에서 경험적이고 감각적인 현실, 혹은 경험적인 자아의 고통은 그것을 모멸하는 '초월론적 자아'에 의해 극복된다. 하지만 아이러니는 결코 타인에게 쾌락을 주지 않는다. 그것은 당사자의 초월론적 자아의 '우위'를 증명할 따름이기 때문이다. 유머는 그런 아이러니와는 다르다.

칸트가 그의 미학에서 아름다움과 숭고 말고는 논하지 않았다고 해서 '유머'가 무시될 수는 없는 것이다. 유머는 아이러니가 발생함과 동시에 아이러니에 대립하는 '정신 태도'로서 생겨나는 것이다. 유머는 니체가 찬미했던 로렌스 스턴 안에서 볼 수 있다. 말할 것도 없이 스턴을 일본에 소개했던 것은 소세키였다.

일본의 낭만파, 예컨대 구니기타 돗포 안에는 이미 아이러니가 있다. 「잊을 수 없는 사람들」에는 잊어서는 안 되는 중요한 것이 아니라 어찌 되어도 좋은 풍경을 '잊을 수 없는' 것으로 보는 전도가 있다. 이러한 가치 전도에서 드러나는 것은 경험적 현실 혹은 자아에 대한 '초월론적 자기'의 우위이다.

> 의사는 '죽음'에 지극히 냉담하다. 그러나 여러 친구들도 의사와 오십보백보의 차이밖에는 없다. 우리가 삶에서 죽음으로 옮겨가는 물질적 절차를 안다면 '죽음'의 불가사의는 없을 터이다. 자살의 원인이 알려질 때는 그것만으로도 우리에게는 그 어떤 불가사의도 없을 것이다.
>
> 나는 그런 생각에 이르자 마치 내가 일종의 막膜 안에 갇혀 있는 기분이 들기 시작했다. 천지의 모든 것에 대한 자신의 감각이 왠지 한 꺼풀 가로막힌 기분이 들어 견딜 수가 없었다.
>
> 그리고 지금도 번민하면서 나는 굳게 믿고 있다. 면 대 면페이스 투 페이스, 그 즉시 사실과 만유에 대한 사실이나 만물과 대면할 수 없다면 '신'도 '아름다움'도 '진실'도 끝내 환영을 좇는 일종의 유희에 불과하다는 점을. 나는 바로 그것을 믿고 있을 따름이다. (구니기타 돗포, 「죽음」[1898])

「쇠고기와 감자」[1901]에서는 이러한 비현실감이 더욱 극단화되고 있다. 주인공 오카모토는 '놀라고 싶다'라는 '불가사의한 바람'을 가졌다. 그의 바람이란 "우주의 불가사의를 알고 싶다는 바람이 아니라 불가사의한 우주에 놀라고 싶다는 바람"이다. "죽음의 비밀을 알고 싶다는 바람이 아니라, 죽음이라는 사실에 놀라고 싶다는 바람"이며, 또 신앙 그 자체가 아니라 "신앙 없이는 잠깐이라도 안심할 수 없을 정도로 이 우주·인생의 비의秘義로 번민하고자 하는 것이 나의 소원"인 것이다.

그러나 그것은 현실감의 상실을 한탄하고 있는 것처럼 보일지라도 실제로는 그런 상황 가운데서도 다름 아닌 '자기'를 과시하고 있는 것이다. 이는 '놀라고 싶다'고 말하면서도 놀랄 일 따위란 없다는 사실을 고지하는 데에서 드러난다. 한편, 소세키는 다음과 같이 쓰고 있다.

> 아직도 마음이 들떠 있다. 조금도 진정되지 않고 있다. 그렇기에 이 세상 속에 있어도, 이 기차에서 내려도, 이 정거장을 나가도, 이 역참 한복판에 서 있어도, 말하자면 영혼이 마지못해 의리로 움직여준 것이지, 결코 본래적인 사태로서 자신의 전문 직책으로는 받아들이지 못할 정도의 둔감한 의식의 소유자였다. 그래서 휘청거리고 있고 정신이 가물거리는 가운데 모든 것에 흥미를 잃은 옴팡눈을 떠보니 ……. (『갱부』)

여기서는 돗포보다도 훨씬 심각한 분열병적인 현실 상실감이, 말하자면 '객관적인 느낌'으로 쓰여 있다. 돗포가 아이러니라고 한다면 이것은 유머이다. 돗포 이후의 자연주의자는 서정성을 버리고 '객관적'으로 쓰기 시작했다. 그러나 그들의 그런 자세도 실은 아이러니이다. 그들의 리얼리즘은 '주관적'인 것을 조소하는 듯 보이지만 그것 자체가 초월론적 주관의 우위를 가리키고 있는 것이다. 자기조차 부정할 수 있는 고차적인 자기(주체)를 말이다.

하지만 소세키의 사생문에는 그런 자기가 전혀 없다. '일인칭'으로 쓰여 있을지라도 마찬가지이다. 그 자체가 무의식에 속하는 '초자아'는 소세키의 작품에서 내레이터로서 현재화顯在化한다. 다른 한편에서 '초월론적 자기'는 그 자체로 숨겨진 상태로 삼인칭 객관 묘사 속에 몸을 감추고 있다고 해도 좋겠다. 후자의 경우 내레이터는 있으면서도 없는 것처럼 중성화되어 있다. 그 결과, 역설적이지만 사생문의 화자는 소세키 자신과는 아무런 관계가 없음에 반해 삼인칭 객관 묘사에서야말로 작가의 '자기표현'이 발견되는 것이다.

다시 한 번 말하자면, 삼인칭 객관 묘사를 가능케 한 것은 'た'라는 종결어미이고, 회고하는 초월론적 자기가 그런 종결어미에 의해 유지됐던 것이지만, 다른 한편에서 사생문은 현재형으로서 줄곧 존속하고 있는 것이다. 이는 사생문의 내레이터가 그런 종결어미에 의해 시간성을 통합, '자아'의 변형이 아니라, 말하자면 '초자아'의 작용을 지시하는 것으로서 존속하기 때문이다.

9

유머는 아이러니와 비슷하면서도 대극적인 것이다. 유머는 당사자만이 아니라 타인에 대해서도 현실의 고통으로부터 해방을 달성시켜주기 때문이다. 예컨대 에토 준은 다카하마 교시가 다음과 같이 말했던 것을 중시하고 있다.

> 작년 후반이 되어서는 여러 이유들로 사회라는 느낌이 강해졌고 그것을 굳건히 믿게 되었다. 이는 내가 사람들에게 유쾌함을 얻을 권리가 있음과 동시에 내가 사람들에게 유쾌함을 주어야 할 의무가 있다는 것에 관계된다.
>
> 사람은 도저히 단독으로는 적막함을 견딜 수 없다. 사회를 형성하고 서로 교제하면서 유희하는 것이 인간의 천성일 터이다. 따라서 그런 사회의 일원으로서의 인간이 가진 의무란, 적극적으로 말하자면 타인에게 쾌락을 주는 것이며, 소극적으로 말하자면 타인에게 불쾌함을 주지 않아야 한다는 것이 된다. (『호토토기스』 제3권 제4호, 메이지 33년[1900])

에토 준은 교시가 말하는 '사회라는 느낌'이 '타자의 감촉'이며, 그것이 "일본 근대의 리얼리즘 소설에 아마도 처음으로 '사회라는 느낌'을 도입"(『리얼리즘의 원류』) 했을 것이라고 말한다. 그러나 그것이 소세키에게 영향을 줬다고 말하는 것은 잘못이라고 하지 않을 수 없다. 시키나 소세키에게는 애초에 유머로서의 '사회성'이라는 것이 있었고, 그것은 교시가 말하는 것과는 다른 것이었다. 실제로 교시에 공명했던 시가 나오야에게는 '사회라는 느낌'이 전혀 없다.

프로이트는 말한다. "말하는 김에 덧붙이자면 인간 누구나 유머러스한 정신 태도를 취할 수 있을 턱이 없다. 그것은 보기 드물게만 발견되는 귀중한 천품으로서, 많은 사람들은 자기와 관계없이 주어진 유머적 쾌감을 맛볼 능력조차 결여하고 있다." 이는 '주관적인 쪽은 보통사람에게서 곧잘 일어나는 감정이지만, 객관적인 쪽은 그 뜻조차 이해할 수 없는 사람이 많을 터이다'라는 시키의 말과 동일하다. 이 '귀중한 천품'이란 칸트가 말하는 '천재'(낭만파적)와는 아무 관계가 없다. 그럼에도 그것은 희유한 능력이다.

그리고 그것은 시키나 소세키의 유머가 어떤 과격함을 지니고 있다는 점을 뜻한다. 시키에게 있어 유머는 시키가 글자 그대로 '죽음에 이르는 병' 속에 있었음을 말한다. 그 점에서 프로이트가 유머의 사례로 사형수를 들었던 것은 시키와 부합한다. 아마도 최대의 '고통'이란 죽음이라는 것이 확실하게 육박해오고 있음일 터이기 때문이다. 소세키는 사생문 작가에 관해 "그런 태도는 전적으로 하이쿠에서 탈바꿈되어 나왔던 것이다"라고 말한다. 그러나 앞서 말했듯이, 그것은 단지 하이쿠로부터 나온 게 아니다. 그것은 역시 죽음과 오랫동안 마주해온 시키의 어떤 극단성에서 왔던 것이다.

하지만 소세키에 관해서는 어떠할까. 시키는 「묵즙일적墨汁一滴」에서 소세키를 두고 누구보다 진지하고 엄격하면서도 "우리 하이쿠 동료들 가운데 하이쿠로 골계 취미를 발휘하여 성공한 사람"(메이지 34년[1901] 1월)이라고 썼다. 말할 것도 없이 소세키의 유머는 하이쿠의 '골계 취미'와는 이질적이다. 분명 그것은 소세키의 '병'과 관련되어 있다. 그 점은 프로이트가 유머를 '병리'

로 보았던 점이 참고가 될 것이다.

지금 서술한 두 가지 특색, 즉 현실 쪽으로부터 요구에 대한 거부와 쾌락원칙의 관철에 따른 유머는 정신병리학의 분야에서 우리가 빈번히 맞닥뜨리는 퇴행적이거나 반동적인 현상과 유사해져간다. 자신을 고통스럽게 하는 현실을 자기에게 가까이 오지 못하도록 하는 기능을 유머가 갖고 있다는 점은, 강제적인 고통으로부터 도망치기 위해 인간 마음의 영위 속에서 만들어낸 여러 방법의 계열, 곧 신경증에서 시작해 정신착란에서 극에 달하는, 착란, 자기도취, 자기침잠, 황홀경 따위를 포함한 계열에 유머가 속해 있음을 뜻한다. 그렇기에 유머에는 예컨대 기지 따위에서는 전혀 볼 수 없는 일종의 위엄이 구비되어 있는 것이다. 왜냐하면 기지라는 것은 단지 쾌락을 얻는 데만 쓰이거나 혹은 획득한 쾌락을 공격 욕동을 충족시키는 데에만 이용하기 때문이다. 그렇다면 유머러스한 정신 태도의 본질이란 무엇일까. 사람들은 그런 태도를 가짐으로써 자신으로부터 고통을 멀리 떨어지게 하고 자아가 현실세계에 의해서는 극복될 수 없음을 과시하고는 당당하게 쾌감원칙을 관철시킨다. 하지만 그렇다고 해서 유머가 동일한 의도에서 나온 여러 방법들처럼 그런 관철을 위해 정신적 건강의 토대를 붕괴시키거나 하지는 않는다. 이는 쾌락원칙의 관철과 정신적 건강의 보존이라는 두 가지가 흔히들 서로 용인하기 어려운 것으로 생각하기에 한층 더 불가사의한 것으로 여겨진다. (「유머」)

이렇게 프로이트가 중시했고, 어떤 뜻에서는 프로이트 자신의 '정신 태도'이기도 했던 유머가 프로이트 학파에 의해 일반적으로 무시되어 왔던 일은 기이하다. 하지만 내가 여기서 주목하고 싶은 것은 소세키의 '병' 그 자체가 아니라 그것이 무엇보다 사생문이라는 형태로서 드러나고 있다는 점이다.

유머라는 것은 말하자면 레벨을 자유자재로 왕래할 수 있는 능력이다. 시키가 말하는 '주관적인 느낌'이 세계 내적인 실존을 뜻하고 '객관적인 느낌'이 그 외부에 있는 것이라고 한다면, 유머는 어느 한쪽이 아니라 그 양쪽 모두를 왕래할 수 있는 데에 있다. 예컨대 「런던탑」에서는 '주관적인 느낌'으로서 까닭 모르게 두렵고도 화려한 환상의 서술이 마지막에 여관 주인에 의해 깨어져 소멸되고 만다.

이러한 양극성은 소세키가 쓴 작품들의 상호 관계에서도 보인다. 예컨대 『나는 고양이로소이다』는 '객관적인 느낌'으로 쓰였고 『한눈팔기』는 동일한 시기의 상황이 '주관적인 느낌'으로 쓰여 있다. 이런 이해방식은 상식에 반대한다. 자연주의자들은 『한눈팔기』를 객관적인 소설이라고 평가했기 때문이다. 하지만 그러한 레벨의 왕래는 다른 관점에서 보면 레벨의 끊임없는 혼동이라고도 할 수 있다. 소세키의 작품군을 착종시키고 있는 것은 그것이 결코 컨트롤 가능한 게 아니었다는 점을 보여주고 있다. 이에 관해서는 다음 장(「소세키의 알레고리」)에서 논하기로 하자.

다시금 말하고 싶은 것은 소세키의 사생문을 곧이어 '소설'로 발전해갈 것으로 보는 견해가 배척되지 않으면 안 된다는 점이다. 시키에게 하이쿠의 종언이 자명했듯이 어떤 뜻에서 소세키에게 근대소설은 로렌스 스턴에서 이미 끝나 있었다. 그는 근대소설의 끝에서 시작했던 것이다. 이런 작가에게서 '발전'을 발견하는 것은 우스꽝스럽다. 하지만 그런 소세키를 오늘날 포스트모더니즘의 관점에서 평가하려는 것은 더욱 우스꽝스런 일이다. 시키나 소세키가 그랬듯이 유머라는 것은, 이미 끝나고 있음에도, 아니 어쩌면 이미 끝(목적)이라는 게 없음에도 쓰기를 계속하고 투쟁을 계속하는 일이 아니겠는가.

소세키는 『나는 고양이로소이다』 이래로 대중적인 인기를 일관되게 얻고 있다. 그것은 나카노 시게하루가 말했던 소세키의 '광적인 어두움'과 전혀 모순되지 않는다. 소세키의 문학은 독자들에게 '정신적 건강의 보존'을 가능케 하는 것이었지만, 동시에 바로 그 이유로 병적인 것을 과시하기 쉬운 문학자들에게는 '대중문학'으로 간주되었던 것이다. 소세키의 '귀중한 천품'은 그의 '광적인 어두움'을, 독자들을 끊임없이 해방시키는 힘으로 전환시켰던 데에 있다.

소세키의 알레고리

소세키의 장편소설, 특히 『문』, 『춘분 지나고까지』, 『행인』, 『마음』 등을 읽으면, 어딘지 소설의 주제가 이중으로 분열되어 있고, 심한 경우에는 서로 별개로 아무런 관계없이 전개되고 있다는 느낌을 금할 수가 없다. 예컨대 『문』에 등장하는 소스케의 참선은 그의 죄책감과는 아무 관계가 없으며, 『행인』은 결말 부분인 「H로부터의 편지」와는 명확히 단절되고 있다. 또 『마음』에 나오는 선생님의 자살 역시도 죄에 관한 의식과 결부시키기에는 불충분하고도 뜻밖으로 급작스런 무언가가 있다. 이를 우리는 어떻게 이해해야만 할까. 우선 여기서부터 시작하자.

물론 그것을 구성의 파탄으로 단순히 읽어버린다면 불모의 비평으로 끝날 수밖에 없을 것이다. 그것에는 소세키가 아무리 기교적으로 능숙하고 숙달된 작법을 가졌을지라도 피할 수 없었음이 틀림없는 내재적인 조건이 있다고 봐야 할 것이다. 이와 관련하여 내가 떠올렸던 것은 T. S. 엘리엇이 『햄릿』을 두고 '객관적 상관물'이 결여되어 있기 때문에 실패한 극이라고 지적했던 점이다. 엘리엇은 이렇게 말한다.

햄릿을 지배하고 있는 감정은 표현할 수가 없는 것인데, 왜냐하면 햄릿의 감정은 이 작품에 부여되고 있는 외적인 조건을 넘어서고 있는 것이기 때문이다. 흔히 햄릿을 두고 셰익스피어 자신이라고들 말하는데, 이는 다음과 같은 점에서 옳은 것인바, 자신의 감정에 해당하는 대상이 없기에 생겨나는 햄릿의 곤혹은 그를 등장시켜 작품을 쓴다는 예술상의 문제를 마주한 셰익스피어의 곤혹을 연장시킨 것과 다름없기 때문이다. 햄릿의 문제는 그의 혐오가 자신의 어머니로 인해 환기된 것이면서도 그 어머니를 그런 혐오의 완전한 대상으로 매치시킬 수는 없다는 점, 그렇기에 햄릿의 그 혐오란 어머니에게 향해지는 것만으로는 어떻게도 되지 않는다는 점에 있다. 그런 까닭에 그 혐오의 감정은 햄릿 자신에겐 이해 불가능한 것으로서 그는 그 감정을 객관화할 수 없고, 따라서 그것이 그의 존재에 독이 되며 그의 행동에 방해가 되는 것이다. 어떤 행동도 그 감정을 만족시키기에는 부족하며, 셰익스피어 역시 그 어떤 줄거리를 궁리해 짜낼지라도 그런 햄릿을 표현할 수는 없는 것이다. (……) 단지 우리는 셰익스피어가 자신에겐 힘겨운 문제를 다루고자 했다고 결론 내릴 수밖에 없다. 그가 왜 그렇게 하고자 했는지는 풀 수 없는 수수께끼이며, 그가 어떤 종류의 경험을 했기에 표현할 수 없는 두려운 것을 표현하고자 했는지 우리로서는 알 길이 없다. (T. S. 엘리엇, 『햄릿』. 강조는 인용자)

소세키를 두고 완전히 동일하게 말할 수 있을 것이다. 예컨대 『문』에 나오는 소스케의 참선은, 그의 내부적 고민이 삼각관계로 인해 환기된 것이면서도 그 삼각관계를 그런 고민의 완전한 대상으로 매치시킬 수는 없다는 점, 그렇기에 그의 고민이 다른 방향으로 향할 수밖에 없다는 점에서 기인한다. 따라서 '그 어떤 줄거리를 궁리해 짜낼지라도 그런 소스케를 표현할 수는 없는 것'이므로, 소세키 역시도 '자신에겐 힘겨운 문제를 다루고자 했다고 결론 내릴' 수 있을 것이다. 소세키는 '어떤 종류의 경험을 했기에' 그런 문제를 떠맡았던가, 그리고 그것에는 어떤 본질적 의미가 있는 것일까. 지금부터 내가 논하려는 모든 것은 그런 수수께끼에 관련된 것이라고 해도 좋겠다. (「의식과 자연」)

1

20년도 더 지난 때에 썼던 이 '수수께끼'란 지금도 남아 있다. 이 '수수께끼'가 반드시 '소세키의 수수께끼'인 것은 아니다. 그것은 한편으로 우리가 현대의 다양한 상황 속에서 살아가고 다양한 타자와의 관계들에서 비롯되는 문제를 껴안고 있으면서, 다른 한편으로는 그것들과 다른, 그것들로 결코 환원될 수 없는 문제를 껴안고 사는 것과 연결되어 있다. 다른 방식으로 말하자면, 한쪽에 개개인의 의지를 넘어선 관계들(구조)이 있고, 다른 한쪽에 그런 여러 관계들로 환원될 수 없는 실존이 있다. 나는 그 양쪽 모두를 인정하지 않을 수 없다. 그것들을 연결할 방도는 없다.

간단한 것은 그 가운데 하나만을 인정하거나, 그렇지 않으면 그것들을 억지로 연결시켜버리는 일이다. 내가 소세키의 작품들에서 발견했던 희귀한 것은, 그가 결코 그렇게 하지 않았다는 점, 구조와 실존 간의 분열을 그대로, 또한 동시에 분석적으로 살아냈다는 데에 있다. 그 결과, 내가 '구조적 균열'이라고 불렀던 것이 드러날 수밖에 없었다. 구체적으로 말하자면, 소세키의 장편소설에서는 타자와의 갈등이 제시되면서도 그것이 타자와의 관계로는 해결될 수 없는 '자기'의 문제로 전환되는바, 이는 『행인』에 나오는 이치로의 말을 빌리자면 "자살이거나 종교거나 미치거나"로 끝나고 만다. 나는 예전에 그런 타자와의 관계 레벨을 윤리적이라고 부르고 자기의 레벨을 존재론적이라고 부르면서 다음과 같이 서술했다. "주인공들은 본래 윤리적인 문제를 존재론적으로 풀고자 하고 본래 존재론적인 문제를 윤리적으로 풀고자 하는바, 그 결과로 소설이 구성적 차원에서 파탄되고 마는 것이다."

나는 '존재론적'이라는 낱말로 실제로는 사이코틱한 것을 염두에 놓고 있었다. 앞의 논고를 바꿔 말하자면, 소세키의 주인공들은 실재의 지시대상을 갖지 않는 듯한 시니피앙의 대상(의미)을 찾으면서 그것을 최초의 대상과 혼동하고 있는데, 이윽고 그것이 대상을 갖지 않은 것임을 알아차리지만, 그럼에도 그것을 계속 찾고자 하는바, 다름 아닌 그것이 종교(『문』), 자살(『마음』), 광기(『행인』)로 귀결된다고 할 수 있다. 하지만 예전에도 그랬고 지금도 그렇지만, 나는 그것을 사이코틱한 문제로 환원하고 싶지 않다. 그러하되 동시에 그것을 버려버릴 수 없다는 점도 분명하다.

지금 예전의 논고에 무언가를 덧보탤 수 있다면, 그것을 에크리튀르의 레벨에서 논하는 것일 터이다. 예컨대 소세키의 '병'에 관한 논고는 이미 많지만 대부분 의미가 없는 것들이다. 소세키가 정신적인 장애를 껴안고 있었다는 것은 그 자신이 써놓은 여러 단편들로부터 추측할 수 있다. 예컨대 그의 회상에 따르면 소세키는 소년기에 '괴짜'라고 자각하고 있었다. 그리고 그것을 자신의 성장 과정에서 비롯하는 것으로 여기고 있었다(예컨대 스위프트에 관해 그가 서술한 내용은 얼마간 자기언급적일 것일 터이다).

그러나 중요한 것은 소세키의 작품이 동시대에 있어 '괴짜'였다는 점이다. 자연주의가 전성시대였던 시기에 『나는 고양이로소이다』나 『우미인초』를 썼던 소세키. 그것을 소세키의 개인적 심리로 환원하는 것은 사정을 불모로 만든다. 분석은 소세키의 에크리튀르 레벨에서는 행해지고 있지 않으며 다양한 작품의 차이를 소거하기 위해서 행해지고 있을 따름이다. 병적인 작가들은 적지 않지만 그것이 소세키처럼 다채로운 에크리튀르를 낳았던 사례는 거의 없다.

예컨대 소세키에게 사생문이란 『나는 고양이로소이다』와 같은 작품을 포함하여 『양허집』에 들어 있는 로망스도 포함한다. 즉, 그의 사생문에는 노드롭 프라이가 픽션의 장르들로 거론했던 모든 것들을 포함한다. 소세키에게 사생문은 근대소설 이전 장르들의 해방을 뜻하는 것이다. 서양문학에 정통해 있던 소세키에게 그것은 일본문학에 한정되지 않고, 특히 스턴이나 스위프트와 같은 18세기 영국의 소설에 이르고 있다. 혹시라도 소세키의 병리가 의미를 지닌 것이라고 한다면, 그것은 그가 근대소설이 규범적이었던 시기에 그러한 넓은 뜻에서의 '사생문'을 고집했다는 데에 있다.

2

따라서 엘리엇의 표현방식을 빌리자면, 소세키라는 사람의 병이란 그것이 무엇이든 소세키의 텍스트가 품고 있던 '병'에 '온전히 대항하고 있지는 않은' 것이다. 그러나 그것이 충분히 이해되고 있다고 한다면, 예전에 내가 윤리적 레벨과 존재론적 레벨이라고 불렀던 것은 여기서 뉴로틱(신경증적인[neurotic])과 사이코틱(정신증적인[psychotic])으로 바꿔 불러도 무방하리라고 생각한다.

내가 예전에 윤리적 레벨과 존재론적 레벨로 구별했던 것은 하이데거가 말하는 '존재적인'과 '존재론적인', 혹은 존재자와 존재의 구별에 의거한 것이었다. 하이데거는 고대 이래로 이어진 존재론의 텀[용어(전문어)]으로 이야기하면서 실제로는 의식주체에 선행하는 감정운동情動이나 기분을 현상학적으로 살피는 지점에서 출발하고 있다. 그는 '존재'를 어떤 경우에는 비인칭 주체 에스라고 부르고 있다. 독일어로 말하자면, '있다'는 '에스가 주다(Es gibt)'였기 때문이다. 하지만 그 에스는 동시대의 프로이트가 에스라고 부른 것과 병행되고 있다. 둘 다 '의식'으로는 어찌할 수 없는 영역을 지향하고 있기 때문이다.

그러나 하이데거의 현상학과 프로이트의 정신분석은 결정적으로 다르다. 프로이트는 단지 의식과 무의식을 구별했던 것이 아니다. 무의식은 당사자에게 있는 것도 아니며 의사에게 있는 것도 아닌, 의사와 환자의 관계에 있는 것이다. 곧 그것은 환자의 '부정'(저항) 속에만 있다. 프로이트에게 '앎知'은 언제나 그런 타자와의 관계로부터 떠날 수 없는 것이다. 그것은 현상학적(내성적內省的)인 어프로치와는 전혀 다른 것이다. 게다가 프로이트는 그런 '타자' 속에다가, '전이'도 일어나지 않고 따라서 '저항'도 하지 않는 '무관심'한 타자까지도 포함시킨다. 아니, 그렇다기보다 바로 거기에만 타자의 타자성이 있을 수 있는 것이다.

> 나는 감정 전이라는 사실의 도움을 빌려, 치료를 위한 우리의 노력이 어째서 나르시시즘적인 신경증(정신증)의 경우에는 성공하지 못하는지, 그 이유를 여러분께 설명하기로 약속했던 것입니다. (……) 관찰을 통해 인식할 수 있었던 것은, 나르시시즘적인 신경증에 걸린 사람들에겐 감정 전이의 능력이 없거나, 있다고 하더라도 그런 능력의 불충분한 잔재에 불과하다는 것이었습니다. 그들은 의사를 거부하는데, 그것은 그들이 의사에게 적의를 품고 있기 때문이 아니라 무관심하기 때문입니다. 그렇기에 또한 그들은 의사로부터 아무런 감화도 받지 않습니다. 의사가 말하는 것은 환자를 냉담하게 만들고, 환자에게 아무런 인상도 주지 못합니다. 그러므로 나르시시즘적인 신경

증 이외의 환자들에게는 잘 들어맞는 치료 기제들, 곧 병의 원인이 되는 갈등의 복원이나 억압 저항의 극복은 그들 신경증 자들에게는 잘 일어나지 않습니다. 그들은 이미 거듭 자기 혼자의 힘으로 다시 일어서고자 하는 시도를 하고 있었던 것으로, 그런 시도들 역시도 병적인 결과를 초래할 따름인 것입니다. 우리로서는 그런 사정을 어찌해도 바꿀 수 없을 터입니다. (『정신분석입문』[1915~1917, 빈 대학 강연])

여기서 프로이트는 정신분석의 무력함과 한계를 인정하고 있다. 그러나 그것은 자기와 타자에 대칭적인 관계를 상정하는 사고 일반의 무력함을 뜻한다. 따라서 그것은 결코 정신병만의 문제가 아니다. 타자의 타자성은 나와 타자가 공통된 규칙을 가질 수 없다는 데에서 생겨나는 것이다. 말하자면 언어(규칙)가 타자인 것이다. 프로이트는 그것을 어떤 극단적인 경우에서, 곧 정신분석자와 정신병자 사이의 관계에서 보았던 것이다.[1]

그것을 명확히 밝힌 이는 라캉이었다. 그가 강조했던 것은 서로 간에 타자인 두 사람의 관계에는 실제로는 언어(상징질서)라

• •

1. (원주) 나는 공통된 규칙을 갖지 않은 자들 간의 비대칭적인 커뮤니케이션을 커뮤니케이션의 원형에다 두고, 그것을 "가르치다=배우다"의 관계로서 포착했던 적이 있다(『탐구』 참조). 소세키의 작품 속 인간관계는 실제로도 『산시로』 『태풍』 『마음』에서 '선생님'이라는 입장으로 드러나고 있는 바, 이는 다름 아닌 대칭적 커뮤니케이션이 성립하지 않는 관계를 뜻하고 있는 것이고, 그런 '선생님과 제자'의 관계는 '남자와 여자'의 관계로 바꿔 말해도 무방할 것이다.

는 제3의 '타자'(라캉은 '아버지의 이름'이라고 부른다)가 존재한다는 점이었다. 바꿔 말해 양자의 관계가 서로 간에 소원한 것은 그런 언어규칙을 공유하지 않기 때문이다. 평이하게 말하자면, 라캉은 프로이트가 오이디푸스 콤플렉스라고 불렀던 것을 유아가 언어를 획득하는 과정 속에서 다시 포착하고 있다. 그리고 프로이트가 나르시시즘이라고 불렀던 것을 '상상계l'imaginaire'라고 부르고 있다.

상상계란, 말하자면 말을 획득하기 이전의 세계이다. 거기서는 다수의 자기가 불안정한 채로 부유하고 있다. 상징계le symbolique에 들어갈 때(즉, 말을 꺼낼 수 있게 됐을 때) 자기(주체)가 확립된다. 그럴 경우 상상계는 '억압'되지 않으면 안 된다. 그런 뜻에서는 프로이트가 말했듯 인간은 모두 신경증적인 것이다. 그러나 그 경우에 이러한 상징계로의 진입(거세)이 거부되는 일이 있을 수 있다. 이를 '배제'라고 부른다. '배제'란 말하자면 '원原억압'의 실패이다. 신경증이 '억압'된 것의 회귀인 것에 대해, 정신증은 그렇게 '배제'된 것이 자아로 회귀해 오는 것이다.

물론 내가 이런 조잡한 설명을 덧붙이는 것은 라캉이 말하는 것을 소세키 개인에 관한 분석에 적용하기 위해서가 아니다. 애초에 그런 것은 불가능하며 의미도 없다. 다만 소세키의 에크리튀르를 사고할 때에 그러한 구조를 참조하지 않을 수 없는 것이다. 이는 아마도 라캉의 의도에 반하는 것이라고 하겠다.

예컨대 푸코는 프로이트의 정신분석을 언설 공간의 역사 속에서 상대화하고자 했다. "잊지 말아야 할 것은 <오이디푸스>의 발견(1897년)이란 (프랑스에서의) 부권상실의 법률 제정과 동시대에 있었던 일이라는 점이다."(『성의 역사』[1권, 1976]) 그러나 예컨대 라캉은 오이디푸스 콤플렉스를 프로이트처럼 실체적인 것으로 생각하지 않았다. 그가 강조했던 것은 오이디푸스 콤플렉스가 아니라, 말하자면 그 콤플렉시떼[complexité](복잡함)이다. 미셸 세르의 표현방식을 빌리자면, 프로이트가 아직 상징주의적이라고 한다면 라캉은 분명 구조주의적이다. 라캉이 제시한 구조는 완전히 수학적인 위상구조인 것이다.

그러나 수학적인 구조는 본래부터 그 어떤 '해석'도 허용한다. 예컨대 정신분석을 어떤 언설 공간(에피스테메)에서 바라보는 푸코는 결코 종래의 어떤 역사를 도입했던 게 아니라 역사를 일종의 위상공간으로 바꾸었던 것이다. 하지만 그것은 라캉이 말하는 '상상계'나 '상징계'의 '해석'이라고 할 수 있다. 예컨대 푸코의 『말과 사물』[1966]에 쓰여 있는 것은 말하자면 중세의 '상상계'로부터 근대의 '상징계'로의 이행으로 볼 수 있을 것이다.

이런 뜻에서 나는 언문일치 혹은 근대소설 구조의 성립에 '상징질서'를 보았다고 하겠다. 실제로 언문일치가 완성된 단계에서 비로소 '자기'라는 것이 언어적으로 가능해졌으며, 또한 동시에 언어가 대상과 결부됨으로써 리얼리즘이 가능해졌던 것이다. 물론 그런 사정은 일본에 한정되지 않는다.

예컨대 17세기까지의 프랑스에서는 '문文'이란 라틴어이고 '말言'로서의 프랑스어로는 거의 쓰이지 않았다. 데카르트는 그 둘 모두로 썼다. 그가 말하는 "cogito"는 라틴어지만, 실제로 그것은 프랑스어 "Je pense"의 "je"에 뿌리박고 있다. 곧 데카르트적인 '사기'는 언문일치로서의 프랑스어에 뿌리박고 있다. 하지만 그런 프랑스어가 17세기에 형성됐던 것은 그것이 '말'로서 통용되고 있었음을 뜻하지 않는다. 예컨대 프랑스혁명이 있던 때에 프랑스어를 말하고 있던 사람은 전체 인구의 40% 정도였다고 한다. 그뿐만 아니라 프랑스어는 다양하게 분기되어 있었던 것이기도 하다. 그것이 '통합'되어 갔던 것은 혁명 이후의 '국민국가'에 의한 관리와 교육을 통해서이다. 그러니까 보급됐던 것은 다름 아닌 '문'이다. 거기서는 예컨대 데카르트의 문장이 규범이 됐으며, 또 프랑스어 전체가 국가적인 통제를 받게 됐던 것이다. 그런 뜻에서 라캉이 말하는 '법도掟[규범(규칙)]'로서의 언어-상징계란 무엇보다 프랑스에 들어맞는 것으로 생각된다. 예컨대 영어에는 그런 관리가 없었다.

언문일치란 새로운 '문'의 창출이며 '말'을 규제해 간다는 것을 뜻하고 있다. 일본에서 언문일치의 운동이 소설가에 의해 진전된 것은 확실하지만, 그것은 메이지 20년대 중반에 일시 중단되고 있다. 그 운동이 재개됐을 때는 특정 작가에게서만이 아니라 이미 일반적으로 널리 보급되어 있었다. 바꿔 말하자면 언문일치란 국가적인 교육정책의 측면에서 촉진되어 왔던 것이다. 그것은 또한 각지의 '말'까지도 표준어로 통일시키는 정책과 분리될 수 없다. 언문일치란 새로운 '문'을 '말'로 삼는 것이었다. 이는 메이지 후기에 거의 자명한 것이 되었다.

그때는 후타바테이 시메이가 악전고투하던 시기와는 달리 언문일치적인 '문'이 성립되어 있었다. 그것은 한편에서 대상을 지시함과 동시에 다른 한편에서 관계를 넘어선 뉴트럴한[중립적인] 초월론적 '자기'를 지시하는 언어였다. 그것이 '리얼리즘'을 가능하게 했던 것이다. 하지만 소세키의 사생문은 그런 지시대상도 '자기'도 갖지 않는다. 당시에 성립해 있던 근대소설의 구조와 문장이 '상징적 질서'라고 한다면, 그는 거기에 이르는 '거세'를 절반 정도는 배제했던 것이다. 바로 거기서 근대소설 이전의 모든 장르가, 모든 '문'이 드러나게 된다. 소세키가 병적이라고 한다면, 그것은 무엇보다도 에크리튀르(사생문)에서 드러나는 것이다.

소세키의 작품에서는 말하자면 '상상계'가 상징계의 억압을 거치지 않고 고스란히 나오고 있다고 해도 좋겠다. 곧 소세키의 놀랄 만큼 풍부한 어휘는 모종의 대상이나 이미지를 환기시키는 게 아니라 애초부터 언어가 그런 대상이나 이미지 없이 존재하는 것임을 열어 보이듯이 난발亂發되는 것이다. 예컨대 다음과 같은 '문'은 자연주의자에겐 공소한 미문에 불과한 것이었다.

> 저물어가는 봄의 색깔이 고운 자태로 잠시 동안 어둑한 집 입구를 환영으로 채색하는 가운데, 눈이 크게 뜨일 만큼의 저 오비帯[띠]의 천[布]은 금난초金蘭인가. 그 봄 색깔은 선연한 직물이 갔다가 돌아오며 자아내는 창연한 저녁 속에 둘러싸인 채, 희미하게 내려다보이는 저 요원한 저편으로 일 분마다 조금씩 사라져간다. 찬연히 건너오는 봄별이 새벽녘 짙은 자주색 깊숙이 빠져들어 가는 정취이다.
>
> 태현太玄[크고 어두운 하늘]의 궁문이 저절로 열려서는 그 화려한 자태를 저승幽冥의 세계로 빨아들이려고 할 때 나는 그렇게 느꼈다. 금병풍을 뒤에, 은촛대를 앞에 두고서는 봄밤의 짧은

시간을 천금千金으로 삼을 그때는, 시끌벅적하게 사는 데에 어울리는 이 모습으로, 싫은 기색 하나 없이, 싸우는 모습 한번 보이지 않고, 색상세계色相世界로부터 옮어져 가는 것은 어떤 점에서 초자연의 정경이겠다. 시시각각으로 육박해오는 검은 그림자를 틈새로 엿보니 여인은 숙연하며, 초조해하지도 낭패감도 없이, 동일한 정도의 걸음걸이로 동일한 곳을 배회하고 있는 듯하다. 자기에게 떨어질 재앙을 모른다면, 그것은 순진무구함의 극치일 터이다. 알면서도 재앙이라고 생각지 않는다면 굉장한 것일 터이다. 검은 곳이 본래의 주거지이고 잠시 동안의 환영을 원래 그대로의 망막한 어둠 뒤로 거둬 넣기 때문에야말로 이렇게 고요한 태도로 있음과 없음 사이를 소요하고 있을 터이다. 여인이 입은 후리소데振袖[겨드랑 밑이 터진 일본식 소매옷]에 분분한 무늬 모양들이 사라지는 곳에서, 옳고 그름의 구별 없이 먹물로 흘러 들어가는 그 부근에서 내 내력素性[천성·본성]이 넌지시 암시되고 있다. (『풀베개』)

3

언문일치가 메이지 국가의 강제였다고 한다면, 소세키의 반발에는 암묵적으로 정치적인 의미가 내재되어 있을 터이다. 하지만 그것은 작품의 내용이나 정치적인 발언에서 직접 찾아서는 안 된다. 그것은 소세키의 에크리튀르에서 발견되어야 한다. 내가 예전의 논고에서 품었던 한 가지 불만은 막연하게 '소세키의 장편소설'이라고 말함으로써 그것들의 구조적 유사성을 지적했지, 그것들 간의 차이 또는 차이화에 주의를 기울이지 않았던 점이다. 겨우 10년 정도에 걸쳐 써진 소세키의 작품들에는 중대한 차이가 있다. 나는 그것을 반드시 '발전'이라고는 부르지 않지만, 그 차이는 소세키의 작가로서의 자각과 분리될 수 없다. 곧 쓰는 일을 통해 소세키는 분명 변했던 것이다.

근대소설이 기본적으로 뉴로틱한[신경증적인] 것이라고 한다면, 그리고 독자가 그것을 읽을 때 '자기 이야기가 쓰여 있다'고 하는 동일화(전이)가 가능하다고 한다면, 소세키의 소설이 넓은 뜻에서의 '사생문'으로서, 또 '저회취미低徊趣味[사색에 잠겨 천천히 거니는 취향]'를 통해 그런 식의 접근을 회피하고 있다는 것은 명확하다. 소세키 자신이 그런 불만을 말하고 있다.

> 오직 말끔하고 아름답게만 살고 있는, 그 시인적인 삶이 갖는 생활의 의의라는 것이 무엇인지는 잘 모르겠지만, 역시 그 의의는 지극히 작지 않을까 한다. 그래서 『풀베개』에서의 주인공으로는 안 되는 것이다. (……) 거기에 비한다면, 저 하이쿠·렌쿠의 교시나 사호다라도 다른 세계의 인간일 것이다. 그런 것만으로는 문학에겐 시시할 터이다. 보통의 소설가는 거기서 멈춘다. 나는 한쪽으로는 하이카이적인 문학에 출입하면서도, 동시에 다른 한쪽으로는 죽느냐 사느냐의 목숨을 건 자세로, 유신維新의 지사志士와도 같이 격렬한 정신으로 문학을 해보고 싶은 것이다. (메이지 39년[1906] 스즈키 미에키치에게 보낸 편지)

이 '유신의 지사와도 같은 격렬한 정신'이라는 것은 『태풍』이나 「이백십 일」처럼 사회적인 부정이나 부르주아적인 지배에 맞선 투쟁인 걸까, 소세키 자신의 내적인 문제를 향한 추구인 것일까. 그 둘이 뒤섞여 있는 것이다. 그러나 소세키가 그때까지와 같은 '저회'를 그만두고자 했음은 분명하다. 그 한걸음을 내디딘 것은 그가 실제로 대학을 그만두고 직업적인 소설가로 바뀌어서는 『우미인초』를 썼을 때였다. 하지만 『우미인초』는 사생문이기를 그만둔 게 아니다. 그렇기는커녕 이전보다도 더 장식적인 미문이 범람하고 있는 것이다.

단, 『우미인초』에는 '줄거리 없는' 사생문에는 없었다고 할 수 있는 골격이 있다. 소세키는 그것을 '철학'이라거나 '씨어리[theory(이론)]'라고 부르고 있다. "도의道義의 관념이 극도로 쇠약해짐으로써 생生을 원하는 만인의 사회를 만족스레 유지하기 어렵게 된 때에 비극은 돌연히 일어난다. 이에 만인의 눈은 모조리 자신의 출발점을 향한다. 비로소 생의 바로 곁에 죽음이 거주하고 있음을 알게 되는 것이다."(『우미인초』) 그러나 그 작품이 소세키 최후의 신문소설로서 요란하게 발표되었을 때, 당시 자연주의가 지배적이던 문단에 어떻게 비쳤을지는 상상하기 어렵지 않다.

마사무네 하쿠초는 이렇게 말하고 있다. "『우미인초』에서는 재주에 맡겨져 시시한 것들이 조잘거려지고 있는 것처럼 생각된다. 게다가 근대화된 바킨같이 박식한 척하고 어느 페이지에서나 힘을 주고 있는 억지 논리에 나는 지긋지긋함을 느꼈다. 용이나 호랑이에 관한 바킨의 강론이 당시의 독자들을 감동시켰던 것도, 소세키가 오늘날의 지식계급인 소설애호가들에게 기쁨을 주는 것도 절반은 그러한 억지 논리가 삽입되어 있기 때문일 것이다."
(『작가론』[1951])

사실 『우미인초』는 바킨과 비슷하다. 즉, 쓰보우치 쇼요가 '근대소설'의 확립을 위해 부정했던 '권선징악'에 뿌리박고 있다고 해도 좋겠다. 오늘날의 우리가 그 작품에 위화감을 갖는 것도 무리는 아닐 것이다. 이미 동시대의 마사무네 하쿠초에게 그 작품을 읽는 것은 손쉽게 감당할 수 없었을 것이다. 마사무네는 『우미인초』에서 인물이 '개념적'으로 그려지고 있을 따름이라고 말한다. 거기서는 인물이 변함없는 성격으로 그려지고 있다는 것이다. 이는 예컨대 『도련님』에 나오는 빨강셔츠나 알랑쇠 등이 변함없는 성격 타입으로 그려지고 있는 것과 마찬가지이다.

『우미인초』의 인물들은 바킨이나 서구 중세 도덕극의 인물들과 마찬가지로 그 '성격'이 시종일관되고 있다. 『우미인초』에 나오는 고노 및 오노는 얼마쯤 예외적이라고 하겠는데, 고노에게는 어두운 과거가 있고 오노에게는 햄릿적인 고뇌가 있다. 그러나 고노는 간단히 회개하며 오노 역시도 정의로운 남자로서 거동한다. 그리고 이후 『산시로』에서라면 미네코처럼 불투명한 여성으로 그려졌을지 모르는 후지오는 산뜻하게 간단히 죽고 만다. 후지오는 말하자면 소세키의 '씨어리'를 위해 억지로 살해되고 말았던 느낌이다. 나아가 이 작품에서 말해지는 '사회 정의'라는 것 역시도 단지 부자와 빈자의 대립 같은 오래된 도식에 불과하다. 그것들은 사회적인 관계들의 문제로서 포착되고 있지 못하다. 동시대에는 이미 『공산당 선언』이 번역되어 있었음을 생각한다면 꽤 낡게 보인다. 요컨대 근대소설에 익숙해진 관점에서 본다면 이 작품은 어찌해도 좋게 평가될 수 없게 된다. 사실 많은 소세키론은 『우미인초』를 단지 '근대소설'에 이르는 과도기적인 것으로 무시하고자 했었다. 그러나 소세키의 장편소설은 『명암』에 이를 때까지 『우미인초』의 '씨어리'를 골격으로 삼아 줄곧 이어졌던 것으로서, 그런 까닭에 그 과정에서의 '어긋남'이 '어긋남'으로서 가능했다고 할 수 있다. 예컨대 『우미인초』에 이어 쓴 『갱부』는 사생문이 아니라면 참으로 두려운 분열병적 세계가 되었을 작품인바, 거기에도 그런 골격이 있다.

내가 예전에 소세키의 장편소설과 『햄릿』의 유사함을 발견했던 것은 그런 까닭에서였다(사실 『우미인초』에는 햄릿에 관한 언급도 있다). 『햄릿』은 그 시대에 존재했던 중세 이래의 극의 규범을 따르면서도 거기로부터 일탈해 있었던 것이었다. 하지만 그런 유사함에 관한 지적은 다른 착각을 낳게 될 우려도 있다. 엘리엇은 더 이상 그러한 극이 성립될 수 없는 현재의 관점에 서서, 예전에 꼭 있었어야만 될 중세적인 '상상계'를 상정하고서 『햄릿』을 비판했던 것인데, 그런 뜻에서 소세키가 『우미인초』를 썼던 것은 셰익스피어적이라기보다는 오히려 그것을 비판한 엘리엇과 비슷하다고 하겠다. 왜냐하면 『우미인초』의 골격으로서 존재하는 '세계상'이라는 것이 단지 '상像'으로서만 존재할 수 있다는 점은 이미 자명했었기 때문이다. 소세키는 붕괴된 것을 상상적으로 통합하고 있는 것이다.

그렇다고 해서 소세키가 근대소설의 지배 속에서, 거기서 '억압'됐던 이야기를 회복시키고자 했던 '네오 낭만파'인 것은 아니다. 그들은 아무리 반反리얼리즘을 표방할지라도 동일한 상징질서에 속해 있다. 그런데 『우미인초』에는 근대소설이라는 상징질서로부터 '배제'됐던 것이 회귀하고 있다.

소세키가 말하는 '비극'의 철학은 카타르시스 이론이거나 소외론이라고 해도 좋겠다. 그것은 '상상적인 것'이다. 하지만 『우미인초』에서는 아무리 상상적인 통일을 이루더라도 바로 그런 까닭에 역으로 분열이 삼투되어 나오지 않을 수 없는 것이다. 그런 뜻에서 『우미인초』는 소세키 장편소설의 시작이라고 해도 좋겠다. 반복해서 말하지만, 『우미인초』는 사생문이다. 좁은 뜻의 스타일에서도, 그리고 근대소설의 상징질서를 거부하는 '상상적' 세계라는 뜻에서도 그렇다. 『우미인초』 안에서 이상한 양태로 도포되어 굳어진 말이 그것을 증명하고 있다. 대상적인 이미지가 아니라 오직 말로서만 그러한 세계를 확립할 수 있었던 것이다.

4

나는 예전의 논고에서 『춘분 지나고까지』라는 작품을 논하지 않았다. 그 작품에서는 '구조적 균열'이 애매한 어긋남으로서가 아니라 완전히 노골적으로 드러나고 있었기 때문이다. 그리고 그 작품의 주인공은 말하자면 존재론적 레벨과 윤리적 레벨을 '혼동'하고 있지 않는바, 그것은 소세키가 '상상적인' 구성을 그만두고 말았기 때문이며, 그렇기에 각 레벨이 명확히 구별되고 있었기 때문이다.

『춘분 지나고까지』는 메이지 45년(1912년) 1월 1일에서 4월

29일까지 <아사히신문>에 연재되었다. 이 타이틀에는 소세키 자신이 서문에서 미리 예고하고 있듯이 춘분 지나고까지 쓸 예정이라는 의미 정도가 부여되어 있었다. 소세키의 작품에는『그 후』처럼 막연한 제목을 붙인 사례도 있지만, 그것조차『산시로』에 이어진 '그 후'라는 식의 의미를 내장하고 있었던 데에 반해『춘분 지나고까지』라는 제목에는 그런 뜻마저도 없다. 그러나 소세키가 그저 대수롭지 않게 이 작품을 쓰기 시작했던가 하면, 그렇지는 않다.

소세키는『문』을 쓰고 나서 1년 반 정도의 공백을 가졌다. 그동안에 다양한 사건이 있었다. 하나는 빈사상태의 중병에 걸렸던 일이다('슈젠지修善寺의 큰병大患'으로 불린다). 또 소세키를 <아사히신문>으로 끌어당겼던 이케베 산잔이 사임함으로써 소세키 역시도 사표를 썼던 사건이 있었다. 그는 애초부터 자연주의 계열의 '문단'으로부터 고립되어 있었지만, 이 시기에는 그의 제자들도 '문단'에 속해 있었으므로 거기로부터도 고립감을 느꼈음에 틀림없다. 나아가 딸의 죽음이라는 사건이 있다(소세키는『춘분 지나고까지』속의「비 내리는 날」이라는 장에서 그 일에 관해 썼다고 여겨진다). 요컨대 그는 사적으로도 공적으로도 작가가 된 이래로 중대한 위기에 직면했던 것이다. 소세키는 연재에 앞서 다음과 같이 서술하고 있다.

> 이 작품의 공개에 관련하여 나는 다만 다음과 같은 것만을 말해두고 싶다는 느낌이다. 작품의 성질이나 작품에 대한 자신의 견식이나 주장은 지금 말할 필요가 없다는 생각이다. 실제로

> 나는 자연파 작가도 아니려니와 상징파 작가도 아니다. 최근에 자주 듣게 되는 네오 낭만파 작가는 더더욱 아니다. 나 자신은 그러한 주의들을 높다랗게 표방하며 타인의 주의를 끌어갈 만큼 내 작품이 고정된 색으로 물들어 있다는 자신을 가질 수 없는 것이다. 또한 그런 자신감은 불필요한 것이다. 나는 단지 나라는 신념을 갖고 있다. 그리고 내가 나인 한에서는 자연파가 아니든 상징파가 아니든 또는 네오가 붙은 낭만파가 아니든 그런 것에는 전혀 구애받지 않을 생각이다. (……)
>
> 도쿄·오사카를 통틀어 계산하면 우리 <아사히신문>의 구독자는 실로 수십만이라는 다수에 이른다. 그 가운데 내 작품을 읽어주는 사람이 몇 사람일지 알 수 없지만, 그 몇 사람의 대부분은 아마도 문단의 뒷골목이나 그 맨땅조차도 들여다본 경험이 없을 터이다. 전적으로 보통의 인간으로서 대자연의 공기를 진솔하게 호흡하면서 평온하게 살아갈 뿐이라고 여겨진다. 그들처럼 교육받고 평범한 인사들에게 내 작품을 공적으로 발표할 수 있는 나는 행복한 사람이라고 믿고 있다. (「『춘분 지나고까지』에 관하여」)

소세키는 당시의 '문단'과는 다른 곳에서 시작했고, '문단의 뒷골목이나 그 맨땅조차도 들여다본 경험이 없을' 독자들에게 예상외의 인기를 얻었던 것이다. 그러나 어느새 그는 소설가로 간주되었고 제자들도 그렇게 생각했다. 그럴 때 그는 근대소설의 다양한 유파들 속에서 위치가 부여되고 비평된다. 여기서 소세키가 '나는 단지 나'라고 말한 것은 그가 애초에 '근대소설'과는 이질적인 것을 추구하고 있었다는 점을, 자기 자신에게도 타인에 대해서도 선언하고자 했기 때문이다.

그런 뜻에서 『춘분 지나고까지』는 소세키의 재출발이었다. 곧 그것은 다양한 의미에서의 '죽음'을 뚫고나온 자의 새로운 출발이다. 하지만 그것은 동시에 『나는 고양이로소이다』를 쓴 출발점으로의 회귀이기도 하다. 예컨대 『나는 고양이로소이다』는 줄거리도 없으며 단편으로서만 줄곧 쓰여졌다. 방향은 서서히 벗어나고 내용은 깊게 어두워져 갔다. 그것들이 연결되고 있는 것은 이곳저곳을 배회하는 '고양이'를 통해서이다. 그렇다면 소세키가 『춘분 지나고까지』와 관련해 "각각의 개별 단편들을 합친 끝에 그 단편들이 함께 합일되어 하나의 장편이 구성되도록 기획했다"라고 말할 때, 그것은 새로운 취향이라기보다는 『나는 고양이로소이다』처럼 쓴다는 것과 다름없다.

사실 『춘분 지나고까지』에서 게이타로는 '고양이'의 역할을 맡고 있다고 하겠다. 그는 스나가와 및 지요코가 형성한 세계의 주변을 돌아다닐 뿐 그 속으로 들어가는 일이 없다. "그(게이타로)의 역할은 끊임없이 수화기를 귀에 대고는 '세상'을 듣고 있는, 일종의 탐방에 불과했다." 그러나 주요한 인물들은 모두 그런 게이타로에 대한 '이야기' 속에서만 등장하고 있다. 그리고 『춘분 지나고까지』는 '줄거리'를 갖지 않는다는 의미에서 『우미인초』 이하의 작품과 다를 뿐만 아니라, 그런 '이야기' 혹은 '편지'라는 형식에 의해 『나는 고양이로소이다』와도 다른 것이다. 이 작품에는 지금부터 서술하게 될 것처럼 명확하게 레벨의 차이가 있다.

제1의 레벨

게이타로는 탐정을 동경하고 있다. 이는 소세키가 그때까지 여러 곳에서 탐정을 무엇보다 타기해야 할 것으로 이야기해왔음을 염두에 두자면 급작스러운 것으로 보인다. 그러나 '탐정'의 양의성은 처음부터 명확하다. 예컨대 '탐정'에 대한 비난이 처음으로 나왔던 것은 『나는 고양이로소이다』에서인데, 사실은 그 '고양이'가 탐정처럼 일하고 있다. 『춘분 지나고까지』에서 소세키가 말하는 탐정에는 두 가지 종류가 있다. 게이타로에 따르면 그 하나는, "목적이 이미 죄악의 폭로에 있는 것이기에 미리부터 타인을 함정에 빠뜨리려는 마음에 사로잡힌 채 성립된 직업이다." 게이타로는 그것을 싫어하고 있다. 그가 생각하는 탐정이란 "자신은 단지 인간에 대한 연구자, 아니 인간의 이상한 기관機關·가라쿠리[계략·장치·조작]이 어두운 암야에 운전되는 모습을 경탄의 마음을 바라보고 싶다"고 말하는 자이다.

그런 '탐정'은 범인을 잡는 일에 관심을 갖고 있지 않다. 그의 관심은 오직 범죄의 형식적 측면에만 있다. 오히려 그는 범죄자 이상으로 선악에 무관심한 것이다. 이런 종류의 '탐정'은 에드가 앨런 포 이후의 추리소설에 이어진 산물로서 실제로 있는 게 아니다. 실제로 있는 것은, 사립탐정일지라도 '경시청의 탐정'과 큰 차이가 없는 자이다. 그 목적은 '죄악의 폭로'에 있고 또한 실증적이다. 소설로 말하자면 자연주의이다. 소세키가 탐정을 싫어한다고 말하는 것은 문학으로 말하자면 자연주의를 싫다고 말하는 것과 등가이다. 포가 만들어낸 탐정(뒤팽)은 그러한 경찰의 실증주의에 대립한다. 그러나 그것은 단순히 낭만적인 게 아니다. 그것은 다른 한편에서 실증주의적 지성에게는 보이지 않는 수수께끼를 해명하는 지성주의이기도 하다.

일본에서 처음 탐정(아케치 고고로)이 이야기로 쓰였던 것은 다이쇼 14년[1925] 에드가 앨런 포의 이름을 비틀어 흉내 낸 에도가와 란포의 「D자카 살인사건」에서였다. 이후 일본에서는 '탐정소설'이 자명한 패턴이 된다. 그러나 '탐정'이 가진 의미는 그런 자명성과 더불어 소거되고 말았다. 메이지 말기에 탐정을 지원하는 청년에 관해 썼던 소세키 쪽이 탐정의 의미를 포착하고 있다고 해야 할 것이다. 주의해야 할 첫 번째 것은 뒤팽도 홈즈도 아케치 고고로도 벤야민이 말하는 '유민遊民'이었다는 점이다. 『춘분 지나고까지』의 마쓰모토가 자기 자신이나 스나가가 '유민'이라는 것을 게이타로에게 이야기하는 장면이 있는데, 실은 게이타로 역시도 유민이다. 그뿐만 아니라 소세키 소설의 인물들 중 다수는 도시 속 새로운 타입의 유민이다.

주의해야 할 두 번째 것은, 19세기말의 소설에서 '탐정'의 출현이 중요한 이유는 그것이 마르크스의 경제학 비판이나 프로이트의 정신분석과 병행되고 있었기 때문이라는 점이다. 예컨대 셜록 홈즈의 추리는 아예 정해놓고서 빅토리아조 영국을 무대로 점잖게 해치운 신사들의 과거범죄(주로 해외 식민지에서의 범죄)를 폭로하는 것으로 끝난다. 그것은 언제나 역사적인 소행溯行[거슬러 올라감]인 것이다. 마찬가지로 마르크스는 자명한 것으로 간주됐던 영국의 자본제 사회와 그 경제학을 비판하면서 그 역사적 '원죄'(자본의 원시적 축적)로 거슬러 갔고, 나아가 화폐 형태 그 자체의 기원으로까지 거슬러 올라가고자 했으며, 프로이트는 시민사회에서의 의식의 자명성을 비판하고, 그것과 관련하여 말하자면 은폐된 '범죄'(부친살해)로까지 거슬러 올라가고자 했던 것이다. 즉, 그들 역시도 실증적인 앎에 반대하는 앎으로서의 '탐정'이었다고 해도 좋겠다.

물론 게이타로는 그저 낭만적이므로 위와 같은 뜻에서의 '탐정'은 아니다. 그러나 『춘분 지나고까지』라는 작품 전체가 '탐정'적인 것, 바꿔 말하자면 정신분석적인 것이다. 게이타로는 그저 낭만적인 몽상에 의해 주요인물의 주변을 표층적으로 냄새 맡으며 돌아다닐 뿐인 것처럼 보인다. 그러나 '스나가의 이야기'나 '마쓰모토의 이야기', 곧 스나가나 마쓰모토의 고백을 이끌어내는 역할을 하고 있다는 뜻에서, 게이타로는 훌륭한 정신분석의의 일을 완수하고 있다고 해도 좋겠다.

제2의 레벨

'스나가의 이야기'에서는 단지 사생문의 '여유[넉넉함]'가 없는 데서 멈추지 않고 레벨 그 자체가 다르다. 거기서는 도시나 문명이 드러나지 않으며 스나가와 사촌 여동생 치요코 간의 꼼짝할 수 없는 관계가 그려지고 있다. 그들은 스나가의 어머니와 치요코의 부모가 맺은 합의로 혼약을 하게 되어 있었으나 그런 사실을 모르고 자랐던 것이다. 스나가는 치요코를 사랑하고 있는지 아닌지를 확실히 알지 못한다. 제3자가 나타나면 질투하지만, 그런 질투가 별달리 사랑의 증거가 아니라는 것은 치요코에 의해서도 지적되고 있다. '마쓰모토의 이야기'로 말하자면, 그 두 사람은 다음과 같은 관계에 있다. "떠나기 위해 만나고, 만나기 위해 떠난다.” “부부가 된다면 불행을 빚어낼 목적으로 부부가 되는 것과 동일한 결과에 빠지게 될 쪽과, 부부가 되지 않는다면 불행을 지속시킬 정신으로 부부가 되지 않게 될 쪽 사이에서 선택하지 못하는 불만족을 느끼고 있다.”

치요코는 『우미인초』의 후지오 이래의 인물들이 이루는 계보에 있다. 그러나 거기서 소세키는 그들의 관계에 그 어떤 결론도 내지 않는다. 그것은 다음의 레벨로 이행된다.

제3의 레벨

‘마쓰모토의 이야기’에서 스나가의 문제는 치요코와의 관계가 아니라 어머니와의 관계에 있다. 스나가는 하녀가 낳은 자식이고 어머니는 그것을 숨긴 채로 키워왔다. 그녀는 양어머니로서 전적으로 친아들인 것처럼 ‘자연스러운’ 관계를 형성했었지만, 거기에 부자연스러움(작위)이 있었다. 그녀가 스나가와 치요코의 결혼에 절망하는 것은 암묵적으로 피의 연결을 찾고 있기 때문이다. 스나가가 “세상과 접촉할 때마다 안쪽으로 말려 들어가는 성품을 갖게 된” 원인은 그런 양어머니의 “무의식적 위선”(『산시로』)에 있다고 마쓰모토는 생각한다.

제4의 레벨

이에 이어 역시 일인칭으로 쓰여 있는 스나가의 ‘편지’를 거론하지 않을 수 없다. 이것 역시도 또 하나의 레벨을 형성하고 있다. 마쓰모토는 “모든 비밀은 그것을 개방했을 때에야 비로소 자연스럽게 회복되는 결착을 볼 수 있다는 주의”를 가지고 있지만,

스나가는 이미 알고 있을지라도 '자연'으로 돌아갈 수가 없다. 바꿔 말해 자신이 가진 근원적인 위화감을 제거할 수가 없는 것이다. 이는 현재의 치요코와도 양어미니와도 아무 관계가 없는 것이기 때문이다.

끝으로, 다시 '탐정' 게이타로가 나타난다. 이렇게 게이타로의 방황 속에서 주제는 현대 도시의 상황, 현대적인 남녀관계, 부모자식관계, 나아가 자기 자신과의 관계에서의 위화감 쪽으로 어긋나면서 소행溯行=하향해 가는 것이지만, 그 어느 쪽도 해결되지 않으며 출구가 없다. 그러나 게이타로의 재출현에 의해 끝으로 심각한 광경이 망원렌즈로 본 것처럼 멀어져 간다. 이 작품에서 소세키가 시대상황과 관계없는 고유한 고뇌를 분석하고자 했던 것은 분명하지만, 동시에 그것을 먼 풍경으로서 상대화하고 마는 서술방식을 취하고 있기도 하다. 게이타로를 주인공으로 활약시킴으로써 심각한 사태를 결론이 없는 채 하나의 풍경으로 '사생'한다는 것이 이 작품의 장치였던 것이다.

5

『춘분 지나고까지』는 언뜻 난잡하고도 줄거리가 없는 것처럼 보이지만, 앞서 서술했던 레벨 혹은 층위(타입)가 지극히 정연하게 구별되어 있다. 이 작품에서 뒤돌아 『우미인초』나 『산시로』 『그 후』, 『문』을 보면, 소세키가 그러한 레벨을 한꺼번에 뒤섞어 썼음을 알 수 있다. 예컨대 『그 후』에서 다이스케의 '불안'은 다음과 같은 것이다.

> 나아가 그는 현대 일본에 특유한 일종의 불안에 사로잡히기 시작했다. 그 불안은 사람과 사람 사이에 신앙이 없는 원천적 원인에서 일어난 야만적일 만큼의 현상이었다. 그는 그런 심적인 현상 때문에 몹시도 마음이 동요하고 있음을 느꼈다. 그는 신을 향해 신앙을 두는 일을 좋아하지 않는 사람이었다. 그는 또한 두뇌의 인간으로서, 신을 향해 신앙을 두는 일이 불가능한 성품이었다. 그렇지만 그는 서로 간에 신앙을 갖고 있는 자는 신에게 의뢰할 필요가 없다고 믿고 있었다. 그는 서로를 의심할 때 경험하게 되는 고통으로부터의 해탈을 위해 신은 비로소 존재의 권리를 갖는 것이라고 해석하고 있었다. 따라서 신이 있는 나라에서는 사람들이 거짓말을 할 것이라고 단정했다. 그러나 지금의 일본은 신에게도 인간에게도 신앙이 없는 상태의 나라라는 것을 발견했다. 그리고 그는 그것을 전적으로 일본의 경제 사정에 귀착시켰다. (『그 후』)

비평가들은 소세키가 소설 속에서 시대상황이나 철학을 벌거벗겨 서술하는 것을 싫어해 왔다. 그런 비판은 마사무네 하쿠초의 비평이 제시하는 것처럼 이미 동시대부터 있었다. 소세키의 소설은 그들의 기준에서 보면 '불순'한 것이었다. 하지만 그들의 '순수'(순문학)는 근대소설의 내러티브를 통해 가능해졌던 것이고, 나아가 그런 사정에 의해, 소설이라는 애초부터의 '불순'한 것으로부터 폐쇄되어 형성됐던 것임을 알아둬야 한다.

다른 한편, 오늘날에는 소세키 작품들의 '불순함'으로부터 그것을 '도시론'으로서 읽어내려는 비평이 유행하고 있다. 그러나 그것은 테마틱한 비평과 마찬가지로 작품의 구성이 가진 의미를 무시하고 임의적으로 이런저런 작품에서 도시론을 끌어내는 것이다. 『춘분 지나고까지』가 중요한 것은 '도시'가 주제가 되어 있기 때문이 아니라, 그런 것이 제1의 레벨에서만 써지고 있다는 점이다. 즉, 『우미인초』 이래로 혼합되어 있던 여러 레벨들이 완전히 계층화되어버렸던 점이 중요한 것이다.

예컨대 앞에 인용했던 『그 후』의 한 대목에서 화자는 다이스케의 '불안'을 '현대 일본에 특유한 일종의 불안'으로 보고 있다. 물론 그것이 그가 느끼는 '불안'의 전부는 아니다. 아마 그것은 미치요를 친구인 히라오카에게 양보하고 말았던 일에서 비롯하는 것조차도 아닐 터이다. 『춘분 지나고까지』에서 보면 다이스케의 그 '불안'이란 동시에 세 가지 레벨에 있을 터이다. 하지만 『그 후』에는 그렇게 서로 다른 로지컬 타입[논리적 유형]이 구별 없이 섞인 채로 들어가 있다. 그리고 그것을 가능케 하고 있는 게 사생문이다.

소세키는 『춘분 지나고까지』에서 '이야기'나 '편지'를 이용하기 시작하고, 이를 통해 비로소 일인칭을 사용했다. '비로소'라고 말하는 것은 『춘분 지나고까지』 이전의 일인칭이란, 『나는 고양이로소이다』도 그랬었지만, 사생문의 내레이터의 일인칭이었기 때문이다. 『춘분 지나고까지』의 '이야기'나 '편지'의 일인칭은 이윽고 '객관적'인 삼인칭으로 전환될 수 있는 것이었지만, 그것

이전의 삼인칭은 내레이터에 의해 '이야기된' 것에 불과했었다.

그러나 『춘분 지나고까지』의 '이야기'나 '편지'는 아직 사생문적인 이야기 속에 둘러싸여 있다. 이는 근대소설에서 보자면 기술적으로는 미숙하다고 하지 않을 수 없을 것이다. 실제로 그것은 18세기의 영국소설, 나아가 그 영향을 받았던 프랑스소설에서 보이는 것으로서, 말하자면 삼인칭 객관 묘사가 성립되기 이전의 화법이다. 그러함에도 『행인』이나 『마음』에서 사생문적인 '여유'가 사라졌던 것은 분명하다. 그 결과, 소세키의 소설은 돌연 심각한 양상을 보이기 시작한다. 이어서 그는 삼인칭 객관 묘사로서 『한눈팔기』를 쓰고, 나아가 『명암』을 쓰게 될 것이었다. 그리고 『한눈팔기』에서 그는 비로소 자연주의자들로부터 평가를 얻게 된다.

물론 그것은 자연주의적이지 않으며 최후까지 '사생문'의 기본적 자세는 소거되지 않고 있다. 그러나 역시 『춘분이 지나고까지』에 소세키의 전환점이 있다고 해야 할 터이다. 앞서 말했던 것처럼 사생문의 특징은 다른 레벨(메타 레벨과 오브젝트[대상] 레벨)을 자유자재로 왕복한다는 데에 있다고 해도 좋겠다. 그렇기에 그때까지 소세키의 작품들에는 모든 레벨이 동시에 혼재되어 드러났던 것이다. 그런데 『춘분 지나고까지』에서는 그런 레벨이 확정됐고, 이후에는 소세키의 작품에서 쓸데없이 뒤섞인 부분으로 보이는 것이 소거된다.

그것은 그가 사생문에 있던 '여유'를 버렸다는 것을 뜻하는 게 아니다. 이 단계에서 소세키는 그에게 사생문을 쓰도록 해왔던 것이 무엇이었는지를 자각한 것이었다. 곧 여러 레벨을 자유자재로 왕래하는 것처럼 보였던 것은 실제로는 여러 레벨을 혼동하지 않을 수 없는 '병'이었던 것이다. 따라서 『춘분이 지나고까지』 이후 '여유'를 잃게 된 것은 소세키가 그런 '여유'의 자세를 강제하고 있던 바로 그것을 대상화할 수 있게 된 '여유'를 가졌기 때문이라고 보는 쪽이 더 좋겠다.

6

『춘분 지나고까지』의 제2레벨, 곧 '스나가의 이야기'에서는 '두려워하는 남자'와 '두려워하지 않는 여자'라는 주제가 드러나고 있다. 어떤 뜻에서 소세키의 소설은 일관되게 '두려워하지 않는 여자'를 묘사하고 있다. 예컨대 『산시로』의 미치코나 『그 후』의 미치요, 『행인』의 형수가 그러하다. 그러나 '두려워하지 않는 여자'라는 것은 통상적인 사례와는 역방향이라고 할지라도, 남자가 가지고 있는 모종의 고정관념이라고 할 수 있다. 소세키가 별달리 그것을 '여성'의 본성이라고 말하고 있는 것은 아니다. 왜냐하면 그것과는 대조적인 여성(『우미인초』의 이토코와 같은)도 드러나 있기 때문이다.

'두려워하지 않는 여자'에게서 소세키가 보았던 것은 '무의식의 위선'이다. 그는 「문학 잡회雜話」라는 제목을 붙인 담화 속에서 그것에 관해 다루고 있다.

> 그것은 여자가 남자를 뒤쫓는 일과 관련되는데, 그때 그 여자

의 퍼리시터스[felicitous, 즐거움·행복]란 그녀의 남편이라는 존재에 의해 유부녀 간음으로 이어지며, 그렇기에 남자 쪽에서는 시종일관 도망가고자 한다. 그녀가 피지컬리[육체적으로]하게 뒤쫓는 것은 분명 아니지만, 거듭 뒤쫓아가는 캡티베이트captivate[매혹하는]한 방식이 어찌나 교묘하던지, 무엇을 하였기에 저런 식으로 상상할 수 있을까 하고 놀랄 정도로 쓰고 있다. 누구도 그런 디벨럽먼트[전개(된 사건)]를 크리에이트[창조]하는 일은 불가능할 터이다. 그러므로 나는 그녀가 대단히 민첩하고 델리컷[섬세]한 성격이라고 평가하면서도 '무의식적인 위선가언컨시어스 히포크리트' — 위선가로 번역해서는 좋지 않지만 — 라고 말했던 일이 있다. 그 교언영색이 노력에 따른 게 아니라 거의 무의식적인 천성의 발현으로서 남자를 사로잡는 것인바, 물론 거기에는 선악이라는 도덕적 관념도 없지 않아 남아 있는 듯하지만, 그런 성격을 그 정도로 묘사했던 다른 작품이 있겠는가 — 아마 없으리라고 생각한다. (……)

『산시로』는 긴 작품이 될 것이냐는 물음입니까. 그렇네요, 길게 계속되도록 만들 겁니다. 그럼 무얼 쓸 것인가라는 물음이 나온다면 역시 곤란하겠네요. — 실은 방금 이야기했던 그 퍼리시터스말입니다만, 그것을 꽤 오래전에 목격하고는 재미있다고 생각하던 중이었는데, 지금 빈번히 소설을 쓰고 있는 모리타 하쿠요[=모리타 소헤이]에게, 그럼 나는 예의 저 '무의식적인 위선자언컨시어스 히포크리트'에 관해 써보겠다고 농담 반으로 말했고, 이를 들은 모리타가 한번 써보라고 말했으므로 그에게는 그런 여자에 관하여 써서 보여줘야 할 의무가 있지만, 다른 사람들에게는 공언했던 일이 없으므로 어떤 성격의 여자를 그리더라도 무방하리라고 생각하는 중입니다. (「문학 잡화」, 『와세다문학』 35호, 메이지 41년 10월[1908])

하지만 고미야 도요타카가 지적하듯, 그것은 여자만이 아니라 『우미인초』의 오노나 『그 후』의 다이스케, 『명암』의 쓰다를 두고서도 할 수 있는 말이다. 아니 그렇다기보다는 주요인물 모두는 '무의식의 위선'에 의해 움직이고 있는 것이다. 예컨대 언뜻 보아서는 그렇지 않은 『그 후』의 미치요나 『마음』의 선생님을 두고서도 그렇게 말할 수 있다.

예컨대 그 이전의 『우미인초』에서도 '무의식의 위선'은 다뤄지고 있다. 오노와 무네치카는 다음과 같은 대화를 나눈다.

"그러니까 자네 숙모님은 자네가 터무니없는 일을 하지 않을까 시종일관 걱정하고 있지 않은가."

"내 어머니는 가짜야. 자네들 모두가 어머니한테 기만당하고 있는 것이지. 어머니가 아니라 수수께끼야. 요계澆季[말세]의 문명에서 나온 특산물이야."

"그 말은 너무 ……."

"친어머니가 아니니까 내가 편협하다고 자네는 생각하겠지. 그렇다면 그것으로 된 거야."

"하지만 ……."

"자네는 나를 신용하지 않는 건가."

"물론 신용하지."

"내 쪽이 어머니보다 더 높아. 현명하지. 도리도 알고 말이야. 그러니 내 쪽이 어머니보다 선인이지."

무네치카 군은 입을 다물고 있다. 고노 씨는 계속했다.

"어머니가 집에서 나가지 말라고 말하는 것은 나가달라는 뜻이야. 재산을 가지라는 말은 재산을 넘기라는 뜻이지. 보살핌을 받고 싶다는 것은 보살핌이 싫다는 뜻이고 말이야. — 따라서 나는 표면적으로는 어머니의 의지를 거스르지만 내실은 어머니가 희망하는 대로 해주고 있는 거야. — 보라고, 내가 집을 나간 뒤 어머니는 내가 나빠서 나간 것처럼 말할 테니까, 세상도 그렇게 믿을 테고 말이지. — 나는 그만큼의 희생을 감수하고서라도 어머니나 여동생을 위해 그들을 헤아려주고 있는 거야." (『우미인초』)

고노는 어머니와 여동생(후지오)이 보이는 '무의식의 위선'을 꿰뚫어보고 있다. 그들에 대한 고노의 거동은 『산시로』의 히로다 선생이라면 '로아쿠露惡[일부러 자기 결점을 드러내어 남을 괴롭히길 좋아함]'라고 부를 것이다. 그러나 고노가 꿰뚫어본 '무의식의 위선' 따위는 대단한 게 아니다. 예컨대 고노와 어머니, 그리고 후지오와의 관계는 『춘분 지나고까지』에서의 스나가와 어머니, 그리고 치요코와의 관계와 비슷하지만 결정적인 차이가 있다. 그것은 '마쓰모토의 이야기'(제3의 레벨)에서 쓰여 있는 것처럼, 그런 '무의식의 위선'의 기원을 실제로 눈앞에 있는 어머니와는 다른 레벨의 어머니와 맺는 관계에서 발견하고 있다는 것이다. 이는 스나가가 전혀 기억하지 못하는, 문자 그대로 '무의식'의 레벨에 있다.

고모리 요이치를 위시하여 최근의 비평가들은 『그 후』나 『마음』에서 과묵하고 얌전한 것처럼 보이는 미치요나 세이(따님=부인) 등이 타산적인 책략가이자 유혹자라고 지적한다. 『마음』의 경우에 주의해야 하는 것은 '선생님'이 하숙하는 곳이 아버지가 부재하는 집이라는 점이다. 공모라고까지 말할 수는 없을지라도 그 집의 모녀가 젊은 남자들에 관한 이야기를 하지 않았을 리는 없다. 그들은 '선생님'을 사위로 삼기로 결정하고 있었고, '선생님'의 친구 K를 이용한 구석이 있다. 『춘분이 지나고까지』에서도 치요코의 중매 상대가 나타나자 스나가는 질투를 느끼고 그것을 사랑이라고 착각한다. 그것들은 어머니와 딸에 의해 궁리되어 계획된 것이다. 그녀들에게 공모가 있었는지 어떤지는 불분명할지라도 말이다.

그 점에서 나는 후타바테이 시메이의 『뜬구름』을 상기하게 되는데, 거기서는 어머니와 딸의 공모는 명백하다. 단, 일본 근대소설의 근대적인 주인공(남자)이 통념에 반하여 그 어떤 '가부장'과의 대립도 거치고 있지 않다는 점은 주목할 만하다. 그들을 농락하고 있는 것은 '딱딱한' 강압적·부권적 제도가 아니라 일종의 모계적인 '유연한' 지배력이다. 고야노 아츠시는 다음과 같이 쓰고 있다.

> K, '선생님', '나'의 차이는 모두 겉모습에 불과할 뿐으로, 세 명 모두 세이라는 한 여자가 생각하는 대로였던 것이다. 여기에 『마음』의 세계가 서양 사상을 모방해 그 위에 덧그림으

로써 제시했던 서양적인 '아버지'라는 게 환영에 불과한 것일 뿐 아버지와 아들 간의 차이는 없으며 둘 모두 '어머니'의 지배 아래에서 스스로가 주체적으로 거동할 수 있다는 꿈을 꿨을 따름이라는 것이 명확해진다. 아버지–어머니–아들의 삼각관계는 성립하지 않으며 단지 한 사람의 '어머니'가 모든 남자에 대해 등거리의 패권을 휘두른다. 이것이 '일본'이다. (「나쓰메 소세키에서의 패밀리 로맨스」, 『비평공간』 4호)

역사적으로는 그러한 '어머니'의 지배란 설명이 가능한 것이다. 예컨대 '가부장'적인 지배는 오히려 근대적 가정에서 존재하기 시작했던 것이다. 그것은 법적으로 메이지 31년[1898]의 민법에 의해 확립됐지만 현실은 달랐다. 실제로 소세키의 작품에서 아버지는 대체로 부재중이다. 주인공의 아버지가 권위를 갖고 등장하는 작품은 『그 후』뿐이지만, 그 아버지 역시도 다이스케가 투쟁하지 않으면 안 되는 권위를 갖고 있지 않다. 덧붙여 말하자면 '가부장'과 싸운 것처럼 보이는 자연주의자들 역시도 실제로는 오히려 모계적인 지배 속에 놓여 있었던 것이다.[2]

• •

2. (원주) 예컨대 야마시타 에츠코는 이렇게 말하고 있다. "하지만 페미니스트도, 마르크스주의적인 가치관을 가진 비평가도 전전(戰前)의 '집(家[이에])'을 봉건적인 가부장 제도로서 일괄하여 이야기하고, 줄곧 여자나 어머니가 남존여비 아래에서 억압되어왔다고 안이하게 논해왔다. 그러나 여성사 연구의 성과에서는 일본의 '집'만큼 '아버지'가 실제적으로도 관념적으로도 희박했던 곳은 없으며, 유교적 가치관이 강하다고 여겨지는 에도 시대의 무가(武家) 사회에서도 양자 제도는 일본 사회의 전통이었다. 그리고 처가에 거주하는 데릴사위는 서민층을 포함하여 메이지 시대에도 많이

그렇지만 그런 관점에서 소세키의 텍스트를 설명하는 것은 불가능하다. 반복해서 말하지만, 『춘분 지나고까지』 이후의 소세

• •

계승되었다. 『의제(擬制)된 부모자식 ― 양자[에 관하여]』(오타케 히데오, 하세가와 젠케, 다케다 아키라, 산세이도, 1988)에 따르면 에도 시대 1741년부터 1794년까지 평균적으로 다이묘가(大名家)의 31.3%가 양자였다는 숫자가 나온다. 번사(藩士)의 레벨에서도 마찬가지로 가나자와번에서는 실제로 50%가 양자상속이었다고 한다. 당시는 아이가 일찍 죽고 마는 경우가 많았던 점, 상속자가 없으면 가문이 망해버리는 점, 친자가 있어도 우수한 인재를 양자로 받아들였다는 이유 등등이 거론되지만, 최근 연구에서는 "일본의 전근대사회에서의 양자제도가 가부장제 가족의 상속·계승이라는 일면만으로는 단번에 포착될 수 없다"(앞의 책)는 견해가 인정받고 있는 듯하며, 일본 사회를 부계제가 아닌 쌍계제(雙系制) 원리가 강한 사회로 보는 학자도 있다(아카시 카즈노리, 요시다 다카시). 서민층의 경우는 명확히 혼인 관습과의 관련 아래 가에리무코(帰り婿[일정 기간의 처가살이 이후 아내를 데리고 남자의 집으로 돌아가던 혼인 형태 혹은 그런 사위])가 많았던 점이 지적되고 있다. 작가의 태생을 보더라도, 아버지가 양자여서 조모나 어머니가 실권을 쥐고 있는 집에서 자란 사람이 적지 않다. 모리 오가이, 다니자키 준이치로, 다자이 오사무의 집은 어느 쪽이든 아버지가 양자이고 그들은 여계(女界) 가족의 분위기 속에서 유년 시절을 보냈다."(『마더 콤플렉스 문학론』[1991])

그러나 이런 사회학적 관점만으로는 소세키는 물론 오가이나 다니자키의 텍스트조차도 논할 수 없을 것이다. 이를 위해서는 언문일치에 이르기까지 일본의 '문(文)'이 가지고 있던 다양한 성질을 고찰하지 않으면 안 된다. 그것은 당연히 헤이안 시대의 '여문자(女文子)'에 의해 형성됐던 것을 포함하고 있다. 즉, '모계적인 것'이란 단지 혼인제도로서만이 아니라 '문'이 가진 힘으로서도 남아 있었던 것이다. 그런 뜻에서 메이지적인 가부장제의 법적 확립이 언문일치의 확립과 대응하고 있는 것은 우연이 아니다. 그 시점에서 히구치 이치요를 가능케 했던 에크리튀르는 소실되었다. 메이지 말엽의 페미니스트(세이토파(青鞜派))의 문장은 완전히 시라카바(白樺)파의 그것이었다.

키는 서양과 일본이라는 문제가 나오는 레벨, 혹은 '근대'나 '현대'를 이야기할 수 있는 레벨과 그렇지 않은 레벨을 선명히 나눴던 것이다. 이는 바꿔 말하자면, 예컨대 '일본'이라는 시니피에 혹은 대상에 결부시킬 수 없는 시니피앙을 발견했다는 것이겠다. 그것은 또한 『춘분이 지나고까지』의 제3레벨이 즉각 일반화할 수 없는, 소세키에게 있어 특이한 문제였던 것과 이어지고 있음을 뜻한다.

소세키는 제1의 레벨을 결코 부정하지 않을 터이지만, 그 레벨은 그를 '작가'답게 만드는 것이 아니다. 그렇다고 그것이 그를 '이론가'답게 만드는 것도 아니다. 이렇게 말할 때, 나는 물론 범용한 작가·이론가 따위를 포함하고 있는 게 아니다.

7

『춘분 지나고까지』의 제3레벨, 즉 '마쓰모토의 이야기'가 보여주는 것은 스나가를 자신의 아이로서 양육했던 어머니의 태도가 언제나 양의성을 품고 있었다는 점이었다. 그녀는 피의 연결이 없는 아이를 친자식처럼 키웠다. 하지만 거기에는 좀 더 자연적이고자 하는 일의 부자연스러움이 있다. 소세키는 앞서 말한 unconscious hypocrisy[무의식적인 위선]의 원천을 거기서 발견했던 것이다. 『한눈팔기』에서 그는 그것을 거의 자전적인 것으로 묘사하고 있다.

그러나 부부의 마음 깊은 곳에서는 겐조에 대한 일종의 불안이 언제나 잠재해 있었다.

부부는 차가운 밤공기를 느끼면서 목제 화로 앞에서 서로를 향해 마주 앉아 겐조에게 곧잘 이런 질문을 던졌다.

"네 아버지는 누구더냐?"

겐조는 시마다를 향해서는 그를 가리켰다.

"그럼 네 어머니는?"

겐조는 오츠네의 얼굴을 보며 그녀를 가리켰다.

이로써 자신들의 요구가 일단 만족되면, 이번에는 동일한 것을 다른 형태로 심문했다.

"그럼 네 진짜 아버지하고 어머니는?"

겐조는 싫어도 하는 수 없이 대답을 반복할 수밖에는 방도가 없었다. 그러나 그것이 왠지 모르게 그들을 기쁘게 했다. 그들은 서로 얼굴을 마주 보며 웃었다.

어떤 시기에는 이런 광경이 세 사람 사이에서 거의 매일같이 펼쳐졌다. 어떤 때는 그런 문답이 단지 그것으로 마무리되지 않았다. 특히 집요하고 농밀했다.

"너는 어디서 태어났지?"

이런 물음을 받을 때마다 겐조는 자신의 기억 속에 보이는 붉은 대문 — 키가 큰 대나무 숲으로 뒤덮인 작고 붉은 대문 집을 예로 들어 대답하지 않으면 안 되었다. 오츠네는 언제 그런 질문을 불시에 던질지라도 겐조가 지장 없이 똑같은 대답을 할 수 있도록 그를 길들였던 것이다. 겐조의 대답은 물론 기계적이었다. 그럼에도 그녀는 그런 것에는 전혀 관심이 없었다.

"겐조야, 넌 진짜 누구 아이야? 숨기지 말고 말해봐."

겐조는 괴롭힘을 당하는 마음이었다. 때로는 괴롭다기보다 화가 났다. 상대방이 듣고 싶어 하는 대답을 하지 않고는 일부러 입을 다물어버리고 싶었다.

"넌 누가 제일 좋아? 아버지? 어머니?"

겐조는 그녀의 뜻에 맞춰주기 위해 상대방이 바라는 대답을 하는 게 싫어서 견딜 수가 없었다. 그는 말없이 몽둥이처럼 서 있었다. 그런 행동을 그저 어리기 때문이라고만 해석한 오츠네의 관찰은 오히려 너무 간단했다. 그는 마음속으로 그녀의 그런 태도를 꺼리고 싫어했던 것이다.

부부는 전력을 다해 겐조를 그들의 전유물로 만들고자 애썼다. 또 사실상 겐조는 그들의 전유물임에 틀림없었다. 따라서 그들에게 중요한 존재가 되는 일이란, 곧 그들을 위해 그 자신의 자유를 박탈당하는 것과 동일한 결과에 빠졌다. 그에게는 이미 신체의 속박이 있었다. 그러나 그것보다 더 무서운 마음의 속박이라는 것이 아무것도 이해 못 하는 그의 가슴에 희미한 불만의 그림자를 던졌다.

부부는 항시 무슨 일에 덧붙여 그들의 은혜를 겐조에게 의식시키고자 했었다. 그래서 어떤 때는 '아버지가'라는 말을 크게 했다. 어떤 때는 또 '어머니가'라는 말에 힘이 들어갔다. 겐조가 아버지나 어머니라는 말을 떠나 과자를 먹거나 옷을 입는 일은 자연스럽게 금지되었다.

자신들의 친절을 무리를 해서라도 외부에서 아이의 가슴에 박아 넣으려는 그들의 노력은 오히려 정반대의 결과를 아이에게 불러일으켰다. 겐조는 그들을 귀찮아했다.

'왜 그렇게 나를 보살피는 것일까?'

'아버지가'라든가 '어머니가'라는 말이 나올 때마다 겐조는 자기 혼자만의 자유를 원했었다. 장난감을 받고 기뻐하거나 니시키에錦絵[풍속화에 색을 입혀 인쇄한 목판화]를 질리지 않고 바라보는 그는 오히려 그것들을 사주었던 사람을 기쁘게 만들어주고 싶지 않았다. 적어도 그 둘을 말끔하게 분절하여 순수한 즐거움에 빠져들고 싶었다.

부부는 겐조를 귀여워하고 있었다. 그런데 그 애정에는 이상한 보상을 예상하는 마음이 있었다. 돈의 힘으로 아름다운 여자에 흠뻑 빠진 사람이 그 여자가 좋아하는 것이라면 말하는 대로 사주는 것과 마찬가지로 그들은 자신들의 애정 자체의 발현을 목적으로 행동하는 게 불가능하며, 오직 겐조의 환심을 얻기 위해 친절을 보이지 않으면 안 되는 것처럼 거동했다. 그리고 다름 아닌 자연으로 인해 그들의 불순함은 처벌받았다. 그런데도 그들은 알지 못했다. (『한눈팔기』)

소세키가 어떻게든 파내고자 했던 비밀이란 양자로 보내졌다는 것 자체도 아니며 양자였기 때문에 고통스러웠다는 것도 아니다. 그것은 양부모가 '자연'스럽게 거동하려고 했던 것의 부자연스러움에 의한 것, 혹은 그들이 피가 아닌 인공적인 연결의 불안을 해소하고자 함으로써 거꾸로 그것을 끊임없이 노출시켰다는 데 있다. 『한눈팔기』의 겐조는 유년기에 그런 것을 전혀 몰랐다.

그러나 그것을 unconscious하게는[무의식적으로는] 알고 있었던 것이다.

고미야 도요타카는 이렇게 말하고 있다. "인간의, 특히 여자의 '언컨시어스 히포크리시[무의식적인 위선]'의 문제는 소세키가 단순히 『산시로』의 미치코를 묘사하기 위해 설정한 문제가 아니라, 소세키의 생활에 내재된 좀 더 깊은 곳에 뿌리박고 있는 것이며, 소세키가 이후 끊임없이 문제로 삼지 않으면 안 됐던 중대 문제 가운데 하나였다."(「산시로」, 『소세키의 예술』에 수록) 이것은 중요한 포인트이다. 하지만 고미야 자신은 그것의 중대함을 충분하게 이해하지 못했다. 그것이 소세키의 작품 내용만이 아니라 형식 그 자체와 관계되어 있다는 것을 말이다.

그레고리 베이트슨은 정신분열병을 앓기 쉬운 환경으로 부모의 양의적인 태도를 지적하고 있다. 예컨대 진심으로는 사랑하고 있지 않음에도 사랑하고 있는 것처럼 어머니가 거동할 때 아이는 그것을 암묵적으로 깨닫고는 있으되 의식하지는 못한다. 그런 경우, 어머니의 말은 두 가지 레벨에서 수행된다. 문자의 레벨에서는 '사랑하고 있는' 것이지만, 다른 레벨에서는 '미워하고 있는' 것이다. 그것은 언어와 표정의 차이로서도 드러난다. 예컨대 상냥한 말이 얼어붙어 있는 표정으로 나올 경우가 그렇다.

베이트슨은 그것을 러셀이 말한 로지컬 타입[논리적 유형]론과 결부시켰다. 예컨대 '나의 명령에 따르지 마라'는 명령은 자기언급적이며 결정불가능이다. 앞서 서술했듯이 부모의 태도는 그것이 반복되는 한에서 아이를 '더블 바인드[이중 구속]' 상태에 계속 놓아두게 된다. 그 결과, 아이는 메타 커뮤니케이티브[meta communicative(말 아닌 시선 · 동작 · 몸짓 · 태도 등에 의한 소통)한 태도, 곧 문자 그대로의 언명과 그것이 다르게 의미하고 있는 바를 구별할 능력을 잃기 쉽다. 분열병자의 경우, 상대방이 무언가를 말할 때 그것이 진정으로 무엇을 뜻하는지를 모르며, '숨겨진 의미'에 과도하게 집착하고 그것에 속지 않도록 결의하고 있다. 그 최종적인 단계는 일체 응답을 하지 않는 것이다.

그런데 베이트슨은 그런 환경에 있다면 분열병에 걸린다고 말하는 게 아니라, 분열병이 커뮤니케이션의 병이라는 것, 그리고 그것이 로지컬 타입을 구별할 수 없음을 말할 따름이다. 그의 생각은 라캉의 이론과 결부시킬 수 있을 것이다. 왜냐하면 상징질서(언어)로의 참여에서 유아가 끊임없이 양의성, 게다가 더블 바인드에 의한 양의성에 노출되고 있다면, 그 유아는 상징질서가 가능케 하는 '자기'를 가질 수 없을 것이기 때문이다. 바꿔 말하자면 거기에서는 상징질서에 의한 '억압'이 일어나는 게 아니라 '배제'가 생겨날 것이다.

『한눈팔기』가 보여주는 것은 양부모가 반복하여 취하고 있는 더블 바인드적인 태도이며, 나아가 닦달되고 있는 아이의 태도이다.

> 동시에 겐조의 기질도 훼손되었다. 순하고 착하던 그의 천성은 점차 표면에서 사라져갔다. 그렇게 그 결함을 보충한 것은 다름 아닌 '고집強情'이라는 두 글자 이외에 다른 것일 수 없었다.
>
> 겐조의 제멋대로 된 행동은 나날이 심해졌다. 자신이 좋아하는 것을 손에 넣지 못하면 거리든 길가든 상관하지 않고 곧바로

> 그 자리에 주저앉아 꼼짝하지 않았다. 어떤 때는 어린 점원의 등 뒤에서 그의 머리카락을 힘껏 쥐어뜯었다. 어떤 때는 신사에서 놓아 기르는 비둘기를 어찌해서라도 집으로 가져가겠다는 주장을 멈추지 않았다. 양부모의 총애를 원하는 대로 독점할 수 있는 좁은 세계 속에서만 자거나 일어나는 일 말고는 모르는 그에게는 모든 타인이 단지 자기의 명령을 듣기 위해 살아 있는 것처럼 보였다. 그는 말하면 그대로 통하여 모조리 이뤄질 것처럼 생각하게 됐다. (『한눈팔기』)

이를 두고 프로이트라면 나르시시즘으로의 퇴행이라고 부르겠지만, 이 아이가 취할 수 있는 방도란 그것 말고는 없을 터이다. 물론 나는 『한눈팔기』라는 작품에서 소세키의 '병'을 추측하려는 게 아니다. 내가 말하고 싶은 것은, 소세키가 일찍이 '무의식의 위선'이라고 부른 것을 '20세기의 인간'의 일반적인 폐단으로 단죄하려는 시점에서 벗어나 그것을 좀 더 '분석적'으로 보는 시점에 섰다는 점이다. 혹은 상대방 누군가가 자신을 끝없이 파고들고 있다고 믿어버리는 일을 현대인의 일반적 폐단으로서의 '탐정'으로 간주하고 배격하는 게 아니라 적극적으로 '탐정=분석자'로서 고찰하고자 했다는 점이다.

앞에서 나는 『춘분 지나고까지』 이전까지의 소세키의 작품에는 다양한 레벨이 동시에 드러나며, 그것이 말하자면 로지컬 타입의 혼란이라고 말했다. 자연주의적 혹은 낭만적 근대 소설가는 그런 혼란에 빠지지 않는다. 그렇다고 한다면 소세키의 경우, 그 작품의 내용으로서 '병'이 쓰여 있는 게 아니라 사생문이라는 형식 그 자체가 '병'의 발현이자 동시에 그 치유라고 말해야 할 터이다. 『춘분 지나고까지』 이후에는 그런 사정을 자각했던 까닭에 사생문적인 색채가 희박해졌던 것이다.

예컨대 『우미인초』에서는 양어머니의 말이 언제나 이중의 메시지를 품고 있었던 까닭에, 고노는 그녀의 표면적인 '의지를 거슬러', 거기에 숨겨져 있던 메시지를 읽어내고는 그것을 실행한다. 『춘분 지나고까지』나 『한눈팔기』를 읽은 독자는 고노의 자세가 유년기 때부터 형성됐던 '메타 커뮤니케이티브한 기능'의 결손에 따른 것임을 분명히 감지할 것이다. 하지만 『우미인초』에서 그 어머니는 '도의'를 결여한 이기적 인간으로 그려지고 있다. 이는 또한 여주인공 후지오에 관해서도 마찬가지이다. 일찍이 소세키는 이렇게 말하고 있다.

> 후지오라는 여자에게 그런 동정심을 가져서는 안 된다네. 그녀는 나쁜 여자야. 시적이지만 온순하지가 않지. 덕의심德義心이 결핍된 여자이지. 그녀를 끝부분에서 죽이는 것이 일편주의一篇主意야. 잘 죽이지 못하면 살려줄 것이네. 그러나 그렇게 돕게 되면 끝내 후지오라는 이는 쓸모없는 인간이 되고 말 것이야. 최후에 이르러 철학을 붙인다네. 이 철학이란 하나의 씨어리[theory, 이론]야. 나는 이 씨어리를 설명하기 위해 작품 전편을 쓰고 있는 것이라네."(메이지 40년[1907] 고미야 도요타카에게 보낸 편지)

'그녀를 끝부분에서 죽이는 것이 일편주의야'라는 말. 이는 소세키의 진실인 동시에 착각이다. 후지오는 단지 딸인 동시에 대상을 갖지 않은 시니피앙인 것이다. 하지만 그것은 더 이상 '어머니'도 아니다. 『춘분 지나고까지』에서 소세키는 그것들을 명료하게 구별하고 있다. 예컨대 스나가(이치조)는 다음과 같이 말한다.

> 이치조는 "예"라고 말하고는 약간 만족스러운 얼굴을 했지만, "실은 큰 소리로 이야기하는 것도 안쓰럽고 죄스럽지만, 숙부께 그 이야기를 듣고 난 이후부터는 어머니의 얼굴을 볼 때마다 이상한 기분이 들어 견딜 수가 없습니다"라고 덧붙였다.
>
> "불쾌해지는 건가?" 나는 오히려 엄숙하게 물었다.
>
> "아니요, 그저 안쓰러운 겁니다. 처음에는 쓸쓸해서 어쩔 수가 없었는데 점점 더 안쓰러운 마음으로 변해갔습니다. 실은 여기서만 하는 말입니다만, 요즘 들어서는 어머니 얼굴을 아침저녁으로 보는 일이 고통입니다." (『춘분 지나고까지』)

여기서 소세키는 실재의 여자(어머니)와 시니피앙으로서의 여자(어머니)를 구별하고 있다. 그렇다고 한다면, 내가 예전의 소세키론에서 말했던 '구성적 파탄', 곧 주인공이 도중에 실재의 타자를 무시하고 자기의 문제로 귀착되는 것은 결코 '타자로부터의 도망'(에토 준)이 아니다. 예컨대 『문』을 예외로 한다면, 『춘분 지나고까지』 이전의 작품에서는 그런 분열은 적다. 그러나 거꾸로 말하자면 그것은 본래 레벨이 다른 것이 강제로 통합되어 있었기 때문이다.

『행인』이나 『마음』에서 소세키는 더 분명히 레벨의 그런 차이를 자각하고 있다. 그것은 대상으로서의 '여자'로는 환원할 수 없는 것을 추구하도록 만드는 것이었다. 예컨대 『마음』의 선생님은 「편지」의 마지막에 이렇게 덧붙이고 있다.

> 나는 내 과거 속의 선악 전부를 남들의 참고로 제공할 생각이네. 그러나 단 한 사람 아내만큼은 예외라는 것을 알아주게. 나는 아내에겐 아무것도 알리고 싶지 않아. 아내가 나의 과거에 대해 가진 기억을 가급적 순백 상태로 보존해두고 싶은 것이 나의 유일한 희망이니, 내가 죽은 이후에도 아내가 살아 있는 이상, 자네에게만 한정하여 털어놓은 내 비밀로서 모든 것을 가슴에 묻어두었으면 하네. (『마음』)

'선생님'은 아내(시즈)나 아내의 어머니가 K의 죽음에 있어 innocent[결백]하다고 생각했던 것일까. 적어도 소세키는 그렇게 생각하지 않았을 것이다. 왜냐하면 모녀의 공모라는 사정, 혹은 그 '무의식의 위선'에 관해 소세키는 이제까지의 작품에서 몇 번씩이나 써왔기 때문이다. 그렇다고 한다면 '선생님'이 그런 것을 쓰지 않은 점은 그런 사정을 알지 못하는 게 아니라, 설사 그러했을지라도 그것이 K가 죽은 '원인'일 수는 없다는 점을 아내나 학생에게 말하고 싶었기 때문이다.

따라서 나는 앞에서 소개했던 『마음』에 관한 새로운 독해에 반대한다. 그렇다면 선생님이 자살한 원인은 무엇일까. 메이지천황이 죽었기 때문이 아니라는 것을 말할 필요도 없다. 그 원인은 더 이상 원인으로 지시할 수 있는 것이 없는 상태 자체에 있다. 말하자면 그것이 '마음이라는 정체를 알 수 없는 녀석'(소세키)이라고 해도 좋겠다. 자발성(주체성)이라고 생각했던 것이 언제나 타자의 지배 아래에서만 존재했다는 자각 이후에 혹여 진정으로 '주체'이고자 한다면 죽는 수밖에는 없다. 그것은 라캉이 '불가능한 것'이라고 불렀던 '현실계'로의 회귀이다. 그것은 소세키의 말을 빌리자면, '부모미생父母未生 이전의 진면목'으로의 회귀이다.

그러나 소세키는 그 시기에는 이미 충분하게 그것을 자각하고 있었다. 이어서 쓴 『한눈팔기』가 자전적인 탐구라는 점이 그것을 증명하고 있다. 아니, 그렇다기보다는 『춘분 지나고까지』 이후의 작품에서는 문제가 해결되지 않았을지라도 그것이 해결 불가능한 것으로서 확정되어 있다는 느낌이다. 예컨대 이미 말했듯이 『춘분 지나고까지』에서는 '탐정'이 긍정적으로 드러나 있다. 그 때까지의 작품에서 '탐정'에 대한 이상한 고집이 있었던 것은, 상대방의 언어가 지닌 본뜻을 끊임없이 찾지 않고는 있을 수 없었던 점과 상대방이 끊임없이 이쪽의 본뜻을 찾고 있는 것처럼 생각하는 것이 동일하기 때문이었다. '탐정'을 싫어하는 당사자가 '탐정'을 하고 있는 것이다.

그런 상호관계는 통상적으로는 남녀의 한 쌍뿐이었지만, 『명암』에서는 등장인물의 거의 모두가 서로 그런 '읽기'의 항쟁을 전개하게 된다. 거기에는 일본의 소설에서는 그것 이전에도 이후에도 없을, 특히 여성들에 의한 긴박한 대화가 있다. 그러하되 거기에는 사생문에 있었던 로지컬한 혼란이 없으며 그런 혼란이 부여하는 과잉됨의 매력도 없다.

오오카 쇼헤이는 소세키가 오래 살았더라면 『나는 고양이로소이다』와 같은 것을 좀 더 웅대한 스케일로 썼을 것이라고 말했었다(『나쓰메 소세키』). 그것은 『나는 고양이로소이다』에서 『명암』으로의 길을 근대소설의 관점에서 '성숙'으로서 보는 입장에 대한 비판이다. 물론 나는 그와 같은 관점에 반대하지만, 어떤 뜻에서 소세키의 '치유'를 인정하지 않으면 안 될 것이다. 오오카는 가정하여 말했을지라도, 소세키가 『나는 고양이로소이다』와 같은 작품을 두 번 다시 쓰는 일은 있을 수 없다고 해도 좋다.

작품 해설

『문門』

『문』은 메이지 43년(1910년) 3월 1일부터 6월 12일까지 <아사히 신문>에 연재되었다. 그 1년 전인 1909년에 『그 후』를 연재했었는데, 그 제목은 1908년(메이지 41년) 『산시로』 그 후라는 뜻이었다. 『문』이라는 제목은 그의 제자들이 결정한 것으로, 나쓰메는 글을 쓰기 시작한 다음이었음에도 "전혀 '문'답지 않아서 곤란할 따름이지"(데라다 도라히코에게 보낸 편지)라고 투덜거리고 있었다. 즉, 『문』이란 『그 후』의 그 후와 다름없다. 『그 후』라거나 『문』 같이 대수롭지 않게 제목을 다는 방식은 신문 연재소설이라는 탓도 있지만, 한 작품이 다음 작품을 요청하는 불가피한 흐름에 작가로서의 소세키가 시달리고 있었음을 보여주는 것이라고 해도 좋겠다. 이런 창작 활동은 죽음에 이를 때까지 멈추지 않고 폭발적으로 계속되고 있었던 것이다.

『그 후』의 주인공 다이스케는 예전에 유치한 의협심 때문에 친구와 결혼시키고 말았던 여자를 다시 빼앗는다. 이 일로 그는 아버지나 형으로부터 의절되고 경제적 원조도 끊기고 만다. 그때까지 '고등유민高等遊民[고등교육까지 마친 실업자(룸펜)]'으로서 삐딱하게 적을 겨누고 있던 그가 직업을 구하기 위하여 찌는 듯 더운 길거리로 뛰쳐나오는 곳에서 이야기는 끝난다. 이 인물이 대체 어찌 될 것인지에 관한 관심은 당시의 독자들에게도 강했던 듯한데, 소세키에게 『문』이라는 작품은 단지 속편이라는 점에서 멈추지 않고 더 심화되어감으로써 『행인』, 『마음』, 『한눈팔기』와 같은 작품에 각기 이어지는 여러 요소들을 제출하고 있다는 뜻에서 일종의 터닝 포인트라고 해야 할 것이다.

예컨대 『그 후』의 다이스케는 친구의 아내가 되어 있던 여자를 사랑하고, 이를 "자연이 명한 것"이며 "하늘의 뜻에 따른" 것이라고 생각한다. 즉 거기에는 '제도'에 맞서는 '자연'이라는 도식이 있다. 다이스케는 '세상'에 전투적으로 대치하고 있는 것이며, 그렇기에 이 작품에는 일종의 명랑함, 곧 『산시로』에서 보이는 젊음이 있다. 하지만 이와는 정반대로 『문』의 색조는 어둡고도 생기가 없다. 그러나 그런 변화는 결코 『그 후』가 필연적으로 연장된 것이라고 할 수 없는 것이다. 오히려 그 어두움이란 『그 후』에서는 꽤 도식적이라고 여겨지는 삼각관계의 내실을 골똘히 파고든 데에서 오고 있다.

소세키가 삼각관계를 몇 번씩이나 다뤘기 때문에 그에게 실제로 그런 경험이 있었던 게 아닌가라고 흔히들 생각했는데, 이를 둘러싼 여러 설들이 분분하다. 그러나 그렇든 아니든 실제로는 어찌 되어도 좋다. 중요한 것은 작품에서 삼각관계가 어떤 식으로 포착되고 있는가라는 점이다. 『그 후』와는 달리 『문』의 경우,

'사랑' 또는 인간의 '관계'라는 것이 애초부터 삼각관계로 되어 있는 게 아닌가라고 느낄 정도로 삼각관계에 대한 파악이 심화되어 있다.

예컨대 프로이트가 인간의 원체험으로 집어냈던 오이디푸스 콤플렉스란 말할 것도 없이 삼각관계이다. 이는 인간이란 누구나가 삼각관계를 경험한다는 뜻이라기보다는 타인과의 관계 그 자체가 삼각관계 속에서 가능하다는 것을 뜻한다. 소세키는 『그 후』의 다이스케가 가진, 친구의 아내를 향한 사랑을 '자연이 명한 것'이라고 쓰지만, 결코 그렇다고는 말할 수 없다. 왜냐하면 다이스케의 사랑이 고조됐던 것은 상대방인 여자가 다름 아닌 타인의 소유였기 때문이다. 그렇다고 한다면 '자연과 제도'라는 도식 따위란 성립하지 않는다. '자연' 그 자체가 이미 비자연적인(제도적인) 것으로부터 취해지고 있기 때문이다. 인간 존재를 향한 소세키의 질문이 『문』 속에서 비약적으로 깊어지고 있다는 것은 그런 뜻에서이다. 삼각관계는 인간의 '관계' 그 자체를 향한 질문 속에서 다시 검토되는 것이다.

『문』의 소스케는 급작스레 가마쿠라로 가서 참선을 하게 된다. 그때까지의 문제를 내버려 둔 채로는 '깨달음'이든 뭐든 있을 리가 없다. 이는 이 작품의 결점으로 여겨지며 그 이유로는 소세키의 육체적 쇠약이 거론되는데, 한쪽에선 『문』이라는 제목에 걸맞도록 하기 위해 이야기를 그렇게 끝맺었다고도 한다. 그러나 그 뜻밖의 참선에서 중요한 것은 소스케가 그것을 아내에게 숨기고 있다는 점이다. 그들은 과거를 공유하고 있고 세상으로부터 이격된 채로 긴밀한 결합을 맺고 있음에도 서로 간에 통합될 수 없는 미묘한 홈이 패여 있다. 예컨대 『마음』에 나오는 선생님 역시도 아내에게 숨기고 자살하는데, 그 점에서 봐도 『문』에 나오는 뜻밖의 참선은 단순히 결합이라는 말로 마감될 수 없는 의미를 갖는다. 이 수수께끼는 아마 삼각관계 그 자체에서 배태되었을 것이다.

우리가 어떤 여자(또는 남자)를 정열적으로 원하는 것은 그녀(또는 그)를 제3자가 원하고 있을 때이다. 물론 삼각관계로서 드러나지 않는 경우까지도 연애는 그러한 구조를 갖는다. 그러나 상대방을 획득하자마자 정열은 식고 상대를 괘씸히 여기게 된다. 그것을 상대방은 변심으로 여기고 만다. 이러한 어긋남은 지극히 흔하지만, 명료한 삼각관계에서 그것은 좀 더 극적인 형태를 취한다.

『문』이나 『마음』이 그런 것처럼, 승리한 남자는 어딘지 잠재적으로 여자를 증오하면서 패배한 남자에게 자기를 동일화한다. 그들은 결국 여자의 자의적인 의도에 휘둘렸던 것이기 때문이다. 물론 여자가 냉혹하거나 악의를 갖고 있었기 때문이 아니다. 그것은 전적으로 '관계' 속의 장소에서 비롯된다. 거기서는 다정함과 천진난만함 그 자체가 잔혹한 것일 수 있다. 소세키는 '두려워하는 남자'와 '두려움 없는 여자'의 대비를 자주 썼는데, 그것 역시도 남자나 여자의 본질이 아니라 그들이 놓여 있는 관계 속의 장소 문제와 다름없다.

예컨대 아쿠타가와 류노스케는 「덤불 속」[1922]에서 역시 삼각관계를 다뤘는데, 그런 관계 속에서의 심리적 현실이 얼마나 다른지를 가볍고도 빼어나게 보여주고 있다. 그 이야기 속에서 여자를 빼앗은 다조마루라는 산적은 여자의 남편을 치켜세우면서 여자를 증오한다. 이와 동일한 것을 『문』의 소스케를 두고서도 말할 수 있을 것이다. 다만 소스케는 그것을 명료하게 의식하고 있지 않다. 그러나 확실한 것은 소스케의 불안이 아내와는 결코 공유될 수 없는 성질을 띤 것이라는 점이다.

분명히 그들은 세상으로부터 몸을 숨긴 채 서로의 몸에 기대어 살아왔다. 그러나 두 사람의 죄악감은 서로 간에 이질적이다. 아이가 생기지 않은 오요네는 그 이유를 자신의 행위에 대한 '천벌'로 받아들이고 있다. 그녀 역시도 상처를 입으며 살아왔지만, 소스케의 상처는 그녀가 알 수 없는 곳에 있다. 그는 말하자면 관계 속에서 상처를 입은 것으로, 상대방 남자(야스)의 접근이 가져온 불안은 오요네를 소외시키는 것이었다. 두 사람 간의 그러한 소격은 불가피한 것이다.

> 오요네는 장지문의 유리에 비치는 화창한 햇빛을 틈새로 보면서, "정말 감사한 일이네요. 오랜만에 봄이 되어서요"라며 맑디맑은 눈썹을 들어 올렸다. 툇마루로 나가 있던 소스케는 길게 자란 손톱을 자르면서, "응, 하지만 역시나 곧 겨울이 될 거야"라고 답하고는 아래쪽 손톱을 보며 가위를 움직이고 있었다.

부부가 나누는 대화가 이런 평행선으로 끝나고 있는 것은 "세상에 정리될 수 있는 일 따위란 거의 있을 리가 없지 ……"라는 『한눈팔기』의 마지막 대목과 아주 비슷하다. 이 부부 사이에 패여 있는 홈은 『행인』에서처럼 극대화되어 있지도 않으며 『마음』에서처럼 파멸적이지도 않다. 생기 없이 칙칙한 색조와 평온한 경지를 볼 때 『문』은 『한눈팔기』에 이어져 있다고 할 수 있다. 즉 『문』은 소세키가 중년의 일상을 처음으로 포착한 작품이라고 해도 좋을 것이다.

이번에 다시 읽어보니 『문』의 새로움이란 그런 점에 있었다는 느낌을 받았다. 즉 소스케의 일상은 오늘날 샐러리맨의 그것과 같다. 전반부의 미묘한 묘사는 설령 소스케와 비슷한 과거가 없을지라도 결국엔 소스케처럼 되는 게 아닐까라고 느끼게 할 정도의 특질을 띤 것이다. 소스케는 아우 고로쿠가 실제로 그랬던 것처럼 예전에는 불타는 지적 활발함과 넘쳐흐르는 호기심으로 활동적인 사람이었지만 이제는 그렇지 않다. 이는 예컨대 오래전에 격렬히 학생운동을 했던 누군가가 중년의 샐러리맨이 되어 느끼는 감회와 유사한 것인바, 그렇게 읽을 수 있는 묘사의 확실함에 오히려 감탄하지 않을 수 없게 된다.

그러한 일상에는 희망도 없지만 절망도 없다. 격렬한 것은 아무것도 없다. 그들에게는 과거가 있다. 시간이 그 과거를 치유하지도 않지만, 그렇다고 그 과거가 극적으로 덮쳐오지도 않는다. 결국엔 그렇게 조금씩 늙어갈 것이라는 예감이 이 작품 속에는 있다. 그런 뜻에선 참선 역시도 그리 무겁게 받아들일 필요는 없는 것이다.

소스케는 가벼운 신경쇠약에 걸려 있다. 그것도 『행인』의 주인공처럼 광기에 빠진 것과는 다르다. 예컨대 『문』의 첫머리에는 "아무리 쉬운 글자라도, 이거 이상한데, 라며 의심하기 시작하면 아예 알 수가 없게 돼. 얼마 전엔 '금일今日'의 '금'자로 완전히 헤맸다니까……"라는 말이 있다. 그것은 익숙하고 친근한 것(일상생활)의 의미가 문뜩 알 수 없게 되는 것으로, '무의미'라는 것에는 이르지 않는 것이다.

사정이 그럴지라도 어찌하든 살아갈 수는 있으며 살아갈 수밖엔 없기 때문이다. 이는 그 첫머리에 이어지는, 그들이 벼랑 아래에 살고 있다는 복선에 관해서도 마찬가지로 말할 수 있는 것이다. 벼랑이 통째로 무너질 것에 대한 걱정은 없지만 막연한 불안이 있다. 그리고 그것은 결말에서도 그러하다. 결국엔 아무 일도 일어나지 않았던 것이며, 또한 아무것도 해결되지 않았던 것이다.

그런 뜻에서 『문』은 어떤 독특한 시간을 포착하고 있다. 그 시간이란 격렬하지도 않으며, 그저 생활 속에서 미묘하게 누적되어가는 것인바, 소세키는 처음으로 그런 시간에 관해 썼던 것이다. 앞서 말했듯이 삼각관계 또는 인간의 '관계'에 처음으로 메스를 들이댔다는 점도 포함하여, 이런 다양한 요소들이 드러나고 있다는 뜻에서 『문』은 소세키의 독자들에겐 빼놓을 수 없는 작품이라고 하겠다. −(1979년 4월)

『풀베개』

나쓰메 소세키는 메이지 38년[1905] 잡지 『호토토기스』에 『나는 고양이로소이다』를 발표했고, 이것이 호평을 받았던 탓에 계속해서 소설을 쓰게 되었다. 『풀베개』는 그다음 해에 발표되었다. 그런 작품들은 소세키의 초기 작품으로 불리며, 소세키는 그 이후부터 본격적으로 소설에 몰두하기 시작한 것으로 여겨지고 있다. 그러나 이미 마흔 살이었고 『문학론』과 같은 연구를 행했던 소세키에게 『풀베개』를 '초기' 작품이라고 불러도 좋을지 의심스럽다. 적어도 그것이 젊었을 때의 작품으로 단순히 치부될 수 있는 것은 결코 아니다. 소세키가 소설가로서 활동했던 것은 『풀베개』 이후 약 10년간에 불과하므로 그동안에 그의 문학관에 본질적인 변화가 있었다고는 생각하기 어려운 것이기 때문이다.

예컨대 소세키가 잡지 『호토토기스』에 '사생문 작가寫生文家'로서 소설을 쓰기 시작했던 메이지 38년에는 이미 서양문학의, 그 가운데서도 특히 프랑스 자연주의의 영향을 받은 작가들이 문단의 주류였었다. 즉, 소세키는 『나는 고양이로소이다』와 『풀베개』를 통해 옆으로부터 튀어나와 문단에 끼어든 느낌을 준다. 물론 그의 압도적인 교양과 다채로운 문장은 곧바로 주목받게 됐지만 기본적으로는 아웃사이더로 간주되어왔다. 문단의 작가는 대체로 소세키를 '여유파餘裕派'라며 가벼이 여겨왔고, 그나마 평가했던 것도 자연주의적 경향을 띤 『풀베개』 등의 작품뿐이었다. 이는 소세키가 『나는 고양이로소이다』, 『도련님』, 『풀베개』로 '문단' 밖의 광범위한 독자들에게 애독되어 왔던 사실에 대응하고 있다. 결국 무슨 뜻이냐면 소세키는 그다지 '문학'적이지 않다고 여겨져 왔다는 것이다. 소세키가 교양 있는 '여유파'로서 대중적인 작가이기는커녕, 누구보다 어두운 존재론적 작가라는 견해가 정착됐던 것은 고작해야 최근 20년 사이[1960~1980]의 일이다. 그러나 아마 그런 평가 역시도 편향된 것이라는 생각이 든다.

어떤 뜻에서 '여유파'라는 레벨은 적확한 것이다. 문단 주류의 사람들이 소세키에게 모종의 위화감을 느끼고 있었던 것은 근거가 없는 게 아니다. 왜냐하면 소세키 자신이 『풀베개』를 쓰고 있었을 때, 그것이 '문학'으로서 문단에 수용되지 않을 것임을 충분히 의식하고 있었기 때문이다. 현재의 관점에서 보자면 기이한 이 소설은 당시에도 기묘하게 보였던 것이고, 소세키 자신이 "천지개벽 이래 유례가 없는" 소설이라고 이야기한다. 그는 이 '하이쿠적인 소설'을 충분히 자각적으로, 곧 단순한 동양 취미가 아니라 당시 자명한 것으로 간주되었던 19세기 서양의 '문학'에 대한 비판으로 썼던 것이다.

소세키는 "내가 말하는 것이 나의 작품을 위한 게 아니라는 점은 분명하다"고 하면서도, 결국 『풀베개』를 변호했다고 할 수 있는 두 개의 에세이 「작품作物의 비평」과 「사생문」(메이지 40년[1907])을 발표했다. 거기서 소세키는 이렇게 말한다.

> 어떤 이들은 인간들이 교섭할 때 별안간 일어나는 진미眞味가 없다면 문학이 아니라고 말한다. 어떤 이들은 평범하고 담박한 사생문에 사건의 발전이 없는 것을 보고는 문학이 아니라고 말한다. 그리하여 평론가들이 종래의 독서 및 선배의 훈도, 혹은 자기의 좁아터진 경험에서 나온 한 가닥의 조그맣고 가느다란 취미 안에 포함되는 것만을 보고는 '진정한 문학이다 진정한 문학이다'를 반복한다. 나는 그것이 불쾌하다.

소세키가 말하고자 하는 것은 근대 서양의 문학만이 '진정한 문학'인 필연성이 없다는 점, 그 어떤 문학도 가능하지 않는가라고 생각할 수 있다는 점이다. 소세키의 '불쾌함'이란 유학했던 런던에서 『문학론』을 구상했던 때로부터 철저하게 검토되어 왔던 것으로, 『풀베개』라는 기묘한 소설은 고풍스런 동양 취미의 산물이라기보다는, 어떤 뜻에서는 반反'문학'적인 문학이자 '소설의 소설'로서 읽어도 될 의의를 내장하고 있다.

예컨대 『풀베개』는 화공畵工의 시점으로 쓰여 있는데, 그림에 관해 이야기되고 있는 것은 문학에 관해서도 들어맞는다. 실제로 이 화공은 시인이기도 하고, 또 소설에 대해서도 말하고 있다. 소설을 두고 "줄거리를 읽지 않으면 무얼 읽는 건가요"라고 말하는 나미에 대해 화공은 "소설 역시도 비인정非人情으로 읽는 거니까 줄거리 따위란 어찌 되어도 좋습니다"라고 말한다. 실제로 『풀베개』에는 '줄거리'가 없을 뿐 아니라 적극적으로 배제되고 있다. 소세키는 나미라는 수수께끼 같은 인물이 하나의 줄거리, 즉 이야기로서 읽히려 하는 마지막 순간에 그것을 배척하고 만다. 나미라는 여인을 둘러싼 현실은 '그림'으로 환원되고 마는 것이다.

그런 '비인정'에 관해 소세키는 다음과 같이 말하고 있다.

> 인간에 대한 사생문 작가의 동정심은 서술된 인간과 함께 철없이 번민하고, 억지로 통곡하며, 직각으로 도약하고, 쏜살같이 광분하는 등의 저차원적인 동정심이 아니다. 곁에서 보기에 안쓰럽다는 마음에 견딜 수 없으면서도 뒤에서는 미소를 품고 있는 그런 동정심이다. 냉담한 게 아니다. 세상과 함께 아우성치거나 부르짖지 않을 따름이다.
>
> 따라서 사생문의 작가가 묘사한 것은 대체로 심각한 게 아니다. 아니, 아무리 심각한 일을 쓰더라도 그런 태도를 밀고 나가기에 언뜻 보아서는 깊숙한 밑바닥까지는 가닿지 못하는 느낌이 드는 것이다. 그뿐만 아니라 그러한 태도로 세상 인정人情의 교섭을 바라보기에 많은 경우에는 골계의 요소가 포함된 표현으로 문장 위에 드러나게 되는 것이다.

소세키가 말하는 '비인정'은 '불不인정'이 아니다. 즉, 그것은 감정이입에 맞서 객관적인 리얼리즘(자연주의)을 뜻하는 게 아니다. 예컨대 『풀베개』에서는 언뜻 산속의 도원경이 그려져 있는 곳에서도 하계下界[세상]의 현실이 침입해 들어와 있는 것처럼 보인다. 하지만 실제로는 그 반대이다. 소집되어 만주 들판에서 싸우지 않으면 안 됐던 청년이나 파산한 끝에 만주로 돈벌이 가지 않을 수 없었던 중년의 남자, 그들을 배웅하는 여자들……. 오직 그런 "현실"만이 존재했던 것이다. 아마도 평범한 작가라면 "서술된 인간과 함께 철없이 번민하고, 억지로 통곡하며 ……"와 같은 자연주의적인 현실을 내던지고 서술할 것이다. 『풀베개』의 문장들은 그 어느 쪽도 아니다. 그것은 그런 '현실'을 '그림畵' 즉 '상상적인 것'에 의해 역전시키고 만다. 시집갔다가 돌아온 딸로서, 마을 사람들에게 기인으로 간주되면서도 정신적으로 견고하게 무장되어 있는 나미가 헤어진 남편이 길을 떠날 때 일순간 드러내 보였던 '현실'성은 화공에 의해 '상상적인 것'으로 회수되고 만다.

따라서 화공이 보고 있는 세계를 '현실'에 의해 소멸되고 말 수밖에 없는 것임을 이 소설에서 읽어내는 것은 시시할 뿐이다. 또 이 작품이 "깊숙한 밑바닥까지는 가닿지 못하는" 것으로 보인다고 말하는 것 역시도 시시하기는 마찬가지이다. 소세키는 이 작품을 통해 '현실'을 무화시키는 데에서 성립하는 '상상적인 것'의 우위를, 혹은 현전성[presence]에 대한 부재성[absence]의 우위를 확보하고자 했기 때문이다. 그리고 그것을 가능케 하고 있는 것은 다음과 같은 문장이다.

게다가 이 모습은 보통의 나체처럼 노골적으로 내 눈앞에

들이대어진 것이 아니다. 모든 것을 웅숭깊은 유현幽玄으로 변화시키는 일종의 영적인 기운을 방불케 하면서, 충분한 아름다움을 깊고도 은근히 비추고 있을 따름이었다. 발묵임리溌墨淋漓[먹물을 많이 묻혀서 튀겨 흩트림으로써 약동감을 내는 산수화 기법]하는 가운데 편린을 그리면서 교룡蛟龍의 기괴함을 닥나무 종이와 붓털 밖에서 창조해내는 것과 같이, 예술적으로 볼 때 그것은 공기와 따뜻함과 현묘한 표현을 더할 나위 없이 갖추고 있다. (……)

윤곽은 점차 하얗게 떠오른다. 지금 한 걸음 내디디면 모처럼만의 상아嫦娥[달에 사는 선녀]가 애달프게도 속계로 추락하고 말 것이라고 생각한 찰나, 녹색 머리카락은 파도를 가르는 운룡雲龍의 꼬리처럼 바람을 일으키고 분주히 나부꼈다. 소용돌이치는 연기를 뚫고 그 하얀 자태는 계단을 뛰어오른다. 호호호호 날카롭게 웃는 여인의 목소리가 낭하에 울려 퍼지면서 고요한 목욕탕 너머로 점차 멀어져간다. (『풀베개』)

이는 화공이 있던 목욕탕에 나미라는 여인이 나타났다가 사라지는 정경이다. 거기서는 명확한 시각적 이미지를 지시하지 않는 단어(한자어)가 분방하게 구사되고 있다. 소세키는 조금도 '묘사'하고 있지 않다. 그는 『풀베개』를 쓰기 전에 『초사楚辞』를 다시 읽었다고들 하는데, 그것은 『풀베개』가 철두철미하게 '말'로 직조됐던 것임을 뜻하고 있다.

소세키가 당시의 '문학'을 싫어했던 것은 한문학·하이쿠를 향한 취미를 갖고 있었기 때문이라기보다는 아마도 그가 과잉된 '말'을 지니고 있었기 때문이라고 할 수 있다. 근대문학에서의 말은 대단히 빈약하다. 그것은 근대문학이 말의 유희로 성립되고 있던 문학을 배척하고, 현실 혹은 내적 현실의 '표현'으로서 성립하고 있기 때문일 것이다. 거기서 말은) 무언가를 나타내기 위한 기호에 불과하다. 그러나 『풀베개』의 말은 그런 기능으로부터 해방되어 있다. 그것은 현실을 지시하지 않을뿐더러 내적 현실도 지시하지 않는다.

> 보통의 그림은 느낌이 없어도 사물만 있으면 된다. 제2의 그림은 사물과 느낌이 양립하면 된다. 제3의 그림에 이르러서 존재하는 것은 단지 마음가짐일 뿐이므로, 그림으로 드러내기 위해서는 반드시 그 마음가짐에 적절한 대상을 택하지 않으면 안 된다. 그런데 그 대상이란 손쉽게 나오지 않는다. 나오더라도 손쉽게 하나로 정돈되지 않는다. 정돈되더라도 자연계에 존재하는 것과는 오모무키趣[정취 · 취지 · 느낌 · 의도]가 전적으로 다를 경우가 있다. 따라서 보통 사람들이 볼 때 그것은 그림이라고 받아들여질 수가 없다. 그림을 그린 당사자 역시도 그것을 자연계의 제한적 부분이 재현되었다고는 인정하지 않는바, 다만 감흥에 차 있던 당시의 마음가짐을 얼마간이라도 전달함으로써, 다소간의 생명을 황망하지 않은 무드[분위기] 속에서 부여할 수 있다면 대성공이라고 생각한다. (『풀베개』)

앞서 말했듯이, 이러한 회화론은 그 자체로 소세키의 문학론이다. 즉 "보통 사람들이 볼 때" 『풀베개』는 소설"이라고 받아들여질 수가 없"을 것이다. 예컨대 『풀베개』를 끝까지 읽은 적이 없는 독자조차도, "산길을 올라가며 이렇게 생각했다. 지智에 근거해 움직이면 모나게 상대방을 상하게 한다. 정情에 편승하면 떠내려가고 만다"는 식의 말을 술술 외울 수가 있다. 그 경우, 우리는 그런 말들의 의미를 생각하기 위해 멈추거나 하지 않는다. 하지만 그것이 작자에게 자기의 본뜻을 벗어난 독법은 아닐 터이다. 우리는 단지 『풀베개』의 다채롭게 직조된 문장 속을 흘러 따라가면 된다. 멈춰 서서 그 말들이 지시하는 사물이나 의미를 찾아야 하는 게 아닌 것이다. 소세키는 그렇게 써지고 그렇게 읽히는 작품이 '문학'으로서 받아들여지지 않을 것임을 물론 잘 알고 있었으며, 오히려 그러한 상황에서 『풀베개』를 도발적으로 썼다고 해도 좋겠다. — (1981년 9월)

『그 후』

『그 후』는 메이지 42년[1910]에 <아사히신문>에 연재되었다. 이는 『산시로』에 이어진 작품으로, 소세키 자신도 예고에서 이렇게 말하고 있다. "여러 의미에서 그 후이다. 『산시로』에서는 대학생을 그렸지만, 이 소설에서는 그 후의 뒷일을 썼기 때문에 그 후인 것이다. 『산시로』의 주인공은 그렇게 단순했지만, 이 소설의 주인공은 그 후의 남자인바, 그 점에서 보더라도 그 후이다. 이 주인공은 최후에 묘한 운명에 빠진다. 그 후로 어떻게 됐는지는 쓰지 않았다. 그런 뜻에서도 역시 그 후인 것이다."

『그 후』가 『산시로』의 그 후라고 한다면 『문』은 『그 후』의 그 후라고 할 수 있다. 따라서 이들 세 작품은 3부작으로 간주되는 것이 통설이다. 그렇다고 할지라도 그것들을 모종의 주제를 추구했던 일련의 이야기처럼 읽어야 하는 것은 아니다. 이야기를 듣고 나면 아이들은 '그 후는?' 하면서 계속 졸라댄다. 신문소설의 독자들을 의식했던 소세키가 그들의 이야기적인 호기심을 채워

주고자 했던 것은 의심의 여지가 없다.

그러하되 이들 세 작품은 각각 자립된 세계를 형성하고 있으며 문체도 전혀 다르다. 『그 후』에는 『산시로』처럼 자유롭고 활달하며 몽환적인 분위기를 풍기는 유머러스한 문체도 없으며, 『문』처럼 정밀하게 일상적 세부에까지 눈길이 닿고 있는 치밀한 문체도 없다. 오히려 『우미인초』와 비슷하게 심하게 이치를 따지고 화자와 인물 간의 거리를 취하지 않는 문장으로 되어 있다. 그렇기에 유머가 없으며, 또 주인공 다이스케의 전회 역시도 어떤 자연적인 흐름 속에서 생겨나고 있는 게 아니라 별안간 강제로 야기되고 있는 듯한 느낌이다. 그런 지점은 서양의 "심리소설"이나 소세키 자신의 이후 작품들을 읽은 이들에게는 부자연스럽거나 서툰 것으로 보일 터이다.

그것에는 몇몇 이유를 생각할 수 있다. 첫째는 소세키가 이 작품에서 (「해로행薤露行[=북망행]」 같은 로망스를 별도로 하자면) 처음으로 간통을, 게다가 신문소설에서 취급했다는 점이다. 소세키는 서양의 간통소설을 곧잘 읽고 있었고, 또 "간통"이 부르주아 사회에서 소설의 특권적 주제가 된 필연성까지 이해하고 있었던 것 같다. 다이스케가 말하는 '자연'과 '제도' 간의 대립이 무엇보다 선명하게 드러나는 것은 간통에서이다. 즉, 제도성이 결혼으로, 자연성이 연애로 상징되는 것이라고 한다면, 그것들이 서로 삐걱거리며 합쳐져 있는 것이 간통이기 때문이다.

『그 후』의 배경에는, "러일전쟁 이후 상공업의 팽창"에 의해 형성된 신흥 부르주아 사회가 있고, 다이스케는 그 팽창 과정에서 의심스런 방식으로 재산을 모았음에 틀림없는 아버지의 자기기만을 비판하면서도 거기에 의존하고 있는 유민遊民이다. 게다가 다이스케가 과감한 행동에 나서는 것은 경제가 "상공업의 팽창에 대한 반동을 받아 …… 불경기의 극단에 도달하고 있는 한복판"에 있을 때로, 그런 상황이 친구 히라오카를 3류 신문사 기자로 전락시키고 다이스케의 아버지로 하여금 정략결혼을 추진하게 만들었던 때이다. 아마 그 신흥 부르주아 사회에 대해 『나는 고양이로소이다』처럼 풍자적이거나 『태풍』처럼 분노하는 대신에, 소세키는 "간통"을 정면으로 선택했다고 해도 좋겠다. 애초에 '간통'은 반反부르주아적인 동기를 내포한 주제였기 때문이다.

따라서 소세키는 기본적으로 중간층보다는 상위 계층에 속하는 독자들을 상대로 그들의 윤리에도 법률(간통죄)에도 상반되는 다이스케의 행동을 정당화하고 공감을 얻어낼 필요가 있었다. 그런 뜻에서는 다이스케가 사랑하고 있던 여인을 친구에게 양보했다는 설정은 "많은 간통소설이 불륜을 정당화하기 위한 얼개"(오오카 쇼헤이)를 가졌고 『그 후』가 그 가운데 하나에 불과하다고 말할 수 있을지도 모른다. 그러나 대부분의 간통소설이 '심리소설'적인 데에 반해 소세키는, 뒤에서 말하게 될 것처럼 이른바 '비극'적인 작품을 쓰고자 했던 것이다.

이렇게 『그 후』는 간통소설이라는 점에서, 『산시로』의 세계나 문체와는 전혀 이질적인 것이지만, 어떤 뜻에서는 『산시로』의 속편이라고 할 수 있는 지점이 있다. 그렇다고 해서 산시로가 나이를 먹어 다이스케가 되었다는 식으로 생각하는 것은 과녁을 한참 벗어날 터이다. 다이스케는 미치요를 사랑하면서도 그 사실을 자각하지 못하며, 친구인 히라오카에게 자진하여 양보하고 만다. 이는 『산시로』의 미네코가 산시로를 사랑하면서도 또한 그를 경멸하고 있으며, 그렇게 다른 남자와 말끔하게 결혼하고 마는 것과 비슷하다. 소세키는 『산시로』에 관한 담화에서 그것을 '무의식적인 위선자언컨시어스 히포크리트'라고 불렀는데, 그런 뜻에서 다이스케의 현재를 이유 없이 고통스럽게 만들고 있는 것은 그의 '무의식의 위선'에 따른 결과라고 할 수 있겠다.

이 점을 소세키의 직계 제자였던 고미야 도요타카가 지적하고 있다. "『그 후』에는 그런 과거를 지닌 다이스케가 끝내 자신의 '언컨시어스 히포크리시'를 견디지 못하게 되어 본원적인 자연으로 돌아가려는 부분이 그려져 있는 것이다. 그 점에서 다이스케는, 산시로를 버리고 다른 남자에게 시집갔던 미네코가 후일에 경험할 수 있는 한 가지였다고 할 수 있을지 모른다."(『소세키의 예술』)

소세키는 윌리엄 제임스의 심리학은 알고 있었지만, 프로이트의 정신분석은 알지 못했으므로, '무의식의 위선'이라는 말을 사용하기는 했을지라도, 거기서의 '위선'이라는 말에 별달리 큰 신경을 쓸 필요는 없다. 예컨대 의식적인 위선이라면 자각할 수도 있고 '무의식의 악'이라면 다른 사람의 비난에 노출될 수도 있겠지만, '무의식의 위선'은 자신도 타인도 알아차리지 못한 채로 끝난다. 그것은 윤리 이전의 레벨이다. 바꿔 말하자면, '무의식의 위선'이란 끝내 의식되지 않지만 다양한 병적 징후로서 구현될 '무의식의 억압'(프로이트)과 다름없는 것이다.

다이스케는 아버지나 형, 히라오카와 데라오의 자기기만을 민감하게 간파하고 있으며, 또한 자신에 관해서도 작은 기만조차 용납하지 못한다. 그는 기만을 피하기 위해서는 '유민'이 될 수밖에 없다고 믿게 된 남자인바, 예컨대 형수에 대해서도 "경우에 따라서는 결코 논리를 가질 수 없는 여자"라는 식으로 끊임없이 논리적 일관성을 추구한다. 그런 뜻에서 그는 '무의식'과는 거리가 멀다. 그의 관점에서 보면, 주위의 인간들은 너무도 무의식적인 것이다. 하지만 소세키가 추구했던 것은 그 어떤 기만에 대해서도 차갑게 분석적으로 될 수 있는 다이스케의 '무의식의 위선'이었던 것이고, 이는 더 이상 내성적內省的·분석적으로는 접근할 수 없는 종류의 기만인 것이다.

보통 '심리소설'에서는 질투로 인한 사랑의 자각이라거나 서로의 심리적 흥정에 의한 사랑의 심화 과정이 그려져 있지만, 소세키는 그런 진행 과정에 전혀 관심이 없다. 실제로 『그 후』 속에서 다이스케에게 말하게 했듯이, 소세키는 제자 모리타 소헤이의 『매연』에 대해 "그 인물들이 딱 들어맞지 않는 패션[passion, 열정]을 불태우고 진심으로 광기 어린 연기를 하고 있는 것을 안쓰럽게 생각한다. 행운유수行雲流水, 자연본능의 발동은 그런 것이 아니다"(「일기」[3])라고 비판했다. 소세키가 거론한 간통소설이 '심리소설'적일 수 없는 것은 그런 뜻에서이다. 그것은 '비극'적이지 않으면 안 되었다.

『그 후』의 다이스케는 거의 급작스럽다고 할 정도로 자신이 예전에 미치요를 사랑했었음을 '상기'한다. 이는 미치요의 움직임에 따른 것도 아니려니와 다이스케의 자기 분석에 따른 것도 아니다. 그리고 그는 모든 것이 그것의 '망각'('자연'의 억압)에

3. 夏目漱石, 『漱石全集』(第二十五巻), 岩波書店, 1957, 52頁.

따른 것임을 발견하지만, 그것은 돌연한 자기 인식으로서 불의의 타격과도 같이 드러날 뿐이었다.

예컨대 다이스케는 자신의 무위無爲에 관해 때로 다음과 같이 말한다. "왜 일을 하지 않느냐고? 당연히 그건 내 잘못이 아니야. 즉, 세상이 나쁜 것이지. 더 나아가 크게 과장하자면, 일본 대對 서양의 관계가 틀려먹었기 때문에 일하지 않는 거야……." 하지만 그런 설명은 전부 사회적·외재적인 것으로서, 그의 내부에서 유리되어 있는 것처럼 느껴진다. 그의 문명 비판이 아무리 정당할지라도 그것은 그 자신의 존재 방식의 핵심에까지 육박하는 것이 아니다. 독자들은 그의 불평에 공감하기보다는 오히려 거기서 초조함을 감지할 것이다.

한편, 그것과는 대조적으로 『그 후』에서는 다이스케의 심리보다는 기분·감정운동情動의 이상함이 집요하게 그려져 있다. 그것은 거의 신경증적인 것이다. 즉, 거기에는 이지적인 반성과, 생리적·감정운동적 불안만이 그려져 있고, 어찌해도 그 베일의 안쪽으로 발을 들여놓을 수가 없다. 다이스케가 미치요를 향한 사랑을 '상기'했을 때, 그는 그런 불안이 미치요를 향한 사랑의 '망각'에 따른 병적 징후와 다름없다는 점을 돌연히 인식한다.

그의 자기인식은 말하자면 정신분석과 마찬가지로 의식의 레벨에서가 아니라 자연(무의식)의 레벨에서 일어나야만 한다. 그러나 그것은 프로이트의 '오이디푸스 콤플렉스' 따위가 아니라 소포클레스의 『오이디푸스 왕』과 유사하다고 해야 할 것이다. 오이디푸스 왕은 그 자기인식=상기의 결과로서 스스로의 눈을 찌르고 사회로부터 자신을 추방시키고 표류하게 되는 것이다.

다이스케는 미치요와 다음과 같은 말을 주고받는다.

> "이제부터 앞으로 어찌하면 좋을지, 당신에겐 어떤 희망은 없나요?"라고 물었다.
>
> "희망 같은 건 없어요. 무엇이든 당신 뜻대로 하겠어요."
>
> "표류漂泊[할지라도] — "
>
> "표류해도 좋아요. 죽으라고 말씀하시면 죽지요."

『그 후』의 그 후인 『문』을 읽으면 『오이디푸스 왕』의 그 후인 『콜로노스의 오이디푸스』에서 늙은 오이디푸스가 딸 안티고네의 시중을 받듯이, 다이스케는 미치요와 세상의 한구석에서 가만히 살아가고 있다. 그러나 『오이디푸스 왕』도 그렇듯이, 『그 후』 자체로부터는 앞질러 그런 장래를 예상할 수 없다.

완만하게 진행되던 이 소설은 급격하게 '비극'적인 결말로 향한다. "끝에는 세상이 새빨개졌다. 그렇게 다이스케의 머리를 중심으로 뱅글뱅글 불길을 내뿜으며 회전했다. 다이스케는 자신의 머리가 전부 타버릴 때까지 전차에 올라타서 가기로 결심했다." 이는 거의 광기이다. 물론 '비극'은 애초에 인식의 극이며, 광기에 이를 때까지 행해지는 자기인식의 극인 것이다. – (1985년 7월)

『산시로三四郎』

『산시로』는 메이지 41년[1908]에 <아사이신문>에 연재됐다. 이는 소세키가 메이지 38년에 『나는 고양이로소이다』와 「런던탑」(『양허집』에 수록)을 쓴 이후 겨우 3년 뒤였다. 그동안에 그가 썼던 여러 작품들의 다양성에는 양적으로도 질적으로도 놀랄 만한 것이 있다. 문체는 말할 것도 없고, 장르의 관점에서 보자면 예컨대 『고양이』는 세타이어고 『양허집』은 로망스다. 그것들은 '소설'(19세기적인 소설)과는 이질적인 것이고, 또 그것보다 선행하는 장르라고 할 수 있다.

소세키가 말하자면 '소설'다운 작품을 쓰기 시작했던 것은 『산시로』 다음 작품인 『그 후』나 『문』이라고 해도 좋겠다. 이 시기부터 소세키의 작품은 무거운 고통이나 심각한 테마를 추구하기 시작했다. 이와 더불어 그때까지 자연주의 계열의 문단 주류로부터 '여유파'로서 경시되어왔던 소세키는 현대소설의 필자로서 급속하게 중요한 위치를 점하기 시작했다. 그런 경위는 오늘날에도 평가의 기묘한 분열로서 뒤이어지고 있다.

예컨대 많은 독자들에게 소세키는 『고양이』나 『도련님』, 『풀베개』의 저자로서만 알려져 있다. 다른 한편에서 그런 소박한 독자들을 경멸하는 자는 소세키 후기의 소설을 중시하고 초기 작품에서 이후에 본격적으로 전개될 주제나 모티프의 상징적인 제시를 보려고 한다. 이러한 시점은 분명 '근대소설'을 전제로 하고 있는 것이고, 거기로부터 보면 소세키의 초기 작품은 내적 욕구에 뿌리내리고 있을지라도 미숙한 것에 지나지 않게 될 터이다.

이런 사정은 소세키가 애독하고 연구했던 18세기 영국의 소설, 스위프트(『걸리버 여행기』), 디포(『로빈슨 크루소』), 필딩(『톰 존스』), 스턴(『트리스트람 섄디』)에 관련해서도 말할 수 있다. 특히 스위프트와 디포의 작품은 오늘날에는 아동도서로 여겨지고 있지만, 실제로는 어른을 위해 쓴 것이며, 어른이 읽어야만 하는 것이다. 하지만 19세기에 확립됐던 '소설=순문학' 개념이 그런 작품들을 바깥으로 축출시키고 말았다. 이는 동시에 문학=언어의 자립적인 가능성을 닫아버리는 것이기도 했다.

소세키는 소설 문단과는 다른 곳에서 쓰기 시작했다. 『고양이』나 『양허집』은 하이카이 잡지인 『호토토기스』에서 발표됐다. 마사오카 시키가 시작했던 '호토토기스'파는 '사생문'을 제창하고 있었다. 소세키 역시도 소설을 '줄거리의 추이로 사람들의 흥미를 끄는 소설'과 '줄거리를 문제 삼지 않고 하나의 사물 주위에서 주저하거나 저회低徊[사색에 잠겨 천천히 거님]하는 일로 사람들의 흥미를 끄는 소설'이라는 두 가지로 크게 구별하고는, 후자에는 하이미·젠미俳味·禪味[하이카이의 멋, (참)선의 특유한 멋]가 있다고 말한다. 바꿔 말하자면 '사생문'은 뭔가를 써야만 할 의미나 대상을 표현하는 것이라기보다는 말이 스스로 움직이는 가운데 어떤 하이미·젠미를 일순간 존재하게 만드는 것을 지향한다.

소세키는 말한다. "나의 『풀베개』는 이 세상에서 흔히들 말하는 소설과는 전적으로 반대되는 뜻으로 썼던 것이다. 단, 일종의 느낌 — 아름다운 느낌이 독자의 머리에 남기만 한다면 되는 것이다. 그것 이외에는 다른 특별한 목적이 있지 않다. 그렇기에 플롯도 없으며 사건의 발전도 없는 것이다."(「나의 『풀베개』」)

여기서 소세키는 당시에 이미 지배적이던 '소설'에 이견을 주창하고 있다. 물론 이는 단지 '사생문'에서만 비롯된 이의가 아니다. 처음에 말했듯이, 소세키는 3년 동안에 일반적으로 근대소설에 의해 배척되고 말았던 타입의 작품군을 단번에 써냈기 때문이다. 그것은 『고양이』와 『양허집』이라는 상호 대극적인 작업에서 시작되고 있다.

『고양이』의 세타이어. 이는 풍자보다 좀 더 넓은 의미에서 사고되어야 하는 것으로, 지적인 현학 취미, 끝없는 일탈이나 요설, 사회적 가치 체계의 역전 등으로 특징화된다. 거기서도 '줄거리'다운 것은 없으며 언제 끝나더라도 상관없다. 한편, 『양허집』의 세계에도 선명하게 정돈된 의미 내용은 없으며 현실적인 것과 상상적인 것이 융합하는 한순간이 정착되고 있을 따름이다.

그런 지점에서 보면, 『산시로』에서는 『고양이』의 세타이어와 『양허집』의 환영적인 기분이 훌륭히 융합되어 있음을 알 수 있다. 산시로가 히로타 선생이나 노노미야, 요지로와 관계하는 세계는

『고양이』에, 미네코와 관계하는 세계는 『양허집』에 맞닿는다.

그 두 가지 '세계'는 등장인물의 인간관계를 통해 교착하고 있지만, 산시로에게는 제각기 다른 것이며, 또 그는 그런 알 수 없는 '세계'들 가운데 어느 쪽으로도 이끌린다. 물론 그는 미네코의 '세계' 쪽으로 더 끌어당겨진다. "이 세계는 산시로에게 무엇보다 깊고도 두터운 세계이다. 이 세계는 코앞에 있다. 단, 가까이 가기가 어렵다."

산시로는 『풀베개』의 주인공(화공)과 마찬가지로 거의 수동적이다. 『산시로』에서 능동적으로 활동하는 이는 요지로 뿐이다. 그는 히로타 선생을 대학교수로 추천하는 운동에 산시로를 말려들게 하고 또 산시로가 미네코에게 다가가도록 만드는 역할을 맡는다. 요지로 덕분에 산시로는 지적 살롱에 출입하며 그 분위기를 맛볼 수 있었다. 그러나 여기서는 사실상 아무 일도 일어나지 않는다. 요지로의 운동은 대실패로 끝나지만 히로타 선생은 어떤 동요도 일으키지 않는다. 그러나 히로타 선생을 중심으로 한, 세속적인 것이 배척된 이 '세계'는 어둡다. 이 어두움은 직접적으로 드러나지 않는다. 그것은 세상사에 연연하지 않는 히로타 선생과 노노미야, 그리고 요지로의 밝음이 역으로 부각시키는 음영과 같은 것이다. 그것은 분명하게 드러나 있는 어둠보다도 우리에게 강한 인상을 남길 것이다. 우리가 받아들이는 것은 히로타 선생의 문명 비판이나 인생에 대한 인식이라기보다는, 혹은 '줄거리'라기보다는 '일종의 느낌'일 터이다. 혹시 그런 느낌을, 앞서 언급한 '하이미'라고 읽어도 된다면, 『산시로』의 '하이미'는 등장인물들이 본래부터 껴안고 있었을지도 모르는 울적함이나 고뇌를, 거리 둔 채로 자연의 경물景物인 양 바라보는 "비인정非人情"(『풀베개』)의 문체에 의거해 있다.

한편, 미네코와 관계하는 '세계'에서도 사건은 아무것도 일어나지 않는다. 산시로는 도쿄대학 구내 연못가에서 부채를 든 여자와 마주친다.

> "그래요? 열매로 맺혀 있진 않나요?"라고 말하면서, 그녀는 위쪽을 향한 얼굴을 원래대로 돌리다가 그 장단에 산시로를 힐끗 보았다. 산시로는 분명 여자의 검은 눈동자가 움직이는 찰나를 의식했다. 다름 아닌 그때, 색채의 느낌은 온통 사라지고 말할 수 없는 무엇인가와 마주쳤다. 그 무언가란 기차에서 만난 여자에게 "당신은 참으로 배짱이 없는 분이네요"라는 말을 들었을 때의 느낌과 어딘가 상통했다. 산시로는 두려워졌다.
>
> 두 여자가 산시로 앞을 지나갔다. 젊은 쪽은 그때까지 향기를 맡고 있던 하얀 꽃을 산시로 앞에 떨어뜨리고 갔다. 산시로는 두 사람의 뒷모습을 지그시 바라보고 있었다. 간호사가 앞서간다. 젊은 쪽이 뒤에서 따라간다. 화려한 색에 흰 참억새 무늬가 새겨진 오비帶[띠]가 보인다. 머리에도 새하얀 장미 하나를 꽂고 있다. 그 장미가 모밀잣밤나무 그늘 아래의 검은 머리카락 안에서 도드라지게 빛나고 있다.
>
> 산시로는 망연해져 있었다. 이윽고 작은 목소리로 "모순이다"라고 말했다. 대학의 공기와 저 여자가 모순인지, 저 색채와 저 눈매가 모순인지, 저 여자를 보고 기차 안에서의 여자를

떠올렸던 것이 모순인지, 그게 아니면 미래에 대한 자신의 방침이 두 갈래로 모순되고 있는 것인지, 또는 대단히 기쁜 것에 대해 두려움을 품고 있는 것이 모순되고 있는 것인지. — 시골 출신의 이 청년에게는 그런 모든 것이 이해되지 않았다. 그저 까닭 모르게 모순이었던 것이다.

이 만남의 순간은 결정적이다. 이를 뇌리에 낙인찍었던 것은 산시로만이 아니다. 미네코도 산시로를 의식하고 있었던 일은 나중에 알게 된다. 게다가 그녀는 화가인 하라구치의 모델이 됐던 때, 예전에 그 만남의 상황에서 입고 있었던 복장과 소지품과 자세로 그려 달라고 요구한다. 그 만남을 사랑이라고 한다면, 그들은 서로 사랑했다고 해도 좋겠다. 그러나 결국 아무것도 일어나지 않았다. '모순이다'라는 산시로의 혼잣말은 고스란히 최후의 이별 장면에 관해서도 들어맞는 말일 것이다. 미네코는 사라지고 <숲속의 여자>라는 그림이 이 순간을 뒤로 남기고 있을 따름이다.

소세키는 미네코에 대해 '무의식의 위선자언컨시어스 히포크리트'라는 표현을 쓰고 있다. "그 교언영색이 노력에 따른 게 아니라 거의 무의식적인 천성의 발현으로서 남자를 사로잡는 것인바, 물론 거기에는 선악이라는 도덕적 관념도 없지 않아 남아 있는 듯하지만……"(「문학 잡화雜話」) 산시로가 '모순이다'라고 생각한 것은 아마 미네코의 시선 속에서 읽어낸 '무의식의 위선'일 것이다. 그러나 소세키는 그 '모순'을 더 이상 추적하지 않는다. 예컨대 앞에 인용한 부분을 보더라도 명확하듯이 하나하나의 문장에 비약과 전환이 있다. 이는 '모순'을 고스란히 내팽개치는 것이며, 설명적인 논리로 그것을 연결하고자 하지 않는다. 여자의 모순=수수께끼는 고스란히 <숲속의 여자>라는 그림에 정착될 뿐이다.

『풀베개』의 주인공(화공)은 산속에서 만났던 여자(나미)에 관해 "연기를 하고 있다고는 느끼지 않는다"고 말한다. 그녀 역시도 말하자면 '무의식의 위선자'이다. 그러나 『풀베개』는 그녀의 얼굴에 '연민'이 떠올랐던 그 순간, "그거야! 그거야! 그게 나오면 그림이 돼요"라고 말하는 데에서 끝나고 있다.

『산시로』에서는 실제로 화가에 의해 <숲속의 여자>라는 그림이 그려지지만, 아마도 산시로의 뇌리에 화상으로 그려지는 것은 미네코가 순간적으로 내보인 '연민'일 터이다. 그것은 그녀가 "길 잃은 아이[stray sheep, 길 잃은 양]"라고 말했던, 혹은 "나의 죄 내가 알고 있사오며 내 잘못 항상 눈앞에 아른거립니다"[『산시로』, 원래 출전은 「시편」 51:3]라고 말했던 그 순간일지도 모른다.

『산시로』의 그 후인 『그 후』에서 소세키는 '무의식의 위선'을, 혹은 '나의 죄'를 정면에서 추구하기 시작한다. 그리고 그것은 그를 급격하게 "근대소설"의 세계로 들어가게 만든다. 그러나 반복해서 말했듯이 『산시로』는 머지않아 본격적인 작품을 쓰게 될 때의 맹아적 작품으로 읽혀야 하는 게 아니다. 시골에서 도시로 이동하는 『산시로』는 도시에서 시골로 이동하는 『도련님』과 나란히 청춘소설의 고전으로 애독되고 있다. 그 소설들은 구조적으로 단순하지만, 그 단순함이야말로 매력을 주고 있다. 그 어떤 리얼리스틱한 근대소설도 그 작품들에서 단순하고도 가벼운 선으로 데생된 인물 군상만큼 "리얼"한 인상을 주지는 못할 것이다. 그 인물들은 초기 소세키가 형성했던 언어 공간에서만 계속 활력을 띨 수 있는 것이다. －(1985년 8월)

『명암』

『명암』은 다이쇼 5년에 <아사히신문>에 연재되고 소세키의 죽음과 더불어 끝난 미완결 소설이다. 그것이 미완결이라는 것은 읽는 이들을 안타깝게 만들고, 소설의 중단된 이후를 상상하지 않을 수 없게 만든다. 그러나 『명암』의 새로움은 실제로는 그렇게 미완결이라는 것과는 다른 종류의 '미완결성'에 있다고 해야 한다. 그것은 소세키가 이 작품을 완성시켰다고 할지라도 결코 폐쇄되지 않을 미완결성이다. 거기에 그때까지 소세키가 썼던 장편소설들과는 이질적인 무언가가 있다.

예컨대 『행인』, 『마음』, 『풀베개』와 같은 작품은 기본적으로 하나의 시점으로 쓰고 있다. 쉽게 말하자면 거기에는 '주인공'이 있다. 따라서 그 주인공의 시점은 동시에 작자의 시점이라고 간주할 수 있다. 그러나 『명암』에서는 주요 인물이 있을지라도 주인공을 특정할 수 없다. 그것은 숱한 인물들이 등장하기 때문이 아니라 어느 인물도 서로에게 '타자'와의 관계에 놓여 있고, 거기로부터 누구도 고립되어 존재할 수 없으며, 그들의 말들 전부도 거기로부터 발화되고 있기 때문이다.

'타자'란 나의 바깥에 있고 나의 생각대로 되지 않으며 한눈에 관통할 수 없는 자이다. 나아가 내가 원하지 않고는 배길 수 없는 자이다. 『명암』 이전의 작품에서 소세키는 그것을 여성으로서 발견하고 있었다. 『산시로』에서 『한눈팔기』에 이르기까지 여성은 정해놓고 주인공을 희롱하며 도달하기 어려운 불가해한 '타자'로 그려진다. 문명 비판적인 언설이 흩어져 있음에도 소세키 장편소설의 핵심은 그러한 '타자'에 관계함으로써 예상 불가능한 '나' 자신의 존재 양상이나 인간 존재의 무근거성이 개시되는 지점에 있었다고 하겠다. 하지만 그 작품들은 결국 하나의 시점=목소리에 의해 관철되고 있다.

『명암』에서도 쓰다라는 인물에게, 그를 버리고 결혼해버린 기요코라는 여자는 그런 '타자'로서 존재한다. 그러나 이 작품은 그렇게 단순하지 않다. 예컨대 오노부에게 남편 쓰다가 그런 '타자'이고, 오히데에게 쓰다 부부가 그런 '타자'이기 때문이다.

주목해야 할 것은 『명암』 이전까지의 코케티쉬[요염한]하거나 과묵했던 여성상, 혹은 일방적으로 수수께끼 같은 존재로서 피안에 놓여 있던 여성상과 반대로 『명암』에서는 바로 그런 여자들이 주인공으로서 활약하고 있는 것이다(마지막에 등장하는 기요코일지라도 똑 부러진 의견을 갖고 있다). 나아가 또 주목해야 할 것은 그런 인물들처럼 '여유' 있는 중산계급의 세계 그 자체에 대해 이질적인 자로서 틈입하는 고바야시의 존재이다. 『명암』의 세계가 다른 작품과 다른 것은 특히 그 점에서다. 바꿔 말하자면 그것은 지적인 중산계급의 세계 수준에서 일어나는 비극으로 시종일관했던 그때까지의 작품들과는 달리, 그것을 상대화해버리는 또 하나의 광원을 갖추고 있다.

나아가 그것은 쓰다가 치질 수술을 받는 과정의 은유적인 표현에서도 드러난다. 이는 단지 쓰다의 병이 깊은 것이어서 "근본적인 수술"을 필요로 한다는 점만을 시사하는 게 아니다. 예컨대 그의 병실은 이 층에 있지만, 일 층은 성병질환과이고 "음침한 일군의 사람들"이 모여 있다. 그 가운데 오히데의 남편도 섞여 있었던 일도 있다. 그것은 쓰다나 오노부 혹은 고바야시가 찾는 '사랑'과는 아무 관계가 없는 세계이고, 쓰다의 부모들이 있는 세계와 암묵적으로 이어져 있다.

이렇게 『명암』에서는 다종다양한 목소리=시점이 있다. 그것은 인물들의 피할 수 없는 실존적 상황과 분절될 수 없다. 즉, 그 목소리=시점의 다양성은 단지 의견이나 사상의 다양성이 아니다. 『명암』에는 지식인이 등장하지 않으며 그 어떤 인물도 그들의 생활로부터 유리된 사상을 이야기하지 않는다. 물론 그들이 '사상'을 갖지 않은 게 아니다. 단, 그들은 제각기 그들 자신의 내면 깊은 곳으로부터 말을 발화하고 있는 것처럼 느껴진다. 그 말은 뭐라고 할지라도 '타자'를 설득하지 않으면 안 되는 절박감으로 넘치고 있다. 더 이상 작가는 그들을 위에서 내려다보거나 조작하는 입장에 있지 않다. 그 어떤 인물도 작가가 지배할 수 없을 '자유'를 획득하고 있고, 그런 까닭에 그들은 서로 간에 '타자'인 것이다.

소세키는 명확히 『명암』에서 바뀌었던 것이다. 하지만 그것은 고미야 도요타카의 주장처럼 소세키가 만년에 '칙천거사則天去私[하늘을 따르고 나를 버림]'의 인식에 도달했고 그것을 『명암』에서 실현하고자 했었기 때문이라고 말할 수 있는 게 아니다. '칙천거사'라는 관념이라면 초기의 『우미인초』와 같은 작품에서 노골적으로 제시되고 있다. 거기서는 '아집'(에고이즘)에 붙들린 인물들이 등장하여 비극적으로 몰락해버리는데, 그들은 작가에 의해 조작되는 인형처럼 보인다.

『명암』 속에 소세키의 새로운 경지가 있다고 한다면, 그것은 '칙천거사' 같은 관념이 아니라 오직 그가 행하는 표현의 레벨에서만 존재한다. 이런 변화는 아마 도스토옙스키의 영향에 의한 것이라 할 수 있을 터이다. 실제로 『명암』 속에서 고바야시는 이렇게 이야기하고 있다.

> "러시아 소설, 특히 도스토옙스키의 소설을 읽은 자라면 반드시 알고 있을 것이야. 아무리 인간이 미천할지라도, 아무리 교육을 받지 못했다고 할지라도 때때로 그 사람의 입에서는 고마워서 눈물이 흘러내릴 만큼의, 그리고 조금도 꾸밈없는 지고지순至純至精한 감정이 샘물처럼 흘러나온다는 것을 누구나 알고 있을 터. 자네는 그걸 허위라고 생각하는가."

고바야시가 말하는 "지고지순한 감정"은 소세키가 말하는 '칙천거사'와 비슷할지도 모른다. 그러나 여기서 도스토옙스키적인 것은 그런 인식 그 자체가 아니라 그렇게 이야기한 고바야시 같은 인물 그 자체이다. 고바야시는 쓰다나 오노부에게 "존경받고 싶기" 때문에 점점 더 경멸받게끔 거동하지 않을 수 없다. 오만하기에 비굴해지고, 또한 그런 비굴함의 포즈 속에서 반격을 노리고 있는 것이다. 그의 요설은 자신이 했던 말에 대한 타자의 반응에 끊임없이 더 앞질러 가 있으려는 긴장에서 생겨나고 있다.

이는 많든 적든 오노부와 오히데에게도 들어맞는다. 그들은 일본의 소설에 등장하는 여성으로서는 이례적이라 할 정도로 요설인데, 그것은 그들이 수다쟁이이기 때문도, 추상적인 관념을 품고 있기 때문도 아니다. 그들은 상대방에게 사랑받고 싶고 인정받고 싶다고 생각하면서도, 고분고분하게 "지고지순한 감정"을 내보이면 상대방에게 경멸당하지는 않을까 하는 두려움 때문에 자신의 생각과는 반대되는 말을 내뱉고 말며, 나아가 그 말에 대한 자책으로 인해 그 말을 다시금 부정하기 위해 계속 이야기하고 있는 형편인 것이다. 그들의 요설, 격정, 급격한 반전은 그러한 '타자'에 대한 긴장 관계로부터 생겨나고 있다. 바꿔 말하자면 소세키는 그 어떤 인물도 중심적·초월적 입장에 세우지 않고, 그들의 생각대로 되지 않으며 한눈에 관통할 수 없을 '타자'에 대한 긴장 관계 속에서 그들을 포착했던 것이다.

『명암』이 도스토옙스키적이라고 한다면 바로 그런 뜻에서이며, 그것이 평범한 가정적 사건을 그렸던 『명암』에 절박감을 주고 있다. 실제로 이 작품에서는 쓰다가 입원하기 하루 전부터 시작해서 온천에서 기요코와 만나기까지, 열흘의 시간도 걸리지 않는다. 인물들은 뭔가가 닥쳐오고 있는 것처럼, 눈이 어지러울 정도로 서로 교착된다. 읽으면서 우리가 그것을 부자연스럽다고 생각하지 않는 것은 이 작품 자체의 현실과 시간성 안으로 우리가 말려 들어가기 때문이다. 그리고 이 이상한 절박감은 객관적으로는 평범하게 보이는 인물들을 강제하고 있다. 타자에 대한 이상한 긴장감에 대응하고 있는 것이다. 예컨대 고바야시는 쓰다에게 돈을 받았을 때 오만하게도 다음과 같이 말하기 시작한다.

> "나는 여유 앞에 머리를 숙이네, 그리고 나의 모순을 승인하네. 자네의 궤변을 수긍하네, 뭐든 상관없네. 감사의 말을 전하네, 고마우이."
>
> 그는 갑자기 뚝뚝 눈물을 흘리기 시작했다. 이 급격한 변화가 조금 놀라 있던 쓰다를 더욱 불안하게 만들었다. 요전날 밤 애를 먹었던 술집의 광경을 떠올리지 않을 수 없게 됐던 쓰다는 눈살을 찌푸림과 동시에 상대방을 이용하려면 바로 지금이라는 점을 알아차렸다.

고바야시가 말하고 있는 것은 '허위'가 아니라 "지고지순한 감정"의 표출이다. 그러나 "지고지순한 감정"이 이러한 식으로밖에는 표출될 수 없다는 데에 이 인물들의 불행이 있다. 사실, 고바야시의 말은 곧바로 쓰다가 말하는 "상대방을 이용하려면 바로 지금"이라는 의식에 의해 무효화되고 만다. 고바야시에 대해 쓰다와 마찬가지의 태도를 취하고 있는 오노부 역시도 쓰다에 대해 고바야시와 같은 태도를 내보이는 한순간이 있다. 그녀는 쓰다가 자신을 "사랑하게 만드는" 자신의 자존심을 버리고는, "당신 이외에 저는 의지할 데가 없는 여자니까요"라고 외친다.

오노부는 급작스레 파열할 듯한 기세로 달려들었다.

"자, 얘기하세요. 제발 얘기하세요. 감추지 말고 전부 이 자리에서 얘기하세요. 그래서 단숨에 저를 안심시켜주세요."

쓰다는 당황했다. 그의 마음은 파도처럼 앞뒤로 요동치기 시작했다. 그는 아예 아무것도 생각지 않고 뭐든 속속들이 오노부 앞에 들춰내버릴까 하고 생각했다. 하지만 이와 더불어 자신은 단지 의심받고 있을 뿐 그녀가 실제적 증거를 쥐고 있는 것은 아닐 거라는 추측과 판단을 하기도 했다. 혹시 오노부가 사실을 알고 있다고 한다면 이렇게까지 압박해 들어와 그의 얼굴에 대고 퍼부을 리는 없을 것이라고도 생각했다.

즉, 그 어떤 인물도(쓰다를 빼고) "지고지순한 감정"을 한순간 내보이지만, 그 즉시 '타자'와의 관계로 이끌려 되돌려지고 마는 것이다. 아마 쓰다 자신이 모든 자존심을 버리고 매달리지 않으면 안 될 한순간이 있을 터이다. 고바야시가 쓰다에게 "조만간 자네가 막다른 곳으로 내몰려 그 어떤 일도 할 수 없게 되었을 때 내 말을 떠올릴 게야"라고 말하는 것처럼 말이다. 그러나 그런 일은, 고바야시가 "그렇게 떠올리게 될지라도 조금도 그 말 그대로는 실행할 수 없을 것이야"라고 말하듯이, 착실한 양상으로는 이뤄질 수 없을 터이다. 그러하되 우리에게 중요한 것은 써지지 않은 결말이 아니라, 그 어떤 인물도 '타자'와의 긴장관계 속에 놓여 있다는 점, 그런 관계로부터의 탈출을 격렬하게 원하면서도 오히려 그런 바람으로 인해 그 관계 안으로 말려 들어가지 않을 수 없는 다성적多聲的·폴리포닉 세계를 『명암』이 실현하고 있다는

점이다. 그것은 하나의 시점=주제에 의해 '완결'되어버리지 않는 세계인 것이다. -(1985년 11월)

『우미인초虞美人草』

이 작품은 메이지 40년[1907년]에 <아사히신문>에 연재됐다. 이는 도쿄제국대학 강사를 그만두고 <아사히신문>에 입사했던 소세키의 첫 일이었다. 이는 당시 커다란 화제가 되었던 듯하다. 그 당시에 작가는 (신문기자도) 존경받는 신분이 아니었다. 반대편에서 대학교수는 (지금과 달리) 대단한 권위가 있었다. 예컨대 『우미인초』에서도 오노라는 인물이 문학박사 학위를 받은 일이 굉장한 것처럼 쓰여 있다. 후지오는 오노가 박사가 되는 일을 걸고 결혼을 희망할 정도이다. 그런 사정을 보더라도 소세키가 대학에서의 일을 버리고 직업작가가 됐던 것이 세상에 어떻게 보였을지 상상할 수 있을 것이다. 고미야 도요타카는 이렇게 쓰고 있다.

> 소세키가 대학을 그만두고 신문사에 들어간 일은 당시로서는 일대 센세이션이었다. 그 소세키가 이번에 드디어 『우미인

> 초』를 쓴다고 하니, 미쓰코시[백화점]에서는 우미인초 유카타浴衣를 팔고, 교쿠호도玉宝堂[도장(인장)업소]에서는 우미인초 반지를 팔고, 스테이션[역]에서 신문 파는 아이는 '소세키의 우미인초'라고 말하면서 <아사히신문>을 파는 식으로, 세상에 큰 소동이 일어났다. (『나쓰메 소세키』[1986])

그러나 소세키 쪽에서 보면 그것은 중대한 전환이었다. 이제까지 오히려 수동적으로 움직여왔던 그의 인생 가운데 유일하게 능동적인 선택이었다고 해도 좋겠다. 예컨대 소세키에겐 마쓰야마 중학교로의 부임 역시도 적극적인 선택이었다기보다는 도피적인 것이었다. 영국 유학도 자발적인 게 아니었다. 이런 수동성은 그 자신의 작업에 관련해서도 해당된다고 할 수 있다. 소세키가 『나는 고양이로소이다』를 그 자신의 욕구에 재촉되어 자연발생적으로 써냈던 것이지 결코 작가가 되려고 썼던 게 아니다. 그러나 그는 『풀베개』과 『양허집』을 거치면서 이제까지의 기세로는 해나갈 수 없다는, 혹은 '쓰는 일'에 관해 의식적으로 다시 생각하지 않으면 안 된다는 단계에 이르게 됐다.

소세키는 이때 처음으로 작가로서의 자각을 갖게 됐다고 할 수 있다. 그것은 '쓰는 일'을 감흥의 표출이나 취미 차원의 유희와는 다른 곳에서 발견하고자 했던 것이라고 해도 좋겠다. 또한 대학을 그만두기 이전에 썼던 「이백십 일」과 『태풍』에는 좀 더 노골적으로 드러나 있는데, 소세키는 '사회 정의' 문제에도 큰 관심을 품고 있었다. 직업적 작가가 되고자 했던 소세키는 이제까지 자신의 문학적 자세, 아니 그것보다는 수동적인 생존 형태 그 자체를 부정하려고 했던 것이다. 당시 소세키가 쓴 편지는 그가 가진 의욕의 크기를 전해주고 있다.

> 오직 말끔하고 아름답게만 살고 있는, 그 시인적인 삶이 갖는 생활의 의의라는 것이 무엇인지는 잘 모르겠지만, 역시 그 의의는 지극히 작지 않을까 한다. 그래서 『풀베개』에서의 주인공으로는 안 되는 것이다. (……) 거기에 비한다면, 저 하이쿠·렌쿠의 교시나 사호다라도 다른 세계의 인간일 것이다. 그런 것만으로는 문학에겐 시시할 터이다. 보통의 소설가는 거기서 멈춘다. 나는 한쪽으로는 하이카이적인 문학에 출입하면서도, 동시에 다른 한쪽으로는 죽느냐 사느냐의 목숨을 건 자세로, 유신維新의 지사志士와도 같이 격렬한 정신으로 문학을 해보고 싶은 것이다. (메이지 39년[1906] 스즈키 미에키치에게 보낸 편지)

『우미인초』에서 오노가 마지막에 대학의 출세 코스를 헛되게 만들 결단을 하고 있는 일은 소세키 자신의 결단과 대응하고 있는 것처럼 보인다. 그러나 각오의 중대함이 표출되고 있음에도 『우미인초』는 그것 이전의 문학과 다를 이유가 없었다. 그것은 문장을 보면 명료하다. 어느 페이지에나 『고양이』의 초월적인 시점이나 해학이 있고 『풀베개』의 하이카이와 운율이 있을 뿐 아니라, 그런 것들이 말하자면 "두꺼운 화장"(고미야 도요타카)으로 보일 정도로 굳게 칠해져 있는 것이다. 이는 어쩐 일인가.

내가 생각하기에 초기의 소세키는 '근대소설'과는 다른, 오히려 그것에 대립하는 생각을 갖고 있었다. 『고양이』나 『풀베개』, 『도련님』 등은 '근대소설'에서 배제된 장르에 속해 있다. 그러나 위에 인용된 부분에서처럼 그런 작품들을 격렬하게 부정한 『우미인초』 역시도 결코 '근대소설'을 지향했던 것은 아니었다. 이는 문단을 이루고 있던 '보통의 소설가', 즉 당시 지배적이던 자연주의 작가에게 『우미인초』가 어떻게 비쳤는지를 보는 것만으로 명확할 터이다. 어린 자연주의 작가 마사무네 하쿠초는 이렇게 회고하고 있다. "『우미인초』에서는 재주에 맡겨져 시시한 것들이 조잘거려지고 있는 것처럼 생각된다. 게다가 근대화된 바킨같이 박식한 척하고 어느 페이지에서나 힘을 주고 있는 억지 논리에 나는 지긋지긋함을 느꼈다. 용이나 호랑이에 관한 바킨의 강론이 당시의 독자들을 감동시켰던 것도, 소세키가 오늘날의 지식계급인 소설애호가들에게 기쁨을 주는 것도 절반은 그러한 억지 논리가 삽입되어 있기 때문일 것이다."(『작가론』[1951])

『우미인초』는 어떤 뜻에서 바킨과 비슷하다. 즉, 쓰보우치 쇼요가 '근대소설'의 확립을 위해 부정했던 '권선징악'에 뿌리박고 있다고 해도 좋겠다. 오늘날의 우리가 그 작품에 위화감을 갖는 것도 무리는 아닐 것이다. 이미 동시대의 마사무네 하쿠초에게 그 작품을 읽는 것은 손쉽게 감당할 수 없었을 것이다. 마사무네는 『우미인초』에서는 인물이 '개념적'으로 그려지고 있을 따름이라고 말한다. 거기서는 인물이 변함없는 성격(캐릭터)으로 그려지고 있다는 것이다. 이는 예컨대 『도련님』에 나오는 빨강셔츠나 알랑쇠 등이 변함없는 성격 타입으로 그려지고 있는 것과 마찬가지이다. 『우미인초』의 인물들은 바킨이나 서구 중세 도덕극의 인물들과 마찬가지로 그 '성격'이 시종일관되고 있다. 『우미인초』에 나오는 고노 및 오노는 얼마쯤 예외적이라고 하겠는데, 고노에게는 어두운 과거가 있고 오노에게는 햄릿적인 고뇌가 있다. 그러나 고노는 간단히 회개하며 오노 역시도 정의로운 남자로서 거동한다. 그리고 이후 『산시로』에서라면 미네코처럼 불투명한 여성으로 그려졌을지 모르는 후지오는 단지 산뜻하게 죽고 만다.

소세키는 편지에서 이렇게 말하고 있다. "후지오라는 여자에게 그런 동정심을 가져서는 안 된다네. 그녀는 나쁜 여자야. 시적이지만 온순하지가 않아. 덕의심德義心이 결핍된 여자지. 그녀를 끝부분에서 죽이는 것이 일편주의一篇主意야. 잘 죽이지 못하면 살려줄 것이네. 그러나 그렇게 돕게 되면 끝내 후지오라는 이는 쓸모없는 인간이 되고 말 것이야. 최후에 이르러 철학을 붙인다네. 이 철학이란 하나의 씨어리[theory]야. 나는 이 씨어리를 설명하기 위해 작품 전편을 쓰고 있는 것이라네."(메이지 40년[1907] 고미야 도요타카에게 보낸 편지)

후지오는 말하자면 소세키의 그런 '씨어리'를 위해 억지로 살해되고 말았던 느낌이다. 나아가 문명이나 도시에 대한 비판 역시도 판에 박힌 방식이다. 소세키가 말하는 '사회 정의'라는 것도 단지 부자와 빈자의 대립 같은 오래된 도식에 불과하다. 그것들은 사회적인 관계들의 문제로서 포착되고 있지 못하다. 동시대에는 이미 『공산당 선언』이 번역되어 있었음을 생각한다면 꽤나 낡게 보인다. 요컨대 근대소설에 익숙해진 관점에서 본다면 이 작품은 어찌해도 좋게 평가될 수 없게 된다. 사실 많은 소세키론은 『우미인초』를 단지 '근대소설'에 이르는 과도기적 것으로 무시하고자 했었다.

그러나 '근대소설'은 그 자체가 역사적이다. 독자들이 평범한 주인공에게 내면적으로 공감하고 스스로를 동일화시켜버리는 오늘날의 흔한 소설 체험은 역사적인 장치 속에서만 가능한 일에 지나지 않는다. 아마 소세키는 그런 사정을 충분히 의식하고 있었을 터이다. 누구보다도 많이 읽고 있었음에도 소세키는 소설이 프랑스와 러시아의 근대소설처럼 되지 않으면 안 될 '필연성'을 인정하지 않았다.

이 시기의 그에게 중요했던 것은 의식(심리)에 치우침으로써 사소설적인 것으로 좁고 편협해져 가는 일본의 근대소설 속에서 역으로 그러한 의식을 넘어선 골격(성격)을 가진 세계를 구축하는 일이었다. 실제로 장편소설에는 그것을 구성하는 초월적인 틀이 불가결하다. '개념적'으로 보이든 '이야기적'으로 보이든 그것이 없으면 머리도 꼬리도 없는 작품이 '순문학'으로서 쓰여지게 된다. 뒷날 장편소설을 지향했던 '전후문학'파는 마르크스주의의 이론(이것 역시도 '권선징악'적으로 보인다)을 필요로 했던 것이다.

소세키의 작업을 『풀베개』나 『명암』을 향한 발전 과정으로서만 읽어서는 안 된다. 오히려 그는 그러한 방향을 의식적으로 거부하는 데에서 시작했던 것이다. 소세키가 말하는 씨어리 또는 철학, 즉 『우미인초』에서 고노의 입을 통해 이야기되는 '비극'의 이론은 다음과 같은 것이다. "도의道義의 관념이 극도로 쇠약해짐으로써 생生을 원하는 만인의 사회를 만족스레 유지하기 어렵게 된 때에 비극은 돌연히 일어난다. 이에 만인의 눈은 모조리 자신의 출발점을 향한다. 비로소 생의 바로 곁에 죽음이 거주하고 있음을 알게 되는 것이다.”

그것은 기본적으로 이후의 작품들을 관통하고 있다. 소세키라는 작가를 이른바 근대소설의 관점으로 보면서 ‘불순’한 것으로 만드는 것은 그 근본에 그런 인식의 틀이 있다는 뜻이다. 소세키는 『우미인초』에 이어서 ‘성격’이 없는 인간, 곧 둥실둥실 흘러가는 의식 자체가 된 인간을 『갱부』에서 쓰고 있다. 바꿔 말해 『우미인초』를 쓰자마자 곧바로 그 작품의 도덕극적인 틀을 내적으로 붕괴시켜버릴 무언가가 역으로 노출되기 시작했던 것이다. 어떤 뜻에서 그것은 도덕극적인 틀 안에서 작품들을 쓰고 있던 셰익스피어가 이후 그런 작품들 안에서 해결되지 않는 불안을 껴안기 시작했을 때 비로소 ‘비극’을 쓰게 됐던 것과 닮아 있다. 셰익스피어의 ‘비극’은 도덕극의 내적 붕괴로서 나타났던 것이다. 소세키도 『우미인초』 이후에 그가 말하는 ‘비극’의 이론과는 다른 ‘비극’을 쓰기에 이른다. 그것은 결코 그의 본의에 의한 게 아니었다. 그러나 그렇게 본의가 아니었을지라도 그는 급격한 속도로 그 방향으로 나아갔던 것이다.

그 징후는 이미 말한 것처럼 오노나 고노 속에 있다. 오노나 고노, 혹은 후지오는 ‘비극’의 틀로 거둬 들여질 수 없는 무언가를 이미 갖추고 있다. 그러나 『햄릿』이 도덕극의 틀 안에서야말로 존립할 수 있었던 것처럼 소세키의 후기 작품 역시도 『우미인초』라는 확고한 ‘비극’(도의道義의 세계)의 틀 안에서만 가능했다. 거기로부터 소세키는 부쩍부쩍 일탈하면서도 여전히 그런 간명한 세계를 몽상하고 있었다고 해도 좋겠다. ―(1989년 4월)

『춘분 지나고까지』

『춘분 지나고까지』는 메이지 45년[1912년] 1월 1일에서 4월 29일까지 <아사히신문>에 연재되었다. 이 타이틀에는 소세키 자신이 서문에서 예고하고 있듯이 춘분 지나고까지 쓸 예정이라는 의미가 부여되어 있었다. 소세키의 작품에는 『그 후』처럼 막연한 제목을 붙인 사례도 있지만, 그것조차 『산시로』에 이어진 '그 후'라는 식의 의미를 내장하고 있었던 데에 반해 『춘분 지나고까지』라는 제목에는 그런 뜻마저도 없다. 그러나 소세키가 그저 대수롭지 않게 이 작품을 쓰기 시작했는가 하면, 그렇지는 않다.

소세키는 앞서 『문』을 쓰고 나서 1년 반 정도의 공백을 가졌다. 그동안에 다양한 사건이 있었다. 하나는 빈사 상태의 중병에 걸렸던 일이다('슈젠지修善寺의 큰병大患'으로 불린다). 또 소세키를 <아사히신문>으로 끌어당겼던 이케베 산잔이 사임함으로써 소세키 역시도 사표를 썼던 사건이 있었다. 그는 애초부터 자연주의 계열의 '문단'으로부터 고립되어 있었지만, 이 시기에는 그의 제자들도 '문단'에 속해 있었으므로 거기로부터도 고립감을 느꼈음이 틀림없다. 나아가 딸의 죽음이라는 사건이 있다(소세키는 『춘분 지나고까지』 속의 「비 내리는 날」이라는 장에서 그 일에 관해 썼다고 여겨진다). 소세키는 사적으로도 공적으로도 글쓴이가 된 이래로 중대한 위기에 직면했던 것이다.

이런 사정을 염두에 두고 소세키의 서문(「『춘분 지나고까지』에 관하여」)을 읽으면, 그의 무심한 말, 예컨대 자신은 자연주의자도 아니지만 네오 낭만파 작가도 아니며, "나는 단지 나다"라는 표현방식, 혹은 "문단의 뒷골목이나 그 맨땅조차도 들여다본 경험"이 없는 "교육받고 평범한 인사들"을 향해 쓴 것이라는 표현방식에 소시케가 느낀 고립감의 깊이와 결의의 강도가 제시되어 있음을 알 수 있다. 그런 뜻에서 『춘분 지나고까지』는 소세키의 재출발이다. 곧 그것은 다양한 의미에서의 '죽음'을 뚫고 나온 자의 새로운 출발인 동시에 『나는 고양이로소이다』를 쓴 출발점으로의 회귀이기도 하다.

소세키는 사생문으로서 『나는 고양이로소이다』를 쓰기 시작했다. 사생문은 '소설'처럼 보이지만 실제로는 근대소설에 반하는 것이다. 즉 소세키는 당시의 '문단'과는 다른 곳에서 시작했고, "문단의 뒷골목이나 그 맨땅조차도 들여다본 경험"이 없는 독자들에게 예상외의 인기를 얻었던 것이다. 그러나 어느새 그는 소설가로 간주되었고 제자들도 그렇게 생각했다. 그럴 때 그는 근대소설의 다양한 유파들 속에서 위치가 부여되고 비평된다. 여기서 소세키가 "나는 단지 나"라고 말한 것은 그가 애초에 '근대소설'과는 이질적인 것을 추구하고 있었다는 점을, 자기 자신에게도 타인에 대해서도 선언하고자 했기 때문이다.

소세키는 사생문의 특징 가운데 하나를 줄거리가 없는 것이라고 말하고 있다. 예컨대 『나는 고양이로소이다』는 줄거리도 없으며 단편으로서만 줄곧 쓰여졌다. 방향은 서서히 벗어나고 내용은 깊게 어두워져 갔다. 그것들이 연결되고 있는 것은 이곳저곳을 배회하는 '고양이'를 통해서이다. 그렇다면 소세키가 『춘분 지나고까지』와 관련해 "각각의 개별 단편들을 합친 끝에 그 단편들이 함께 합일되어 하나의 장편이 구성되도록 기획했다"라고 말할 때, 그것은 새로운 취향이라기보다는 『나는 고양이로소이다』처럼 쓴다는 것과 다름없었다. 사실 『춘분 지나고까지』에서 게이타로는 '고양이'의 역할을 맡고 있는 것이다. 그는 스나가와 및 지요코가 형성한 세계의 주변을 돌아다닐 뿐 그 속으로 들어가는 일이 없다. "그(게이타로)의 역할은 끊임없이 수화기를 귀에 대고는 '세상'을 듣고 있는, 일종의 탐방에 불과했다."(「결말」) 그러나 주요한 인물들은 모두 그런 게이타로에 대한 '이야기' 속에서만 등장하고 있다.

소세키에 따르면 사생문이 지닌 또 하나의 특징은 타인이든 자기 자신이든 간에 부모가 자식을 대하는 것과 같은 태도로 바라본다는 점이다. 아무리 심각한 고뇌일지라도 그것과 거리를 두고 보면서도 애정을 가지고 그렇게 보는 것, 즉 유머이다. 『춘분 지나고까지』의 진정한 주인공은 스나가이고, 그는 또한 소세키 자신을 표현하고 있다고도 할 수 있을 것이다. 사실 이어지는 다음 작품인 『행인』에서는 스나가적인 인물(이치로)이 전면에 등장한다. 그러나 『춘분 지나고까지』에서 스나가는 도시를 방황

하는 게이타로에게서 멀리 떨어져 있는 하나의 풍경으로 등장할 따름이다. 이 작품에서 소세키가 시대 상황과 관계없는 고유한 고뇌를 분석하고자 했었음은 분명하다. 그러하되 동시에 그것을 먼 풍경으로서 상대화해버리고 마는 서술 방식을 취하고 있기도 하다. 게이타로를 주인공으로 활약시킴으로써 심각한 사태를 결론이 없는 채 하나의 풍경으로 '사생'한다는 것이 이 작품의 장치였던 것이다.

게이타로는 탐정을 동경하고 있다. 그런데 소세키는 여러 곳에서 탐정을 무엇보다 타기해야 할 것으로 이야기하고 있다. 실제로 그것이 최초로 표현됐던 것은 『나는 고양이로소이다』에서인데, 사실은 그 '고양이'가 탐정처럼 일하고 있다. 즉, 소세키가 말하는 탐정에는 두 가지 종류가 있다. 게이타로에 따르면 그 하나는, "목적이 이미 죄악의 폭로에 있는 것이기에 미리부터 타인을 함정에 빠뜨리려는 마음에 사로잡힌 채 성립된 직업이다." 게이타로는 그것을 싫어하고 있다. 그가 생각하는 탐정이란 "자신은 단지 인간에 대한 연구자, 아니 인간의 이상한 기관機關·가라쿠리[계략·장치·조작]이 어두운 암야에 운전되는 모습을 경탄의 마음으로 바라보고 싶다"고 말하는 자이다.

그런 '탐정'은 범인을 잡는 일에 관심을 갖고 있지 않다. 그의 관심은 오직 범죄의 형식적 측면에만 있다. 오히려 그는 범죄자 이상으로 선악에 무관심한 것이다. 이런 종류의 '탐정'은 에드가 앨런 포 이후의 추리소설에 이어진 산물로서 실제로 있는 게 아니다. 실제로 있는 것은, 사립탐정일지라도 '경시청의 탐정'과 큰 차이가 없는 자이다. 그 목적은 '죄악의 폭로'에 있고 또한 실증적이다. 소설로 말하자면 자연주의이다. 소세키가 탐정을 싫어한다고 말하는 것은 문학으로 말하자면 자연주의를 싫다고 말하는 것과 등가이다. 포가 만들어낸 탐정(뒤팽)은 그러한 경찰의 실증주의에 대립한다. 그러나 그것은 단순히 낭만적인 게 아니다. 그것은 다른 한편에서 실증주의적 지성에게는 보이지 않는 수수께끼를 해명하는 지성주의이기도 하다.

일본에서 처음 탐정(아케치 고고로)이 이야기로 쓰인 것은 다이쇼 14년(1925년) 에드가 앨런 포의 이름을 비틀어 흉내 낸 에도가와 란포의 「D자카 살인사건」에서였다. 이후 일본에서는 '탐정소설'이 자명한 패턴이 된다. 그러나 '탐정'이 가진 의미는 그런 자명성과 더불어 소거되고 말았다. 메이지 말기에 탐정을 지원하는 청년에 관해 썼던 소세키 쪽이 탐정의 의미를 포착하고 있다고 해야 할 것이다. 주의해야 할 첫 번째 것은 뒤팽도 홈즈도 아케치 고고로도 벤야민이 말하는 '유민遊民'이었다는 점이다. 『춘분 지나고까지』의 마쓰모토가 자기 자신이나 스나가가 '유민'이라는 것을 게이타로에게 이야기하는 장면이 있는데, 실은 게이타로 역시도 유민이다. 그뿐만 아니라 소세키 소설의 인물들 중 다수는 도시 속 새로운 타입의 유민이다.

주의해야 할 두 번째 것은, 19세기 말의 소설에서 '탐정'의 출현이 중요한 이유는 그것이 마르크스의 경제학 비판이나 프로이트의 정신분석과 병행되고 있었기 때문이라는 점이다. 예컨대 셜록 홈즈의 추리는 아예 정해놓고서 빅토리아조 영국을 무대로 점잖게 해치운 신사들의 과거 범죄(주로 해외 식민지에서의 범죄)를 폭로하는 것으로 끝난다. 그것은 언제나 역사적인 소행遡行[거슬러 올라감]인 것이다. 마찬가지로 마르크스는 자명한 것으로 간주됐던 영국의 자본제 사회와 그 경제학을 비판하면서 그 역사적 '원죄'(자본의 원시적 축적)로 거슬러 갔고, 나아가 화폐 형태 그 자체의 기원으로까지 거슬러 올라가고자 했으며, 프로이트는 시민사회에서의 의식의 자명성을 비판하고, 그것과 관련하여 말하자면 은폐된 '범죄'(부친살해)로까지 거슬러 올라가고자 했던 것이다. 즉, 그들 역시도 실증적인 앎에 반대하는 앎으로서의 '탐정'이었다고 해도 좋겠다.

물론 게이타로는 그저 낭만적이므로 위와 같은 뜻에서의 '탐정'은 아니다. 그러나 『춘분 지나고까지』라는 작품 전체가 '탐정'적인 것, 바꿔 말하자면 정신분석적인 것이다. 게이타로는 그저 낭만적인 몽상에 의해 주요 인물의 주변을 표층적으로 냄새 맡으며 돌아다닐 뿐인 것처럼 보인다. 그러나 '스나가의 이야기'나 '마쓰모토의 이야기', 곧 스나가나 마쓰모토의 고백을 이끌어내는 역할을 하고 있다는 뜻에서, 게이타로는 훌륭한 정신분석의의 일을 완수하고 있다고 해도 좋겠다.

그들의 '이야기'에서 주목해야 할 점은 그것이 단순히 시점을 바꾼 것만이 아니라 레벨 그 자체가 다르다는 것이다. '스나가의 이야기'에서는 스나가와 사촌 여동생 지요코 간의 꼼짝할 수 없는 관계가 그려지고 있다. 스나가는 지요코를 사랑하고 있는지 아닌지를 알지 못한다. 제3자가 나타나면 질투하지만, 그런 질투가 별달리 사랑의 증거가 아니라는 것은 지요코에 의해서도 지적되고 있다. 이는 언뜻 현대인의 사랑이 지닌 불모성을 묘사하고 있는 것처럼 보인다.

'마쓰모토의 이야기'에서 스나가의 문제는 치요코와의 관계가 아니라 어머니와의 관계에 있다. 스나가는 하녀가 낳은 자식이고 어머니는 그것을 숨긴 채로 키워왔다. 그녀는 양어머니로서 전적으로 친아들인 것처럼 '자연스러운' 관계를 형성했었지만, 거기에 부자연스러움(작위)이 있었다. 그녀가 스나가와 치요코의 결혼에 절망하는 것은 암묵적으로 피의 연결을 찾고 있기 때문이다. 스나가가 "세상과 접촉할 때마다 안쪽으로 말려 들어가는 성품을 갖게 된" 원인은 그런 양어머니의 "무의식적 위선"(『산시로』)에 있다고 마쓰모토는 생각한다.

마쓰모토는 "모든 비밀은 그것을 개방했을 때에야 비로소 자연스럽게 회복되는 결착을 볼 수 있다는 주의"를 가지고 있지만, 스나가는 이미 알고 있을지라도 '자연'으로 돌아갈 수가 없다. 바꿔 말해 자신이 가진 근원적인 위화감을 제거할 수가 없는 것이다. 이는 치요코와의 관계도 아니며 양어머니와의 관계도 아닌, 존재하는 것 자체의 문제이기 때문이다. 이렇게 게이타로의 방황 속에서 주제는 현대 도시의 상황, 현대적인 남녀관계, 부모자식관계, 나아가 자기 자신과의 관계에서의 위화감 쪽으로 거슬러 올라간다. 그것은 어긋나면서 깊어져 간다. 그 어느 쪽도 해결되지 않으며 출구가 없다. 그러나 소세키는 그러한 광경을, 그 속으로 말려 들어가지 않는 여유를 갖고 '사생문'으로 정착시켰던 것이다. – (1990년 2월)

『한눈팔기道草』

『한눈팔기』는 다이쇼 4년[1915년]에 <아사히신문>에 연재됐다. 『마음』에 이어진 장편소설이다. 같은 해 초에 그는 신문에 「유리문 안에서」라는 에세이를 연재하면서 유년 시절의 추억을 썼다. 『한눈팔기』를 쓰기 시작한 동기는 거기에 있다고 해도 좋겠다. 그 에세이 속에서 그는 "거짓말을 해서 세상을 속일 정도의 자만심衒気은 없다고 할지라도 좀 더 비천한 점, 좀 더 나쁜 점, 좀 더 면목을 잃은 점과 같은 자신의 결점을 어느덧 발표하지 못한 채로 마무리되고 말았다"고 썼다. 그런 뜻에서 『풀베개』는 네거티브한 면을 집중적으로 거론하고 있다. 예컨대 「유리문 안에서」는 친모를 향한 추억이 핵심을 이루고 있지만, 『한눈팔기』에서는 친모가 등장하지 않는다. 즉, 그를 따뜻하게 받아 들여주고 있는 인간은 한 사람도 등장하지 않는다. 거기서 인간관계는 모조리 혹독하고도 박정하다. 그리고 주인공 자신이 타인에 대해 마음을 닫은 편벽한 인간으로 그려지고 있다.

이 작품은 자연주의계 문단에서 높은 평가를 받았다. 소세키가 처음으로 평가를 받았다고 해도 좋을 것이다. 그들은 『나는 고양이로소이다』 이후 소세키를 '여유파餘裕派'로 간주하면서 학식도 있고 인기도 있지만 문학적이지 않다고 보았었다. 그런 사정을 소세키도 의식하고 있었을 터이다. 예컨대 그는 "나의 죄는 — 혹시 그것을 죄라고 말할 수 있다면 — 몹시도 밝은 쪽에서만 비춰졌기 때문일 것이다. 그런 밝은 쪽에 있는 사람은 일종의 불쾌감을 느꼈을지도 모른다"(『한눈팔기』)고 쓴다. 그러나 소세키가 딱히 문단을 위해 『한눈팔기』를 쓴 것은 아니었으며, 이 작품으로 소세키의 문학관이 변했다거나 발전했다고 말할 수도 없다.

소세키는 메이지 36년[1903] 1월에 런던에서 귀국했고, 그해 4월부터 고등학교와 대학에서 교편을 잡기 시작했으며, 메이지 38년 1월 『호토토기스』에 『나는 고양이로소이다』를 쓰기 시작했다. 이 소설의 소재가 된 시기는 그 무렵이라고 해도 좋겠다. 다음과 같은 서술을 봐도 그러하다. "지금으로부터 한 달쯤 전에 그[겐조]는 어떤 지인의 부탁으로 그 사람이 경영하는 잡지에 긴 원고를 썼다. (……) 그는 단지 붓끝에 넘쳐흐르는 즐거운 기분에 내몰렸다." 물론 이 작품은 엄밀하게는 소세키의 체험에 대응하고 있는 게 아니다. 예컨대 고미야 도요타카에 따르면 소세키의 예전 양아버지 시오바라 쇼노스케가 소세키에게 와서 뭉칫돈을 요구했던 것은 메이지 42년, 소세키가 <아사히신문>에 입사하여 직업작가가 된 이후였다. 그러나 흥미로운 것은 세타이어(풍자)적인 『나는 고양이로소이다』와 자연주의적인 『한눈팔기』라는 대조적인 작품이 거의 동일한 시기를 소재로 삼고 있다는 점이다.

『한눈팔기』에는 이렇게 쓰여 있다. "그는 또 그런 세계와는 전혀 관계가 없는 방향을 바라보았다. 그러자 거기에는 때때로 그의 앞을 가로질러 가는, 젊은 피와 반짝이는 눈을 가진 청년들이 있었다. 그는 그 사람들의 웃음에 귀를 기울였다. 미래의 희망을 쳐서 울리는 종처럼 명랑한 그 소리가 겐조의 어두운 마음을 설레게 했다." 『나는 고양이로소이다』에는 주로 그런 청년들과의 교류가 그려져 있다. 거기에는 빛나는 '미래의 희망'이 있지만, 『한눈팔기』에는 오직 학문 외길로 살아온 중년 남자의 무위와 헛수고의 느낌 말고는 없다. 그것은 정체되고 몰락한 '과거의 인간'의 세계이다. 『고양이』가 공적인 세계라고 한다면 『한눈팔기』는 사적인 세계이다. 『고양이』에서 주인공은 정신적 독립을 자랑하는 '고등유민'들과 함께 지적인 일에 가치를 인정하지 않는 신흥 부르주아들과 싸우는데, 『한눈팔기』에서 주인공은 가난하며, 오직 돈에만 가치를 두는 가족·친척 사이에서만 살고 있고, 그들은 하필 주인공의 그 부족한 수입에만 기대고 있는 형편이다.

그러나 이 명암 — 이는 소세키가 『한눈팔기』 다음에 썼던 작품의 제목이기도 한데 — 을 구분하는 것은 불가능하다. 『나는 고양이로소이다』를 읽은 이는 거기에서 『한눈팔기』를, 후자를 읽은 사람은 전자를 동시에 떠올려야만 한다. 그때에야 소세키라는 희유한 작가의 진폭을 이해할 수 있을 것이다. 그러나 『한눈팔기』는 단지 자연주의적인 소설이 아니다. 표면상으로는 늙은 예전의 양부모가 겐조에게 돈을 요구하고 있고, 그 일이 마지막에 정리될 따름인 이야기이다. 그것은 겐조가 처음부터 잘 알고 있었던 일이다. "겐조의 눈으로 보면, 시마다의 요구는 불가사의할 정도로 도리에 맞지 않았다. 따라서 그 일을 정리하는 것도 손쉬웠다. 그저 간단히 거절하기만 하면 되는 것이었다." 그러나 최후에 겐조는 말한다. "세상에 정리될 수 있는 일 따위란 거의 있을 리가 없지. 한번 일어난 일은 언제까지나 계속돼. 단지 여러 형태로 변하니까 타인도 자기도 모를 뿐이지."

그렇다면 무엇이 정리되지 않는 것인가. 그것이 현존하는 양부모가 아니라는 점은 분명하다. 그들은 다시 찾아올지도 모른다. 그러나 그것은 빤하게 보이는 일이다. 예컨대 겐조는 어릴 때 연못에서 고기를 잡으려고 했던 일을 떠올린다. "— 곧바로 실을 당기는 왠지 기분 나쁜 것에 겁이 덜컥 났다. 그를 물속으로 끌어당기는 강력한 힘이 두 팔까지 전해져 왔을 때, 그는 두려워졌고 이내 작대기를 던져버렸다. 다음 날 수면에 조용히 떠있던 한 자尺 남짓한 잉어를 발견했다. 그는 홀로 무서웠다." 그가 두려웠던 것은 한 자 남짓한 잉어 그 자체가 아니다. 그를 연못 밑바닥으로 끌어당기려고 했던 "왠지 기분 나쁜 것"의 "강력한 힘"이다. 그것이 잉어에 불과함을 알면서도 저 "왠지 기분 나쁜 것"은 사라지지 않는다.

"겐조가 먼 곳에서 돌아와 —"라는 문장으로 『한눈팔기』는 시작된다. 그리고 그는 "모자를 쓰지 않은 남자"와 만나게 된다. 곧이어 "먼 곳"은 런던이고 "모자를 쓰지 않은 남자"는 양아버지인 시마다라는 것이 밝혀진다. 그러나 겐조가 "모자를 쓰지 않은 남자"의 출현에 의해 불러일으켜지는 불안은 현실에서 시마다가 찾아왔을 때에도, 혹은 그 관계가 사무적으로 '정리됐던' 때에도 사라지지 않는다. 아내가 그 불안을 공유해줄 리도 없다. 말하자면 겐조는 '홀로 무서웠던' 것이다. 즉 『한눈팔기』는 한편에서 돈을 둘러싼 일가친척의 트러블이나 부부간의 어긋남을 담담하게 그리면서도, 다른 한편에서 결코 정리되기 어려운 한 가지 문제를 쓰고 있다. 실은 소세키의 모든 장편소설은 현실에서의 윤리적 문제와 그것에 대응하지 않는 주인공의 내적인 문제가 서로 교착되고 그것들이 급작스레 분열되고 마는 식으로 구성되어 있다. 예컨대 주인공은 『문』에서는 홀로 참선을 하러 떠나고, 『행인』에서는 광기에 직면하며, 『마음』에서는 자살하고 만다.

겐조는 "한번 일어난 일"이 반복되고 있다는 것, "단지 여러 형태로 변하니까 타인도 자기도 모를 뿐"이라고 이야기한다. 이는 소세키의 작품군에 관해서도 할 수 있는 말이다. 『한눈팔기』도 기본적으로 마찬가지이다. 하지만 『한눈팔기』가 다른 작품들과 다른 점은 그 문제에 직접적으로 육박하고자 한다는 것이다. "한번 일어난 일"이란, 소세키가 어렸을 때에 양자로 보내지고 양부모를 친부모라고 여기며 자랐던 과거이다.

> 부부는 항시 무슨 일에 덧붙여 그들의 은혜를 겐조에게 의식시키고자 했었다. 그래서 어떤 때는 '아버지가'라는 말을 크게 했다. 어떤 때는 또 '어머니가'라는 말에 힘이 들어갔다. 겐조가 아버지나 어머니라는 말을 떠나 과자를 먹거나 옷을 입는 일은 자연스럽게 금지되었다.

이 양부모가 특별히 악한 성질을 가진 자들이었던 게 아니다.

그들은 겐조의 부모라는 확신을 갖지 못했기에 사사건건 자신들이 부모라는 것을 아이에게 새겨 넣지 않을 수 없었던 것이다. 그러나 그것을 듣고 있는 아이는 이해할 수 없음에도 거기로부터 다른 메시지를 수취한다. '아버지가'라거나 '어머니가'라는 말을 강조하면 할수록 아버지도 어머니도 아니라는 점을 고지하고 있는 것이다. 소세키는 「유리문 안에서」를 통해 8~9살이 될 때까지 친부모를 조부모로 믿었던 일을 쓰고 있는 데에서, 저들 양부모를 친부모로 알고 있었음을 확인할 수 있다. 그러나 동시에 그것이 잘못 알고 있는 것임을 무의식적으로 알아차리고 있었다고도 할 수 있다. 중요한 것은 그 시기에 소세키의 자기 형성이 행해졌다는 점이다.

커뮤니케이션은 언제나 여러 레벨에서 행해진다. 예컨대 어떤 이가 '바보구나'라고 말하더라도 미소를 지으면서 말하고 있다면 그것은 칭찬이다. 거꾸로 어떤 이가 미워하고 있으면서도 애정 깊은 태도를 취할 경우에는 그 표정이 차갑다. 이렇게 말과 표정, 혹은 말 그 자체가 전혀 반대되는 메시지를 전하는 경우가 있다. 특히 부모가 그러한 태도를 계속 취하면, 아이는 대립되는 두 메시지를 동시에 수취하고 어느 쪽이 진짜인지 결정하지 못한다. 이를 그레고리 베이트슨은 '더블 바인드[이중구속]'라고 부른다. 베이트슨은 정신분열병을 앓기 쉬운 환경으로 부모의 그런 양의적인 태도를 지적하고 있다. 그 결과, 아이는 메타 커뮤니케이티브[metacommunicative, 말 아닌 시선 · 동작 · 몸짓 · 태도 등에 의한 소통]한 태도, 곧 문자 그대로의 언명과 그것이 다르게 의미하고 있는 바를 구별할 능력을 잃기 쉽다. 분열병자의 경우, 상대방이 무언가를 말할 때 그것이 진정으로 무엇을 뜻하는지를 모르며, '숨겨진 의미'에 과도하게 집착하고 그것에 속지 않도록 결의하고 있다. 그 최종적인 단계는 일체 응답을 하지 않는 것이다. 베이트슨은 분열병에 걸린 사람들에겐 부모와의 관계에서 그런 더블 바인드 상태가 강제됐던 사례가 많다고 말한다. 물론 그렇다고 해서 모두가 분열병에 걸리는 것은 아니며, 또 소세키가 분열병이었다는 것도 아니다. 그러나 소세키에게는 고유한 '병'이 있었고, 그것은 그러한 더블 바인드와 관계되어 있다.

소세키는 『한눈팔기』에서, 그런 환경 속에서 일어난 문제를 두고 다른 작품들에서처럼 허구를 통해서가 아니라 자신의 유년기로 거슬러 올라감으로써 대상화하고자 했다. 그때 소세키는 자신의 고유한 '병'으로부터 치유됐다고 할 수는 없지만 그 '병'이 무엇에 의해 비롯된 것인지는 분명히 응시하고 있었다고 할 수 있다. "나의 책임이 아니야. 결국 내게 이런 미친 짓을 시키고 있는 게 누구냐. 그 녀석이 나쁜 것이다." 그러나 '그 녀석'은 양부모도 친아버지도 아니다. 겐조는 이미 그를 낳은 과거의 세계를 받아들이지 않으면 안 된다는 것을 알고 있었다. ―(1999년 1월)

강연 및 기타

소세키의 다양성

— 강연: 『마음』을 둘러싸고

1

소세키라는 작가는 초기의 『나는 고양이로소이다』[이하 원문에서 『고양이』로 약칭됨]나 『도련님』, 또 『양허집』이나 『풀베개』로부터 『명암』에 이르는 소설, 나아가 하이쿠나 한시까지도 쓰고 있습니다. 곧 다종다양한 문체나 장르에 이르고 있는 겁니다. 이런 작가는 일본만이 아니라 외국에도 없으리라 생각합니다. 어떻게 이런 다양성이 가능했던 것일까요. 이는 커다란 수수께끼입니다. 소세키를 연구하는 사람들은 소세키의 텍스트를 둘러싼 수수께끼를 예컨대 소세키 자신의 실제 생활, 그 가운데서도 연애 체험에서 발견하는데, 그런 것은 '수수께끼'라고 부를 값어치가 없다고 하겠습니다. 그런 언어적 다양성은 단지 다재다능했다거나 글재주가 있었다는 식으로는 해결될 수 없는 것입니다. 그것은 역시 '역사'적인 문제와 관계되어 있습니다. 아무리 글재주가 뛰어날지라도 소세키 같은 경우는 두 번 다시 가능하지 못할 터입니다.

소세키의 작품은 흔히들 『고양이』나 『풀베개』 같은 초기작에서 『명암』에 이르기까지의 발전 혹은 심화로 읽히고 있습니다. 분명 『고양이』나 『풀베개』 같은 초기작은 근대소설과는 이질적입니다. 그러나 그 '초기'라는 말을, 이미 『문학론』 등을 썼던 마흔에 가까운 작가, 게다가 겨우 12년 활동하고 죽고 만 작가에게 사용해도 될지는 의문이죠. 소세키가 그사이에 견해를 근본적으로 변경했을 리가 없기 때문입니다. 따라서 소세키를 작품의 직선적인 발전 속에서, 혹은 『명암』을 정점으로 하는 근대소설 중심의 시점에서 보는 것은 잘못이라고 생각합니다. 중요한 것은 소세키의 언어적 다양성이 어떻게 가능했는가라는 수수께끼인 겁니다.

한 가지 말할 수 있는 것은 소세키가 19세기 중반 프랑스에서 확립된 '문학' — 이것이 그의 동시대 문단을 형성시켰던 것인데 — 이전의 것, 즉 18세기 영문학을 연구하고 있었다는 점입니다. 또 하나는 오오카 쇼헤이 씨가 지적하고 있는 것입니다만, 소세키가 쓰기 시작했던 무렵에는 '문文'이라는 장르가 있었다는 점, 그리고 소세키는 예컨대 「런던탑」을 단편소설로서가 아니라 '문'으로서 쓰고 있었다는 점입니다. 물론 마사오카 시키가 제창했던 사생문 역시도 '문'입니다. 애초에 '문'이 장르로서 있었던 까닭에 사생문도 의미를 가질 수 있었던 겁니다. 그것은 반드시 리얼리즘에 이어지는 것도 아니며, 그 싹에 불과한 것도 아닙니다. 소세키의 '문'이란 이후 단편소설로서 읽히고 말지만, 결코 소설이 아닙니다. 이미 서양의 소설을 잘 알고 있던 소세키였으므로, 그런 사정을 자각하고 있었음이 분명합니다.

그렇다면 그가 '문文'에 집착했던 것에는 어떤 의미가 있을는지요. 아마도 '문'에서 소세키의 소설이 생겨나고 또 다종다양한 작품이 생겨났을 터입니다. 소세키는 소설을 써냈던 게 아닙니다. 『고양이』는 '문'입니다. 그리고 그것을 쓰고 있는 동안 급작스레 소세키의 창작활동이 개시된 것이며, 그렇게 10년 정도의 기간에 방대한 작품군을 남겼던 겁니다. '문'은 모든 가능성을 포함한 "영도零度"로서 존재했다고 하겠습니다. '문'이란 바르트 식으로 말하자면 에크리튀르로 바꿔 불릴 수 있는 것이겠지요. 내 생각에 '문'에서 소세키는 근대소설이 자기 순화를 위해 배제하고 있던 것의 가능성을 보고 있었다고 하겠습니다.

그런데 노스롭 프라이는 픽션(논픽션도 포함한 픽션)을 네 가지 장르로 나누어 고찰합니다. 그의 정의에 따라 말하자면 픽션이란 산문으로 써진 모든 것을 포함합니다. 첫 번째는 소설이지요. 이에 관해 우리는 잘 알고 있으므로 다른 세 가지에 관해 말하고자 하는데, 일단 소설이란 나머지 세 가지 장르가 아닌 것으로 존재한다고 해도 좋겠습니다. 그 세 가지 가운데 하나로서 먼저 '로망스'가 있습니다. 그것을 '이야기'라고 불러도 무방합니다. 로망스에서의 주인공은 보통 흔히 있는 인물이 아니죠. 미남미녀이거나 영웅이고 초인적인 능력을 가지거나 합니다. 거기서 보면 근대소설이란 평범한 인간이 주인공이 되는 것이라고 해도 좋을 정도입니다. 또한 로망스는 모종의 구조를 갖고 있습니다. 이를 오리구치 시노부가 말하는 '귀종유리담貴種流離譚'[1] 같은 것으로 봐도 좋겠죠. 그것은 변화 없이 단조로운 세계가 아니라 타계他界 혹은 이계異界

가 존재하는 위상구조를 가진 세계입니다.

다음으로 '고백'입니다. 고백은 근대의 루소 같은 이들로부터 시작된 게 아니라, 예컨대 아우구스티누스의 『고백록』[397~400] 같은 전통 속에 있는 것입니다. 주의해야 할 점은 그 고백 장르가 오히려 지적인 것이라는 데에 있습니다. 일본에도 그런 전통이 있죠. 예컨대 아라이 하쿠세키의 『오리타쿠시바노키折りたく柴の記』 같은 것이 그러합니다. 다음으로 프라이가 '아나토미'라고 부른 것입니다. 이는 백과전서적인 것, 현학적인 것, 세타이어[풍자] 등을 포함합니다. 서양문학으로 말하자면 라블레나 스위프트 혹은 로렌스 스턴 같은 이들이 해당됩니다. 소세키가 연구했던 스위프트 및 18세기 영문학은 소설이라기보다는 그러한 장르였던 것입니다.

그런데 주목해야 할 것은 소세키가 이 모든 장르를 썼다는 점입니다. 『양허집』은 문자 그대로 로망스고, 『고양이』는 세타이어 혹은 현학적인 아나토미라고 해도 좋겠죠. 『도련님』은 피카레스크(악한惡漢 소설)이고요. 소세키 자신이 의도했던 것처럼 『풀베개』 역시도 '소설'이 아닙니다. 오늘 이야기하려는 『마음』[1914] 이란 작품은 어떨까요. 내 생각에 그것은 '고백'입니다. 그 작품이 고백적이라는 뜻이 아닙니다. 그런 뜻이라면 『한눈팔기』 쪽이

••

1. 오리쿠치 시노부(折口信夫, 1887~1953) : 민속학자, 국문학자, 국어학자, 가인. 귀종유리담은 '오리구치학(學)'의 용어로서, 젊은 신이나 영웅이 타향을 떠돌며 시련을 극복한 결과로 존귀한 존재가 된다는, 설화형태의 한 가지 전형을 말함.

고백적이죠. 『마음』에 나오는 선생님의 편지에는 이렇게 되어 있습니다. "나를 낳은 내 과거는 인간 경험의 일부분으로서 나 이외에는 그 누구도 이야기할 수 있는 것이 아니므로, 그것을 거짓 없이 써서 남겨두려는 나의 노력은 인간을 알고자 함에 있어 자네에게도 다른 사람들에게도 헛수고는 아닐 거라 생각하네." "나는 내 과거 속의 선악 전부를 남들의 참고로 제공할 생각이네. 그러나 단 한 사람 아내만큼은 예외라는 것을 알아주게."

이는 아우구스티누스나 루소의 '고백'에서 보면 오히려 판에 박힌 것임을 알 수 있습니다. '고백'에는 지적 성찰이 있습니다. 그것은 자전적 소설과는 다른 것이죠. 『마음』과 같은 작품은 오히려 이런 근대소설 이전의 형식을 취함으로써 가능했던 것입니다. 덧붙여 말하자면 『마음』은 후반부에 나오는 선생님의 편지가 중심인데, 그런 형식은 상당히 고풍스러운 것입니다. 18세기 영문학에는 편지 형식이 많았지만, 그것은 근대소설의 이야기 형식이 아직 확립되지 않았기 때문입니다. 일단 그것이 확립되면 편지 형식은 매우 고풍스러워 보이게 되죠. 따라서 『마음』은 일본 문단에서 그리 평가받지 못했습니다. 앞서 거론한 작품들 역시도 평가받지 못했었죠. 일반 독자들에겐 그런 쪽이 더 많이 읽히고 인기도 있었지만, 바로 그런 이유로 경멸받아왔습니다. 그것들은 『명암』 같은 소설에 이르기 이전의 초기 작품으로 위치가 부여됐던 겁니다. 그러나 소세키의 대단함이란 그 모든 장르를 썼다는 점에 있는 것입니다.

한편, 프라이는 위와 같이 픽션 장르를 병렬해 놓았지만 실제로 그것들이 서로 대등하지는 않습니다. 19세기 이후에는 그 가운데

'근대소설'이 지배적인 것이 됩니다. 다른 장르들은 있었을지라도 주변에 놓이고 말죠. 그러나 '소설'은 지배적인 것이면서도 항시 다른 장르를 필요로 하는 것입니다. 그것은 정확히 산업자본주의 이후 모든 생산이 자본주의화되는 게 아니라 농업 같은 다른 생산 형태도 존속한다는 점, 그뿐만 아니라 산업자본은 자본주의화할 수 없는 것들을 불가결한 것으로 전제하고 있다는 점과 유사합니다.

현재 일본을 두고 말하자면 유행하고 있는 것은 이야기와 아나토미죠. 그것은 근대소설의 이념이 의문시되어 온 것과 관계가 있습니다. 그러나 그것들이 근대소설을 대신하지는 않습니다. 아무리 이야기나 아나토미가 회복될지라도 그런 사정은 근대소설 '속'에서 그런 것이고, 바로 그렇기에 근대소설은 활성화되고 살아남는 것입니다. 이미 소세키에게서도 그러했습니다. 모든 장르에 걸쳐 썼던 소세키는 그럼에도 이미 근대소설의 세계 안에 속해 있었던 것이고, 그렇기에 거기서 배제된 것을 회복하려고 했던 것입니다.

2

『마음』은 유명한 작품이니 특별히 줄거리를 설명할 필요까지는 없다고 생각하지만, 먼저 간단히 돌아보기로 하겠습니다.

우선 전반부에서 '나'라는 학생이 가마쿠라 해안에서 선생님을 만나고, 왠지 모르게 그 선생님에게 이끌려 가까워지는데, 어찌해도 선생님에겐 뭔가 알 수 없는 부분이 있습니다. 그것이 무엇인지 알지 못한 채로 '나'는 아버지의 병환 때문에 귀향했고, 그 사이에 선생님은 죽습니다. 소설의 후반부는 선생님이 그런 '나'에게 쓴 유서의 형태를 취하고 있습니다. 선생님은 학생 시절 때 숙부에게 배신을 당해 부모로부터 물려받은 재산을 빼앗겨버린 일이 있었죠. 이로 인해 인간 자체를 원망하고 의심하게 되면서 일종의 신경쇠약에 걸리지만 우연히 들어가게 된 하숙집 모녀 두 사람과 사귀는 와중에 치료됩니다. 선생님은 그 따님에게 호감을 느끼게 되는데, 그것은 아직 연애 감정은 아니었습니다.

선생님에게는 K라는 친구가 있었죠. 선생님은 K를 경외하고 있었지만, 다른 한편으로는 우스꽝스런 골계滑稽라고도 생각했습니다. 왜냐하면 선생님에겐 경제적으로 곤란한 K를 도와주고 싶다거나 K의 신경쇠약을 덜어주고 싶다는 생각도 있었지만, 자신으로서는 도저히 미치지 못할 K라는 금욕적 이상주의자를 붕괴시켜버리고 싶다는 마음도 있었기 때문입니다. 선생님은 "K를 인간답게 만드는 제일의 수단으로서, 우선 그를 이성異性 곁에다가 앉힐 방법을 강구하여" 자신의 하숙집으로 데리고 들어왔던 겁니다. 이는 우정인 동시에 악의라고 할 수 있죠. 선생님은 이를테면 K를 유혹하려고 했던 겁니다.

그런데 K가 동거하게 되면서 상황이 점점 더 이상해지게 됩니다. K는 "따님이 좋다"고 털어놓습니다만, 그 말을 듣기 이전에 선생님은 K가 있었기에, 즉 K를 질투하게 됨으로써 따님에 대한 사랑을 의식하기 시작했던 것이죠. K에게서 "따님을 사랑하고 있다"는 말을 앞질러 듣게 되어버렸을지라도, 즉석에서 "아니,

나야말로 예전부터 그녀가 좋았다"라고 하면 될 것을 선생님은 차마 말하지 못합니다. 말할 기회를 놓쳤다는 것, 이 '때늦음'이 이후 중대한 사태를 불러옵니다만, 생각해보면 '때늦음'이란 처음부터 있었습니다. 예컨대 선생님이 따님을 사랑하게 된 것은 K가 하숙집에 들어온 이후입니다. K가 주인집 따님을 사랑하고 있을지도 모르는 사태가 비로소 선생님 자신의 사랑을 의식하게 만든 것이니, 선생님이 K보다 '앞서' 따님을 사랑하고 있었다는 것은 허구이죠. 선생님의 '때늦음'에는 말할 기회를 놓쳤다는 단순한 한 가지 이유만으로는 설명되지 않는 게 있습니다. 좀 더 본질적으로 말하자면, 그 '때늦음'은 타자와의 관계에서 인간이 갖게 되는 어떤 불가피한 조건이지만, 이에 관해서는 뒤에서 말하도록 하겠습니다.

한편, K가 털어놓은 말을 들은 이후 어느 날 선생님은 병을 가장하여 하숙방에 남아 주인아주머니에게 "따님을 주십시오"라고 말합니다. 물론 그것으로 오케이였을 터이지만, 그런 사실을 K에게 또 말하지 않죠. 그런데 주인아주머니 쪽은 K의 심정을 전혀 몰랐기에 K에게 그 사실을 말해버리고 맙니다. 그 결과, K는 자살합니다. 선생님은 줄곧 그 죄악감을 간직하고서도 그 일을 "따님", 곧 자기 아내에게는 도저히 말할 수가 없었죠. 고백이라는 것도 젊은 '나'인 학생을 상대로만 했던 것이며, 죽은 이후에도 아내에게만은 절대로 비밀을 지켜달라는 말을 남기고 있는 것입니다.

때마침 메이지 천황이 죽었을 때, 선생님이 아내에게 "우리는 메이지의 인간으로, 이제 시대에 뒤처지게 돼버렸다"고 말하자,

아내는 갑자기 무슨 생각이 들었던지 "그럼 순사殉死[순절]라도 하면 좋지 않겠어요?"라고 말합니다. 당시에는 사어死語였던 이 '순사'라는 말이 선생님의 마음을 울립니다. 그는 답합니다. "만약 내가 순사한다면 메이지의 정신에 순사할 생각이야." 그런데 한 달쯤 지나 실제로 노기 마레스케 장군이 순사했던 겁니다.[2] 그것이 결단의 계기가 되어 선생님은 실제로 자살을 생각하고 자살하기 전 십여 일 동안 유서로 고백을 썼던 겁니다. 대강 여기까지가 『마음』의 줄거리입니다.

이제 그러면 앞에서 말한 '때늦음'의 문제에 관해 언급해보고자 합니다. 선생님 자신은 그런 '때늦음'을 자신의 비열함으로 생각했고, 또 그로 인한 죄책감을 품고 있습니다. 그러나 정말로 그런 걸까요. 이 일은 어디까지나 정직하고 마음이 깨끗하면 피할 수 있는 것이었을까요. 혹은 선생님이 명철하게 자기의식 혹은 욕망을 자각하고 있었다면 그런 일은 피할 수 있었던 것일까요. 어찌해도 그럴 수 없습니다. 예컨대 선생님이 따님을 사랑하게 된 것은 K와 동거하게 되었기 때문입니다. 아니, K가 따님을 사랑하게 됐기 때문입니다. 만약 K가 없었다면 선생님은 아무리 자기 내부를 성찰했을지라도 따님을 향한 사랑을 자기 마음속에서 발견할 수 없었을 터입니다. 그것은 아직 존재하는 게 아니었기 때문입니다. K가 중간에 끼어들게 됨으로써 비로소 연애가 성립

• •

2. 노기 마레스케(乃木希典, 1849~1912), 육군 대장, 1급 백작, 가쿠슈인(學習院) 장. 러일전쟁 당시 여순포위전 총지휘, 승전, 메이지 천황의 죽음에 이어진 순사로 저명함.

된 겁니다. 그리되면 선생님이 사랑을 의식하게 됐을 때는 이미 K를 희생시키지 않으면 안 되는 입장이었다고 해야 할 것입니다. 단지 삼각관계에 따르는 고뇌가 아닙니다. '사랑' 그 자체가 삼각관계에 의해 형성됐던 겁니다.

예컨대 아이의 방 한구석에 흥미를 잃고 필요 없어진 장난감이 뒹굴고 있다고 칩시다. 거기에 다른 아이가 와서 그 장난감을 발견하고는 갖고 싶어 합니다. 그때 아이가 돌연 '안 돼, 그건 내 거야'라며 그 장난감에 집착하는 경우가 있죠. 평소라면 방치해 두고 아무 신경도 쓰지 않았던 것이 다른 아이가 그것을 원하자마자 그 이상의 중요한 일은 없다는 듯 집착하기 시작하는 겁니다. 이어 다른 아이가 포기하고 가버리면 아이 역시도 관심을 잃어버립니다. 그럴 때 이 아이는 그저 심술궂은 것일까요. 나중에 돌이켜 보면 자기가 나빴음을 생각하게 될지도 모릅니다. 그러나 그때의 아이에게 허위는 없었을 터입니다. 정말로 그 장난감이 중요하게 생각됐던 겁니다. 그러나 이후 그 장난감에 대한 관심이 사라졌던 이상, 거짓말을 하고 심술을 부린 게 되고 마는 것이죠.

『마음』 속 선생님의 마음이 드러내 보이는 움직임 역시도 그리 다르지 않습니다. 곧 선생님은 한 번도 자신의 마음을 속인 일이 없습니다. 하지만 그러함에도 그는 거짓말로 K를 배신했던 게 됩니다. 어떤 단계에서도 선생님에게 거짓은 없었고 무자각적이지도 않았습니다. 그렇지만 결과적으론 K를 속인 것이 되고 말았던 겁니다. 선생님은 부친이 죽은 뒤에 숙부에게 속아 재산을 빼앗긴 일로 인간에 대한 불신이 깊어졌고 신경쇠약에 걸렸지만, 하숙집 모녀와 접하면서 다시 일어나 회복할 수가 있었죠. 따라서 그는 사람 속이는 일을 극도로 혐오하고 있었을 터입니다. 그런 그가 친구를 배반한 겁니다. 왜 그렇게 되고 말았을까요.

인간이란 갑자기 변할 수 있다고, 선생님은 학생인 '나'에게 흥분해 소리칩니다. "인간은 돈에 관련된 문제가 생기면 갑자기 변하는 것이다, 나는 그렇게 변하는 걸 보았다"는 것입니다. 그러나 그건 의심스럽습니다. 예컨대 선생님에겐 숙부가 갑자기 변한 것처럼 보였을지라도 다른 사람이 보기엔 그다지 놀라운 일이 아닐 수도 있는 것이죠. 잘 알고 있는 사람은 숙부 그 작자라면 그런 짓을 할 만하다고 생각할지도 모르는 겁니다. 문제는 숙부와 같은 짓은 절대로 하지 않겠다고, 사람을 배반하는 짓은 결코 하지 않겠다고 뼈에 사무치도록 다짐했던 선생님 같은 사람이 '갑자기 변한다'는 데에 있는 겁니다. '돈 문제'든 '여자 문제'든 중요한 것은 대상이 아닙니다. 다른 문제에서도 인간은 '갑자기 변할' 수 있죠. 주의해야 할 것은 그 '변화'라는 것이 당사자가 의식할 수 없는 것이라는 점, 혹은 의식할지라도 이미 때늦은 것이라는 점입니다. 그렇다면 어째서 그런 것일까요.

3

이를 약간 철학적으로 생각해보겠습니다. 욕망이란 타인의 욕망이라고 헤겔은 말하고 있습니다. 곧 욕망이란 타자의 승인[인정]을 얻고 싶다는 욕망이라는 것이죠. 욕망은 욕구와 구별됩니다. 예컨대 배가 고파서 뭔가 먹고 싶다는 것은 욕구이고, 좋은 레스토랑이나 고급스런 음식을 먹고 싶다는 것은 이미 타인의 욕망이라고 할 수 있는 것입니다. 성욕도 생리적 욕구이죠. 그러나 미인에게만 성욕을 느낀다고 할 경우, 그것은 욕망입니다. 본디 '미인'의 기준이라는 것도 객관적인 게 아니라 문화나 민족에 따라 다르고 역사적으로도 다릅니다. '미인'이란 타인이 그렇게 간주하는 것입니다. 그러니 미인을 얻었다는 것은 타인에게 가치가 있는 것을 획득했다는 뜻이며, 그렇기에 그런 행동의 바탕에는 타인에게 승인받고 싶다는 욕망이 있음에 틀림없죠. 그렇다고 해서 자신의 감정을 쉽게 바꿀 수는 없습니다. 실제로 순수한 욕구란 드물죠. 어떤 극한적 상황에서는 음식이라면 뭐든 좋으며 마실 수 있는 것이라면 뭐든 상관없다는 생각도 가능하겠지만, 그런 상황이 아니라면 기본적으로 우리는 욕망 속에 있는 것이죠. 바꿔 말하자면 거기엔 이미 타자가 개재되어 있는 것입니다.

우리는 모방적이어서는 안 되며 오리지널해야 하고 자발적이지 않으면 안 된다고들 말합니다. 하지만 우리가 무언가를 목표로 삼을 때는 언제나 모델이 되는 누군가가 있을 터입니다. 그것은 우리의 욕망이 타인에 의해 매개되어 있다는 것과 같은 겁니다. 자발성·주체성이라고들 하지만 자기와 주체라는 것은 이미 타자와의 관계 안에 집어 넣어짐으로써 형성된 것이라고도 할 수 있죠.

르네 지라르는 헤겔의 생각을 이용해 욕망과 모방, 나아가 삼각관계와 제3자 배제를 고찰했습니다. 일본에서는 사쿠다 게이치 씨가 그것을 응용하여 소세키 등을 논하고 있죠. 『개인주의의 운명 — 근대소설과 사회학』(이와나미[1981])이라는 책을 읽어보십시오. 『마음』에서의 선생님과 '나'의 관계, 선생님과 K의 관계에 대해 명쾌하게 분석하고 있습니다. 이제까지 심리학자가 '동성애적'이라고 말해왔던 부분을 모델-라이벌 이론으로 다시 해석했던 겁니다. 예컨대 거기서 사쿠타 씨는 이렇게 쓰고 있습니다. "선생님은 그의 유서에서, K를 데려온 이유로 고학생인 그의 생활을 조금이라도 편하게 해주고 싶은 우정 때문이었다고 쓰고 있습니다. 그러나 그런 설명만으로는 뭔가 선명하지 않은 느낌이 남습니다. 아마도 선생님은 따님이 설사 책략의 희생물이 될지라도 따님이 결혼할 만한 여성이라는 점을 존경하는 K에게서 보증받고 싶었던 게 아닐까, 동시에 그런 여성을 아내로 삼는 것을 K에게 자랑하고 싶었던 게 아닐까 합니다." "K는 선생님에게 있어 판단을 의존하는 본보기였습니다. K가 그 따님에게 호감을 느끼게 됨으로써 선생님의 대상 선택이 비로소 정당화되었기 때문이죠. 그러나 또한 K는 선생님의 라이벌이 될 수도 있습니다. K가 그녀에게 호감을 느끼게 되면 선생님은 그녀를 두고 경쟁하지 않으면 안 될 테니까요."(『마음』)

따님에 대한 선생님의 연애에는 분명 제3자인 K가 필요했고, 게다가 그 제3자는 배제되지 않으면 안 되었던 겁니다. 혹여 그렇지 않은 것처럼 보인다고 할지라도 연애는 잠재적으로 삼각관계를 잉태하고 있다고 하겠습니다. 가령 제3자가 구체적인 개인이 아니라 세간과 같은 막연한 것이라고 해도 마찬가지죠. 예컨대 스타와 결혼하고 싶어 하는 남녀는 숱한 타인들의 욕망의 대상을 소유하고 싶어 하는 겁니다. 그것은 해당되는 그 대상이 아니라 타자를 욕망하고 있다고 해도 좋겠죠. 이것도 삼각관계지요.

나아가 K에 대한 선생님의 우정에는 엠비벌런트[양가적인]한 것이 있습니다. 선생님은 K를 존경하고 있죠. 그러나 그는 K를 모델로 여기면서도 K처럼 철저한 인간일 수 없음을 느끼고 있습니다. 따라서 한편으로는 K를 끌어내리고 싶다는, 타락시키고 싶다는 생각을 갖고 있는 겁니다. K를 '인간답게' 만든다는 말은 그런 것이죠. 이는 지나친 억측이 아닙니다. 다른 곳에서 선생님은 그를 존경해 마지않는 젊은 '나'에게 이렇게 말하고 있습니다. "어쨌든 지나치게 나를 믿지는 말게. 언젠가 후회할 테니까. 그러면 자신이 기만당한 것에 대한 보복으로 잔혹한 복수를 하게 될지도 모르네." "예전에 그 사람 앞에서 무릎을 꿇었던 기억이 이번에는 그 사람 머리 위에다가 발을 올리도록 만들 것이네. 나는 미래의 모욕을 피하기 위해 지금의 존경을 물리치려는 걸세."(『마음』) 바꿔 말해 모델로 삼은 사람과의 관계는 결국 모델을 능가하게 될 때도, 혹은 모델에 결코 도달할 수 없다는 것을 알게 될 때도 존경에서 증오로 바뀌게 됩니다.

그러나 내가 생각해보고 싶은 것은 앞서 언급한 '때늦음'의 문제입니다. 우리에게 직접적(무매개적)으로 보이는 우리 자신의 의식·욕망이란 이미 타자에 의해 매개된 것이라는 사실, 이것 역시도 말하자면 '때늦음'입니다. 매번 명철하게 스스로를 돌이켜 보면서 확신을 얻었다고 할지라도, 애초부터 이미 매개된 것인바, 그런 뜻에서 '현재'란 항상 '때늦은' 것입니다. 『마음』이라는 제목은 아이러니컬한 것으로, 그것은 결코 '마음' 속을 엿본다는 뜻이 아닙니다. 아니 엿본다고 할지라도 거기에는 아무것도 없다는 것, 우리가 무언가를 행하고 마는 것은 '마음'에 의해서가 아니라 타자와의 관계에 의해서라고 말하는 것이죠. 따라서 거기에는 어찌해도 결코 메울 수 없는 공허가 있습니다. 그 공허를 심리 분석을 통해 명확히 설명할 수 있을지도 모르죠. 그러나 그럼에도 정돈되지 않는 '때늦음'이라는 게 반드시 있는 겁니다.

그것은 '역사'와 관계되어 있습니다. 사실 『마음』이 널리 읽혀 왔던 것은 그저 연애나 삼각관계를 다루고 있기 때문이 아니라 거기에 역사적 문제가 쓰여 있기 때문입니다. 예컨대 『마음』에는 다음과 같은 문장이 있습니다. "더위가 한창 기승을 부리는 여름 메이지 천황이 붕어하셨네. 그때 나는 메이지의 정신이 천황에서 시작하여 천황으로 끝났다는 느낌이 들었지. 메이지의 영향을 무엇보다 강하게 받았던 우리가 그 이후에도 살아남는다는 것은 필경 시대에 뒤처지는 일이라는 느낌이 내 가슴 깊숙이 파고들었네."[강조는 인용자] '시대에 뒤쳐짐'이란 단지 나이가 들어 시대를 따라잡지 못하게 됐음을 뜻하는 게 아니라 실은 어떤 '때늦음'과 관계되어 있는 것입니다.

여기서 선생님이 말하는 '메이지' 및 '메이지 정신'이란 무엇일까요. 그것을 단순히 하나의 시대로 봐서는 안 됩니다. 나는 앞에서 K가 금욕적 이상주의자라고 말했습니다. 『마음』에는 다음과 같이 쓰여 있죠. "불교의 교의 속에서 길러진 그는 의식주에 약간의 사치를 부리는 것도 마치 부도덕한 일이라는 태도를 취했다네. 어설프게 옛날의 고승이나 성인의 전기를 접했던 적이 있던 그에겐 곧잘 정신과 육체를 따로 떼어 내고 싶어하는 버릇이 있었지. 육肉을 채찍질하면 영靈의 광휘가 증가할 것이라고 느낀 경우조차 있었을지도 모르겠네." 이렇게 말하면 K는 단순히 예전에 흔히 있었던 구도자적인 청년처럼 보이죠. 그러나 K와 같은 극단적인 타입은 특정 시기 속에 있는 고유한 것이라고 해야 합니다. 그것은 불교든 그리스도교든 그 이전의 것 혹은 그 이후의 것과는 이질적입니다. 예컨대 메이지 10년대 말 기타무라 도코쿠는 그리스도교로 향했고, 니시다 기타로는 선禪으로 향했습니다. 이는 K와 마찬가지로 극단적인 것이었습니다(K는 성서도 읽고 있었습니다).

그들이 그런 내면의 절대성에 틀어박힌 것은 메이지 10년대 말엽 메이지 유신 속에 있던 가능성이 닫혀버렸기 때문이고, 다른 한편으로는 그들이 근대국가 체계가 제도적으로 확립되는 과정에 있었기 때문입니다. 곧 그들은 제각기 정치적 싸움에서 패한 뒤, 내면 혹은 정신의 우위를 내걸고는 세속적인 것을 거부함으로써 대항하고자 했던 겁니다. 그러나 도코쿠는 자살했고 니시다는 제국대학의 선과選科[본과생(本科生)과 차별되는 일종의 청강코스]라는 굴욕적인 장소로 돌아갔습니다. K가 자살한 것도 선생님이 뒤에 깨달은 바와 같이, 단지 실연이나 친구의 배반 때문만은 아니었습니다. 이성에게 매혹됐다는 사실 자체에서 K는 그런 정신주의적 저항의 좌절을 느꼈기 때문입니다.

4

아마도 동일한 일이 소세키 자신에게 일어났을 터입니다. 그가 별도로 정치적인 운동에 코미트[관여]하고 있었던 것은 아니지만, 메이지 10년대에 그는 메이지 유신의 연장으로서 혁명이 더 심화되지 않으면 안 된다고 느끼고 있었죠. 그는 메이지 10년대에 '한문학'에 일생을 걸어도 좋다고 생각했으나 영문학을 하게 되었고 결국엔 영문학에 배반당한 느낌이 들었다는 점을 『문학론』 서문에 쓰고 있습니다. 거기서의 '한문학'이란 에도 시대의 것이 아니며, 따라서 케케묵은 것도 아닌바, 메이지 10년대의 학생이라면 지니고 있었을 기풍이나 사상과 연결되어 있던 것입니다. 한편 영문학 쪽은 제국대학이라는 제도 안에 있는 것이어서 그것을 하면 출세할 수 있었던 것이었습니다. 사실 소세키는 그 안에서 발군으로 각별히 우수했죠. 그러나 거기서 도망치고 싶은 충동을 항상 느끼고 있었습니다. 제국대학을 그만두고 당시의 세간에서는 어정쩡한 것으로 여겨지던 소설가로 길을 바꾼 것도 그런 이유 때문입니다.

이렇게 볼 때 "내가 순사한다면 메이지의 정신에 순사할 생각"이라는 말 속의 '메이지의 정신'이 이른바 메이지의 시대사조라는 것과는 아무 관계가 없음을 알 수 있습니다. '메이지의 정신'이란 말하자면 '메이지 10년대'에 있을 수 있었던 다양한 가능성입니다. 예컨대 선생님이 노기 장군의 유서로 마음에 격동이 일어난 것은 노기 장군과 비슷한 사고방식 같은 것을 갖고 있었기 때문이 아니라, 그가 메이지 10년 세이난 전쟁[3]에서 군기를 빼앗기고

• •

3. 西南戦争. 메이지 10년(1877) 사이고 다카모리(西鄉隆盛, 1827~1877)를 맹주로 하여, 일본 열도의 서남쪽에서 일어난 최대 규모의 무장 사족(士族) 반란. 일본 최후의 내전. 막부 말기의 사무라이이자 메이지 유신의 정치가였던 사이고 다카모리가 1873년 정한론(征韓論) 정변으로 실각한 이후, 사츠마번(薩摩藩)의 지도자로서 그를 따르는 가고시마 사립학교 생도들

그 이후 '면목이 없어 죽어야지 죽어야지 하면서도 그만 오늘날까지 살아왔다'는 고백 때문입니다.

실제로 '메이지 10년대' 사람들에게 세이난 전쟁은 '제2의 메이지 유신'으로, 메이지 유신의 이념을 추구했던 것으로 간주되었죠. 사이고 다카모리는 그 상징이 되었고 이후 '쇼와 유신'에서도 그러했습니다. 소세키 스스로는 '메이지 원훈元勳'을 심히 매도했었지만, 다른 한편으로는 '메이지의 지사志士처럼' 소설에 몰두하고 싶다고 말한 바도 있습니다.

그렇다면 소세키가 '메이지 정신'이라고 부른 것은 메이지 20년대에 정비되고 확립되어가던 근대국가 체제 안에서 배제되고 있던 다양한 '가능성' 그 자체였다고 말해도 좋지 않을까요. 곧 제가 말하고자 하는 '역사'란 이제는 은폐되고 망각되어버린 것입니다. 그 가능성을 다른 관점에서 말하자면, 처음에 언급했듯 문학의 다양한 가능성이기도 합니다. 19세기 서양의 근대소설만이 문학인 것은 아니죠. 거기로 향해가는 것만이 발전인 것도 아니죠. 아마도 소세키는 근대의 '소설' 중심주의에, 혹은 그것이 품고 있는 억압성에 줄곧 저항했던 게 아닐까 합니다. 우리는 그것을 단지 취미나 기질의 문제로 봐서는 안 된다고 생각합니다. 또 동양적인 것이나 에도적인 것을 향한 향수로 봐서도 안 됩니다. 사실은 그 반대이기 때문입니다.

소세키는 『마음』이라는 비극적인 작품에서 과거를 강렬히 환기시킴으로써 과거로부터 이별하고자 했던 것인지도 모릅니다.

••
1만3천과 함께 일으킨 반란.

마르크스도 비극이란 과거로부터 쾌활하게 결별하기 위한 수단이라고 말한 적이 있죠. 실제로 『마음』을 쓴 이후 소세키는 『한눈팔기』를 써서 당시 문단의 자연주의자들로부터 평가를 받습니다. 처음으로 소설다운 소설을 썼다는 평가였죠. 그리고 이어서 『명암』을 쓰기 시작했고, 그 도중에 죽게 됩니다.

『명암』은 오늘날까지도 가장 본격적인 근대소설로 평가받고 있습니다. 아이러니컬한 일이죠. 소세키는 오전에는 『명암』을 집필하고 오후에는 '한시'를 썼다는 말들이 있으니, 그에겐 아마 『명암』이 바람직한 형태는 아니었던 것일 터입니다. 그러나 자신이 목숨을 부지하고 있는 이상 그 방향으로 철저히 갈 수밖에 없다고 생각했을 겁니다. 우리는 소세키의 작품들을 두고 『명암』을 절정으로 하는 하나의 직선으로 봐서는 안 됩니다. 그러한 역사에서 은폐된 것, 그것이 내가 말하는 '역사'인 겁니다.

소세키의 구조

1

소세키의 장편소설, 특히 『문』, 『춘분 지나고까지』, 『행인』, 『마음』 등을 읽으면, 어딘지 소설의 주제가 이중으로 분열되어 있고, 심한 경우에는 서로 별개로 아무런 관계없이 전개되고 있다는 느낌을 금할 수가 없다. 예컨대 『문』에 등장하는 소스케의 참선은 그의 죄책감과는 아무 관계가 없으며, 『행인』은 결말 부분인 「H로부터의 편지」와는 명확히 단절되고 있다. 또 『마음』에 나오는 선생님의 자살 역시도 죄에 관한 의식과 결부시키기에는 불충분하고도 뜻밖으로 급작스런 무언가가 있다. 이를 우리는 어떻게 이해해야만 할까. 우선 여기서부터 시작하자.

물론 그것을 구성의 파탄으로 단순히 읽어버린다면 불모의 비평으로 끝날 수밖에 없을 것이다. 그것에는 소세키가 아무리 기교적으로 능숙하고 숙달된 작법을 가졌을지라도 피할 수 없었음이 틀림없는 내재적인 조건이 있다고 봐야 할 것이다. 이와 관련하여 내가 떠올렸던 것은 T. S. 엘리엇이 『햄릿』을 두고 '객관적 상관물'이 결여되어 있기 때문에 실패한 극이라고 지적했던 점이다. 엘리엇은 이렇게 말한다.

> 햄릿을 지배하고 있는 감정은 표현할 수가 없는 것인데, 왜냐하면 햄릿의 감정은 이 작품에 부여되고 있는 외적인 조건을 넘어서고 있는 것이기 때문이다. 흔히 햄릿을 두고 셰익스피어 자신이라고들 말하는데, 이는 다음과 같은 점에서 옳은 것인바, 자신의 감정에 해당하는 대상이 없기에 생겨나는 햄릿의 곤혹은 그를 등장시켜 작품을 쓴다는 예술상의 문제를 마주한 셰익스피어의 곤혹을 연장시킨 것과 다름없기 때문이다. 햄릿의 문제는 그의 혐오가 자신의 어머니로 인해 환기된 것이면서도 그 어머니를 그런 혐오의 완전한 대상으로 매치시킬 수는 없다는 점, 그렇기에 햄릿의 그 혐오란 어머니에게 향해지는 것만으로는 어떻게도 되지 않는다는 점에 있다. 그런 까닭에 그 혐오의 감정은 햄릿 자신에겐 이해 불가능한 것으로서 그는 그 감정을 객관화할 수 없고, 따라서 그것이 그의 존재에 독이 되며 그의 행동에 방해가 되는 것이다. 어떤 행동도 그 감정을 만족시키기에는 부족하며, 셰익스피어 역시 그 어떤 줄거리를 궁리해 짜낼지라도 그런 햄릿을 표현할 수는 없는 것이다. (……) 단지 우리는 셰익스피어가 자신에겐 힘겨운 문제를 다루고자 했다고 결론 내릴 수밖에 없다. 그가 왜 그렇게 하고자 했는지는 풀 수 없는 수수께끼이며, 그가 어떤 종류의 경험을 했기에 표현할

수 없는 두려운 것을 표현하고자 했는지 우리로서는 알 길이 없다. (T. S. 엘리엇, 『햄릿』. 강조는 인용자)

소세키를 두고 완전히 동일하게 말할 수 있을 것이다. 예컨대 『문』에 나오는 소스케의 참선은, 그의 내부적 고민이 삼각관계로 인해 환기된 것이면서도 그 삼각관계를 그런 고민의 완전한 대상으로 매치시킬 수는 없다는 점, 그렇기에 그의 고민이 다른 방향으로 향할 수밖에 없다는 점에서 기인한다. 따라서 "그 어떤 줄거리를 궁리해 짜낼지라도 그런 소스케를 표현할 수는 없는 것"이므로, 소세키 역시도 "자신에겐 힘겨운 문제를 다루고자 했다고 결론내릴" 수 있을 것이다. 소세키는 "어떤 종류의 경험을 했기에" 그런 문제를 떠맡았던가, 그리고 그것에는 어떤 본질적 의미가 있는 것일까. 지금부터 내가 논하려는 전부는 그런 수수께끼에 관련된 것이라고 해도 좋겠다.

『그 후』의 다이스케는 일찍이 친구(히라오카)를 위해 양보했던 여자(미치요)를 다시 빼앗을 때 다음과 같이 말한다.

모순일지도 모르지. 그러나 그것은 세상의 법도로서 정해진 부부 관계와 자연의 사실로서 이뤄진 부부 관계가 일치하지 않기에 일어나는 모순이니 어쩔 수가 없어. 나는 미치요 씨의 남편인 자네에게 세상의 법도를 따라 사과하네. 하지만 나의 행위 그 자체에 관해서는 아무 모순이 없으며 아무런 잘못도 범하지 않았다는 생각이야. (『그 후』)

> 히라오카, 자네보다 내가 먼저 미치요 씨를 사랑하고 있었어. (……) 자네로부터 이야기를 들었을 때는 나의 미래를 희생시켜서라도 자네의 바람이 이뤄지게 하는 것이 친구의 본분이라고 생각했어. 그것이 나빴지. 지금 정도로 머리가 난숙해 있었더라면 생각이라는 것을 했을 터인데, 애석하게도 젊었기에 너무도 지나치게 자연을 경멸했었지. 그때 일을 생각하면 내겐 심대한 후회가 덮쳐오네. (……) 내가 자네에게 진정으로 미안한 것은 이번 사건이라기보다는 오히려 그때의 내가 어설프게 밀고 나갔던 의협심이야. 자네, 아무쪼록 잘 봐주게. 자네가 보고 있는 대로 나는 자연에 의해 복수를 당하고서는, 이렇게 자네 앞에서 땅에 손을 짚고 부탁하고 있으니. (『그 후』)

여기에는 소세키가 장편소설의 골격에 자리 잡도록 했던 '철학'이 단적으로 제시되고 있다. 다이스케의 생각을 요약하면 다음과 같다. 첫째, '자연'을 따르는 인간의 행위에는 모순이 없다는 것, 곧 인간의 자연성에는 그 어떤 자기모순도 없다는 것. 나아가 인간이 '자연'을 따를 때는 사회의 법도(규범)에 의해 추방되지 않을 수 없다는 것, 그러나 그 자연성을 억압하면 결국엔 그것에 의해 복수를 당하게 된다는 것이다. 대체로 소세키의 장편소설은 '자연'에 대한 무시와 '자연'에 의한 복수라는 비극적 구도를 띠고 있다.

그러나 나는 그런 것을 말하고 싶은 게 아니다. 『우미인초』에 관하여 소세키는 "최후에 이르러 철학을 붙인다네. 이 철학이란 하나의 씨어리[theory]야. 나는 이 씨어리를 설명하기 위해 작품

전편을 쓰고 있는 것이라네"(고미야 도요타카에게 보낸 편지)라고 썼지만, 이는 너무도 정연한 씨어리이다. 많든 적든 그의 소설은 그런 씨어리를 기축으로 하고 있는 게 사실이지만 오해해서는 안 된다. 그는 결코 씨어리를 설명하기 위해 소설을 썼던 게 아니니까 말이다. 그리고 『우미인초』 이후, 그런 씨어리가 파괴되어감에 따라 그의 소설도 풍만함과 중량감을 띠어가게 되는 것이다.

실제로 소세키 속에서 생겨났던 문제는 '규범'과 '자연' 간의 갈등극劇이라는 식의 단순명쾌한 것이 아니었다. 오히려 규범이 의심스럽다면 자연도 의심스럽다는 것, 바꿔 말해 인간은 순수하게 규범적으로 사는 것도 순수하게 자연적으로 사는 것도 불가능하다는 게 그의 문제였던 것이다. 이는 고전극적인 개념으로는 더 이상 포착할 수 없는 영역으로, 곧 '소설'의 영역으로 그를 이끌어갔다고 하겠다.

고전극을 초과해 삐져나왔던 『햄릿』에 대해서도 동일한 것을 말할 수 있다. 예컨대 햄릿이 맥베스나 오셀로처럼 주저 없이 행동하고 죽는다면, 『햄릿』에는 엘리엇이 지적하는 것과 같은 허무는 없었을 터이다. 이 극을 관통하고 있는 '씨어리'를 집어내자면, 죽은 왕과 그 왕자 햄릿이 대표하는 중세적인 '규범'과, 왕위를 찬탈하는 숙부와 그의 아내가 된 모왕비母王妃를 옳다고 여기는 근세적인 '자연' 간의 대립이며, 이 대립은 셰익스피어의 비극들 모두에 존재한다. 곧 그것은 당대 세계상의 전환 그 자체에 근거를 두고 있으며, 반드시 그러해야만 한다는 '규범'이 인간의 행동윤리만이 아니라 사회질서로부터 우주체계에 이르기까지 정비되어 있던 시대 속으로 '자연'의 충동을 옳게 여기는 경향성이 삼투되고 있었던 것이라고 해도 좋겠다. 그러나 햄릿이 입각해 있는 장소는 규범도 아니려니와 자연도 아니다. 그 장소는 규범이 의심스럽다면 자연도 의심스럽다고 보는 자의식의 세계인 것이다. 햄릿의 자의식은 때로는 규범으로 기울고 때로는 자연으로 기우는데, 거기서는 아무런 필연성도 발견할 수 없다. 엘리엇이 말하듯, 셰익스피어는 '규범'과 '자연'의 간극에서 분비되는 허무에 눈감고는 복수극을 강제로 완료시켰던 것이다. 아마도 『햄릿』은 이미 '소설'이 되어야만 했을 것을 극형식으로 봉인했던 것이라고도 할 수 있을 터이다.

소세키가 서 있던 곳도 그렇게 분열된 세계상과 그것이 낳은 자의식 및 허무의 세계였음이 분명하다. 물론 나는 그러한 사상사적 조감도를 들고 소세키의 소설을 처리하려는 것이 아니다. 그 반대라고 하겠는데, 소세키의 소설을 관통하는 구조적 균열은 그의 개체성으로 되돌려 보낼 수 없는 본질을 가지고 있는바, 이는 논쟁할 수 없는 사실이다.

예컨대 『갱부』라는 작품에서 주인공은 내부에서도 외계에서도 무엇 하나 확실하거나 필연적인 것을 발견할 수 없다. 이러한 의식에는 규범도 자연도 의미를 갖지 못한다. 모든 것이 우연적이고 자의적이기에 그 어떤 객관적 명증성도 갖지 못하는 것이다. 그가 행위에 따른 죄와 책임을 감지하기 위해서는 우선 실재감 및 자기동일성이 회복되지 않으면 안 된다. 자기동일성이란 각각의 자기를 동일한 자기로서 통각統覺하는 것이고, 그것을 가질 수 없는 인간에게는 통일적인 인격이라는 것도 있을 수 없다.

그러나 그 점을 메이지라는 시대의 레벨에서 생각해보면, 강제된 개화의 무시무시한 진행 속에서 동일성을 갖는다는 것 자체가 불가능하다고 하겠다. 동일적이고자 하면 자기기만에 빠지거나 이전의 안정된 감성으로 퇴행할 수밖에 없다. 영문학자로서의 소세키는 서구파가 되지 않을 뿐 아니라 국수파國粹派도 되지 않았는데, 실제로는 그것이 좀 더 어렵고 힘든 길이었다. 그가 말하는 '자기본위'는 어떻게 자기동일성을 보존하는가라는 물음 속에 있었기에 그것은 단지 서구의 문학과 일본의 문학이 갖는 상이함에 관계된 게 아니라, 동시에 그 자신의 '존재'에 관계된 것이기도 했었다.

30대 후반까지 학자로서의 소세키가 기울인 노력은 전적으로 인식적 통합에 바쳐졌다. 학문은 그의 삶에서 단순한 일부분일지라도 그의 초조와 불안이 지적 혼미에 근거해 있는 것임은 명확하다. 메를로-퐁티가 말하고 있듯이 인식의 문제와 존재의 문제는 분절될 수 없는 것이다. 곧 세계가 재빠르게 변화하거나 혹은 새로운 환경에 적절하게 들어맞지 않으면 안 되게 되었을 때 우리가 품게 되는 아이덴티티의 위기는 다름 아닌 존재적인 것이다. 런던에서 『문학론』을 구상했었을 때, 소세키는 인간의 실존 그 자체로부터 세계를 재통합하려는 과제를 짊어졌던 것으로, 어떤 뜻에서 그것은 니시다 기타로 같은 철학자와 동일한 궤도에 있었다고 하겠다. 왜냐하면 세계상의 통합과 자기 자신의 통합은 서로 동일한 것을 의미하고 있었기 때문이다. 소세키의 문예철학이 포괄적인 체계성을 띠고 있는 것은, 모든 문제를 체계적으로 근거지음으로써만 불안을 피할 방법을 얻을 수 있다는 생각이 소세키에게 있었음을 뜻한다.

이는 존 던이나 셰익스피어와 같은 엘리자베스 왕조 시기의 시인이 직면했던 것과 유사하다. 요컨대 세계상 그 자체의 전환이 발생할 때는 어디서든 동일한 사태가 일어난다고 해도 좋겠다. 마니에리슴이든 바로크라고 하든[1] 그런 명사의 문제는 어찌 되어도 괜찮다. 오히려 분열병이라고 이름 붙이는 쪽이 더 쉽게 이해될 것이다. 이런 전환기에는 자기 자신을 공간적으로 혹은 시간적으로 관계 맺도록 할 수 없는 장해가 심적으로도 문화적으로도 나타나지 않을 수 없기 때문이다.

『햄릿』을 예로 들었던 것은 그런 까닭에서인데, 말할 것도 없이 나는 엘리엇의 의견에 동조하지 않는다. 그는 가톨릭적인 질서의 측면에서 셰익스피어를 단죄했던 것인바, 이는 스탈린주의자가 실존주의를 부르주아적·파쇼적 철학으로 단죄하는 수법과 크게 다르지 않다. 엘리엇의 가톨리시즘 따위는 자의식의 피난소[shelter]에 불과하기 때문에, 적어도 셰익스피어는 그 정도로 쇄약한 자의식의 세계와 아무런 관련이 없었다고 해야 한다. 그렇다고 한다면 소세키의 소설 속에서 '객관적 상관물의 부재'가

• •

1. Maniérisme(Manierismo). 르네상스 전성기 말엽인 1520년대부터 바로크가 시작되는 17세기 초엽까지 주로 회화를 중심으로 조각, 건축, 장식 등에서 관철된 경향 혹은 작법. 자연 혹은 사물을 있는 그대로가 아니라 일정한 규범적 양식(마니에라/매너[manner])에 따라 형상화하는 경향. 이에 대한 모종의 반동으로 등장했던 것이 바로크(Baroque)로, '일그러진 진주(pérola barroca)'가 어원이며, 왜곡, 변칙, 변형, 변이, 불협화음의 경향·구성·작법을 뜻함.

발견된다는 말은, 역으로 그가 견고한(객관적인) 외부세계를 계속 감지하고 있다는 점을, 바꿔 말하자면 그가 에도 시대로부터 지속되던 안정된 감성의 공기를 계속 마시고 있었음을 뜻하는 것이겠다. 따라서 『도련님』 같은 작품에는 건강한 논리감각이 남아 있고, 그것은 지금도 여전히 매력적이다.

한편, 우리에게 있는 것은 외부세계가 아니라 외부세계에 대한 관념에 불과하다. 외부세계에서가 아니라 외부세계의 관념에 걸려 넘어지고 있을 뿐으로, 이러한 자폐와 자위만큼 소세키의 문학에서 멀리 떨어진 것도 없다. 그러함에도 왜 소세키의 소설은 앞서 말한 균열을 품고 있는 것인가. 그것을 논하는 일에서 우리는 소세키라는 개인으로 먼저 하강할 수밖에 없다. 동시에 그런 균열이 인간의 존재본질에서 어떤 의미를 갖는가, 혹은 한마디로 말해 의식에 있어 자연이란 무엇인가라는 문제로까지 하강할 수밖에 없다. 그러나 그렇게 하기 이전에, 다음 절에서는 한 번쯤 그의 '씨어리'와 소설이 맺는 관계에 대해 다루지 않을 수 없다.

2

앞서 인용했던 『그 후』의 다이스케의 생각은 너무도 공식적인 것이었는데, 다음과 같은 자기변명 역시도 몹시 씨어레티컬 [theoretical, 이론적]하다.

왜 일을 하지 않느냐, 당연히 그건 내 잘못이 아니야. 즉,

세상이 나쁜 것이지. 더 나아가 크게 과장하자면, 일본 대對 서양의 관계가 틀려먹었기 때문에 일하지 않는 거야. (……) 이렇게 서양의 압박을 받고 있는 국민은 머릿속에 여유가 없으니 변변하고 쓸 만한 일은 할 수 있을 리가 없지. 모조리 바짝 조여진 교육을 받고는 눈이 돌 정도로 혹사를 당하니 일제히 신경쇠약에 걸려버리는 게지. 그들과 한번 얘기해보게나. 대개 바보들일 테니. 자신의 일, 자신이 처한 오늘, 단지 눈앞의 일들 외에는 아무 생각도 하지 않는 거야. 하기야 생각할 수 없을 정도로 피로해 있으니 어쩔 수 없는 일이겠지. 정신의 고달픔과 신체의 쇠약은 불행히 서로를 수반하고 있는 것이네. 그뿐만 아니라 도덕의 패퇴 역시도 함께 진행 중이야. 일본국 어디를 건너다볼지라도 광휘로 빛나고 있는 단면이라고는 사방 한 치도 없지 않은가. 모조리 암흑이야. 그 속에서 나 하나가 무슨 말을 하든 무슨 일을 하든 달리 방도가 있을 턱이 없지. 난 원래부터 게으름뱅이인 거야. (……) 지금과 같은 양상이라면 나는 오히려 다른 게 아닌 오직 나 자신만이 되고 있다고 할 수 있겠지. 그래서 자네가 말하는, 있는 그대로의 세계를 있는 그대로 수취하고 그 속에서 내게 가장 적절한 것에 접촉하면서 만족하는 거야. 자진해서 바깥쪽의 사람을 이쪽의 생각대로 만들려는 일은 도저히 불가능한 이야기일 수밖에 없는 것이지……. (『그 후』)

이것은 『나는 고양이로소이다』에 쓰여 있는 고등유민=지식인의 세계와 연결되어 있다. 또 미치요와의 사랑에 관한 부분은

『양허집』에 쓰여 있는 로맨스와 연결되고 있다. 그러나 『그 후』의 경우에서는 그런 두 가지 경향이 급작스런 결합의 방식 말고는 행해지지 않는다.

예컨대 다이스케의 문명비평은 그 자신의 신경증을 설명하는 것이 될 수 없다. 메이지의 지식인이란 게 일반적으로 그러했으니 나는 이러이러하다는 말에 불과한 것으로, 다이스케라는 개체, 다른 것으로 바꾸기 어려운 개체로서의 존재는 전혀 모습을 드러내지 않는 것이다. 한편, 연애와 관련된 부분은 '세상의 법도'와 '자연' 간의 배립背立이라는 틀을 모방해 그 위에 덧씌우고 있을 뿐으로 그런 배립과의 관계는 거의 없다고 해도 좋겠다. 요컨대 다이스케라는 남자는 어떤 때는 시대의 형상에서, 어떤 때는 시대와 무관계한 로맨스의 형상에서 포착되고 있기에, 살아 있는 피와 살을 갖추고 있지 않은 것이다. 단, 최초와 최후의 상징성이 이 소설을 논리적인 틀로부터 구원해주고 있다.

> 누군가 황망히 문 앞으로 달려가는 발자국소리가 들렸을 때, 다이스케의 머릿속에는 하늘에 커다란 나막신이 걸려 있었다. 그런데 그 발자국소리가 멀어져감에 따라 나막신은 스르르 머릿속에서 빠져나와서는 사라져버렸다. 그러고는 잠에서 깼다.
>
> 머리맡을 보니 여러 겹 꽃잎들이 핀 동백 한 송이가 다다미 위에 떨어져 있다. (……)
>
> 멍하게 잠시 갓난아기의 머리만큼이나 큰 꽃의 색깔을 응시하고 있던 그[다이스케]는 무언가 급히 생각난 듯이, 누워 가슴

위에 손을 대고 심장의 고동을 검사하기 시작했다. (……) 그는 가슴에 손을 얹은 채로 그 고동소리 아래로 따뜻한 선홍색 피가 느리게 흐르는 상태를 상상해보았다. 바로 그것이 생명이다, 라고 생각했다. 자신은 지금 흐르고 있는 생명을 손바닥으로 누르고 있다고 생각했다. 그 후 손바닥에 응답하는, 시곗바늘과 비슷한 그 소리는 자신을 죽음으로 꾀어내는 경종과도 같다는 생각을 했다. 이 경종을 듣지 않고서 살아갈 수 있다면, — 피를 담은 자루가 시간을 담은 자루의 쓰임새를 겸하지 않았다면 얼마나 마음 편할 것인가, 얼마나 생을 절대적인 것으로서 음미할 수 있을 것인가. 그렇게 생각했을지라도 — 다이스케는 자신도 모르게 섬뜩함을 느꼈다. 그는 피의 흐름에 의해 타격받을 염려가 없는 고요한 심장을 상상하는 일이 견디기 어려울 만큼, 살아 있고 싶어 하는 남자이다. (『그 후』, 제1절)

…… 네거리에 크고 새빨간 풍선을 팔고 있는 사람이 있었다. 전차가 갑자기 모퉁이를 돌 그때, 풍선이 뒤쫓아 와서는 다이스케의 머리에 달라붙었다. 소포 우편물을 실은 빨간 차가 그 전차와 스치듯 지나갈 때, 그 풍선은 다이스케의 머릿속으로 빨려 들어갔다. 담배 가게의 노렌暖簾[상점 이름을 써서 가게 앞에 쳐두는 막]이 빨갰다. 대인기売出し라고 쓴 깃발도 빨갰다. 전봇대도 빨갰다. 거기로부터 빨간 페인트 간판들이 계속 이어졌다. 끝에는 세상이 새빨개졌다. 그렇게 다이스케의 머리를 중심으로 뱅글뱅글 불길을 내뿜으며 회전했다. 다이스케는 자신의 머리가 전부 타버릴 때까지 계속 전차를 타고 가기로 결심했다. (『그

후』, 마지막 절)

이러한 격렬한 '빨간색' 이미지는 소설의 인물이 품고 있는 것이라기보다는 소세키의 내적 이미지로부터 발현하고 있는 것이다. 거기서 나는 오히려 「런던탑」이나 「해로행」의 작가를 발견하게 된다.

소세키가 『고양이』를 쓰는 동시에 『양허집』을 쓰고 있었다는 것은 그의 장편소설이 지닌 구조를 보는 점에서 지극히 중요하다. 『고양이』에서 소세키는 자기의 존재를 완전히 바깥쪽으로부터, 말하자면 '고양이'의 눈으로 비평적으로 보고 있고, 『양허집』에서는 안쪽으로부터, 따라서 그의 생의 내적인 이미지를 암유적으로 포착하고 있는 것인데, 장편소설에 이르러 그는 그것들을 나무에 대나무를 접목하는[부자연스러움의 일본어 비유] 형태로밖에는 종합할 수 없었던 것이다. 그것을 구성상의 파탄으로 마무리해서는 안 된다. 왜냐하면 시대·사회에 현실적으로 있는 상태 그대로를 찾아가고자 하면 개체 그 자체가 사라져버리고 그런 개체 그 자체를 찾아가고자 하면 시대·사회가 사라져버리는 형식으로써만 우리는 존재하고 있기 때문이다.

초기 소설에서 소세키는 이런 이율배반성을 철저화하는 형태로 작업했다고 할 수 있다. 그러므로 소설가로서가 아니라 소세키 개인을 보려고 한다면, 무엇보다도 초기 소설 『나는 고양이로소이다』나 「해로행」, 「몽십야」를 읽는 게 좋다. 그러나 그런 [이율]배반성에 입각하여 현실에서 살았던 인간을 조형하고자 했을 때, 소세키는 비로소 소설가로서의 고통을 경험하지 않을 수 없었다. 그의 '사상'이 변한 게 아니다. 현실인식이 변한 것도 아니다. 40세에 가까운 나이에 쓰기 시작했던 남자에게 어떤 인성 차원의 변화를 기대할 수는 없는 것이다. 소세키의 심화는 전적으로 표현자로서의 그것이고, 그런 뜻에서는 경탄하지 않을 수 없는 스피드로 성숙을 이뤄갔던 것이다. 물론 표현 차원에서의 성숙은 사상 차원에서의 성숙이다. 하지만 그의 '사상'은 쓴다는 작업 속에서 성숙된 것이고, 또 작가의 성숙이란 그것 이외에 달리 있을 수 없을 터이다.

소세키는 소설가가 되려고 문학을 연구하고 있었던 게 아니다. 따라서 그의 초기 소설은 그의 내적인 결여와 욕구가 우발적인 기회를 얻어 분출했던 것이었으며, 그런 계기에는 그리 큰 의미가 없다. 또 그가 보기 드문 다채로운 표현력을 지니고 있었던 것도 그리 크게 중요하지 않다. 사람은 뭔가를 쓰고 싶은 욕구가 있지만 재능을 가졌으면서도 쓰지 않고 끝나는 경우가 있다. 소설을 쓰지 않았던 소세키를 우리는 상상할 수가 있는 것이다. 아마 그가 '유신의 지사'처럼 본격적으로 소설에 몰두하기 시작했던 것은 교사를 그만두고 <아사히신문>에 입사하여 『우미인초』를 쓰기 시작했을 무렵이었을 것이다. 『풀베개』적인 것이 아니라 입센[Henrik Ibsen]적인 것으로, 라는 방향성만으로 그 무렵 소세키의 변화를 설명할 수는 없다. 내발적인 의욕과 분방한 재주 및 기질에 맡겨 썼던 것이, 당시의 표현 그 자체가 가진 자기운동에 말려 들어감으로써, 교직을 희생시키기에 충분한 무언가를 소세키에게 부여했다고 하겠다. 따라서 작가로서의 급속한 성숙에는 쓴다는 것에 대한 다음과 같은 변용이 뒤따르고 있었다.

> ⋯⋯ 1분도 늦거나 빠름 없이 출발하고 도착하는 기차의 생활과 이른바 정신적 생활은 진정으로 양극단에 있는 성질의 것이지 않으면 안 된다. 그러하되 보통사람들은 10으로 된 그 두 생활을 7대 3으로 나누거나 6대 4로 나누어서는 한데 뒤섞어 자기에게 편리한 대로, 또 세상이 원하는 것에 안성맞춤이 되도록(즉, 직업에 충실하도록) 생활하지 않을 수 없게끔 하늘로부터 부득이 강제되고 있다. 이것이 정상이다. 우연히 예술을 좋아하게 된 이가 그렇게 좋아하는 예술을 직업으로 삼을 경우 역시도 그 예술이 직업이 되는 순간 진정한 정신생활은 이미 오염되고 말 것인바, 이는 당연한 일이다. 왜냐하면 예술가로서의 그는 자신에게 정감이 두터운 작품을 자연스레 내키는 대로 만들어내는 데 반해, 직업가로서의 그는 평판이 좋은 것이나 잘 팔리는 것을 공개하지 않으면 안 되기 때문이다. (「생각나는 것들」[1910])

이런 사정은 그가 글을 쓰며 나아갈 때마다 진행됐을 터인데, 이를 보여주는 것은 예컨대 다음과 같은 문장들이다. “나는 언제나 『명암』을 아침에 쓰고 있습니다. 마음에는 고통, 쾌락, 기계적, 이라는 세 가지 상태가 겹쳐져 있습니다. 뜻밖에 날씨가 시원한 것이 무엇보다 행복합니다. 그런데 그렇게 반복적으로 쓰고 있으면 대단히 속된 마음이 되기 때문에, 삼사일 이전부터는 오후 일과로서 한시를 짓고 있습니다. 하루에 한 편 정도이고 7언률입니다. 좀처럼 잘되지는 않습니다. 이게 싫어지면 곧바로 그만두기 때문에 얼마나 완성될지 알 수는 없습니다."(다이쇼 5년[1916] 8월, 구메 마사오 및 아쿠타가와 류노스케에게 보낸 편지)

만년의 소세키에게 한시가 자기표현의 주요한 형식이었다는 주장은 어떤 뜻에서는 정확하지만 어떤 뜻에서는 과녁을 벗어난 것이다. 다만 한시가 그에게 '싫어지면 곧바로 그만둘' 수 있는 것이었음에 반해 소설은 그런 게 아니었다는 정도에 불과하다. 초기의 소세키에게는 소설 역시도 한시와 같은 것이었을 터인바, 그러한 변화는 그가 소설을 직업적으로 추구하기 시작했다는 것을, 특히 『명암』에 이르러 그 세계가 그의 고유한 체험과 자기표백에서 벗어났다는 것을, 『명암』의 그 세계라는 것이 표현 차원에서의 프로세스가 불가피하게 인도한 자립적 허구의 세계로 힘차게 나아갔던 것임을 보여준다.

조각가이자 시인이었던 다카무라 고타로는 『자신과 시의 관계』에서 다음과 같이 쓰고 있다.

> …… 나는 시를 쓰는 걸 그만두지 않고 있다. 그 이유를 말하자면, 나는 나 자신의 조각을 보호하기 위해 시를 쓰고 있는 것이기 때문이다. 자신의 조각을 순수하게 만들기 위해, 조각에 다른 분자가 끼어들어 뒤섞이는 일을 막기 위해, 조각을 문학에서 독립시키기 위해, 시를 쓴다. (……) 그러므로 나의 단가에도 시에도, 서경敍景이나 객관 묘사는 대단히 적으며 직접법의 주관적 언지言志의 형태를 취하고 있다. 객관묘사를 향한 욕망은 제작에 의해 채워지고 있는 것이다. 이런 까닭에 나의 시는 내 자신에게 있어 하나의 안전판이라고 생각하고 있다. 이것이

없으면 내 가슴속 기운氤氳[하늘의 기운과 땅의 기운이 합하여 어림]은 폭발에 도달할 것임이 틀림 없기 때문이며, 따라서 나 자신의 조각에 어떤 식으로 해로움이 끼쳐질지 알 수 없기 때문이다. 여분의 기술餘技 따위가 아닌 것이다. (쇼와 15년[1940])

이런 뜻에서 만년의 소세키에게 한시는 '여분의 기술'이 아니었다고 해도 좋겠다. 또한 동시에 그의 소설이 현저하게 객관적으로 되어왔던 것도 사실이며, 주관적인 자기 표백에서 멀리 벗어났던 것이 소세키의 내부에 어떤 결락을 낳은 것도 분명하다. 하지만 『명암』은 왜 가능했던 것일까. 그것은 직업적 작가로서 소세키가 보여준 표현 차원에서의 성숙 과정을 살필 때에만 이해될 수 있는 것으로 '칙천거사' 따위의 심경 변화와는 아무 관계가 없다.

소세키에겐 무엇을 쓸 것인가라는 문제는 간단한 것이었다. 어떤 뜻에서 그의 소설의 모티브는 조금도 변하지 않았고 작가로서의 소세키의 마음을 괴롭혔던 것은 누구도 예외일 수 없듯이 어떻게 쓸 것인가라는 물음이었기 때문이다. 『명암』이라는 작품에는 그의 장편소설에 공통으로 있는 '객관적 상관물의 부재'라고도 해야 할 엠비규어스한[다의적인] 수수께끼가 없다. 즉, 『명암』의 오노부든 쓰다든, 나아가 오히데나 고바야시든 그들의 사회적 존재와 내적 의식이 제각기 착실하게 조형되어 있고 작가의 손을 떠나 독립적으로 존재하고 있기 때문이다. 예컨대 고바야시라는 인물은 단지 문명비평을 입에 담는 게 아니라, 쓰다와 오노부의 세계 그 자체와 길항하는 중량과 매력을 갖추고 있다. 안쪽에서 본다는 점에서 쓰다라는 남자는 『행인』의 이치로나 『마음』의 선생님 같은 특이한 인물이 아니라 평범한 남자이고, 바깥쪽에서 본다는 점에서 『그 후』나 『춘분 지나고까지』처럼 직접적으로 시대를 그리는 대신에 사회주의자로 여겨지는 고바야시라는 인물을 쓰다와 오노부의 세계가 상대화되도록 배치시키고 있다. 그리고 이 미완의 소설은 내가 상상하기엔 아마도 비극적인 결착이 아니라 『한눈팔기』와 같은 결말이지 않았을까 한다.

『명암』에서 뒤돌아보면, 소세키의 장편소설이 가진 불명료한 부분이 두드러져 보인다. 문제가 생기는 것은 거기이다. 나는 『한눈팔기』 이전의 장편소설이 가진 엠비규어티[다의성]에 매력을 느끼고 있고, 그것을 미숙한 작품으로 부르고 싶지 않기 때문이다. 그렇다고 할지라도 『한눈팔기』에서 『명암』에 걸쳐 도대체 무슨 일이 일어난 것일까를 묻게 된다. 그 사정에 관해 간단히 말하자면, '규범'과 '자연'의 대립이라는 도식으로는 포착할 수 없는 살아있는生身[날것의 몸뚱이 같은] 현실 존재, 오히려 규범과 자연의 모순이 확연히 의식되지 않고 서로 모순된 채로 연결되고 있는 생활자의 존재를 포착하는 데에 이르렀던 것이라고 해도 좋겠다. 그런데 『마음』이나 『행인』, 『갱부』에서도 규범과 자연의 씨어리 따위와는 아무 관계가 없는 문제가 보일 듯 말 듯하고 있는 까닭에, 그것은 『한눈팔기』나 『명암』과는 완전히 별개의 본질적인 의미를 갖고 있는 것이다. 구성적 파탄, 그리고 조형적 결함은 오히려 소세키가 표현하려고 지향했던 일의 곤란함에서 비롯되고 있는 것이라고 해야 할 터이다. 따라서 『갱부』로부터 『마음』에 이르는 계열의 작품들에서 나의 논고는 시작하지 않으면 안 되었던 것이다.

— 저자 원주: 이 평론은 「의식과 자연」(『군상群像』 1969년 6월호)을 대폭 가필했던 것의 서장에 해당된다.

쓸쓸한 '쇼와의 정신'

아케타니 히데아키의 『나쓰메 소세키론』[1972]을 읽고서 나는 이상한 인상을 받았다. 그런 인상은 소세키의 연대순으로 나열된 각론들을 아케타니 씨가 실제로는 역방향으로, 즉 『한눈팔기』, 『명암』으로부터 거꾸로 거슬러서遡行的 쓰고 있다는 데에서 비롯되고 있다. 말하자면 아케타니 씨는 소세키가 갈수록 '성숙'해졌다는 생각과는 역방향으로 소세키가 이미 '성숙'해져 있었던 것처럼 보는데, 내가 생각했던 것은 오히려 소세키에게 그런 독해방식을 허용하는 무언가가 있다는 점이다. 소세키의 기술적인 혹은 인식적인 '성숙'을 오늘날의 우리가 가진 규범 아래에서 상정하는 일은 이제 그만 사절이다. 아케타니 씨가 '손으로 더듬어 찾기'의 사고방식을 통해 아마 우연히(그의 의도나 기획에 반하면서까지) 열어 보여줬던 것은 소세키 문학의 그런 특이성이었을지도 모른다.

아케타니 씨는 쓰고 있다.

『우미인초』의 재미는 의외로 그것이 '권선징악'이라는 저 낡은 이데[이념]에 의해 지탱되고 있는 세계와 다름없기 때문이었다. 그리고 그러한 세계 속에서 사는 인물들의 '성격'(캐릭터)이 단순하고 강한 선으로 그려지고 있기 때문이었다.

소세키는 분명 '성격'이 존재하는 세계에서 살고 있었다. 하지만 동시에 그는 '성격'의 상실, 바꿔 말해 사르트르가 말하는 '자유의 형벌'에 처해짐으로써 자기 자신 속에 아무 확실한 근거를 가질 수 없는 세계에서도 살고 있었다. 우리에게 결여된 것은 바로 그런 양의성이다. 소세키가 후자를 몰랐다면, 그는 에도 문학의 계보(특히 한시) 혹은 19세기 영국의 리얼리즘 속에서 자족할 수 있었을 것이다. 전자를 몰랐다면, 그는 『행인』을 쓰는 대신에 『이방인』과 같은 작품을 썼을 것이다. 즉, 그때 소세키는 '실존주의'라거나 그런 종류의 정돈된 관념 속에서, 다른 뜻으로 역시 자족할 수 있었을 것이다.

그는 그 둘 어느 쪽에도 만족하지 않았다. 그렇다면 소세키에게 '성숙'이란 무엇을 의미하는가. 그에게 성숙이란 그러한 분열을 다만 나선형[螺線型]으로 심화시켜 갈 수밖에는 없는 것이었다. 소세키가 쓴 장편소설의 구성적 파탄은 거기서 비롯된다. 하지만 그 파탄은 불가피한 것이었다. 왜냐하면 소세키에게 분열은 단지 그의 개성이 낳은 게 아니었기 때문이다. 그것은 개성적인 것이면서도 단지 그가 낳았다고 할 수 있는 게 아닌바, 따라서 그가 홀로 파괴할 수도 해결할 수도 없는 것이며, 붕괴되었을 때는 그 어떤 개인적 능력을 지녔을지라도 재건할 수 없는 일회적인 무엇이었다.

아케타니 씨는 "나의 모티브는 한마디로 하자면 존재공포자存在恐怖者 소세키와 일본 근대문명의 변질 과정이 교차하는 장소에서 소세키를 그리는 것이었다."(「후기」)라고 쓴다. 예컨대 메이지 사상사·문학사 같은 부류를 읽으면 '일본 근대문명의 변질 과정'이라고 쓰여 있다. 그러나 나는 그런 것을 단연코 인정하지 않는다. 그것은 정확히 엘리자베스왕조 시대의 사회를 조사해서 셰익스피어를 해석하려는 일과 다르지 않다. 실제로는 셰익스피어를 통해 '그 시대'의 본질을 건드릴 수 있게 되는 것이다.

그런 '교차하는 장소'를 밝게 비추는 일은 곤란한데, 소세키를 읽을 때 우리는 반드시 그런 애매한 장소 가까이로 끌려가게 된다. 적어도 거기에 끌려갔던 적이 없는 소세키론은 내게 어떤 의미도 없다. 교차하는 것은 소세키와 그 시대가 아니다. '교차하는 장소'는 소세키의 양의성이 교차하는 장소인 동시에 '그 시대'의 양의성이 교차하는 장소이다.

에토 준의 『소세키와 그 시대』[1]의 모티브 역시도 거기에 있었다고 하겠다. 소세키가 살고 있던 '세계'는 계속 무너지고 있었다. 하지만 소세키에게는 그것이 무엇인지를 대상적으로는 보이지

• •

1. 『漱石とその時代』. '『소세키와 그의 시대』'가 아니라 '소세키와 그 시대'이다. 가라타니의 본문에 따르면 그 차이는 중요하다. 에토 준의 이 저작은 그의 생전까지 전체 5부작으로, 1부와 2부는 1970년, 3부는 1993년, 4부는 1996년, 5부(미완성)는 1999년에 출간됐다. 본문에서 다뤄지고 있는 아케타니 히데아키는 에토의 이 저작 5부에 해설을 썼다.

않았을 터이다. 그것은 명료하게 대상화할 수 없는 것이었고, 그렇기 때문에야말로 소세키의 내부를 좀먹는 것이었으며 두 번 다시 돌이킬 수 없는 것이었다. 일찍이 에토 씨가 '주자학적 세계상'의 붕괴라고 말했던 때, 나는 그 개념이 너무 지나치게 시원시원하고도 분명한 것이라고 생각했었다. 그런데도 『소세키와 그 시대』에서는 소세키가 살아 있던 '세계'가 어떤 생생한 감촉으로서 되살아남을 느끼지 않을 수 없었다. 이는 무엇을 뜻하는 것일까.

소세키의 '교차하는 장소'가 거의 명료한 윤곽을 띠고서 드러나는 것은 『마음』에서이다. 아케타니 씨는 「쓸쓸한 『메이지의 정신』」이라는 장에서 『마음』에 나오는 K와 선생님의 참극을 두고, 두 명의 소세키, 곧 런던 유학 이전의 소세키와 이후의 소세키 사이에서 벌어진 극으로 보고, K의 죽음과 더불어 스스로를 매장했을 전반생前半生의 기억이 현재의 선생님에게 침입하여 무서운 힘으로 위협하기 시작했던 것이라고 말한다. 이 견해는 신선하다. 내가 생각하고 있던 것도 그런 견해와 그리 다른 게 아니었다. 『마음』을 쓸 때 소세키는 상실된 것이 무엇인지 잘 알고 있었다. 그것은 선명한 관념이 아니라 삶에 근거를 부여하는 비가시적인 포름[forme]과 같은 것이다. 그것은 세간에서 말하는 '메이지 정신'이라는 것과도 다르다.

노기 장군은 '성격'을 가지고 '운명'이나 '비극' 같은 것들이 살아 있는, 근대 이전의 인간이었다. 미시마 유키오의 무사도와 다른 것은 그 점인바, 미시마가 '성격'을 연기해 보였음에도 그 밑바닥에는 공허와 허무밖에는 없었다. 노기에게서의 '운명'은 미시마에겐 자기의 삶을 완결시키려고 하는 자의식의 형태로서만 있을 수 있는 것이었다. 소세키가 서 있던 곳은 이미 노기 장군과는 같을 수 없는 곳이었으며, 시라카바파의 휴머니스트들이 고바야시 히데오 이전까지는 관여하지 않았던 자의식의 지옥을 알고 있는 양의성의 장소였다. 『마음』에 나오는 선생님의 '죄'는 친구를 속였다는 것만이 아니라 '성격'을 가질 수 없는 인간의 '죄'이기도 한 것이다. '불가사의한 나'란 '성격'을 가졌지만 또한 '성격'을 갖지 않은 소세키의 양의성 그 자체였다.

우리에게 '성격'이란 임의로 선택할 수 있고, 임의로 선택할 수 있다는 이유로 인해 단순한 주관성에 지나지 않는 것이다. 과학적 세계관이라는 것에는 더 이상 주관성 이외에는 아무것도 없다. 소세키 안에서 죽은 것은 '세계관'이 아니라, 오히려 의식화(대상화)하면 사라져버리는 '세계'와 다름없다. 어떻게 그것을 제멋대로인 사상사나 사회사의 규범으로 포착할 수 있겠는가.

아케타니 히데아키는 「쓸쓸한 『메이지의 정신』」 속에서 다음과 같이 말하고 있다.

> 도대체 메이지라거나 다이쇼라거나 쇼와 같은 시대 구분이 어떤 객관적인 의미가 있느냐고 콧웃음치는 인터내셔널리즘의 관점에서 보자면, 쇼와의 종언이 그리 먼 앞일이 아니라는 나의 예감 따위는 하잘것없는 망상에 지나지 않는다. 나도 나 자신의 예감에 어떤 객관성을 강조하고 싶다고 생각하는 건 아니다. '쇼와의 정신'이라는 것이 반드시 발견해내지 않으면 안 되는 것이라고도 생각하지 않는다.

> 하지만 현재의 우리가 그 어떤 미래를 지향하고자 할지라도, 그리고 그 미래를 위해 과거와 현재를 부정하고자 할지라도, 적어도 근절시키고 잊어버려야 할 과거의 정체가 무엇인지를 깊은 본심에서 사고하고 알게 되는 계기조차도 소실되어버렸다고 한다면? 이런 전율과 비슷한 생각을 금할 수가 없는 것이다. (강조는 인용자)

아케타니 히데아키나 에토 준에게는 아직 농밀하게 존재하지만 내게는 희미하게만 남아 있는 것이 있다. 그것은 '깊은 본심에서 사고하고 알게 되는 계기', 즉 실마리이다. 예컨대 에토 씨는 무엇으로 '메이지라는 시대'에 근접해갔던 것인가. 그는 유년 시절의 집에 있던 낡은 가구 같은 냄새, 죽은 자가 고스란히 살아 있는 막연한 분위기의 기억을 실마리로 삼았던 것이다.

그런 실마리 없이 우리는 '역사'와 접촉할 수 없다. 그리고 그것 이외에 '메이지의 정신'이라거나 '쇼와의 정신' 같은 것도 있을 리가 없다. 있을 수 있는 것은 전혀 닮지 않은 관념에 불과하다. 우리는 실질을 잃어버리고는 관념을 복구하고 있는 것이다, 복고적 관념을.

아케타니 씨는 "고백하자면 나는 애초부터 구세제민救世濟民의 취지를 지닌 문학을 좋아한다. 그리고 자신의 상상력만을 과시하려는 문학은 좋아하지 않는다. 질문 하나를 자신에게 던져본다. 사람은 자신을 위해 사는 것인가, 타자를 위해 사는 것인가. 나는 후자라고 답한다"(『응시와 방황』[1971], 「후기」)라고 썼던 적이 있다. 나는 그러한 말을 입에 담는 아케타니 씨에게 공감을 느낀다.

왜냐하면 그는 그러한 말을 할 때 '좋아함'의 차원을 말하고 있는 것이고, 그런 '좋아함'의 차원이 더 이상 통하지 않는다는 것을 알고 있기 때문이다. 그뿐만 아니라 그는 '타자를 위해 사는 것' 따위란 불가능하다고 말하기보다는, 사람이란 자신을 위해서도 살 수 없으며 타자를 위해서도 살 수 없다는 것을 알고 있기 때문이다.

'타자를 위해 사는 것'은 그가 경험했던 전쟁 이데올로기와도, 그것의 좌익판본이라고 할 전후戰後 이데올로기와도 무관하다. 그것은 그런 도착된 자기기만적 이데올로기에 뒤덮여 있는 가운데서 희미하게 잔존해 있던 무엇이다. 즉 '성격'이 있고 생의 근거를 튼실하게 붙잡을 수 있었던 시대의 감촉이다. 어쩌면 그런 시대는 일찍이 어디에도 없었을지도 모른다. 하지만 감촉이 사람을 속이는 일은 있을 수 없다. 아케타니 씨가 낮은 목소리로 말하는 '쇼와의 정신'은 그 어떤 관념에도 있을 턱이 없다. 그것은 감촉이며, 따라서 타자에게 전할 수도 강제할 수도 없는 것이다. 소세키는 『마음』을 쓸 때 그런 감촉을 얼마만큼이나 전달하고 싶었던 것일까. 그것 이외의 다른 '메이지의 정신' 따위는 내게 타기의 대상일 따름이다.

『마음』의 선생님이 들여다본 '소름 끼치는' 고독 속에서 아마도 소세키는 '타자를 위해 산다'는 생각을 어떤 시니시즘[냉소주의]도 도착도 없이 오히려 그리운 기억처럼 소생시켰을 것이다. 아케타니 씨가 "세상이라는 피아彼我 관계의 바깥에 놓이게 됐던 고독한 인간들 사이에만 사랑이 있다고 말하는 작가의 꿈"이라고 썼을 때, 그는 명확히 그 자신의 '꿈'을 이야기하고 있다. 나는

이런 '꿈'과 무관한 비평 따위는 믿지 않는다. ―(아케타니 히데아키의 『나쓰메 소세키론』에 대한 서평)

소세키의 '문文'

이 책(『소설가 나쓰메 소세키』[오오카 쇼헤이, 1988])에는 쇼와 32년[1957]에 『소세키 작품집』의 해설로 쓴 짧은 글(이 책의 「서설」로 맨 앞에 놓여 있다) 등을 제외하면, 대체로 쇼와 48년 무렵부터 61년에 이르기까지의 소세키론(강연)이 실려 있다. 그 「서설」은 신선하다. 그것은 소세키에 대해 호되다. 오오카 씨는 『우미인초』 이래 소세키의 소설은 선명한 테마에 의해 성립되고 있지만, 테마를 선명히 드러낸 작품은 "민중에 아양을 떤다"고 말하고 있다. 오오카 씨는 다음과 같이 썼다. "『고양이』, 『도련님』, 『풀베개』는 누구에게도 아양을 떨려고 하지 않았다. '저회취미低徊趣味'는 그러한 자유의 발현이다. 신문소설을 씀으로써 그는 어떤 뜻에선 본의 아니게 인간의 심리에서 주제를 발견하지 않으면 안 되었다." "그러나 소세키는 그 작품이나 '칙천거사則天去私'의 철학보다 한층 더 큰 존재이다. 그의 작품에는 수수께끼가 없지만 작가 자신에게는 수수께끼가 있다. 그 수수께끼는 『고양이』의 기지와 경구警句의 사이에, 스위프트론 안에, 혹은 『문학론』에 인용된 서구의 문학적 감동의 사례들 안에 있다."

그런 견해에 나는 기본적으로는 찬성한다. 그러나 쇼와 44년[1969]에 처음 소세키론을 발표했을 무렵에는 그렇게 생각하고 있지 않았다. 오오카 씨가 썼던 이 30년 전의 평론은 아마 당시에는 논쟁적이고 비뚤어진 의견으로 보였을 터이지만, 지금은 그렇게 보이지 않은 이유는 무엇일까. 문학에 대한 우리의 관점이 크게 변해왔기 때문이다.

예전에는 사소설적인 풍토에서 소세키의 소설로부터 19세기 서양의 '본격' 소설을 찾아내고자 하는 경향이 있었다. 그런 가운데서 소세키의 초기 작품은 그 자체로서는 평가받지 못하고 단지 장편소설을 독해하는 열쇠로서 읽혔던 것에 불과했다. 어떤 뜻에서는 지금도 그러하다. 그러나 심리적인 분석이나 묘사에 있어 좀 더 세련되고 숙달된 뒷날의 소설가들에게 소세키의 장편소설이 지닌 장치·규모는 빤히 들여다보이는 것이었다. 즉, 근대소설의 각도에서 보면 소세키의 소설은 도드라진 게 아니다. 30년 전의 오오카 씨가 그렇게 말했던 것은 당연하다.

한편 『나는 고양이로소이다』나 『풀베개』 등의 초기 작품은 근대소설과 이질적이다. 그러나 이 '초기'라는 말을 이미 『문학론』 등을 쓴 마흔에 가까운 작가, 그것도 겨우 12년 활동하고 죽어버린 작가에 대해 사용해도 될지는 의문이다. 소세키가 그 시기 동안에 근본적으로 의견을 변경했을 리는 없기 때문이다. 최근에 『풀베개』를 프랑스어로 번역한 나카무라 료이치의 이야기로는, 그 작품은 일종의 '반反소설'로 평가되고 있다고 한다.

이는 오히려 정당한 반응이라고 해야 하지 않을까. 소세키 자신이 그것을 의도했었다는 점은 명확하다. 내가 놀란 것은 소세키가 노스롭 프라이가 픽션(논픽션도 포함한 픽션)의 네 가지 장르로 거론했던 여러 영역들 모두를 쓰고 있었다는 점이다. 예컨대 『나는 고양이로소이다』는 세타이어, 『도련님』은 피카레스크, 『마음』은 고백으로 되어 있는 것이라고 하겠다.

그러한 다양성을 『명암』에 이르는 직선적인 발전의 관점에서 보는 것은 이상한 짓이다. 이런 작가는 달리 (외국에서도) 그 예가 없을 것이다. 오오카 씨가 "소세키의 야심은 더욱 컸다. 위장병으로 인해 그는 커다란 미완성품으로 죽었던 것이다"라고 말할 때, 미완성품이란 『명암』이라는 작품이 아니다. (이와는 별도로 오오카 씨의 「『명암』의 결말에 관하여」라는 강연은 스릴이 있었다. 우연히 나는 미즈무라 미나에의 『속續 명암』[1990](신쵸문고)을 읽은 이래로 그 결말의 '문제'에 홀려 있었기 때문이다.)

"소세키에게 신문소설이란 큰 의미를 가진 한눈팔기로서, 『고양이』가 예상하도록 만들고 있던 대조감도大鳥瞰圖의 준비였을지도 모른다." 즉, 오오카 씨는 소세키의 작품이 '근대소설'을 향해 직선적으로 완성되어 갔다는 견해를 거부하고 있는 것이다. 또 오오카 씨가 '그의 작품에는 수수께끼가 없지만 작가 자신에게는 수수께끼가 있다'라고 말할 때, 그 수수께끼란 어리석은 전기적 사실(추측) 따위에는 있을 리가 없는 것이다. (오오카 씨는 한때 그것에 관하여 대단히 많이 언급했었는데, 그 부분은 지금 다시 읽어도 재미가 없다. 다만 그것이 소세키의 초기 작품을 그 자체로서 읽게 된 계기가 되었다고는 할 수 있겠지만 말이다.)

중요한 것은 소세키의 언어적 다양성이 어떻게 가능했는가라는 수수께끼이다. 말할 수 있는 것 하나는 소세키가 19세기 중반 프랑스에서 확립됐던 '문학'(이것이 그의 동시대 문단을 형성시켰다) 이전의 것, 그러니까 18세기 영문학을 연구하고 있었다는 사실이다. 이에 관해 말하자면, 『고양이』를 썼을 때 소세키가 칼라일의 『의상衣裳 철학』에서 착상을 얻은 게 아닐까 묻고 있는 오오카 씨의 관점은 설득력이 있다. 그러나 18세기의 스위프트 없이는 칼라일도 없었을 터이다. 그렇다고 해서, 그런 사정이 저 지루한 일본의 독자적인 '비교문학'의 문제인 것은 아니다. 그런 사정은 소세키의 문학적 지향이 '근대소설' 바깥에 있었음을 뜻하고 있을 뿐이다.

그 점은 오히려 일본의 문맥에서 생각하지 않으면 안 된다. 그런 뜻에서 소세키가 소설이 아니라 '문文'이라는 장르로 쓰기 시작했다는 오오카 씨의 지적은 지극히 중요하다. 물론 마사오카 시키가 제창했던 사생문 역시도 '문'이다. 애초에 '문'이 장르로서 있었던 까닭에 사생문도 의미를 가질 수 있었던 것이다. 그것이 반드시 리얼리즘으로 이어지는 것은 아니었으며 그 싹에 불과한 것도 아니었다. 소세키의 '문'은 단편소설로 읽혀버리고 만다. 그러나 이미 서양의 소설을 잘 알고 있던 소세키가 '문'에 집착한 이유는 '문'에서 근대소설이 자기 순화를 위해 배제하고 있던 것의 가능성을 보고 있었기 때문이다. '문'이라는 것은 모든 가능성을 포함하는 영도零度로서 있었다.

그렇기에 '문'으로서의 『풀베개』가 반소설로 읽힐지라도 이상할 게 없다. 『풀베개』를 건드리면서 오오카 씨는 "어째서 이

풍요로움이 그때까지 오랫동안 한시와 하이쿠와 대학 강의에 의해 한정되고 있었는지, 어째서 소설을 통해 그 표출의 통로를 찾게 됐는지는 하나의 문제입니다"라고 말한다. 그러나 오오카 씨 자신이 말하고 있는 것처럼 '표출의 통로'는 이른바 소설이 아니라 다름 아닌 '문'에서 발견됐던 것이다.

'문'은 『명암』의 밑바닥에도 흐르고 있다. 예컨대 외국에서 자랐던 미즈무라 미나코와 같은 사람에게 소세키의 문장을 (패러디가 아니라) 묘사하도록 만든 것은 『명암』의 수수께끼보다는 그러한 '문' 자체의 체험이 아닐까. 즉, 자기표현보다는 '문'을 향한 욕구가 좀 더 근본적인 것은 아니었을까. -(오오카 쇼헤이의 『소설가 나쓰메 소세키』에 대한 서평)

에크리튀르

소세키는 초기의 『나는 고양이로소이다』나 『도련님』, 또 『양허집』에서 『명암』에 이르는 소설, 나아가 하이쿠나 한시를 썼다. 즉, 다종다양한 장르나 문체를 사용하고 있다. 이런 작가는 일본만이 아니라 외국에도 없을 터이다. 그 다양성은 하나의 수수께끼이다. 그러나 그것은 소세키 개인의 자질 문제가 아니다. 또 소세키의 문장이 가진 일반적 특성을 명확히 밝히는 일이 문제인 것도 아니다.

소세키 연구에서 결락되어 있는 것은 노스롭 프라이가 말한 것과 같은 의미에서의 장르론이다. 그런 결락으로 인해 소세키의 여러 작품은 좁은 뜻에서의 소설을 중심으로, 그것에 도달해야 하는 과정으로서 읽히고 말았다. 예컨대 『양허집』은 로망스로서, 『나는 고양이로소이다』는 세타이어로서, 『도련님』은 피카레스크로서, 『마음』은 고백으로서 쓰여졌다고 봐야 한다. 그렇게 다양한 장르가 있었고 그 각각의 장르가 강제하는 문장이나 구조가 있었기에, 그것들을 한가지 양태로 포착하려는 것은 우스운 일이다. 구조론적인 분석에서도 마찬가지라고 하겠다. 하지만 이런 장르의 차이를 하잘것없이 보이게 만들었던 것은 실은 좁은 뜻에서의 근대소설이라는 장르 자체이다.

소세키가 『나는 고양이로소이다』를 쓰기 시작했던 것은 러일전쟁이 있던 때로, 이미 근대소설이 문단적으로 성립되어 있었다. 그것은 자연주의적 리얼리즘이었지만, 소세키는 단지 좁은 뜻에서의 리얼리즘에 반발하고 있던 게 아니다. 그가 반발했던 것은 19세기 중반의 프랑스에서 확립된 '문학(소설)'의 개념이다. 그것은 설령 반反자연주의적이라고 할지라도 다르지 않다. 영문학자로서 소세키가 연구했던 것은 18세기 영국소설이다. 그것은 당시 아직 문학(예술)으로 간주되고 있지 않았다. '소설novel'은 문학poetics에 들어가지 않는 물건이었다. 거꾸로 그것은 산문 장르의 모든 가능성을 품고 있었다.

오오카 쇼헤이는 소세키가 쓰기 시작했던 시기에는 '문'이라는 장르가 있었다고 말했다. 소세키는 예컨대 「런던탑」을 단편소설로서가 아니라 '문'으로서 썼다. 그것이 실렸던 『제국문학』은 시도 소설도 아닌 '문'의 잡지였다. 이런 사정은 『나는 고양이로소이다』에 관해서도 들어맞는다. 그것들은 종종 '사생문'과 결부되고 또 그런 상태로 그 차이가 논해진다. 그러나 그런 차이가 있는 것은 당연하다. 소세키는 하이진俳人 마사오카 시키의 일파에 비하면 현격하게 서양문학의 교양을 지니고 있었다. 즉, 이미 근대문학을 충분히 알고 있었던 소세키가 굳이 사생문에 의거했다고 한다면, 그것은 당시 이미 통용되던 소설에 대한 반발 때문이었다고 할 수 있을 것이다. 이런 사정은 자각적인 것이었다. 사생문이든 아니든 소세키가 허용하기 어려웠던 것은, 애초에 이러저런 것만이 '문'이다, 라는 견해였다. 중요한 것은 소세키가 말하자면 '문文'(에크리튀르)의 영도에 서 있었다는 점이다.

오오카 쇼헤이는 소세키가 '문'을 쓴 것을 '미문'과 결부시키고 있다. 그는 미문가로서 읽혀졌다는 것이다. 그러나 소세키의 문은 소위 미문만은 아니다. 나는 소세키의 '문'을 앞서 말한 18세기적인 '소설'과 동일한 뜻이라고 생각한다. 그것은 문자 그대로 미문일 필요는 없다. 스위프트적이든 스턴적이든 무방한 것이다. 사실 『나는 고양이로소이다』나 『도련님』은 미문이라고 하기는 어렵다. 하지만 넓은 뜻에서는 그것들도 '미문'에 속할 터이다.

그런 뜻에서의 '미문'은 소세키에게 있어 근대소설에 대한 이의 제기와 결부되어 있는 것이다. 이는 그가 대학을 그만두고 직업적 작가로 출발하려는 의지를 다져 썼던 작품이 『우미인초』였다는 점을 볼 때도 명확하다. 『우미인초』는 거의 권선징악적인 세계이다. 인물은 유형적이고 문장은 한문적 대구법을 빈번히 사용한 '미문'이다. 이를 근대소설로 읽으면 동시대에 마사무네 하쿠초가 혹평했던 것처럼 '근대화된 바킨'으로밖에는 보이지 않는다. 소세키의 작품이 대중적으로 읽혔던 것도 그 때문일 터이다. 하지만 소세키가 그런 점을 자각하고 있지 않았을 리가 없다.

벤야민이 말했듯이 근대소설은 알레고리를 부정한다. 알레고리란 세계에 의미가 있음을 전제하고, 어떤 것이 즉각적으로 다른 것을 의미하는 세계이다. 이에 반해 근대소설은 세계의 의미를 부정하고 단지 특수한 개별 사물을 통해서만 보편적인 것이 상징된다고 간주하는 세계이다. 따라서 그것은 리얼리스틱하게 된다. 혹은 그것은 특수한 개인적 사정을 쓰면 보편으로 이어진다는 사소설적인 신념이 된다. 거기서 '문'은 실체로서 개별 사물에 종속된다. 소세키가 반발을 느끼고 있었던 것은 그런 얼개였다고 해도 좋겠다.

소세키의 장편소설은 『우미인초』 같은 알레고리적 짜임새와 '미문' 속에서 비로소 출현했던 것이다. 이후의 작품에서는 그런 짜임새가 무너진다. 그러나 그 붕괴 자체가 그런 짜임새 속에서만 일어나며 그 속에서만 확실해지는 것이다. 소세키는 러일전쟁 이후에 쓰기 시작했지만, 세대 감각으로서는 그 이전에 속해 있다. 일찍이 메이지 10년대에 소세키가 가졌던 의식, 곧 한문학이라면 일생을 걸어도 좋다는 생각은 시종일관 그에게 들러붙어 있었다. 이를 다른 관점에서 말하자면, 그것은 일본의 근대국가 확립 과정에서 잃어버린 가능성, 있을 수 있어야만 했던 다양한 가능성을 '문'을 통해 확보하고자 했던 것이라고 할 수 있겠다.

—(별책 국문학, 『나쓰메 소세키 사전』[1990]의 한 항목)

소세키와 칸트

나는 『문학론』에서 소세키가 시도했던 것을 칸트의 '비판'과 비교해 볼 필요가 있다고 생각한다. 소세키는 가끔 칸트를 인용하지만, 직접적으로 읽은 흔적은 없으며 칸트의 영향을 받았다고도 할 수 없다. 그러나 그렇기 때문에 소세키의 작업은 칸트와 비교되어야만 한다. 혹시 그가 칸트를 읽고 있었다면 그런 읽기는 칸트 이후에 형성됐던 미학의 영향 아래에서 벗어나지 못했을 터이다. 칸트를 읽지 않았던 소세키는 알아차리지 못한 채로 18세기 유럽의 끝(쾨니히스베르크)에 있던 칸트와 동일한 입장에 서 있었던 것이다.

미적 판단은 보편적이지 않으면 안 된다고 칸트는 말한다. 그런데 그것만큼 곤란한 사정도 없다. 문학예술에서는 누구든 보편성을 주장하지만 누구도 그것을 증명할 수 없기 때문이다. 이는 다른 영역에서도 원리적으로 타당할 터인데, 문학예술에서만큼 그것이 노골적으로 보이는 장소는 없다. 칸트의 '비판'은

『순수이성비판』에서 시작하지만, 본질적으로 그것은 보편성이 요구됨에도 그런 보편성이란 불가능하다고 보는 '비평'의 문제로부터 출발하고 있다고 해도 좋겠다.

칸트는 '공통감각'이라는 것을 위와 같은 아포리아를 해결하는 가설로서 제기하고 있다. 그러나 공통감각은 시간적·공간적으로 국부적인 것이지 결코 보편적일 수는 없다. 보편성은 공통감각을 넘어선 것으로서 요구될 터이다. 그런 인식은 자신들의 로컬한 취미가 보편적이라고 믿고 있는 사람들로부터는 결코 나오지 않는다. 혹은 그들로부터는 그런 취미의 근거에 대해 근본적으로 질문하려는 자가 결코 나오지 않는다. 그것들은 외부로부터 나온다. 칸트 자신이 그런 사람이었다.

영국에서 자란 요시다 겐이치는 소세키의 『문학론』을 둔함과 촌스러움의 극치라고 조소하고 있지만, 그런 요시다 정도의 취미를 조소하는 자는 영국이나 프랑스엔 수두룩할 터이다. 하지만 이 말은 그들이 보편적이라는 것을 조금도 뜻하지 않는다. 실은 칸트의 『판단력비판』 역시도 그런 자들에게 조소를 받아왔다. 그러나 예술에 관한 획기적인 이론적 고찰은 취미를 갖지 않은(공유하지 않는) 칸트에 의해 행해졌던 것이다. 하지만 칸트의 작업은 예술을 '과학'과 별개의 영역에 두었기 때문에(그랬던 것처럼 보였기 때문에) 이후 예술에 관한 과학적 고찰을 방해하는 뿌리가 되기도 했다. 즉, 낭만파 이후의 서양 예술론은 관념론이 되거나 이론을 경멸하는 취미적 입장으로 귀착했던 것이다. 누구도 예술에 관해 칸트처럼 둔하고 촌스러운 질문에서 시작하지는 않았다.

소세키는 20세기 초기의 런던에서 그런 물음을 개시했다. 러시아에서 포멀리스트가 등장하기 훨씬 이전이었다. 유럽의 변경 러시아에서 취미를 자명한 전제로 삼을 수 없었던 사람들이 문예의 '과학'을 출발시켰고, 그것이 오늘날에 이르는 문학이론의 선구가 되었다. 하지만 소세키의 작업은 완전히 무시되고 있다(일본에서도 그렇다). 사람들은 소세키 자신이 『문학론』에 관해 말했던 자학적인 감상이라는 것을 너무도 진지하게 참으로 받아들였던 것이다. 소세키는 일본의 고전문학·한문학에 관해서, 예컨대 요시다 겐이치의 백 배 정도는 더 활력적인 교양을 갖고 있었을 것이다. 하지만 그랬기 때문에 사람들은 소세키가 영문학에 대한 취미 판단의 능력을 결여하고 있다고 생각하지 않을 수 없었던 것이다.

소세키는 그런 취미가 로컬한 공통감각일 수밖에 없는 게 아닐까 하고 생각했다. 서양의 것, 게다가 어떤 역사적인 것이 보편적인 것으로 간주되고 있을 뿐인 게 아닐까 하고 말이다. 그렇다고 해서 동양의 문학이 보편적이라고 봤던 것도 아니다. 나아가 소세키는 문화적 상대주의를 배척했다. 그는 보편성이라는 것이 소재 자체가 아니라 소재와 소재가 맺는 '관계' 형식에 있다고 생각했다(『문학평론』). 거기로부터 문학이 '과학'으로서 고찰되는 길이 열렸다.

칸트 이전에는 경험론과 합리론 간의 대립이 있었다. 그는 그 어느 쪽에도 붙지 않았다. 그것들이 '형이상학'일 수밖에 없음을 안티노미(이율배반)에 의해 드러내는 것이 '비판'이다. 동일한 사정이 소세키의 '과학'에 관해서도 말해질 수 있다. 소세키 이전에는 낭만주의와 자연주의 간의 대립이 있었다. 혹은, 다른 관점에서 말하자면 예술파와 생활파(정치파·도덕파를 포함한) 간의 대립이 있었다. 소세키는 그것들을 역사적 관점이 아니라 형식적 관점에서 본다. 즉, 인식적인 F와 정서적인 f 간의 혼합 정도의 차이로 보는 것이다.

우리가 무슨 일을 경험할 때, 혹은 어떤 문장을 읽을 때는 그것을 지·정·의知·情·意의 영역에서 받아들이고 있다. 이는 순수하게 인식적인 것이 아니다. 예컨대 수학에서의 증명이라고 할지라도 단지 엄밀한 게 아니라 '엘레강트[elegant]' 것이 선호된다. 역으로, 그 어떤 정서적인 것에도 일정한 인식이 포함되어 있다. 그것들을 완전히 분리하는 일은 불가능하다. 소세키는 그것들을 F(인식적 요소)와 f(정서적 요소)의 혼합으로 보고자 했던 것이다. 예술은 f를 실현하는 것이지만, 이는 단지 F를 배제하는 게 아니다. 소세키는 그런 F와 f를 단지 개인적인 레벨에서만이 아니라 집단적·역사적인 레벨에서도 고찰한다. 예컨대 낭만주의가 정서적 f의 정도를 더 높인다면, 자연주의는 인식적 F의 정도를 더 높인다. 소세키는 그러한 경향성이 교호하면서 생겨난다는 '법칙'을 발견하고 있다.

이렇게 F와 f로 모든 것을 보고자 했던 소세키는 과학·도덕·예술을 영역적으로 구별했던 칸트와는 다른 것처럼 보인다. 그런데 칸트의 '비판'은 그것들이 객관적인 영역으로서 분리되고 있는 게 아니라 제각각 어떤 태도 변경(초월론적 환원)에 의해 출현한다는 데에 있다. 예컨대 미적 판단은 '관심'을 괄호에 넣음으로써 가능하고, 과학적 인식은 도덕이나 감정을 괄호에 넣음으로써 가능하다. 이로써 동일한 사물이 예술적 대상이 되거나 과학적 대상이 되거나 한다. 예컨대 나체에 대해서는 의사도 예술가도 성적인 '관심'을 괄호에 넣지 않으면 안 된다.

『문학론』에서 소세키는 나체화에 관해 이렇게 서술하고 있다. "나체화의 감상 역시도 일종의 도덕적 요소의 제거와 다름없다. (……) 서양의 엄중한 사회에서 성장했던 민중이 일단 미술관에 발을 딛는 순간에 완전히 그런 도덕적 감정을 제거할 수 있는 것은 습관의 결과라고 할 수 있을 것이지만, 참으로 이상한 현상이라고 하지 않을 수 없다." 그러나 소세키가 '제거'라고 부른 것은 위에서 말한 괄호 넣기이다. 소세키는 문학예술의 근거를 도덕이나 과학적 진리에 대립하는 것으로서가 아니라, 그것들을 의식적으로 괄호에 넣을 수 있는 능력 — 이는 역사적으로 형성되는 '습관'이다 — 에서 발견하고 있다. 이런 뜻에서 소세키의 '과학'은 다름 아닌 칸트적 비판의 반복인 것이다. −(『소세키 전집』 제16권, 「월보月報」)

단 편

1

……

이제는 명확하듯이 1970년 이래 '쇼와'가 사용되지 않게 됐다는 것은 그만큼 일본인이 천황과 결부된 로컬한 시점에서 벗어나 국제적인 시야로 사물을 보게 됐다는 것을 뜻하지 않는다. 그런 뜻과는 정반대로 앞서 제시했던 언설공간의 제1사분면 이외의 다른 모든 것을 해소시켜버리는 차원에 감금됐음을 뜻하는 것이다. 이는 어떤 뜻에서 다이쇼 시기에 생겨났던 것이기도 하다.

'쇼와'가 실질적으로 39년[1964](도쿄올림픽)에서 끝난 것처럼, '메이지'도 37년[1904](러일전쟁)으로 끝나고 있다. 예컨대 러일전쟁 이후에 소설을 쓰기 시작했던 나쓰메 소세키는 당시의 지배적인 문단에서 보자면 전前근대인에 지나지 않았다. 그것을 그 자신이 자각하고 있었다. 예컨대 자연주의자나 시라카바파나 '다이쇼 휴머니스트'에게, 나쓰메 소세키와 같은 '메이지' 지식인을 시달리게 했던 서양·동양·일본 사이의 질적인 차이나 긴장은 존재하지 않는다. 그들에게 그 차이란 양적인 혹은 단계적인 것에 지나지 않았다. 그 연장선 위에서 마르크스주의자가 나왔던 것이다. 그들은 세계적 동시성과 동질성의 의식으로 모든 것을 보았다. 이렇게 그들은 메이지 유신에 이르기까지의 일본 역사를 보편적인(실은 서구 중심의 모델에 따른) 관점에서 해석했던 것이다.

하지만 러일전쟁에 이르는 시대까지 '세계적 동시성'의 의식이 없었던 것은 바로 그런 식의 보편적 관점 때문이었다. 러일전쟁은 서양의 식민지로 있던 아시아와 세계 각국에 '동시적인' 영향을 주었다. 러일전쟁 이후는 다르다. 예컨대 제1차 세계대전에서는 일본이 참가했음에도 그러한 동시성의 긴장은 결락되어 있었다. 그것은 강 건너 불에 지나지 않았다. 일본은 1차 대전에서 단지 어부지리만을 얻었을 뿐, 이 전쟁이 유럽에 부여한 파괴적인 의미를 공유하지 않았다. 그뿐만 아니라 아시아에 대해서도 서양 제국주의국가로서 거동했던 것이다. 하지만 그것과 비례하여 세계적 동시성이나 인류적 시점이라는 의식만은 강화됐고, 동시에 '일본적인 것'이 강조되기 시작했다. 문학으로 말하면 '사소설'의 지배가 그것을 보여주고 있다.

'다이쇼적인 것'은 러일전쟁 이후 서양과의 긴장이 희박해지고 '탈아脫亞'를 이뤘다는 자족적인 의식 속에 있었다. 1970년대도 그렇지만, 일본론이나 일본문화론이 이야기되는 것은 기본적으로 그러한 시기이다. 주의해야 할 것은 후쿠자와 유키치의 「탈아론」[1885]도 오카쿠라 덴신의 『동양의 이상』[1903]도 그런 자족적 의식 이전의 긴장 속에서 쓰였다는 점이다. 하지만 다이쇼 시기 이후에는 다른 의미를 갖기 시작한다.

예컨대 나쓰메 소세키의 『문학론』에는 동양문학과 서양문학의 이질성이 전제되어 있다. 그렇기에 그는 '과학'적으로 그것들을 동일한 기반, 즉 언어라는 물질성=사회적인 레벨에서 대상화하고자 했던 것이다. 나아가 그때 소세키는 '동양문학'이라고 말하고 있지 '일본문학'이라고는 말하고 있지 않다. 다이쇼 시기 이후에는 그것이 몽땅 정반대로 된다. 서양도 일본도 동일성의 차원에서 볼 수 있게 됨과 동시에 차이가 강조되기 시작하는 것이다. '서양'은 그저 표상이 된다. '동양'도 마찬가지이다.

……

쇼와 40년 이후, 말하자면 도쿄올림픽 이후 '쇼와'나 '천황'에 관한 의식이 희박해진 것은 정확히 러일전쟁의 언설공간이 어떤 성취감과 함께 내면화되고 있었던 것과 같다. 이미 말한 것처럼 그런 '내면화'는 코즈모폴리터니즘과 모순되지 않는다. 사실로서 국제화되고 또 '세계적 동시성'의 의식을 가지면서도 '외부'를 잃어버렸던 것이다. 하지만 우리의 의식에서 그런 변용이 결정적으로 되기 위해서는 언제나 모종의 상징적인 사건이 필요한 듯하다. 마르크스는 '비극이란 우리가 과거와 쾌활하게 결별하기 위해 있다'고 말했는데, 1970년 미시마 유키오의 죽음은 그러한 사정 속에 있다고 해도 좋겠다.

우리는 그 시대를 '1960년대'로 이야기하는 것에 익숙해 있다. 그러나 60년대 후반의 문제를 '쇼와 40년대'로서 보면 다른 양상이 드러날 터이다. 먼저 1960년대의 시점으로 보면, 그 시기는 '신좌익'의 전성시대였다. 그것은 흔히 '세계적 동시성'으로 여겨진다. 그러나 그 시기 근대 서양의 합리주의에 대한 비판으로서 이야기됐던 신좌익운동을, 다른 시점 곧 근대 일본의 언설공간에서 보면, 전후에 억압되고 있던 좌표 공간의 왼쪽 절반을 일시적일지라도 회복시켰을 것이다. 예컨대 마오주의(문화혁명)는 야스다 요주로가 간파하고 있던 것처럼 일종의 아시아주의이다. 근대 합리주의 비판은 전전戰前의 '근대의 초극'론과 유사하다. 따라서 미시마 유키오가 '신좌익'에 느끼고 있던 '친근성'은 별달리 과녁을 벗어난 게 아니다.

예컨대 '1970년'에 미시마 유키오가 자결했던 것은 우리를 놀라게 했다. 하지만 쇼와 45년에 할복을 했던 것이라면, 이는 그다지 놀랄 만한 게 아니었을 터이다. 아마 미시마 자신은 그런 사정을 의식하고 있었을 것이다. 우리는 미시마의 행동에서 2·26 반란[1936년 2월 26일 육군 황도파 청년장교 집단이 천황 친정(親政)을 내걸고 일으킨 쿠데타]의 "재현"을 보는 데에 익숙하지만, 거기서는 오히려 메이지 45년 노기 장군의 순사殉死를 상기해야만 한다. 노기 장군의 자결 역시도 그 아나크로니즘[시대착오]으로 인해 당시 사람들을 놀라게 했다. 천황은 입헌군주국가의 군주이기 때문에 그것에 대한 순사란 생각할 수 없다. 노기 장군은 천황에 대해 봉건적인 군주에의 충성 관계를 취했던 것이다. 메이지 20년 이후 근대국가의 체제 속에서 성장한 아쿠타가와 류노스케나 시가 나오야가 노기의 아나크로니즘을 조소했던 것은 당연하다.

그러나 그것은 모리 오가이에게는 충격을 주었고 「오키츠 야고에몬의 유서」[1912]를 쓰게 했다. 이후 오가이는 무사 혹은 봉건적 세계의 인간을 그리는 소설로 이행했다. 여기서 '봉건적'이란 직접 관계된 주인에 대해서는 절대적 충성 관계를 맺지만, 그 주인보다 높은 상사에 대해서는 그렇지 않은 관계 방식을 가리킨다. 이 때문에 봉건적인 체제는 중앙집권적인 근대국가와는 달리 다원적 세력들의 반란에 노출된다. 오가이가 그렸던 『아베 일족』[1913]의 사람들은 주인을 향한 충성 때문에 번藩에 맞선 반역도 마다하지 않는다. 이러한 봉건적 인간에게는 유일한 주권자에 전면적으로 종속[subject]되므로 주체[subjet]가 되는 근대국가의 개인에겐 없는 독립성이 있다. 실제로 메이지 10년대의 '자유민권' 운동을 지탱하고 있던 것은 그러한 근대인이 아니라 봉건적 인간의 독립심이며 자부심이었다. 하지만 그것은 세이난 전쟁에서 보이는 것처럼 국가주권을 부정하는 내란으로 이끌릴 수밖에 없다.

'이와미 사람石見人 모리 린타로森林太郎'로서 죽는다는 오가이의 유서가 뜻하는 것은 자기 고향으로의 회귀라는 노스탤지어가 아니다. 그것은 오가이 자신이 지지했고 또 그 속에서 높고도 귀하게 됐던 메이지 근대국가 체계에 대한 부정을 품고 있다. 오가이가 이끌렸던 것은 봉건적 인간의 낡음이 아니라 다이쇼 시기의 근대적 '내면'에 의해 잃게 됐던 독자성이고 다원성인 것이다.

나쓰메 소세키도 노기 장군의 순사에 충격을 받고 『마음』[1914]을 썼다. 그 속에서 '선생님'은 다음과 같이 말하고 있다.

> 더위가 한창 기승을 부리는 여름 메이지 천황이 붕어하셨네. 그때 나는 메이지의 정신이 천황에서 시작하여 천황으로 끝났다는 느낌이 들었지. 메이지의 영향을 무엇보다 강하게 받았던 우리

가 그 이후에도 살아남는다는 것은 필경 시대에 뒤처지는 일이라는 느낌이 내 가슴 깊숙이 파고들었네. 나는 명백하게 아내에게 그렇게 말했다네. 아내는 웃으면서 상대해주지 않았지만, 무슨 생각이었던지 갑자기 내게 그럼 순사殉死라도 하면 좋지 않겠어요, 라며 나를 놀렸다네.

나는 순사라는 말을 거의 잊고 있었다네. 평소에는 쓸 필요가 없는 글자니까 기억의 밑바닥에 가라앉은 채로 부패하고 있었다고 할 수 있겠지. 아내의 농담을 듣고서는 비로소 그것을 떠올렸을 때, 나는 아내를 향해 만약 내가 순사한다면 메이지의 정신에 순사할 생각이야, 라고 답했지. 내 답도 물론 농담에 지나지 않았던 것이지만, 나는 그때 뭔가 낡고 불필요한 말에 새로운 의의를 쉽게 담을 수 있으리라는 마음이 생겼던 것이지.

그 후 한 달 정도가 지났네. 대장례식御大葬날 밤, 나는 여느 때처럼 서재에 앉아 있다가 신호로 쏘는 총포소리를 들었네. 내게는 그것이 메이지가 영구히 떠났음을 고지하는 것처럼 들렸다네. 뒤에 생각하니, 그것은 노기 장군이 영구히 떠났음을 고지하는 것이기도 했었지. 나는 신문 호외를 손에 들고 의도치 않게 아내에게 '순사다 순사다'라고 말했다네.

나는 신문에서 노기 장군이 죽기 전에 써서 남기고 갔던 것을 읽었지. 세이난 전쟁 때에 적에게 깃발을 빼앗긴 이래 면목이 없어 죽어야지 죽어야지 하면서도 그만 오늘날까지 살아왔다는 뜻의 구절을 봤을 때, 나는 노기 씨가 죽을 각오를 하면서 살아왔던 햇수를 헤아려보았네. 세이난 전쟁은 메이지 10년[1877]이니까 메이지 45년까지는 35년의 거리가 있지. 노기 씨는 그 35년 동안 죽어야지 죽어야지 하면서 죽을 기회를 기다렸던 듯하네. 나는 그런 그에게 자신이 살아 있던 35년이 괴로웠을지, 칼로 배를 갈랐던 찰나가 괴로웠을지, 그 어느 쪽이 더 괴로웠을지 생각했다네.

그 후로 2, 3일이 지나 나는 드디어 자살할 결심을 했던 것이야. 노기 씨가 죽은 이유를 내가 잘 이해할 수 없는 것처럼 자네 역시도 내가 자살하는 까닭이 분명히 납득되지 않을지 모르겠는데, 혹시 그렇다고 한다면 그것은 시대의 형편과 추이에서 기인하는 인간의 차이이니 어쩔 수 없는 일이겠지. 어쩌면 개인의 타고난 성격 차이라고 말하는 쪽이 확실할지도 모르겠네. (강조는 인용자).

요약하기에는 미묘한 곳이 있어 길게 인용했던 것인데, 예컨대 '순사'라는 말은 이 시기에 '농담'으로만 이야기할 수 있는 '낡고 불필요한 말'에 지나지 않았다. (참고로 나는 미시마 유키오가 실제로 죽기 전까지, 그가 이야기하고 있던 것을 '농담'이라고 생각했었다.) 더 나아가 말하자면, '선생님'이 '메이지의 정신'이라고 부른 것이 '메이지 10년'은 아닐지라도 메이지 20년 이전이라는 점은 명료하다.

'선생님'은 분명 친구 K를 배신했다는 죄책감을 갖고 있다. 그러나 그는 K가 반드시 실연이나 친구의 배신 때문에 죽은 것은 아니라는 점을 알고 있다. 이 삼각관계에는 좀 더 다른 요소가 포함되어 있다.

K는 금욕적 이상주의자였다. "불교의 교의 속에서 길러진 그는

의식주에 약간의 사치를 부리는 것도 마치 부도덕한 일이라는 태도를 취했다네. 어설프게 옛날의 고승이나 성인의 전기를 접했던 적이 있던 그에겐 곧잘 정신과 육체를 따로 떼어 내고 싶어하는 버릇이 있었지. 육肉을 채찍질하면 영靈의 광휘가 증가할 것이라고 느낀 경우조차 있었을지도 모르겠네."

이것만으로는 K는 단순히 익센트릭[eccentric]하고 관념적인 청년으로만 보일 뿐이다. 그러나 이런 극단적인 타입은 특정 시기 속에 있는 고유한 것이라고 해야 한다. 예컨대 그리스도교로 향했던 기타무로 도코쿠나 선禪으로 향했던 니시다 기타로를 보면 된다. 그들은 제각기 정치적 싸움에서 패한 뒤, 급속히 정비된 부르주아 국가의 체제에 맞서 '내면'으로 틀어박혀 버텼다. 곧 '메이지 유신'의 가능성이 닫혔던 이후, 세속적인 것 일체에 대항하고자 했던 것이다. 게다가 그들은 세속적=자연적인 것에 패하지 않을 수 없었다. 도코쿠는 자살하고 니시다 기타로는 굴욕을 견디며 제국대학의 선과選科[일종의 청강코스]에 들어갔던 것이다. K 역시도 그러한 타입이었다고 할 수 있다.

'선생님'이 K를 존경하고 K를 추종했던 이유도 거기에 있다. 그러나 동시에 필적할 수 없는 모델에 대한 악의도 있었다. 그것은 "K를 인간답게 만드는 제일의 수단으로서, 우선 그를 이성異性 곁에다가 앉힐 방법을 강구"한다는 선의 속에 숨겨져 있다. 그것은 K가 준엄하게 거부했던 세속적=자연적인 것에 그를 굴복시키려는 유혹이다. K가 죽은 것은 친구에게 배반을 당했기 때문이 아니라 '내면'의 독립성을 관철시킬 수 없었던 무력감과 공허에 따른 것이었다.

따라서 삼각관계라는 문제 속에는 실은 '정치'의 문제가 잠복해 있다고 해야 한다. '선생님'도 K도 모두 무언가를 배신했던 것이다. 그것은 메이지 20년대에 착착 정비되어가던 근대국가 이전, 그 이전에 있던 다양한 가능성이라고 해도 좋은 것이었다. 소세키 자신에 관해서도 동일하게 말할 수 있다.

그는 영문학이 한문학과 같은 것이라고 여기고는 "그런 것이라면 평생을 바쳐 배울지라도 반드시 후회하지 않을 것이었다"라고 말했지만, "졸업할 때 나의 뇌리에는 어쩐지 모르게 영문학에 기만당한 것 같은 불안한 생각이 들었다"고 썼다(『문학론』 서문). 하지만 그가 평생을 걸어도 좋다고 생각한 '한문학'은 만년에 그가 향했던 남종화[문인 산수화]나 한시의 세계와도 다르다. 그것은 '아시아' 및 '민권'과 결부된 무엇이었다.

예컨대 메이지 10년대부터 20년대에 걸쳐 가장 많이 읽혔던 것은 자유민권 계열의 '정치소설'이었다. 그것에 대항했던 것이 쓰보우치 쇼요 등의 '사실주의'(몰이상沒理想주의)이다. 이 '언문일치'의 운동이 교쿠테이 바킨과 같은 한문맥漢文脈을 부정하고 시키테이 산바와 같은 구어적 희문戲文에 접근하고자 했던 것은 말할 필요도 없다. 이 시기의 소세키는 그것을 거절하고 있다. 소세키에게 '한문학'은 그런 경향에 대한 부정을 뜻하고 있었을 터이다.

이에 반해 영문학은 메이지 시기의 '문학 개량'(쓰보우치 쇼요)의 일환으로서 제도화되고 있었다. 이는 대영제국의 힘과 분리될 수 없다. 문제는 영문학에 공감할 수 있는 능력이나 감수성이 아니라 '영문학'이 당시에 놓여 있던 위치이다. 소세키가 영문학에서 아일랜드 출신의 작가인 스위프트나 스턴에게 공명했던 것도 그 점에서 이해될 수 있다. 하지만 소세키는 자기 본뜻과는 달리 '서양학문洋學 부대의 대장隊長'이 되지 않을 수 없었다.

소세키는 말하자면 메이지 10년대의 잔당이다. 『태풍』이나 『이백십일』에는 속세에 대해 노호하는 주인공이 그려지고 있다. 그러나 그들은 『공산당 선언』이 이미 번역되어 있던 메이지 40년 무렵의 현실에서 보자면 꽤 낡은 듯하다. 그것은 소세키 내부에 메이지 10년대로부터 갖고 들어와 있던 것이다. 소세키가 '메이지의 정신'이라고 부르는 것은 메이지 전체의 시대정신과 같은 것일 수 없다. 그는 그것을 타기하고 있기 때문이다.

메이지 20년 후반부터 30년에 걸쳐 성립된 '근대문학'에서는 이미 도코쿠나 소세키에게 있던 '내면'은 희박해지고 단순한 자기의식으로 변하고 있었다. 바꿔 말하자면 '내면'의 정치적 기원이 망각되고 있다(『일본근대문학의 기원』 참조). 이것이 '선생님'이 말하는 '시세의 추이'이다.

……

게이오 3년(1867년)에 태어난 나쓰메 소세키는 메이지 천황의 시대와 자신의 생애를 동일시하고 있었는지도 모른다. '천황에서 시작하여 천황으로 끝났다'는 '선생님'의 말은 그런 사정과 결부되어 있다. 다이쇼 14년[1925]에 태어난 미시마 유키오에 관해서도 그렇게 말해야 할 것이다. 어떤 뜻에서 미시마는 자신의 생애와 함께 '쇼와'를 끝냈던 것이다.

그러나 소세키는 『마음』을 썼음에도 자살하거나 하지는 않았다. 그는 임종 때 '죽으면 곤란하니까'라고 말했다고 전해진다.

그것은 소세키가 죽음을 두려워했다는 것을 뜻하게 아니다. 그는 자신의 생을 극화劇化하는 것, 자기완결적인 의미 부여를 거부했다. 그는 모리 오가이처럼 '이와미 사람 모리 린타로'라는 유서를 남기거나 하지 않았다. 그저 갑자기 푹, 하고 죽었던 것이다. 그렇게 그저 죽었다는 점이 죽은 그 인간의 생을 무의미하게 만들지는 않을 터이다.

소세키가 『마음』이라는 비극을 쓸 수 있었던 것은 자기 스스로를 비극화하는 일로부터 매우 멀리 떨어져 있는 인간이었기 때문이다. '메이지의 정신'은 이제 더 이상 되돌릴 수 없는 것인 까닭에 비극적인 것이다. 그러나 '쇼와의 정신'은 그렇지 않다. 그것은 '쇼와 유신昭和維新'이 그랬듯이 언제나 '메이지의 정신' — 이는 말할 것도 없이 메이지 20년까지의 가능성을 뜻한다 — 을 재현(상기)하는 것으로서 있었기 때문이다. –(「1970년=쇼와 45년 — 근대 일본의 담론공간」에서)

2

내가 이 책(『일본근대문학의 기원』)의 대부분을 구상했던 것은 1975년에서 1976년 말에 이르기까지 예일대학에서 일본문학을 가르치고 있던 무렵이다. 그 실마리는 1975년 가을에 했었던 메이지 문학 세미나였다. 외국인에게 일본문학을 가르친다는 것은 내게 처음 있는 경험이었지만, 애초에 일본문학을 가르친다는 것 자체가 처음이었다. 메이지 문학을 택했던 것은 이를 기회로 근대문학에 관해 근본적으로 사고하고, 또 그때까지의 내 비평 그 자체를 검토해보고 싶었기 때문이었다. 물론 그것은 문학의 영역에서 멈추지 않았다. 나는 모든 글쓰기를 그만둔 상태였고, 충분히 시간이 있었다. 무엇이든 기초부터 다시 하자는 기분이 되었던 것이다. 이는 절반은 자포자기의 심정이었지만, 또한 밑이 빠진 것처럼 한없이 투명한 기분이기도 했다.

야마구치 마사오 씨는 이 책 뒤표지에 추천사를 써주었는데, 그 속에는 다음과 같은 대목이 있다. "가라타니 고진 씨의 방법은 모든 것을 근원적으로 의심한다는 현상학의 방법에 근거해 있다. 그에 따른 결과, 이 작업은 문학이 성립되고 사고의 틀이 되어가는 과정에 관한 정신사이자 문학적 풍경의 기호론이라는 성격을 동시에 띠게 되었다."

그럴지라도 나는 이 시기에 '현상학'이라는 것을 거의 몰랐다. 그러나 외국에 있으면서 외국어로 이야기하고 외국어로 생각하는 일이란 크든 작든 '현상학적 환원'을 강제하는 법이다. 곧 자기 자신이 암묵적으로 전제하고 있는 여러 조건들을 음미하도록 강제당하는 것이다. 그러므로 야마구치 씨가 말하는 '현상학'이란 후설을 읽고 얻을 수 있는 방법 같은 게 아니라, 말하자면 이방인으로서 존재하는 일이라고 생각한다.

내가 그때까지 반드시 이론적인 타입이었던 것은 아니다. 그러나 자신의 감성 그 자체를 음미하고자 한다면 '이론적'일 수밖에 없다. 이 무렵 나는 자신의 나이가 런던에서 『문학론』을 구상하고 있던 소세키와 같은 나이(34세)임을 발견하고는 고요한 흥분을 느꼈던 일을 기억하고 있다. 그리고 소세키가 그런 이론적 작업을 하지 않으면 안 되었던 이유를 잘 이해할 수 있으리라 생각했었다. '풍경의 발견'이라는 이름의 서장을 소세키로부터 쓰기 시작했던 것은 그런 까닭에서다.

소세키는 고립되어 있었다. 그가 하고자 했던 일을 이해한 사람은 당시의 런던에도 일본에도 없었다. 그러나 나는 그만큼 고립되어 있지 않았다. 같은 캠퍼스에 이후 예일학파라는 이름으로, 디컨스트럭셔니스트[deconstructionist(이하 '탈구축주의자'로 옮김)]로 불리게 되는 새로운 비평이 아직 소박한 형태였지만 그만큼 고요한 열기를 띤 채로 태동되고 있었기 때문이다. 나는 그들의 영향을 직접적으로는 받지 않았다. 단, 그들과의 교류가 나를 자극하고 용기를 내도록 했던 것은 분명하다.

특히 폴 드 만과 알게 된 것은 내게 큰 것이었다. 전후 벨기에로부터 건너와서는 한 권의 책밖에 출판하지 않고 있던 이 수수께끼 같은 '이방인'과 만나지 못했다면, 그리고 그의 격려가 없었다면 나는 현재에 이르는 작업을 지속할 수 없었을 것이라고 생각한다. 그러나 여기서 내가 그런 사정을 강조하는 것은 고故 폴 드 만의 명성 때문이 아니라, 그가 그런 '이방인'성性으로 인해 지금까지 줄곧 겪고 있는 불명예 때문이다. 즉 그가 스무 살 무렵 벨기에에서 친親나치 신문에 반유대주의적 비평을 썼던 사실이 폭로되었고, 이로써 그의 비평이 결정적으로 매장되려는 중이기 때문이다.

나는 폴 드 만과의 대화에서 그에게 그러한 과거가 있음을 어느 정도 추측하고 있었다. 오히려 내가 데리다나 그 이외의 사상가가 아닌 드 만에게 끌렸던 것은 그런 사정 때문이었다고 해도 좋겠다. 예컨대 나는 드 만에게서 소세키의 『마음』에 나오는 선생님과 닮은 점을 느끼고 있었다. 곧 그는 자신의 어떤 경험을 누구에게도 말하지 않았지만 그 경험이 가진 의미를 줄곧 집요하게 질문해왔던 게 아니었을까. 그의 비평은 금욕적이라고 할 만큼 형식적이었다. 그가 일관되게 이야기해왔던 것은, 한마디로 말하자면 말이 글쓴이의 의도를 배반하고 다른 것을 의미하고 만다는 것이었다. 하지만 그는 그런 윤리적 문제를 논리적으로 대부분 '증명'할 수 있는 것처럼 이야기했다.

탈구축주의자만이 아니라 현대의 철학자나 비평가는 모두 '언어'에 초점을 맞춘다. 물론 거기에 윤리적인 시점이 없는 것은 아니다. 예컨대 데리다의 경우, 텍스트(에크리튀르)를 향한 그 어떤 해석도 결정불가능성으로 이끌리게 됨을 보여주는 것은, 말하자면 성서(에크리튀르)를 인간적으로 해석하는 것을 기각하는 사고와 암묵적으로 연결되어 있다. 즉, 그것은 현대적 의장意匠과 문맥 속에서 말하자면 유대교적인 문제가 질문되고 있는 것으로서, 단순한 언어철학이나 텍스트이론과는 이질적인 것이다.

하지만 폴 드 만의 비평은 그런 것과도 이질적이었다. 말은 뜻해버리고 만다. 글쓴이는 그것을 통어할 수 없으며 예측할 수도 없다. 드 만에게 그것은 말(텍스트)을 해방시키는 것 혹은 말(텍스트)을 즐거움(롤랑 바르트)으로 체험하는 일이 되지 않았다. 그는 그것을 불가피한 '인간의 조건'으로서 발견했던 것이다. 내가 소세키의 『마음』과 닮았다고 했던 것은 그런 '어둠'이었다. 하지만 내가 격려받았던 것은 거기서 나오는 그의 유머였다. 이런 것에 비하면 '근대 비판' 같은 건 하찮은 일이었다.

1970년대 중반에 큰 전환기가 있었다는 사실은 분명하다. 일본에서의 근대문학의 기원에 관해 생각하고 있었을 때, 나는 동시대 일본의 문학에 대해서는 전혀 생각하지 않았다. 그러나 일본으로 돌아와 문예시평時評(『반反문학론』 수록)을 시작했을 때, 거기서 근대문학이 결정적으로 변용되는 광경을 발견했다. 특징 하나를 말하자면, 그것은 '내면성'을 부정하는 것이었다고 하겠다. 문학이라고 하면 어둡고도 질척질척한 내면 같은 일방적인 이미지를 떠올리는 일이 이 시기에 불식되었다. 다른 측면에서 말하자면, 그것은 의미나 내면성을 짊어지지 않은 '말'의 해방을 가리킨다.

이는 ‘풍경의 발견’에 의해 배제됐던 것이 복권되었다는 말이다. 언어유희, 패러디, 인용, 그리고 이야기物語[모노가타리], 즉 근대문학이 내쫓았던 모든 영역이 회복되기 시작했던 것이다.

나의 이 책도 결국엔 그런 흐름(포스트모더니즘) 안에 있었음은 지금 되돌아보면 잘 알 수 있는 것이다. 물론 이 책은 그런 흐름을 가속시킨 것이기도 했다. 그런 뜻에서라면 이 책의 역할은 이미 끝났다고 해야 할 터이다. 그러나 나의 관심사는 그런 것에 있었던 게 아니다. 즉, 근대 비판이나 근대문학 비판 따위에 있었던 게 아니었다. 내 관심은 말에 의해 존재하는 인간의 조건에 대한 탐구에 있었다. 누구도 그것을 피해갈 수 없다. 우리는 그것을 통절하게 느끼게 될 터이다. 나는 이 책을 새삼스레 폴 드 만에게 바치고 싶다. ―(『일본근대문학의 기원』 고단샤 문예문고판 후기, 「폴 드 만을 위하여」, 1988년 3월 25일)

3

……

지식인이란 고작해야 한두 세기 정도 전에 나타난 것에 불과하다. 더 이전에도 지식인에 해당되는 사람은 있었다. 그러나 그들은 지식인이라고 불리지도 않았으며, 사실 지식인이지도 않았다. 과거의 "지식인"이란, 지식인이 자신을 본떠서 만들어낸 표상에 불과하다. 예컨대 intellectual history(사상사) 같은 말은 그런 표상에 뿌리박고 또 그런 표상을 강화하고 있다.

현재의 지식인에 가까운 개념은 낭만파 이후의 것이다. 그것은 세계를 구성하고 생산하는 주체라는 사고와 함께 나타난다. 이와 관련해서는 헤겔의 경우가 전형적인데, 앎知=정신=철학자가 이 세계를 구성하는 주체가 된다. 그러나 헤겔도 지식인은 아니다. 미셸 푸코가 '앎=권력savoir'이라고 말하고, 그것에 이어 신新철학자들이 지식인의 권력의 기원을 헤겔에게서 발견하려고 할 때 아나크로니즘[시대착오]을 범한다. 나아가 그런 기원이 플라톤의 철학자=왕이라는 개념에서 유래한다는 따위로까지 이르게 되면, 이는 아나크로니즘의 극점이다. 지식인을 일반화하고 그것을 기원으로까지 거슬러 올라가 부정한다는 것은 근원적으로 보이지만 실제로는 그렇지 않다. 이런 종류의 비판 속에서 살아남게 되는 것은 신철학자들 같은, 다름 아닌 전형적인 지식인들이라고 할 수 있다.

반복하지만, 지식인이란 그것 이전의 "지식인"을 의심하거나 "지식"을 의심하는 사람들이었다. 지식인은 학자도 아니다. 직업도 아니고 계급도 아니다. 그것은 지식(앎)의 질을 통해 질문받게 되는 것도 아니며 '앎'의 문제를 본질적으로 사고하고 있는 것도 아니다. 그것은 말하자면 자기의식 같은 것이다. 이 자기의식은 헤겔이 '불행한 의식'이라고 불렀듯이 자기의 근거를 끝없이 자기의 바깥에서 발견할 수밖에 없다. 따라서 지식인은 최초부터 '앎'에 대해 부정적이며, 그 앎의 외부에서 생활, 대중, 상식, 또는 이노센스[순수]를 상정하고 있다. 오히려 지성이 없어도 지식인이 될 수 있다. 왜냐하면 지식인이란 대중과는 다르다는 자의식이며, 나아가 그 근거가 단지 지식을 부정하는 자기의식에 있는 것이기 때문이다. 지식인이 가장 싫어하는 것은 서재에서의 연구에서 자기만족을 하고 있는 타입의 학자이다. '서재 바깥으로'라고 말하는(말뿐이겠지만) 것이 지식인이다.

지식인은 그 최초부터 대중의 획득을 필요로 하고 있다. 그 이유는 자신의 근거가 오직 대중에게만 있기 때문이다. 예컨대 지식인에 대한 가장 흔한 비판은 지식인 대중으로부터 유리되고 있다는 것이다. 그러나 대중으로부터 유리되어서는 안 된다는 의식이야말로 지식인에게서 나왔던 것이고, 또 그러한 '대중' 역시도 그들 지식인에 의해 발견됐던 것이다. '지식인=대중'이라는 프로블러메틱[문제(가 많은 것)] 자체가 지식인에 의해 초래됐던 것이다. 일본에서 지식인이 나타났던 것은 아마 다이쇼 시기, 특히 마르크스주의운동에서인데, 그것 이전의 나쓰메 소세키나 모리 오가이와 같은 '지식인'은 대중으로부터 고립된다거나 그렇지 않다거나 하는 의식마저도 갖고 있지 않았다. 소세키가 신문소설을 쓸 때에도, 그것은 대중을 획득하기 위한 것이 아니었다. 그는 지식인이 발견한 대중 같은 걸 발견하고 있지 않았다. 소세키는 지식인이 등장하고 있음을 이미 알고 있었지만, 그 자신은 어디까지나 '앎'의 우위를 확신하고 있었다. -(「사어死語를 둘러싸고」 에서)

4

나는 타인에 대해 '초기 작품'이라거나 '처녀작' 같은 표현방식을 아무렇지 않게 써왔으며, 지금도 쓰고 있는데, 나 스스로가 그런 식으로 말해질 때 위화감을 갖게 되는 것은 기묘하다. 20년이나 어떤 것을 쓰고 있다면 '초기'와 달라지는 것은 당연하며, 따라서 '초기 작품'도 존재한다고 말하지 않으면 안 될 터이다. 그러나 나 자신이 그런 것에 납득되지 않는 게 있다. 20년 전이 내게는 '초기'라는 느낌이 들지 않기 때문이다. 모종의 기분=사상이 줄곧 지속되고 있다.

그렇다고 할지라도, 그것이 글쓴이 쪽의 생각에 불과하다는 점을 미리 양해받지 않으면 안 될 것이다. 원리적으로 말하자면 텍스트는 타자(독자)에게만 존재하고, 글쓴이 자신에게는 존재하지 않는다. 나는 이 책(『두려워하는畏怖 인간』[1972])을 읽고 무엇이 쓰여 있는지를 말할 수 없으며, 그런 것을 생각하고 싶은 마음도 들지 않는다. 나는 결국 문고판을 내는 데에 있어 이 책을 다시 읽지 않았다. 내가 기억하고 있는 것은 이 책 속의 에세이들을 썼던 시점에서의 기분=사상인바, 이는 내가 지금도 기억하고 있고 또 사고하고 있는 것인 이상, 과거(초기)의 것이 아니라 현재의 것이다.

1960년대 중반에 쓰기 시작했을 때, 나는 어떤 기묘한 비틀림을 느끼고 있었다. 한편으로 나는 시대 상황과 아무 관계가 없는 '자기'의 문제가 실재한다는 것, 이는 윤리 이전의 문제라는 것을 강하게 느끼고 있었다. 왜냐하면 윤리적이라는 데에는 타자가 존재하지 않으면 안 되는데 그런 타자가 현실적으로 느껴지지 않았기 때문이다. 이런 사정을 나는 소년 시절부터 느끼고 있었다. 그렇다고 그것을 특별히 '병적'이라고 생각하지는 않았다.

왜냐하면 다른 한편으로 나는 내가 어떻게 생각하고자 하는지와는 아무 상관없이 세계가 실재하고, 또 그런 세계가 '나'를 관통하여 구조적으로 작용하고 있음을 인정하고 있었기 때문이다. 나는 정치활동도 했었다. 또 나는 경제학을 하고 있었으므로, 거기서는 '나'의 의지 따위는 아무 관계도 없이 어떤 구조적 법칙성이 관철되고 있음을 의심치 않았다. 이런 뜻에서 나는 그러한 구조를 넘어서 있을 '자기' 따위는 인정하지 않았다. '주체' 따위는 환상에 불과하다고 생각했었다. 말하자면, 한편으로는 완전히 주관주의적이고 다른 한편으로 완전히 객관주의적이라는 그런 양극이 있었고 그 둘을 연결하는 길이 존재하지 않았던 것이다.

예컨대 내가 키르케고어를 좋아한 것은 그가 타자를 결여한 실존이란 '죽음에 이르는 병'이라는 것을 말하고 있었기 때문이다. 그것은 사르트르가 말하는 타자와는 뜻이 다르다. 사르트르에게 타자란 의식 혹은 자기의식의 문제에 지나지 않았다. 키르케고어가 '죽음에 이르는 병'이라고 부른 것은 그런 의식 이전에 '현실감' 그 자체가 희박한 상태를 말한다. 소세키의 『행인』에 나오는 이치로의 말을 따르자면, 사르트르가 말하는 것은 고작해야 '머릿속에서의 두려움'이며, 키르케고어가 말하는 것은 '심장에서의 두려움'이다.

그러나 키르케고어는 실존의 현실성은 강조하지만 사회적 현실구조는 무시하고 있었다. 그러하되 만년의 일기 속에서 그는 자신의 책이 팔려서 돈이 들어왔다는 사실에 놀라고 있다. 그는 유산으로 생활했었고 마침 유산이 소진될 무렵에 죽었다. 그런 '놀라움'은 그 자신의 생각과는 아무 관계없이, 그의 의지를 넘어서, 시장경제 속에서 그의 사상이 유통되고 교환된다는 사실에 대한 것이었다. 이는 키르케고어가 끝내 고찰하고자 하지 않았던 수수께끼로 남아 있다. 그것은 내게 있어 1960년대까지, 또한 지금까지도 여전히 남아 있는 수수께끼이다.

1960년대에 유행하고 있던 '실존주의'는 그런 게 아니었다. 그것은 사회 현실의 구조를 실천적으로 변혁할 수 있는 실존(주체)을 주창하고 있었다. 나아가 그것을 부정하는 프랑스 '구조주의'는 그런 자기(주체)가 구조의 효과(결과)에 불과한 상상물이라는 것을 강조하고 있었다. 그러나 나는 그 양쪽 모두에 위화감을 느끼고 있었다. 왜냐하면 '자기'가 상상물이라고 할지라도, 나는 다른 한편에서 실존의 현실성을 부인할 수 없었기 때문이다. 내가 [사]물에 관해 생각해냈던 것은 그런 균열에서였다. 그리고 그것에 관해 생각하고 있는 사람은 어디서도 찾을 수 없었다.

나는 '문예비평'으로서만 그것에 관해 이야기할 수 있다고 생각했었다.

내가 소세키에게서 발견했던 '구조적 균열' 역시도 그런 것이었다. 소세키의 소설이 어떤 종류의 비평가들 사이에서 평판이 나빴던 것은 그 소설 속에 문명평론 같은 말이나 윤리적인 말이 벌거벗은 채로 들어 있었기 때문이다. 실제로는 그들과 다르지 않지만, 그런 공통성을 일체 무시하고 말하자면, 그들의 다른 한편에서는 소세키의 소설이 지닌 '실존적' 측면만을 읽고 평가하는 비평도 있었다. 그러나 나는 그 두 가지를 그렇게 단순히 분리할 수 있는 것일까라는 생각이 들었다.

소세키의 작품에 윤리적 골격이 있다는 것은 틀림없다. '비극'적 골격라고 해도 좋겠다. 그러나 동시에 더 이상 그런 윤리적 골격 안으로 회수되지 않고 그것으로부터 나가버리고 마는 뭔가가 있다. 그것은 비극적인 결말에 의해 치유되거나 해소되는 게 아니다. 그것이 이치로가 말하는 '심장에서의 두려움'이다. 그러하되 그런 것만이 현실적인 것이라고 할 수도 없다. 이치로가 뭐라고 말하든 다른 타자들 역시 실재하며, 또 현실적인 역사적 세계 역시 존재하는 것이다. 소세키의 작품이 비틀림을 품고 있는 것은, 현실성을 띤 채로 존재하고 있는 그런 양극을 연결시킬 방도가 없음에도 동시에 포착하고자 하기 때문이다.

이는 물론 소세키에게만 해당되는 말이 아니다. 내가 60년 말에 느끼고 있었던 것은, 예컨대 정치에 맞서 '문학'을 대치시키는 근대문학의 사고에 대한 위화감이었다. 문학이란 그때까지 '내면'의 문제였다. 그러나 나는 그것이 상상물에 불과하다고 생각했었다. 실제로 '문학'은 언제나 '정치'에 대항하는 또 하나의 정치에 불과했다. 정치를 하려면 현실적으로 하면 되는 것이며, 나는 그렇게 해왔다. 60년대 이후 나는, '문학'에 몸을 맡기고서는 흡사 그것이 세계를 참으로 변화시키는 방법인 양 말하는 무리를 경멸하고 있었다. 그런 '내면'의 승리가 이제까지 '문학'으로 간주되어 왔던 것이다. 나는 그것을 부정했다. 그러나 내면성으로서의 '문학'을 부정하는 것과 어떤 현실성으로서의 실존을 인정하는 것은 모순되지 않는다. 왜냐하면 전자의 내면성이란 그저 가혹한 외부세계를 상상적으로 소거시킬 뿐만이 아니라, 오히려 가혹한 실존을 지워버리고 마는 것이기 때문이다.

그때의 시점에서 내가 지지했던 것은 '내향內向의 세대'로 불렸던 작가들이었다. 그런 겉모습을 하고 있었음에도 그들은 '내면' 따위를 전혀 믿지 않았으며, 그것이 이미 타자와의 관계에 놓여 있으며 구조적 소산이라는 점을 그들은 파악하고 있었다. 그것은 모종의 '내향' 안에서만 발견되는 것일 수밖에 없다. 그러하되 그것은 근대문학의 '내면성'과는 이질적인 것이다.

비평가로서의 활동을 시작했을 때, 나는 그런 비틀림을 충분히 이해하고 있었던 게 아니다. 지금도 여전히 그것이 무엇인지 모르고 있다. 그것은 이론이라거나 사상이라거나 방법 같은 것이라기보다는 기분=사상으로서 줄곧 남아 있는 무엇이다. 아마도 그것을 '탐구'하는 일이 나의 과제일지 모른다. 어쨌든 이 책을 '읽는' 것은 독자이지 내가 아니다. —(『두려워하는 인간』 고단샤 문예문고판 후기, 「어떤 기분=사상」, 1990년 8월)

제3문명사판 후기

나는 오늘까지 20년 넘게 다양한 형태로 나쓰메 소세키를 언급해왔는데, 소세키론으로 책을 내려는 생각을 했던 적은 없었다. 실제로 나는 지속적으로 소세키에 관해 연구해왔던 게 아니다. 때때로 생각난 것처럼 논급했을 따름이다. 그것은 자발적인 경우도 있었고 외적인 강제에 의한 것도 있었다. 예컨대 장기간에 걸쳐 신쵸샤 문고판의 해설을 이어받았던 것은 소세키의 개별 텍스트들을 다시 읽는 계기가 되었다. 그러나 그런 것은 소세키론을 쓰는 일로 이어지지 않았다. 또 이제까지 몇몇 군데에서 몇 번씩이나 소세키론집을 내자는 요청을 받았음에도, 나는 그렇게 하고 싶은 마음이 들지 않았다. 단편적인 것들을 모으더라도 시시할 따름이라고, 언젠가 정돈된 소세키론을 쓸 기회가 오리라고 변명하고 있었던 것이지만, 그런 시기가 결국에는 오지 않을 것이라는 기분이 더 강했었다. 그런데 1991년 여름 무렵에 나는 급히 소세키론을 쓰자는 마음이 섰다. 어째서 그렇게 됐는지는 모른다. 나이 탓이라고 말해두는 쪽이 가장 좋을지도 모르겠다.

소세키론에만 한정되는 게 아니라, 이 시기 이후 나는 예전에 쓰고는 방치해두고 있던 것을 재검토하는 일만 하게 되었다. 그 가운데 하나는 『일본근대문학의 기원』과 『은유로서의 건축』을 미국에서 출판하게 됐고, 그것들을 근본적으로 고쳐 쓰고자 했다. 이는 외적인 계기에 의한 것이지만, 그 기회로 예전의 작업을 다시 한 번 고치려고 했던 것은 내적인 계기이다. 과거를 되돌아보지 않고 끝없이 앞만 보는 자세를 나는 처음으로 바꾸었다. 나는 왠지 죽음을 예감했었다. 가령 내가 살아남는다고 한다면, 이런 작업을 함으로써만 그럴 수 있으리라고 생각했다. 그러나 역으로 이런 작업을 하는 것이 죽음의 예감을 더 강화했던 것일지도 모르겠다.

어쨌든 나는 소세키에 관해서도 예전의 작업을 다시 하기로 했다. 우선 그 가운데 일부를 『군상』 증간호(1992년 4월호)에 싣기 위해 탈고했을 때, 나는 그때까지의 소세키론을 그대로 수록하는 책을 내도 좋겠다는 기분이 들었다. 새로운 소세키론에는 과거의 소세키론을 어중간한 형태로 삽입하고 싶지 않았으며, 그렇다고 해서 과거의 생각을 부정할 마음도 없었기 때문이다.

이 책은 처음에 말한 것처럼, 정돈된 소세키론이 아니기 때문에 중복이나 모순이 많다. 나는 그것을 그대로 두었다. 편집자 야마다 켄지 씨의 시사와 협력으로 소세키에 관한 단편적 언급들도 수록하기로 했던 것인데, 나 자신이 전혀 기억하지 못한 에세이가 많이 있었다는 점에 깜짝 놀랐다. 그런 까닭에 이 책에는 20년 동안 썼던 나의 소세키론이 항목별로 나눠지긴 했어도 단지 연대

순으로 잡다하게 나열되어 있다. 이 책에 결함과 더불어 장점이 있다고 한다면 그것들을 현재의 시점에서 정리하려고 하지 않았다는 데에 있다.

간행에 즈음하여, 야마다 겐지 씨와 함께, 이름을 밝히지는 않지만 이 20년 동안에 내가 이것들을 쓴 현장에 관계된 많은 분들께 감사의 말을 올린다.

1992년 6월
가라타니 고진

후기

이전에 『소세키론 집성』(제3문명사)을 출판했을 때, 나는 따로 소세키론을 쓸 생각이었다. 그러했기에 미완이던 두 평론(「시와 죽음」, 「소세키의 알레고리」)을 수록하지 않았다. 그러나 1990년 그 두 글을 쓰고 나서 10년이 지나도 후속 글을 쓸 충동이 솟아나지 않았고, 또 그 작업에 필요한 시간적 여유도 없는 상태였다. 헤이본샤平凡社 편집자 니시다 유이치 씨로부터 문고판으로 출간하고 싶다는 요청이 있었을 때, 이번 기회에 그 미완의 두 평론을 수록하기로 정했다. 하지만 원고 매수가 늘게 된 만큼, 소세키를 언급한 글을 모은 '단편' 등을 빼기로 했다. 이후 소세키에 관해 새롭게 쓸 수 있을지 어떨지 알 수 없다. 그러나 가까운 장래, 영문판을 낼 때는 지금까지 썼던 것을 종합하는 작업에 몰두해보고 싶다. 니시다 유이치 씨, 야마다 겐지 씨에게 감사한다.

2001년 5월

뉴욕에서

가라타니 고진

옮긴이 후기

이 책은 가라타니 비평의 어떤 출발점 하나를, '문학평론'이라는 글쓰기가 지닌 모종의 개방성·가능성·잠재성 속에서 표시하고 있다. 이는 잡지 『군상』의 신인평론상 수상작이 이 책에 (개작되어) 수록되어 있다는 점에 국한되지 않는다.

이 책은 체계적으로 (재)정립된 저작이 아니다. 1992년 초판, 2001년 증보판, 2017년 신판 모두가 그렇다. 나쓰메 소세키에 대한 가라타니의 관점들이 내용 및 형식의 차원에서 산포되어 있고 망라되어 있다.

이 책은 우선 '나쓰메 소세키' 문학의 안팎에 관심을 가진 사람들에게 읽힐 수 있을 것이다. 소수이겠지만, 이 책은 가라타니 비평의 전모全貌를 확인해볼 필요에 이끌리는 사람, 그 비평의 처음과 끝을 함께 조망하지 않으면 안 된다고 생각하는 사람, 말하자면 '가라타니 전작주의자'에게 모종의 필요와 쓸모가 있지 않을까 한다. 이 책에 실린 문학평론이 그런 소수적인 쓸모 속에서,

예컨대 『트랜스 크리틱』 『세계사의 구조』 『철학의 기원』 등으로 전개됐고 『D[교환양식D(=X)]의 연구』(『힘과 교환양식』)로 이어지고 있는 가라타니 비평의 중심적 이동 양태를, 그런 '이동'에 의한 비평의 형질전환과 문제설정의 탈구축을 다시/다르게 살필 수 있는 계기가 되었으면 하고 바라게 된다.

신판[이와나미판] 「후기」에서 언급되는 것처럼, 이 책은 『일본근대문학의 기원』[1980]의 시작점이었다. 그리고 이 책의 문제의식을 다른 관점에서 논한 것이 『탐구 I』[1992]이었다. 신판 「후기」의 한 문장은 다음과 같다. "그런 뜻에서 『나쓰메 소세키론 집성』은 사실상 나의 '비평 집성集成'이라고 해도 좋다." 그러하되 이 한 문장 뒤로는, 다음과 같은 문장도 덧붙여진다. "[이 신판 출간이] 현재, 독자에게 어떤 의미를 갖게 될지는 상상조차 할 수 없다." 2021년 현재, 이 역서의 출간 역시도 그러하지 않을까.

2021년 1월

옮긴이

초출일람

■소세키 시론 I

「의식과 자연」, 『군상』 1969년 6월호(전면 개고改稿).

「안쪽에서 본 생」, 『계간 예술』 1971년 여름호.

「계급에 관하여」, 『문체』 1977년 겨울 창간호.

「문학에 관하여」, 『국문학』 1978년 5월호.

「풍경의 발견」, 『문체』 1978년 여름호.

■소세키 시론 II

「소세키와 장르」, 『군상』 1990년 1월호.

「소세키와 '문文'」, 『군상』 1990년 5월호.

■소세키 시론 III

「시와 죽음 — 시키에서 소세키로」, 『군상』 임시증간호, 1992년 5월.

「소세키의 알레고리」, 『군상』 임시증간호, 1992년 5월.

■작품 해설

『문』, '신쵸문고' 해설 1978년 4월.

『풀베개』, '신쵸문고' 해설 1981년 9월.

『그 후』, '신쵸문고' 해설 1985년 7월.

『산시로』, '신쵸문고' 해설 1985년 8월.

『명암』, '신쵸문고' 해설 1985년 11월.

『우미인초』, '신쵸문고' 해설 1989년 4월.

『춘분 지나고까지』, '신쵸문고' 해설 1990년 2월.

『한눈팔기』, '신쵸문고' 해설 1999년 1월.

■강연 및 기타

「소세키의 다양성」, 가와구치 시립 마에가와 도서관 주최 강연, 1985년 2월 27일.

「소세키의 구조」, 『국문학』 임시증간호, 1971년 9월.

「쓸쓸한 '쇼와의 정신'」, 『일본독서신문』 1972년 6월 5일호.

「소세키의 '문文'」, 『문학계』 1988년 8월호.

「에크리튀르」, 『나쓰메 소세키 사전』 별책 국문학, 1990년 7월 간행.

「소세키와 칸트」, 『소세키 전집』(이와나미 서점) 제16권 월보, 1995년 4월.

■단편

1. 「1970년=쇼와 45년」, 『카이엔海燕』 1988년 1월호(발췌).
2. 『일본근대문학의 기원』, 고단샤 문예문고판 후기 1988년 3월(전문).
3. 「사어를 둘러싸고」, 『문학계』 1990년 1월호(발췌).
4. 「어떤 기분=사상」, 『두려워하는 인간』 고단샤 문예문고판 후기 1990년 8월(전문).

일본인 인명 약력

가와히가시 헤키고토河東碧梧桐(1873~1937), 하이쿠 시인, 수필가.

가츠 가이슈勝海舟(1823~1899), 무사, 정치가, 수필가.

고미야 도요타카小宮豊隆(1884~1966), 독문학자, 문학평론가.

고바야시 히데오小林秀雄(1902~1983), 비평가.

구가 가츠난陸羯南(1857~1907), 정치평론가, 신문『일본』발행인.

구니키다 돗포国木田独歩(1871~1908). 소설가, 시인, 저널리스트, 편집자.

기타무라 도코쿠北村透谷(1868~1894), 시인, 문학평론가.

나카노 시게하루中野重治(1902~1979), 프롤레타리아 계급 소설가, 시인, 평론가, 정치가.

나카무라 미츠오中村光夫(1911~1988), 문학평론가, 작가.

나카무라 미츠오中村光夫(1911~1988), 문학평론가.

나카츠카 다카시長塚節(1879~1915), 소설가, 가인.

니시다 기타로西田幾多郎(1870~1945), 철학자, 교토학파의 창시자.

다니가와 간谷川雁(1923~1995), 시인, 평론가, 교육운동가, 서클활동가

다야마 가타이田山花袋(1872~1930), 소설가.

다카하마 교시高浜虚子(1874~1959), 하이쿠 시인, 소설가.

다키자와 가쓰미瀧澤克己(1909~1984), 기독교 신학자, 철학자.

데라다 도라히코寺田寅彦(1878~1935), 물리학자, 수필가, 하이쿠 시인.

도쿠토미 로카德富芦花(1868~1927), 사회파 소설가, 산문가.

마사무네 하쿠초正宗白鳥(1879~1962), 소설가, 극작가, 문학평론가.

모리 오가이森鷗外(1862~1922), 소설가, 번역가, 평론가, 육군군의관.

미즈카와 다카오水川隆夫(1934~), 근대문학연구자.

사이토 료쿠斎藤緑雨(1868~1904), 소설가, 문학평론가.

사카구치 안고坂口安吾(1906~1955), 무뢰파 소설가, 번역가, 수필가.

사쿠타 게이치作田啓一(1922~2016), 사회학자.

스기우라 민페이杉浦明平(1913~2001), 소설가, 평론가.

스즈키 미에키치鈴木三重吉(1882~1936), 소설가, 아동문학자.

시가 나오야志賀直哉(1883~1971), 소설가, 시라카바파의 대표.

시마자키 도손島崎藤村(1872~1943), 시인, 소설가.

쓰보우치 소요坪内逍遥(1859~1935), 소설가, 평론가, 번역가, 극작가.

아라 마사히토荒正人(1913~1979), 문학평론가. 소세키 연구자.

아라 마사히토荒正人荒(1913~1979), 문학평론가.

아라이 하쿠세키新井白石(1657~1725), 에도 시기 무사, 정치가, 주자학자.

아리시마 다케오有島武郎(1878~1923), 소설가.

아에바 다카오饗庭孝男(1930~2017), 문학평론가, 프랑스문학연구자.

아케타니 히데아키桶谷秀昭(1932~), 문학평론가.

아쿠타가와 류노스케芥川龍之介(1892~1927), 소설가.

아키야마 슌秋山駿(1930~2013), 문학평론가.

야나기타 구니오柳田國男(1875~1962), 민속학자, 농무관료.

야마다 비묘山田美妙(1868~1910), 소설가, 시인, 평론가.

에토 준江藤淳(1932~1999), 문학평론가.

오오카 쇼헤이大岡昇平(1909~1988), 소설가, 평론가, 프랑스문학번역가·연구자.

오카다 고조岡田耕三(1887~1975), 영문학자, 하이쿠 시인.

와타나베 나오미渡部直己(1952~), 문학평론가, 저널리스트.

요시다 겐이치吉田健一(1912~1977), 문학평론가, 영문학번역가, 소설가.

요시모토 다카아키吉本隆明(1924~2012), 평론가. 사상가 후지타 쇼조에게 사사.

요코미츠 리이치横光利一(1898~1947), 소설가, 평론가, 하이쿠 시인.

우사미 게이지宇佐美圭司(1940~2012), 화가.

우치다 핫켄内田百閒(1889~1971), 소설가, 수필가. 소세키의 제자.

우치무라 간조内村鑑三(1861~1930), 기독교 사상가, 성서학자, 무교회주의의 창시자.

이시카와 다쿠보쿠石川啄木(1886~1912), 시인, 가인.

이케베 산잔池辺三山(1864~1912), 저널리스트,

지카마츠 몬자에몬近松門左衛門(1653~1725), 조루리 및 가부키 작자.

하니야 유타카埴谷雄高(1909~1997), 정치평론가, 소설가.

후타바테이 시메이二葉亭四迷(1864~1909), 소설가, 번역가.

히구치 이치요樋口一葉(1872~1896), 소설가.

• **가라타니 고진** 柄谷行人 Karatani Kojin(1941~)

일본을 대표하는 세계적인 사상가, 비평가. 지은 책으로 『세계공화국으로』, 『역사와 반복』 『트랜스크리티크』, 『세계사의 구조』, 『철학의 기원』, 『자연과 인간』, 『제국의 구조』, 『헌법의 무의식』, 『문자와 국가』, 『윤리 21』, 『유동론』, 『일본근대문학의 기원』, 『근대문학의 종언』, 『문학론 집성』, 『나쓰메 소세키론 집성』, 『세계사의 실험』 외에 다수가 있다.

• **윤인로** 尹仁魯 Yoon Inro(1978~)

총서 <신적인 것과 게발트> 기획자. 『신정-정치』 『묵시적/정치적 단편들』을 썼고, 『이단론 단편』, 『국가와 종교』, 『파스칼의 인간 연구』, 『선善의 연구』, 『일본 이데올로기론』, 『정전正戰과 내전』, 『유동론』, 『윤리 21』(공역), 『사상적 지진』, 『세계사의 실험』 등을 옮겼다.

나쓰메 소세키론 집성

초판 1쇄 발행 | 2021년 05월 10일

지은이 가라타니 고진 | 옮긴이 윤인로 | 펴낸이 조기조
펴낸곳 도서출판 b | 등록 2003년 2월 24일(제2006-000054호)
주소 08772 서울특별시 관악구 난곡로 288 남진빌딩 302호 | 전화 02-6293-7070(대)
팩시밀리 02-6293-8080 | 홈페이지 b-book.co.kr | 이메일 bbooks@naver.com

ISBN 979-11-89898-50-2 03800
값 | 28,000원